Finnischer Tango

Nordische Kriminalgeschichten

Verlag
Das Neue Berlin

Herausgegeben und mit einem Nachwort versehen
von Herbert Greiner-Mai

Für freundlich erteilte Abdrucklizenzen danken wir
dem Aufbau Verlag Berlin und Weimar;
der Dieterich'schen Verlagsbuchhandlung, Leipzig;
dem Hinstorff Verlag, Rostock;
dem Verlag Philipp Reclam jun. Leipzig;
dem Verlag Volk und Welt, Berlin;
dem Paul List Verlag in der Südwest Verlag GmbH & CO KG

ISBN 3-360-00270-9

3. Auflage

Lizenz-Nr.: 409-160/276/89 · LSV 7004
Umschlag- und Einbandentwurf: Klaus Ensikat
Printed in the German Democratic Republic
Druck und Binden: Karl-Marx-Werk Pößneck V 15/30
622 365 6
00900

Steen Steensen Blicher

Der Pastor von Veilby

Eine Kriminalgeschichte

Aus dem Tagebuch des Amtmannes Erik Sörensen
nebst zwei Aufzeichnungen des Pfarrers von Aalsö

A. Erik Sörensens Tagebuch

In Jesu Namen! Nach Gottes gütigem Ratschluß und meines gnädigen Herrn Verfügung bin ich Unwürdiger nun berufen, Amtmann und Richter dieses Volkes zu sein. Der Richter des Weltalls gebe mir Weisheit, gerechten Sinn und Segen, dieses mein schweres Amt zu versehen.

„Eines jeglichen Gericht kommt vom Herrn." Sprüche 29,26.

Es ist nicht gut, daß der Mensch allein sei. Da ich nunmehr eine Frau zu ernähren vermag, müßte ich mich wohl nach einer Gefährtin umschauen. Die Tochter des Pfarrers von Veilby hat bei allen, die sie kennen, einen guten Ruf. Seit dem Tode ihrer seligen Mutter hat sie mit viel Verstand und Sparsamkeit dem Hause vorgestanden. Und da außer ihr und dem Studenten keine weiteren Kinder da sind, harrt ihrer ein gutes Stück Geld, wenn der alte Herr einmal von hinnen geht.

Heute war Morten Bruus aus Ingvorstrup hier und wollte mir ein fettes Kalb schenken; aber ich war der Worte Moses eingedenk: „Verflucht sei, wer Geschenke nimmt." Das ist ein Mensch, der Lust zu Rechtshändeln hat, ein großer Betrüger und großer Prahlhans. Ich will nichts mit ihm zu schaffen haben, es sei denn, ich säße vor ihm auf dem Richterstuhl.

So bin ich nun mit Gott im Himmel und darauf mit meinem eigenen Herzen zu Rate gegangen, und danach dünkt mich Jungfer Mette Quist offensichtlich der einzige Mensch, mit dem ich leben und sterben möchte. Doch will ich noch einige Zeit in aller Stille auf sie achtgeben. Schönheit ist trügerisch und Anmut ein eitel Ding. Ansonsten ist es gewiß und wahr, sie ist das holdeste Weibsbild, das ich mein Lebtag sah.

Morten Bruus ist mir eine recht widerliche Person – ich weiß fast selbst nicht, warum; wenn ich seiner ansichtig werde, befällt ein böser Traum mein Gemüt, doch so dunkel und undeutlich, daß ich nicht einmal zu sagen vermag, ob ich jemals von ihm träumte.

Möglicherweise ist das eine Art Vorahnung. Er kam gestern schon wieder her, um mir ein Paar Mohrenköpfe anzubieten – herrliche Tiere, und für ein Spottgeld! Aber gerade das fiel mir auf! Ich weiß, er hat sie für insgesamt siebzig Taler erhandelt, und für dieselbe Summe wollte er sie mir lassen, dabei sind sie als Zuchtpaar unter Brüdern ihre hundert Taler wert. Ist das nicht auch eine Art von Bestechung? Er hat sicher wieder einen Prozeß im Auge – ich verzichte auf seine Mohrenköpfe.

Heute war ich auf Besuch beim Pfarrer in Veilby. Er ist bestimmt ein gottesfürchtiger und rechtschaffener Mann, doch herrisch und aufbrausend. Er duldet keine Widerrede, und ein Pfennigfuchser ist er außerdem.

Gerade war ein Bauer bei ihm, der Nachlaß auf seinen Zehnten haben wollte. Der Kerl war gewißlich ein Spitzbube, denn die Abgaben konnten nicht überfordert sein; aber Herr Sören fuhr ihn derart an, daß kein Hund ein Stück Brot von ihm genommen hätte. Und je mehr er schimpfte, desto mehr geriet er in Wut.

Nun ja, ein jeder hat seine Fehler, und so böse meinte er es doch auch wieder nicht; denn gleich darauf bat er seine Tochter, dem Mann ein Butterbrot und ein Glas gutes Bier zu geben. – Sie ist ein überaus sittsames und hübsches Mädchen. Sie grüßte mich so liebreich und züchtig, daß mein Herz tief bewegt wurde und ich nicht fähig war, auch nur ein Wort an sie zu richten.

Mein Großknecht hat drei Jahre dort gedient. Ich will ihn doch einmal vorsichtig aushorchen, wie sie sich zu dem Gesinde verhält und was er sonst vielleicht noch von ihr zu berichten vermag. Von den Dienstboten erhält man oft die zuverlässigsten Auskünfte.

Ach du lieber Gott! Rasmus, der Großknecht, berichtet mir, daß dieser Morten Bruus vor nicht allzulanger Zeit einmal auf dem Veilbyer Pfarrhof angehalten, aber einen Korb bekommen habe. Dem Pfarrer gefiel die Sache schon, denn der Mann ist reich; die Tochter aber wollte unter gar keinen Umständen.

Herr Sören soll ihr wohl anfangs ständig zugeredet haben, aber als er dann sah, wie sehr ihr das Ganze zuwider war, bekam sie doch ihren Willen. Es geschah nicht aus Hochmut – sagt Rasmus –, denn sie ist ebenso demütig wie gut, und sie gibt offen zu, daß ihr eigener Vater, genauso wie Bruus, bäuerlicher Herkunft ist.

Nun weiß ich, welchen Dienst die Ingvorstruper Mohrenköpfe hier in Rasmus verrichten sollten, sie sollten den Richter vom geraden Weg der Gerechtigkeit abbringen: Ole Andersens Torfmoor und Weide – da wollte er mit der Wurst nach der Speckseite werfen. Nein, nein, mein guter Morten! Da kennst du Erik Sörensen schlecht! „Du sollst das Recht eines Armen nicht beugen in seiner Sache."

Herr Sören aus Veilby war heute vormittag auf einen kurzen Besuch bei mir. Er hat einen neuen Kutscher eingestellt, Niels Bruus, einen Bruder von Morten auf Ingvorstrup. Der Mann ist offenbar faul und außerdem vorlaut und eingebildet.

Der Pfarrer wollte ihn abgeurteilt und eingelocht wissen, aber es fehlten die notwendigen Zeugen. Ich riet ihm, er solle versuchen, den Kerl loszuwerden, oder sich doch bis zum Ziehtag mit ihm schleppen. Zuerst brauste er etwas auf, aber als er meine Gründe hörte, gab er mir recht, ja bedankte sich sogar für meine guten Ratschläge.

Er ist ein jähzorniger Mann, aber leicht zur Vernunft zu

bringen, wenn man ihm Zeit läßt, sich zu beruhigen. So schieden wir als gute Freunde. Über Jungfer Mette wurde nicht ein einziges Wort gesprochen.

Ich habe einen sehr angenehmen Tag auf dem Veilbyer Pfarrhof verbracht. Als ich kam, war Herr Sören nicht zu Hause, aber Jungfer Mette hieß mich sehr freundlich willkommen. Sie saß und spann, als ich in die Tür trat, und es schien mir, als würde sie über und über rot. Es dauerte eine ganze Weile, bis mir etwas einfiel, über das ich sprechen konnte. Wenn ich zu Gericht sitze, weiß ich immer, was ich zu sagen habe, und wenn ich einen Spitzbuben verhöre, suche ich nicht lange nach Quästionen. Aber vor diesem frommen, unschuldigen Kinde stand ich so schuldbewußt da wie ein reuiger Hühnerdieb.

Schließlich verfiel ich darauf, mit ihr über Ole Andersens Prozeß zu sprechen, über sein Torfmoor und seine Weide. Aber ich weiß nicht, wie es zuging, daß wir während des Diskurses von der Wiese auf Blumen zu sprechen kamen. Und dann gab ein Wort das andere, von Rosen, Veilchen und Tausendschön, bis sie mich in den Garten mitnahm, um mir ihren Blumenflor zu zeigen. So verfloß die Zeit, bis Herr Sören heimkam. Sie ging in die Küche und kam nicht eher wieder zum Vorschein, bis daß sie das Abendessen auftrug.

Als sie in die Tür trat, sagte der Pfarrer gerade zu mir: „Es wäre wohl nicht verfrüht, wenn Ihr jetzt daran dächtet, in den heiligen Stand der Ehe zu treten." (Wir hatten nämlich über die prächtige Hochzeit gesprochen, die kürzlich auf Högholm gehalten worden war.) Da wurde Jungfer Mette wieder blutrot.

Ihr Vater schmunzelte und sagte: „Man sieht dir an, daß du am Herd gestanden hast, mein Kind!"

Ich werde mir die Ermahnung des guten Mannes zu Herzen nehmen, und es soll nicht lange dauern, bis ich in Gottes Namen zu ihm gehen und um seine Tochter anhalten werde. Denn ich halte die Worte des Vaters für einen verblümten Hinweis, daß er mich gern als Schwiegersohn sehen würde.

Und die Tochter – warum wurde sie wohl so rot? Das darf ich doch wohl als ein gutes Zeichen ansehen?

Der arme Mann behält nun also sein Torfmoor und seine

Weide, aber der reiche ist mir dafür bestimmt äußerst gram. Während der Urteilsverkündung sah er so recht höhnisch zu dem armen Ole Andersen hin, und bei den Worten „daher wird Rechtens erkannt“ sah er sich nach allen Seiten um und grinste hämisch, als ob er seines Sieges ganz sicher wäre. Und das war er gewiß auch, denn ich weiß, er hat verlautbaren lassen, es wäre ja töricht, wenn der arme Schlucker sich einbildete, ihm etwas abzugewinnen.

Das geschah aber trotzdem.

Als er das Urteil vernommen hatte, kniff er Augen und Lippen zusammen und wurde kreidebleich. Er beherrschte sich jedoch und sagte im Hinausgehen zu seinem Widersacher: „Viel Glück mit dem Handel, Ole Andersen! Der Torfpfuhl wird mich nicht arm machen. Die Ingvorstruper Ochsen bekommen schon das Heu, das sie fressen wollen.“

Ich hörte ihn draußen lachen und, während er fortritt, ein über das andere Mal mit der Peitsche knallen, so daß es im Walde widerhallte.

Wie schwer ist es doch, Richter zu sein! Bei jedem Urteil, das man fällt, kann man mit einem Feinde mehr rechnen. Doch was macht's, wenn wir noch das Gewissen als Freund behalten können! „Leide das Unrecht um des Gewissens willen!“

Der gestrige Tag war der froheste meines Lebens! Auf dem Pfarrhof zu Veilby wurde das Jawort gefeiert.

Mein zukünftiger Schwiegervater sprach über das Wort: „Ich habe meine Magd dir an dein Herz gelegt.“ I. Mos. 16, 5. Er legte es recht beweglich aus: daß er mir nunmehr sein teuerstes Kleinod hier auf Erden übergeben wolle und daß ich vor allen Dingen gut zu ihr sein solle. (Das will ich tun, so wahr mir Gott helfe!)

Nie hätte ich geglaubt, dieser ernste, fast unwirsche Mann könnte so weich werden: Die Tränen standen ihm schließlich in den Augen, und seine Lippen bebten wie bei einem, der sich das Weinen verbeißen will. Meine Braut weinte wie ein Kind, besonders als er auf ihre selige Mutter zu sprechen kam.

Und als er dann die Worte sprach: „Vater und Mutter

werden dich verlassen, aber Gott der Herr wird bei dir bleiben", da brach auch ich in Tränen aus – ich dachte an meine eigenen lieben Eltern, die Gott schon längst zu sich in die ewige Heimat gerufen hatte, der doch später so gnädig für mich armes Kind gesorgt hat.

Nach der Verlobung erhielt ich von meiner lieben Braut den allerersten Kuß. Der Herr erfreue ihre Seele! Sie liebt mich über alle Maßen.

Bei Tisch ging es sehr heiter zu. Es waren viele Verwandte der seligen Frau Mutter eingeladen, von seiner Seite niemand; denn er hat nur sehr wenige, noch dazu entfernte Verwandte, und sie wohnen ganz oben bei Skagen. Weder an Wein noch an Essen wurde gespart, und nach Tisch tanzte man tüchtig, fast bis in den hellen Tag hinein.

Der Pfarrer von Lyngby, der von Aalsö und der von Hyllested waren auch anwesend; letzterer bekam einen so schweren Kopf, daß er zu Bett gebracht werden mußte. Auch mein zukünftiger Schwiegervater sprach dem Trunke gewaltig zu, aber es war ihm durchaus nichts anzumerken; denn er hat Kräfte wie ein Riese und könnte gut alle Pastoren des Amtskreises unter den Tisch trinken.

Ich merkte sehr wohl, daß er sein Vergnügen gehabt hätte, wenn es sich auch in meinem Kopfe ein wenig gedreht hätte, aber ich nahm mich in acht – zudem bin ich auch kein Liebhaber starker Getränke.

In sechs Wochen soll unsere Hochzeit sein. Gott gebe uns einen reichen Gnadensegen!

Es ist vom Übel, daß mein zukünftiger Schwiegervater diesen Niels Bruus in Lohn und Brot genommen hat! Er ist ein störrischer Bursche, ein würdiger Bruder des Ingvorstrupers. Er sollte seinen Lohn bekommen und dann die Tür von draußen zumachen! Viel besser, als sich an solch einem Esel die Finger schmutzig zu machen. – Der gute Pfarrer ist so jähzornig und rechthaberisch, und zwei harte Steine mahlen nicht gut. Er will durchaus, Niels soll seinen Dienst abdienen, aber dabei kommt doch nichts anderes heraus als tägliche Reibereien.

Vor einigen Tagen gab er ihm eine Ohrfeige, worauf der

Kerl drohte, die würde er ihm noch heimzahlen. Aber das geschah unter vier Augen.

Ich habe ihn zu mir gebeten, ihn ermahnt und ihm warnend gedroht. Er hat mir so gut wie gar nicht geantwortet – er ist beleidigt.

Auch meine Braut hat ihren Vater angefleht, Bruus zu entlassen, aber er will nichts davon hören. Ich weiß nicht, wie das weitergehen soll, wenn sie nun zu mir zieht; denn sie erspart dem alten Herrn viel Ärger und weiß alles so gut zu schlichten.

Sie wird mir bestimmt eine liebe Hausfrau werden, „ein Weinstock rings um mein Haus".

Schlecht ist es gegangen, und das war gut so: Nun ist Niels von selbst seiner Wege gegangen. Mein lieber Schwiegervater ist fuchsteufelswild, aber im stillen freue ich mich darüber, daß er auf diese Art den üblen Burschen losgeworden ist. Wahrscheinlich wird Bruus bei passender Gelegenheit versuchen, sich zu rächen; aber wir haben ja Gesetz und Recht im Lande, und das Recht gibt jedem das Seine.

Der Pfarrer hatte Niels aufgetragen, draußen im Garten ein Stück umzugraben. Als er kommt und nach ihm sehen will, steht er ganz vergnügt da, stützt sich behaglich auf seinen Spaten und knackt seelenruhig Nüsse, die er eben gepflückt hat. Aber getan hat er nichts. Der Pfarrer schilt mit ihm, Niels antwortet patzig, er sei nicht als Gärtner im Dienst. Als er vom Pfarrer ein paar Maulschellen dafür bekommt, wirft er den Spaten weg und schimpft unflätig zurück.

Nun geht der Alte hoch, greift nach dem Spaten und schlägt ein paarmal zu – das hätte er nicht tun sollen, denn ein Spaten ist eine üble Waffe zum Schlagen, vor allem für einen handfesten Mann, der in Wut geraten ist.

Der Galgenstrick läßt sich erst fallen, als wäre er tot; als aber der Pfarrer es mit der Angst bekommt und ihn aufrichten will, springt er über die Hecke und läuft in den Wald hinein. So hat mir mein Schwiegervater persönlich die unangenehme Geschichte erzählt.

Meine Braut ist jedoch darüber außerordentlich beunruhigt: Sie fürchtet, er wird sich auf diese oder jene Art rächen, dem Vieh Schaden tun, ja vielleicht den Hof in Brand stecken. Da sei Gott vor!

Nur noch drei Wochen, dann werde ich meine liebe Braut als Frau in mein Haus geleiten. Sie ist bereits hier gewesen und hat alles – draußen wie drinnen – in Augenschein genommen. Sie war sehr erfreut und lobte rühmlich unsere Ordnung und Sauberkeit. Das einzige, was sie bedauerte, war, daß sie ihren Vater verlassen müßte; und gewiß wird auch er sie vermissen. Ich will aber tun, was in meinen Kräften steht, um ihm seinen Verlust zu erstatten: Ich werde mit ihm tauschen, und er soll meine eigene gute Muhme Gertrud erhalten. Sie ist eine tüchtige Hausfrau und noch recht rüstig für ihr Alter.

Meine Braut ist ein wahrer Engel; das sagen auch alle Leute. Ich werde gewiß der glücklichste Ehemann – Gott allein sei die Ehre!

Merkwürdig – wo der Bursche sich nur versteckt hat! Oder ob er außer Landes gegangen ist? Auf jeden Fall ist es eine unangenehme Geschichte. Es wird so allerlei unter den Leuten gemunkelt, Verdächtigungen, die ihren Ursprung in Ingvorstrup haben, wie ich annehme. Indessen wäre es schlimm, wenn das Gerede meinem Schwiegervater zu Ohren kommen sollte.

Wäre er doch lieber meinem Rate gefolgt! Eines Menschen Zorn richtet nichts aus, was vor Gott gut ist. Aber ich bin nur ein Laie und darf mich nicht erdreisten, einen Diener am Worte Gottes zu tadeln, noch dazu, wenn er soviel älter ist als ich. Nun, ich will hoffen, daß das Geschwätz sich von selbst gibt.

Morgen komme ich nach Veilby und werde dort erfahren, ob der Pfarrer etwas von dem Gerede vernommen hat.

Das neue Armband, das ich vom Goldschmied erhalten habe, ist sehr hübsch und wird gewiß meine herzliebe Mette erfreuen. Wenn es ihr nur paßt; denn das Maß habe ich ganz heimlich und in aller Eile mit einem Grashalm genommen!

Die Muhme wird mit dem Bett Ehre einlegen, die Fransen sind besonders schön. –

Mein Schwiegervater war ganz niedergeschlagen und mißmutig – nie habe ich ihn früher so gesehen. Dienstfertige Geister haben ihm leider das dumme Gerücht hinterbracht, das inzwischen hier in der Gegend allgemeines Tagesgespräch geworden ist.

Bruus hat verlauten lassen, der Pfarrer müsse seinen Bruder herbeischaffen, und wenn er ihn aus der Erde graben sollte.

Möglicherweise hält er sich auf Ingvorstrup verborgen – fort ist er jedenfalls, und niemand hat seitdem etwas von ihm gehört oder gesehen. Meine arme Braut grämt sich noch zu Tode, sie wird von Vorahnungen und schweren Träumen heimgesucht.

Gott schaue in Gnaden auf uns alle! Ich bin von Schrecken und Kümmernis so benommen, daß ich kaum imstande bin, die Feder zu führen. Wohl an die hundert Mal ist sie meiner Hand entglitten.

Mein Herz ist so bedrückt, und meine Gedanken sind so verwirrt, daß ich fast nicht weiß, wo ich beginnen soll. Alles scheint in einem einzigen Augenblick über mich hereingebrochen zu sein wie ein Donnerschlag. Die Zeit ist für mich aus den Fugen; Abend und Morgen sind eins, der ganze grauenhafte Tag gleicht einem plötzlichen Blitzschlag, der das stolze Gebäude meiner Wünsche und Hoffnungen bis auf den Grund niedergebrannt hat.

Ein ehrwürdiger Mann, der Vater meiner Braut, in Haft und Banden! Und zwar als Mörder und Missetäter!

Nur eine einzige Hoffnung ist mir noch geblieben: daß er trotz allem unschuldig ist. Aber leider! Das ist nur ein Strohhalm, an den sich der Schiffbrüchige klammert. Ein schwerer Verdacht liegt auf ihm – und ich, ich Unglücklicher, soll sein Richter sein! Und die Tochter, seine Tochter, ist meine mir anverlobte Braut!

Herr, mein Heiland! Erbarme dich unser! – Ich kann nicht mehr.

Gestern war es, o dieser unglückliche Tag! Ungefähr eine halbe Stunde vor Sonnenaufgang kam Morten Bruus hier auf den Hof und brachte mit sich den Häusler Jens Larsen aus Veilby sowie die Witwe des Hirten und deren Tochter ibidem.

Morten Bruus sagte mir, er habe den Pfarrer von Veilby stark im Verdacht, seinen Bruder erschlagen zu haben. Ich entgegnete ihm, daß ich dieses Geschwätz wohl vernommen, aber für eine törichte und boshafte Erfindung gehalten hätte, da der Pfarrer mir selbst versichert habe, der Knecht sei davongelaufen.

„Wenn dem so wäre“, sagte Bruus, „daß Niels hätte ausreißen wollen, wäre er zuerst zu mir gekommen und hätte mich darüber unterrichtet. Daß es sich aber ganz anders verhält, können diese guten Leute bezeugen, und deshalb bitte ich, daß Ihr sie von Amts wegen vernehmt.“

„Bedenkt Euch wohl“, antwortete ich, „bedenkt Euch wohl, mein lieber Bruus – und auch ihr anderen guten Leute –, ehe ihr einen rechtschaffenen und unbescholtenen Geistlichen und Seelsorger anklagt! Könnt Ihr die Beweise nicht beibringen, was ich für sehr wahrscheinlich halte, so kann es Euch teuer zu stehen kommen!“

„Pastor oder nicht Pastor“, rief Bruus, „es steht geschrieben: Du sollst nicht töten! Es steht auch geschrieben: Die Obrigkeit trägt nicht umsonst das Schwert. Wir haben doch Gesetz und Recht im Lande, und kein Mörder kann seiner Strafe entfliehen, selbst wenn er den Amtmann zum Schwiegersohn hätte.“

Ich tat, als merkte ich die Spitze nicht, und sagte: „Wohlan! Es geschehe, wie Ihr verlangt! Kirsten Mads Tochter, was wißt Ihr von dieser Angelegenheit, deren Morten Bruus Euren Pfarrer anklagt? Sprecht nun die reine Wahrheit, so wie Ihr sie vor dem Richterstuhl des Allmächtigen verantworten könnt, die Ihr nachher gemäß dem Gesetz mit dem Eid bekräftigen müßt!“

Darauf gab sie folgende Erklärung ab: An dem Tage, als es hieß, Niels Bruus sei vom Pfarrhofe entlaufen, war sie kurz nach Mittag mit ihrer Tochter Else am Garten des Pfarrers vorbeigekommen. Als sie beide ungefähr mitten vor der Einfriedung sind, die östlich um den Garten herumläuft, hören sie jemand nach Else rufen. Es war Niels Bruus, der hinter der Haselnußhecke stand und nun die Zweige etwas auseinanderbog und Else fragte, ob sie ein paar Nüsse haben wolle. Sie ließ sich eine Handvoll geben und fragte, was er denn da zu schaffen habe. Er antwortete, der Pastor habe ihm aufgetragen, etwas umzugraben, aber er habe den Befehl nicht allzu ernst genommen, er würde lieber Nüsse pflücken.

In diesem Augenblick hörten sie, wie drinnen im Haus eine Tür ging, und Niels meinte: „Paßt auf! Jetzt kriegen wir eine Strafpredigt!" Unmittelbar darauf hatten sie gehört – sehen konnten sie nichts, denn die Einfriedung war zu hoch und die Hecke zu dicht –, wie die beiden Männer miteinander stritten, und keiner blieb dem anderen ein Wort schuldig. Schließlich hatten sie den Pastor schreien gehört: „Ich lange dir eine, du Hund, daß du tot liegenbleibst!" Worauf es zwei- oder dreimal klatschte, als ob jemand Ohrfeigen bekäme.

Dann hatte Niels den Pastor einen Henkersknecht und Gauner gescholten. Darauf hatte der Pastor gar nichts erwidert. Aber sie hörten zwei dumpfe Schläge und sahen gleichzeitig das Blatt eines Spatens und ein Stück vom Schaft zweimal über der Hecke schwingen; aber wer den Spaten gehandhabt hatte, konnten sie nicht sehen, weil die Hecke zu hoch und zu dicht war.

Dann blieb alles still im Garten; die beiden (Hirtenwitwe und ihre Tochter) wurden jedoch ängstlich, ihnen war so sonderbar zumute. Und dann gingen sie auf die Weide zum Vieh.

Dieselbe Aussage wie die Mutter machte auch die Tochter. Ich fragte, ob sie nicht Niels Bruus hätten aus dem Garten herauslaufen sehen, was beide verneinten, sie hätten sich ja mehrmals umgesehen.

All dies stimmte vollständig mit dem überein, was mir der Pastor damals berichtet hatte; und daß sie den Knecht nicht hatten aus dem Garten kommen sehen, war durchaus glaubwürdig, da er es von der Südseite aus genausoweit zum Walde hatte, wohin er nach den Worten des Pfarrers seinen Weg eingeschlagen hatte.

Ich erklärte nun Morten Bruus, daß die abgegebenen Zeugenaussagen im Hinblick auf den angeblichen Mord nichts bewiesen, um so weniger, als der Pfarrer mir freiwillig die ganze Sache genauso erzählt habe, wie die Frauen sie jetzt dargestellt hätten.

Hierzu lächelte er nur bitter und bat mich, auch den dritten Zeugen zu vernehmen, was ich dann auch tat.

Jens Larsen erklärte, er sei eines Abends (aber soweit er sich erinnerte, war es nicht der Abend des Tages, an dem Niels Bruus entlaufen war, sondern der folgende) sehr spät von Tolstrup nach Hause gegangen und habe den üblichen Fußweg östlich des Pfarrgartens benutzt. Da hatte er ein Geräusch im Garten gehört, als ob einer grub. Im ersten Augenblick war er etwas furchtsam gewesen, aber da heller Mondschein war, wollte er doch einmal nachsehen, wer das sein könnte, der um diese Zeit noch etwas im Garten zu schaffen hatte. Er zog seine Holzschuhe aus, stieg auf die Einfriedung und machte sich mit den Händen ein kleines Guckloch in die Hecke. Hier gewahrte er nun den Pastor – er hatte seinen Schlafrock an, den er tagtäglich trug, und seine weiße baumwollene Nachtmütze auf dem Kopf –, wie er die Erde mit einem Spaten glättete.

Etwas anderes hatte er nicht gesehen. Da sich der Pastor in diesem Augenblick plötzlich umdrehte, als hätte er jemanden bemerkt, war der Zeuge ängstlich geworden, hatte sich schnell an der Einfriedung herabgleiten lassen und war ebenso schnell nach Hause gelaufen.

Obwohl es mir allerdings auffallend erschien, daß sich der Pfarrer so spät noch etwas im Garten vorgenommen hatte, fand ich doch nichts Bemerkenswertes heraus, das den Verdacht des imputierten Mordes rechtfertigen konnte, was ich auch dem Kläger sagte. Ich fügte die ernste Ermahnung hinzu, er solle nicht nur seine Anklage zurückziehen, sondern auch das Gerücht in aller Öffentlichkeit für unbegründet erklären und sich selbst jeden Anteils daran enthalten.

Darauf erwiderte er: „Nicht, bevor ich gesehen habe, was der Pastor in seinem Garten vergraben hat.“

„Dann dürfte es zu spät sein“, entgegnete ich, „und Ihr treibt dabei mit Eurer Ehre und Eurem Wohlergehen ein gefährliches Spiel.“

„Ich bin es meinem Bruder schuldig", antwortete er, „und ich erwarte von unserer gesetzlichen Obrigkeit, daß sie mir Hilfe und Beistand des Rechts nicht verweigert."

Ich war gezwungen, dieser Aufforderung Folge zu leisten.

Also begab ich mich, zusammen mit dem Kläger und den Zeugen, nach Veilby. – Mein Herz war schwer; weniger aus Furcht, den Vermißten im Garten zu finden, als aus Sorge, den Pfarrer und meine Braut dadurch in Angst und Schrekken zu versetzen.

Unterwegs überlegte ich nur, wie ich den Verleumder die ganze Strenge des Gesetzes fühlen lassen würde.

Ach, du gütiger Himmel! Es stand mir die grausamste Entdeckung bevor.

Ich hatte zunächst den Pfarrer beiseite nehmen wollen, um ihn vorzubereiten und ihm so Zeit zu geben, sich zu fassen und Herr seiner selbst zu werden, aber Morten Bruus kam mir zuvor. In dem Augenblick, als ich in den Hof einfuhr, jagte er mit seinem Pferd an mir vorbei, direkt auf die Tür zu, und als der Pfarrer sie öffnete, rief er: „Die Leute behaupten, Ihr habt meinen Bruder erschlagen und in Eurem Garten verscharrt; ich komme mit dem Amtmann, um nach ihm zu suchen!"

Der Pfarrer war durch diese Anrede wie vor den Kopf geschlagen, so daß er nicht ein Wort hervorbringen konnte. Ich sprang vom Wagen und sagte zu ihm: „Ihr hört nun die Beschuldigung, und zwar ohne alle Umschweife. Ich bin von Amts wegen gehalten, dem Antrag dieses Mannes Folge zu leisten. Aber auch Eure eigene Ehre erfordert, daß die Wahrheit ans Licht kommt und den Verleumdern der Mund gestopft wird."

„Das ist allerdings hart", sagte er darauf, „daß ein Mann meines Standes gezwungen werden soll, sich wegen einer so grauenhaften Beschuldigung zu verantworten. Aber kommt nur! Mein Garten und mein ganzes Haus stehen Euch offen!"

Wir gingen nun durch das Wohnhaus und in den Garten. Da begegnete uns meine Braut; sie erschrak, als sie Bruus sah. Ich flüsterte ihr hastig zu: „Seid ganz ruhig, mein Herz! Geht ins Haus und sorgt Euch nicht! Euer Widersacher eilt seinem eigenen Verderben entgegen!"

Morten Bruus ging nun voraus, und zwar nach der Ostseite des Gartens zu, bis an die Dornenhecke, dahinter wir anderen mit den Leuten des Pfarrers, die er selbst aufgefordert hatte, uns mit Spaten und Hacken zu begleiten.

Der Kläger blieb stehen, bis wir ihn erreicht hatten, und sah sich dann um. Er deutete auf eine Stelle und sagte: „Es sieht so aus, als wäre hier vor kurzem gegraben worden; hier müssen wir suchen."

„Grabt!" rief der Pfarrer zornig.

Die Leute machten sich an die Arbeit, und Bruus, der meinte, es ginge nicht schnell genug, riß einem den Spaten aus der Hand und schaufelte voller Eifer.

Als sie ein paar Spatenstiche tief gekommen waren, wurde der Boden so hart, daß man deutlich sah, hier war lange nicht gegraben worden – vielleicht seit vielen Jahren nicht.

Wir freuten uns alle – bis auf einen –, und der Pfarrer freute sich am allermeisten; er begann bereits über seinen Ankläger zu triumphieren und rief spöttisch: „Na, habt Ihr etwas entdeckt, Ihr Ehrabschneider?"

Der antwortete nicht; aber als er einen Augenblick überlegt hatte, rief er: „Jens Larsen! Wo habt Ihr den Pastor schaufeln sehen?"

Jens Larsen hatte während des Grabens mit gefalteten Händen dagestanden und der Arbeit zugesehen. Als Bruus ihn anredete, erwachte er wie aus einem Traum, sah sich etwas um und wies dann auf eine Ecke, etwa drei, vier Klafter von der Stelle entfernt, wo wir standen. „Ich glaube, da ist es gewesen!" sagte er.

„Was sagst du da, Jens?" rief der Pfarrer wütend. „Wo habe ich gegraben?"

Ohne hierauf zu achten, rief Morten Bruus die Leute in die bezeichnete Ecke. Hier lagen ein paar verwelkte Kohlstrünke, Zweige und anderes mehr, das er erst aus dem Wege räumte.

Das Graben begann von neuem.

Ich stand seelenruhig und höchst zufrieden da und sprach mit dem Pfarrer über die ganze Angelegenheit und über die Strafe, die der Kläger zu erwarten hätte, als einer der Knechte aufschrie: „Jesus! Gott behüte!"

Wir blickten hin – eine Hutkrempe war zum Vorschein gekommen.

„Hier finden wir schon, was wir suchen!“ rief Bruus. „Das ist Niels' Hut, den kenne ich.“

Mir war, als gerönne mein Blut in den Adern. Meine ganze Hoffnung wurde mit einem Schlage zu Boden geschmettert.

„Grabt! Grabt!“ rief der fürchterliche Bluträcher und grub selbst nach Leibeskräften.

Ich sah auf den Pfarrer: Er war leichenblaß, und seine weit aufgerissenen Augen starrten unverwandt auf die entsetzliche Stelle.

Wieder ein Schrei: Eine Hand reckte sich gleichsam den Grabenden aus der Erde entgegen.

„Seht!“ rief Bruus. „Er greift nach mir. Ja, warte nur ein bißchen, Bruder Niels! Du sollst deine Rache bekommen!“

Bald war die Leiche ganz ausgegraben – es war tatsächlich der Vermißte. Sein Gesicht war nicht mehr deutlich erkennbar, da es bereits in Verwesung übergegangen und das Nasenbein außerdem zerschmettert und plattgedrückt war. Aber seine Kleidung – bis auf das Hemd mit seinem eingenähten Namen versehen – wurde sofort von allen andern Knechten identifiziert. Sogar einen Bleiring im linken Ohr erkannten alle als sein Eigentum wieder, er hatte ihn seit ein paar Jahren stets getragen.

„Na, Pastor!“ rief Morten Bruus. „Kommt und legt die Hand auf den Toten, wenn Ihr es wagt!“

„Allmächtiger Gott!“ stöhnte der Pfarrer und blickte gen Himmel. „Du bist der Zeuge meiner Unschuld! Geschlagen habe ich ihn, aber nicht anders, als daß er davonlaufen konnte. Geschlagen habe ich ihn, das muß ich nun bitter bereuen. Doch wer ihn begraben hat, das weiß der Himmel.“

„Jens Larsen weiß es auch!“ rief Bruus. „Und vielleicht finden sich noch mehr. – Herr Amtmann! Ihr werdet wohl auch sein Gesinde verhören; aber zunächst erwarte ich, daß Ihr diesen Wolf im Schafspelz hinter Schloß und Riegel bringt.“

Ach du gerechter Gott! Nun konnte ich nicht länger zweifeln, der Fall war allzu eindeutig. Doch ich war nahe daran, vor Schrecken und Abscheu in den Boden zu versinken. Ich wollte dem Pfarrer gerade sagen, er müsse darauf gefaßt sein, ins Gefängnis zu gehen, als er selbst mich ansprach – er war bleich und zitterte wie Espenlaub.

„Der Schein ist gegen mich“, sagte er, „denn dies ist ein Werk des Satans und seiner Engel! Aber es lebt noch einer, der meine Unschuld ans Licht bringen kann – kommt, Herr Amtmann! In Fesseln und Banden will ich dessen harren, was er über mich armen Sünder beschlossen hat. Tröstet meine Tochter! Und denkt daran, sie ist Eure Braut!“

Er hatte kaum geendet, als ich hinter mir einen Schrei und einen Fall vernahm – es war meine Braut. Sie lag ohnmächtig am Boden – wollte Gott, wir hätten beide dagelegen und wären nie mehr erwacht! Ich hob sie auf und nahm sie in meine Arme – ich dachte, sie sei tot. Der Vater entriß sie mir jedoch und trug sie ins Haus. In diesem Augenblick wurde ich wieder zu dem Erschlagenen gerufen, um eine Wunde an seinem Kopf zu betrachten, die zwar nicht tief war, aber die Schädeldecke zerschmettert hatte und offensichtlich von einem Spaten oder einem ähnlichen stumpfen Gerät herrührte.

Dann gingen wir alle ins Haus. Meine Braut war wieder zu sich gekommen. Sie eilte in meine Arme und beschwor mich bei Gott und allem, was mir heilig sei, ihren Vater aus dieser großen Not zu erretten. Dann bat sie mich um unserer Liebe willen, ihn ins Gefängnis begleiten zu dürfen, was ich ihr auch nicht wehrte. Ich folgte ihnen bis Grenaa, doch der Herr weiß, wie mir zumute war. Keiner von uns sprach ein Wort auf dieser furchtbaren Reise. Ich trennte mich von ihnen mit gebrochenem Herzen.

Die Leiche wurde in einen Sarg gelegt, den Jens Larsen bei sich zu Hause stehen hatte. Morgen wird Niels Bruus auf dem Kirchhof zu Veilby ein ehrliches Begräbnis erhalten.

Morgen wird das erste Gerichtsverhör stattfinden. Der Herr verleihe mir elendem Menschen Kraft und Stärke!

Wollte Gott, ich hätte dieses traurige Amt nie erhalten, dem ich Tor so eifrig nachstrebte! Wie schwer ist es doch, Richter zu sein – ach, könnte ich mit einem der Kerkerknechte tauschen!

Als dieser Diener am Worte Gottes vor mir bei Gericht erschien, gefesselt an Händen und Füßen, da dachte ich an unseren Herrn, wie er vor das Gericht des Pilatus gestellt wurde. Und es war mir leibhaftig so, als ob meine Braut – Gott helfe ihr, sie liegt krank in Grenaa –, als ob sie mir zuflüsterte: Habe du nichts zu schaffen mit diesem Gerechten!

Ja, wollte Gott, es wäre so! Aber ich kann hierfür nicht den geringsten Anschein entdecken.

Die ersten drei Zeugen bekräftigten im Verhör mit erhobener Hand ihre ganze Aussage, und zwar wortwörtlich; es wurde nichts zurückgenommen und nichts hinzugefügt.

Außerdem traten drei neue Zeugen auf: die beiden Knechte des Pfarrers und die Hofmagd. Die beiden ersten hatten an jenem Tage, an dem der Mord geschah, in der Gesindestube gesessen und, da das Fenster geöffnet war, deutlich gehört, wie der Pastor und der Ermordete sich gegenseitig heftig beschimpften. Sie bestätigten, daß der erste gesagt habe – was auch die Hirtenwitwe und ihre Tochter ausgesagt hatten: „Ich lange dir eine, du Hund, daß du tot liegenbleibst."

Außerdem hatten sie gehört, wie der Pfarrer Niels Bruus zweimal drohte und ihn herausforderte. Sie führten darüber hinaus an, daß der Pastor, wenn er in Wut geriet, mit dem ersten besten Gegenstand, der ihm in die Hände fiel, zuzuschlagen pflegte und daß er einmal seinen früheren Knecht mit einer Keule geprügelt habe.

Die Hofmagd sagte aus, daß sie in jener Nacht, in der Jens Larsen den Pfarrer im Garten gesehen habe, wach lag und nicht schlafen konnte. Sie hatte die Tür vom Flur zum Garten knarren hören, und als sie aufstand und hinausspähte, sah sie den Pastor in Schlafrock und Nachtmütze in den Garten eilen. Was er dort tat, das hatte sie nicht gesehen. Aber ungefähr eine Stunde später hörte sie wieder das Geräusch der Gartentür.

Als die Zeugen verhört waren und ich den unglücklichen Mann fragte, ob er die Tat eingestehen wolle oder was er andernfalls zu seiner Verteidigung anzuführen habe, faltete er seine Hände über der Brust und sagte: „So wahr mir Gott und sein heiliges Wort helfe! Ich will die volle Wahrheit sprechen, aber mir ist nichts anderes bewußt, als was ich bereits bekannt habe. Ich habe den Verstorbenen mit dem Spaten geschlagen, aber nur so, daß er danach aus dem Garten davonlaufen konnte. Was ihm später widerfuhr oder auf welche Weise er in meinen Garten zu liegen gekommen ist – das weiß ich nicht. Wenn Jens Larsen und das Mädchen bezeugen, daß sie mich nachts in meinem Garten gesehen haben, so lügen sie entweder, oder das Ganze war ein Blendwerk der Hölle. Ich elender Mensch habe hier auf Erden niemanden, der mich verteidigt, das fühle ich nur zu deutlich. Will er im Himmel schweigen, dann muß ich mich seinem unerforschlichen Ratschluß beugen."

Hierauf ließ er das Haupt und die Hände sinken und seufzte tief.

Viele der Anwesenden konnten die Tränen nicht zurückhalten. Es erhob sich ein leises Gemurmel, daß er vielleicht trotz allem unschuldig sei; aber das war nur eine Folge der Gemütsbewegung und des Mitleids. Auch mein Herz hätte ihn gern freigesprochen, jedoch das Gefühl darf keineswegs über den Verstand des Richters siegen. Weder Mitleid noch Haß, weder Gunst noch Groll sollen auch nur das kleinste Quentchen in der Waagschale der Gerechtigkeit ausmachen.

Meiner Auffassung nach kann ich nicht anders als folgendermaßen schließen: Der Angeklagte hat Niels Bruus erschlagen, doch kaum mit Vorsatz und Bedacht. Wohl weiß ich, daß er gewöhnlich jeden bedrohte, auf den er zornig war, daß er es ihm auch dann noch nachtrüge, wenn der andere selbst nicht mehr im geringsten daran dächte; aber es ist mir nicht bekannt, daß er irgend jemandem gegenüber seine Drohungen wahr gemacht hätte. Nun will ein jeder Mensch, wenn es geht, doch gern sein Leben erhalten und seine Ehre retten, und deshalb bleibt er bei seinem Leugnen, solange es ihm möglich ist.

Morten Bruus – starrköpfig, wie er war, schon immer bösartig, nun aber noch schlimmer aus Grimm über den Mord an seinem Bruder – fing an von Geräten zu sprechen, die einen verstockten Sünder zum Bekenntnis bringen könnten. Doch das verhüte Gott, daß ich bei einem solchen Menschen die Folter zu Hilfe nehmen sollte. Und was ist sie wohl anderes als ein Prüfstein für körperliche und geistige

Stärke oder Schwäche? Der, der die Tortur auszuhalten vermag, und der, der ihr unterliegt – lügen können sie beide. Ein erzwungenes Geständnis kann niemals verläßliche Wahrheit sein. Nein, eher würde ich meinen Richterstuhl zur Verfügung stellen und auf mein schweres Amt verzichten.

Ach, meine gute, fromme Braut! Nun ist sie für mich verloren, was diese Welt betrifft. Und ich habe sie doch so innig geliebt.

Ich habe einen harten Schlag ertragen müssen. Als ich noch über die schreckliche Angelegenheit nachdachte, in der zu richten mir bevorsteht, sprang die Tür auf, und die Tochter des Pfarrers – ich darf sie wohl kaum noch länger meine Braut nennen, da sie wahrscheinlich niemals meine Ehefrau wird – stürzte mit aufgelöstem Haar herein, warf sich mir zu Füßen und umklammerte meine Knie.

Ich hob sie auf meine Arme, und wir weinten beide lange, ehe einer von uns Worte finden konnte.

Ich wurde zuerst Herr meines großen Schmerzes und sagte: „Ich weiß, was Ihr wollt, mein Herz! Ich soll Euren Vater retten. Ja, Gott steh uns armen Menschen bei! Ich kann es doch nicht. Sagt mir selbst, Herzenskind, glaubt Ihr, daß Euer Vater frei von Schuld ist?“

Sie legte die Hand auf ihre Brust und sagte: „Ich weiß es nicht!“ Und dann begann sie wieder ganz bitterlich zu weinen.

„Begraben hat er ihn wohl kaum“, sagte sie dann wieder, „aber daß der Knecht an den Schlägen, die er erhielt, im Walde gestorben ist, das kann schon sein, Gott sei's geklagt!“

„Meine Liebe“, sagte ich, „Jens Larsen und das Mädchen haben ihn doch in jener Nacht unterwegs gesehen.“

Sie schüttelte langsam den Kopf und antwortete: „Der Böse kann ihre Augen geblendet haben.“

„Das verhüte Christus der Herr“, sagte ich, „daß der Satan eine solche Macht über Christenmenschen haben könnte!“

Nun weinte sie wieder.

„Sagt mir aufrichtig“, begann sie nach einer Pause, „sagt

mir ganz offen, mein Bräutigam! Wenn Gott hier nicht Licht und Klarheit sendet, welches Urteil werdet Ihr fällen?"

Sie sah mich furchtsam an, und ihre Lippen bebten.

„Wenn ich nicht wüßte", entgegnete ich, „daß jeder andere härter wäre als ich, dann würde ich meinen Richterstuhl verlassen, ja mit Freuden mein Amt niederlegen. Das aber darf ich Euch nun nicht verhehlen, weil Ihr mich danach fragt: Die mildeste Strafe, die Gott und der König verhängt haben, ist Leben um Leben."

Sie sank in die Knie, fuhr jedoch sofort wieder empor, wich einige Schritte von mir zurück und rief wie von Sinnen: „Wollt Ihr denn meinen Vater umbringen? Wollt Ihr denn Eure Braut ermorden? – Seht Ihr diesen hier" – sie trat wieder dicht vor mich hin und hielt mir die Hand mit dem Ring unter die Augen –, „seht Ihr diesen Verlobungsring? Was sagte mein unglücklicher Vater damals, als Ihr ihn mir an den Finger stecktet? ‚Ich habe meine Magd dir an dein Herz gelegt!' Ihr aber, Ihr wollt mein Herz durchbohren!"

Ach Gott, jedes Wort, das sie sprach, durchbohrte das meine. „Liebstes Kind", seufzte ich, „sprecht nicht so! Ihr foltert mein Herz mit glühenden Zangen. Was wollt Ihr, das ich tun soll? Den freisprechen, den Gottes und der Menschen Gesetz verdammt?"

Sie schwieg und blickte zum Himmel auf.

„Eins will ich tun", fuhr ich fort, „ist es Unrecht, dann rechne der Herr mir diese Sünde nicht an! Hört nun, liebstes Kind! Geht der Prozeß hier zu Ende, dann ist sein Leben verloren; ich kenne keine andere Rettung als die Flucht. Könnt Ihr dafür einen Rat finden, dann will ich meine Augen schließen und schweigen. Seht, ich habe sofort, als Euer Vater verhaftet wurde, an Euren Bruder in Kopenhagen geschrieben, wir können ihn nun täglich erwarten. Sprecht mit ihm und versucht, Euch den Kerkermeister zum Freunde zu machen! Habt Ihr nicht Geld genug, so verfügt über alles, was ich mein nenne!"

Auf meine Worte hin wurde ihr Gesicht feuerrot vor Freude; sie fiel mir um den Hals und rief: „Gott vergelte Euch diesen Rat! Wäre nur mein Bruder erst hier, dann fänden wir schon Wege."

„Aber wo sollten wir hin?“ sagte sie dann wieder und ließ mich los. „Und wenn wir ein Asyl in fremden Landen fänden, dann sähe ich Euch niemals wieder.“

Ihre Stimme klang so trostlos, daß mir das Herz brechen wollte.

„Liebste!“ rief ich. Ich werde Euch finden, wohin Ihr Euch auch wendet, und sollten Eure Mittel zu Eurem Bedarf nicht ausreichen, dann werden diese meine Hände für uns alle arbeiten. Ich habe in meiner Jugend die Axt und den Hobel zu brauchen gelernt.“

Da wurde sie von neuem herzensfroh und küßte mich ein über das andere Mal. Wir beteten beide von ganzem Herzen zu Gott, daß er doch unser Vorhaben gelingen lassen möge, und so nahm sie in freudiger Hoffnung Abschied.

Auch ich begann das Beste zu hoffen. Aber kaum war sie fort, als tausend Zweifel mein Herz erfüllten, und alle Hindernisse, die mich vorher überwindbar dünkten, schienen nun ungeheure Berge zu sein, die meine schwache Hand niemals würde versetzen können.

Nein, nein, in dieser Finsternis und dieser Nacht des Elends weiß nur er den einzigen Ausweg, er, vor dem die schwarze Nacht licht ist wie der helle Tag.

Wieder zwei neue Zeugen. Sie führen kaum etwas Gutes im Schilde, denn Bruus meldete sie mit einer Miene an, die mir nicht gefiel – er hat ein Herz von Stein und ist voller Gift und Galle.

Morgen erscheinen sie vor Gericht. Mir ist zumute, als sollten sie gegen mich selbst aussagen. – Gott stärke mich!

Es ist alles vorbei – er hat alles gestanden.

Das Gericht tagte, und der Gefangene wurde vorgeführt, um die Aussagen der neuen Zeugen zu hören.

Sie erklärten, in der betreffenden Nacht seien sie den Weg entlanggekommen, der quer durch den Wald und den Garten des Pastors verläuft. Da war ein Mensch aus dem Walde gekommen, mit einem Sack auf der Schulter, und in einiger Entfernung von ihnen in Richtung des Pfarrgartens gegangen. Sein Gesicht konnten sie nicht erkennen, da es durch den Sack verborgen war. Doch als der Mond ihm auf den Rücken schien, hatten sie deutlich gesehen, daß er mit e'nem langen grünen Rock (nämlich seinem Schlafrock) und mit einer weißen Nachtmütze bekleidet war. Die genannte Person verschwand durch das Gartentor.

Kaum hatte der erste dieses Zeugnis abgelegt, als der Pfarrer aschfahl im Gesicht wurde und gerade noch mit schwacher Stimme die Worte hervorbringen konnte: „Mir wird übel."

Man gab ihm einen Stuhl.

Da sagte Bruus zu den Umstehenden: „Das hat dem Gedächtnis des Pastors nachgeholfen."

Dieser hörte es nicht, sondern winkte mir und sagte: „Laßt mich in mein Gefängnis zurückführen! Da will ich mit Euch sprechen."

Ihm wurde gewährt, worum er bat.

Wir machten uns nach Grenaa auf; der Pfarrer fuhr mit dem Kerkermeister und dem Stadtknecht, und ich ritt.

Als die Tür der Gefängniszelle geöffnet wurde, sah ich meine Braut: Sie machte ihrem Vater das Bett. Am Kopfende des Bettes hing auf einem Stuhl der unselige grüne Schlafrock.

Meine Braut stieß einen Freudenschrei aus, als sie mich sah; sie nahm an, der Vater wäre freigesprochen und ich wäre nun gekommen, um ihn persönlich aus dem Gefängnis zu geleiten. Was sie gerade in den Händen hielt, warf sie beiseite und fiel mir um den Hals. Der alte Mann weinte, die Tränen stürzten ihm aus den Augen. Er wagte ihr nicht zu sagen, was sich vor Gericht ereignet hatte; er trug ihr einige Besorgungen in der Stadt auf, sie sollte allerlei einkaufen.

Bevor sie ging, eilte sie zu mir, preßte meine Hand an ihre Brust und flüsterte: „Gute Nachricht?"

Um meinen Schmerz und meine Verwirrung zu verbergen, küßte ich sie auf die Stirn und sagte: „Liebe! Ihr sollt später hören, was geschehen ist – ich weiß noch nicht, ob es von Belang ist –, aber nun geht – holt, worum Euer Vater bat."

Sie ging.

Ach, ach, welch jammervolle Veränderung gegen früher:

Fröhlich und sorgenlos lebte das unschuldige Kind in der heiteren Pastorswohnung, und nun ist sie hier – in diesem düsteren Gefängnis –, beladen mit Kummer und Leid, ja mit eitel Angst und Beben.

„Setzt Euch, Lieber!“ sagte der Pfarrer, indem er selbst auf dem Bettrand Platz nahm. Seine Hände im Schoß gefaltet, starrte er lange zu Boden, in tiefe Gedanken versunken. Endlich richtete er sich auf und heftete seine Augen auf mich. Ich wartete angstvoll schweigend, als ob es mein eigenes Urteil wäre, das ich hören sollte – ja, in gewisser Beziehung war es auch mein Urteil.

„Ich bin ein großer Sünder!“ ergriff er das Wort. „Gott weiß um die Größe meiner Schuld, ich selbst weiß es nicht. Er will mich hier heimsuchen, auf daß ich droben Gnade und Seligkeit erlangen kann. Ihm sei dafür Preis und Ehre in Ewigkeit!“

Nun schien er mehr Ruhe und Kraft zu gewinnen und fuhr folgendermaßen fort: „Von Jugend auf, solange ich zurückdenken kann, bin ich streitsüchtig gewesen, jähzornig und stolz. Widerspruch konnte ich nicht ertragen, aber stets war ich bereit, zum Schwerte zu greifen. Doch selten ließ ich die Sonne über meinem Zorn untergehen, auch habe ich niemals Haß gegen irgendeinen Menschen genährt. Bereits als halbwüchsiger Bursche beging ich im Jähzorn eine Tat, die mich oft innig gereut hat und die mich noch immer schmerzt, wenn ich mich ihrer erinnere: Unser Hofhund, ein lammfrommes Tier, das keinem Lebewesen ein Haar krümmte, hatte mein Vesperbrot genommen, das ich auf einen Stuhl gelegt hatte. In meiner Wut trat ich mit meinem Holzschuh derart nach dem Hund, daß er unter jammervollen Schreien und entsetzlichen Qualen verendete. Es war nur ein unvernünftiges Tier, aber doch ein Warnzeichen dafür, daß ich mich einmal an Menschen vergreifen könnte.

Als Student war ich im Ausland und ließ mich in Leipzig mit einem Burschen in unnötige Händel ein, forderte ihn und stach ihn so gefährlich in die Brust, daß er nur mit knapper Not gerettet werden konnte. Bereits hierfür hätte ich verdient, was ich nun so spät erdulden muß; aber die Strafe trifft dafür auch mit zehnfacher Wucht mein sündiges

Haupt: ein alter Mann, Geistlicher, Sendbote des Friedens – Vater! Mein Gott, mein Gott, da ist die Wunde am empfindlichsten –" Er sprang auf und rang seine Hände, daß es in allen Gelenken krachte.

Ich wollte ihm etwas Tröstliches sagen, fand aber keine Worte.

Als er sich etwas gefaßt hatte, setzte er sich wieder und fuhr fort: „Euch gegenüber – einst mein Freund und jetzt mein Richter – will ich nun eine Tat bekennen, die ich zweifellos begangen habe, die mir jedoch nicht vollkommen bewußt ist."

(Ich stutzte und wußte nicht, worauf er hinauswollte oder ob er bei voller Besinnung war, denn ich hatte mich auf ein volles, rückhaltloses Geständnis gefaßt gemacht.)

„Versteht mich recht und achtet auf meine Worte. Daß ich den unglücklichen Knecht mit dem Spaten geschlagen habe, das weiß ich und habe ich unumwunden zugegeben – ob es mit der Fläche oder mit der Schneide geschah, das konnte ich in meiner rasenden Wut nicht beurteilen; daß er dann fiel und fortlief – seht, das ist alles, was ich mit wahrer Gewißheit weiß. Das übrige – Gott sei's geklagt! – haben ja vier Zeugen gesehen, nämlich daß ich die Leiche geholt und begraben habe; und daß es wirklich an dem ist, bin ich genötigt zu glauben. Hört meine Gründe.

In meinem bisherigen Leben ist es mir drei- oder viermal widerfahren, daß ich im Schlafe gewandelt bin. Das letzte Mal – es kann jetzt neun oder zehn Jahre her sein – sollte ich am nächsten Tage eine Leichenpredigt halten, es handelte sich um einen Mann, der auf plötzliche und elende Weise ums Leben gekommen war. Ich war verlegen um einen Text, da fielen mir die Worte eines Weisen der alten Griechen ein: Niemand ist vor seinem Ende glücklich zu preisen!

Die Sentenz eines Heiden als Grundlage einer christlichen Predigt wollte nicht angehen; aber es war mir, als ob derselbe Gedanke mit ungefähr den gleichen Worten irgendwo in der Heiligen Schrift stünde. Ich suchte und suchte und konnte die Stelle nicht finden. Es war spät, ich war von anderer Arbeit sehr müde, kleidete mich deshalb aus, ging zu Bett und schlief ein.

Am Morgen erwacht, setzte ich mich an den Schreibtisch, um einen anderen Text zu wählen und den Entwurf der Predigt auszuarbeiten. Da sehe ich zu meinem großen Erstaunen vor mir auf dem Tisch ein Blatt Papier liegen, auf dem mit großen Buchstaben geschrieben steht: Rühme niemand vor seinem Ende! Sirach am Elften, der neunundzwanzigste Vers. Aber nicht allein das, auch eine Leichenpredigt, kurz, doch so gut wie nie zuvor – und alles das von meiner eigenen Hand. Keine Menschenseele kann im Zimmer gewesen sein, da ich einen Riegel von innen vor die Tür geschoben hatte; denn das Schloß war schadhaft und konnte von selbst aufspringen, wenn es stürmisch war. Durch das Fenster konnte ebensowenig jemand gekommen sein, denn es war Winter und der Fensterflügel am Rahmen festgefroren. Nun wußte ich, wer die Predigt geschrieben hatte: Niemand anders als ich selbst. Es war damals erst ein halbes Jahr her, daß ich in einem solchen absonderlichen Zustand nachts in die Kirche gegangen war, um ein Taschentuch zu holen, das ich auf meinem Stuhl hinter dem Altar liegengelassen hatte, wie mir am Abend einfiel.

Seht nun, mein Lieber, als die beiden Zeugen heute ihre Aussage vor Gericht machten, kam mir plötzlich das mit dem Schlafwandeln in den Sinn, und zugleich fiel mir ein – was mir bis zu diesem Zeitpunkt entfallen war –, daß ich an dem Morgen, als die Leiche vergraben worden war, mich darüber gewundert hatte, meinen Schlafrock vor der Tür auf dem Boden liegen zu sehen, während ich doch stets und ständig abends ihn vor mein Bett auf einen Stuhl legte. Das unglückliche Opfer meines unbeherrschten Zornes muß also im Walde tot umgefallen sein, und ich muß das in meinem träumenden Zustand gesehen und dort gesucht haben. Ja, Gott sei mir gnädig, das ist – das muß so sein!"

Hier brach er ab, hielt die Hände vor die Augen und weinte bitterlich.

Ich aber war äußerst verwundert und voller Zweifel. Ich hatte immer geglaubt, der Ermordete sei auf der Stelle gestorben und dort begraben worden, wo er gelegen hatte; obwohl es mir merkwürdig erschien, daß der Pfarrer diese Arbeit bei Tage getan haben sollte, ohne daß es jemand bemerkte, und daß er die dazu erforderliche Geistesgegenwart besessen haben sollte. Doch – so folgerte ich – ihn zwang die Not. Er hatte zunächst in aller Eile die Leiche nur oberflächlich verscharrt und sie dann in der Nacht tiefer vergraben.

Nun sagten die beiden letzten Zeugen, daß sie beobachtet haben, wie er einen Sack aus dem Walde trug; das schien mir äußerst bemerkenswert, und flüchtig kam mir der Gedanke, ob diese Aussagen nicht in Widerspruch mit den vorigen stünden und damit die Unschuld des Angeklagten sich aufzuklären begänne.

Aber leider – nun stimmt das Ganze nur allzugut, und sein Verbrechen läßt keinen Zweifel mehr zu. Allein die besondere Wendung, die er der Angelegenheit gibt, macht mich erstaunen. Daß er die ganze Tat begangen hat, steht fest; doch ob der letzte und unwesentlichste Teil in wachem oder träumendem Zustande ausgeführt wurde, das ist das einzig Ungewisse.

Die Aussage des Pfarrers von A bis Z und sein ganzes Gebaren tragen den Stempel der Wahrhaftigkeit; ja, um ihretwillen gibt er bereitwillig sein Leben auf; aber vielleicht kämpft er jetzt darum, etwas von seiner Ehre zu retten? Oder – vielleicht ist er auch in diesem Punkt der Wahrheit treu? Eine solche Schlafwandelei ist nicht ohne Beispiel, ebensowenig, daß ein Mensch so lange mit einer tödlichen Wunde herumlaufen kann.

Wieder ging er einige Male hastig auf und ab, dann blieb er vor mir stehen und sagte: „Ihr habt nun hier innerhalb der Kerkermauern mein Geständnis entgegengenommen. Ich weiß, Euer Mund muß mich verurteilen; was aber sagt Euer Herz?"

„Mein Herz!" antwortete ich – ich konnte vor Beklemmung kaum sprechen. „Mein Herz leidet unsagbar und bräche gern in diesem Augenblicke, wenn es Euch dadurch vor einem schrecklichen und entehrenden Tode bewahren könnte." (Ich wagte nicht, das letzte Rettungsmittel, die Flucht, zu erwähnen.)

„Das dürft Ihr nicht!" fiel er rasch ein. „Mein Leben ist verwirkt, mein Tod ist gerecht und ein warnendes Beispiel für alle, die nach mir leben werden. Doch versprecht mir, nicht die Hand von meiner armen Tochter zurückzuziehen – ich hatte einmal daran gedacht, sie Euch ans Herz zu legen." (Hier trocknete er wieder die hervorstürzenden Tränen.) „Diese schöne Hoffnung habe ich nun selbst zerstört. Ihr könnt das Kind eines Mörders nicht zum Altar führen, doch versprecht mir, wie ein zweiter Vater für sie zu sorgen!"

Von Schmerz überwältigt und unter heißen Tränen gab ich ihm meine Hand.

„Habt Ihr inzwischen etwas von meinem Sohn gehört?" nahm er wieder das Wort. „Ich will hoffen, daß er von diesem Elend nichts erfährt, bis alles vorüber ist – ich könnte seinen Anblick nicht ertragen." Er verbarg das Gesicht in den Händen, wandte sich ab und lehnte seine Stirn gegen die Wand – er schluchzte wie ein Kind.

Es währte einige Zeit, bis er wieder fähig war zu sprechen. „Nun, mein Lieber", sagte er dann, „geht jetzt und laßt uns einander nicht früher wiedersehen als im Hause der strengen Gerichtsbarkeit! Und – erweist mir diesen letzten Freundschaftsdienst! – laßt es bald geschehen, noch morgen! Ich sehne mich nach dem Tode; denn ich hoffe um Jesu willen, er wird mir der Eingang zu einem besseren Leben als dem jetzigen sein, das mir nun nichts anderes als Qual und Entsetzen zu bereiten vermag – geht, mein lieber, mitleidsvoller Richter! Laßt mich morgen vor Gericht fordern und schickt noch heute nach Herrn Jens in Aalsö! Er soll mich auf den Tod vorbereiten – der Herr sei mit Euch!"

Mit abgewandtem Angesicht reichte er mir die Hand. Ich taumelte aus dem Gefängnis – ich war wie betäubt, ja fast ohne Bewußtsein.

Vielleicht wäre ich sogleich nach Hause geritten, ohne mit der Tochter zu sprechen, aber sie kam mir unmittelbar vor dem Gefängnis entgegen. Sie muß mir das Todesurteil vom Gesicht abgelesen haben, denn sie erbleichte und umklammerte meine Arme. Sie sah mich an, als sollte sie um ihr Leben betteln; fragen konnte sie nicht, oder sie wagte es nicht.

„Flieht! Flieht! Und rettet Euren Vater!" war das einzige, was ich hervorbringen konnte.

Ich warf mich auf mein Pferd und war längst zu Hause, ehe es mir bewußt wurde. – Also morgen!

Das Urteil ist gefällt. Er hörte es mit größerer Standhaftigkeit an als der, der es verkündete. Alle Anwesenden, mit Ausnahme seines hartnäckigen Feindes, zeigten ebenfalls großes Mitleid. Einige flüsterten sogar, es sei streng – ja, es ist wahrlich streng! Es trennt einen Menschen vom Leben und scheidet drei von Lebensglück und Herzensfrieden. Der barmherzige Gott sei mir ein gnädigerer Richter, als ich armer Sünder es gegen meinen Nächsten sein darf!

Sie ist hiergewesen – sie fand mich auf dem Krankenbett –, es gibt keine Rettung mehr: Er will nicht fliehen.

Der Kerkermeister war gewonnen; der Fischer, ein Schwesterkind ihrer seligen Mutter, hatte zugesagt, sie nach Schweden zu bringen, und hielt sein Segelboot bereit; aber der reumütige Sünder war nicht zu überreden. Er will dem Schwerte der Gerechtigkeit nicht entfliehen, voller Hoffnung, durch seinen und Jesu Tod eine bessere Gerechtigkeit im Jenseits zu erlangen.

Sie verließ mich ebenso trostlos, wie sie gekommen war, doch ohne ein einziges unfreundliches Wort.

Gott sei ihr gnädig, der Armen! Wie soll sie den fürchterlichen Tag überstehen? Und hier liege ich, krank an Leib und Seele – kann weder trösten noch helfen. Der Sohn ist noch nicht gekommen.

Leb wohl! Leb wohl, du meine herzallerliebste Braut! Leb wohl in dieser elenden Welt, bis wir uns einmal in einer besseren wiedersehen!

Bald vielleicht; denn ich fühle, daß der Tod nach mir greift. Vielleicht gehe ich droben früher ein als er, den ich dort hinschicken mußte – gezwungen durch mein grausames Amt.

„Lebt wohl, mein Herzensfreund!“ sagte sie. „Ich verlasse Euch ohne Groll, denn Ihr tatet nur Eure strenge Pflicht. Aber nun lebt wohl! Denn wir sehen uns niemals wieder.“

Sie machte das Zeichen des Friedens über mich. – Mein Gott, gewähre mir bald den ewigen Frieden! –

Gott! Wo will sie hin? Was hat sie vor? Der Bruder ist nicht gekommen, und morgen – auf dem Rabenhügel –

(Hier bricht das Tagebuch des Amtmannes Erik Sörensen plötzlich ab; doch zur Aufklärung und Vervollständigung dieser ebenso wahren wie schrecklichen Begebenheit sollen die schriftlichen Aufzeichnungen des damaligen Nachbarpfarrers von Aalsö herangezogen werden. Sollte übrigens ein Leser die Echtheit dieser Aktenstücke in Zweifel stellen, so darf er doch nicht mit der Einkleidung das Wesentliche des Berichtes verwerfen, der – leider! – nur allzu wahr ist. Die Geschichte, die nach wie vor in der ganzen Gegend erzählt wird, fügt außerdem hinzu, gerade dieser tragische Fall sei die Ursache dafür gewesen, daß Kapitalverbrechen in Zukunft vor allen Instanzen verhandelt werden mußten. Rechtskundige müßten also wohl den entsprechenden Zeitpunkt bestimmen können.)

B. Aufzeichnungen des Pfarrers zu Aalsö

Im siebenten Jahr meiner Amtszeit begab es sich hier in der Nachbarschaft, daß der Pfarrer von Veilby, der wohlgelehrte Sören Quist, im Zorne seinen Knecht erschlug und ihn darauf zur Nacht in seinem Garten verscharrte, welches alle mit Schrecken und Entsetzen erfüllte und unserem geistlichen Stande sehr zu Schimpf und Schande gereichte.

Er wurde nach voraufgegangener gerichtlicher Untersuchung dieser grausamen Tat für schuldig befunden, sowohl durch das Zeugnis vieler als auch durch sein eigen Geständnis, und daher verurteilt, sein Leben verwirkt zu haben, welches Urteil im Beisein von Tausenden hier auf dem Aalsöer Feld exekutiert wurde.

Der Hingerichtete, dessen Seelsorger ich früher war, bat mich, ihn im Gefängnis aufzusuchen. Und um der Wahrheit die Ehre zu geben, muß ich sagen, daß ich das heilige Sakrament niemals einem besser vorbereiteten, reumütigeren und gläubigeren Christenmenschen gespendet habe. Er bekannte mit inniger Reue, daß er in fleischlicher Selbstsicherheit gewandelt und ein Kind des Zorns gewesen war, weshalb ihn Gott der Sünde und Gemütsverhärtung preisgegeben, ihn tief gedemütigt und ihn sehr elend gemacht habe, so daß er nur durch Christum wieder aufgerichtet werden konnte.

Er wahrte bis zuletzt seine Freimütigkeit und hielt auf der Richtstätte für das umstehende Volk eine Predigt voller Kraft und Weihe, welche er während seiner letzten Tage im Gefängnis ausgearbeitet und auswendig gelernt hatte. Sie handelte vom Zorn und seinen erschrecklichen Folgen, und mit bewegenden Worten sprach er von sich selbst und seiner grausamen Missetat, zu welcher der Zorn ihn verführt und hingerissen hatte. Die Worte des Textes waren genommen aus dem Buche der Klagelieder Jeremias, 2. Kapitel, 6. Vers: „Der Herr hat in seinem grimmigen Zorn den Priester schänden lassen."

Darauf legte er den Rock ab, verband sich selbst die Augen und kniete mit gefalteten Händen nieder, und als ich die Worte gesprochen hatte: „Sei getrost, lieber Bruder! Heute noch wirst du mit dem Erlöser im Paradiese sein!", fiel sein Haupt unter dem Schwert des Henkers.

Was ihm den Tod bitter machte, war der Gedanke an seine beiden Kinder, von denen das ältere, der Sohn, abwesend war – wie man annahm, in Kopenhagen, wie uns aber später bekannt wurde, in Lund, weshalb er denn erst am Abend des Tages eintraf, an dessen Morgen der Vater den Sold der Sünde erstattet hatte.

Die Tochter, die kurz zuvor dem Amtmann anverlobt worden war – sich selbst und ihrem Bräutigam zur bittersten Herzensnot –, nahm ich barmherziglich in mein Haus, wohin man sie mehr tot als lebendig brachte, frühmorgens, nachdem sie von ihrem Vater Abschied genommen hatte, den sie mit töchterlicher Zärtlichkeit im Gefängnis umsorgte.

Als ich von diesem schwersten Gange meines Lebens zurückkehrte, fand ich sie ziemlich ruhig und damit beschäftigt, die Leichenkleider für den Hingerichteten zu bereiten (denn es war erlaubt worden, ihn in christlicher Erde, wenn auch in aller Stille, zu bestatten). Sie weinte nicht mehr, aber sie sprach auch kein Wort. Auch ich schwieg, denn was sollte ich sagen? Und war ich nicht selbst von trüben Gedanken niedergedrückt?

Eine Stunde später traf mein Wagen mit der Leiche ein, und kurz darauf jagte ein junger Mann zu Pferde auf den Hof – es war der Sohn. Er warf sich über den entseelten Körper des Vaters und darauf in die Arme der Schwester. Die Geschwister hielten einander lange umschlungen, aber keines von beiden konnte ein Wort hervorbringen.

Am Nachmittag ließ ich ein Grab unmittelbar am Hauptportal der Aalsöer Kirche ausheben; dort wurden in stiller Mitternachtsstunde die sterblichen Überreste des früheren Pfarrers von Veilby bestattet. Ein Sandstein mit eingemeißeltem Kreuz, den ich zunächst für mich selbst hatte fertigen lassen, bedeckt das Grab und erinnert jeden Kirchgänger an den tiefen Sündenfall dieses Unglücklichen, die Verderbtheit der menschlichen Natur und die einzige Erlösung aus der Sünde durch das Kreuz Christi.

Am nächsten Morgen waren die beiden vaterlosen Geschwister für immer verschwunden, kein Mensch hat seitdem auch nur das geringste von ihnen hören oder erfahren können. Gott mag wissen, in welchem Winkel sie sich selbst vor der Welt verborgen halten!

Der Amtmann ist immer kränklich, und man glaubt nicht, daß er am Leben bleibt. Ich selbst bin ganz hinfällig von Sorgen und Kummer, und der Tod scheint für uns alle das höchste Gut zu sein.

Gott handele an uns nach seiner Weisheit und Barmherzigkeit!

Herr, wie unerforschlich sind deine Wege!

Im achtundzwanzigsten Jahre meiner Amtszeit und im einundzwanzigsten Jahre, nachdem mein Mitbruder Herr Sören Quist, Pfarrer zu Veilby, wegen Mordes an seinem Knecht angeklagt, verurteilt und hingerichtet worden war, geschah es, daß ein Bettler hier auf den Pfarrhof kam. Er war ein älterer Mann mit grauem Haar, der an einer Krücke ging. Vom Gesinde war gerade niemand anwesend, ich begab mich deshalb selbst in die Küche, um ihm ein Stück Brot zu reichen, und fragte ihn dann, woher er sei.

Er seufzte und erwiderte: „Von nirgendher."

Ich fragte darauf nach seinem Namen; er seufzte wieder, sah sich furchtsam um und sagte: „Sie hießen mich Niels Bruus."

Dies ging mir durch Mark und Bein, und ich sagte: „Das ist kein schöner Name, so hat man auch einen genannt, der hier vor zwanzig Jahren zu Tode geschlagen wurde."

Er seufzte noch tiefer und entgegnete: „Es ist leider nicht an dem, daß ich damals gestorben bin; schlecht ist's mir bekommen, daß ich außer Landes ging."

Mir sträubten sich die Haare, und ich begann vor Entsetzen zu beben; denn nun war mir, als erkennte ich ihn deutlich wieder. Darüber hinaus meinte ich Morten Bruus leibhaftig vor mir zu sehen, auf den ich drei Jahre zuvor die Erde geworfen hatte. Ich schrak zurück und bekreuzigte mich; ich glaubte, es sei ein Gespenst.

Er aber setzte sich an den Herdplatz und rief: „Mein Gott, Herr Pfarrer! Ich höre, mein Bruder Morten ist tot. Ich war in Ingvorstrup, aber der neue Besitzer trieb mich fort – lebt mein früherer Herr noch, der Pastor von Veilby?"

Nun fiel es mir wie Schuppen von den Augen, und ich ahnte sofort den ganzen Zusammenhang der grausigen Geschichte. Aber ich war so benommen, daß es mir für Minuten die Sprache verschlug.

„Ja", sagte er dann und biß gierig in das Brot, „es war alles Mortens Schuld – aber ist der Herr Pfarrer denn in Ungelegenheiten gekommen?"

„Niels! Niels!" rief ich mit allem Schrecken und Entsetzen meines Herzens. „Du hast eine blutige Sünde auf dein Gewissen geladen. Um deinetwillen hat dieser schuldlose Mensch sein Leben unter der Hand des Henkers lassen müssen!"

Brot und Stock entfielen dem Bettler, und er selbst wäre fast ins Feuer gestürzt.

„Gott sei dir gnädig, Morten!" stöhnte er. „Das habe ich nicht gewollt – Herr, verzeihe mir meine große Sünde! Aber Ihr wollt mich wohl nur erschrecken? Ich bin nun gerade hier angekommen, von weit hinter Hamburg her, und ich habe kein Wort davon gehört. Es hat mich auch bis jetzt niemand erkannt, Herr Pastor, und ich habe mich keinem anderen offenbart; aber als ich durch Veilby kam und fragte, ob der Herr Pfarrer noch lebe, antworteten sie: Ja."

„Das ist der neue", sagte ich, „aber nicht der, den Ihr und Euer gottloser Bruder ums Leben gebracht habt."

Da rang er die Hände, begann zu schluchzen und sich derart zu gebärden, daß ich klar erkannte, er war nur ein blindes Werkzeug in des Teufels Hand gewesen, ja, ich fing an, ihn um so mehr zu bedauern. Ich nahm ihn deshalb mit in meine Studierstube, sprach einige tröstende Worte und brachte sein Gemüt so weit zur Ruhe, daß er mir mit stockender Stimme alle Einzelheiten des höllischen Bubenstückes erklärte und auseinandersetzte.

Den Bruder Morten – einen Jünger Belials – ergriff ein tödlicher Haß gegen Herrn Sören von Veilby von der Zeit an, da er ihm seine Tochter als Frau versagt hatte. Als daher der Pfarrer seinen früheren Kutscher entlassen hatte, überredete er seinen Bruder, sich für diesen einstellen zu lassen.

„Und paß nun gut auf", hatte er zu Niels gesagt, „wenn sich die Gelegenheit bietet, werden wir dem Schwarzrock einen Streich spielen; es wird übrigens dein Schade nicht sein!"

Niels, von Natur steif und störrisch und dazu von Morten aufgehetzt, geriet bald mit seinem Herrn in Zwietracht, und als er zum ersten Male gezüchtigt worden war, unterließ er es nicht, dies auf Ingvorstrup zu melden.

„Er soll dich nur noch einmal schlagen", hatte Morten verlauten lassen, „dann wird es ihm heimgezahlt werden. Komm gleich zu mir und laß es mich wissen!"

Dann kam die Sache, als er mit dem Pfarrer im Garten Streit suchte, und darauf lief er ohne Aufenthalt nach Ingvorstrup.

Die Brüder trafen sich vor dem Hofe. Niels berichtete das Geschehene.

„Hat dich jemand auf dem Wege hierher gesehen?" fragte Morten.

Niels sagte: „Nein."

„Dann wollen wir ihm einen Schrecken einjagen", sagte Morten, „den er für vierzehn Tage nicht vergessen soll."

Niels wurde nun heimlich auf den Hof gebracht, wo er sich bis zum Abend versteckt hielt. Sobald alles zur Ruhe gegangen war, eilten beide zu einem Acker, wo vor zwei Tagen die Leiche eines Knechts von Niels' Alter, Größe und Gestalt begraben worden war. (Er hatte auf Ingvorstrup gedient und sich dort selbst erhängt; wie man munkelte, aus Verzweiflung über die tyrannische Behandlung und die Drohungen Bruus', während andere sagten, aus Liebeskummer.) Diese Leiche gruben sie wieder aus – sowenig Niels auch wollte, aber der Bruder zwang ihn – und schleppten sie heim auf den Hof, der ganz in der Nähe lag.

Nun mußte Niels alle Kleider ablegen, die der Leiche Stück für Stück angezogen wurden; sogar der Ohrring wurde nicht vergessen. Darauf gab Morten dem Toten mit dem Spaten einen Hieb über das Gesicht und einen über die Schläfe und verwahrte ihn so bis zum nächsten Abend in einem Sack. Dann trugen sie den Sack in den Wald, der dicht bei Veilby liegt.

Niels hatte wohl den Bruder mehrmals gefragt, was er im Schilde führe und weshalb er all diese Anstalten treffe, der aber hatte stets erwidert: „Darum brauchst du dich nicht zu kümmern – das laß meine Sorge sein."

Im Walde sagte Morten zu ihm: „Jetzt mußt du mir vom Pastor einen seiner Röcke holen, die er täglich trägt, am besten den langen grünen, in dem ich ihn morgens oft gesehen habe."

Niels antwortete: „Das wage ich nicht, denn die hängen in seiner Schlafstube."

„Dann wage ich es eben selbst", sagte der Bruder, „geh du nun deiner Wege und laß dich nie wieder blicken! Hier hast du einen Beutel mit hundert Talern. Die reichen wohl so lange, bis du eine Arbeit im Süden gefunden hast, aber weit fort, hörst du, wo dich niemand kennt! Nimm einen anderen Namen an und setz deinen Fuß nie wieder auf dänischen Boden. Geh nachts und verbirg dich tagsüber im Walde. Und hier ist ein Sack, den ich vom Hofe mitgenommen habe, darin hast du zu essen, bis du unseres Königs Landesgrenzen hinter dir hast. So, und nun beeil dich, und komm nicht wieder, wenn dir dein Leben lieb ist."

Niels gehorchte, und damit trennten sich die Brüder. Von diesem Tage an haben sie sich auch nie wiedergesehen.

Der Geflüchtete hatte in der Fremde viel Böses erlebt, war als Soldat angeworben worden, hatte viele Jahre gedient und war im Kriege gewesen, wo er seine Gesundheit gelassen hatte. Arm, schwach und elend kam ihm der Gedanke, seine Heimat aufzusuchen, und unter größter Not und mit vielen Beschwernissen hatte er sich durchgeschlagen.

So lautete in Kürze der Bericht des heruntergekommenen Menschen, über dessen Wahrhaftigkeit ich leider keinen Zweifel hegen konnte. Damit wurde mir klar, daß mein unglücklicher Mitbruder ein Opfer der niedrigsten Bosheit geworden war, ein Opfer auch der Verblendung seines Richters und der Zeugen und seiner eigenen leichtgläubigen Einbildungskraft.

Ach, was ist doch der Mensch, der sich zum Blutrichter über seinen Nächsten aufwerfen darf? Wer darf zu seinem Bruder sagen: Du bist des Todes schuldig? Nur Gott allein gehört die Rache; nur der allein, der das Leben gibt, darf den Tod geben. Er lohne dir nun auch droben den bitteren Märtyrertod, den du hier erdulden mußtest, er lohne ihn dir mit der unendlichen Freude des ewigen Lebens!

Ich fühlte mich nicht berechtigt, den zerknirschten, reumütigen Sünder anzuzeigen, um so weniger, als der Amtmann noch lebte; es wäre grausam gewesen, ihn über seinen schrecklichen Irrtum aufzuklären, bevor er dorthin eingeht, wo all das ans Licht kommt, was jetzt noch unserem Auge verborgen bleibt.

Ich mühte mich daher vielmehr, dem Heimgekehrten den Trost der Religion zu spenden, und ermahnte ihn anschließend auf das ernsthafteste, seinen Namen und die ganze Begebenheit vor allen Menschen geheimzuhalten. Ich versprach ihm unter dieser Bedingung Obdach und Nahrung bei meinem Bruder, der in einer weit entfernten Gegend wohnt.

Der folgende Tag war ein Sonntag. Als ich spät am Abend von meiner Nebenpfarre nach Hause kam, war der Bettler fort. Aber ehe der Abend des nächsten Tages hereinbrach, ward das Ereignis in der ganzen Nachbarschaft kund.

Von seinem unruhigen Gewissen getrieben, war er nach Rasmus geeilt und hatte sich dem Amtmann und dem ganzen Hofgesinde als der richtige Niels Bruus zu erkennen gegeben.

Der Amtmann erlitt einen Schlagfluß und starb vor Ausgang der Woche; Niels Bruus aber fand man am Dienstagmorgen tot vor der Aalsöer Kirchentür – auf dem Grabe des seligen Sören Quist.

Jens Peter Jacobsen

Ein Schuß im Nebel

Die kleine grüne Stube auf Stavnede war offenbar in erster Linie dazu eingerichtet, als Durchgang zu der übrigen Zimmerflucht zu dienen. Jedenfalls luden die kurzlehnigen Stühle, die an der perlfarbenen Täfelung entlang aufgestellt waren, nicht zu längerem Verweilen ein. Mitten an der Wand hing ein Hirschgeweih und krönte eine helle Stelle, deren Form deutlich zeigte, daß hier einmal ein ovaler Spiegel seinen Platz gehabt hatte. Das eine der Enden trug einen breitrandigen Damenstrohhut mit langen seladongrünen Bändern. Rechts davon in der Ecke standen eine Vogelflinte und eine durstige Kalla, in der anderen ein Bündel Angelruten, und in eine der Schnuren war ein Handschuhpaar eingeknotet. Mitten in der Stube befand sich ein kleiner runder Tisch mit vergoldetem Fuß, ein großer Strauß von Farnen lag auf seiner schwarzen Marmorplatte.

Es war am späten Vormittag. In einem großen goldenen Strom drang das Sonnenlicht durch eine der oberen Fensterscheiben herein und ergoß sich mitten zwischen die Farne. Einige von ihnen waren saftig grün, die meisten jedoch welk, nicht trocken und zusammengerollt, sie hatten noch ganz ihre Form, aber die grüne Farbe war einer Unendlichkeit von gelben und braunen Schattierungen gewichen, vom zartesten Weißgelb bis zum kräftigsten Rotbraun.

Am Fenster saß ein Mann von etwa fünfundzwanzig Jahren und starrte auf die heiteren Farben. Die Tür zum Nebenzimmer stand weit offen, und dort drinnen saß eine schlanke junge Dame am Klavier und spielte. Das Klavier stand dicht an dem offenen Fenster, und das Fensterbrett war so niedrig, daß sie auf den Rasenplatz und den Weg hinausschauen konnte, wo ein junger Mann in einem recht stilvollen Reitanzug damit beschäftigt war, einen Schimmel zuzureiten. Der Reiter war ihr Verlobter. Niels Bryde hieß er; sie war die Tochter des Hauses. Der Schimmel da draußen gehörte ihr, und der Mann, der in dem Vorzimmer saß, war ein Vetter von ihr, ein Sohn ihres Onkels väterlicherseits, des Gutsbesitzers Lind auf Begtrup, der arm und verschuldet gestorben war und von dem man zeitlebens kein gutes Wort gesprochen hatte, was er ja auch nicht verdient hätte. Lind auf Stavnede hatte sich des Sohnes Henning angenommen und für seine Erziehung gesorgt, doch nur so recht und schlecht; denn obwohl Henning recht begabt war und große Lust zum Studieren hatte, wurde er doch, sobald er konfirmiert worden war, vom Gymnasium heruntergenommen und kam darauf wieder heim nach Stavnede, um die Landwirtschaft zu erlernen. Jetzt war er so etwas wie Verwalter auf dem Hof, aber er verfügte über keine rechte Autorität, da der alte Lind es nicht lassen konnte, überall mit hineinzureden.

Seine Stellung war im großen und ganzen recht unerquicklich. Das Gut befand sich in schlechter Verfassung, und man konnte nichts tun, um es in einen besseren Zustand zu versetzen, da es an Kapital mangelte. Es konnte überhaupt nicht die Rede davon sein, mit der Zeit Schritt zu halten, ja, nicht einmal mit dem Nachbarn konnte man das. Alles mußte gehen, wie es immer gegangen war, Gott weiß wie lange: soviel wie möglich für sowenig wie möglich. In schlechten Jahren mußten daher auch Ländereien verkauft werden, damit man trotzdem bares Geld in die Finger bekam.

Es war für einen jungen Mann alles in allem ein recht trauriger Betrieb, für den er da seine Zeit drangeben und seine Kräfte einsetzen sollte. Hinzu kam, daß der alte Lind sehr aufbrausend und starrköpfig war, und da er Henning die erwähnten Wohltaten erwiesen hatte, glaubte er, ihm keinerlei Rücksichten schuldig zu sein. Wurde er heftig, so unterließ er es daher nie, ihm zu verstehen zu geben, was für ein verhungerter kleiner Balg er gewesen sei, als er ihn zu sich genommen hatte, und wenn er ernstlich böse wurde, machte er ganz sicher wahre, aber auch höchst schonungslose Andeutungen über den Lebenswandel seines Vaters.

Ein unverheirateter Onkel unten im Schleswigschen, der einen ausgedehnten Holzhandel betrieb, hatte mehrmals versucht, Henning zu sich hinunterzubekommen, und dieser wäre auch schon längst dem Leben auf Stavnede entlaufen, wenn er nicht so sehr in die Tochter verliebt gewesen wäre, daß er sich die Möglichkeit, an einem anderen Ort zu leben als sie, nicht ausdenken konnte. Es war jedoch keine glückliche Liebe. Agathe mochte ihn gut leiden, sie hatten als Kinder zusammen gespielt, eigentlich auch noch als Erwachsene, aber als er ihr eines Tages – es war jetzt ein Jahr her – einen Antrag gemacht hatte, war sie ärgerlich und zugleich bestürzt gewesen und hatte ihm gesagt, sie halte das für einen unüberlegten Scherz und hoffe nicht, daß er ihr Veranlassung geben werde, es für hellen Wahnsinn zu halten, indem er ihr jemals wieder ähnliches andeute.

Es war nämlich so, daß ihn die entwürdigende Behandlung, der sie ihn ständig ausgesetzt sah und die er – ganz gewiß mit Rücksicht auf seine Liebe zu ihr – hinnahm, in ihren Augen wirklich herabgewürdigt hatte, so daß sie ihn als einer anderen und niederen Kaste als ihrer eigenen zugehörig betrachtete, nieder nicht, was den Rang betraf oder weil er arm war, sondern nieder im Hinblick auf das Gefühl, den Ehrbegriff.

Dann erfolgte einige Zeit darauf die Verlobung mit Bryde.

Was hatte Henning in dem Vierteljahr nicht gelitten, das seitdem vergangen war! Und doch blieb er; er konnte den Gedanken nicht aufgeben, sie zu gewinnen, er hoffte, es werde irgend etwas geschehen, ja, er hoffte eigentlich kaum, er phantasierte von merkwürdigen Begebenheiten, die eintreten und der Verbindung ein Ende machen würden, aber er erwartete nicht, daß seine Phantasien Wirklichkeit würden, er brauchte sie nur als Vorwand für sein Verbleiben.

„Agathe!“ rief draußen der Reiter und brachte sein Pferd vor dem offenen Fenster zum Stehen. „Du siehst ja gar nicht nach uns! Jetzt machen wir unsere Sache doch so hübsch!“

Agathe wandte ihren Kopf nach dem Fenster, nickte ihm zu und sagte, indem sie weiterspielte: „Aber natürlich sehe ich euch, ihr wärt ja drüben an dem Schneeballbusch beinahe gestürzt!" Und sie ließ die Finger rasch ein paarmal hoch im Diskant über die Tasten gleiten.

„Los nun – hopp!" Und sie ging zu einer lauten Galoppade über. Aber der Reiter blieb stehen.

„Nun?"

„Sag mal, willst du den ganzen Vormittag dort am Klavier sitzen bleiben?"

„Ja."

„Ja, dann glaube ich, wir versuchen es – ja, wir können dann wohl noch nach dem Hof von Hagested hinüberreiten und zu Mittag wiederkommen?"

„Ja, wenn ihr euch beeilt. Adieu, dicker Bläß, adieu, Niels!"

So ritt er los. Sie schloß das Fenster und spielte weiter, hörte jedoch bald auf – es war doch viel amüsanter, zu spielen, wenn er draußen ritt und ungeduldig war.

Henning sah dem Davonreitenden nach. Wie er diesen Menschen haßte; wenn es ihn doch nicht gegeben hätte..., und sie paßten gar nicht zusammen. Wenn es doch nur einmal eine Unstimmigkeit gäbe, damit sie sich einander so zeigten, wie sie wirklich waren...!

Agathe kam in die grüne Stube, die Melodie des Nocturne summend, das sie soeben gespielt hatte, und trat an den kleinen Tisch, wo sie den Farnstrauß zu ordnen begann. Das Sonnenlicht fiel unmittelbar auf ihre Hände, sie waren groß und weiß und schön geformt. Henning war stets bezaubert von diesen schmucken Händen, und heute trug sie sehr weite Ärmel, so daß man den runden Arm bis hinauf zum Ellbogen sehen konnte. Sie waren so üppig, diese Hände mit ihrer weichen Fülle, ihrem blendenden Weiß und ihren kräftigen Formen; und dann das feine, wechselnde Muskelspiel, die anmutigen Bewegungen – es war eine so reizende wogende Bewegung, wenn sie über ihr Haar strichen. Wie oft hatten sie ihm schon leid getan, wenn sie über die dummen Tasten springen und diese überspannen mußten. Das schickte sich gar nicht für sie, sie sollten still im Schoß eines dunklen Seidenkleides liegen, mit großen Ringen geschmückt wie nackte Haremsfrauen.

Wie sie so dastand und sich mit den Farnen zu schaffen machte, lag in ihrem Gesicht ein Ausdruck gleichgültigen Glücks, der Henning aufbrachte. Warum mußte das Leben so hell und so leicht für sie sein, für sie, die ihm einen jeden Lichtstrahl geraubt hatte? Wenn er sie nun aus dieser lichten Ruhe aufscheuchte, wenn er ihr einen kleinen Schatten über den Weg jagte? Sie hatte seine Liebe vor ihren Füßen in den Staub geworfen und war darüber hinweggeschritten, als wäre sie ein lebloses Ding, als handelte es sich nicht um eine Menschenseele, die sich in dieser Liebe sehnsuchtsvoll und krank vor Glücksverlangen krümmte und wand...

„Jetzt wird er wohl bald in Borreby sein“, sagte er und schaute zum Fenster hinaus.

„Nein, er wollte auf den Hagestedhof“, antwortete sie.

„Nun ja, das andere liegt ja nicht weit ab vom Wege.“

„Was denn? Es liegt doch wirklich nicht *am* Wege!“

„Nein, da liegt es ja auch nicht – kommt er oft dorthin?“

„Wohin?“

„Nach Borreby natürlich, zum Waldhüter.“

„Das weiß ich wirklich nicht – was sollte er dort wollen?“

„Ach, es ist wohl auch nur so ein Gerede von den Leuten; du weißt ja, die haben eine schöne Tochter.“

„Ja, und was ist mit der?“

„Ja Herrgott! Die Männer sind doch nicht alle Mönche!“

„Erzählt man sich da etwas?“

„Ach was, man erzählt sich ja von allen Leuten etwas, aber er könnte wirklich etwas vorsichtiger sein.“

„Aber was sagt man denn? Was sagt man?“

„Ach, heimliche Zusammenkünfte und ... das Übliche.“

„Du lügst, Henning! Kein Mensch sagt das, das denkst du dir nur alles aus.“

„Warum fragst du dann? – Welches Vergnügen sollte ich übrigens daran haben, jemandem von dem Glück zu erzählen, das er bei den Mädchen in Borreby hat?“

Sie ließ die Farne liegen und trat zu ihm. „Für so gemein hätte ich dich doch nicht gehalten, Henning!“ sagte sie.

„Ja, Liebste, ich kann gut verstehen, daß du aufgebracht bist, es muß ja auch unangenehm für dich sein, daß er sich nicht soweit zu beherrschen vermag – wenigstens jetzt.“

„Pfui, Henning! Das ist häßlich und unwürdig von dir, aber ich glaube deine Lügen nicht."

„Ja, ich bin es ja auch nicht, der dies sagt", sprach er und sah vor sich zu Boden, „*ich* habe es nicht gesehen, wie sie sich küssen."

Agathe beugte sich zu ihm hin und schlug ihn voll Verachtung auf die Wange.

Er wurde leichenblaß und sah mit einem Blick zu ihr auf, der halb der eines kranken Hundes, halb der eines gekränkten Mannes war. Agathe verbarg das Gesicht in den Händen und ging an die offene Tür. Dort blieb sie einen Augenblick stehen und stützte sich, als schwindle ihr, dann sah sie über die Schulter zu ihm hin und sagte kalt und ruhig: „Henning, ich will dir nur noch sagen, ich bereue *nicht*, was ich getan habe!"

Darauf ging sie.

Henning saß lange wie betäubt da, dann wankte er hinauf auf sein Zimmer und warf sich auf sein Bett. Ihm ekelte vor sich selbst. Nun war alles vorbei – das Klügste, was er tun konnte, war, sich eine Kugel in den Kopf zu schießen. Leben – sich durchs Leben schleichen mit schielenden Blicken wie ein getretener Hund? – Nein! – Mit einem Schlag hatte sie ihn zum Sklaven gestempelt, und sie hatte recht, einer solchen Niedrigkeit gegenüber konnte man auch nichts anderes tun. Wie hatte er sie geliebt! Brennend – wahnsinnig, aber nicht wie ein Mann, wie ein Hund – im Staube zu ihren Füßen wie vor einem Götterbild. Sie standen im Garten und schnitten ihre Namen in einen Baumstamm, der Wind spielte mit ihrem Haar, er küßte heimlich und verstohlen eine ihrer flatternden Locken und war noch Tage danach glücklich. Nein, seine Liebe hatte niemals männlichen Mut und kühne Hoffnung besessen, er war in allem ein Sklave, in seiner Liebe, seiner Hoffnung, seinem Haß. – Warum hatte sie nicht geglaubt, was er erzählte, sondern blind auf Niels vertraut? Er hatte sie nie belogen, es war die erste niedrige Handlung, die er je begangen hatte, und sie hatte es sofort gesehen! Und zwar, weil sie ihm nie etwas anderes zugetraut hatte als Niedriges und Gemeines. Sie hatte ihn nie verstanden, und um ihretwillen hatte er dieses lange kümmerliche Leben auf

Stavnede ertragen, wo ein jeder Bissen Brot, den er in den Mund steckte, durch das Wissen darum verbittert wurde, daß es sich um eine milde Gabe handelte. Er konnte rasend werden bei diesem Gedanken. Wie er sich selbst haßte wegen seiner wahnsinnigen Geduld, seiner demütigen Hoffnung! Er hätte sie umbringen können für das, was sie aus ihm gemacht hatte, und er *würde* sich rächen, sie sollte ihm die Jahre der Erniedrigung, die tausend qualvollen Stunden bezahlen. Rache für seine verlorene Selbstachtung. Rache für seine sklavische Liebe und für den Schlag auf die Wange!

So wiegte er sich nun in Racheträumen wie einst in Liebesträumen, und er erschoß sich nicht, er reiste auch nicht ab.

An einem Vormittag, zwei oder drei Tage später, stand Henning mit der Büchse und Jagdtasche unten auf dem Hof. Wie er so dastand, kam Niels Bryde geritten, ebenfalls zur Jagd gerüstet, und obwohl nun die beiden sehr wenig voneinander zu halten schienen, redeten sie doch so freundlich miteinander und gaben sich sehr erfreut darüber, daß es sich so glücklich traf und sie den Jagdausflug gemeinsam unternehmen konnten. Sie begaben sich also hinab zur „Rönne", einer ziemlich großen, heidekrautbewachsenen, niedrigen und flachen Insel draußen an der Mündung der Förde. Die „Rönne" wurde auf den Herbst hin viel von Seehunden aufgesucht, die sich auf den flachen, dem Strand vorgelagerten Sandbänken wälzten oder auf den großen Ufersteinen schliefen, die am Rande lagen. Und diesen Seehunden galt die Jagd. Als sie die Stelle erreicht hatten, ging jeder seinen eigenen Weg am Wasser entlang. Das graue, diesige Wetter hatte viele Seehunde hereingelockt, und die Jäger hörten einander fortwährend schießen. Allmählich nahm der Dunst zu, und um die Mittagszeit lag der Nebel dicht über Insel und Förde, es war unmöglich, aus zwanzig Schritt Entfernung Steine und Seehunde voneinander zu unterscheiden.

Henning setzte sich am Strand hin und starrte in den Nebel. Es war völlig still, nur ein leiser, schwappender Laut vom Wasser und das ängstliche Pfeifen eines einsamen Strandläufers tauchten zuweilen aus der schweren, drückenden Stille auf.

Er war all dieser Gedanken müde, müde der Hoffnung, müde des Hasses, krank vom Träumen. Ganz still dasitzen und schläfrig vor sich hin starren, sich die Welt als etwas anderes vorstellen, das weit in der Ferne lag, als etwas, das überstanden war, ganz still hier sitzen und die Stunden eine nach der anderen ersterben lassen, das war Frieden, das war fast Seligkeit.

Da erklang ein Lied durch den Nebel, keck und jubelnd:

„Am Maientag führ' ich die Braut nach Haus,
eine Rose in Lilien, so schaut sie aus,
spielt, Spielleute, spielt!
Der Tag schmück' dem Walde den Hut mit Grün,
der Wiese mit Blumen die Brust.
Voll möge der Mond in der Nacht erglühn,
doch die Sonne soll tanzen vor Lust.
Und der Kuckuck soll rufen, vom Glück uns sagen,
und Drosseln soll'n flöten, Finken soll'n schlagen,
doch die Sorge, die bleibe zu Haus."

Es war Niels Brydes klare Stimme. Henning sprang auf; wie ein Blitz schlug der Haß bei ihm ein, seine Augen brannten, er lachte heiser, dann riß er die Büchse an die Wange.

„Doch die Sorge, die bleibe zu Haus",

erklang es noch einmal. Er zielte nach dem Klang im Nebel, die letzten Worte erstarben im Knall – dann war alles still wie zuvor. Henning mußte sich auf die rauchende Büchse stützen, er hielt den Atem an, um zu horchen – nein, Gott sei Dank! Es war nur das Schwappen des Wassers und der ferne Schrei aufgeschreckter Möwen. – Doch! Da drinnen im Nebel wimmerte etwas. Er warf sich auf die Erde, drückte das Gesicht ins Heidekraut und hielt sich die Ohren zu. Deutlich sah er das verzerrte Gesicht, die krampfhaften Zuckungen der Glieder und das rote Blut, das unaufhaltsam aus der Brust hervorquoll, Strom auf Strom, herausgetrieben von jedem Herzschlag – er sah es auf die braunen Spitzen des Heidekrauts fallen, an Ästchen und Stengeln herabrieseln und zwischen den schwarzen Wurzeln versickern.

Er hob den Kopf und horchte. Es wimmerte noch immer, aber er *wagte* es nicht, hinzugehen, nein, nein! Er riß mit den Zähnen am Heidekraut, er grub die Hände in die lockere Erde, wie um ein Versteck zu suchen, wälzte sich wie ein Wahnsinniger hin und her, aber noch immer war es da drinnen nicht vorbei, noch immer hörte er es klagen.

Endlich war es still. Er lag lange und lauschte, dann kroch er langsam auf allen vieren in den Nebel hinein. Es dauerte lange, ehe er etwas sehen konnte, dann fand er ihn endlich am Fuße eines kleinen Erdhügels. Er war tot, der Schuß hatte ihn direkt in die Herzgrube getroffen.

Henning nahm die Leiche in die Arme und trug sie quer über die „Rönne“ in das Boot, in dem sie übergesetzt waren, dann ergriff er die Ruder und ruderte an Land. Von dem Augenblick an, in dem er die Leiche sah, hatte sich seine Erregung gelegt, und eine stille Wehmut war an ihre Stelle getreten. Er dachte an die Vergänglichkeit des Lebens und wic er die zu Hause am schonendsten vorbereiten konnte.

Als er an Land gekommen war, ging er zu einem Bauernhof hinauf, um sich ein Fuhrwerk zu beschaffen. Der Mann fragte, wie das Unglück geschehen sei. Der Bericht formte sich wie von selbst auf Hennings Lippen: Bryde sei draußen an der Westseite mit der Büchse in der Hand über einen Hügel gekrochen, der Hahn sei wohl halb gespannt gewesen, etwas muß sich darin verfangen haben, und der Schuß sei losgegangen. Henning habe aus dem Schuß schließen können, daß sie nahe beieinander waren, und Bryde etwas zugerufen. Als er keine Antwort erhalten habe, sei er unruhig geworden und dem Knall nachgegangen, und da habe er Bryde am Fuß einer Bodenerhebung liegen sehen, aber er sei bereits tot gewesen.

Er erzählte das Ganze ruhig, in einem gedämpften, betrübten Ton und empfand überhaupt kein Schuldgefühl, während er berichtete. Aber als sie die Leiche auf den Wagen hoben und diese in das Stroh sank, fiel der Kopf zur Seite und schlug mit einem schwachen, dumpfen Laut gegen den Wagenkasten, und da war Henning einer Ohnmacht nahe und verspürte eine starke Herzbeklemmung, als sie mit der Leiche über Borup nach dem Hagestedhof fuhren.

Als er die Leiche übergeben hatte, war sein erster Gedanke, seiner Wege zu gehen, und nur mit allergrößter Selbstüberwindung zwang er sich zu bleiben, bis die Beerdigung vorüber war. Während dieser Wartezeit überkam ihn nach außen hin eine fieberhafte Unruhe, und seine Gedanken hatten etwas seltsam Schreckhaftes, so daß sie sich nicht auf etwas Bestimmtes konzentrieren konnten, sondern von dem einen zum anderen flatterten. Dieses rastlose Wirbeln und Kreisen, dem Einhalt zu gebieten er nicht die Kraft hatte, machte ihn fast wahnsinnig, und wenn er allein war, begann er zu zählen oder summte vor sich hin und schlug den Takt mit dem Fuß, um auf diese Weise gleichsam die Gedanken zu fesseln und nicht in ihren schrecklichen, ermattenden Rundtanz hineingewirbelt zu werden.

Endlich fand das Begräbnis statt.

Am nächsten Tage war Henning unterwegs zu seinem Onkel, dem Holzhändler, um ihn zu bitten, ihm eine Stelle in seinem Geschäft zu geben. Er fand den Onkel in sehr gedrückter Stimmung. Seine alte Haushälterin war nämlich vor einem Monat gestorben, und gerade in diesen Tagen hatte er seinen Geschäftsführer wegen Veruntreuung entlassen müssen. Henning war daher höchst willkommen. Er arbeitete sich mit Eifer in das Geschäft ein, und nach Verlauf eines Jahres übernahm er die Leitung.

Vier Jahre später sind eine Reihe Veränderungen vor sich gegangen. Der Holzhändler ist tot, und Henning ist zu seinem Haupterben bestimmt worden. Der alte Lind auf Stavnede ist ebenfalls zu seinen Vätern gegangen, hat das Gut jedoch so verschuldet hinterlassen, daß es verkauft werden mußte, und bei dem Verkauf ist für Agathe so gut wie nichts übriggeblieben. Der neue Besitzer von Stavnede ist Henning, der den Holzhandel aufgegeben hat und in die Landwirtschaft zurückgekehrt ist. Auf dem Hagestedhof ist ein gewisser Klavsen Niels Brydes Nachfolger geworden und wird binnen kurzem Hochzeit mit Agathe halten, die jetzt im Pfarrhaus lebt. Sie ist noch schöner als früher. Mit Henning dagegen verhält es sich anders. Ihm ist nicht anzusehen, daß er sein Glück gemacht hat. Er sieht fast alt aus, seine Gesichtszüge sind scharf, sein Gang ist matt, er geht etwas gebeugt, spricht wenig und sehr leise, seine Augen haben einen merkwürdig trockenen Glanz angenommen, und sein Blick ist unruhig und wild. Wenn er sich allein glaubt, redet er leise mit sich selbst und gestikuliert dazu. Die Leute in der Gegend glauben daher, daß er trinkt.

Aber das ist es nicht. Tag und Nacht, wann immer es auch ist, niemals weiß er sich sicher vor dem Gedanken an Niels Brydes Ermordung. Sein Geist und seine Fähigkeiten sind in dieser ewigen Angst dahingewelkt, denn wenn dieser Gedanke kam, war es nicht wie Reue oder dumpfer Kummer, sondern wie lebendes, flammendes Entsetzen, ein furchtbares Delirium, in dem sich das Auge trübt, so daß sich alles bewegt: strömend, triefend, seltsam rieselnd, und alles hat die Farbe gewechselt, ist leichenblaß oder blutig dunkelrot. Und es ist ein Ziehen in all diesem Strömen, als sauge es an allen Adern, als zehre es an all den Fäden der Nerven, und die Brust keucht in namenloser Angst, aber kein erlösender Schrei, kein erleichternder Seufzer vermag sich seinen Weg über die bleichen Lippen zu bahnen. Solche Gesichter sind Folgen dieses Gedankens, darum fürchtet er ihn, darum ist sein Blick unruhig und sein Gang so matt.

Diese Furcht war es, die ihn entkräftet hatte, und die Kraft, die ihm noch verblieben war, lebte in seinem Haß. Denn er haßte Agathe, haßte sie, weil seine Seele an der Liebe zu ihr zugrunde gegangen, sein Lebensglück durch sie zerstört worden war, sein innerer Frieden; aber am meisten haßte er sie, weil sie nichts ahnte von jener ganzen Welt von Qual und Elend, die sie geschaffen hatte. Und wenn er jetzt unter drohenden Gebärden mit sich selbst redete, so war es Rache, woran er dachte, waren es Rachepläne, die er schmiedete. Aber er ließ sich nichts anmerken, er war die Freundlichkeit selber gegenüber Agathe, er bestritt die Kosten für ihre Aussteuer, und später geleitete er sie zum Traualtar; und seine Freundlichkeit kühlte sich auch nach der Hochzeit nicht ab, er half und beriet Klavsen in jeder Weise, und gemeinsam tätigten sie mehrere größere Spekulationsgeschäfte, die zu einem ausgezeichneten Ergebnis führten. Henning hörte dann auf, aber Klavsen hatte Lust weiterzumachen, und Henning versprach, ihm mit Rat und Tat beizustehen. Das tat er auch. Er streckte ihm sehr bedeutende Geldsummen vor, und Klavsen machte eine Spekulation nach der anderen. Er gewann bei einigen, verlor bei mehreren, aber je mehr er spekulierte, desto eifriger wurde er. Eine sehr große Transaktion sollte ihn endlich zum reichen Manne machen. Sie machte viele große Zahlungen erforderlich, und Henning half Klavsen ständig; nur die letzte stand noch aus, da zog Henning sich zurück.

Die Aussichten erschienen Klavsen sehr verheißungsvoll, und wenn er sich jetzt aus der Angelegenheit zurückzog, war er ruiniert, aber zahlen konnte er nicht. Da schrieb er Hennings Namen unter einige Wechsel; niemand würde Verdacht schöpfen, und der Gewinn würde sich bald einstellen.

Die Transaktion schlug fehl. Klavsen war fast ruiniert. Der Fälligkeitstermin der Wechsel war nahe, das Letzte mußte versucht werden, und so schickte er Agathe hinauf nach Stavnede. Henning war erstaunt, sie zu sehen, denn sie war erst kürzlich mit einem Kind niedergekommen, und das Wetter war rauh und regnerisch. Er führte sie in die grüne Stube, und sie berichtete dort von der mißglückten Spekulation und von den Wechseln.

Henning schüttelte den Kopf und sagte ruhig und sanft, sie müsse ihren Mann mißverstanden haben, man schreibe den Namen anderer Leute nicht unter Wechsel, das sei nämlich ein Verbrechen, geradezu ein Verbrechen, das vom Gesetz mit Zuchthaus bestraft werde.

Nein, nein, sie habe ihren Mann nicht mißverstanden, sie wisse, daß es ein Verbrechen sei, und eben darum müsse er helfen. Wenn er lediglich keinen Einspruch gegen die Unterschrift erhebe, dann sei alles wieder gut.

Ja, dann müsse er aber die Wechsel einlösen, und das könne er nicht, er habe schon so viel Geld in Klavsens Unternehmen gesteckt, daß er über seine Kräfte belastet sei. Er könne es nicht.

Sie weinte und flehte.

Aber sie solle doch wirklich bedenken, daß er durch Klavsen ungeheuer viel verloren habe. Und als sie ihm berichtete, die Transaktion sei fehlgeschlagen, da sei ihm wirklich gewesen, als habe ihm jemand eine Ohrfeige gegeben, so überrascht und bestürzt sei er gewesen. Als er diesen Ausdruck gebrauchte, fiel ihm ein, daß sie ihn einmal geschlagen hatte – ob sie sich dessen erinnern könne? Nein? – Es sei an dem Tag geschehen, als er sie damit aufgezogen habe, daß Bryde... Ob sie sich wirklich nicht mehr daran erinnern könne? Doch, sie habe ihm in liebenswürdigem Zorn auf die Wange geschlagen, auf diese Wange hier.

Ja, aber ob er denn wirklich nicht helfen könne?

Hier in der Stube sei es gewesen. Ach, das sei eine andere Zeit gewesen, eine merkwürdige Zeit. Er glaube sogar, er habe ihr einmal einen Antrag gemacht, es käme ihm so vor. Gesetzt den Fall, sie hätte ihn angenommen – aber es sei ja töricht, davon zu reden, nein, Bryde sei ein schmucker Mann gewesen – und daß er so traurig ums Leben kommen mußte, der schmucke Bursche!

Ja, ja, aber gab es denn wirklich keinen Ausweg, wirklich keinen?

Sie sollte das mit den Wechseln nicht glauben, das habe Klavsen ihr nur weisgemacht, um ihn dazu zu bewegen, ihm noch ein wenig zu helfen, das sei ein Trick, Klavsen sei pfiffig, sehr tüchtig, sehr tüchtig.

Nein, es sei wirklich so, wie sie gesagt habe. Wenn sie mit einer abschlägigen Antwort zurückkäme, müsse Klavsen nach Amerika flüchten, der Wagen, der ihn zur Bahnstation von Voer bringen solle, habe bereits vor dem Schuppen gestanden, als sie sich hier herauf begeben habe.

Nein, das habe er von Klavsen nicht geglaubt. Das sei doch der gemeinste Gaunerstreich! Den Mann in Ungelegenheiten zu bringen, der ihm immer wieder geholfen habe! Er müsse sehr schlecht sein. Es sei empörend, die Frau und das unschuldige Kind auf diese Weise in Unehre zu bringen. Sie solle nur hören, was die Leute sagen würden! Arme Agathe, arme Agathe!

Sie warf sich ihm zu Füßen und flehte: „Henning, Henning, hab doch Erbarmen mit uns!“

„Nein und tausendmal nein, *mein* Name soll fleckenlos bleiben, ich helfe keinem Verbrecher.“

Da ging sie.

Henning schrieb an die Polizei in Voer, man solle Klavsen wegen Wechselfälschung festnehmen, wenn er sich auf der Bahnstation zeige. Ein reitender Bote wurde mit dem Brief abgesandt.

Am Abend hörte er, daß Klavsen abgereist sei, am nächsten Tage, daß man ihn in Voer festgenommen habe.

Agathe mußte sich ins Bett legen, als sie nach Hause kam. Geschwächt, wie sie nach der eben überstandenen Entbindung war, hatte sie die Anstrengung und die heftigen Gemütsbewegungen nicht ertragen können. Die Nachricht, daß Klavsen verhaftet worden sei, brach sie völlig. Die Krankheit nahm einen heftigen fiebrigen Charakter an, und drei Tage später wurde die Nachricht nach Stavnede überbracht, daß Agathe tot sei.

Am Tage vor der Beerdigung ging Henning nach dem Hagestedhof. Das Wetter war dunkel und neblig, das Laub fiel in Massen, und es lag ein herber, erdiger Geruch in der Luft.

Man führte ihn in das Zimmer der Toten, die Fenster waren mit weißen Tüchern verhängt, zwei Kerzen brannten neben dem Kopfkissen der Verstorbenen. Die Luft war schwül von dem Blumenduft der vielen Kränze und von dem Firnisgeruch des Sarges. Er wurde fast feierlich gestimmt, als er sie in dem phantastischen weißen Totenkleid daliegen sah. Man hatte ihr ein weißes Leinentuch über das Gesicht gebreitet; er ließ es liegen. Ihre Hände lagen gefaltet auf der Brust; sie hatten ihr weiße Baumwollhandschuhe angezogen. Er nahm die Hand, zog den Handschuh ab und steckte ihn an seine Brust. Dann betrachtete er neugierig die Hand, bog die Finger und hauchte sie an, wie um sie zu erwärmen. Lange hielt er ihre Hand in der seinen, es wurde immer dunkler in dem Raum, der Nebel draußen verdichtete sich. Dann beugte er sich auf ihr Antlitz hinab und flüsterte: „Leb wohl, Agathe! Ich will dir etwas sagen, ehe wir voneinander scheiden: Ich bereue auch nicht, was ich getan habe!“ Darauf ließ er die Hand los und ging.

Als er hinauskam, vermochte er kaum das Scheunengebäude zu sehen, so dicht war der Nebel. Er ging den

Strand entlang nach Hause. – Jetzt war er gerächt ... und nun? Was war morgen, was übermorgen? – Es war so still, nur ein leises Geräusch von dem Wasser da unten, aber er konnte sein Herz nicht hören, es schlug wohl, doch so matt, so matt – was war das? Es klang wie ein Schuß! Und noch einer! Er schüttelte den Kopf, lächelte und murmelte: „Nein, nicht zwei, nur einer!" Er war so müde, aber ausruhen – er hatte keine Ruhe, um auszuruhen. Er blieb einen Augenblick stehen und sah sich um; es war nicht viel zu sehen, der Nebel bildete eine Mauer um ihn, Nebel über ihm, Nebel ringsum, Sand unter ihm. Da standen seine Fußspuren im Sand, in einer geraden Linie, mitten in den Nebelkreis hinein reichten sie, nicht weiter; er ging wieder ein Stück – nein, sie reichten nicht weiter als bis zur Mitte, aber hinter ihm, wo er gegangen war, da waren Kreise von seinen Schritten. – Er war doch sehr müde. Es war der Sand, der das Gehen so schwer machte; jede Fußspur hatte ihn etwas von seinen Kräften gekostet, ja, es war eine Reihe von Gräbern seiner geschwundenen Kräfte – und nach der anderen Seite hin lag der Sand eben und glatt und wartete. Da überlief ihn ein Schauer: Es geht jemand über mein Grab – es geht jemand in meinen Fußspuren, es raschelt hinter mir im Nebel wie von Frauenkleidern, es bewegt sich etwas Weißes in dem weißen Nebel. Er schritt wieder aus, so kräftig er vermochte. Die Knie zitterten ihm, es wurde ihm schwarz vor Augen, aber vorwärts mußte er, fort durch den Nebel; denn das da drinnen folgte ihm ständig. Es kam näher und näher, die Kräfte drohten ihm zu schwinden, er schwankte von der einen Seite auf die andere, seltsame Blitze fuhren an seinen Augen vorüber, grelle, schneidende Laute klangen ihm im Ohr, der kalte Schweiß stand ihm auf der Stirn, seine Lippen öffneten sich vor Entsetzen, dann brach er im Sand zusammen. Und aus dem Nebel kam es, formlos und doch wahrnehmbar, schwer und langsam schlich es über ihn hinweg. Er versuchte sich zu erheben, da griff es ihm an die Kehle, mit klammen, weißen Fingern...

Am nächsten Tage, als Agathe begraben werden sollte, mußte das Trauergefolge eine Weile warten, aber es kam niemand von Stavnede, um ihr das letzte Geleit zu geben.

Minna Canth

Nach dem Gesetz

1

Obwohl Toikas Frau schon drei kleine Kinder hatte, deren Altersunterschied höchstens anderthalb Jahre betrug, war sie noch ein hübsche, reizende Person. Gar kein Wunder! Sie war gerade zweiundzwanzig geworden, und in diesem Alter schwindet die Schönheit nicht so schnell. Besonders dann nicht, wenn man sie ein wenig pflegt. Und Toikas Maria wußte mit ihrem anmutigen Gesicht und mit ihrer prachtvollen Figur schon etwas anzufangen, denn sie nahm damit alle für sich ein, ganz besonders die Männer. Ville, ihr eigener Mann, hätte sich aus ihr auch kaum soviel gemacht, wenn sie zu ihm nicht ebenso zärtlich gewesen wäre wie damals, als sie noch Braut und Bräutigam waren.

Manchmal gab es ein bißchen Eifersucht, doch das hatte nichts zu sagen. Fast absichtlich brachte ihn Maria immer etwas auf, denn sie sah es zu gern, wenn dieser gesunde und kräftige Mann vor Erregung zitterte. Im allgemeinen war Ville ungewöhnlich gutmütig, aber bei solchen Anlässen konnte er so außer sich geraten, daß seine Augen Feuer sprühten. Maria amüsierte sich im stillen und ließ ihn ein Weilchen zappeln. Dann ging sie zu ihm, setzte sich neben ihn, schlang die Arme um seinen Hals, streichelte ihm die Wangen, diese rauhen Wangen, und lachte ihm alle schlechte Laune fort. Die ließ sich gewöhnlich auch leicht auf diese Weise vertreiben. Ville riß sie mit solcher Gewalt an sich, daß keine Macht der Welt gewagt hätte, sich hier einzumischen. Und dann glaubte sie in seiner ungestümen Umarmung fast zu ersticken. Ob ihr Mann sie auch so geliebt hätte, wenn sie häßlich gewesen wäre? Gewiß! Aus Gnade hätte er sie behalten, und arbeiten hätte er sie lassen, genau wie eine Sklavin. So machten es ja wohl die anderen Männer, die nur ein kümmerliches und vorzeitig verbrauchtes altes Weib hatten.

Maria ging auch netter angezogen als die anderen. Darum beneideten viele sie, doch das machte ihr nichts aus! Sicher wären sie gern selbst an ihrer Stelle gewesen. Auch auf der Straße blieben die Herren immer stehen, um ihr nachzusehen, und wenn nun gerade keine Dame mit einem Hut in der Nähe war, dann riefen sie: „Donnerwetter, was für ein schönes Mädchen!" Das weckte in Marias Brust immer ein Kitzelgefühl, und ihr Mund mußte lachen. Sie biß in den Kopftuchzipfel und warf einen schalkhaften Blick zurück, nur so zum Spaß, um die Narren zu verleiten, ihr nachzulaufen. Mehr war auch nicht nötig, und sie folgten ihr schon mit glänzenden Augen, so wie geile Hunde. Und das hatte für Maria einen prickelnden Reiz! Sie lotste sie straßauf, straßab, schlüpfte dann plötzlich durch das eigene Haustor und versteckte sich im Holzschuppen. Die Herren waren verdutzt, wenn sie den Hof betraten und sie nicht mehr fanden. Sie schauten sich lange und gründlich um, spähten in die Fenster und öffneten alle Türen, mußten sich aber zu ihrem Ärger schließlich davonmachen, wenn sie Maria nirgends entdecken konnten. Später erzählte sie Ville von ihren Streichen. Und gewöhnlich ließ sich Ville durch so etwas nicht aus der Ruhe bringen; man sollte diese Halunken ruhig ein bißchen zum Narren halten, sie hatten es nicht besser verdient. Er lachte nur herzhaft, vor allem, wenn es gerade ein bekannter Herr war, dem Maria eine besonders lange Nase gedreht hatte.

Aber einmal schien ihm etwas in den Kopf gefahren zu sein, denn er geriet mächtig in Rage und wollte gar nicht mehr vernünftig werden.

Es war im vergangenen Herbst. Maria arbeitete während der Kartoffelernte bei dem Fabrikanten und Gutsbesitzer Oppmann. Sie bekam einen guten Lohn, mehr als die anderen, denn sie war eine „robuste Arbeitskraft", wie sich der Gutsherr ausdrückte. Die Leute nannten ihn den Patron.

Der Herr Patron stand wie angewurzelt in ihrer Nähe und sah zu, wie Maria den Spaten mit dem Fuß in die Erde stieß, die Knollen aushob und sich dann niederbeugte, um die Kartoffeln in die Kiepe zu sammeln. Er bewunderte nicht so sehr ihre Arbeit, das wußte Maria genau. Sie sah es ihm auch an den kleinen, glimmenden Augen an, obwohl sie so tat, als begriffe sie nicht; sie stellte sich ganz unschuldig, wenn sich der Herr Patron bei ihr einzuschmeicheln suchte.

Es folgten sogar offene Werbungen, doch Maria arbeitete weiter, als hörte sie nichts. Sie wollte ihn nicht durch eine Weigerung verärgern, denn dann hätte sie vielleicht keinen so hohen Lohn bekommen.

Und sie brauchten Geld. Villes Verdienst wollte nicht mehr reichen, als die Familie größer wurde. Im Frühjahr war es schon einmal recht knapp bei ihnen gewesen. Die Kinder erkrankten, und Ville bekam viele Wochen lang keine Arbeit. Damals schien das Leben beschwerlich zu sein. Maria war voller Unruhe und bereute es ein über das andere Mal, daß sie so früh geheiratet hatte. Welcher Teufel mochte sie geritten haben, daß sie schon mit achtzehn Jahren zu einem Mann zog. Als ob sie nicht schnell genug zu dieser Freude kommen konnte! Dann gab es gleich Kinder und damit Kummer und Sorgen. Ihre gleichaltrigen Freundinnen flatterten noch von einem Vergnügen zum anderen. Sie aber wußte gar nicht, daß sie jung gewesen war.

So dachte sie damals. Doch der Sommer kam, die Kinder wurden gesund, und Ville fand wieder Arbeit. Es gab keine Not mehr. Maria kaufte sich neue Kleider und war bald ebenso munter wie früher. Doch seit jener Zeit hatte sie vor Armut und Entbehrungen eine größere Angst als vor der Pest. Sie wehrte sich schon gegen den leisesten Gedanken, sie könnten möglicherweise noch einmal davon betroffen werden.

Es war also nicht verwunderlich, daß sie jetzt gern Geld nahm, wenn sie es nur irgendwie verdienen konnte. Sie stellte ein kleines halbwüchsiges Mädchen ein, das zu Hause die Kinder hütete, damit sie selbst zur Kartoffelernte gehen konnte, obwohl sie gar nicht ahnte, daß sie diesmal so gut verdienen würde. Während man den anderen nur eine Mark für den Tag zahlte, bekam sie eins fünfzig. Natürlich grienten die alten Weiber, schielten, wo sie nur konnten, zum Herrn Patron und ihr herüber, und sie ahnte wohl, was sie sich dabei dachten. Es wurmte sie, und sie hätte ihnen am liebsten eins hinter die Ohren gegeben. Aber zum Trotz ging sie dem Patron nicht aus dem Weg. Was war schon Schlimmes dabei, wenn er auch ein paar gewagte Scherze machte und sich immer neben sie stellte – und weiter würde es nichts geben!

Eines Tages aber bekam sie doch Angst, als er von ihr verlangte, sie solle spätabends in den Puijopark kommen. Und er bedrängte sie so, daß sich Maria halb darauf einließ. Sie wollte erst lachen und alles ins Scherzhafte ziehen, aber ihr wurde bereits ungemütlich, denn der Patron redete immer kühner auf sie ein.

„Mein Gott, seien Sie still! Merken Sie nicht, wie alle zu uns hinsehen? Gehen Sie, lieber Herr Patron."

„Versprichst du zu kommen? Dann gehe ich sofort."

„Wir machen uns unglücklich."

„Ich erwarte dich dort im Wald, am Pulverhäuschen."

„Starren Sie mich doch nicht so an! Und gehen Sie ein bißchen zurück!"

„Also genau um acht Uhr. Dann ist es schon dunkel. Ich pfeife, dann findest du mich."

„Lassen Sie mich in Ruhe, lieber Herr Patron, lassen Sie mich! Was haben Sie schon von mir, der Frau eines anderen; es gibt doch andere für Sie!"

„Ich lass' dich nicht, hörst du, nein, und wenn du zehn Männer hättest!"

„Ach, großer Gott!"

„Paß auf" – er sah sich um –, „das hast du fürs erste ..." Ein Zehnmarkschein fiel in Marias Schoß.

„Um Himmels willen! Das geht nicht, nehmen Sie das fort! Ach, jetzt sieht man es, man sieht –"

Sie beugte sich nieder und tat so, als sammle sie eifrig Kartoffeln auf.

„Nehmen Sie ihn fort, Patron, ich lasse ihn fallen, hier neben mich. Heben Sie ihn so auf, daß man es nicht merkt."

„Soll er liegenbleiben, wenn du nicht willst."

„So ein großer Schein! Was denken Sie nur, lieber Herr Patron?"

„Ich denke an dich."

„So ein großer Schein! Sie werden ihn doch nicht liegenlassen?"

„Wenn du nett zu mir bist, bekommst du davon später mehr als genug. Dies ist nur der Anfang!"

„Wer kommt da gefahren? Herr des Himmels, Ihre Frau! Jetzt sind wir verloren."

„Vergiß nicht, um acht."

Er wandte sich ruhig um und ging wie der ehrlichste Mann der Welt zu seiner Frau und seiner erwachsenen Tochter, die soeben am Feldrand aus einem Wagen stiegen.

„Papa, das hast du wohl nicht geahnt, daß wir euch Kaffee bringen werden?" rief ihm seine Tochter schon von weitem zu. „War das nicht ein guter Gedanke, Papa? Der stammt von mir, Mama wäre nicht daraufgekommen. Stimmt's etwa nicht, Mama?"

Die Frau lächelte nur und nahm den Arm, den der Gutsherr ihr höflich bot. Lachend und schwatzend gingen sie dann zum Ackerrain. So zärtlich behandelte der Herr Patron seine Gemahlin, über den Graben hob er sie fast hinüber. Man hätte glauben können, sie seien die allerglücklichsten Menschen.

Ach, wie gemein bist du! dachte Maria.

Ihr Blick fiel auf den Schein, der neben ihr auf der Erde lag. Sie hob ihn auf und steckte ihn in die Tasche.

„Man kann doch so etwas nicht liegenlassen", murmelte sie.

Aber seltsam, wie ihr dabei zumute wurde. Sie kam sich selbst ganz fremd vor. Allerlei Gedanken oder eigentlich Bilder mischten sich in ihrem Kopf. Ständig sah sie Zehnmarkscheine vor sich, wohin sie auch blickte. Und dann stellte sie sich wieder das Wäldchen vor, das Pulverhäuschen im Puijopark. Es war dunkel ringsum, aber sie hörte es pfeifen, die Bäume knarrten, und...

„Hui, gottbewahre!" rief sie laut.

Maria fürchtete sich vor sich selbst, arbeitete wie besessen und bemühte sich, diese Gedanken zu verscheuchen. Aber sie drängten sich immer aufs neue vor; hin und wieder warf sie einen Blick zu dem bewaldeten Hang, wo der Gutsherr mit Frau und Tochter saß. Feine Kleider hatten diese Frauen an, und schön waren sie wie die Engel.

Wie würde ich wohl in einer solchen Aufmachung aussehen? dachte Maria, und sie wurde immer verwirrter.

Doch da kamen ihr der Haushalt, der Mann und die Kinder in den Sinn. Sie beschloß, Ville alles zu erzählen. Danach wurde ihr endlich leichter zumute. Sie konnte jetzt ganz gelassen zusehen, wie sie dort am Waldrand Kaffee tranken. Auch die Arbeiterinnen wurden gerufen, doch Maria lehnte ab, denn sie wollte nicht in die Nähe der anderen kommen.

Am Abend, als Ville von dem Vorfall hörte, geriet er so in Wut, daß er durch nichts zu beruhigen war. Er schimpfte fürchterlich auf den Patron und hielt auch Maria eine tüchtige Standpauke. „Du hättest ihm ins Gesicht spucken sollen. Daß du dich so wie ein liederliches Frauenzimmer betragen konntest! Dir derartige Reden anzuhören! Pfui!"

„Herrgott, was konnte ich denn dafür! Ich konnte doch nicht fortlaufen und meine Arbeit im Stich lassen."

„Aber du konntest ihm ins Gesicht spucken, ich sagte es ja schon. Doch dir war das alles noch angenehm. Vielleicht braucht man gar nicht viel zu reden, bis du nachgibst."

„Ville!"

Maria wandte sich ab, ihre Augen röteten sich, und auch die Stirn lief rot an. Ihr war jetzt nicht zum Lachen zumute wie früher, und sie konnte die ganze Angelegenheit nicht mit einem Scherz abtun. Im Gegenteil, sie war ärgerlich und gekränkt; ein zweites Mal würde sie Ville nicht mehr in alles einweihen, wenn er sich so niederträchtig benahm. War das der Lohn für ihre Ehrlichkeit? Wenn sie nun tatsächlich gegangen wäre, wenn sie eine Besorgung in der Stadt vorgetäuscht hätte und dann zum Park geschlichen wäre... Hätte Ville etwas geahnt?

„Du wirst morgen nicht mehr auf das Kartoffelfeld dieses Mannes gehen!"

„Soll ich denn zu Hause sitzen?"

„Bleib zu Hause!"

„Und wenn der Herr Patron mich holen läßt?"

„Das wird er nicht, dafür werde ich sorgen. Her mit dem Zehnmarkschein!"

„Was willst du damit?"

„Das laß nur meine Sorge sein."

„Ville, willst du hingehen und Krach schlagen? Das wird eine schöne Geschichte werden! Ach, ich Unglückswurm, daß ich dir auch den ganzen Salat auftischen mußte! Aber ich habe nicht geglaubt, daß du solch ein Dummkopf bist, das habe ich wahrhaftig nicht geglaubt."

Maria brach in Tränen aus, während sie das Kind stillte, und Villes Herz begann weich zu werden. Eine Weile sog er still an seiner Pfeife, stieß ein paar Rauchwolken aus und überlegte.

„Du hast deinen Lohn noch nicht bekommen?" erkundigte er sich dann, obwohl er sehr gut wußte, daß sie ihn noch nicht erhalten hatte.

„Nein."

„Drei Tage bist du jetzt dort gewesen?"

„Ja."

„Das macht über drei Mark den Tag. Aber soll er sich selbst die Schuld zuschreiben! Rechnet man es also auf, dann sind beide Seiten billig davongekommen."

Maria sagte nichts, doch bald fühlte sie sich erleichtert, da Villes Zorn nachließ.

Das Kind an ihrer Brust war eingeschlafen, sie legte es behutsam in die Wiege. Dann fütterte sie auch die anderen und machte die Betten. Zwischendurch warf sie einen Seitenblick auf Ville, der am Tisch saß und nach dem Essen wieder an seiner Stummelpfeife sog. Er starrte stur auf einen Fleck, und es schien immer noch in ihm zu arbeiten. Maria zog sich aus und legte sich ins Bett.

Sie machte keine Anstalten zur Versöhnung. Sicher würde er das alles bald vergessen.

Sie schloß die Augen und begann nur so zum Zeitvertreib daran zu denken, was sie alles kaufen würde, wenn – wenn –, ja wenn ihr jeden Tag Zehnmarkscheine auf diese Weise in den Schoß fielen.

Sie wußte ganz genau, daß es damit vorbei war, aber sie stellte es sich zum Spaß trotzdem vor.

Damit war der Vorfall abgetan. Ende November erinnerte sie sich kaum noch daran; doch dann fiel ihr aus einem besonderen Anlaß alles wieder ein.

2

Es war an einem Sonnabend. Maria wischte in der Stube den Fußboden auf. Die älteren Kinder, die fast vierjährige Liisa und Mikko, der noch nicht ganz zwei Jahre alt war, beschäftigten sich mit dem kleinen Yrjö. Aber der quengelte nur herum und wollte sich nicht beruhigen lassen. Maria scheuerte die Dielen an der Tür, daß ihr der Schweiß auf die Stirn trat, und nebenbei schalt sie dann und wann Yrjö aus.

„Laß das Brüllen! Pfui, solch ein böser Junge. Soll Mutter dich bei den Haaren nehmen, was? Gib ihm deine Puppe, Liisa!"

„Ich geb' sie nicht her, er macht sie mir kaputt", zeterte Liisa.

„Das tut er nicht, du kannst ja aufpassen. Heul nicht, du Fratz, hör auf, hör auf!"

Aber als der „Fratz" die Stimme der Mutter hörte, wurde es nur noch schlimmer, und er schrie doppelt so laut. Die anderen machten allerlei Faxen, um ihn zu beruhigen, klatschten in die Hände, hüpften umher und schrien. Dabei entstand solch ein Lärm, daß es kaum zu ertragen war.

Maria merkte nicht, daß ein fremder Junge eintrat, denn sie wischte gerade mit dem Rücken zur Tür in der Ofenecke auf.

Der Junge stand eine Weile da und drehte die Mütze in der Hand; erst als er sich räusperte, sah Maria nach der Tür.

„Hach, mein Gott, wie hab' ich mich erschrocken!" rief sie aus und richtete sich aus ihrer gebückten Haltung auf den Knien auf. „Was gibt es? Seid ruhig, Kinder, damit man was verstehen kann."

„Der Herr Patron Oppmann läßt sagen, daß –"

Maria verstand nichts weiter. Sie wurde feuerrot, und die Hand fiel ihr schlaff herab. Schickte er jetzt und verlangte die zehn Mark zurück?

„Ich höre nichts. – Liisa, laß das bleiben, du Plagegeist! Er kümmert sich doch gar nicht um dein Gekreisch. – Was läßt er sagen?"

„Ihr Mann möchte zu ihm kommen, er hätte was mit ihm zu besprechen."

„Er ist doch jetzt auf Arbeit."

„Dann soll er nach Feierabend kommen."

„Ja, ich werd's ihm bestellen."

Der Junge ging. Maria hörte auf zu wischen und nahm Yrjö auf den Schoß. Die Kinderwäsche blieb ungewaschen, der Staub blieb liegen. Ihr Arbeitseifer schwand, und sie konnte nichts anderes tun als überlegen und immer wieder überlegen: ‚Was in aller Welt will der Patron von Ville?' Und sie konnte sich darüber nicht klarwerden, ob es etwas Gutes oder Schlimmes bedeutete.

Als Ville in der Abenddämmerung von der Arbeit kam und die Tür öffnete, rief Maria ihm schon entgegen: „Weißt du was, mein Lieber? Der Herr Patron hat geschickt und dich zu sich bestellt."

„Welcher Patron?"

„Oppmann, mein Gott."

„Ach so. Was will er von mir?" Ville hängte ruhig den Hut an den Haken.

„Das weiß ich doch nicht. Ich hab' mir schon die ganze Zeit den Kopf darüber zerbrochen."

„Hast du den Boten nicht gefragt?"

„Darauf bin ich nicht gekommen. Mir fiel nur ein, daß er jetzt vielleicht die zehn Mark zurück haben will."

„Schon möglich... Der Henker mag's wissen! Vielleicht hat es den alten Geizkragen gefuchst, daß ihm sein gutes Geld so durch die Finger gerutscht ist." Ville mußte noch jetzt lachen, wenn er daran dachte.

„Aber daß er gerade dich sprechen will?"

„Ja, allerdings... Nein, zum Teufel, die zehn Mark wird er nicht zurückverlangen! Er wird was anderes vorhaben."

„Vielleicht bietet er dir Arbeit an."

„Um so besser. – Na, dann komm doch mal auf Vaters Schoß. Komm, komm!"

Das sagte er zu Yrjö, der mit ausgestreckten Händchen von Mutters Knie zu ihm hinstrebte.

„Geh nur. Du warst heute wieder ein ganz ungezogener Junge, ich mag es gar nicht sagen. Um Himmels willen, steck ihm doch nicht die Pfeife in den Mund, er wird krank davon! Ja, da lachst du noch, du kleiner Strolch!" schimpfte die Mutter. Auch die anderen Kinder drängten sich um den Vater. Mikko wollte, der Vater solle ihn auf seinem Knie reiten lassen.

„Du, so ein großer Junge?" sagte der Vater. „Was du nicht alles willst! Beweg dich nur auf deinen eigenen Beinen."

Auch Liisa wäre noch gern auf Vaters Schoß geklettert, doch sie bat gar nicht erst darum, weil sie einsah, daß es nicht möglich war. Yrjö hatte das Vorrecht, und nach ihm kam Mikko. „Ein fixes Mädchen!" sagte die Mutter immer, wenn sie erzählte, was für Einfälle die Kleine hatte. Und darum war Liisa daran gewöhnt, sich schon für fast erwachsen zu halten; sie fühlte sich verpflichtet, auf die jüngeren Geschwister aufzupassen und für sie die Verantwortung zu übernehmen.

„Nimm ihn mir jetzt wieder ab, ich will zu Oppmann gehen und nachfragen", meinte Ville, wobei er Yrjö in Marias Schoß legte und seinen Hut nahm.

„Bleib nicht zu lange!" rief die Frau ihm nach.

3

Ville hatte von der Neustadt bis zum Hafenplatz, wo der Patron wohnte, einen langen Weg zurückzulegen. Beim Gehen dachte er an dieses und jenes.

Von dem Menschen nehme ich keine Arbeit an, höchstens im äußersten Notfall, wenn ich sonst nirgends Beschäftigung finde. Er soll ja ein richtiger Schinder sein, keine Gefühle kennen... Der findet immer einen Weg, um sich vor dem Bezahlen zu drücken! „Bedauernswert, wer mit dem zu tun hat!" sagte der verstorbene Kekkonen. Und das sagen alle, die ihn kennen. Durch Zinswucher ist er reich geworden; da sieht man schon, was das für ein Kerl ist. Und immer, wenn er jemand einstellt, soll er um jeden Pfennig feilschen, und auch das bißchen bekommt man nur mit großer Mühe heraus. – Ich nehme bestimmt keine Arbeit von ihm an, und wenn er mich sogar darum bittet. Eher hacke ich Holz... Da wird für ihn nichts zu machen sein! Mich kann er nicht an der Nase herumführen, mag er es noch so schlau anstellen. Ich halte die Augen schon offen. Und er soll ja nicht wagen, wegen der Bezahlung lange Geschichten zu machen! Wenn ich ordentliche Arbeit leiste, dann muß er, weiß Gott, auch vollen Lohn dafür zahlen, das will ich dem Herrn schon zeigen. Und wenn ich mich erst auf die Hinterbeine stelle, ganz offen mit ihm rede und ihn so scharf ansehe, wie er es noch niemals erlebt hat, dann soll er wahrhaftig bibbern vor mir. Der Allmächtige hat mir ja eine kräftige Faust gegeben... Aber meistens sind die Leute ja die reinsten Schlappschwänze, daß man sie bloß ein bißchen anzufahren braucht, und schon rutscht ihnen das Herz in die Hosen. Diese Herren haben es dann leicht, mit ihnen zu machen, was sie nur wollen. Aber soll er nur kommen und es bei mir versuchen! Ich will's ihm schon zeigen...

Sitzt nur da und wird fett. Lebt von seinen Zinsen wie ein König. Und schändet die Weiber, pfui! Es heißt, daß seine Frau nicht wagt, ein junges Hausmädchen zu halten, weil der Herr sie gleich verführt. Pfui, dreimal pfui! Und vor solchen macht man trotzdem seinen Diener und respektiert sie. Ein ehrlicher Arbeiter ist kein Mensch für so einen Junker. Und das erstaunlichste dabei ist: Obwohl sie leben wie die Schweine und obwohl sie ihre Reichtümer mit List und Tücke zusammenscharren, werden sie dennoch nicht eingesperrt! „Gesetz ist das, was man aus dem Gesetz macht", sagt das Sprichwort.

Aber soll es sein, wie es will. Wenn ich nun trotzdem zu ihm arbeiten ginge? Nur so, so ganz zum Spaß. Das wäre ja noch schöner, wenn ein ehrlicher Mensch da nicht durchkommen sollte! Wenn ich weiß, daß ich recht habe, dann geht's hart auf hart, da hilft nichts, da nützen auch keine lammfrommen Augen... Er stand in der Küche, bevor er diesen Gedanken zu Ende gedacht hatte. Tatsächlich! Nur alte, kratzbürstig aussehende, häßliche Weiber waren hier beschäftigt.

Die bleiben sicher von dem Herrn Patron verschont, dachte Ville und verzog den Mund zu einem Lächeln.

Man schien zu wissen, daß er bestellt war.

„Gehen Sie die Treppe hinauf und dann durch die zweite Tür links direkt ins Zimmer des Herrn Patron", wies man ihn an. „Er ist bestimmt zu Hause."

Als Ville die breite und prachtvolle Flurtreppe hochsteigen mußte, merkte er, daß seine Stiefel voll Schnee waren und sehr klotzig und plump aussahen. Und auch seine Kleidung, die alten derben Stoffhosen und die graue Joppe, nahm sich in seinen Augen plötzlich geradezu schäbig aus. Aber erst im Flur wollte ihn der Mut ganz verlassen, als ihm aus der offenen Salontür eine Flut von Licht und solche Eleganz und Pracht entgegenstrahlten, daß sich mit einemmal in seinem Kopfe alles drehte. Am Kronleuchter brannten Lampen und Kerzen, an den Wänden standen hohe grüne Pflanzen, der Raum war wie ein Garten, wie ein Paradies. Und diese Glücklichen, die an den Tischen saßen – stolze Frauen, junge, herrliche Mädchen in schönen Kleidern –, sie waren wie die Engel... Jemand spielte Klavier, die anderen redeten und lachten.

Ville vergaß sich selbst, stand an der Tür und konnte nur schauen und staunen. Es war wohl die Tochter des Hauses, die ihn zuerst bemerkte und in den Flur eilte.

„Was gibt es? Wollen Sie zum Herrn Patron?" fragte sie und kniff die Augen zusammen.

Aber ehe Ville auch nur ein Wort hervorbringen konnte, fuhr sie fort: „Gehen Sie durch die Tür dort!"

Ville hob vorsichtig seine großen Füße, als fürchtete er, dieser schimmernde Fußboden könnte unter ihnen zerbrechen. Sein ganzer Körper war wie gelähmt, er fühlte sich fremd in dieser Umgebung, er gehörte nicht hierher. Die Forschheit, in die er sich hineingesteigert hatte, sank zusammen wie Asche im Feuer.

Der Patron ging in seinem Zimmer auf und ab, und ein jüngerer Herr, vielleicht sein Sohn, saß auf dem Sofa und hatte eine große Zeitung vor sich. Nur einmal warf er dahinter hervor einen Blick auf Ville, dann kümmerte er sich nicht mehr um ihn.

„Sind Sie der Toika?" fragte der Patron.

„Jawohl."

„Können Sie mit Pferden umgehen?“
„Allerdings.“
„Ich habe daran gedacht, Sie mit einer Fuhre auf den Markt nach Kajaani zu schicken.“ Er wandte Ville den Rücken zu und blätterte in Papieren auf dem Tisch.
„Mit einem eigenen Pferd des Herrn Patron?“
„Ja.“
„Wann soll es denn losgehen?“
„Montag früh.“ Er warf einen Seitenblick auf Ville und beschäftigte sich dann wieder mit seinen Papieren. „Zwei Wochen würde es höchstens dauern. Und was die Bezahlung betrifft – ich würde Ihnen zwanzig Mark für diese Fahrt geben.“
Die Augen des jungen Herrn zeigten sich über dem Zeitungsrand. „Ist das nicht zuviel?“ meinte er auf schwedisch. Aber da er keine Antwort bekam, zog er die Zeitung wieder vor das Gesicht und sagte nichts mehr.
Ville betrachtete den breiten Rücken und den kurzen, dicken Nacken des Patrons. Er suchte zur Besinnung zu kommen; er drehte den Hut in den Händen, seinen eigenen, vertrauten Hut, und strich sich die Haare hinter die Ohren zurück. Aber er konnte trotzdem keinen klaren Gedanken fassen. Aus dem Zimmer nebenan klang immerzu Musik, und alles war hier so vornehm, daß er sich gegen seinen Willen ganz unscheinbar vorkam.
Der Patron drehte sich um. „Na, was meinen Sie? Sind Sie einverstanden, oder – ?“
„Ich kann ja fahren.“
„Also gut, dann ist es abgemacht. Montag morgen kommen Sie zeitig her, um die Fuhre vorzubereiten.“
Erst auf der Straße kam Ville allmählich wieder zu sich. Zunächst ärgerte er sich.
Teufel noch mal, dachte er, was hat mir denn den Mut genommen? Sie sind doch auch nur Menschen, nichts weiter. Auf zwei Beinen gehen sie – genauso wie ich. Hol’s der Geier! Da stand ich da wie sonstwer. Was bloß das Fräulein von mir gedacht hat? Na, kein Wunder, wenn man sich wie ein Trottel benimmt!
Aber trotzdem – diese Fahrt kommt mir doch ganz ge-

legen! Das bringt mehr ein pro Tag als das Holzhacken, und es ist doch angenehmer, wenn man sich frei bewegen kann...

Er war in recht guter Stimmung, als er heimkehrte. Er trug Maria auf, ihm als Reiseproviant ein Brot mit eingelegten Fischen zu backen.

„Also zwei Wochen bleibst du fort?" fragte Maria.

Sie hatte eine Ahnung, die sie zugleich erschreckte und lockte. Warum wandte sich der Patron gerade an Ville, den er nicht kannte und den er früher nie zur Arbeit eingestellt hatte? Aber da Ville keinen Zweifel zu hegen schien, schlug sie sich den Gedanken aus dem Kopf und machte sich daran, möglichst schnell die Reiseverpflegung vorzubereiten.

4

Ville schloß sich zwei Fuhrleuten des Kaufmanns Hellmann an, die ebenfalls Fracht zum Markt nach Kajaani brachten. Sie waren ihm beide bekannt, Korhonen aus Savilahti und Räsänen aus Sorsasalo. In ihrer Gesellschaft zu fahren war unterhaltsamer und sicherer, denn sie hatten schon viele Fahrten hinter sich und waren schon so manches Mal in Kajaani gewesen.

Als sie die Stadt verließen, hatten sie einen leichten Schwips. Ville war kein Trinker, doch da er fünf Mark Taschengeld bekommen hatte, kaufte er davon auch eine Flasche Schnaps für die Reise. Man nahm ein paar Schluck, und die Stimmung stieg so hoch, daß die Welt rosig erschien und die Fröhlichkeit sich bald in Liedern, bald in mutwilligen Zurufen an die Vorübergehenden Luft machen oder sich im unnötigen Anschreien der Pferde äußern mußte.

Ville zeigte sich besonders übermütig, denn für ihn bedeutete diese Fahrt eine seltene und aufmunternde Abwechslung im Vergleich zu seiner ständigen eintönigen Zimmermannsarbeit. Zufällig war auch das Wetter schön. Klar strahlte die Sonne, und das Eis war wie ein Spiegel; beim Überqueren von Landengen gab es zwar Schwierigkeiten, aber das kam Gott sei Dank am Anfang der Reise nicht allzu häufig vor.

Während er auf der Fuhre ausgestreckt auf dem Bauch lag, bald leise summte, bald so laut grölte, daß Räsänen, der voranfuhr, sich grinsend umwandte, erwachten allmählich kühne und frohe Zukunftspläne in ihm. Er beschloß, sich auf irgendeine Weise, und wenn er Schulden machen müßte, ein Pferd anzuschaffen. Dann würde er sich als Kutscher verdingen und im Winter Frachten befördern. Er würde mehr dabei verdienen, viel mehr natürlich, und er selbst hätte es leichter, denn das war ja gar keine richtige Arbeit, sondern nur ein angenehmes und fröhliches Leben. Man blieb ein freier Mann und durfte sich die Welt ansehen. Das war mal was anderes!

Er jauchzte vor Vergnügen, zog dem Pferd eins mit der Peitsche über und ließ es neben die anderen rücken. Der Tag war wolkenlos und leicht der Sinn, und die Zukunft leuchtete heller als je zuvor. Keine Not würde es mehr geben! Er schwang noch einmal die Peitsche, das Pferd galoppierte, als sei es gestochen worden. Die anderen blieben ein tüchtiges Stück zurück, besonders Korhonen, denn der Ärmste hatte einen trübsinnigen, trägen Gaul. Als man sich einer Landenge näherte, fuhr er im Schritt, steckte die Pfeife an und wartete auf die anderen.

Im Nachtquartier konnte Ville keinen Schlaf finden. Er war immer noch im Fahren; sobald er die Augen schloß, spürte er, wie der Lastschlitten vorwärts glitt, sah das Pferd und das Eis, hörte den Hufschlag, das Schnaufen des Pferdes und das Knirschen unter den Kufen. Dann überkam ihn die Furcht, jemand könnte ihnen Fracht und Pferde stehlen! Natürlich dachte er vor allem an die eigene Fuhre. Hin und wieder mußte man den Kopf heben und lauschen, weil es sich so anhörte, als rasselte es draußen. Und es dauerte nicht lange, und man mußte wieder mal nachsehen gehen, ob alles an Ort und Stelle stand.

Die anderen lagen in tiefem Schlaf. Das war nach Villes Ansicht eine grobe Fahrlässigkeit.

„Da kann man nur staunen und sich wundern, wie fest ihr schlaft!“ beklagte er sich am Morgen. „Ihr hättet überhaupt nichts gemerkt, wenn man euch mit Pferd und Fuhre davongefahren wäre.“

Die anderen lachten nur.

„Das macht die Gewohnheit", meinte Korhonen. „Wenn du erst mal ein paar Jahre mit Fracht gefahren bist, wirst du das auch noch lernen. Unsereiner spürt's in den Knochen, wenn was nicht stimmt."

In der nächsten Nacht überwältigte auch Ville die Müdigkeit. Er lag gerade im schönsten Schlaf, als Korhonen plötzlich aus dem Bett sprang und fürchterlich fluchend ins Freie rannte. Davon erwachte Räsänen, stieß Ville ins Kreuz und war im selben Augenblick auch schon draußen.

Ville begriff, daß hier der Teufel im Spiel war. Er eilte zu den Fuhren; die Pferde hatten sie für diese Nacht in einem abgeschlossenen Schuppen unterbringen können. Aber ehe er zur Stelle war, drangen vom Hof gewaltiges Geschrei, Gepolter und die Geräusche einer Prügelei herüber. Korhonen und Räsänen waren in ein hitziges Handgemenge mit Zigeunern verwickelt, die sie von den Fuhren zu vertreiben suchten.

Ville griff nach einer Eimertrage, die am Türpfosten lehnte, und kam ihnen zu Hilfe. Er drosch nach rechts und links, wohin er traf, und schlug zu, wo sich nur etwas rührte. Die Zigeuner rissen in Richtung des Waldes aus; Ville rannte mit erhobener Trage hinter ihnen her. Aber er war ebenso wie Korhonen und Räsänen barfuß und nur halb angezogen. Darum folgten jene ihm nicht, sondern riefen ihn zurück.

„Laß das Pack laufen! Du wirst sonst noch erfrieren!" hörte Ville Korhonen vom Hof aus warnend rufen, als er schon halb auf dem Feldweg war.

Er konnte sich nicht beherrschen. Brennend gern hätte er die Vagabunden zu fassen bekommen und ihnen ein für allemal einen Denkzettel gegeben, daß sie es künftig nicht mehr wagen sollten, sich an den Fuhren von Reisenden zu vergreifen.

Doch gegen ihn standen viele, und er war allein. Außerdem brannte ihm der Frost wie Feuer in den Beinen. Er mußte sie schließlich in Frieden lassen.

Als er wieder auf den Hof kam, waren die anderen schon in der Stube. Auch er wollte hinein, sah aber zuerst nach seiner Fuhre.

Da erschrak er und fluchte. Da war doch etwas nicht in Ordnung! Man hatte die Bastmatte an der Rückseite aufgerissen, und als er das Loch untersuchte, stellte er sofort fest, daß ein Zuckerhut fehlte.

Nun gab's für ihn nichts anderes, als wieder zurückzulaufen. Er machte in so fieberhafter Eile kehrt, daß er nicht einmal dazu kam, die anderen zu Hilfe zu rufen. Er vermißte sie nicht und dachte auch nicht daran; in diesem Augenblick hätte er allein es mit Hunderttausenden aufgenommen. Er fürchtete nur, er würde die Flüchtenden nicht mehr erreichen und die Diebe nicht finden. Aber als er auf den Feldweg kam, sah er sie schon mit Frauen und Kindern und ihrem ganzen Troß. Bald bemerkten ihn auch die Zigeuner und zogen sich zunächst weiter zurück, aber dann machten sie halt, ließen ihre Sachen und ihre nicht kampffähige Begleitung stehen und wandten sich gegen den Verfolger.

Es kam zu einer wilden, wütenden Schlägerei. In der Ferne zeterten und kreischten die Weiber, angstvoll heulten die Kinder. Doch die Männer bissen die Zähne zusammen, packten zu, fluchten und schäumten vor Wut. Ville drosch mit der Trage drauflos wie ein Bär, aber in der Hand eines Zigeuners blitzte ein Messer auf. Das entging ihm.

Erst als sein Rücken langsam heiß wurde, begriff er, daß er verwundet war. Nun ließen die Kräfte nach, man schlug ihn nieder, und die Trage glitt aus seiner Hand. Nacken und Füße wurden ihm kalt; in den Ohren brauste es, ihm wurde schwarz vor den Augen. Zuerst umkreisten ihn dunkle Gestalten, dann entfernten sie sich und verschwanden.

Ob ich jetzt sterbe? Das war der letzte Gedanke, der ihm ins Bewußtsein drang. Aber bald erlosch auch diese Furcht, alles wurde wesenlos und versank wie in einem stillen Traum.

Inzwischen suchten die Zigeuner schleunigst das Weite. Den Zuckerhut ließen sie zurück, damit ihnen nichts nachgewiesen werden könnte, falls man sie zu fassen bekäme. Sie witterten bereits Unruhe im Haus.

Und sie hatten sich nicht getäuscht. Der Zusammenstoß war in der Stube gehört worden. Korhonen und Räsänen ahnten, daß Ville in Bedrängnis war.

„Der ist tatsächlich wieder hingelaufen. Hat's doch nicht lassen können!" ärgerte sich Räsänen, der sich gerade ins Bett gelegt hatte. Er erhob sich aber wieder und zog die Stiefel an.

„Man muß ihm helfen, so schnell wie möglich! Am Ende schlagen sie ihn noch tot!" sagte Korhonen und warf sich die Kleider über, so rasch es ging.

Auch die Hausbewohner waren bald auf den Beinen, nur die Kinder schliefen ruhig weiter, und einige Frauen drehten sich mit einem Seufzer auf die andere Seite; sie dachten nicht daran, aufzustehen, wenn sich draußen auf der Straße wieder einmal solche verdammten Geschichten abspielten.

Die Männer stürzten auf den Hof, doch da war der Lärm bereits verstummt. Sie blieben stehen und lauschten, glaubten zuerst, es in einiger Entfernung auf dem Weg noch rumpeln zu hören, doch dann blieb alles still.

Sie liefen trotzdem hin, fanden Ville leblos am Weg liegen und ein Stückchen weiter den Zuckerhut; sonst war nichts zu hören und zu sehen.

Ville war noch warm; sie trugen ihn in die Stube, legten ihn auf die Bank und flößten ihm Schnaps ein, den er auch schluckte. Dann begann Ville wieder zu atmen, und bald schlug er die Augen auf. Aber bei vollem Bewußtsein war er nicht, das merkte man, und es war auch sicher, daß er am nächsten Tag nicht fahren konnte.

Die Fuhre mußte rechtzeitig eintreffen, dafür fühlten sich auch die anderen verantwortlich, da sie nun einmal auf gemeinsamer Fahrt gewesen waren. Einen Ersatzmann bekam man aus einer nahe gelegenen Kate, und vor Tagesanbruch waren sie schon wieder reisefertig. Zu dieser Zeit hatte Ville die Welt noch nicht wiedererkannt. Er verlor ständig aufs neue das Bewußtsein. Von Zeit zu Zeit brachte man ihn ein wenig zu sich, wenn man ihm bald Schnaps, bald Hoffmannstropfen einflößte, aber sobald man dann nach einer Weile nach ihm sah, lag er wieder ohnmächtig da.

Das Bluten hatte aufgehört, denn die Frauen hatten Leinenstreifen gebracht und die Wunden damit verbunden. Die gefährliche Verletzung lag unter dem linken Schulterblatt und schien sehr tief zu sein. Anfangs sprudelte das Blut nur so heraus, und man mußte lange kalte Kompressen auflegen, ehe man die Blutung so weit eingedämmt hatte, daß sich ein Verband anlegen ließ.

Als Korhonen und Räsänen angeschirrt und ihre Fuhren zur Weiterfahrt fertiggemacht hatten, gingen sie noch einmal hinein, um nach Ville zu sehen. Sie standen eine Weile an der Pritsche und warteten darauf, daß er die Augen öffnen sollte. Aber er tat es nicht, lag nur bleich da und atmete schwach.

„Er wird kaum wieder hochkommen", meinte Räsänen.

Sie gaben den Leuten im Haus je eine Mark von ihrem eigenen Geld, baten sie, den Verwundeten zu pflegen, und versprachen, auf der Rückfahrt nach ihm zu sehen.

5

Als Maria Ville damals den Reiseproviant herrichtete, kam ihr ein großartiger Gedanke. Doch sie sagte Ville nichts davon; er würde große Augen machen, wenn er dann nach Hause käme, meinte sie.

Sie dachte nämlich daran, in Villes Abwesenheit Kleiderstoff anzufertigen. Webgarn würde man ihr im Stoffgeschäft von Frau Mikkola sicher auf Kredit geben, denn sie kannte dort eine Verkäuferin. Dann wollte sie den Stoff auf dem Wintermarkt verkaufen. Dabei würde sie gut verdienen, sie könnte ihre Schulden zurückzahlen, neues Garn nehmen und noch mehr Stoff für den Frühjahrsmarkt weben. Auf diese Weise verdiente sie recht viel Geld, und sie könnte sich gleichzeitig mit den Kindern befassen, da sie nicht aus dem Hause zu gehen brauchte. In einem Winkel würde sie für den Webstuhl Platz machen, sie brauchte nur das Bett näher an die Tür zu rücken und den Tisch ans Fenster zu schieben. Schon am Sonntag maß sie alles mit den Augen ab und wünschte nur, der Montagmorgen möge anbrechen und Ville abfahren, damit sie ihren Plan verwirklichen könnte.

Ville fiel nichts auf, obwohl er die ganze Zeit über ungewöhnlich nachdenklich war. Er beschäftigte sich wohl zu sehr mit den eigenen Angelegenheiten, oder vielleicht glaubte er, Maria mache sich nur Sorgen wegen seiner Abreise. Wahrscheinlich hätte sie sich sonst auch gesorgt und das Alleinsein langweilig gefunden, weil sie daran noch nicht gewöhnt war, aber jetzt ging ihr die Stoffgeschichte so sehr im Kopf herum, daß sie gar nicht dazu kam, an etwas anderes zu denken.

Kaum war Ville zum Tor hinaus, als Maria schon vom Hof in die Stube zurücklief, die Jacke überzog, sich die Schuhbänder festband und die Kinder ermahnte, artig zu sein, solange sie in der Stadt sei.

Auf der Straße begegnete ihr zuerst ein schlampiges altes Weib, das man „Allerweltsmutter" nannte. Sie lebte vom Kartenlegen und war außerdem ein großes Klatschmaul.

Welche Tücke des Schicksals! sagte sich Maria. Ob ich nicht lieber umkehre?

Sie erinnerte sich des alten Aberglaubens, daß es etwas Schlimmes bedeutet, wenn einem zuerst eine Frauensperson entgegenkommt. Trotzdem mochte sie nicht umkehren, sondern ging weiter, da sie nun einmal unterwegs war. Aber ein bedrückendes Gefühl hinterließ diese Begegnung doch bei ihr, und als sie das Geschäft betrat, glaubte sie nicht mehr so sicher an einen Erfolg.

Anna – so hieß die Verkäuferin – begrüßte sie freundlich wie immer, und Maria faßte wieder Mut. Sie trug ihr Anliegen vor. Doch da wurde Anna ernst, schüttelte den Kopf und begann die Stoffballen auf dem Ladentisch zusammenzurollen.

Sie wage es nicht; die Inhaberin habe es untersagt, Kredit zu geben.

„Auch nicht gegen Pfand?" Maria dachte an ihren Trauring. Nein, auch das hatte die Chefin verboten. Es gebe nur Unannehmlichkeiten damit, oft würden die Sachen jahrelang nicht eingelöst.

„Ich werde bestimmt...", beteuerte Maria.

„Sicher, alle machen große Versprechungen, wenn sie was haben wollen, aber die wenigsten kümmern sich ums Bezahlen."

Maria mußte wohl oder übel gehen. Sie war so mißgestimmt, daß sie am liebsten geweint hätte. Langsam wanderte sie den Weg nach Hause zurück und überlegte, wer ihr jetzt helfen könnte. Denn nachdem sie es sich einmal in den Kopf gesetzt hatte, wollte sie ihren Plan mit dem Stoff auf keinen Fall aufgeben.

Sie dachte daran, ihren Ring irgendwo anders zu versetzen. Doch man würde hohe Zinsen nehmen und ihr nicht mehr geben als die Hälfte des Wertes. Damit kam man nicht weiter.

Von Bekannten Geld leihen? Sie zählte alle einzeln auf, ließ sich alle durch den Kopf gehen, kam aber schließlich zu dem Ergebnis, daß von keinem etwas zu erhoffen war.

Sie suchte sich die ganze Sache aus dem Sinn zu schlagen. Sie hatte ja auch so Arbeit genug, Kinderkleider mußten geflickt, Strümpfe gestopft und das Essen bereitet werden. Die Kleinen waren doch wohl noch nicht hungrig? Sie hatte sie vorsichtshalber vor dem Fortgehen gefüttert.

Sie machte Feuer im Herd, säuberte den Kochtopf und setzte Kartoffeln auf.

Die Kinder spielten hinten im Zimmer, Yrjö lag in der Wiege, Liisa stand dabei, klatschte in die Hände und plapperte: „Paß auf, paß auf, Mutter kocht Toffeln. Ei, wie schön, ei, für Yrjö auch was. Wenn er artig ist, kriegt er was, bekommt das Kind was, bekommt was!"

Nachdem Maria die Kartoffeln aufs Feuer gesetzt hatte, blieb sie am Herd sitzen. Sie sah in die Flammen, wie sie flackerten, und auf die Kartoffeln, die rund und hell im Wasser schimmerten. Sie hatte sie auf dem Herbstmarkt gekauft und billig bekommen. Für jenen Zehnmarkschein, den...

Sie blies in die Glut, damit es besser zog.

Auf keinen Fall würde sie sich jetzt an den Patron wenden, eher ließe sie den ganzen Plan mit dem Stoff fallen. Sie hatte ja auch andere Arbeit, Kinderkleider und Strümpfe...

Die Flammen züngelten rund um den Kochtopf hoch, und das Wasser brodelte.

Gewiß, der Patron würde ihr die Summe sicher gern borgen, was machte das schon aus bei seinem vielen Geld. Und das Vergangene trug er ihr wohl nicht mehr nach, denn er hatte Ville ja zur Arbeit eingestellt. Vielleicht war er doch ein guter Kerl, obwohl man sich über ihn beklagte. Aber trotzdem – es war nicht schicklich, sich an ihn zu wenden, auch Ville würde es übelnehmen. Wie könnte sie jemals wagen, ihm das zu beichten?

„Mutter, gib mir Toffeln." Mikko stand hinter ihr und zog sie am Kleid.

„Warte, bis sie kochen."

Doch das Kind hatte wirklich Hunger und gab nicht nach, sondern fing an zu quarren.

„Sieh mal, da liegt Weißbrot, iß das erst."

Mikko setzte sich auf den Fußboden neben die Mutter, biß in den Kanten und bohrte seine Finger in die weichen Stellen. Yrjö quietschte, Liisa trällerte. Maria saß lange in der gleichen Stellung. Die Kartoffeln platzten, sie merkte es nicht. Aber Liisa sah es von der Wiege aus, denn ihre Augen wanderten von Yrjö immer wieder zu dem brodelnden Kochtopf.

Sie wurde ganz still und wartete ab, ob ihn die Mutter nicht bald vom Feuer heben würde. Doch da die Mutter sich nicht rührte, mahnte sie schließlich: „Mutter, sie platzen schon auf!"

Maria erwachte wie aus dem Schlaf, seufzte tief und reckte sich hoch.

„Sie sind tatsächlich gar", sagte sie. „Jetzt kriegen die Kinder Toffeln."

„Toffeln, Toffeln!" schrie Mikko, sprang flink vom Boden auf und hüpfte vor Vergnügen.

Als Maria die Kinder gefüttert und Yrjö eingelullt hatte, holte sie die Kleidungsstücke, die sie flicken mußte, hervor. Sie sah sie sich an und wurde verdrießlich, denn sie waren arg zerschlissen. Setzte man heute an einer Stelle einen Flicken auf, dann klaffte morgen an einer anderen schon wieder ein Riß.

Sie seufzte. Die Hände sanken ihr in den Schoß, und das Kleidungsstück fiel zu Boden. Von jenem Stoff hätte es auch Kleider für die Kinder gegeben. Etliche Ellen – das wäre nicht ins Gewicht gefallen. Sie hätte auf dem Markt einen entsprechend höheren Preis genommen.

Sie selbst besaß keinen Webstuhl. Sie wollte ihn von der Bäuerin Soininen borgen, von der sie wußte, daß sie zwei besaß.

Ob sie mir wohl einen geliehen hätte? überlegte sie nun. Am liebsten wäre sie hingegangen und hätte gefragt. – Es wäre doch interessant, zu wissen, ob es ihr wenigstens gelungen wäre, das Arbeitsgerät zu bekommen.

Die Soininen wohnte ganz in der Nähe. Maria schärfte Liisa ein, sie zurückzuholen, falls während ihrer Abwesenheit irgend etwas geschehen sollte. Mikko ermahnte sie, ruhig zu sein und Yrjö nicht zu wecken.

„Seid jetzt brav, ich bleibe nicht lange", versprach sie ihnen noch an der Tür. Aber im Dorf wurde Kaffee gekocht, so daß sie doch nicht so rasch wieder fortkam. Und sie schwatzten sich fest. Die Bäuerin Soininen wußte erstaunliche Geschichten zu erzählen. Kettunen war seiner Alten ausgerissen und mit der Frau eines Gerbergesellen aus Savilahti an Bord eines Schiffes nach Süden abgedampft. Die Kettunen hatte vor, ihnen nach Helsinki nachzureisen und sich den Mann zurückzuholen.

Maria tratschte, sie tratschten beide lang und breit über den Fall.

„Das sind die Männer! Wenn sich das mal eine Frau erlauben würde!" so sprachen sie.

Keiner von beiden kam in den Sinn, daß doch in Wirklichkeit hier eine Frau am anderen Strangende zog.

Die Soininen hatte gerade ein Gewebe auf dem Webstuhl, ein schönes rot und weiß gestreiftes Muster auf blauem Grund. So etwas hätte auch Maria gemacht; das letzte Stück hätte sie dann für die Kinder in reinem Blau gewebt, damit der Stoff dunkler ausfiele und nicht so leicht Schmutz annehmen würde wie dieses helle Gewebe.

Jetzt erzählte sie von ihren Plänen und wie sie sich zerschlugen. Sie wollte wissen, ob die Soininen ihr einen Webstuhl geliehen hätte.

„Aber liebe Freundin, mit dem größten Vergnügen", sagte die Bäuerin. „Bei mir steht doch einer unbenutzt im Schuppen. Und alles, was dazu gehört, Kettenfäden und Webkämme, hättest du von mir bekommen, ich hab' doch genug davon, und eine Leihgebühr hätte ich nicht verlangt."

„Ist das dein Ernst? Du bist wirklich ein großartiger Mensch", bedankte sich Maria, aber bald darauf seufzte sie, denn auf ihr lastete der Gedanke, wie gut alles gegangen wäre, wenn sie nur Webgarn bekommen hätte.

„Verschaff dir Geld, und wenn du es dir aus den Rippen schneidest", spornte die Soininen sie an, „und dann kauf dir Garn."

„Ach, meine Teuerste, ich werde doch nirgends was bekommen, und aus meinen Rippen läßt sich nichts herausschneiden. Sprich gar nicht weiter davon, es macht mich krank, wenn ich bloß daran denke. Ich muß diesen Plan doch endgültig aufgeben."

Aber der Gedanke daran ließ sich doch nicht so leicht verdrängen. Er fraß sich nur immer tiefer ein, je mehr sie dagegen anzukämpfen suchte.

Auf dem Heimweg suchte sie die Pflastersteine mit den Augen ab, als könnte sie zufällig ein Goldstück oder einen Geldschein dort entdecken. Das Glück – wenn es ihr nur einmal lachen möchte, die Leute verloren doch manchmal etwas. Herren kamen ihr entgegen, und sie dachte: Die haben sicher volle Taschen, aber wie soll man da herankommen!

Worauf ihre Augen zu Hause auch fielen, sie mußte den Wert eines jeden Gegenstandes in Geld umrechnen. Es gab da nicht viel, ein paar Möbel und Kleidungsstücke. Die konnte man nicht einmal zur Pfandleihe tragen, denn man brauchte alles. Der Trauring war das einzige, aber er allein reichte nicht aus. Vier Mark würde man ihr höchstens geben – wieviel Webgarn bekäme sie schon dafür?

Die Kinder waren ungeduldig, Maria schalt sie aus. Mikko klopfte sie sogar zweimal auf die Finger, und Yrjö fuhr sie an und verlangte, er solle still sein. Aber der Kleine begriff das nicht, sah nur, daß die Mutter schlecht gelaunt und böse auf ihn war. Sein Mündchen verzog sich, Tränen traten ihm in die Augen, und er heulte laut auf.

Maria packte das Mitleid, für einen Augenblick vergaß sie die Markstücke und den Stoff, nahm das Kind auf den Schoß und begann es zu beruhigen.

Schon gegen fünf Uhr brachte sie die Kinder wie gewöhnlich ins Bett. Und dann wußte sie nicht recht, mit welcher Arbeit sie beginnen sollte; sie sah sich noch einmal die

Kleider an, warf sie aber bald wieder ärgerlich beiseite. Sie waren schon so sehr zerrissen, daß es vergebliche Mühe war, wenn man sie noch ausbesserte.

Ich werde auch schlafen gehen, dachte sie, damit das Petroleum nicht unnütz verbrennt.

Sie stand auf, um das Bett aufzuschütteln, und öffnete die Tür, um den Schlüssel von außen abzuziehen, als sie hörte, wie jemand leise aus dem Dunkeln auf sie zukam. Sie erschrak und wollte schreien. Da erkannte sie, daß es ein Mann war, und sie entsetzte sich noch mehr.

„Huch, Herr Gott, wer ist da? Was wollen Sie? Was ist?"

Sie erhielt keine Antwort, eine kräftige Hand stieß sie von der Schwelle ins Zimmer zurück.

In der Tür stand der Patron Oppmann, warf einen forschenden Blick in die Stube, fingerte an der Außenseite des Schlosses herum, merkte, daß der Schlüssel schon fort war, und sah ihn in Marias Hand. Er lächelte und zog die Tür zu.

Maria zitterte. „Wie sind Sie hergekommen, Herr Patron, warum – was haben Sie vor?"

„Sei still, mach die Kinder nicht wach. Warum ich kam? Um dich zu sehen, natürlich, nichts weiter." Er lachte und setzte sich dann.

„Gehen Sie fort, lieber Herr Patron, gehen Sie."

„Sieh mal einer an, du willst mich wohl hinauswerfen? Du bist nicht sehr höflich zu deinem Gast."

„Sie haben sicher etwas vor. Ach, mein Gott..."

„Warum hast du denn Angst? Ich tue dir doch nichts Böses. Oder hältst du mich für solch ein Ungeheuer?"

„Wenn Sie so spät herkommen..."

„Spät? Es ist kaum sechs Uhr. Setz dich doch und sei ganz ruhig. Ich wollte nur einmal sehen, ob du dich nicht langweilst, hier so allein..."

Maria setzte sich auf den Schemel und suchte sich zu beruhigen. „Nun erzähl mir mal, was du heute gemacht hast." Er sprach gelassen und machte wirklich einen harmlosen Eindruck.

„Eigentlich habe ich gar nichts –" Sie stockte. Der Stoff fiel ihr ein, aber durfte sie etwas davon sagen?

„Sprich dich aus. Du hast doch an etwas gedacht?"

„Ja, ich dachte nämlich – aber warum soll ich es Ihnen denn nicht erzählen?“ Und sie schilderte ihm ihre Pläne: wie sie sich nachts alles zurechtgelegt und gehofft hatte, daß es gelingen möchte, wie dann aber nichts daraus wurde, weil sie sich kein Webgarn beschaffen konnte.

Während sie erzählte, wünschte sie die ganze Zeit über insgeheim, daß der Patron ihr Hilfe anbieten möge. Geld hatte er genug, und eine solche Summe würde in seiner Brieftasche überhaupt nicht zu merken sein. Die Furcht verging; der Gutsherr hörte freundlich und verständnisvoll zu.

Endlich zog er seine Börse aus der Tasche, legte einen Geldschein auf den Tisch und lächelte. „Schau mal her! Was sagst du dazu, wenn ich dir das gebe?“

„Ach, lieber Herr Patron!“ Maria zitterte. Sie konnte die Augen nicht von dem Geldschein lassen. Der Patron rückte mit seinem Stuhl näher heran.

„Es hängt nur von dir selbst ab. Wenn du lieb zu mir sein willst, dann bekommst du auch Geld. Ich bin nicht kleinlich in solchen Sachen.“ Er streckte den Arm aus und zog Maria, ungeachtet ihres Widerstandes, ganz zu sich heran.

„Nicht doch, lieber Herr Patron, lassen Sie das, lassen Sie –“, flüsterte sie und wollte sich befreien. Aber als sie den Kopf zur Seite wandte, fiel ihr Blick wieder auf den Schein. Ihr schlug das Herz, die Wangen glühten, und sie wehrte sich schwächer gegen die Liebkosungen des Patrons. Ihr Blick klebte an dem Schein auf dem Tisch, und sie setzte nicht mehr ihre ganze Kraft ein, um sich zu befreien.

„Ach, lassen Sie mich“, hauchte sie, „ich wage es nicht, nein. Nebenan wohnen Leute, sie hören es –“

„Warum wehrst du dich denn so? Sei ruhig.“

Der Patron griff nach der Lampe und blies sie aus. Sie waren beide im Dunkeln.

6

Am nächsten Morgen blieb das Zimmer lange unaufgeräumt. Maria saß ungewaschen und ungekämmt am Tisch, stützte die Ellbogen auf die Holzplatte und das Gesicht in die Hände. Auch den Rock hatte sie unordentlich angezogen, und die Bluse stand offen. Die Kinder gaben keinen Laut von sich, denn sie hatte ihnen die Hände voll Zuckerstückchen gesteckt, damit sie ruhig waren. Sie lutschten und knabberten. Yrjös Mund und Backen waren ganz beschmiert und klebrig, aber er leckte unentwegt an seinem Zucker in der Faust und war zufrieden.

Auf dem Tisch vor Maria stand das Kaffeegeschirr. Sie hatte viele Tassen getrunken, so viel, daß nur noch Grund aus der Kanne kam. Aber sie wollte auch gar nicht frisch werden und in ihren früheren Zustand zurückkehren. Lange hatte sie bewegungslos dagesessen. Nur ihre Schultern bebten dann und wann, als ob sie fröre.

„Hat alles keinen Zweck“, entfuhr es ihr schließlich, und sie zog die Hände vom Gesicht. Blind und ziellos irrten ihre Augen umher. „Hat alles keinen Zweck“, wiederholte sie noch einmal, zwang sich zum Aufstehen und ordnete ihre Kleider.

Liisa brachte ihr den Besen von draußen; sie machte die Betten und fegte den Fußboden. Sie wischte den Tisch ab und stellte das Geschirr an seinen Platz. Dann warf sie einen Blick in den Spiegel, erschrak über ihr müdes Gesicht, ihre grauen Wangen und leblosen Augen. Hastig begann sie sich das Haar zu kämmen, das Gesicht zu waschen und sich etwas zurechtzumachen.

Als sie das alles getan hatte, zog sie die Tischschublade heraus. Da lag das Geld, ein hübscher Zehnmarkschein. Sie nahm ihn in die Hand, glättete die Ecken und besah ihn gründlich von beiden Seiten. Dafür bekäme sie jetzt Webgarn genug!

Und Ville brauchte nichts zu erfahren. Sie würde ihm sagen, sie hätte alles Geld mit dem Stoff verdient. Ihm würden bestimmt keine Zweifel kommen. Sie könnte ihm besseres Essen als früher geben, für Kleidung und andere Dinge wäre mehr Geld vorhanden, es gäbe weniger Sorgen. Warum also sollte sie sich beklagen? Es war nur richtig, wenn man es von dieser Seite betrachtete...

Trotzdem graute es Maria, wenn sie daran dachte, was Ville sagen würde, wenn er auch nur das geringste ahnte. Er würde sie bestimmt schlagen und ihr nicht verzeihen, sondern sie bis zum Tode unversöhnlich hassen. Was für ein Leben würde das werden? Sie wagte nicht weiterzudenken, sondern verscheuchte alle diese Vorstellungen, steckte das Geld in die Tasche und ging Webgarn kaufen.

Stolz betrat sie nun das Geschäft von Frau Mikkola noch einmal. Glaubte man etwa, sie käme auch heute mit leeren Händen und bettelte um Ware auf Kredit? Oder sie sei von der Gnade irgendeines Menschen abhängig? Sie öffnete kaum den Mund zu einem „Guten Tag", als sie durch die Tür schritt, und sie nahm sich heimlich vor, ihnen ihr Webgarn zu benörgeln und zu drohen, sie werde es woanders kaufen.

Nun wollte es der Zufall, daß sie nicht sofort zum Kaufen kam, denn zwei Bauernmädchen suchten sich gerade einen wollenen Kleiderstoff aus. Es war ein schönes, einfarbiges, lila schimmerndes Gewebe. Maria begaffte und bestaunte es. Als die Laden-Anna ihnen vierzehn Ellen abgemessen hatte und den Stoff beim Abrollen weiter ausbreitete, wirkte er noch prachtvoller. Maria hatte solch ein Kleid noch nie besessen. Ihre Wünsche wurden wach. Sie sah sich den Stoff noch genauer an, prüfte ihn zwischen den Fingerspitzen und hob ihn gegen das Licht. Dünn war er allerdings, fast wie ein Florgewebe. Das kaufte bestimmt niemand für alle Tage, sondern nur für ein Sonntagskleid. Und so etwas brauchte sie besonders nötig. Wenn es mal Märkte, Tanzvergnügen, Hochzeiten oder andere Feste gab, dann hatte sie nichts anzuziehen. Wenn sie sich aus diesem Stoff etwas schneiderte, würde das Kleid bei guter Behandlung jahrelang halten.

Sie fragte nach dem Preis.

„Sechzig Pfennig", erhielt sie zur Antwort.

Nur sechzig Pfennig! Vierzehn Ellen... Sie wollte es ausrechnen, kam aber damit nicht zurecht, denn ihr Denken stockte.

„Was kosten vierzehn Ellen?"

„Acht Mark und vierzig Pfennig", entgegnete Anna.

Maria klopfte das Herz. „Und noch Futter dazu, drei Ellen?"

„Neunzig Pfennig. Zusammen neun Mark und dreißig Pfennig."

„Gibt's eine Rolle Garn als Zugabe?"
„Na meinetwegen, die können Sie haben."
„Dann messen Sie ab!"

Anna begann ein Gespräch über das Wetter oder was es sonst sein mochte, aber Maria war nicht recht bei der Sache. Als sie ein paar Worte erwiderte, merkte sie selbst, daß etwas nicht stimmte, und wollte sich herausreden, doch sie verhaspelte sich und gab sich schließlich keine Mühe mehr, Klarheit in ihre Worte zu bringen, sondern ließ alles, wie es war.

Anna lachte. „Sie waren wohl ganz in Gedanken?"

„Mir tut der Kopf so weh", antwortete sie, obwohl das gar nicht der Fall war.

Siebzig Pfennig bekam sie heraus. Sie griff nach ihrem Paket und ging.

Siebzig Pfennig! Wenn sie nun dafür Weißbrot kaufte und die Soininen zum Kaffee einlud? Damit sie ihren Kleiderstoff zeigen und fragen konnte, was die Bäuerin davon hielt und ob er nicht auch nach ihrer Ansicht hübsch und preiswert sei?

Doch warum gerade die Soininen? Sie würde gleich neugierig werden und sich Gedanken machen, mit welchem Gelde er gekauft worden sei. Dann schon lieber die Katri, die im selben Haus wohnte und von ihren gestrigen Geldsorgen nichts wußte. Sie war immer so neidisch, wenn Maria mal ein neues Kopftuch oder etwas Ähnliches bekam. Was sie jetzt wohl dazu sagen würde! Das wäre ein Spaß, zu sehen, wie es sie innerlich wurmte.

Im Vorbeigehen sprang sie zu einem Bäcker hinein, setzte Kaffee auf, als sie nach Hause gekommen war, und ließ Liisa die Katri holen.

„Sie läßt grüßen und bedankt sich, ja, und wird sofort kommen", berichtete Liisa, als sie zurückkehrte.

Da hörte man auch schon eilige, trippelnde Schritte im Hausflur, und eine kleine, rundliche Alte mit schmalen Augen trat geschäftig ein.

„Ach du meine Güte, mich also zum Kaffeetrinken einladen! Was ist dir denn da Wunderliches in den Kopf gekommen?" rief sie schon an der Tür.

„Nichts weiter, als daß es heute gerade so paßt. Ich habe mir bei Frau Mikkola im Geschäft Kleiderstoff gekauft und holte mir auf dem Nachhauseweg ein Weißbrot vom Bäcker."

„So, Kleiderstoff hast du gekauft? Zeig mir ihn doch mal, meine Liebe. Ach, schon wieder hast du dir etwas Neues gekauft. Es ist ja noch nicht allzulange her, daß du dir das da gemacht hast – das, was du gerade anhast."

„Ich brauchte nun mal noch was Besseres."

„Gottbewahre – richtiger Wollstoff, wahrhaftig! Und was hat die Elle gekostet?"

Katris Stimme bebte ordentlich. Sie schluckte, wurde ein bißchen blaß, und um die Mundwinkel bildeten sich tiefe Falten. In ihrem Gesicht war deutlich zu lesen, wie empfindlich sie dieses Kleid traf.

Maria weidete sich an ihren Qualen und suchte sie noch weiter zu steigern. „Eine Mark zwanzig, war das teuer?"

„Das ist schon ein Preis. Eine Mark zwanzig? Wieviel Ellen? Vierzehn! Meine Güte! Dann kostet das ganze Kleid ja fast zwanzig Mark! Sie stieß einen Pfiff aus und wackelte mit dem Kopf. „Und was macht die Frau eines Arbeiters damit? Ich würde es auf keinen Fall wagen, so etwas anzuziehen. Auf keinen Fall. Man könnte sonst noch wunder was von mir denken."

„Das ist ja lustig! Ach, du würdest es nicht wagen, so etwas anzuziehen? – Nun gut, ich zieh's an. Ich scheue mich durchaus nicht!"

„Fürchtest du das Gerede der Leute nicht?"

„Was soll das heißen?"

„Ja, siehst du, die Menschen sind eben immer bereit, die Dinge übel auszulegen, das weißt du doch. Und wenn du plötzlich anfängst, dich zu putzen, dann könnte man dies und das vermuten."

„Oho! Was könnte man denn vermuten?" Maria wurde rot und beugte sich nieder, um etwas unter dem Tisch hervorzuholen.

„Man wird schon etwas zum Klatschen finden, wenn es nur den kleinsten Anlaß gibt. Und in diesem Fall – nun, ich muß ja auch sagen..."

„Was denn?“ fuhr Maria wütend auf, als die andere nicht weitersprechen wollte.

„... daß manches einem eigenartig vorkommt. Eine Arbeiterfrau hat gewöhnlich kein Geld, um sich so zu putzen, und sie gibt sich mit so etwas auch gar nicht ab, denn man hält das immer für ein schlechtes Zeichen. Aber mach, was du willst, ich kann dir weder gebieten noch verbieten.“

„Soll man doch reden, was man will, ich pfeif' drauf! Man könnte meinetwegen sogar verlangen, daß ich mir das alles anhören müßte. Soll man klatschen, soviel man Lust hat, ich werde mich trotzdem putzen, denn das ist meine Angelegenheit, und niemand geht es etwas an, ob ich so oder so angezogen herumlaufe. Die Taschen der Leute werden dadurch nicht leer.“

„Durchaus nicht. Nein, durchaus nicht.“

„Aber sie vergehen vor Neid. Das ist die ganze Geschichte. Jawohl, ich verstehe.“

„Du wirst doch nicht etwa glauben, daß ich dich beneide?“

Maria zog einen schiefen Mund, wiegte den Kopf und sagte nichts.

„Da irrst du dich ganz gewiß. Um nichts in der Welt würde ich mir so etwas anziehen, und wenn ich's umsonst bekäme, geschweige denn, daß ich andere noch darum beneiden könnte. Nein, meine Liebe, von mir aus kannst du dir ruhig Kleider machen, und wenn sie aus Samt und Seide sein sollten!“

Katri schnaubte vor Zorn und wetterte so, daß Maria nicht zu Wort kam. Sie versuchte ihr möglichstes, schrie, was sie konnte, aber die andere gewann mit ihrer Stimme doch die Oberhand. Der Streit steigerte sich, beide redeten gleichzeitig, keiften sich an, so laut sie konnten, und sparten nicht mit groben Schimpfworten, über die sie in reichem Maße verfügten.

Die Kinder hörten mit offenem Mund und großen Augen zu, selbst Yrjö staunte nur und war die ganze Zeit so stumm wie eine Wand.

„Nimm die Beine unter den Arm – oder ich jage dich hinaus!“ schrie schließlich Maria, und dabei öffnete sie dem Gast die Tür.

„Ja, ich geh' ja schon, und ich werde nie wieder über diese Schwelle treten, du Scheusal!"

Katri eilte über den Hof zu ihrer eigenen Behausung, und auf dem Weg zischte sie wie ein brennender Wacholderstrauch. Ein paarmal blieb sie stehen und schrie die gröbsten Worte zurück, die sie finden konnte, aber Maria hörte nichts mehr, denn sie hatte ihre Tür bereits zugeschlagen.

Das ist nun der Dank dafür! Kaffee und Kuchen habe ich der Krähe noch in den Rachen geworfen. Das kommt bestimmt nicht wieder vor! schalt Maria sich selbst, und sie war wütend. Aber was wird die Alte nun nach diesem Vorfall wohl über mich posaunen?

Allmählich begann sie ihre Heftigkeit zu bereuen, denn Katri gehörte zu jenen boshaften Personen, die zum Feind zu haben gefährlich war. Bei solchen Leuten mußte man sich immer lieb Kind machen, sonst gab es Ärger mit ihnen. Maria beschloß, Katri schon morgen irgendwie zu besänftigen, zum Beispiel einen Eierkuchen in der Pfanne zu backen und ihr eine Kostprobe zu bringen und sich gar nicht anmerken zu lassen, daß sie miteinander gestritten hatten.

Doch am selben Abend geschah etwas, was diese Absicht durchkreuzte. Es war spät in der Nacht, als sie leise die Tür öffnete und den Patron hinausließ. Draußen war es stockfinster; sie spähte durch den Türspalt, als der Patron die Stufen hinabstieg. Da schlüpfte plötzlich eine Gestalt aus der Ecke, trat ihm in den Weg, riß eine brennende Laterne unter dem Umhang hervor, leuchtete dem Patron ins Gesicht und lachte schallend.

Das war Katris Stimme! Marias Beine waren wie gelähmt, sie zog die Tür zu und warf sich auf das Bett, das Gesicht in das Kissen drückend. Sie zitterte wie Espenlaub und vermochte eine Zeitlang nichts zu denken, ächzte nur und jammerte, wälzte sich von einer Seite auf die andere. „Ville wird es erfahren, es hilft nichts, man wird es ihm gleich als erstes zutragen! Ach, ich Unglückliche!"

Die ganze Nacht fand sie keinen Schlaf, Und am nächsten Tag wagte sie sich nicht aus dem Haus. Sie ließ Liisa Holz holen und Abfall und Kehricht hinaustragen, mehr war da draußen auch nicht zu verrichten, denn das Mädchen hatte schon morgens in der Dunkelheit das Wasser, das sie den Tag über brauchten, vom Brunnen geholt.

Geräuschlos und wortlos beschäftigte sie sich mit den Kindern und verrichtete die notwendigsten Arbeiten. Sie waren alle ungewöhnlich still an diesem Tage. Die Kinder wunderten sich, daß die Mutter nicht wie sonst mit ihnen plauderte und weder schalt noch lieb zu ihnen war. Auch ihnen vergingen Frohsinn und Unbekümmertheit, und selbst die Kleineren wagten keinen Laut von sich zu geben. Liisas Augen aber wanderten hin und wieder zur Mutter. Als sich Maria gegen Abend lang auf das Bett warf, das Gesicht zur Wand gekehrt, wußte Liisa ganz genau, daß sie nicht schlief, obwohl sie so tat, als sei sie eingeschlafen. Und das jetzt war ja auch kein Hustenanfall...

Sie schlich vorsichtig näher und reckte sich am Fußende über das Bett, um der Mutter in die Augen zu sehen. Sie waren rot und geschwollen. Liisa wandte sich wieder der Wiege zu, gab ihre schöne Puppe Yrjö in die Hand und raunte Mikko ins Ohr, er bekäme morgen früh ihren Teil Zucker, wenn er jetzt gleich ein ganz artiger Junge sei. Sie warf wieder einen Blick auf die Mutter, und als sie sie immer noch schluchzen sah, füllten sich auch ihre Augen mit Tränen. Sie liefen ihr über die Wangen, und sie wischte sie eifrig mit den Handflächen ab, so daß nur dunkle Streifen als Spuren auf dem Gesichtchen zurückblieben. Sie selbst merkte nichts davon, und auch die Mutter wurde es nicht gewahr, als sie sich spät am Abend wieder erhob, denn sie kam nicht dazu, nach Liisa zu sehen.

Die Uhr dagegen behielt Maria aufmerksam im Auge, und je weiter der Zeiger vorrückte, desto mehr begann sie etwas zu erwarten und zu wünschen.

Endlich schliefen die Kinder, alles war still, es nahte die Stunde, da der Patron zu kommen pflegte. Sie kauerte auf dem Schemel und lauschte.

Sie brauchte nicht lange zu warten, bis der Patron eintrat, mit einem dickel Knüppel in der Hand. Maria stand auf und ging ihm entgegen.

„Daß Sie doch wiedergekommen sind!“ stieß sie hervor. Sie half dem Patron aus dem Mantel.

„Hast du dich schon nach mir gesehnt?" der Mann lächelte.

„Ich habe mich so schrecklich gefürchtet. Den ganzen Tag über war ich in solcher Angst."

„Beunruhigt dich die Alte von gestern abend? Die soll mir nur mal kommen, dann schlage ich ihr mit diesem Knüppel das Kreuz kaputt!"

„Aber Ville wird es erfahren, und dann –", sie rang die Hände und wagte nicht, laut zu sprechen, „dann ist alles aus. Ich bin verloren."

„Mach dir keine unnützen Sorgen, von deinem Mann ist nichts zu befürchten. Er hat sich mit Zigeunern geprügelt und liegt irgendwo halbtot unterwegs. Ich habe gerade ein Telegramm aus Kajaani bekommen, Fuhre und Pferd sind glücklich am Ziel angelangt."

„Ville … ist unterwegs liegengeblieben?" Maria sank zu Boden und starrte wie von Sinnen unverwandt auf den Patron.

„Na und? Du brauchst dir keine Sorgen zu machen, auch wenn du Witwe würdest."

Maria schoß der Gedanke durch den Kopf, das sei Gottes Strafe für ihre Sünde; Furcht und Schrecken wollten sie überwältigen. Sie kroch zum Patron und umfaßte seine Knie. „Verlassen Sie mich nicht, lieber Herr Patron, verlassen Sie mich nicht! Machen Sie mit mir, was Sie wollen, aber verlassen Sie mich nicht!"

7

Maria probierte ein neues Kleid an, das richtig nach der Modenzeitung genäht war: Das Oberteil war wie eine Jacke für sich gearbeitet und mit Schößen versehen. Hinten waren Reifen eingelegt, so daß der Rock fast ebenso hoch stand wie bei den vornehmen Damen.

Sie betrachtete sich von der einen und von der anderen Seite und fand das Kleid sehr hübsch. Das müßte sie jetzt anbehalten, bis der Patron käme. Es dauerte ja gar nicht mehr so lange. Maria warf einen Blick auf die Uhr – noch eine Stunde, dann kam er gewöhnlich.

Sie nahm den Spiegel zur Hand und prüfte ihre Gesichtszüge. Jedesmal rühmte der Patron ihre Schönheit – und nicht ohne Grund! Nur die Augenbrauen müßten dunkler sein. Sie nahm ein Stück Kohle aus dem Herd und versuchte sie etwas zu schwärzen. Zuerst nur ein bißchen, damit der Patron nichts merken würde.

Solange sie schön blieb, brauchte sie sich nicht zu sorgen. Und warum sollte sie es nicht bleiben? Die Kinder könnte sie aufs Land bringen, falls Ville sterben würde. Der Patron glaubte fest daran, daß er lebend nicht mehr zurückkehrte. Keine Angst mehr ausstehen müssen...

Aber was würde aus ihr geworden sein, wenn der Patron nicht gekommen wäre? Not hätte sie schon jetzt gelitten, und dann erst – als Witwe mit drei kleinen Kindern! Auf die Armenfürsorge hätte sie sich verlassen müssen, ihr wäre ja nichts anderes übriggeblieben. Sie schüttelte sich.

Maria nahm die Weinflasche aus dem Schrank, die der Patron gestern abend mitgebracht hatte, und stellte sie mit Gläsern auf den Tisch. Ein guter Wein, sie hatten die Flasche gestern schon halb ausgetrunken. Oder sogar noch etwas mehr? Sie hielt sie gegen das Licht und schätzte den Inhalt mit den Augen ab. Schritte waren zu hören – der Patron kam heute abend wohl früher. Die Tür wurde geöffnet. Maria drehte sich um.

„Ville!“ Sie rief es nicht laut, nannte nur leise den Namen. Aber die Hand, mit der sie sich auf den Tisch stützte, zitterte, ihr Körper schwankte etwas, aber sie sank doch nicht zusammen.

Ein kurzer Augenblick des Schweigens folgte; man hätte eine Nadel fallen hören.

Ville war es, der an der Tür stand, der lebende Ville, wenn auch blasser als früher.

„'n Abend!“ sagte er, weiter nichts.

Er blieb wie angenagelt an der Tür stehen, als traue er seinen eigenen Augen nicht. Dann riß er sich zusammen. Sollte er etwa träumen? Und wieder tastete sein Blick nach Maria. In diesem Blick lagen Frage, Zweifel, Verständnislosigkeit und schließlich auch etwas Beängstigendes.

Endlich fand Maria die Sprache wieder. Ihre Kehle war trocken, die Worte kamen heiser aus ihrem Mund: „Wie ich mich erschrocken habe! Wann bist du ... wie bist du ... Man sagte, du hast dort krank gelegen –"

Sie geriet aus der Fassung und schwieg; dann fuhr sie langsamer fort: „Komm näher, was stehst du da so lange herum?"

Gezwungen lachend trat sie näher und wollte ihm die Hand geben. Aber Villes Blick ließ sie zögern; wieder wurden ihr die Knie weich. Was sollte sie tun?

„Du wunderst dich wohl über dieses Kleid? Glaubst du, das ist mein eigenes?" Wieder lachte sie hilflos. Während sie nach einer glaubhaften Ausrede suchte.

Ville stand da und wartete.

„Das ist das Kleid von Soininens Tochter. Es hatte einen Riß, und man bat mich, es auszubessern. Nur zum Spaß hab ich's anprobiert, wollte mal sehen, wie es mir steht."

Ville beruhigte sich sichtlich, obwohl er noch nichts sagte.

Maria atmete schon erleichtert auf. Sie wollte sogar nach alter Weise scherzen: „Gib mir doch wenigstens die Hand. Sonderbar, daß du mich nicht mal richtig begrüßt, wo du so lange von zu Hause fort warst."

Ville hängte seinen Überrock an den Türhaken und ging weiter nach hinten ins Zimmer. Er betrachtete die Kinder, die alle in tiefstem Schlaf lagen, Yrjö in der Wiege und die älteren in der Ecke nebeneinander auf dem Fußboden.

„Frieren sie nicht, die Ärmsten, wenn sie so schlecht zugedeckt sind?" fragte er.

„Das ist Liisas eigene Schuld", meinte Maria, „ich habe ihr schon so oft gesagt, sie soll die alte Lodenjoppe noch dazunehmen."

Sie warf sie ihnen über. Als sie sich wieder umwandte, war Ville zum Tisch gegangen.

Maria erstarrte. Die Weinflasche und die Gläser! Jetzt war es aus mit ihr!

Ville setzte sich stumm auf einen Stuhl am Tisch. Vielleicht hat er's gar nicht gemerkt? Er war abgemagert und gealtert, hatte tiefe Furchen im Gesicht, die Augen waren eingefallen, die Bartstoppeln auf den Backen grau geworden. Er war ernst, blickte zu Boden, blinkerte häufig mit den Augenlidern, rührte sonst aber kein Glied. Maria suchte zu erraten, woran er jetzt dachte. Warum war er so schweigsam? Wenn er etwas ahnte, warum wurde er nicht wütend und wetterte wie früher?

„Möchtest du etwas essen?“ fragte sie endlich.

„Nein“, lautete die kurze Antwort.

Ville erhob sich und griff nach seiner Mütze. Zur Stadt wollte er nicht, weil er nur die Mütze und nicht auch den Überrock nahm.

Maria blieb im Zimmer. Sie sah auf die Uhr – jeden Augenblick konnte der Patron kommen! Sie öffnete die Tür ein wenig. Draußen war noch niemand zu sehen. Ob sie ihm entgegenlaufen sollte? Sie wollte sich nur erst das Kleid vom Leib schaffen und ein anderes anziehen. Sie riß es herunter und brachte es in die Kammer, fort aus ihren Augen. Hastig griff sie nach einem anderen, aber in der Eile knöpfte sie das Mieder falsch zu, und als sie es wieder aufmachen wollte, hörte sie draußen ein Geschrei, das sie zusammenfahren ließ.

Sie lief hinaus, sah den Patron am Boden liegen und Ville über ihm. Villes eine Hand umspannte Oppmanns Kehle, die andere tastete nach dem Messer am Gürtel. Maria konnte es ihm entreißen.

„Gib her, ich töte euch beide!“ brüllte Ville und drückte dem Patron auch mit der anderen Hand die Kehle zu.

Maria schrie, sie glaubte, der Patron sei schon tot. Katri stand an der Tür und lamentierte. Aber aus dem Haus eilten Männer zu Hilfe, trennten Ville von seinem Opfer und brachten ihn zum Polizeiamt. Maria holte Wasser für den Patron. Er stand auf, trank und machte sich davon.

8

Die Gerichtssitzung fand im Rathaus statt. Ville sollte der Prozeß gemacht werden. Der Patron war selbst anwesend und hatte seinen Platz in der Nähe des Staatsanwaltes, der als öffentlicher Ankläger auftrat und das Protokoll der polizeilichen Untersuchung verlas.

Ville stand ihnen am unteren Ende des langen Tisches in Sträflingskleidung und mit Handschellen gegenüber. Seine

Augen waren auf den Patron geheftet, der ihnen auswich und bald nach rechts, bald nach links zur Seite sah, aber im Vorbeihuschen trafen ihn immer wieder die gleichen schnellen, durchdringenden Blicke.

Ville wurde des versuchten Mordes beschuldigt. Wären seine Frau und die Hausbewohner nicht zur Hilfe geeilt, dann wäre sein Plan auch sicher gelungen. Die Kehle hatte er dem Kläger bereits so zugedrückt, daß dieser laut ärztlichem Gutachten wenigstens einen Monat unter den Folgen zu leiden haben würde. Und der Staatsanwalt beantragte für den Angeklagten eine Zuchthausstrafe von drei Jahren.

Der Patron war der Meinung, daß die Umstände eine härtere Strafe forderten. Er habe dem Angeklagten eine Verdienstmöglichkeit gegeben, indem er ihn mit einer Fuhre auf den Markt nach Kajaani schickte, habe sich, als der Angeklagte auf der Fahrt erkrankte, aus Gutmütigkeit um seine Familie gekümmert und sie so reichlich unterstützt, daß weder Mutter noch Kinder in der Zwischenzeit zu hungern brauchten. Diese Undankbarkeit mache das Verbrechen doppelt verwerflich, darum müsse das Urteil auch doppelt so streng ausfallen.

Ville lachte kurz auf, aber dann biß er sich auf die Lippen, und seine Hände zitterten.

„Was hat der Angeklagte zu erwidern?“ fragte der Richter.

Ville sagte nichts, als hätte er die Frage gar nicht gehört. Erst dann, als sie der Richter wiederholte, antwortete er gleichgültig: „Nichts.“

Der Richter wartete eine Weile und fragte noch einmal: „Hat der Angeklagte nicht irgendeine Erklärung abzugeben?“

„Nein.“

„Kann er nicht einen Grund nennen, warum –?“

„Nein.“

„Oder kann er mildernde Umstände anführen?“

Der Gefangene preßte die Lippen zusammen und blieb stumm.

Der Richter wartete ab, denn er vermutete, Ville überlege sich eine Antwort. Als diese aber nicht kam, fragte er noch einmal: „Haben Sie keinen Wunsch vorzutragen?“

Der Patron murrte und zuckte die Schultern; das Wohlwollen des Richters ging ihm zu weit.

„Ich möchte nur schnell ein Urteil haben", sagte der Angeklagte.

Der Kläger wiederholte seinen Einspruch, und der öffentliche Anklagevertreter wiederholte ebenfalls das geforderte Strafmaß. Dann mußten alle den Sitzungssaal verlassen, bis das Urteil verkündet wurde, wonach Ville eine Zuchthausstrafe von drei Jahren erhielt.

Als der Herr Patron am Abend dieses Tages zu Maria ging, trug er eine Flasche Wein in der Tasche, der besser war als je zuvor.

Alexander Lange Kielland

Zwei Freunde

Niemand konnte begreifen, woher er sein Geld bekam. Aber wer sich am meisten über das flotte und verschwenderische Leben, das Alphonse führte, wunderte, war sein ehemaliger Freund und Kompagnon.

Nachdem sie das gemeinsame Geschäft aufgelöst hatten, waren die meisten Kunden und die besten Verbindungen nach und nach in Charles' Hände übergegangen. Nicht daß dieser irgendwie versucht hätte, sich seinem früheren Kompagnon in den Weg zu stellen – ganz im Gegenteil; es kam ganz einfach daher, daß Charles in Wirklichkeit der Tüchtigere von den beiden war. Und als Alphonse jetzt auf eigene Faust arbeiten sollte, wurde es bald jedem, der ihn genauer beobachtete, klar, daß er trotz seiner Gewandtheit, seiner Liebenswürdigkeit und seiner gewinnenden Persönlichkeit nicht der Mann war, einem selbständigen Geschäfte vorzustehen.

Und es gab einen, der ihn genau beobachtete. Charles folgte ihm mit seinen scharfen Augen Schritt für Schritt; jeden Mißgriff, jede Verschwendung, jeden Verlust – alles kannte er ganz genau, und er wunderte sich, daß Alphonse sich so lange halten konnte.

Sie waren so gut wie zusammen aufgewachsen. Ihre Mütter waren Cousinen, und da die Familien nahe beieinander in derselben Straße gewohnt hatten – was in einer Stadt wie Paris für den näheren Umgang fast noch wichtiger ist als eine nahe Verwandtschaft –, kamen sie auch in dieselbe Schule.

Von jetzt an waren sie die ganze Jugend hindurch unzertrennlich. Die gegenseitige Anpassung überwand die großen Verschiedenheiten, die sich ursprünglich in ihren

Charakteren fanden, und schließlich paßten ihre Eigenschaften so gut ineinander wie die künstlich zugeschnittenen Holzstückchen, aus denen wir als Kinder hübsche Bilder zusammensetzten.

Und es bestand wirklich zwischen ihnen ein so schönes Verhältnis, wie man es selten zwischen jungen Leuten findet; denn sie faßten die Freundschaft nicht als eine Verpflichtung auf, alles voneinander zu ertragen, sondern sie schienen eher miteinander in gegenseitiger Aufmerksamkeit zu wetteifern.

Wenn indes Alphonse in seinem Verhältnis zu Charles eine große Zuvorkommenheit an den Tag legte, so wußte er jedenfalls selbst gar nichts davon, und wenn jemand es ihm gesagt hätte, so hätte er ohne Zweifel laut über ein so mißglücktes Kompliment gelacht.

Denn wie ihm das Leben überhaupt sehr leicht und einfach erschien, so konnte es ihm zuallerletzt einfallen, daß er sich seinem Freunde gegenüber irgendwelchen Zwang aufzuerlegen habe. Daß Charles sein bester Freund war, kam ihm geradeso natürlich vor, wie daß er selbst am besten tanzte, am besten ritt, am besten schoß und daß die ganze Welt ihm aufs beste geordnet zu sein schien.

Alphonse gehörte zu den verwöhntesten Kindern des Glücks. Er erlangte alles ohne Anstrengung; das Dasein schmiegte sich ihm an wie ein eleganter Anzug, den er mit einer so ungezwungenen Liebenswürdigkeit trug, daß die Menschen vergaßen, ihn zu beneiden.

Und dann sah man ihn so gern an. Er war groß und schlank, hatte braune Haare und große, offene Augen; das Gesicht war rein und glatt, und seine Zähne glänzten, wenn er lachte. Er wußte genau, daß er hübsch war; aber da alle Welt ihn seit seiner frühesten Kindheit verwöhnt hatte, war seine Eitelkeit von der heiteren, gutmütigen Art, die im Grunde nicht verletzend wirkte. Er hatte seinen Freund außerordentlich gern; bisweilen amüsierte er sich und andere damit, ihn zu necken und sich über ihn lustig zu machen. Aber er kannte Charles' Gesicht so genau, daß er gleich merkte, wenn er den Spaß zu weit trieb; dann schlug er in seinen natürlichen, gutmütigen Ton um und brachte den ernsten und etwas schwerfälligen Charles dazu, sich halbtot zu lachen.

Charles hatte von den Knabentagen her Alphonse über alle Maßen bewundert. Er selbst war klein und unansehnlich, still und schüchtern. Die glänzenden Eigenschaften seines Freundes warfen auch einen Glanz über ihn und verliehen seinem Leben einen gewissen Schwung.

Die Mutter sagte oft: „Diese Freundschaft zwischen den Knaben ist ein wahres Glück für meinen armen Charles, sonst würde er sicher ganz schwermütig."

Wenn Alphonse bei allen Gelegenheiten vorgezogen wurde, freute Charles sich; er war stolz auf seinen Freund. Er schrieb seine Aufsätze, sagte ihm in den Stunden vor, bat für ihn bei den Lehrern und schlug sich für ihn mit den Jungen.

Auf der Handelsakademie ging es geradeso. Charles arbeitete für Alphonse, und Alphonse bezahlte mit seiner unerschöpflichen Liebenswürdigkeit und seiner unzerstörbaren Laune.

Als sie später als ganz junge Menschen bei derselben Bankfirma angestellt waren, geschah es eines Tages, daß der Prinzipal zu Charles sagte: „Vom ersten Mai an möchte ich Ihr Gehalt erhöhen."

„Ich danke Ihnen", erwiderte Charles, „sowohl für mich als für meinen Freund."

„Monsieur Alphonses Gehalt bleibt unverändert", antwortete der Chef und schrieb weiter.

Charles vergaß diesen Vormittag nie. Es war das erste Mal, daß man ihn seinem Freunde vorgezogen und ihn vor diesem begünstigt hatte. Und es war mit Rücksicht auf seine kaufmännische Tüchtigkeit, den Punkt, auf den er, der junge Geschäftsmann, am meisten Wert legte, daß ihm dieser Vorzug zuteil geworden war, und zwar hatte der Chef des Hauses, der große Bankier, ihm persönlich diese Anerkennung gezollt.

Was er fühlte, war ihm so fremd, daß es ihm beinahe wie ein Unrecht gegen den Freund vorkam. Er erzählte Alphonse nichts von dieser Begebenheit; dagegen schlug er ihm vor, daß sie sich um zwei ledige Stellen im „Crédit lyonnais" bewerben sollten.

Alphonse war gleich bereit. Denn er liebte die Veränderung, und das prachtvolle neue Bankhaus am Boulevard schien ihm weit anziehender zu sein als die dunklen Kontore in der Rue Bergère. Sie siedelten dann am ersten Mai nach dem „Crédit lyonnais“ über. Aber als sie im Kontor des Chefs waren, um sich zu verabschieden, sagte der alte Bankier leise zu Charles, als Alphonse schon draußen war (Alphonse ging immer zuerst zur Tür hinaus): „Sentimentalität taugt nicht für einen Geschäftsmann.“

Von diesem Tage an ging eine Veränderung mit Charles vor. Er arbeitete nicht nur fleißig und gewissenhaft wie früher, sondern er entwickelte eine Energie und eine so erstaunliche Arbeitskraft, daß er bald die Aufmerksamkeit seiner Vorgesetzten auf sich zog. Daß er seinen Freund an Geschäftstüchtigkeit bei weitem überragte, kam bald an den Tag; aber jedesmal, wenn er einen neuen Beweis von Anerkennung empfing, hatte er einen Kampf mit sich selbst zu bestehen. Jede Beförderung hatte lange einen kleinen Beigeschmack von schlechtem Gewissen an sich, und doch arbeitete er mit rastlosem Eifer weiter.

Da sagte Alphonse eines Tages in seiner leichten und offenen Art: „Du bist doch ein tüchtiger Kerl, Charlie! Du überflügelst ja jung und alt, von mir ganz zu schweigen! Ich bin wirklich stolz auf dich!“

Charles fühlte sich beschämt. Er hatte gedacht, daß Alphonse durch die Zurücksetzung verletzt wäre, und jetzt erfuhr er, daß der Freund ihm nicht nur den Vorrang einräumte, sondern sogar noch stolz auf ihn war. Nach und nach kam sein Gemüt zur Ruhe, und seine solide Arbeit wurde mehr und mehr anerkannt.

Aber wenn er in Wirklichkeit der Tüchtigste war, wie konnte es da geschehen, daß er im Leben so völlig übersehen wurde, während Alphonse der Liebling aller blieb. Selbst die Beförderungen und die Beweise von Anerkennung, die er sich durch ausdauernde Arbeit erkämpfte, gab man ihm in einer trockenen, geschäftsmäßigen Art, während alle Welt, von den Direktoren bis zu den Kassenboten, ein freundliches Wort oder einen heiteren Gruß für Alphonse hatte.

In den verschiedenen Kontoren und Abteilungen der

Bank veranstaltete man förmliche Intrigen, um in den Besitz von Monsieur Alphonse zu gelangen; denn seiner schönen Gestalt und seinem heiteren Gemüt folgte immer ein Hauch von Leben und Frische. Charles hatte dagegen oft gemerkt, daß seine Kollegen ihn als einen trockenen Burschen betrachteten, der nur an das Geschäft und an sich selbst dachte. Und doch hatte er ein Herz, so zartfühlend wie wenige; aber es fehlte ihm die Gabe, seinen Gefühlen Ausdruck zu verleihen.

Charles war einer von diesen kleinen, schwarzen Franzosen, deren Bartwuchs dicht unter den Augen beginnt; seine Gesichtsfarbe war gelblich und das Haar straff und borstig. Seine Augen erweiterten sich nicht, wenn er in heiterer und aufgeräumter Stimmung war, sondern sie fuhren unruhig herum und blinzelten. Wenn er lachte, so zogen sich die Mundwinkel nach oben, und manches Mal, wenn sein Herz voller Freude und Wohlwollen war, sah er die Menschen sich halb ängstlich vor seinem abstoßenden Äußeren zurückziehen. Der einzige, der ihn so gut kannte, daß er seine Häßlichkeit nicht zu sehen schien, war Alphonse; alle die anderen mißverstanden ihn; er wurde argwöhnisch und immer verschlossener.

In einem unmerklichen Crescendo wurde der Gedanke bei ihm groß: Warum sollte er nie etwas von dem erreichen, dessen er am meisten bedurfte: einen freundlichen und herzlichen Verkehr und ein Entgegenkommen, das der Wärme, die er in seinem Innern verschloß, entspräche; warum lächelte alle Welt Alphonse mit ausgestreckten Händen zu, während er sich mit steifen Verbeugungen und kühlen Blicken begnügen mußte?

Alphonse wußte davon nichts. Er war heiter und gesund, begeistert über das Leben und zufrieden mit dem Geschäft. Man hatte ihn in der leichtesten und unterhaltendsten Branche des Geschäftes untergebracht, und mit seiner Schlagfertigkeit und seinem Talent, mit den Leuten zu verkehren, füllte er seinen Platz vollkommen aus.

Sein Bekanntenkreis war sehr groß; alle Menschen schätzten seine Gesellschaft, und er war bei Frauen und Männern gleich beliebt.

Charles ging eine Zeitlang mit in die Kreise, die sich Alphonse öffneten, bis er den Verdacht schöpfte, daß er nur seines Freundes wegen eingeladen würde. Da zog er sich zurück.

Damals, als Charles vorschlug, daß sie ein Geschäft zusammen etablieren sollten, hatte Alphonse geantwortet: „Du bist viel zu gut, daß du mich wählst. Es würde dir nicht schwerfallen, einen viel tüchtigeren Kompagnon zu finden."

Charles hatte gedacht, daß die veränderten Verhältnisse und das nähere Zusammenarbeiten Alphonse aus dem Umgangskreis, den Charles nun einmal nicht ausstehen konnte, herausziehen und sie enger miteinander verknüpfen würde. Denn er hegte eine unbestimmte Angst, seinen Freund zu verlieren.

Er wußte es selbst nicht, und es wäre auch nicht leicht zu entscheiden gewesen, ob er auf alle die Menschen, die sich um Alphonse scharten und ihn an sich zogen, eifersüchtig war oder ob er seinen Freund um das Glück, das er machte, beneidete.

Sie fingen ihr Geschäft vorsichtig und energisch an, und es ging ihnen gut.

Es war die allgemeine Meinung, daß sie sich in glücklichster Weise ergänzten. Charles stellte das solide, vertrauenerweckende Element dar, während der hübsche, elegante Alphonse der jungen Firma einen gewissen Glanz verlieh, der von keiner geringen Bedeutung war.

Jeder, der ins Kontor eintrat, wurde auf seine stattliche Gestalt aufmerksam, und es kam wie von selbst, daß alle sich an ihn wandten.

Charles beugte sich über seine Arbeit und ließ Alphonse das Wort führen. Wenn dann dieser ihn nach etwas fragte, antwortete er kurz und still, ohne aufzusehen.

Darum glaubten die meisten, daß Charles ein sehr angesehener Kommis, Alphonse dagegen der eigentliche Chef des Hauses sei.

Als Franzosen dachten sie nicht viel daran, sich zu verheiraten; aber als junge Pariser führten sie ein Leben, in dem das Erotische eine große Rolle spielte.

Alphonse war eigentlich erst in seinem Element, wenn er mit Damen zusammen war. Da kam seine ganze heitere Liebenswürdigkeit zu ihrem Recht, und wenn er sich beim Souper zurücklehnte und sein flaches Champagnerglas dem Diener hinreichte, war er schön wie ein junger Gott.

Er hatte einen Nacken, der in den Frauen den Wunsch erweckte, ihn zu streicheln; und seine weichen, leichtgelockten Haare sahen aus, als ob sie von koketter Damenhand nachlässig geordnet oder mit Absicht derangiert worden seien.

Es waren auch viele feine weiße Finger durch diese Locken gefahren; denn Alphonse hatte nicht bloß die Eigenschaft, daß die Frauen ihn liebten, sondern er besaß die noch seltenere Gabe, daß sie ihm verziehen.

Wenn die Freunde zusammen in heiteren Abendgesellschaften waren, paßte Alphonse nie sonderlich auf Charles auf. Er führte nicht Buch über seine eigenen Liebschaften und noch weniger über die seines Freundes. Darum konnte es das ein oder andere Mal geschehen, daß eine Schöne, auf die Charles ein Auge geworfen hatte, Alphonse in die Hände fiel.

Charles war daran gewöhnt, daß sein Freund ihm vorgezogen wurde; aber es gibt Dinge, an die sich die Männer schwer gewöhnen können. Er kam selten mit zu Alphonses Soupers, und es dauerte lange, bis der Wein und die allgemeine Heiterkeit ihn in Stimmung bringen konnten.

Aber dann – wenn der Champagner und die schönen Augen ihm zu Kopf gestiegen waren, pflegte er gern der Tollste von allen zu sein; dann sang er laut mit seiner harten Stimme, lachte und gestikulierte, so daß die steifen schwarzen Haare ihm über die Stirn fielen, und da flohen die heiteren Damen und nannten ihn den Schornsteinfeger.

Wenn die Schildwache in der belagerten Festung auf und ab geht, hört sie bisweilen einen seltsamen Laut in der stillen Nacht, als ob sich etwas unter ihren Füßen bewege. Das ist der Feind, der das Außenwerk unterminiert hat, und diese oder die nächste Nacht wird ein dumpfer Knall ertönen, und bewaffnete Männer werden durch die Bresche hereinstürzen.

Wenn Charles sich selbst gegenüber scharf auf dem Posten gewesen wäre, so hätte er seltsame Gedanken in seinem Innern wahrnehmen können. Aber er wollte nicht hören; er hatte nur eine dunkle Vorahnung, daß sich eine Explosion vorbereitete. Und eines Tages explodierte es.

Die Geschäftszeit war vorüber; das Personal hatte die äußeren Kontore verlassen, nur die Prinzipale waren noch da.

Charles schrieb eifrig an einem Brief, den er fertig haben wollte, ehe er ging.

Alphonse hatte beide Handschuhe angezogen und sie zugeknöpft. Darauf hatte er seinen Hut gebürstet, so daß er glänzte, und jetzt ging er im Zimmer auf und ab und warf einen Blick in Charles' Brief jedesmal, wenn er am Pult vorbeikam.

Sie pflegten jeden Tag vor dem Mittagessen eine Stunde in einem Café an dem großen Boulevard zuzubringen, und Alphonse fing an, sich nach seinen Zeitungen zu sehnen.

„Wirst du denn nie fertig mit diesem Brief?" rief er ein wenig ärgerlich.

Charles schwieg ein oder zwei Sekunden; aber dann sprang er heftig auf, daß der Stuhl umfiel: Ob Alphonse sich vielleicht einbilde, daß er es besser machen könne? Er wisse wohl nicht, wer eigentlich der Tüchtigste im Geschäft sei? Und jetzt strömten die Worte hervor mit der unglaublichen Schnelligkeit, die die französische Sprache annehmen kann, wenn sie in heftiger Leidenschaft gebraucht wird.

Aber es war ein trüber Strom; er führte viele häßliche Worte, Vorwürfe und Beschuldigungen mit sich, und das Ganze klang wie ein unterdrücktes Schluchzen.

Während Alphonse im Zimmer auf und ab lief, mit geballten Fäusten und wirren Haaren, glich Charles einem kleinen, zottigen Terrier, der einen feinen italienischen Windhund anbellt. Letztlich nahm er seinen Hut und lief hinaus.

Alphonse hatte ihm mit großen, verwunderten Augen zugesehen. Als er fort war und es im Zimmer still wurde, war es, als ob die Luft noch nach den heftigen Worten zitterte. Eins nach dem anderen tauchten sie vor Alphonse wieder auf, während er unbeweglich am Pult stand.

Ob er nicht wüßte, wer der Tüchtigste sei! – Doch, gewiß! Er hatte ja nie geleugnet, daß ihm Charles bei weitem überlegen sei. – Er mußte nicht glauben, daß es ihm gelingen sollte, alles durch sein glattes Gesicht an sich zu reißen. – Alphonse war sich nicht bewußt, seinem Freund je etwas geraubt zu haben.

„Ich mache mir nichts aus deinen Kokotten", hatte Charles gesagt.

Sollte er wirklich für die kleine spanische Tänzerin Interesse gehabt haben? – Ja, hätte Alphonse nur eine Ahnung davon gehabt, dann hätte er sie sicher nicht angesehen. Aber das war doch auch kein Grund, so außer sich zu geraten; es gibt doch Frauenzimmer genug in Paris.

Und dann zum Schluß: „Noch morgen hebe ich die Teilhaberschaft auf."

Alphonse begriff das Ganze gar nicht. Er verließ das Kontor und ging grübelnd durch die Straßen, bis er einen Bekannten traf. Dadurch kam er auf andere Gedanken; aber den ganzen Tag hatte er das Gefühl, als ob etwas Schweres, Unheimliches auf der Lauer läge, bereit, sich seiner zu bemächtigen, sobald er allein wäre.

Als er spät in der Nacht nach Hause kam, fand er einen Brief von Charles vor. Er öffnete ihn rasch: aber er enthielt statt der erwarteten Entschuldigungen nur in kühlen Worten die Aufforderung an Monsieur Alphonse, sich am nächsten Morgen früh im Kontor einzufinden, „damit die verabredete Trennung der Firma so bald als möglich stattfinden" könne.

Jetzt erst fing Alphonse an zu begreifen, daß die Szene im Kontor mehr als ein vorübergehender Ausbruch von Heftigkeit gewesen sei; aber die Sache wurde dadurch noch unerklärlicher.

Und je länger er darüber nachdachte, desto größer erschien ihm Charles' Ungerechtigkeit. Er hatte seinem Freund nie gezürnt, und das tat er eigentlich auch jetzt nicht. Aber als er sich alle die Beleidigungen, mit denen Charles ihn überschüttet hatte, wiederholte, verhärtete sich sein gutmütiges Herz; und am nächsten Morgen nahm er nach einem kühlen „Guten Morgen" schweigend seinen Platz ein.

Obgleich er eine ganze Stunde früher als sonst kam, konnte er doch merken, daß Charles schon lange und fleißig gearbeitet hatte. Sie saßen jetzt jeder auf seiner Seite des Pultes; sie redeten nur die notwendigsten Worte; das ein oder andere Papier ging von Hand zu Hand, aber sie sahen sich nie in die Augen.

So arbeiteten sie beide, der eine eifriger als der andere, bis zwölf Uhr – ihre gewöhnliche Frühstückszeit.

Die Zeit, wenn sie frühstückten, war ihnen die liebste am ganzen Tage. Sie pflegten sich das Frühstück im Kontor servieren zu lassen, und im selben Augenblick, wenn die alte Madame, die die Reinhaltung des Kontors und das Frühstück der Prinzipale besorgte, meldete, daß das Dejeuner fertig sei, erhoben sie sich beide auf einmal, selbst wenn sie mitten in einem Satz oder einer Berechnung waren.

Dann aßen sie, entweder am Kamin stehend, oder sie gingen dabei in dem gemütlichen Kontor auf und ab; Alphonse hatte immer einige pikante Geschichten zu erzählen, und Charles lachte; dies waren seine glücklichsten Stunden.

Aber als Madame heute ihr freundliches „Meine Herren, es ist angerichtet“ sagte, blieben sie beide sitzen. Sie machte große Augen und wiederholte die Worte, als sie hinausging; aber niemand rührte sich.

Endlich bekam Alphonse Hunger, er ging an den Tisch, schenkte sich ein Glas Wein ein und fing an, sein Kotelett zu essen. Aber wie er da stand und aß, mit dem Glas in der Hand, und sich in seinem lieben Kontor umsah, wo sie so manche fröhliche Stunde verlebt hatten, und als er daran dachte, daß sie dieses alles aufgeben und sich das Leben wegen einer Laune, eines plötzlichen Anfalles von Heftigkeit verbittern sollten, da kam ihm auf einmal die ganze Situation so verkehrt vor, daß er nahe daran war, laut aufzulachen.

„Hör mal, Charles“, sagte er in dem halb ernsten, halb scherzhaften Ton, der Charles immer zum Lachen brachte, „es wird im Grunde merkwürdig klingen, wenn wir bekanntmachen: Nach freundschaftlicher Übereinkunft ist unter heutigem Datum die Firma…“

„Ich habe gedacht“, unterbrach Charles ihn ruhig, „daß wir setzen: Nach gemeinsamer Übereinkunft.“

Alphonse lachte nicht mehr; er setzte das Glas hin, und das Kotelett wurde bitter in seinem Munde.

Er verstand, daß die Freundschaft zwischen ihnen tot sei, wie und warum, war ihm unklar; aber er fand, daß Charles hart und ungerecht gegen ihn war. Er wurde jetzt noch steifer und kühler als der andere. Sie arbeiteten zusammen, bis das Geschäft geteilt war; und dann trennten sie sich.

Es war eine geraume Zeit vergangen, und die beiden ehemaligen Freunde arbeiteten jeder für sich in dem großen Paris. Sie trafen sich auf der Börse, aber sie machten nie Geschäfte miteinander. Charles arbeitete Alphonse nie entgegen; er wollte ihn nicht zugrunde richten; er wollte, daß Alphonse sich selbst zugrunde richten sollte.

Und es schien, als ob Alphonse seinem Freund diesen Wunsch erfüllen wollte. Allerdings machte er hin und wieder ein gutes Geschäft; aber sehr bald vergaß er die solide Arbeit, die er bei Charles gelernt hatte. Er fing an, sein Kontor zu vernachlässigen, und verlor mehrere gute Verbindungen.

Er hatte immer für ein komfortables und luxuriöses Leben Sinn gehabt; aber sein Zusammenleben mit dem nüchternen Charles hatte bisher seine flotten Neigungen im Zaume gehalten. Jetzt dagegen wurde sein Leben immer üppiger, er knüpfte immer neue Bekanntschaften an, war mehr als je der glänzende und gesuchte Monsieur Alphonse; aber Charles hatte ein Auge auf seine wachsenden Schulden.

Er ließ Alphonse, so gut es ging, beobachten, und da sie gleichartige Geschäfte betrieben, konnte er jedenfalls annähernd die Einnahmen des anderen berechnen. Die Ausgaben ließen sich leichter kontrollieren, und er bekam bald heraus, daß Alphonse an verschiedenen Stellen beträchtliche Schulden hatte.

Er unterhielt einige Bekanntschaften, aus denen er sich sonst nichts machte, nur um durch sie einen Einblick in Alphonses kostbaren Haushalt und in seine unbesonnene Verschwendung zu bekommen. Er besuchte dieselben Cafés und Restaurationen wie Alphonse, aber zu anderen Zeiten;

ja, er ließ sogar seine Anzüge bei Alphonses Schneider machen, weil das redselige Männchen ihn mit Klagen darüber unterhielt, daß Monsieur Alphonse nie seine Rechnungen bezahle.

Charles dachte manchmal daran, wie leicht es sein würde, eine Anzahl auf Alphonse lautende Forderungen aufzukaufen und sie in die Hände eines herzlosen Wucherers kommen zu lassen. Aber man würde Charles sehr unrecht tun, wenn man glaubte, er dächte einen Augenblick daran, selbst etwas Derartiges zu tun. Es war nur ein Gedanke, mit dem er sich mit Vorliebe beschäftigte – er war eigentlich in Alphonses Schulden verliebt.

Aber es ging langsam, und Charles wurde blaß und fahl, während er umherging und wartete.

Er wartete auf den Augenblick, wo alle diese Menschen, die ihn immer übersehen hatten, gewahr werden würden, wie wenig dieser glänzende und vergötterte Alphonse in Wirklichkeit wert sei. Er wollte ihn gedemütigt sehen, von seinen Freunden verlassen, einsam und arm, und dann – ja, weiter mochte er nicht denken; denn auf diesem Punkt regten sich einige Gefühle in seinem Innern, von denen er nichts wissen wollte.

Er wollte seinen ehemaligen Freund hassen, er wollte sich rächen für all die Kälte und Zurücksetzung, die er selbst im Leben erfahren hatte; und jedesmal, wenn ein kleiner Gedanke eine Verteidigung für Alphonse anfing, unterdrückte er ihn und sagte wie der alte Bankier: Sentimentalität taugt nicht für einen Geschäftsmann.

Eines Tages ging er zu seinem Schneider; er ließ sich überhaupt in dieser Zeit mehr Anzüge machen, als er strenggenommen brauchte.

Der kleine, behende Mann lief ihm sogleich mit einer Rolle Stoff entgegen: „Sehen Sie, hier ist gerade ein prächtiger Stoff für Sie. Monsieur Alphonse läßt sich einen ganzen Anzug davon machen, und Monsieur Alphonse ist ein Herr, der es versteht, sich zu kleiden."

„Ich glaubte eigentlich nicht", sagte Charles ein wenig überrascht, „daß Monsieur Alphonse zu Ihren bevorzugten Kunden gehöre."

„Oh, mein Gott“, rief der kleine Schneider, „Sie meinen, weil ich einigemal erwähnt habe, daß Monsieur Alphonse mir einige tausend Franken schuldet? Es war sehr dumm von mir, so zu reden. Er hat nicht nur die Kleinigkeit bezahlt, die er mir schuldete, sondern ich weiß auch, daß er eine große Reihe anderer Gläubiger befriedigt hat. Ich habe dem lieben Herrn großes Unrecht getan, und ich bitte Sie inständig, daß Sie nie etwas von meiner Betise verlauten lassen.“

Charles hörte nicht mehr darauf, was der geschwätzige Schneider plauderte. Er verließ bald den Laden und ging die Straße hinauf, ganz von dem einen Gedanken erfüllt, daß Alphonse bezahlt hatte.

Er dachte daran, wie töricht es im Grunde von ihm war, so auf den Ruin des andern zu warten. Wie leicht konnte nicht der rührige und vom Glück begünstigte Alphonse auf ein glänzendes Geschäft stoßen und viel Geld verdienen, ohne daß Charles ein Wort davon wußte. Vielleicht ging es ihm alles in allem gut, vielleicht würde es damit enden, daß die Leute sagten: Seht, jetzt erst zeigt Monsieur Alphonse, was er vermag, nachdem er seinen schwerfälligen und mürrischen Kompagnon losgeworden ist!

Charles ging mit gesenktem Haupt langsam die Straße hinauf; er bekam manchen Puff, aber er bemerkte es nicht. Sein Leben kam ihm so widersinnig vor, als ob er alles, was er besessen hatte, verloren hätte – oder hatte er es selbst von sich geworfen? Da bekam er einen besonders heftigen Stoß. Er sah auf; es war ein Bekannter aus der Zeit, in der er und Alphonse im „Crédit lyonnais“ angestellt gewesen waren.

„Ei, guten Tag Monsieur Charles!“ rief dieser. „Es ist lange her, seit wir uns gesehen haben. Übrigens ein seltsamer Zufall, daß ich Ihnen heute begegne. Dachte gerade an Sie heute vormittag.“

„Bei welcher Gelegenheit, wenn ich fragen darf?“ sagte Charles halb zerstreut.

„Ja, sehen Sie! Sah gerade heute auf der Bank ein Papier – einen Wechsel auf dreißig-, vierzigtausend Franken, worauf sowohl Ihr wie Monsieur Alphonses Name stand. Setzte mich in Erstaunen, glaubte, daß die Herren – hm – miteinander fertig wären.“

„Nein, wir sind nicht ganz fertig miteinander“, sagte Charles langsam.

Er gab sich alle Mühe, sein Gesicht zu beherrschen, und fragte in so natürlichem Tone, wie es ihm möglich war: „Wann verfällt der Wechsel? – Ich weiß es nicht mehr genau.“

„Morgen oder übermorgen, glaube ich“, antwortete der andre, der ein eifriger Geschäftsmann war und schon auf dem Sprunge stand, sich zu verabschieden – es war Monsieur Alphonses Akzept.

„Ich weiß“, sagte Charles, „aber könnten Sie es nicht so einrichten, daß ich den Wechsel morgen einlösen könnte. Es ist eine Höflichkeit, ein Entgegenkommen, ich möchte gern zeigen...“

„Mit Vergnügen! Lassen Sie Ihren Boten morgen nachmittag mich persönlich in der Bank aufsuchen. Ich werde das Ganze arrangieren – nichts ist leichter! Entschuldigen Sie, Eile... Leben Sie wohl!“ Damit lief er weiter.

Den nächsten Tag saß Charles in seinem Kontor und wartete auf den Boten, der in der Bank war, um Alphonses Akzept einzulösen.

Endlich trat ein Kommis ein, er legte ein zusammengefaltetes blaues Papier neben den Prinzipal und ging wieder hinaus.

Erst als die Tür geschlossen war, griff Charles nach dem Wechsel, sah sich schnell im Zimmer um und öffnete ihn. Er starrte ein paar Sekunden auf seinen Namen, darauf lehnte er sich im Stuhl zurück und atmete tief auf. Es war, wie er gedacht hatte, die Unterschrift war gefälscht.

Er beugte sich wieder vor. Lange saß er da und betrachtete seinen eigenen Namen und nahm wahr, wie schlecht er nachgemacht war.

Während seine scharfen Augen jede Linie in dem Namenszug verfolgten, dachte er kaum nach. Sein Gemüt war in solcher Erregung, und seine Gefühle waren so seltsam gemischt, daß einige Zeit verging, ehe er sich bewußt wurde, wieviel sie erzählten, diese tastenden Schriftzüge auf dem blauen Papier.

Er fühlte, wie sich sein Hals ganz merkwürdig zusammenschnürte und wie es ihm leise in der Nase kitzelte, und ehe er sich's versah, fiel eine große Träne auf das Papier.

Er blickte sich schnell um, nahm sein Taschentuch und wischte sorgfältig den nassen Fleck vom Wechsel ab. Er dachte wieder an den alten Bankier in der Rue Bergère.

Was ging es ihn eigentlich an, daß Alphonses schwacher Charakter ihn nun endlich zum Verbrecher gemacht hatte; und was hatte er verloren? Nichts, denn er haßte ja seinen ehemaligen Freund. Niemand konnte ihm die Schuld geben, daß Alphonse zugrunde ging; er hatte ja ehrlich mit ihm geteilt und ihn nie geschädigt. Dann dachte er an Alphonse. Er kannte ihn gut genug, um zu wissen, daß der vornehme, hochsinnige Alphonse, wenn er so tief gesunken war, an einem Abgrund im Leben angelangt sein müsse, bereit, hineinzuspringen, ehe die Schande ihn erreichte.

Bei diesem Gedanken fuhr Charles in die Höhe. Das durfte nicht geschehen. Alphonse sollte nicht Zeit bekommen, sich eine Kugel durch den Kopf zu jagen und seine Schmach in diesem Gemisch von Mitleid und geheimnisvollem Grauen zu verbergen, die dem Selbstmörder folgen. Dann bekäme er ja keine Revanche, dann hätte er ja umsonst seinen Haß genährt, bis er selbst schlecht dabei geworden war. Hatte er für immer seinen Freund verloren, so wollte er jedenfalls seinen Feind bloßstellen, so sollten sie alle sehen, welcher elende, verächtliche Kerl er war, dieser bezaubernde Alphonse.

Er sah auf die Uhr, es war halb fünf. Charles wußte, in welchem Café er Alphonse um diese Zeit treffen könnte; er steckte den Wechsel ein und knöpfte seinen Rock zu.

Aber unterwegs wollte er bei einem Polizeibüro vorbeigehen, den Wechsel einem Beamten in Zivil übergeben, und dann sollte dieser auf ein Zeichen von Charles plötzlich mitten im Café, wo Alphonse immer von seinen Freunden und Bewunderern umgeben war, vortreten und laut und deutlich, so daß alle es hören könnten, sagen: „Monsieur Alphonse! Sie sind des Betrugs angeklagt!"

Es war Regenwetter in Paris. Den ganzen Tag war es rauh und neblig gewesen, aber im Laufe des Nachmittags hatte es angefangen zu regnen. Es war kein ordentlicher, strömender Regen. Das Wasser fiel nicht in wirklichen Tropfen aus den Wolken herab, sondern die Wolke hatte sich gleichsam selber auf die Pariser Straßen heruntergesenkt und verwandelte sich da langsam in Wasser.

Wie man sich auch zu schützen suchte, überall wurde man gleichmäßig naß. Die Feuchtigkeit kroch einem von hinten her in den Nacken, legte sich wie eine nasse Serviette um die Knie, drang in die Stiefel ein und zog sich hoch an den Beinkleidern hinauf.

Einige sanguinische Damen standen hoch aufgeschürzt in den Torwegen und warteten auf ein Nachlassen des Regens, andere warteten stundenlang an den Omnibusstationen. Aber die meisten Männer arbeiteten sich unter ihren Regenschirmen vorwärts; nur wenige waren so vernünftig gewesen, den Kampf aufzugeben, sie hatten den Kragen aufgeschlagen, den Regenschirm unter dem Arm und die Hände in den Taschen.

Obgleich es noch früh im Herbst war, wurde es schon um fünf Uhr beinahe dunkel. Eine vereinzelte Gasflamme wurde in den engsten Straßen angezündet, und der ein oder andre Laden versuchte, einen Lichtstrahl in die dicke, feuchte Luft hinauszusenden.

Es wimmelte von Menschen in den Straßen wie gewöhnlich, sie stießen einander vom Trottoir hinunter und ruinierten sich gegenseitig die Regenschirme. Alle Droschken waren besetzt; sie fuhren in vollem Trabe und bespritzten die Fußgänger, während der Asphalt in der matten Beleuchtung, mit einem zähen Überzug von Schlamm und Schmutz, glänzte.

Die Cafés waren überfüllt; die Stammgäste gingen herum und schimpften, und die Kellner rannten in der Eile gegeneinander an. Mitten in der Verwirrung hörte man den schrillen, kurzen Laut der Klingel auf dem Büfett; la dame du comptoir rief einen Kellner herbei, während ihre ruhigen Augen das ganze Café beaufsichtigten.

Es saß eine Dame am Büfett in einem großen Restaurant am Boulevard Sebastopol. Sie war weithin ihrer Tüchtigkeit und ihres liebenswürdigen Wesens wegen bekannt. Sie hatte glänzendes schwarzes Haar, das sie der Mode zum Trotz in der Mitte gescheitelt trug und nach beiden Seiten in natürlichen Locken fallen ließ. Ihre Augen waren beinahe schwarz und der Mund voll mit einem Anflug von Bart. Ihre Figur war noch sehr hübsch, obgleich sie vielleicht in aller Stille die Dreißig überschritten hatte, und sie hatte eine weiche, kleine Hand, mit der sie zierliche Zahlen in ihr Kassabuch und hin und wieder ein kleines Billett schrieb. Madame Virginie konnte sich mit den jungen Laffen, die sich immer am Büfett herumtrieben, unterhalten und ihre Witze parieren, während sie mit den Kellnern abrechnete und auf jeden Winkel in dem großen Raum ein Auge hatte.

Eigentlich hübsch war sie nur von fünf bis sieben Uhr nachmittags – das war die Zeit, wo Alphonse regelmäßig das Café besuchte. Da wichen ihre Augen nicht von ihm, sie bekam frischere Farben, ihr Mund war bereit zu lächeln, und es kam etwas Nervöses in ihre Bewegungen. Das war die einzige Zeit am Tage, wo es vorkommen konnte, daß sie eine verkehrte Antwort gab oder sich verrechnete, und die Kellner kicherten und stießen sich gegenseitig an. Denn es war die allgemeine Meinung, daß sie sicher ein Verhältnis mit Alphonse gehabt hatte, und einige wollten sogar wissen, daß sie noch immer seine Mätresse wäre.

Sie wußte selbst am besten, wie es damit stand; aber es war unmöglich, Monsieur Alphonse zu zürnen. Sie wußte wohl, daß er sich nicht mehr aus ihr machte als aus zwanzig anderen, daß sie ihn verloren hatte, ja, daß sie ihn eigentlich nie besessen hatte. Und doch flehten ihre Augen um einen freundlichen Blick, und wenn er das Café verließ, ohne ihr einen vertraulichen Gruß zu senden, war es, als ob sie auf einmal verwelkte, und die Kellner flüsterten sich gegenseitig zu: „Seht Madame an – heute ist sie grau."

Drüben an den Fenstern konnte man noch genug sehen, um die Zeitungen zu lesen; ein paar junge Leute amüsierten sich damit, die vorbeiströmende Menge zu beobachten. Wenn man durch die großen Spiegelscheiben alle die geschäftigen Gestalten, die in der dichten, feuchten Regenluft aneinander vorbeiglitten, betrachtete, so glichen sie den Fischen in einem Aquarium. Weiter drinnen im Café und über den Billards war das Gas angezündet. Hier war Alphonse und spielte mit einigen Freunden Billard.

Er war am Büfett gewesen und hatte Madame Virginie begrüßt, und sie, die schon lange beobachtet hatte, wie Alphonse von Tag zu Tag blässer wurde, hatte ihm halb im Scherz, halb besorgt wegen seines leichtsinnigen Lebens Vorwürfe gemacht.

Alphonse machte einen matten Versuch zu scherzen und bat um Absinth.

Wie sie diese leichten Damen vom Ballett und von der Oper haßte, die Monsieur Alphonse dazu verlockten, eine Nacht nach der andern am Spieltisch oder bei endlosen Soupers zu durchschwärmen. Wie schlecht er in den letzten Wochen aussah; er war ganz mager geworden, und die großen, milden Augen hatten einen stechenden, unruhigen Ausdruck bekommen. Was würde sie nicht darum geben, wenn sie ihn aus diesem Leben, das ihn zugrunde richtete, herausziehen könnte; sie blickte in den Spiegel ihr gegenüber und fand, daß sie hübsch genug dazu wäre.

Ab und zu ging die Tür auf, und ein neuer Gast kam herein, stampfte mit den Füßen und schlug den nassen Regenschirm zusammen. Alle verbeugten sich vor Madame Virginie, und beinahe alle sagten: „Was für ein abscheuliches Wetter!“

Als Charles eintrat, grüßte er kurz und nahm am Kamin Platz.

Alphonses Augen waren wirklich unruhig geworden; er sah an die Tür jedesmal, wenn jemand kam, und als Charles sich zeigte, ging ein Zucken über sein Gesicht, und er stieß fehl.

„Monsieur Alphonse ist nicht im Stoß heute“, sagte einer der Zuschauer.

Kurz danach trat ein fremder Herr ein. Charles sah von seiner Zeitung auf und verbeugte sich leicht; der Fremde zog seine Augenbrauen ein wenig in die Höhe und sah Alphonse an.

Dieser ließ sein Queue auf den Boden fallen.

„Entschuldigen Sie, meine Herren! Ich bin heute gar nicht aufgelegt, Billard zu spielen“, sagte er, „erlauben Sie, daß ich das Spiel abbreche. – Kellner, bringen Sie mir eine Flasche Selters und einen Löffel, ich muß meine Dosis Vichy-Salz nehmen."

„Sie sollten nicht soviel Vichy-Salz brauchen, Monsieur Alphonse, sondern lieber eine vernünftige Diät halten", sagte der Arzt, der ein wenig davon entfernt saß und Schach spielte.

Alphonse lachte und setzte sich an den Zeitungstisch. Er nahm das „Journal amusant" und fing an, witzige Bemerkungen über die Illustrationen zu machen. Es hatte sich bald ein kleiner Kreis um ihn versammelt, und er war unerschöpflich in pikanten Geschichten und schnurrigen Einfällen.

Während er so unter dem Gelächter der anderen dahinredete, schenkte er sich ein Glas Selterswasser ein und holte darauf eine kleine Schachtel hervor, auf der mit großen Buchstaben geschrieben stand: Vichy-Salz.

Er schüttete das Pulver in das Glas und rührte mit dem Löffel um. Es lag ein wenig Zigarrenasche auf dem Fußboden neben dem Stuhl; er schlug sie mit dem Taschentuch weg und streckte die Hand nach dem Glas aus.

Im selben Augenblick fühlte er eine Hand auf seinem Arm. Charles hatte sich erhoben und war schnell durch das Zimmer geschritten; er beugte sich jetzt über Alphonse.

Dieser wandte seinen Kopf nach ihm um, so daß niemand außer Charles sein Gesicht sehen konnte. Erst glitten seine Augen unsicher über die Gestalt seines alten Freundes; aber dann schlug er sie voll auf, und indem er sie auf Charles heftete, sagte er halblaut: „Charlie!"

Es war lange her, seit Charles den alten Kosenamen gehört hatte. Er schaute in das wohlbekannte Gesicht, und erst jetzt sah er, wie sehr er sich in den letzten Tagen verändert hatte. Es kam ihm vor, als ob er eine traurige Geschichte über sich selbst läse.

Ein paar Sekunden standen sie so, und über Alphonses Züge glitt ein Ausdruck von Hilflosigkeit und stummer Bitte, den Charles so gut von der Schule her kannte, wenn Alphonse im letzten Augenblick gelaufen kam und seinen Aufsatz geschrieben haben wollte.

„Bist du fertig mit dem ‚Journal amusant'?" fragte Charles mit belegter Stimme.

„Ja, bitte sehr!" antwortete Alphonse schnell. Er reichte ihm das Blatt, und es gelang ihm dabei, Charles' Daumen zu fassen. Er drückte ihn und flüsterte: „Danke!" Darauf leerte er das Glas.

Charles ging zu dem fremden Herrn hin, der an der Tür saß: „Geben Sie mir den Wechsel."

„Sie brauchen also unsere Hilfe nicht?"

„Nein, ich danke."

„Um so besser", sagte der Fremde und reichte Charles ein zusammengefaltetes blaues Papier; darauf bezahlte er seinen Kaffee und ging.

Madame Virginie erhob sich mit einem kleinen Schrei: „Alphonse! O mein Gott! Monsieur Alphonse ist krank!"

Er glitt vom Stuhl herunter, die Schultern schoben sich in die Höhe, und der Kopf fiel auf die Seite. Er blieb auf dem Fußboden sitzen, mit dem Rücken gegen den Stuhl gelehnt.

Es entstand eine Bewegung unter den Nächstsitzenden; der Doktor sprang hinzu und kniete neben ihm nieder. Als er Alphonse ins Gesicht sah, stutzte er ein wenig. Er nahm seine Hand, um den Puls zu fühlen, und beugte sich zugleich über das Glas, das am Rand des Tisches stand.

Mit einer kleinen Handbewegung stieß er daran, so daß es zu Boden fiel und zerbrach. Darauf legte er die Hand des Toten zurück und band ihm ein Taschentuch um das Kinn.

Da erst verstanden die anderen, was geschehen war. „Tot?– Ist er tot, Doktor? Monsieur Alphonse tot?"

„Ein Herzschlag", antwortete der Arzt.

Einer kam mit Wasser gelaufen, ein anderer mit Essig; unter Lachen und Rufen hörte man die Bälle auf dem inneren Billard karambolieren.

„Pst", flüsterte man; „pst", wiederholte man, und das Stillschweigen teilte sich immer weiteren Kreisen mit, bis es ganz still rings um die Leiche wurde.

„Fassen Sie zu!" sagte der Doktor.

Der Tote wurde in die Höhe gehoben; sie legten ihn auf ein Sofa in einem Winkel des Lokals, und die nächsten Gasflammen wurden ausgelöscht.

Madame Virginie stand noch aufgerichtet da; sie war kreideweiß im Gesicht, und sie hielt die kleine, weiche Hand gegen ihre Brust gedrückt. Sie trugen ihn dicht am Büfett vorbei. Der Doktor hatte ihn unter dem Rücken gefaßt, so daß die Weste heraufglitt und ein wenig von dem feinen, weißen Hemd zum Vorschein kam.

Sie verfolgte die schlanken, geschmeidigen Glieder, die sie so gut kannte, mit den Augen und fuhr fort, in den dunklen Winkel zu starren.

Die meisten Gäste entfernten sich schweigend. Ein paar junge Herren kamen lärmend von der Straße herein, ein Kellner lief ihnen entgegen und sagte einige Worte. Sie warfen einen verstohlenen Blick nach dem Winkel, knöpften ihre Röcke zu und tauchten wieder im Nebel unter.

Das halbdunkle Café wurde leer. Nur einige von Alphonses nächsten Freunden standen in einer Gruppe und flüsterten. Der Doktor redete mit dem Wirt, der auch hinzugekommen war.

Die Kellner schlichen hin und her, indem sie einen großen Bogen um den dunklen Winkel machten. Einer von ihnen kniete auf dem Fußboden und sammelte die Glassplitter auf ein Brett auf. Er verrichtete seine Arbeit so still, wie er konnte; aber sie machte trotzdem zuviel Lärm.

„Lassen Sie es bis später liegen“, sagte der Wirt leise.

An den Kamin gelehnt, betrachtete Charles seinen toten Feind. Er zerriß langsam ein zusammengefaltetes blaues Papier, während er an seinen Freund dachte.

Björnstjerne Björnson

Ein schauriges Erlebnis

Aus meiner Kindheit

Ich mochte ungefähr sieben Jahre alt sein, da durchlief eines Sonntagnachmittags eine unheimliche Kunde den Pfarrhof. Zwei Männer waren an demselben Tage im Ejdsfjord am Buggestrand vorübergerudert und hatten dabei ein Weib über dem Wasserspiegel halb hängend und halb liegend aufgefunden. Jemand mußte sie oben vom Bergvorsprunge hinuntergestürzt haben. Die Männer rührten sie nicht an, bevor sie den Versuch gemacht hatten, den Namen des Täters aus ihr herauszubekommen.

Fünf Meilen Seefahrt bis zum Arzt und dann erst wegen des Aufnahmeattestes für das Krankenhaus hierher! So lag sie einen vollen Tag ohne jeglichen Beistand, und kurz nachdem ihr dieser geworden, starb sie. Vorher hatte sie ausgesagt, Per Hagbö sei der Schuldige – „aber sie sollten ihm nichts dafür zuleide tun“, hatte sie hinzugefügt.

Alle wußten von ihrem Liebesverhältnis mit dem Besitzerssohn von Hagbö, dem Hofe, auf dem sie gedient hatte, und die Allergescheitesten wußten auch bereits, warum er sie aus dem Wege schaffen wollte.

Ich erinnere mich deutlich, wie die Nachricht zu uns kam. Es war, wie gesagt, am Nachmittag desselben Sonntags, an dessen Vormittag der Mord begangen war; mitten im schönsten Sommer, bei vollem Sonnenschein, mitten in aller Freude, die auf unserem Gehöft herrschte. Ich erinnere mich, wie da alle Helle erlosch, die Gesichter traurig, der Fjord matt wurde, Wald und Gelände sich eins in den Schatten des anderen verkroch. Ich erinnere mich, daß wir noch am Tage darauf die Tat wie einen heftigen Eingriff in jede gewohnte Lebensordnung empfanden; ich machte mich –

das schien mir ganz selbstverständlich – von der Schule frei; die Arbeiter ließen, als sei es natürlich, ihr Tagewerk im Stich und legten die Hände in den Schoß. Besonders waren aber die Frauen wie gelähmt; sie fühlten sich bedroht; das war deutlich zu merken, wurde sogar ausgesprochen. Kamen fremde Menschen in das Gehöft, dann zeigten ihre Gesichter und ihre Erregung, daß der Mord auf ihnen laste; und das gleiche lasen sie auf unseren Gesichtern. Wir faßten uns an der Hand – wie geistesabwesend; der Mord war da und erfüllte die Gegenwart; sprachen wir miteinander, dann hörten wir ihn aus dem Ton der Stimmen wie aus dem Gefüge der Worte. Die letzte Empfindung abends, die erste morgens war: daß alles wanke und schwanke, daß jede Lebensfreude stocke, wie der Zeiger auf einem Zifferblatt bei bestimmtem Glockenschlage.

Aber allmählich ordnete sich ja der Mord auch wieder in alles andere ein, und zwar infolge von Neugier und Geschwätz; die nahmen ihn aufs Korn, hoben ihn, drehten ihn nach allen Seiten, gaben ihre Meinung darüber ab und kneteten so lange an ihm herum, bis aus ihm schließlich nur die neueste Neuigkeit wurde. Bald waren wir völlig in das Verhältnis des Mörders zu seinem Opfer eingeweiht, wußten den Namen des anderen Mädchens, das Per nach dem Willen seiner Mutter hatte heiraten sollen, kannten die ganze Familie auf Hagbö in- und auswendig bis fast zu ihrem Ursprung hinauf.

Als der Richter wegen des ersten Verhörs in das Pfarrhaus kam, beschäftigte ausschließlich der Mord die Gemüter; aber als am nächsten Morgen der Amtmann mit einigen Männern den Mörder herführte, da erfaßte mich ein neues Gefühl, das mir vorher fremd gewesen war – das allertiefste Mitleid. Der Eingelieferte war ein junger, hübscher Bursche, gut gewachsen, von feinem Körperbau und eher etwas klein, mit schwarzem, doch nicht starkem Haar, sympathischen Augen, die jetzt ängstlich umherblickten! Seine Stimme klang hell; aus seinem ganzen Wesen sprach ein gewisser Schliff, den man fast Bildung hätte nennen können, und ein Zusammenhang mit dem Leben, nicht mit dem Tode, mit Freude, ja Heiterkeit! – Er tat mir so leid, wie ich es gar nicht zu schildern vermag. Sowohl der Amtmann wie die anderen sprachen in gütigem Ton mit ihm; sie hatten wohl dasselbe Gefühl wie ich. Nur der kleine, leicht aufbrausende Gerichtsschreiber stieß ein paar harte Worte aus, worauf der arme Bursche, der mit der Mütze in der Hand dastand, nichts erwiderte; nachher ging er in Hemdsärmeln – es war sehr warm an diesem Tage – im Hofe hin und her; er hatte seine Kappe, eine flache Tuchmütze, aufgesetzt und die Hände entweder in den Hosentaschen, oder er bearbeitete mit ihnen etwas unruhig ein paar Strohhalme. Unserm Hofhund hatten sich einige andere Köter von der Straße zugesellt; und dem Spiel der Hunde, den Hühnern und uns Kindern folgten die Blicke des armen Kerls, als ob er sich nach irgendeiner Gemeinschaft sehne. Die Worte des Mädchens: „Aber tut ihm nichts zuleide" klangen und klangen und wollten nicht verklingen, wo er auch saß oder stand. Ich wußte, daß er geköpft werden sollte, glaubte, daß dies bald geschehen würde, und nun ergriff mich großes Entsetzen bei dem Gedanken, daß er wohl jetzt immer herumgehe und sich sage: „In einem Monat muß ich sterben...", und dann: „In einer Woche...", und dann: „In einem Tage, einer Stunde...", das mußte doch gar nicht zu ertragen sein! Ich schlich mich hinter ihn, um mir seinen Nacken anzusehen; er legte gerade seine Hand darauf, eine kleine, braune Hand, und ich wurde die Vorstellung nicht los, daß seine Finger dazwischen kämen, wenn das Beil niedersauste.

Er und seine Wärter wurden zum Essen in das Haus gerufen. Ich mußte sehen, ob er wirklich essen konnte. Ja! Er aß und schwatzte genau wie die anderen; und solange das dauerte, hatte sich mein Entsetzen verloren. Aber kaum war ich draußen und allein, da kamen mir mit aller Macht wieder die alten Gedanken, und es schien mir ein Ding der Unmöglichkeit, daß die Worte des Mädchens: „Aber ihr sollt ihm nichts zuleide tun" so gänzlich überhört werden durften. Nein! Es trieb mich förmlich in das Haus – ich mußte es meinem Vater sagen! Der jedoch ging langsam und ernst im Gespräch mit dem Gerichtsschreiber, dem kleinen und zappeligen Mann, in der Stube auf und ab, unerreichbar meiner Herzensangst.

Ich stahl mich wieder hinaus, schlich zu der Jacke des Burschen und streichelte sie.

Das Verhör fand in unserer Schule statt, mein Lehrer war Protokollführer, und ich durfte neben ihm sitzen und zuhören. Der Gerichtsschreiber sprach übrigens so laut, daß jedes Wort durch das offene Fenster im Hof zu hören war; der arme Bursche sollte über den ganzen Sonntag, den Tag der Tat, über jede einzelne Stunde Rede stehen; er leugnete den Mord mit größter Bestimmtheit: Er habe es nicht getan. Der Richter hatte keine leichte Aufgabe; doch neben der Klugheit bewies er so viel Mitgefühl, daß Per zu Tränen gerührt wurde; aber ein Geständnis legte er nicht ab.

„Wir werden lange hierbleiben müssen, liebe Frau Pastor", sagte der Richter nach dem Schluß des Verhörs am ersten Tage zu meiner Mutter. Am Abend jedoch kam Pers Schwester, und sie blieb die ganze Nacht über mit ihm zusammen; die beiden flüsterten und weinten; das wollte gar kein Ende nehmen. Am Morgen war Per bleich und still. Vor Gericht nahm er alles auf sich.

Er sagte aus: Er habe ein Verhältnis mit dem Mädchen gehabt; seine Mutter war dagegen. Da ging das Mädchen an dem bewußten Sonntag mit dem Gesangbuch in der Hand zur Kirche, und im Walde traf er sie. Sie setzten sich, und er fragte, ob sie wirklich die Absicht habe, ihn als Vater des Kindes anzugeben, mit dem sie schwanger ging. Die Angst über ihren Zustand nämlich hatte sie gerade an diesem Tage in die Kirche getrieben. Sie antwortete, sie könne keinen anderen angeben. Darauf sprach er davon, was für eine große Schande das über ihn bringen würde und wie außer sich seine Mutter schon jetzt sei. – Ja, das wußte sie nur zu gut; denn seine Mutter behandelte sie ja übel, und es schien ihr doch merkwürdig genug, daß Per sie nicht verteidigte – er mußte doch am besten wissen, wer an allem Schuld sei. Aber Per entgegnete, sie habe ja doch mit mehreren Umgang gehabt, warum sie denn gerade ihn als Vater angeben wolle, das wolle ihm nicht in den Kopf. Er legte es darauf an, sie zu reizen; sie sollte sich mit ihm zanken. Aber das gelang ihm nicht, weil sie zu gutmütig war. So griff er denn zu anderen Mitteln. An der Stelle, wo sie saßen, hatte er eine Axt im

Heidekraut versteckt, die holte er nun hervor und schlug damit dem Mädchen von hinten den Schädel ein. Sie verlor nicht sofort die Besinnung, wehrte sich und bat ihn dabei flehentlich, von ihr abzulassen. Über alles Weitere vermochte er nichts auszusagen; er war selbst wie besinnungslos gewesen. Und so akzeptierte er die Erklärung, die man in Bereitschaft hatte.

Seine Schwester hatte auf dem Hofe gewartet, bis er verweint und angegriffen aus dem Verhör kam; sie gingen beiseite und flüsterten wieder miteinander. Ich weiß mich nur noch zu erinnern, daß sie ganz gebeugt fortschlich und heftig dabei weinte.

Seine Hinrichtung sollte an einem Wintertag erfolgen; die Nachricht bekamen wir erst kurz vorher; unser ganzes Haus geriet in Bewegung. Vater sollte auf dem Richtplatz reden; der Propst, der Seelsorger des zum Tode Verurteilten, sowie der Amtmann wurden uns für den vorgehenden Tag angemeldet.

Per, seinem Wächter und einem Freunde, dem Schullehrer Jacobsen, war eine untere Stube in dem ständigen Schulgebäude dicht am Pfarrhof als Schlafraum angewiesen. Essen für Per und Jacobsen hatten wir hinzuschicken.

Ich erinnere mich, wie sie eines Vormittags alle in zwei Booten aus Molde kamen: der Propst, der Amtmann, Militär und der Verurteilte. Aber ich mußte damals in der Schule oben sitzen bleiben und durfte auch den ganzen Tag nicht hinunter.

Das Verbot machte die ganze Geschichte noch viel geheimnisvoller. Zeitig wurde es dunkel, die schwarze Flut hob sich von dem halb weißen, stellenweise kahlgefegten Strand ab; in Fetzen jagten die Wolken am Himmel; ein Unwetter schien in der Luft zu liegen. Da schlug plötzlich Feuer aus dem Schornstein des Pfarrhauses; die meisten Soldaten kamen angestürzt, um löschen zu helfen; die große Brandleiter wurde vom Schuppen geholt; sie war außergewöhnlich schwer und klotzig, so daß die Mannschaft sich beim Versuch, sie hochzurichten, sehr anstrengen mußte; endlich aber drängte sich mein Vater vor, hieß die andern zurücktreten und stellte allein die Leiter auf. Davon wird heute noch im Kirchspiel gesprochen – ebenso davon, daß der Amtmann, ein kleines, gewandtes Menschenkind, in jede Hand einen Waschbottich nahm und damit hinaufkletterte, bis er oben auf dem Grasdach stand. Der schwarze Fjord, die treibenden Wolken, das drohende Nahen des morgigen Tages, Lärm und Lohe ... und im Gegensatz dazu nachher die Stille, das Geflüster in den Stuben und auf dem Hofe, wo einige auf und ab gingen und nach dem ruhigen Licht in der Schule sahen!

Dort saß jetzt der Lehrer Jacobsen mit seinem Freund; sie sangen und beteten zusammen, sagten mir Leute, die daherkamen. Pers Familie landete in einem Boote abends und ging zu ihm hinauf, um Abschied von ihm zu nehmen. Er soll so große Freudigkeit gezeigt haben in der Gewißheit, am nächsten Tage zu Gott zu gelangen, soll alle so herzlich ermahnt und besonders sie gebeten haben, gegen seine Mutter gut zu sein bis an ihr Ende. Einige wollten wissen, daß sie mit im Boote gewesen war, aber nicht mit hatte hinaufgehen wollen. Das war nicht der Fall, ebensowenig, daß einer von der Familie am nächsten Tage der Hinrichtung beiwohnte, wie das später auch behauptet wurde.

Den nächsten Tag erwachte ich in furchtbarer Angst und Beklemmung. Das Wetter war umgeschlagen; es wurde schön; aber drückend blieb es doch; niemand sprach laut, und jeder sowenig wie möglich. Ich sollte mit zur Richtstätte und die Hinrichtung mit ansehen; schnell suchte ich darum meinen Lehrer auf, von dessen Seite ich mich nicht entfernen durfte. Beide Pfarrer kamen in vollem Ornat; wir gingen zum Strand hinunter und legten dann den ersten Teil des Weges im Boote zurück; der Verurteilte war mit seiner Eskorte schon vorausgefahren und erwartete uns dort, wo wir landeten, um den zweiten Teil des Weges – etwa ein Kilometer – zum Richtplatz zu gehen. Die Hinrichtung sollte an einem Kreuzweg vollstreckt werden, und es existierte in der ganzen Gegend nur ein einziger, nämlich in Eidsvaag, fast eine Meile von der Stelle, wo der Mord begangen war. Der Amtmann eröffnete den Zug; dann kamen Soldaten, dann der Delinquent, an dessen einer Seite mein

Vater, an dessen anderer Seite der Propst ging, dann Jacobsen und mein Lehrer; zwischen beiden ich; dann verschiedene andere und zum Schluß wieder Soldaten. Wir schritten behutsam auf dem beeisten Boden; die Pastoren redeten die ganze Zeit über mit dem kreidebleichen Mann; seine Augen blickten sanft und müde, und er sagte nicht viel und nichts Besonderes. Meine Mutter, die so gut gegen ihn gewesen war und der er beim Abschied seinen Dank ausgesprochen, hatte eine Flasche Wein zur Stärkung für ihn mitgeschickt; als mein Lehrer sie ihm zum erstenmal hinreichte, sah der arme Bursche die Pastoren an; er wollte wissen, ob es eine Sünde sei, jetzt zu trinken. Da führte ihm mein Vater den Rat zu Gemüte, den Paulus dem Timotheus gegeben hatte, und sofort trank er einen tüchtigen Schluck.

Längs des Weges standen die Leute, die ihn sehen wollten und die sich darauf dem Zuge anschlossen; es waren Kameraden von ihm darunter: traurig nickte er ihnen zu, nahm auch ein paarmal die Mütze ab, dieselbe flache Tuchmütze, die er aufhatte, als ich ihn zum erstenmal sah. Offenbar meinten es seine Kameraden gut mit ihm; ich habe auch junge Weiber gesehen, die weinten und gar kein Hehl daraus machten. Er hatte die Hände über der Brust gefaltet; wahrscheinlich betete er.

Nahe der Richtstätte wurden wir alle durch das dröhnende Kommando des Hauptmanns – „Achtung!" – in die Welt zurückgeschreckt. Das Militär hatte sich in offenem Viereck aufgestellt und schloß sich zusammen, als der Zug mit dem Amtmann, den Predigern, dem zum Tode Verurteilten und einigen anderen bis in die Mitte gelangt war; unter den Anwesenden war ich. Stumm verharrte eine große Menschenschar ringsherum; über alle ragte der Vogt zu Pferde, mit dem Dreispitz auf dem Kopf. Als die Soldaten, die mit uns gekommen, nach einigen knappen, scharfen Kommandoworten in die Reihen des Vierecks eingerückt waren, eröffnete der Vogt das Verfahren mit der Vorlesung des Todesurteils und des königlichen Befehls zur Vollstreckung.

Der Vogt hielt vor einem frischgeschaufelten Grabe, über dem gehobelte Bretter lagen; an deren einem Ende stand der

Richtblock. Auf der anderen Seite des Grabes war eine Erhöhung geschaffen, von der der Propst reden sollte. Per kniete davor auf einer Stufe nieder, das Gesicht dem Boden zugewendet, die Hände dicht vor die Füße seines Seelsorgers gestreckt. Der Propst war ein geborener Däne; einer der nicht wenigen, die bei der Trennung für Norwegen optiert hatten. Seine Predigten waren auf dem Papier sehr wakker, aber beim Sprechen nicht deutlich vernehmbar, besonders wenn er in Erregung geriet, und das passierte ihm sehr leicht. Dann schrie er die ersten Worte mit starker Stimme heraus, zog jedoch darauf den Kopf zwischen die Schultern, schüttelte ihn beständig, schloß die Augen und stieß dabei in kleinen Zwischenpausen einige gequälte Laute hervor. Ein paar Beffchen – Vatermörder, wie ich nie dergleichen gesehen habe – reichten ihm bis an die Ohren und schlugen oben um das kahlrasierte Gesicht mit dem Doppelkinn, während unten wieder die Schultern darum schlugen, die er durch die lange Übung höher hinaufkriegte als irgendein anderer. Wenn man ihn nicht kannte – denn ihn kennen hieß ihn lieben –, vermochte man schwer, ein Lachen zu unterdrücken. Seine Predigt war nicht ganz vernehmbar und mithin nicht ganz verständlich; aber kurz: Er mußte sie seiner Erregung wegen abbrechen. Soviel jedoch war allen klargeworden, daß er den blassen jungen Mann, den er zum Tode vorbereitet hatte, von Herzen liebte und daß er wünschte, alle möchten so freudig und sicher zu ihrem Gott eingehen wie der zum Tode Verurteilte. Als er von der Erhöhung herunterstieg, umarmten sich beide. Dann reichte Per meinem Vater und noch einigen anderen die Hand, und darauf stellte er sich neben seinen Freund Jacobsen. Dieser wußte, was das zu bedeuten hatte, er zog ein Tuch hervor und verband damit Pers Augen; leise flüsterte er ihm währenddessen etwas zu und bekam ebenso eine geflüsterte Antwort. Ein Mann trat hinzu und wollte Per die Hände auf dem Rücken zusammenbinden; aber Per bat, das nicht zu tun; und so unterblieb es. Nun nahm ihn Jacobsen bei der Hand und führte ihn vor; an der Stelle, wo der Ärmste niederknien sollte, blieb sein Führer stehen; Per beugte langsam die Knie, Jacobsen bückte sich und ließ ihn erst los, als der Kopf des Verurteilten auf dem Block lag. Dann trat er zurück und faltete die Hände. Das habe ich mit angesehen und habe auch gesehen, wie ein großer Mann herankam und mit den Fingern über Pers Nackenmuskeln fuhr, während ein kleinerer ein dünnes Beil mit blanker, sehr breiter Schneide aus zwei ineinandergelegten Handtüchern hervorholte. Da habe ich mich umgedreht. Ich hörte des Hauptmanns fürchterliches „Präsentiert das Gewehr!"; ich hörte, wie einer das Vaterunser betete; vielleicht ist das Per selbst gewesen – dann ein Schlag, genau wie in einen Kohlrabikopf. Schnell sah ich auf und blickte hin; in demselben Augenblick schlug das eine Bein hoch, einige Ellen vor dem Körper lag Pers Kopf, und der Mund war aufgerissen – aufgerissen, als wollte er nach Luft schnappen. Der Gehilfe des Scharfrichters sprang hinzu, erfaßte die Enden des Tuches und warf den Kopf zum Körper auf den Sarg, daß es nur so klatschte. Die Bretter, die über dem Sarg lagen, wurden beiseite geschoben, der Körper fiel hinein; darauf wurde der Sarg in das Grab gesenkt.

Nun bestieg mein Vater die Erhöhung, ihn verstanden alle, und seine gewaltige Stimme war auf weite Entfernung vernehmbar; auch davon wird noch heute in der Gemeinde gesprochen. In Donnerworten, wie die vollzogene Strafe sie heraufbeschwor, ermahnte er die Jugend, von den Lastern abzulassen, die im Kirchspiel im Schwang seien: von Trunk, von Raufereien, Hurerei und anderen Roheiten. Die Zuhörer müssen von seiner Predigt sehr erbaut gewesen sein, denn das Konzept wurde ihm auf dem Rückweg aus der Tasche seines Talars gestohlen.

Ich selbst ging in tiefster Herzensangst nach Hause; ich fühlte mich so niedergeschmettert, als wäre ich der nächste, der hingerichtet werden sollte. Und ich sprach später mit vielen, die eine gleiche Empfindung hatten. Vater und der Propst speisten oben auf dem Hügel mit den anderen Beamten beim Hauptmann; aber gleich nach dem Essen kamen sie nach Hause.

Nun denke man sich meinen Schreck! Ich saß in einer Ecke der Stube – niemand achtete meiner –, und da hörte ich, wie der Propst meinen Eltern folgendes berichtete: Vor dem heiligen Sakrament hatte Per ihm im Gefängnis gesagt, nicht er habe das Mädchen zum Vorsprung geschleppt und es hinuntergestürzt. Das sollte der Propst jedem sagen, der es hören wolle. Aber der Propst hatte „nein“ geantwortet, er habe es nur mit ihm zu tun.

Später hörte ich, daß die öffentliche Meinung Pers Mutter bezichtigte. Sie habe den Sohn veranlaßt, das Mädchen aus dem Wege zu räumen, falls es keinen anderen als Vater für das Kind angeben wollte. Weiter wurde überall erzählt, Per hatte zwar dem Mädchen den Axthieb versetzt und mit ihr gerungen, sie aber dann losgelassen und die Flucht ergriffen. Und nun sei die Mutter hinzugelaufen und habe die Tat vollbracht.

Also war er für seine Mutter in den Tod gegangen, und das war es, wozu ihn seine Schwester überredet hatte. Dieses Geheimnis muß wohl auch das Band gewesen sein, das ihn mit Jacobsen in seliger Schwärmerei vereinte, und die Ursache für die besondere Liebe des Propstes.

Die Repräsentanten der Vergeltung, der Rache des Staates auf Befehl des Königs, am Hinrichtungstage muß ich noch nennen – nicht bei ihrem Namen, sondern bei ihrem Charakter. Der Hauptmann war ein kraftvoller, lebensfrischer Gesell; er hatte in unseren letzten beiden Kriegen mitgekämpft, war jedoch so gleichgültig gegen alle Moral, daß er schließlich vor Gericht kam wegen eines Verbrechens, eines so empörenden Verbrechens, daß ich es eben nicht näher bezeichnen kann; er wurde zwar freigesprochen, aber an seiner Schuld zweifelte niemand. Der Vogt mußte wegen betrügerischer Amtsführung auf zehn Jahre ins Zuchthaus; er war schon schuldig, als er am Hinrichtungstage beim Mittagessen saß, und das wußte mein Vater damals schon. Der Amtmann „blieb“ auf dem Meer; und als seine Abrechnungen und Papiere geprüft wurden, da ergab es sich, daß er das halbe Kirchspiel an Gut und Geld geschädigt hatte; kein Mensch ist in der dortigen Gegend noch so im Grabe verflucht worden wie er.

Diese Geschichte ereignete sich vor mehr als fünfzig Jahren. Seitdem ist Norwegen in jeder Richtung ein ganz anderes Land geworden.

August Strindberg

Ein Verbrecher

Es war ein kalter Maitag, und es hatte auf den Flieder geschneit. Mißstimmung lag über der Natur, irgend etwas war ganz und gar verkehrt, so daß die Lerche vergebens ihr verschneites Nest in der Herbstsaat suchte und der Fischadler in der von neuem zugefrorenen Bucht den Hecht nicht ausspähen konnte.

Auch die Menschen, die zum Schulhaus gerudert und gesegelt kamen, wo Gericht gehalten werden sollte, sahen verstört aus, denn ein ungewöhnlicher Prozeß stand bevor, ungewöhnlich für diese Gegend zumindest, wo Mord zu den Seltenheiten gehörte.

Der Angeklagte war der ehemalige Zollwachtmeister Andreas Ek, der kürzlich seine Frau unter besonders empörenden Umständen umgebracht hatte. Als nun der Gefangenenwärter mit dem Straffälligen auf den Schulhof fuhr, erhob sich Gemurmel unter dem Volk, zorniger von seiten der Frauen natürlich, dumpfer unter den Männern.

Der Richter, ein junger Amtsgerichtsassessor, dem allerhand Märchen über die Frau als unterdrückter Sklavin zu Ohren gekommen waren und der absolut nichts davon wußte, mit welcher abergläubischen Ehrerbietung der Landbewohner seine Frau umgibt, sobald sie erst Gattin und Mutter geworden ist, hatte sein Urteil bereits fertig und wollte die Gelegenheit nutzen, ein Exempel zu statuieren; gleichzeitig hoffte er, mit seinem neuen Frack einen günstigen Windstoß abzufangen, vielleicht ein Glückwunschtelegramm zu erhalten und in der Provinzzeitung Lob zu ernten. Aber er hatte auch Ahnung von der neuen Art der Prozeßführung, wie sie sich in den großen Kulturländern entwickelt hatte. Und da dies sein erster Mord war, wollte er versuchen, mit neuen, unerprobten Mitteln ein vollständiges Bekenntnis und eine absolut bindende Beweisführung zu erzielen.

Zu diesem Zwecke hatte er in einer Kiste die Leiche der Ermordeten, ihre Kleider, ihre Photographie herbeischaffen lassen; das Boot, in dem der Mord geschehen war, lag auf dem Schulhof aufgeslippt, die Kette, mit der der Brustkorb zerschmettert worden war – dies war die Todesart – vorn auf dem Richtertisch. Außerdem hatte er bei den vorbereitenden Verhören im Bezirksgefängnis einen berühmten Arzt zugezogen, der ein fachmännisches Urteil darüber abgeben sollte, ob der Mörder zum Typus des Verbrechers gehöre oder nicht. Aus den Kirchenbüchern hatte er umfassende biographische Notizen über den Täter, seine Vorfahren und näheren Verwandten zusammentragen lassen, aus dem Zollamt Angaben von Vorgesetzten, Untergeordneten und Kameraden. Alles war so gut vorbereitet, daß man dieses Mal ein gewissenhaftes und aufgeklärtes Urteil glaubte erwarten zu dürfen. Schade war jedoch, daß der Richter ans Werk gegangen war, nicht um die Ursachen des Verbrechens zu ermitteln und die daraus möglicherweise folgenden mildernden Umstände, sondern um im Gegenteil ein Exempel zu statuieren, also in der vorgefaßten Meinung, daß es keine mildernden Umstände gebe oder keine geben dürfe.

Nun wurde der Gerichtssaal geöffnet, und unter Aufsicht von Kronvogt und Amtmann ließ man die Leute ein. Der Richter hatte seinen Platz am Katheder, an kleinen Tischen unterhalb davon saßen Protokollführer und Stenograph. Links die zwölf Schöffen, rechts der Provinzarzt, der Pastor und der Kronvogt.

Nachdem die Schöffen den Eid geleistet hatten, wurde der Angeklagte hereingeführt. Die Leute stellten sich auf die Zehenspitzen, und die Beisitzer reckten die Hälse, um den Mörder zu betrachten. Es war ein kleiner, untersetzter Mann mit dünnem schwarzem Kinnbart, der hinter dem Unterkiefer hervorkam und unter dem Kinn einen Halbkranz bildete. Das Haar war langgewachsen und vom Nacken an gelockt; es fiel wellenförmig über den Rockkragen, so daß es einer Nackenfranse glich, wie Theaterleute sie benutzen. Das Gesicht war kühn und frisch und paßte nicht zu Haar und Bart, wodurch der Mann wie maskiert aussah. Mund, Nase, Augen und Ohren stachen freilich etwas scharf voneinander ab wie bei niedriger entwickelten Lebewesen, wo die Harmonie zwischen den Sinnesorganen sich noch nicht ausgebildet hat, doch trat keines davon beunruhigend und gestörtes Gleichgewicht andeutend auf Kosten des anderen hervor. Die Augen lagen tief, als hätten sie seit langem aufgehört, nach außen tätig zu sein, sich vielmehr einwärts gewandt, um nicht sehen zu müssen; und über den Augenbrauen hatten sich die bezeichnenden schwingenförmigen Falten gebildet, wie sie nach der Beschäftigung mit quälenden Gedanken auftreten oder nach wiederholtem schmerzlichen Bemühen, eine fremde Sprache, die Ausdrucksweise eines Kindes oder Unbegreifliches zu verstehen. Die Stirn war normal und im Verhältnis zum Gesicht weder zu hoch noch zu niedrig. Nichts im Äußeren dieses Mannes wies auf einen schlecht ausgewogenen menschlichen Organismus hin.

Der Angeklagte beachtete weder Versammlung noch Richter, sondern suchte sich sofort einen Punkt an der Wand des Raumes, auf den er seine Augen heften konnte. Nachdem er die Bilder an der Wand geprüft hatte, hielt er bei einem Farbendruck inne, der die Menschenrassen darstellte.

Als es still geworden war, begann der Richter, den Rapport des Amtmanns ungefähr folgenden Inhalts zu verlesen: „Am Sonntag, dem siebenten Mai, acht Uhr abends, erschien im Amtmannssitz auf Ingarö der ehemalige Zollwachtmeister Andreas Ek, wohnhaft auf Brandskär, verlangte ein Gespräch mit dem Amtmann und zeigte sich selbst an, seine Frau unter folgenden Umständen ermordet zu haben: Die Eheleute, die am Nachmittag hinausgerudert waren, um Flundernetze zu setzen, seien in Streit geraten, woraufhin Ek seine Frau ins Wasser gestoßen habe; und als sie wieder aufgetaucht sei, habe er sie mit der Kette über Brust und Rücken geschlagen, bis sie tot gewesen sei. Darauf habe er eigenen Angaben zufolge die Leiche ins Boot geladen und sei nach Hause gerudert, habe dort den toten und schwer mißhandelten Körper zum Abort getragen oder geschleift und den zerfleischten Leib nach weiterer Mißhandlung hineingestopft. Als dies geschehen war, habe der Angeklagte nach eigenen Angaben sofort ein Boot genommen, um den Amtmann aufzusuchen und sich selbst wegen des Verbrechens anzuzeigen."

Bei der Untersuchung, die an Ort und Stelle vorgenommen wurde, hatte der Amtmann die Angaben des Angeklagten in bezug auf Mißhandlung und Versteck der Leiche überprüfen können, und die Nachfrage bei den Nachbarn hatte bestätigt, daß das Boot mit den beiden Eheleuten zur angegebenen Zeit beim Fischen gesehen worden war, so daß Zweifel an der Absicht des Mörders, sich freiwillig zu stellen, nicht aufkommen konnten, zumal die Zeitspanne zwischen der Ausführung des Mordes und Eks Ankunft beim Amtmann so bemessen war, daß man nicht zu argwöhnen brauchte, Entdeckung der Tat und Furcht vor fremder Anzeige hätten ihn getrieben, sich selbst anzugeben, um Strafmilderung zu erwirken, dies um so weniger, als man noch keine Zeugen für den Mord hatte finden können.

Nach Verlesung des Rapports wandte sich der Richter an den Angeklagten und fragte ihn gleichsam der Form halber: „Bestätigt der Angeklagte Ek diese Angaben des Amtmanns?"

Der Mörder antwortete kurz und bestimmt: „Ja."

„In allen Punkten?" fragte der Richter wieder.

„In allen!" antwortete Ek.

„Nun besagt das Gesetz", fuhr der Richter fort, „Gestandenes, das heißt gestandene Tat, ist so gut wie Bezeugtes, falls der Angeklagte das rechtsmündige Alter erreicht hat und nicht wahnsinnig ist und falls er die Tat freiwillig vor Gericht bekennt, ohne daß er dazu durch Folterung, Einschüchterung oder List verleitet worden ist. Daß Ek nicht wahnsinnig ist oder zu jener Kategorie von Individuen gehört, die nach Ansicht der neueren Wissenschaft dafür prädestiniert ist und auf Grund organischer Ursachen leichter auf Handlungen verfällt, die als verbrecherisch gelten, geht aus dem Gutachten des Medizinalrats hervor. Es lautet:

,Über den ehemaligen Zollwachtmeister, Andreas Ek, siebenundvierzig Jahre alt, wohnhaft auf Brandskär, ist bei erfolgter Untersuchung, ob man ihn zu jenem von der Wissenschaft anerkannten niedrigen Menschentypus, verbrecherisch oder schwachsinnig genannt, rechnen könne, befunden worden, daß er nicht zu der erwähnten Kategorie gehört, denn

sein Schädel leidet nicht an Asymmetrie oder Mißbildung, seine Sinne sind völlig normal; die Augen sind weder von Strabismus (Schielen) noch von Daltonismus (Farbenblindheit) befallen; weder das Gehör noch Geruchs- und Geschmackssinn weisen einen Fehler auf, und alle körperlichen wie seelischen Funktionen müssen normal gewesen sein, bis Umstände, über die der Arzt nicht zu urteilen vermag, ihn zu jener verbrecherischen Tat veranlaßt haben, derentwegen er angeklagt ist.

Jahr und Tag etc. etc.'

Wir müssen also annehmen, daß Ek den Mord mit voller Absicht begangen hat, und da das Verbrechen darüber hinaus, was als erschwerender Umstand gilt, am Ehegatten verübt wurde, müßte das Urteil auf Todesstrafe lauten. Doch dem obenerwähnten Paragraphen fügt das Gesetz hinzu, niemand dürfe bei Verbrechen, auf die Todesstrafe steht, seinem eigenen Geständnis zufolge verurteilt werden, ohne daß Umstände gefunden werden, die das Bekenntnis stützen. Nun frage ich: Können die Umstände, daß der Mörder seine Tat angezeigt hat, daß er das Verbrechen eingesteht, daß der Amtmann bei der Nachprüfung die Leiche so mißhandelt und versteckt wie angegeben vorgefunden hat, können all diese Umstände als Stützen des Geständnisses betrachtet werden?"

Der Richter hatte die Frage gleichsam sich selbst gestellt, da ja niemand außer ihm und den Schöffen reden durfte, die letzteren aber zu schweigen pflegten. Und er wartete auch keine Antwort ab, obwohl einer der Schöffen, der den Verhandlungen mit äußerster Aufmerksamkeit gefolgt war, den Kopf hob und den Mund spitzte, als wollte er etwas sagen, sich aber entschloß, noch zu warten.

Der Doktor hatte die ganze Zeit über eine vergilbte ölfleckige Photographie der Ermordeten befingert und hin und wieder dem aufmerksamen Schöffen einen langen Blick zugeworfen.

Da erhob sich der Pastor, trat an die Seite des Richters und flüsterte ihm etwas ins Ohr. Der Richter ließ es geschehen, obwohl es gegen den Brauch verstieß, und setzte, nachdem er sich mit der Hand über die Augen gefahren war, seine Rede fort: „Die erwähnten Umstände scheinen freilich die Richtigkeit des Geständnisses zu bezeugen, doch mehr als dieses würde eine einzige Äußerung der Reue von seiten des Verbrechers für ihn sprechen, denn niemals hat man wohl gesehen ..."

Hier schnitt der Schöffe zum Arzt hinüber eine Grimasse, als sei ihm ein Gedanke gekommen, und der Richter, der dies sah, brachte mit Anstrengung den Nachsatz heraus: „... hat man wohl gesehen, daß jemand, auch wenn er den Mord mit voller Überlegung begangen hat, nach Verübung der Tat nicht ein sehr natürliches Gefühl der Reue erfahren hätte, selbst wenn dieses Gefühl sich auf die Furcht vor den Folgen reduziert haben sollte. Darum frage ich den Angeklagten Ek auf Ehre und Gewissen, des Eides bedarf es nicht: Bereust du deine Missetat?"

Der Mörder antwortete, ohne seine Augen von dem ethnographischen Farbdruck zu wenden, sehr bestimmt: „Nein!"

Im Saal erhob sich schwaches Gemurmel, mehr vom gedämpften Geräusch der Füße, Kleider und Atemzüge herrührend als von artikulierten, halberstickten Worten.

„Aber", fuhr der Richter fort, „du hättest es doch sicher gern ungeschehen gemacht, Ek."

Ek dachte keine zwei Sekunden nach, bevor er antwortete: „Nein. Und wäre es nicht geschehen, würde es nicht lange dauern, bis ich es täte."

„Du bist also das, was wir einen verstockten Verbrecher nennen, Ek", bemerkte der Richter nicht ohne eine gewisse Ungeduld, „aber" – hier nickte der Pastor – „wir wollen doch sehen, ob nicht der Anblick des ermordeten Opfers die schlummernden Gefühle für Recht und Ordnung wecken kann, die es ja in der Brust eines jeden Menschen gibt, wenn er nicht gerade auf die niedere Stufe des Tieres herabgesunken ist."

Der Richter gab dem Amtmann ein Zeichen, und dieser ging, von sechs Männern gefolgt, hinaus. Während eine Weile Stille im Saal herrschte, wandte sich der Richter dem Pastor zu und flüsterte mit ihm.

Gleich darauf öffnete sich die Tür wieder, der Amtmann trat ein und bahnte den sechs Männern, welche die Kiste mit der Ermordeten trugen, den Weg durch die Volksmenge. Vor dem Katheder, wo der Gefangene, vom Wärter bewacht, stand, wurde sie abgesetzt. Der Deckel wurde geöffnet und die Leiche aufgedeckt, während ein fürchterlicher Gestank von ranziger Butter und Karbolsäure sich im Raum verbreitete. Der Arzt stellte sich auf die Zehenspitzen und schien das Original mit der Photographie zu vergleichen, die er in der Hand hielt. Der Pastor rückte sein Beffchen zurecht und stand auf, um zu sprechen, indes der Mörder beharrlich seinen Blick auf den Farbendruck geheftet hielt und sich der aufmerksame Schöffe mit einem Bleistift und einem Blatt Papier zum Notieren vorbereitete.

„Andreas Ek", begann der Pastor, „du stehst hier an einer Totenbahre, die du selber ... verursacht hast. Du siehst hier die irdischen Überreste der Gattin, die in Leid und Lust zu lieben du einmal geschworen hattest. Wie hast du dein Gelübde gehalten, wie deine Versprechen erfüllt? Betrachte diese sterbliche Hülle! Sie hat einmal eine Seele geborgen, die sich für dich opferte, sich dir hingab, Mutter deines Kindes wurde und die nun, da sich das Alter nähert, Trost deiner letzten Tage hätte werden sollen. Hast du bedacht, daß eine Stunde kommen wird, da du ihr vor deinem Herrn und Gott begegnen sollst? Und er wird dich fragen, wie du deinen Eid gehalten, deine Pflicht erfüllt hast; und hast du auch bedacht, daß du deinem Sohn, der weit fort in fremdem Land ist, vielleicht schon jetzt begegnen wirst? Mit leidvoller Miene wird er dich fragen: ‚Was hast du mit meiner Mutter gemacht, dem Ursprung meines Lebens?' – Hast du das bedacht? Das hast du nicht getan, denn hättest du es getan, hättest du nicht deine Hand zu der mörderischen Tat erhoben. Schau sie an, betrachte sie und bekenne dann vor dieser christlichen Versammlung, daß du deine Tat bereust; sag es laut und aufrichtigen Herzens, damit dein Verbrechen dich nicht lebendig und unbußfertig in die strafenden Hände des Herrn führe. Schau sie an!"

Der Angeklagte sah sie nicht an, sondern bohrte, während er die Lider zusammenkniff, die Augen in die Wand.

„Schau sie an!" befahl der Richter, und als der Wärter eine Bewegung machte, wodurch die Ketten zu rasseln begannen, wandte sich Ek der Leiche zu, warf einen einwärts gekehrten Blick auf die Kiste, zog die Nasenflügel hoch, als bereite der Geruch ihm Unbehagen, und spuckte aus, unwillkürlich, wie es schien oder einer Gewohnheit folgend, die er nicht beherrschen konnte.

Ein Gemurmel des Entsetzens und der Abscheu ging durch die Menge, so als fühlten alle sich an die Stelle der Verstorbenen versetzt und wären einem Leichenfledderer in die Hände gefallen; der Richter mußte die Hand heben, um den Sturm zu beschwichtigen. Dann ergriff er das Wort: „Andreas Ek, bevor wir das Urteil sprechen, dessen Ausgang nicht zweifelhaft sein dürfte, frage ich dich zum letzten Male: Bereust du deine Tat?"

„Nein!" antwortete der Mörder ebenso bestimmt wie vorher.

„Weißt du, daß es um ein Todesurteil geht?"

„Ja."

„Und du fürchtest nicht, dem höchsten Richter zu begegnen?"

„Nein. Ich hoffe darauf."

Der Richter nahm den Kneifer ab und sah den Mörder mit dem durchdringenden Blick eines Kurzsichtigen an. „Hast du nichts zu deiner Verteidigung anzuführen?"

Der Mörder dachte einen Augenblick nach, dann antwortete er mit einem Rülpser, gleichgültig, als sei es sowieso einerlei: „Nee."

Da wandte sich der Richter an die Schöffen, um sich bestätigen zu lassen, daß das Verhör abgeschlossen sei und das Urteil gefällt werden könne, und stellte die Frage, ob man die Untersuchung für ausreichend erachte.

„Herr Richter, ich beantrage Beratung“, meldete sich der aufmerksame Schöffe zu Wort.

Pastor und Arzt erhoben sich, um hinauszugehen, als der Richter fragte: „Erlauben die Schöffen, daß mit Rücksicht auf diesen wichtigen Fall der Herr Pastor und der Herr Doktor als unterstützende Mitglieder betrachtet werden und daher bleiben dürfen?“

Die Schöffen genehmigten den Antrag, und der Amtmann ging daran, den Saal von Unbefugten zu räumen.

Als dies geschehen war und Stille eintrat, wandte sich der Richter an den Schöffen Olsson: „Was hat der Schöffe vorzubringen?“

Der weißhaarige Sechzigjährige, Schöffe seit seinem fünfundzwanzigsten Jahr, Mitglied der ehemaligen bäuerlichen Standesvertretung und des Rechtsausschusses, erhob sich und schwang seinen Kneifer, das Feldzeichen der neuen Partei der Landwirte, während er das Wort ergriff: „Herr Richter, meine Herren! Es mag mir verziehen werden, wenn ich nicht in allen Punkten die Meinung des Richters in diesem Prozeß teilen kann, der mir von um so ungewöhnlicherer Beschaffenheit zu sein scheint, als ich zwar viele ähnliche gesehen habe, jedoch keinen wie diesen. Doch möchte ich zuerst vorausschicken, daß meine Einwände gegen die Untersuchung nicht auf mildernde Umstände abzielen; dies würde nur zur Umwandlung der Todesstrafe in Zuchthaus führen, während ja der Mörder selbst nach allem, was geschehen ist, den Tod dem Gefängnis vorzuziehen scheint. Auch ist es nicht meine Absicht, glaubhaft zu machen, daß der Mörder die Tat nicht begangen hat, was ja der Fall sein könnte, da nicht ermittelt wurde, ob die Ermordete den Tod nicht infolge von Mißhandlung in berauschtem Zustand erlitten hat, ein Verbrechen, das unter außergewöhnlich mildernden Umständen mit nur vier Jahren Strafarbeit gesühnt werden kann; und das ist für einen siebenundvierzigjährigen Mann, der vielleicht noch zwanzig, dreißig Jahre zu leben hat, gar nicht so gleichgültig. Durch meinen Antrag auf Beratung möchte ich nur jene Wahrscheinlichkeiten ins Protokoll aufgenommen sehen, die den Nachruf des Mörders stützen können, denn das ist nicht ohne Bedeutung für den

Sohn, der den Namen erben und die Nachrede über den, der sein Vater war, erfahren wird. Gleichzeitig möchte ich die Aufmerksamkeit auf einige Vorschriften der Prozeßordnung lenken, die vielleicht auf Grund des gegenwärtigen Bestrebens nach Genauigkeit des Verfahrens hervorgerufen wurden. Obwohl ich den guten Willen des Richters nicht unterschätzen will, glaube ich doch, daß man hier mehr Sorgfalt darauf verwandt hat, zu konstatieren, daß das Verbrechen begangen wurde, als darauf, die Motive für den Mord zu suchen; und es sollte wohl in Betracht gezogen werden, daß die Beweggründe unserer Handlungen Gewicht haben können, nicht auf der Waagschale des Gesetzes, wohl aber im Urteil der Allgemeinheit, und das kann schon wichtig sein."

„Erlauben Sie!" unterbrach ihn der Richter, und als der Schöffe verstummte, fuhr er fort: „Sie wollen also in den Handlungen der Ermordeten den Beweggrund zum Mord suchen; da man aber gegen tote Personen nicht Klage erheben kann, halte ich den Einwand für unberechtigt."

„Verzeihung, ich will nicht den Advokaten spielen, davon konnten Sie sich, Herr Richter, soeben überzeugen, als ich gewisse Schwächen der Beweisführung überging; doch will ich kurz antworten: Eine tote Person kann wohl eine Rolle spielen, beispielsweise bei Nachlaßkonkurs und Erbschaftsverzicht. Aber ich will durchaus einräumen, daß wir nicht gegen die Tote klagen können oder wollen, da sie sich ja nicht verteidigen kann und da man über Tote auch nur Gutes reden soll. Ich will mich völlig auf den Antrag beschränken, dem Mörder folgende Fragen zu stellen – seinem eigenen Geständnis nach nenne ich ihn Mörder, wenn es auch keine Beweise dagegen gibt, daß er vielleicht nur des Totschlags oder der Mißhandlung schuldig ist – folgende Fragen also:

Wie ist der Mörder zu dem Entschluß gekommen, seine Frau zu ermorden?

Wann begann er diesen Entschluß zu fassen?

Aus welchem Grunde ist es nach Ansicht des Angeklagten zu diesem Entschluß gekommen?

Wenn diese drei Fragen beantwortet worden sind, hätte

ich den Wunsch, Zeugen zu hören, welche die Aussage des Angeklagten widerlegen oder stützen könnten."

Der Richter rieb sich die Augen, als wollte er irgendwelchen Sand oder Schmutz, der in seinen Gedankenmechanismus geraten war und dessen Ablauf behinderte, aus seinem Kopf entfernen. Dann antwortete er: „Angenommen, die Beantwortung dieser Fragen würfe einen Schatten auf die Verstorbene?"

„So fiele doch vielleicht ein wenig Licht über den Mörder, der ja auch sterben soll; und für diesen Toten wäre es gut, wenn man auch von ihm ein wenig Gutes sagen dürfte, da man ja von Toten nur Gutes reden soll. Darum auch habe ich gebeten, diese Fragen zu stellen."

Der Pastor machte Miene, ein Wort zu sagen, und seinem stummen Wunsch wurde stattgegeben.

„In der menschlichen Natur liegt ein starkes Verlangen, die Schuld von sich abzuwälzen, und ich glaube, der Mörder wird bei den beantragten Fragen begierig die Gelegenheit ergreifen, die Schuld der Toten zuzuschieben, die sich nicht verteidigen kann und die zu verteidigen wir uns deshalb verpflichtet fühlen sollten."

Wieder ergriff der Richter das Wort, obwohl der Schöffe Miene machte, selbst zu antworten.

„Obgleich ich der Meinung des Herrn Pastor beipflichte, kann ich nach dem Gesetz den Antrag des Schöffen Olsson, die betreffenden Fragen zu stellen, nicht ablehnen. Um also zu einem Schluß in dieser Sache zu kommen, die mir nicht dunkel erscheint, wollen wir zur letzten Verhandlung des Falles schreiten."

Auf einen Wink führte der Amtmann den Mörder herein, gefolgt von der Volksmenge.

Es ging nun auf Mittag zu, die Sonne fiel stoßweise in den Saal, während die großen wolligen Haufenwolken vorüberjagten und zuweilen den Raum in ein Halbdunkel tauchten. Die Menschen begannen müde und hungrig auszusehen; selbst der Angeklagte schien sich nach dem Ende zu sehnen, wie traurig es auch ausfallen mochte.

„Andreas Ek", fing der Richter an, „kannst du mir sagen, warum du deine Frau ermordet hast?"

Ek dachte lange nach, dann antwortete er: „Nein, das kann ich nicht."

„Warum nicht? Weißt du es nicht, erinnerst du dich nicht daran, oder willst du es nicht sagen?"

„Es ist so lange her."

„Meinst du, es ist so lange her, seit du den Entschluß gefaßt hast?"

„Ja."

„Wie lange warst du verheiratet?"

„Siebzehn Jahre."

„Wann kamst du zu dem Entschluß, sie zu töten?"

„Vor sechs Jahren."

„Wie fing es an?"

„Ich begann sie zu hassen."

„Warum?"

„Das ... zu sagen kann mich niemand zwingen."

„Doch, man kann; das Gesetz erlaubt zwar nicht, ein Bekenntnis zu erpressen, aber wenn unzulängliche Beweislage vorliegt, kann der Richter es mit verschärfter Haft versuchen."

„Heißt das mit Folter?"

„Du hast nur zu antworten, nicht zu fragen. Jetzt frage ich: Wie kam es zu deinem Entschluß?"

Ek besann sich. „Das ist jetzt schwer zu sagen, denn es kam so allmählich. Aber daran erinnere ich mich, zuerst wollte ich sie nur loswerden; dann nahm dieses Verlangen zu, und als wir vor etwa fünf Jahren beim Nachbar an der Dreschmaschine standen, hätte ich am liebsten zuerst ihre Finger, dann ihren Arm und ihren Körper zwischen den Rädern gesehen, und mir war, als hätte ich lachen müssen, wenn sie auf der andern Seite wie ein Hering wieder herausgekommen wäre. Aber ich wollte es nicht selber tun, ich wünschte nur, daß es geschehe. So vergingen die Jahre, und schließlich verlangte es mich danach, es selber zu tun. Ich bat Gott, mich von diesen Gedanken zu befreien, aber sie blieben.

Und dann wurden sie immer stärker, bis sie einem dienstlichen Befehl glichen. Es mußte also getan werden. So wurde es mir Jahr um Jahr klarer, bis für mich feststand, wenn ich es nicht täte, würde ich etwas versäumen, das getan werden mußte. Damals kam mir der Gedanke, ich müßte ihren Körper kaputtschlagen und ihn zum Abort bringen – dort wollte ich sie haben –, warum, weiß ich nicht, ich fand nur, daß sie dorthin gehörte. Und so tat ich es und bekam Frieden!"

„Aber nun sage einmal", fragte der Richter mit aller Vorsicht, als fürchte er die Antwort, „was geschah eigentlich vor sechs Jahren, daß du deinen Entschluß gerade damals faßtest?"

Der Mörder dachte eine Weile nach, dann antwortete er: „Ich wüßte nicht, daß etwas Besonderes geschehen wäre in dem Jahr."

Der Pastor, der die ganze Zeit über in Unruhe gewesen war, der Mörder könne die ausgelegten Brücken benutzen, sich reinzuwaschen, atmete leichter, als die Untersuchung zu Ende ging, weil keine Sachfragen mehr gestellt wurden, denn der Richter glaubte, nachdem die Fragen des Schöffen vorgebracht worden waren, allen Rechtsvorschriften Genüge getan zu haben, und benutzte die Gelegenheit, die Sitzung zu schließen. Das Urteil würde in acht Tagen verkündet werden.

Am Nachmittag desselben Tages saßen die Mitglieder des Gerichts sowie die unterstützenden Mitglieder und der Schöffe Olsson im Pfarrhof und tranken nach dem Essen Kaffee.

Der Arzt und der Schöffe hatten sich abseits in eine Fensterecke gesetzt und plauderten halblaut miteinander, um von den andern nicht gehört zu werden.

„Jedenfalls ist es merkwürdig", sagte der Schöffe und befingerte die vergilbte Photographie der Ermordeten. „Es kommt mir so seltsam vor, wenn ich mir dies Bild hier ansehe und mich an das erinnere, was der Medizinalrat über den sogenannten Verbrechertypus geschrieben hat: unverhältnismäßig kleiner Schädel, schieläugig, Mangel an Symmetrie, die Ohren zu groß und abstehend... Und wissen Sie was, Doktor, ich habe die Person gekannt, als sie noch lebte! Ja, Gott verzeih mir, jetzt geht mir ein Licht auf. Im Winter pflegte sie für meine Frau zu weben, und sie nahm immer Garn in einer falschen Farbe."

„Hörte sie auch schwer?" fragte der Doktor höchst interessiert.

„Tja, ob es nun das war oder etwas anderes – jedenfalls bekam man nie eine Antwort, die zur Frage paßte."

„Dann trifft's also doch zu!" Der Doktor hob die Stimme und sprang auf, setzte sich aber wieder. Danach fuhr er flüsternd fort: „Sie also war der Verbrecher. Aber sagen Sie, was glauben Sie, was ist dort draußen auf der Schäre passiert, was halten Sie von der Sache?"

„Ja, lieber Doktor, was für ein Leben die Menschen dort draußen in der Einsamkeit führen, läßt sich schwer sagen, und siebzehn Jahre Eheleben nur unter vier Augen, das geht nie gut. Ja, ich weiß Dinge von dort draußen, Dinge weiß ich ... ja, ja! Man hat sogar gesehen, wie Menschen in Seenot einander auffraßen, und von Verbrechen gehört, über die man in Gesellschaft gar nicht reden kann, dabei haben Gelegenheit und Umstände das meiste bewirkt. Draußen auf den Felseninseln jedenfalls geschehen viele Dinge, die man nie zu erfahren bekommt; und was in diesem Fall passiert ist, das eben wollte ich ja wissen, erfuhr's aber nicht. Doch mit rechten Dingen ist es nicht zugegangen, darauf würde ich schwören!"

„Aber warum sagt denn der Mann nichts?" fragte der Doktor. „Können Sie mir das erklären?"

„Erklären kann ich's nicht, aber es ist Sitte so, Volksglaube, Aberglaube, was Sie wollen, daß der Mann nie über seine Frau redet. Doch Sie sollten die Weiber hören, wenn die zusammenkommen, Herr Doktor!"

„Das heißt also, daß dieser Mann in gewissem Grade ein Opfer seines Aberglaubens ist."

„So könnte man es sagen. Aber rotten Sie den aus, wenn Sie können!"

Acht Tage darauf wurde Andreas Ek wegen vorsätzlichen Mordes an seiner Frau zu lebenslänglichem Zuchthaus verurteilt.

Das übergeordnete Gericht bestätigte das Urteil, und der

Mörder weigerte sich äußerst hartnäckig, Berufung einzulegen.

Der Schöffe bot an, die Wiederaufnahme des Prozesses anzustreben und Zeugen zu hören, aber Ek lehnte mit aller Entschiedenheit ab und drohte, sich zu rächen, falls jemand in seinen Angelegenheiten herumschnüffeln würde.

Hermann Bang

Die vier Teufel

1

Die Glocke des Regisseurs läutete. Allmählich nahm das Publikum seine Plätze ein, wobei das Getrampel auf der Galerie, das Geplauder im Parkett, das Rufen der Apfelsinenjungen die Musik übertönte – und endlich kamen auch die blasierten Leute in den Logen zur Ruhe und warteten.

Die Nummer „Les quatre diables“ kam an die Reihe. Man sah es an dem ausgespannten Netz. Fritz und Adolf liefen aus der Garderobe hinaus in das Künstlerfoyer, sie eilten den Gang entlang, wobei die grauen Mäntel um ihre Beine schlugen, riefen und klopften an Aimees und Luises Tür.

Die beiden Schwestern warteten schon, ebenfalls in fieberhafter Erregung, in ihren langen, weißen Gesellschaftsmänteln, die sie ganz einhüllten – während die Duenna mit ihrem schiefsitzenden Kapotthut unaufhörlich im Diskant Rufe ausstieß und verwirrt mit dem Puder, der Armschminke und dem zerdrückten Harz in den Händen hin und her lief.

„Kommt“, rief Adolf, „es ist Zeit!“

Aber sie liefen alle noch einen Augenblick durcheinander, ganz kopflos, von dem Fieber ergriffen, das alle Artisten packt, wenn sie das Trikot auf den Beinen fühlen.

Die Duenna schrie am lautesten.

Nur Aimee streckte ruhig ihre Arme aus den langen Ärmeln Fritz entgegen. Und schnell, ohne sie anzusehen und ohne ein Wort zu reden, führte er mechanisch eine Puderquaste an den vorgestreckten Armen auf und nieder – wie es seine Gewohnheit war.

„Kommt!" rief Adolf wieder.

Sie gingen alle hinaus, Hand in Hand, und warteten. Sie stellten sich am Eingang auf und hörten von drinnen die ersten Takte des Liebeswalzers, nach dem sie arbeiteten:

Amour, amour,
oh, bel oiseau,
chante toujours.

Fritz und Adolf warfen ihre Mäntel zu Boden und standen strahlend in rosa Anzügen da, in einem so blassen Rosa, daß es fast weiß erschien. Ihre Körper wirkten wie nackt – jeder Muskel war zu sehen.

Die Musik hörte auf zu spielen.

Im Saal war es ganz leer und still. Nur ein paar Pferdeknechte waren, ohne sich stören zu lassen, damit beschäftigt, die Futterbüchsen zu untersuchen, und hoben mißtrauisch die schweren Behälter empor.

Die Melodie begann von neuem – „Die vier Teufel" betraten die Manege. Das Beifallklatschen erschien ihnen wie ein undeutliches Brausen, und sie unterschieden keine Gesichter. Es war, als wenn alle Fibern ihrer Körper bereits vor Anstrengung zitterten.

Dann lösten Adolf und Fritz rasch die weiten Mäntel Luises und Aimees, sie fielen auf den Sand nieder, und die Schwestern standen unter dem Feuer von Hunderten von Gläsern gleichsam nackt in ihren schwarzen Trikots da – wie zwei Negerinnen mit weißen Gesichtern.

Sie schwangen sich alle ins Netz hinauf und kletterten dann hoch: ein Weißer, ein Schwarzer, ein Weißer, ein Schwarzer – wie vier wilde Tiere –, und alle Operngläser folgten ihnen.

Sie erreichten die Trapeze und begannen zu arbeiten. Nackt schienen sie zwischen den rasselnden Schaukeln hin- und herzufliegen, deren Messingstangen blinkten. Sie umarmten einander, sie fingen einander auf, sie feuerten sich gegenseitig durch Zurufe an; es war, als wenn die weißen und schwarzen Körper sich liebesheiß umschlängen und sich lösten, sich abermals umschlängen und sich wieder lösten in lockender Nacktheit. Und der Liebeswalzer mit seinen schläfrig schmachtenden Rhythmen tönte weiter, und die Haare der Frauen umflatterten, wenn sie durch die Luft flogen, weit ausgebreitet die schwarze Blöße – wie ein Atlasmantel.

Sie hörten nicht auf. Nun arbeiteten sie übereinander, Adolf und Luise oben.

Der Beifall klang zu ihnen hinauf wie ein verworrenes Gemurmel, während die Artisten in ihren Logen (wo auch die noch immer erregte Duenna, den rosengarnierten Kapotthut schief auf dem Kopf, ganz vorn stand und mit ihren bloßen, schallenden Händen Beifall klatschte) die „Teufel“ mit ihren Gläsern beobachteten und den „Kniff“ bei ihren Anzügen herauszubekommen suchten, deren Gewagtheit in der Artistenwelt berühmt war: „Oui, oui, die Hüften sind ganz nackt –“

„Der Kniff ist eben der, daß man die Lenden sieht“, riefen sie in der Artistenloge durcheinander.

Die dicke Vorreiterin in dem „Ritterspiel aus dem sechzehnten Jahrhundert“, Mademoiselle Rosa, legte ihr Glas umständlich beiseite.

„Nein, sie haben gar kein Korsett an“, sagte sie, ganz schweißig in ihrem eigenen dicken Panzer.

Sie arbeiteten weiter. Das elektrische Licht wechselte zwischen Blau und Gelb, während sie durch die Luft fuhren. Fritz schrie auf; an den Beinen hängend, fing er Aimee in seinen Armen auf. Dann ruhten sie sich aus, indem sie auf dem Trapez nebeneinander saßen.

Über sich hörten sie das Rufen Luises und Adolfs. Aimee sprach mit keuchender Brust von Luises Arbeit: „Voyez donc, voyez!“ rief sie.

Luise wurde von Adolfs Beinen aufgefangen.

Aber Fritz antwortete ihr nicht. Er starrte nur, während er mechanisch seine Hände an der kleinen aufgehängten Decke abtrocknete, auf die Logenreihe hinab, die sich, hell und unruhig, unter ihnen wie die lichte Umsäumung eines bunten Beetes hinzog. Und plötzlich verstummte auch Aimee und starrte in derselben Richtung hinab wie er, bis Fritz sagte, als risse er sich von etwas los: „Wir sind an der Reihe“, und sie erwachte mit einem Ruck.

Wieder trockneten sie ihre Hände an der Decke und warfen sich hinab, so daß sie an den Armen hingen, als wollten sie die Kraft ihrer Muskeln versuchen. Dann saßen sie wieder oben.

Die Seele wohnte in ihren Augen, mit denen sie die Entfernung zwischen den Trapezen maßen.

Plötzlich schrien beide: „Du courage!“

Und Fritz flog rücklings dahin nach dem entferntesten Trapez, während Luise und Adolf oben einen langen, anhaltenden Schrei ausstießen, als wollten sie ein Tier anfeuern.

Amour, amour,
oh, bel oiseau,
chante, chante,
chante toujours.

Ihre große Nummer begann. Sie stießen rücklings ab, unter heiserem Rufen, flogen aneinander vorbei und erreichten ihr Ziel.

Sie wiederholten es und schrien abermals. Und hoch oben, von der Rotunde, fiel plötzlich, während Luise und Adolf wie zwei unaufhörlich schwingende Räder auf ihren Schaukeln herumkreisten, ein Regen von blank glitzerndem Gold wie eine goldene Staubwolke herab, die leuchtend niederschwebte – durch den blanken weißen Strom der elektrischen Lampen.

Einen Augenblick sah es aus, als flögen die Teufel durch einen Goldschwarm, solange der Staub, der langsam herabsank, ihre Nacktheit mit Tausenden von strahlenden Goldflittern übersäte.

Amour, amour,
oh, bel oiseau,
chante, chante,
chante toujours.

Plötzlich schossen sie, einer nach dem andern, kopfüber durch den glänzenden Regen in das ausgespannte Netz hinab – und die Musik verstummte.

Sie mußten wieder und wieder vorkommen.

Verwirrt stützten sie einander, als würden sie plötzlich

schwindlig. Sie gingen hinaus und kamen wieder herein. Dann ließ der Beifall nach.

Stöhnend liefen sie in die Garderoben, und Adolf und Fritz warfen sich auf eine Matratze am Boden platt nieder und hüllten sich in eine Decke ein. Da lagen sie eine Weile, sie waren kaum bei Besinnung. Dann standen sie auf und kleideten sich um.

Adolf blickte von seinem Spiegel zu Fritz hinüber, der sich im Stallmeisterfrack präsentierte.

„Willst du Dienst tun?" fragte er.

Und Fritz sagte verdrießlich: „Der Direktor hat mich darum gebeten."

Er ging zu den andern hinein, die beim Eingang die Stallmeisterwacht hatten und abwechselnd, todmüde wie er, heimlich für einen Augenblick die schlaffen Körper an die Wände lehnten...

Nach der Vorstellung versammelte sich die Truppe im Restaurant. Die „Teufel" saßen, stumm wie die andern, an einem Tisch für sich. An einigen Tischen begann man Karten zu spielen – immer ohne zu reden. Man hörte nur den Klang des Geldes, das über den Tisch geschoben wurde.

Die beiden Kellner standen wartend am Büfett und starrten stumpfsinnig all die stillen Leute an. Stumm, die Beine gerade vor sich hingestreckt und mit schlaff hängenden Armen, als wäre ihnen alles gleich, blieben die Artisten an den Wänden sitzen.

Die Kellner begannen das Gas herabzuschrauben.

Adolf schob das Geld neben eins der Seidel und stand auf.

„Kommt", sagte er. „Wir wollen gehen!"

Und die andern drei folgten.

Die Straßen waren schon ganz still. Sie vernahmen keinen andern Laut als ihre eigenen Tritte, während sie, je zwei und zwei, wie sie arbeiteten, dahinschritten. Sie erreichten ihre Wohnung und trennten sich im ersten Stockwerk auf dem dunklen Flur mit einem leisen „Gute Nacht!".

Aimee blieb auf dem Treppenabsatz im Dunkeln stehen, bis Fritz und Adolf zum zweiten Stock hinaufgekommen waren und die Tür sich hinter ihnen geschlossen hatte.

Die beiden Schwestern gingen hinein und zogen sich aus,

ohne ein Wort zu reden. Als Luise aber im Bett lag, begann sie von der Arbeit der andern zu plaudern, von denen, die in den Logen gewesen waren, von den Stammgästen – sie kannten alle Gesichter.

Aimee saß noch immer auf dem Rand ihres Bettes, halb angekleidet, ohne sich zu rühren. Luises Geplauder wurde immer stockender. Schließlich schlief sie ein.

Doch ein Weilchen später erwachte sie wieder und setzte sich im Bett aufrecht hin. Aimee saß noch auf demselben Platz.

„Gehst du denn nicht ins Bett?" fragte Luise.

Aimee löschte schnell das Licht aus.

„Ja, jetzt", sagte sie und stand auf.

Aber auch im Bett schlief sie nicht. Sie dachte nur an das eine: daß ihre und Fritz' Augen sich niemals mehr trafen, wenn er ihre Arme puderte...

Auch Fritz und Adolf waren in ihrem Zimmer zur Ruhe gegangen. Aber Fritz wälzte sich nur wie gefoltert im Bett: Galt das ihm? Und was wollte *sie* von ihm, sie, dieses Weib in der Loge? Wollte sie etwas? Doch warum sah sie ihn immer so an? Warum streifte sie sonst so nah an ihm vorbei? *Galt* das ihm?

Und *wollte* sie etwas?

Er hatte keinen andern Gedanken als dieses Weib. Vom Morgen bis in die Nacht keinen andern. Nur sie. Er lief mit der einen Frage wie ein Tier in seinem Käfig umher: Ob sie wirklich wollte – diese Frau in der Loge?

Und ständig, überall spürte er den Duft ihrer Kleider, wenn sie herunterkam und an ihm vorbeiging.

Immer dicht an ihm vorbei, wenn er als Stallmeister dastand.

Aber galt es denn ihm? Und was wollte sie?

Er fuhr fort, sich schmerzvoll hin und her zu werfen, und er sagte einmal nach dem andern ins Dunkel hinein, als wenn das Wort ihn faszinierte: „Femme du monde!" Einmal ums andere, ganz leise, wie in einer Verzauberung: „Femme du monde..."

Und er begann mit all seinen Fragen wieder von neuem: Ob es ihm galt, ob es ihm galt? –

Aimee war wieder aufgestanden. Leise schlich sie durchs Zimmer. Im Dunkeln tasteten ihre Finger nach dem Rosenkranz in der Schublade, und sie fand ihn.

Im Hause war es ganz still.

2

Die „Teufel“ hatten gearbeitet.

Adolf schimpfte in der Garderobe, weil Fritz, wie er sagte, ihren ganzen Kontakt zuschanden mache durch seine ewigen Stallmeisterdienste, obschon die „Teufel“ davon befreit seien.

Aber Fritz gab ihm gar keine Antwort. Jeden Abend zog er seine Stallmeisteruniform an, stellte sich neben dem Logenaufgang auf und wartete, bis „die Dame aus der Loge“ am Arm ihres Mannes die Treppe herunterkam und an ihm vorbeiging – sie hielten sich jetzt oft im Stall auf während des letzten Teils –, dann folgte er ihnen.

Sie sprach mit den Stallknechten, sie klopfte die Pferde, sie las laut die Namen, die an den Ständen angeschlagen waren. Fritz folgte ihr.

Zu ihm sagte sie nichts. Aber sie tat alles für ihn – das wußte er –, und durch tausend kleine Bewegungen, durch ein Emporrichten ihres Rückens, durch ein Ausstrecken des Arms, durch ein Blicken ihres Auges stellten sie beide sich gleichsam im geheimen füreinander aus, und der eine betastete den andern, obwohl sie beständig einander fernblieben – immer dieselbe Entfernung, die sie voneinander trennte und sie doch verband, als hätte der gemeinsame Trieb sie in einer besondern Doppelschlinge gefangen, die sie beide festhielt. Sie wechselte ihren Platz, las die Aufschrift eines neuen Standes und einen neuen Namen.

Fritz folgte.

Sie lachte, sie ging weiter; und sie ging zurück, um die Hunde zu liebkosen.

Fritz folgte nur.

Sie führte, und er folgte.

Er schien sie nicht anzusehen. Aber seine Augen verweilten auf dem Saum ihres Kleides, auf ihrer ausgestreckten

Hand, verweilten darauf mit dem Blick wilder Tiere, die gezähmt werden, einem lauernden, haßerfüllten Blick, der doch gleichzeitig sich seiner Ohnmacht bewußt ist.

Eines Abends kam sie auf ihn zu. Ihr Mann hatte sich ein Stück entfernt. Er schlug die Augen auf, und sie sagte leise: „Fürchten Sie mich?"

Er schwieg einen Augenblick.

„Ich weiß nicht", sagte er dann, heiser und hart.

Und sie wußte nichts mehr zu sagen – verwirrt oder fast in Angst (einer Angst, die sie plötzlich nüchtern machte) infolge des begehrenden Blicks, den sie auf ihren Füßen brennen fühlte.

Sie wandte sich um und ging mit einem kurzen Lachen, das ihr eigenes Ohr verletzte, fort.

Am nächsten Abend war Fritz nicht Stallmeister. Er hatte sich selbst vorgenommen, ihr aus dem Wege zu gehen, er hatte fest beschlossen, sie nicht mehr zu sehen. Er besaß all jene überkommene Furcht, die den Artisten vor den Frauen als ihrem Verderben eigen zu sein pflegt. Er betrachtete sie als mystische Feinde, die auf der Lauer liegen und nur geboren sind, seiner Kraft nachzustellen. Und wenn er sich einmal hingab – plötzlich, von unwiderstehlichem Drange ergriffen –, geschah es mit einer Art verzweifelter Selbstaufgabe, mit einem rachsüchtigen Haß gegen das Weib, das ihn nahm und ihm ein Stück seines Körpers, einen Teil seiner Kraft raubte – das, was sein teures Werkzeug war, sein einziges Existenzmittel.

Aber vor dieser Dame in der Loge fürchtete er sich doppelt, denn sie war eine Fremde und keine von den Seinen. Was wollte sie von ihm? Selbst der Gedanke an sie peinigte sein Hirn, das nicht ans Denken gewöhnt war. Er wachte mit mißtrauischer Angst über jede Bewegung dieser Fremden aus einer andern Rasse, als wollte sie ihm etwas geheimnisvolles Böses antun; er wußte, daß er ihr nicht zu entfliehen vermochte.

Er wollte sie nicht mehr sehen – nein, er wollte sie nicht sehen.

Es wurde ihm leicht, das Gelübde zu halten; denn sie kam gar nicht mehr. Zwei Tage nicht, drei Tage nicht. – Am vierten Abend stand Fritz wieder als Stallmeister da. Aber sie kam nicht. Auch diesen Abend nicht. Auch am nächsten kam sie nicht.

So lang der Tag auch war, mit Angst dachte er: Wenn sie kommt... Und am Abend empfand er einen dumpfen Zorn, eine brutale, aber stumme Wut, weil sie nicht kam.

So hatte sie ihn also zum Narren gehalten. So hatte sie ihn verspottet. Sie – ein *Frauenzimmer*! Aber er wollte sich rächen, er würde sie schon finden –

Und er sah, wie er sie mit Schlägen überhäufte, sie mit Füßen trat, sie mißhandelte, daß sie sich krümmte und halbtot liegenblieb: sie – das Frauenzimmer.

Stundenlang lag er nachts in stummer Wut da.

Und sein Begehren wuchs sich in diesen ersten schlaflosen Nächten verzweifelt gierig fest, denn er hatte noch niemals schlaflos gelegen.

Dann endlich – am neunten Tage kam sie.

Vom Trapez aus erblickte er ihr Gesicht – als ob er mit den Augen eines andern zu sehen vermöchte –, und mit einem plötzlichen Ruck, wie in knabenhaftem Jubel, warf er seinen schönen und schlanken Körper, an den gestreckten Armen hängend, hinaus in die Luft.

Sein ganzes Gesicht strahlte in schimmerndem Lächeln, und er schwang sich wieder empor.

Amour, amour,
oh, bel oiseau,
chante, chante,
chante toujours.

Leicht wiegte er den Kopf im Walzertakt; und er ergriff Aimees Hand fest und froh, wie seit sieben Tagen nicht, und er sprach zu ihr. „Enfin – du courage“, rief er laut.

Es klang wie ein Siegesschrei.

Rücklings stieß er sich ab und schrie, griff zu und ließ los, flog durch die Luft.

Amour, amour,
oh, bel oiseau,
chante, chante,
chante toujours.

Und als er dann in seiner Stallmeisteruniform in den Stall hinauskam und *sie* sah, stand er wieder stumm und feindlich da und betrachtete sie gehässig mit demselben Blick, der ihr nicht recht in die Augen zu sehen wagte.

Aber nach der Vorstellung, im Restaurant, wurde er plötzlich wieder ausgelassen – fast wild. Er lachte und machte allerlei Kunststücke. Er spielte mit Tassen und Seideln und ließ seinen Zylinderhut balancieren – mit der Seite – auf der Spitze seines Stockes.

Die andern Artisten wurden von seiner lustigen Stimmung mitgerissen.

Der Clown Tom holte seine Harmonika und spielte, wobei er mit seinen langen Beinen über die Stühle hinschritt.

Es entstand ein ungeheures Hallo. Alle machten Kunststücke. Mr. Fillis ließ eine mächtige Tüte auf seiner Nase balancieren, und zwei, drei Clowns kakelten, als wäre man in einem Hühnerhof.

Aber Fritz schrie am lautesten, nachdem er auf einen Tisch gestiegen war; er spielte Ball mit zwei Glaskuppeln, die er von einem Gaskronleuchter abgeschraubt hatte, und schrie, über das ganze Gesicht strahlend, in den Spektakel hinein: „Adolf, tiens!"

Adolf fing die Kuppel; er stand auf dem nächsten Tisch.

Die Artisten waren bald oben, bald unten, einige auf Tischen, andere auf Stühlen. Die Clowns kakelten, die Harmonika stieß Klagetöne aus.

„Fritz, tiens!"

Die Kuppeln flogen wieder hin und zurück – über die Köpfe der Clowns hinweg. Fritz fing sie und wandte sich plötzlich um: „Aimee, tiens!"

Er warf sie gerade auf sie zu, und Aimee sprang auf. Aber sie kam nicht mehr rechtzeitig, und die Kuppel fiel zu Boden und zerbrach.

Fritz lachte und betrachtete das zersplitterte Glas von seinem Tisch aus.

„Das bringt Glück", sagte er und lachte; plötzlich stand er still und blickte in das Licht der Gaskrone hinauf.

Aimee hatte sich abgewandt. Bleich setzte sie sich wieder an der Wand nieder.

Der Spektakel dauerte an. Die Uhr war nahezu zwölf. Die Kellner schraubten das Gas herab. Aber die Artisten hörten nicht auf, sie verdoppelten in dem Halbdunkel nur den Lärm. Ringsum aus allen Ecken hörte man ein ohrenzerreißendes Kakeln und Schreien, auf dem Tisch unter dem Kronleuchter ging Fritz auf den Händen.

Er war der letzte, der hinauskam – er war so aufgeregt, als wäre er betrunken.

In kleinen Häuflein schritten sie alle dahin. Nach und nach trennten sie sich, gruppenweise. Zum Abschied ertönten viele seltsame Laute als letzte Grüße durch die Dunkelheit.

„Night“, rief Mr. Fillis, der durch die Nase sprach.

„'n Abend, 'n Abend –“

Dann wurde es endlich still, und die vier Teufel schritten stumm, wie gewöhnlich, nebeneinander hin.

Sie sprachen nicht mehr. Aber Fritz konnte sich noch nicht beruhigen. Er ließ wieder seinen guten Hut in der Luft auf der Spitze seines Stockes herumkreiseln.

Sie erreichten ihre Wohnung und sagten sich gute Nacht.

In ihrem Zimmer machte Fritz beide Fenster weit auf und begann laut zu pfeifen, weit hinaus in die Gasse.

„Du bist verrückt!“ sagte Adolf. „Was, zum Teufel, fehlt dir eigentlich?“

Fritz lachte nur. „Il fait si beau temps“, sagte er nur und pfiff weiter.

Unten hatte auch Aimee ein Fenster geöffnet. Luise, die im Begriff war, sich auszuziehen, rief ihr zu, sie solle es zumachen, aber Aimee blieb stehen und starrte in die enge Gasse hinaus.

Bisher hatte sie nicht begriffen, warum seine Augen leer geblieben waren, wenn er sie ansah, warum seine Stimme gleichsam müde wurde, wenn er mit ihr sprach, auch nicht, daß seine Ohren halb geschlossen waren, wenn *sie* redete –

Und es war, als wären sie nicht mehr dieselben, auch wenn sie einander noch so nahe saßen –

Und nun puderte er ihr auch nicht mehr die Arme!

Das war seit gestern.

Er kam so eilig und ungeduldig herein, wie es jetzt seine

Gewohnheit war. Sie streckte ihm die Arme entgegen, er aber starrte sie nur gedankenlos an, ohne sich auf etwas zu besinnen. „So pudre dich doch", sagte er dann heftig und lief davon.

Und ohne zu begreifen, puderte sie langsam den linken Arm und dann den rechten –

Ach nein, ach nein, niemals hatte sie gewußt, daß man so leiden könnte.

Aimee lehnte den Kopf an den Fensterrahmen, und die Tränen begannen ihr über die Wangen zu fließen.

Nun wußte sie alles. Nun verstand sie –

Plötzlich hob sie den Kopf wieder empor, sie hörte, daß Fritz auf einmal begonnen hatte, laut vor sich hin zu summen. Es war der „Liebeswalzer".

Lauter und lauter summte er – nun sang er:

„Amour, amour,
oh, bel oiseau,
chante, chante,
chante toujours."

Wie froh er sang, wie glücklich! Jeder Ton schmerzte sie, und doch blieb sie stehen: Es war, als riefe dieser Gesang ihr alles, ihr ganzes Leben ins Gedächtnis zurück.

Wie gut sie sich darauf besann, vom ersten Tage an –

Luise rief sie wieder, und mechanisch schloß sie das Fenster. Aber sie ging nicht zu Bett, still setzte sie sich nur in die dunkle Ecke.

3

Wie deutlich Aimee Fritz und Adolf noch sah, als sie das erste Mal zu ihnen kamen – als sie bei „Vater" Cecchi „angenommen" werden sollten.

Es war am Morgen, und Aimee und Luise lagen noch im Bett.

Die Jungen hatten in der Ecke gestanden, mit gesenkten Köpfen – sie trugen Leinenhosen, mitten im Winter, und Fritz hatte einen Strohhut. Und sie wurden ausgezogen, und Vater Cecchi befühlte sie und drückte ihre Beine und beklopfte ihren Brustkasten, bis sie weinten, während die alte Frau, die sie hingebracht hatte, nur ganz still, zusammengeschrumpelt, mit mummelndem Munde dastand – nur die schwarzen Blumen auf ihrem Hut zitterten etwas.

Sie fragte nichts. Sie sah nur die Jungen an und folgte ihnen mit den Augen – wie sie nackt unter Cecchis Händen exerzieren mußten –

Auch Aimee und Luise sahen vom Bett aus zu.

Vater Cecchi fuhr fort, zu befühlen und zu beklopfen; das Leben der Jungen saß gleichsam in ihren angstvollen Augen.

Dann wurden sie angenommen.

Die alte Frau sprach kein Wort. Sie rührte die Jungen nicht an und sagte ihnen nicht Lebewohl. Es war nur, als wenn sie die ganze Zeit, während ihre Hutblumen zitterten, etwas suchte – irgend etwas, das sie nicht fand. Und so ging sie auch zur Tür hinaus, langsam, unentschlossen, und machte sie hinter sich zu.

Fritz schrie einmal auf, mit einem langen Kinderschrei, als würde er gestochen. Aber dann gingen sie beide, er und Adolf, in ihre Ecke zurück und setzten sich beide stumm nieder, das Kinn auf die Knie gebeugt und die geballten Hände fest gegen den Boden gestemmt.

Vater Cecchi jagte sie in die Küche hinaus, Kartoffeln zu schälen. Aimee und Luise wurden ihnen nachgeschickt. Alle vier saßen stumm um die Schüssel herum.

Luise fragte: „Wo kommt ihr her?"

Aber die Jungen antworteten nicht. Sie kniffen nur die Lippen zusammen und blickten zu Boden.

Es verging einige Zeit, bis Aimee flüsterte: „War das eure Mutter?"

Aber sie antworteten noch immer nicht, sondern saßen nur mit schluchzender Brust, als wenn sie innerlich weinten. Und man hörte nur den Laut der Kartoffeln, die in das Wasser plumpsten, nachdem sie geschält waren.

„Ist sie tot?" flüsterte Luise.

Aber die Jungen antworteten noch nicht, und die beiden Mädchen sahen nur still von einem zum andern, während Aimee plötzlich ganz leise zu weinen begann und dann auch Luise – alle beide saßen sie und weinten.

Am nächsten Tage begannen die Jungen zu „arbeiten".

Sie lernten den „chinesischen Tanz" und den „Bauerntanz". Nach Verlauf von drei Wochen traten sie alle vier auf.

Wenn sie tanzen sollten, standen sie paarweise in den Kulissen, Aimee mit Fritz, Luise mit Adolf, mit starren Augen, und benetzten ihre Lippen vor Angst mit der Zunge, während sie auf die Orchestermusik lauschten.

„Zieh die Jacke herunter", sagte Aimee, die selbst vor Fieber kaum ruhig stehen konnte, und zog Fritz' Jacke herab, die schief saß.

„Commencez!" rief Cecchi aus der ersten Kulisse. Der Vorhang war aufgegangen, sie sollten hinaus.

Sie sahen nicht die Lampenreihe, und sie sahen nicht die Leute.

Mit erschrockenem Lächeln machten sie ihre einexerzierten Schritte, indem sie den Takt zählten und die Lippen bewegten, die Augen starr auf Cecchi gerichtet, der in der ersten Kulisse mit den Füßen den Takt trampelte.

„Nach links!" flüsterte Aimee Fritz zu, der es niemals zu behalten vermochte; sie schwitzte vor Angst für sie beide und mußte für sie beide Gedächtnis haben.

Sie sahen alle miteinander aus wie Wachsfiguren, die sich auf einem Leierkasten herumdrehen.

Das Publikum klatschte und rief sie vor. Apfelsinen wurden auf die Bühne geworfen. Sie hoben sie auf und lächelten zum Dank dafür, obgleich sie sie Cecchi abliefern mußten, der sie nachts zu seinem Grog aß, wenn er mit dem Agenten Watson Karten spielte.

Vater Cecchi spielte nämlich daheim in ihrem Logis mit dem Agenten die ganzen Nächte durch.

Die Kinder erwachten, wenn sie sich zankten, und sahen mit aufgerissenen Augen von ihren Betten aus zu, bis sie todmüde wieder in Schlaf fielen.

So verging die Zeit.

Die Cecchi-Truppe kam zu einem Zirkus, und alle vier machten das ganze Handwerk durch.

Sie begannen ihre Proben um halb neun. Zähneklappernd kleideten sie sich um und begannen in dem halbdunkeln Zirkus zu arbeiten. Luise und Aimee gingen auf dem Seil, indem sie mit zwei Fahnen balancierten, während Vater Cecchi, der rittlings auf der Barriere saß, kommandierte.

Dann wurde das Pferd vorgeführt, und Fritz sollte den Jockeisprung ausführen.

Vater Cecchi kommandierte, mit einer langen Peitsche bewaffnet. Fritz sprang und sprang. Es gelang ihm nicht. Er fiel auf die Barriere herab. Er stützte sich auf das Pferd. Die Peitsche sauste durch die Luft und traf sein Bein, so daß er lange Striemen bekam.

Vater Cecchi kommandierte weiter. Mit dem Weinen kämpfend, sprang der Junge und sprang.

Er kam wieder nicht hinauf und fiel.

Die alten Wunden an seinem Körper brachen auf und bluteten, so daß das alte Trikot Blutflecke bekam.

Vater Cecchi rief nur immer wieder: Encore – encore!

Atemlos, schluchzend zwischen den tiefen Atemzügen, sprang Fritz mit schmerzverzogenem Gesicht.

Die Peitsche traf ihn, und verzweifelt sagte er: „Ich kann nicht!“ Aber er mußte von neuem hinauf.

Das Pferd bekam doppelte Schläge und flog schnell mit dem schluchzenden Knaben dahin, dessen Glieder vor Schmerz zitterten. „Ich kann nicht!“ rief er qualvoll.

Die Artisten sahen vom Parkett und den Logen aus stumm zu.

„Encore!“ rief Cecchi. Fritz sprang wieder ab.

Bleich, mit weißen Lippen, in der Ecke einer Loge verborgen, sah Aimee voll Angst und Erbitterung zu.

Aber Vater Cecchi hörte nicht auf. Eine Stunde dauerte es, fünf Viertelstunden. Fritz' Körper war nur eine einzige Wunde. Er fiel wieder und wieder, stampfte vor Schmerz mit den Füßen im Sand und fiel abermals.

Nein, nun glückte es nicht mehr. Und er wurde mit einem Fluch fortgeschickt.

Aimee lief aus der Loge hinaus; stöhnend vor Schmerz verbarg sich Fritz wie ein Tier hinter einem Haufen Tonnenreifen. Atemlos, mit geballten Händen, stieß er in wilder Wut abgerissene Flüche aus, eine Menge Gassenworte, Schimpfworte des Stalles.

Aimee saß ganz still. Nur ihre weißen Lippen bebten.

Lange saßen sie so hinter dem Haufen Reifen verborgen. Fritz' Kopf sank hinten gegen die Wand, und er schlief in schmerzvoller Ermattung ein, während Aimee mit ihrem weißen Gesicht unbeweglich sitzen blieb, als bewache sie seinen Schlaf.

Jahre vergingen. Sie waren bereits erwachsen.

Vater Cecchi war tot. Er wurde vom Huf eines Pferdes totgeschlagen.

Aber sie blieben beisammen. Es ging mit ihnen auf und ab. Sie waren bei großen Gesellschaften, und sie kamen auch zu ganz kleinen.

Wie deutlich Aimee noch heute das weißgekalkte und kahle Provinzpantheon vor sich sah, in dem sie in jenem Winter arbeiteten. Wie eiskalt es dort war! Sie trugen vor der Vorstellung drei Kohlenbecken hinein, und der ganze Zirkus füllte sich mit dem Rauch, so daß man kaum zu atmen vermochte.

Draußen im Stall standen die Artisten, blaugefroren, und hielten ihre nackten Arme über ein Kohlenbecken, und die Clowns sprangen in ihren Schirtingschuhen auf dem bloßen Boden herum, nur um die Füße warm zu erhalten.

Die Cecchi-Truppe arbeitete in allen Fächern. Sie tanzten, Fritz war Aimees Partner. Aimee war Parforcereiterin, Fritz schnallte als Stallmeister ihren Sattelgurt fester.

Die Truppe plagte sich; sie füllte fast das halbe Programm aus.

Aber es ging nicht. Jede Woche verschwand ein Pferd aus den Ständen, das verkauft wurde, um für die andern Futter zu schaffen. – Die Artisten, die Geld hatten, reisten fort, die zu bleiben gezwungen waren, hungerten – bis endlich alles zu Ende war und sie zumachen mußten.

Pferde, Kostüme, alles wurde ihnen genommen. Das Gericht war gekommen und hatte reinen Tisch gemacht.

Es war an dem Abend des Tages, da dies geschehen war.

Die wenigen Artisten, die noch übrig waren, saßen stumm und betrübt in dem dunklen Raum. Sie konnten nicht fort. Sie wußten auch nicht, wohin sie gehen sollten.

Im Stall auf einem Futterkasten saß der Direktor vor den leeren Ständen – und weinte, indem er fortwährend immer wieder dieselben Flüche in allen Sprachen murmelte.

Sonst war es ganz still, ganz tot.

Nur die Hunde – die hatte das Gericht vergessen – lagen traurig, mit wachsamen Augen auf einem Haufen Stroh.

Die Cecchi-Truppe ging in das Restaurant hinüber. Alles war verlassen. Der Wirt hatte sein Büfett geschlossen und die Gläser herabgenommen. Stühle und Tische standen staubig durcheinander.

Die vier saßen stumm in einer Ecke. Sie kamen von der Post. Das war ihr täglicher Gang. Sie holten Briefe von den Agenten – Absage auf Absage.

Fritz öffnete und las sie. Die andern drei saßen neben ihm und wagten nicht zu fragen.

Er öffnete Brief auf Brief und las langsam, gleichsam mißtrauisch – legte jeden Brief beiseite.

Die andern sahen ihn nur an – stumm und verzagt.

Da sagte er: „Nichts."

Und sie saßen wieder vor den traurigen Briefen, die ihnen nichts gebracht hatten.

Dann sagte Fritz: „So geht es nicht weiter. Wir müssen eine Spezialität suchen."

Adolf zuckte die Achseln. „Es gibt auf allen Gebieten genug", sagte er höhnisch. „Erfinde etwas Neues!"

„Luftarbeit macht sich bezahlt", meinte er gedämpft.

Die andern schwiegen, und Fritz sagte, wie vorher: „Wir könnten in den Kuppeln arbeiten."

Wieder trat Schweigen ein, bis Adolf fast zornig rief: „Du bist deiner Glieder wohl sicher?"

Fritz antwortete nicht. Es war eine Weile ganz dunkel und still.

„Wir könnten uns auch trennen", sagte Adolf heiser und sehr leise.

Sie alle hatten denselben Gedanken gehabt, und alle fürchteten sich davor. Nun war es ausgesprochen, und Adolf fügte hinzu, indem er in die Dunkelheit und in den verlassenen Raum hineinstarrte: „Man kann doch nicht immer weiter an derselben Schüssel hungern!"

Er sprach in unterdrücktem, erregtem Ton, wie Leute, die sich um des Teufels Bart streiten; aber Fritz schwieg noch immer, ohne sich zu rühren, und starrte zu Boden.

Sie erhoben sich und gingen stumm hinaus. In allen Gängen war es kalt und dunkel.

Leise sagte Aimee, während sie dicht nebeneinander hinschritten, mit einer Stimme, die Fritz kaum zu vernehmen vermochte: „Fritz, ich arbeite mit dir in der Luft!"

Fritz blieb stehen. „Ich wußte es", sagte er leise und ergriff ihre Hand.

Luise und Adolf sagten nichts.

Sie beschlossen, in der Stadt zu bleiben. Fritz versetzte ihre letzten Ringe. Adolf blieb nur, um an die Agenten zu schreiben. Aber Fritz und Aimee arbeiteten.

Sie hatten ihr Trapez im Pantheon aufgehängt und begannen, jeden Tag zu arbeiten. Sie übertrugen einige der Parterreübungen auf das Trapez und quälten, in Schweiß gebadet, ihre Körper stundenlang.

Viertelstunde um Viertelstunde ertönten Fritz' Kommandoworte. Dann ruhten sie sich nebeneinander auf demselben Trapez aus, mit müdem, mattem Lächeln.

Sie gewöhnten sich allmählich an die Arbeit, und sie finden mit den Hanlon-Voltaschen Übungen an. Sie versuchten die Sprünge zwischen den Schaukeln, kopfüber fielen sie in das aufgespannte Netz hinab.

Aber sie setzten die Übungen fort, indem sie sich durch Rufe anspornten: „En avant!"

„Ça va!"

„Encore!"

Fritz kam hinüber. Aimee fiel.

Sie setzten die Arbeit fort.

Die Seele lag in ihren Augen, wie Federn spannten sich die Muskeln; wie unterdrücktes Kampfgeschrei klangen ihre Stimmen – sie kamen hinüber.

Der eine folgte dem andern mit dem Blick, wie gebannt, fieberhaft: „En avant – du courage!"

Aimee war hinübergekommen; ihre Muskeln bebten, während sie an dem entferntesten Trapez hing. Sie versuchte noch einmal, und es glückte wieder. Freude überkam sie. Es war, als wenn sie sich an der Kraft ihrer Körper berauschten. Sie flogen aneinander vorbei, und sie ruhten wieder, schweißtriefend, lächelnd – Hand in Hand.

Von Freude ergriffen, rühmten sie gegenseitig ihre Leiber, streichelten die Muskeln, die sie trugen, und blickten einander mit strahlenden Augen an. „Ça va, ça va", riefen sie und lachten.

Sie begannen schwierigere Übungen vorzunehmen. Sie erdachten sich neue Kombinationen. Sie versuchten und berechneten. Sie vertieften sich in die Übungen mit dem Eifer des Erfinders, verhandelten darüber und sannen auf Abwechslung. Fritz schlief fast gar nicht mehr: Der Gedanke an die Arbeit hielt ihn während der Nächte wach.

Morgens, bevor die Sonne aufging, klopfte er an Aimees Tür und weckte sie.

Und draußen entwickelte er bereits, noch während sie sich anzog, seine Pläne, erklärte ihr, mit lauter Stimme rufend, und sie antwortete, eifrig wie er, so daß sie das Haus mit ihren frohen Stimmen erfüllten.

Luise rieb sich die Augen und setzte sich im Bett auf.

Sie hatte begonnen, den Übungen zuzusehen. Sie wurde von dem Fortgang der Arbeit mitgerissen; sie rief ihnen zu, und sie applaudierte. Sie antworteten von oben; der Raum hallte von ihren frohen Stimmen wider.

Nur Adolf saß stumm in einer Ecke beim Stall.

Eines Tages kam auch er herein, setzte sich und sah zu. Niemand sprach mit ihm.

Die Übung war vorüber; ihre Kräfte waren zu Ende – schwer fielen sie in das ausgespannte Netz hinab.

Fritz sprang auf den Boden hinunter und hob vorsichtig Aimee aus dem Netz heraus; froh hielt er sie einen Augenblick in den emporgestreckten Armen fest – wie ein Kind.

Sie zogen sich um; und sie gingen in eine kleine Kneipe hinüber, um zu essen.

Sie begannen von der Zukunft zu reden, davon, wo sie Engagement suchen könnten, von der Gage, die sie zu erlangen vermöchten, von dem Namen, den sie annehmen wollten – von dem Erfolg, der ihrer wartete.

Die beiden sonst so Stummen wurden beredt, sie lachten,

sie bauten ihre Zukunft auf. Fritz ersann neue Übungen – immer neue. „Wenn wir es wagten“, sagte Fritz, ganz heiß vor Eifer, „wenn wir es wagten.“

Und Aimee antwortete, die Augen auf ihn gerichtet: „Warum nicht? Wenn du willst!“

Etwas in ihrem Ton rührte Fritz. „Du bist tapfer“, sagte er plötzlich und sah sie an – ihre Augen leuchteten ihm entgegen.

Und beide saßen, die Köpfe gegen die Wand gelehnt, starrten lange Zeit vor sich in die Luft und träumten.

Eines Tages versuchten sie zum erstenmal den letzten Sprung, den, von dem sie beide wußten, daß er die große Spezialität bilden würde; er glückte – rücklings erreichten sie die Trapeze.

Von unten ließ sich ein Ruf vernehmen. Es war Adolf. Mit emporgewandtem Gesicht, mit strahlenden Augen schrie er „Bravo, bravo!“, daß es in dem leeren Raum widerhallte. „Bravo, bravo!“ schrie er wieder, von Bewunderung ergriffen.

Und sie begannen miteinander zu reden, alle vier, auch Luise, von oben und unten, erklärend und fragend.

An diesem Tage aßen sie zusammen und auch am nächsten. Sie sprachen alle von den Übungen, es war, als wenn sie alle mit dabei wären. Fritz sagte: „Ja, Kinder – wenn wir zu viert arbeiteten. Ihr, Adolf, oben, nur mit festen Barren und Mühlen, und wir, wir beide, Aimee, unter euch, mit dem Todessprung – ja, wenn wir das täten –“

Er fing an, ihnen seinen neuen Plan zu erklären, indem er die einzelnen Phasen ausmalte; aber Adolf blieb stumm, und Luise wagte nicht zu antworten.

Doch am nächsten Tage sagte Adolf – er stand gesenkten Blickes vor ihm und setzte die Füße vor und zurück –: „Probt ihr heute nachmittag?“

Nein, nachmittags probten sie nicht.

„Denn“, sagte Adolf, „man verliert seine Zeit, und die Glieder werden einem steif –“

Am Nachmittag begannen Adolf und Luise zu proben. Die beiden andern kamen und sahen zu. Sie ermunterten und belehrten sie.

Fritz saß heiter da und spielte mit Aimees Hand.

„Ça va, ça va!“ riefen sie beide von unten.

Oben flogen Luise und Adolf dreist zwischen den Schaukeln auf und ab: „Ça va, ça va!“

Sie wußten, nun blieben sie beisammen.

Die Proben waren zu Ende. Die „Nummer“ war fertig. Sie arbeiteten, wie Fritz es gewollt hatte. Sie nannten sich „Die vier Teufel“ und ließen sich in Berlin Kostüme zeichnen und anfertigen.

Sie debütierten in Magdeburg. Dann zogen sie von Stadt zu Stadt. Der Erfolg blieb überall derselbe.

Aimee hatte sich ausgezogen und war zu Bett gegangen. Schlaflos lag sie da und starrte in die Finsternis hinauf.

Ja, wie deutlich sie das alles sah, vom ersten Tage an.

Das ganze Leben hatten sie zusammen verbracht – das ganze Leben, Seite an Seite.

Und nun war *sie* gekommen, *sie*, diese Fremde – und bei dem Gedanken biß das Akrobatenmädchen in ohnmächtiger, verzweifelter, rein physischer Wut die Zähne zusammen.

Was wollte sie von ihm, *sie* mit ihren Katzenaugen? Was wollte sie von ihm, mit ihrem Dirnenlächeln? Was wollte sie von ihm, und warum bot sie sich ihm an wie eine Hure? Ihn vernichten, ihn ihr rauben, seine Kraft zerstören – ihn zugrunde richten?

Aimee biß in ihr Bettuch, ballte ihre Kissen zusammen und fand keine Ruhe für ihre fieberheißen Hände.

Ihre Gedanken wußten nicht genug ohnmächtige Scheltworte, zornige Vorwürfe und rohe Beschuldigungen – bis sie wieder weinte; und wieder fühlte sie all den lähmenden Schmerz, der sie Tag und Nacht, Tag und Nacht verfolgte.

4

Fritz lag mit geschlossenen Augen, sein Kopf ruhte im Schoß der Geliebten. Langsam und immer langsamer glitt die Spitze ihrer Nägel über sein blondes Haar.

Fritz blieb mit geschlossenen Augen liegen, sein Kopf

ruhte leicht in ihrem Schoß. Also wirklich, er, Fritz Schmidt aus der Frankfurter Gasse, er, der vaterlose Junge, dessen Mutter eines Tages, als sie betrunken war, in den Fluß sprang und dessen Großmutter ihn verkauft hatte – ihn und den Bruder – für zwanzig Mark –

Also wirklich, er, Fritz Schmidt, genannt Cecchi von den „Vier Teufeln", war ihr Liebhaber geworden, der Liebhaber der „Dame aus der Loge". Es war *sein* Nacken, der auf ihren Knien lag. Es war *sein* Arm, der ihren Leib umfassen durfte. Es war *sein* Hals, auf dem nun ihre Lippen ruhten.

Er, Fritz Cecchi von den „Vier Teufeln"!

Und er öffnete die Augen halb, und er sah mit derselben nicht begreifenden, berauschten Verwunderung ihre feine Hand, die so weich war, die keine Arbeit verunstaltet hatte, ihre hellroten gewölbten Nägel, ihre mattweiße Haut, die er so gern weich und lange küßte –

Ja, diese Hand glitt über seine Stirn hin.

Er war es, der im Atmen den Duft ihres Körpers empfand, der ihm nahe war, ihre Kleider, deren Stoffe wie Wolken waren – o wie seine Hände so gern über sie hinstrichen.

Auf *ihn* wartete sie nachts an dem hohen Gitter, und sie fror beim Warten, wie vor Kälte. *Ihn* führte sie durch den kleinen Garten des Palais und hängte sich in jedem Gebüsch an ihn.

Seine Lippen nannte sie ihre „Blume", *seine* Arme nannte sie ihr „Verderben" –

Ja, so sonderbare Worte sprach sie, sie sagte, seine Lippen seien eine Blume, seine Arme ein Verderben.

Fritz Cecchi lächelte und schloß wieder die Augen.

Sie sah sein Lächeln und bog den Kopf zu ihm hinab und strich mit ihren Lippen weich über sein Gesicht.

Fritz lächelte weiter – gebannt von derselben Verwunderung. „Aber das ist sonderbar", sagte er leise und fuhr immer in demselben Tone fort: „Aber das ist sonderbar", und er drehte seinen Kopf hin und her.

„Was denn?" fragte sie.

„Dies!" erwiderte er nur und lag wieder still unter ihren Küssen, als fürchtete er, aus einem Traum zu erwachen.

Er lächelte noch immer; in Gedanken wiederholte er ständig ihren Namen, immer wieder voll Erstaunen über diesen Namen, einen von den großen Namen, die von europäischem Klang sind und wie eine Sage selbst bis zu ihm gedrungen waren.

Und langsam schlug er wieder die Augen auf, sah sie an und faßte mit beiden Händen nach ihren Ohren und lachte wie ein Junge, während er sie kniff, fester und fester: Auch *das* durfte er – auch das.

Er richtete sich halb empor und schob seinen Kopf zu ihrer Schulter hinauf. Immer mit demselben Lächeln sah er sich in dem Zimmer um.

All das war ihm untertänig, alles, was ihr gehörte: diese tausend zerbrechlichen Nippes, die die seltsamen dünnbeinigen Möbel bedeckten; beinahe wagte er auch sie nicht zu berühren, er, der Jongleur, faßte sie so behutsam an, als würden sie zwischen seinen Fingern zerbrechen; bald konnte er voll Übermut – denn er war hier Herr, er, Fritz Schmidt – mit einem Luxustisch Ball spielen oder eine ganze Etagere balancieren, während sie lachte, immerfort lachte –

Die Gemälde waren ihm fremd, Bilder von Ahnen in der Tracht der Restaurationszeit, mit Galadegen und behandschuhten Händen. Es gab Augenblicke, da er plötzlich den Bildern laut ins Gesicht lachte, wie ein Straßenjunge – unaufhörlich lachte, weil er, Fritz Schmidt, hier bei ihr saß, dem Sprößling dieser Ahnen, und sie nun die *Seine* war.

Und er fuhr fort, zu lachen und zu lachen, ohne daß sie begriff, warum. Und zuletzt sagte sie: „Aber warum lachst du denn?“

„Ja, ja“, erwiderte er und hörte plötzlich auf zu lachen, „dies ist sonderbar, dies ist so sonderbar –“

Er empfand ein eigentümliches, halb glückliches, halb scheues Erstaunen – daß er hier war.

Daß er hier Herr war!

Denn er fühlte sich als Herr – sie war ja sein. Er besaß sie. In seinem unzivilisierten Hirn ruhten noch alle Gedanken von dem unbegrenzten Besitz des Mannes – dem Besitz der „Frauenzimmer“ durch ihn, den Handelnden, der selbst im verzehrenden Genuß noch der Überlegene war und sie unter sich zerdrücken konnte.

Aber all diese männlichen Urvorstellungen bei Fritz – dem es eine Wollust bereitete, sie zu bändigen und zu zähmen und zügellos zu gebrauchen – schwanden wieder macht- und hilflos vor seiner stummen erneuten Verwunderung über sie: Ihr unbedeutendstes Wort war von anderem Klang und hatte anderen Tonfall; ihre geringste Bewegung war von anderer Art; ihr Körper, jeder Teil desselben, war von anderer, fremder Schönheit, unentwickelt und zart.

Und er wurde gefügig und furchtsam, und er schlug plötzlich die geschlossenen Augen auf, um zu sehen: Es war kein Traum. Und langsam liebkoste er ihre feinen, schlanken Finger: Ja, es war die Wahrheit!

Ihre Hände glitten immer zögernder und zögernder durch sein Haar, und sein Atem wurde schneller, während er dalag, als schliefe er.

Plötzlich schlug er die Augen auf. „Aber was wollen Sie denn von mir?" fragte er.

„Du dummer Mann", flüsterte sie und hielt ihren Mund dicht über seine Wange. „Du dummer Mann!"

Sie fuhr fort, nahe seinem Ohr zu flüstern – der Ton ihrer Stimme erregte ihn noch mehr als ihre Liebkosungen –: „Du dummer Mann, du dummer Mann –"

Und als wollte sie den schönen und apathischen Körper in einen Rausch einlullen, flüsterte sie: „Du dummer Mann, du dummer Mann!"

Aber er erhob sich nur und sagte mit seinem ständigen Lächeln, während er neben ihr saß, ihren Kopf an seine Brust drückte und sie unsäglich zärtlich ansah: „Könntest du hier schlafen?" Und er wiegte sie in seinem Arm wie ein Kind, bis sie beide lachten, Aug in Auge.

„Du dummer Mann!"

Da flammten seine Augen auf, und er ergriff sie; schnell, ohne ein Wort, trug er sie vor sich her in erhobenen Armen durch das Zimmer hin – dort hinein.

Nur die hellblaue Ampel sah still zu, wie ein schläfriges Auge –

Der Tag graute, als sie schieden. Aber in allen Ecken, auf den Stufen der Treppen, im Garten vor dem stillen Hause – das so vornehm und ehrbar mit verhüllten Scheiben dalag –

verlängerten sie noch die geistlosen Stunden ihres Stelldicheins, während sie noch immer dieselben drei Worte flüsterte, die gleichsam der Refrain ihrer Liebesworte wurden – einer Liebe, deren einzige Seele der Instinkt war –: „Du dummer Mann!"

Dann riß Fritz sich los, und die Gittertür fiel hinter ihm zu. Sie aber blieb stehen, und noch einmal kehrte er zurück. Er nahm sie noch einmal in seine Arme, und plötzlich lachte er – während er vor dem großen Palais neben ihr stand.

Und als wenn ihre Gedanken sich begegneten, lachte auch sie – zum Hause ihrer Väter empor.

Und er begann – und mit seiner Neugier genoß er einen besonderen Triumph – nach jedem einzelnen von den großen steinernen Wappen über den Fenstern, nach jeder Inschrift der Portale zu fragen, und sie antwortete ihm lachend, lachend.

Es waren die stolzesten Namen des Landes. Er kannte sie nicht, aber sie erzählte von jedem etwas.

Es waren Geschichten von Ehrungen, Geschichten von Kämpfen, Geschichten von Schlachtensiegern.

Er lachte.

Da waren Schilde, die den Thron geschirmt hatten. Da waren Zeichen, die sogar auf St. Peters Stuhl hindeuteten.

Er lachte.

Gleichsam, als würde sie von ihrer Unwürdigkeit selbst erhitzt, wurden ihre Liebkosungen heißer, roh und fast blasphemisch in diesem dämmernden Tageslicht, während sie fortfuhr zu erzählen, als wollte sie mit jedem Wort die Wappenschilde ihres Vaterhauses eins nach dem andern herabreißen und in dem Schmutz ihrer Liebe zerschmettern.

„Und *das*?" fragte er und zeigte auf ein Wappen.

„Und das?"

Und sie fuhr fort zu erzählen.

Es war Geschichte von Jahrhunderten. Hier waren Throne errichtet und Throne zusammengestürzt. *Der* war der Freund eines Kaisers. *Der* wurde der Tod eines Königs.

Und sie redete weiter – flüsternd, mit neckendem Spott, indem sie sich an die Schulter des Akrobaten lehnte und sich selbst dem Eindruck dieser Entweihung hingab.

Auch er wurde berauscht.

Es war, als sähen sie beide, hier vor ihren Augen, selbst die Vernichtung und genössen sie: genössen Minute für Minute den Fall dieses großen Hauses mit Wappen, Portalen, Schilden, Gedächtnistafeln, Turmspitzen – des Hauses, das unter dem Mühlstein ihres Triebes vernichtet wurde und zusammenstürzte. Dann riß sie sich endlich los und flüchtete den Gang hinauf.

Noch einmal wandte sie sich in der kleinen Tür um und warf mit winkender Hand – gleichsam als letzten Scherz – dem großen Wappenschilde auf dem Türgiebel eine Kußhand zu und lachte.

Fritz ging nach Hause. Es war, als hätte er Flügel unter den Füßen. Er empfand gewissermaßen noch jetzt alle ihre Liebkosungen.

Ringsum erwachte die große Stadt.

Wagen ratterten die Straße entlang. Es lagen auf ihnen alle Schätze des Blumenmarktes: Veilchen, frühe Rosen, Aurikeln, Goldlack.

Fritz sang. Halblaut sang er die Verse des Liebeswalzers:

„Amour, amour,
oh, bel oiseau,
chante, chante,
chante toujours.“

Die Wagen fuhren noch immer an ihm vorbei. Die ganze Straße wurde von all den Düften erfüllt.

Die Blumenverkäufer, die, in große Decken gehüllt, auf den Böcken saßen, wandten sich auf ihren Sitzen um und lächelten ihm zu. Er sang weiter.

„Amour, amour,
oh, bel oiseau,
chante, chante,
chante toujours.“

In seiner Gasse war es still und noch halbdunkel zwischen den hohen Häusern. Fritz ging langsamer. Noch immer summte er vor sich hin und ließ seine Blicke an seinem Hause auf und nieder gleiten.

Einen Moment fuhr er zusammen; ihm war, als habe er oben hinter den Scheiben ein Gesicht gesehen –

Bleich, mit angehaltenem Atem lauschte Aimee hinter ihrer Tür. Ja, er war es.

Amour, amour,
oh, bel oiseau,
chante, chante,
chante toujours.

Die Tür oben wurde geschlossen, und alles wurde still.

Weiß wie eine Nachtwandlerin, die Hände gegen die Brust gedrückt, ging Aimee zu Bett. Unbeweglich starrte sie dem grauenden Tage entgegen – einem neuen Tage.

5

Es war spät, als Fritz Cecchi erwachte, und infolge der Ermattung kam er nur nach und nach zum Bewußtsein, als er undeutlich sah, wie Adolf mitten im Zimmer seinen Körper mit einem nassen Handtuch abrieb.

„Wachst du endlich auch noch einmal auf“, sagte Adolf höhnisch.

„Ja“, erwiderte Fritz nur und fuhr fort, den Bruder zu betrachten.

„Du solltest jetzt auch aufstehen“, sagte Adolf in demselben Ton.

„Ja“, sagte Fritz; aber er starrte weiter, ohne sich zu rühren, auf den starken und unberührten Körper des Bruders, dessen Muskeln in lebendiger Kraft spielten; er empfand eine dumpfe Wut, den erbitterten und kläglichen Zorn eines Überwundenen.

Während er so dalag, den Bruder anstarrte, plötzlich die nackten Arme emporhob und fühlte, wie kraftlos sie waren, dann mit einem Ruck mit den Füßen gegen das Fußende des Bettes stieß und die Schlaffheit auch der Beinmuskeln empfand – da wurde er plötzlich von einer bleichen und wilden Erbitterung gepackt gegen sich selbst, gegen seinen Körper, gegen sein Geschlecht und gegen sie: die Diebin, die Räuberin, die Verderberin ... *sie*!

Sein Zorn war ein gedankenloser. Er wußte nur das eine: Er hätte sie, wie ein Wahnsinniger, totschlagen können. Totschlagen mit geballten Fäusten. Stück für Stück totschlagen. Sie totschlagen, während sie schrie und lachte. So totschlagen, daß sie nicht mehr jappte. Mit Hacken und Füßen sie tottreten.

Abermals hob er die Arme empor, preßte die Hände zusammen und fühlte wieder das Versagen der kraftlosen Muskeln, während er in Wut die Zähne zusammenbiß.

Adolf ging hinaus und warf die Tür zu.

Da sprang Fritz auf und begann nackt seinen Körper zu untersuchen. Er probierte einige Übungen und kam nicht damit zu Rande. Er machte Parterregymnastik und konnte es nicht. Die müden Glieder zitterten nur widerspenstig.

Wieder versuchte er es. Er schlug sich selbst. Abermals versuchte er es. Er kniff sich mit den Nägeln.

Es war vergebens.

Er konnte nichts.

Er rannte mit der Stirn gegen die Wand und versuchte abermals.

Es war vergebens.

Er konnte nichts.

Und schlaff setzte er sich vor den großen Spiegel und betrachtete Muskel für Muskel seinen trägen und erschlafften Körper.

So war es also Wahrheit: sie raubten einem alles – Gesundheit, Kraft, Muskelstärke. So war es also Wahrheit: alles wurde einem zerstört – Arbeit, Lebensstellung, Name.

Ja, so war es.

Und es würde ihm gehen wie den andern, und es würde bald mit ihm vorbei sein.

Es würde ihm wie „The Stars“ gehen, die zwei Dirnen von Stadt zu Stadt schleppten und sie prügelten – bis sie schließlich ins Irrenhaus gesperrt wurden.

Es würde ihm gehen wie dem Jongleur Charles, der mit der Sängerin Adelina ein Verhältnis hatte – seine Glieder wurden schlaff wie die eines Trinkers. Dann hängte er sich schließlich auf.

Oder wie Hubert, der mit der Frau eines Stallknechts

durchgegangen war und nun auf Jahrmärkten ritt, oder dem Jongleur Paul, der sich in die „Anita mit den Messern“ vergafft hatte und nun Ausrufer in einer Jahrmarktsbude war.

Ja, sie machten ihre Körper zu Heu.

Wieder erhob er sich.

Aber er *wollte* nicht unterliegen.

Und er begann wieder zu arbeiten, seine Muskeln zu peinigen, seine Kraft anzuspannen, jede Fiber in seinem Körper aufzustacheln.

Es ging.

Und plötzlich zog er sich an. Er riß die Kleider auf den Leib, knöpfte sie kaum zu und ging. Er wollte proben, im Zirkus proben – am Trapez.

Adolf, Aimee und Luise waren bereits bei der Arbeit und hingen in ihren grauen Blusen an den Trapezen.

Fritz zog sich um und begann am Boden zu arbeiten. Er ging auf den Händen, balancierte auf der rechten und auf der linken Hand, so daß sein ganzer Körper zitterte.

Die andern sahen von ihren Schaukeln aus stumm zu.

Dann schwang er sich ins Netz, plötzlich und eifrig, und kletterte in die Schaukel Aimee gegenüber hinauf. Er schleuderte sich an den Armen hinaus, daß der schlanke Körper sich streckte, und begann.

Aimee blieb sitzen. Mit schlaflosen, schweren Augen starrte sie unverwandt diesen Menschen an, den sie liebte, diesen *Mann*, den sie liebte und der von einer Liebesnacht bei einer andern herkam. Jahr für Jahr hatten sie Körper an Körper zusammen gelebt.

Ihre Augen maßen ihn – seinen Nacken, der sie getragen, seinen Arm, der sie umfangen, seine Lenden, die sie umschlungen hatte...

Und all die Gewohnheit des Handwerks, all die Kenntnis der Arbeit erhöhte ihre Qual.

Stumm, von fürchterlichen Leiden überwältigt – einem physischen Leiden, das so nur von ihr gefühlt werden konnte –, starrte sie auf Fritz hin, der dort drüben arbeitete.

Aber Fritz weckte sie. „Warum fängst du nicht an?“ rief er hart.

„Ja.“

Sie fuhr zusammen, und mechanisch richtete sie sich in der Schaukel auf. Einen Moment nur trafen sich ihre Augen. Aber plötzlich sah Fritz ihr weißes Gesicht, die aufgerissenen Augen, den steifen, unbeweglichen Körper, und er begriff alles.

Und in demselben Augenblick empfand er auch einen unüberwindlichen, unbändigen Ekel vor diesem Körper eines Weibes, einen Abscheu, einen Widerwillen gegen die Berührung dieses Körpers – eines andern Weibes als dessen, das er liebte.

Einen unbezwinglichen, ihn durcheisenden Widerwillen – gleichsam einen Haß.

„Fangt an!“ schrie Adolf.

„Fangt doch an!“ rief Luise.

Aber noch zögerten sie.

Dann flogen sie aufeinander zu und trafen sich. Bleich maßen sie einander, und wieder flogen sie. Er fing sie auf, aber sie fiel. Sie begannen wieder, aber er stürzte.

Wieder fingen sie von neuem an – Aug in Auge; mit jedem Augenblick schienen sie bleicher zu werden – und beide fielen, Fritz zuerst.

Luise und Adolf lachten laut aus ihren Schaukeln. Adolf rief: „Na, du hast heut deinen glücklichen Tag!“

Luise schrie: „Ihn hat einer mit dem bösen Blick angesehen“, und wieder lachten sie dort oben in den Schaukeln.

Sie setzten beide die Übungen fort, und sie mißlangen wieder: Aimee ließ los, Fritz schimpfte unten laut aus dem ausgespannten Netz.

Und plötzlich schalten sie alle durcheinander, erregt und erbittert, mit lauten, hohen Stimmen, nur Aimee blieb mit ihren aufgerissenen Augen sitzen, bleich trotz aller Anstrengung ihrer Arbeit.

Wieder schwang sich Fritz empor, und abermals begannen sie. Beide schrien, und beide flogen ab.

Sie flogen einander entgegen, sie fingen einander unter Geschrei, sie umschlangen sich in Wildheit.

Das war keine Arbeit mehr. Das war Kampf. Sie begegneten sich nicht mehr, sie griffen nicht, sie umarmten nicht. Sie rangen nur und packten sich wie Tiere.

Glühend schienen die beiden Körper mitten in der Luft ihre Stärke zu erproben – in verzweifeltem Kampf.

Sie hörten nicht auf. Sie gaben keine Kommandoworte mehr. Sinnlos, in brutalem, unwiderstehlichem Haß tummelten sie sich, gleichsam selbst erschrocken, in einem furchtbaren Faustkampf durch die Luft.

Dann plötzlich stürzte Aimee mit einem Schrei nieder – sie lag einen Augenblick wie leblos im Netz.

Fritz schwang sich in seine Schaukel empor und betrachtete sie mit zusammengebissenen Zähnen, bleich wie eine Maske, die Überwundene.

Er stellte sich im Trapez auf und sagte: „Sie kann nicht mehr arbeiten. Wir müssen tauschen – sie nimmt die obere Schaukel, und Luise arbeitet hier."

Er sprach hart, wie jemand, der zu befehlen hat. Niemand antwortete, aber langsam begann Luise von der Kuppel zu Aimees Schaukel hinabzugleiten.

Aimee sagte kein Wort. Wie ein zusammengebrochenes Tier hatte sie sich nur halb im Netz emporgerichtet.

Dann kletterte sie langsam zu dem obern Seil in der Kuppel hinauf.

Und sie arbeiteten von neuem.

Aber Fritz' Kräfte waren zu Ende. Selbst die Erbitterung griff ihn an. Seine Arme trugen ihn nicht mehr; er fiel, und Luise stürzte.

„Was fehlt dir denn?" rief Adolf. „Du bist wohl krank? Nimm du die Kuppel – das wirst du ja noch können –, so geht es nicht."

Fritz antwortete nicht, er saß gebeugten Hauptes da, als habe er einen Schlag bekommen.

Dann sagte er – er murmelte es durch die zusammengepreßten Zähne: „Ja, wir können ja tauschen – für heute."

Er stieg vom Netz herab und ging hinaus. Die Knöchel seiner geballten Hände waren weiß. Ihm war, als flüsterten die Stallknechte seinen Namen, und er schlich an ihnen voll Scham vorbei, wie ein Hund.

In der Garderobe warf er sich auf die Matratze. Er fühlte seinen Körper nicht mehr. Aber seine Augen brannten.

Er konnte sich nicht ruhig verhalten. Er begann sich wieder zu trainieren. Wie man ein schmerzendes Geschwür peinigt, fuhr er fort, seine schlaffen Glieder auf die Probe zu stellen.

Er versuchte, wie im Fieber, ob er dies könne und ob er jenes könne.

Er konnte nichts; wieder warf er sich hin, und abermals versuchte er. Und selbst dies Ringen mit den Versuchen ermattete ihn – vergebens – noch einmal!

So verging der Tag. Er wich nicht aus dem Zirkus. Er strich um die Manege herum wie das böse Gewissen um das Verbrechen.

Abends arbeitete er mit Luise oben in der Kuppel.

Er kämpfte wie ein Wahnsinniger mit seinen Gliedern, die ihm nicht gehorchen wollten. Er strengte die zitternden Muskeln wie in Verzweiflung an.

Es ging – einmal, noch einmal, noch einmal.

Er flog zurück, er flog hin, er ruhte wieder.

Er sah nichts – nicht die Kuppel, nicht die Logen, nicht Adolf. Nur das Trapez – das, das er erreichen sollte, und Luise, die vor ihm schaukelte.

Dann flog er ab, griff mit einem Schrei – es war, als wollte das Sausen des Blutes sein angsterfülltes Hirn sprengen – nach Luises Bein und fiel hinab in das heftig auf und ab wogende Netz.

Es war in dem ungeheuren Raum still – still, als glaubte man ihn tot.

Da hob Fritz den Oberkörper halb empor. Er wußte nicht, wo er war. Nun besann er sich, und mit furchtbarer Anstrengung sah er wieder die Manege, das Netz und die schwarze Verbrämung der Menschen, auch die Logen und dann – sie.

Und überwältigt von Verzweiflung, mehr über die Demütigung als über den Schmerz des Falles, hob er auf einmal die geballten Fäuste empor und sank wieder zusammen.

Die drei andern hatten ihre Vorführungen unterbrochen und riefen verwirrt einander zu. Wie ein Blitz war Adolf unten an dem herabhängenden Seil.

Er und zwei Stallmeister hoben Fritz aus dem Netz heraus und stützten ihn, so daß es aussah, als wenn er selbst ging.

Dann erst glitt Aimee langsam an dem Seil herab. Sie ging, als sei sie blind; sie sah nichts.

Zwei Artisten standen am Eingang.

„Er kann dem Netz dankbar sein", sagte der eine.

„Ja", erwiderte der andere, „sonst wäre er kalt gewesen."

Aimee fuhr plötzlich zusammen – sie hatte die Worte gehört. Und als sehe sie es zum erstenmal, maß sie mit einem einzigen langen Blick Netz, Seile und Schaukeln.

Der eine Artist folgte ihrem Blick.

„Auch schändlich hoch!" sagte er.

Aimee nickte nur – ganz langsam.

Es war wieder still, und die Vorstellung nahm ihren Fortgang. Fritz war in der Garderobe von der Matratze aufgestanden und saß vor seinem Spiegel. Geschehen war ihm nichts; es war nur die Betäubung vom Fall.

Adolf zog sich an. Lange schwiegen sie.

Dann sagte Adolf: „Das siehst du wohl ein, so geht es nicht weiter."

Fritz antwortete nicht. Bleich blieb er sitzen und wandte den Blick von seinem Gesicht im Spiegel ab.

Adolf war fertig, und sie hörten Luise an die Garderobentür klopfen.

„Wirst du noch einmal fertig?" fragte Adolf. „Sie warten."

Fritz nahm die tickende Uhr von seinem Spiegel herab und ging hinaus, wo die beiden Schwestern stumm warteten. Sie gingen still nach Hause – Fritz an der Seite Luises.

Die Demütigung brannte in seiner Seele, als habe er eine Wunde in seiner Brust.

6

Fritz und Adolf waren längst zu Bett, und Adolf schlief träge, mit offenem Munde, wie Akrobaten zu schlafen pflegen, deren Körper in schwerer Ruhe regungslos daliegt.

Aber Fritz konnte nicht einschlafen; er lag ausgestreckt auf dem Rücken, schlaflos in dumpfer Verzweiflung.

So war es denn also geschehen. So war es denn schon jetzt geschehen. Er konnte nicht mehr arbeiten.

Er umkreiste nur den einen Gedanken: Er konnte also

nicht mehr arbeiten. Und ganz langsam und ganz matt machte er sich klar, wie das gekommen war – Tag für Tag und Nacht für Nacht. Ruhig und ganz matt sah er das alles vor sich: das blaue Zimmer und das hohe Bett mit den drei Stufen und sich und sie. Den gelben Saal mit dem Ruheplatz hinter dem Schirm und die Porträts und sich und sie; die Treppe, auf der die Lampe ausging, und sich und sie...

Und den Garten, in dem er immer wieder umgekehrt war.

Und nun war alles vorbei. Nun erntete er die Früchte.

Er wußte es.

Seine Gedanken wanderten in derselben trägen Weise weiter. Aber wie er zugrunde gerichtet war, konnte er auch sie zugrunde richten. Ja, das konnte er.

Er konnte eines Nachts dorthin gehen und sich die Tür aufschließen. Und wenn er dann dort war, bei ihr, mit ihr – und wieder machten seine Gedanken halt, und er sah das blaue Gemach und sich und sie –, dann konnte, dann wollte er klingeln, das ganze Haus zusammenklingeln, bis ihr Mann und die Diener und die Mädchen, alle zusammenliefen und sie sahen – *sie.*

Ja, das konnte er!

Und nackt sollte sie sein, entblößt sollte sie sein – wie er sie jetzt vor Augen hatte –, in Schmach und Schande entblößt.

Ja, das wollte er.

Und plötzlich sagte er, wie er das vor sich sah, noch einmal: „Ja, das will ich – jetzt!"

Alle Ruhe verließ ihn. Warum sollte er es nicht tun? Jetzt wo der Plan noch frisch, sein Zorn noch neu und seine Gedanken stark waren? Ja, er wollte es jetzt tun.

Und schnell, ohne Licht anzuzünden, begann er seine Kleider zusammenzusuchen, sie anzuziehen – ohne Geräusch, um Adolf nicht zu wecken –, während er es ständig vor sich sah: sich selbst und sie in dem blauen Zimmer, mitten in dem blauen Zimmer sich und sie. Dort sollte es geschehen.

Er stieß in der Eile an einen Stuhl, und plötzlich blieb er still auf dem Bett sitzen, voller Angst, daß Adolf erwachen könnte. Er durfte nicht aufwachen.

Dann zog er sich lautlos, mit angehaltenem Atem weiter an.

Er wollte jetzt fort – er mußte fort!

Er trat zu hart auf und mußte wieder innehalten.

Adolf drehte sich im Bett herum und murmelte: „Was zum Teufel gibt's denn?"

Und dann sagte er: „Wo willst du hin?"

Fritz antwortete nicht. Halb angekleidet warf er sich unter die Bettdecke, um sich zu verbergen – und er zitterte plötzlich, wie ein ertappter Dieb.

Und bald darauf, als er wieder Adolfs ruhige Atemzüge vernahm, begann er abermals, sich weiter anzukleiden, während er jedoch im Bett liegenblieb: in fortwährender zitternder Angst, als stehle er seine eigenen Kleider.

Nun war er wieder auf. Er tastete sich vorwärts, lächelte, weil er jedes Anstoßen vermied, indem er an der Wand entlangging – ohne zu atmen, listig, wie ein Trinker, der sich ungesehen zu seiner Flasche schleicht.

Und es gelang ihm, die Tür zu öffnen und wieder zuzumachen und hinaus- und hinunterzukommen, indem er noch immer schleichend dahinwanderte...

Und ihm war bewußt, daß er schamlos sei, wie ein Hund. Und er sagte: Morgen kann ich also auch nicht arbeiten. Und er wußte: Gut – also ganz ins Verderben hinein!

Und er lief – lief nur immer schneller, an den Häusern entlang, in ihrem Schatten...

Zu Hause hatte ihn niemand gehört – außer Aimee.

Sie folgte ihm – glitt die Treppe hinab, zum Hause hinaus, hinüber auf die andere Seite der Gasse...

Wie zwei Schatten, die einander jagten, verfolgten sie sich durch die stillen Straßen.

So erreichte Fritz das Palais und das kleine Gitter; nun war er drinnen, nun erstarb sein Schritt... Aimee stand in einer Türöffnung verborgen, den Fenstern des Palais gegenüber.

Sie sah ein Licht sich an den Fenstern des ersten Stocks entlang bewegen. Sie sah zwei Schatten hinter den Spitzenvorhängen dahingleiten: Das waren sie!

Das Licht kam zurück, sie sah den Schatten wieder – dann

wurde es ausgelöscht... Nur ein bläulicher Schein leuchtete still hinter dem letzten Fenster: Dort waren sie – dort hinter den Scheiben, das waren sie.

Mit angehaltenem Atem, in der Qual der Eifersucht starrte Aimee nach diesen Scheiben hin: Alle, alle diese Bilder kamen und marterten sie zu gleicher Zeit.

All die Bilder, die die letzte Qual der Verlassenen sind und die vor ihr, dem Akrobatenmädchen, auftauchten, obschon sie noch keusch war – es war, als würden sie von lebenden Händen auf diese Scheibe gezeichnet, hinter der er war, hinter der sie sich befanden.

Und ihr ganzes Leben, das in Aufopferung verlebt war; ihr ganzes Dasein, das milde Hingebung gewesen; alles, was sie gedacht hatte, jeder ihrer zärtlichen Gedanken, jeder gemeinschaftliche Plan – alles sank vor diesen Bildern gleichsam in den Boden, diesen Bildern der beiden Körper.

Ihr ganzes Leben, Stück für Stück, Erinnerung für Erinnerung, Gedanke für Gedanke zerbrach, wurde verschlungen, vernichtet und schwand in dem einzigen: dem Sehnen, dem Sehnen der Verlassenen...

Es blieb nichts übrig: nicht ihre Hingebung, nicht ihre Zärtlichkeit, nicht ihre Opferwilligkeit – nichts... Alles wurde in ihrem Unglück herabgewürdigt, in ihrer Verlassenheit verdorben, fiel in seine Ursprünglichkeit zurück:

In den Trieb – den allmächtigen, alles vernichtenden Trieb.

Stunden vergingen.

Dann öffnete sich die Gittertür und fiel wieder ins Schloß.

Das war er!

Und in einem neuen Anfall verzweifelter Qual sah Aimee ihn grau in dem grauenden Tag langsam an sich vorbeigehen.

7

„Aimee", sagte Luise in einem Ton, als wollte sie sie aufwecken, „schläfst du?"

Aimee hob nur den Arm – merkwürdig langsam – und ihre langen Haare auf.

„Man sollte es fast meinen", sagte Luise.

Und Aimee saß wieder vor ihrem Spiegel, in dem sie ihr

eigenes Bild sah – ohne sich zu rühren –, als wenn zwei Schlafende mit offenen Augen einander anstarren.

Langsam zog sie ihre Bluse an, stand auf und ging hinaus – mit demselben seltsamen Blick, als folge sie einer unsichtbaren Erscheinung, und mit dem Gang eines Automaten, als sei die Seele in ihrem toten Körper in Schlummer gesunken.

Luise folgte ihr, und sie gingen beide hinaus in den dunkeln Raum, in dem Fritz bereits auf der Schaukel wartete.

Es war, als habe Aimee niemals so sicher gearbeitet wie heute; wie in mechanischem Tempo machte sie ihre Griffe, ließ los und flog.

Sie arbeitete wieder mit Fritz, und es war, als wirke ihre Ruhe auf ihn zurück; wie die toten Räder und Teile einer Maschine trafen sie sich, trennten sie sich und trafen sich wieder. Und wieder ruhten sie in den gegenüberhängenden Schaukeln.

Es war, als sähe Aimee in dem ganzen weiten Raum nur das, beständig nur das: seinen Körper.

Diesen spielenden Körper, die bewegte Brust, den atmenden Mund, die heiß klopfenden Adern – das alles konnte still und kalt werden.

Still und ganz kalt.

Die springenden Muskeln, die Hände, die sie ergriffen, der Nacken, in dem das Leben saß – alles würde still und kalt werden.

Die Arme unbeweglich und die Muskeln wie Stein, die Stirn kalt und der Hals tot und die Brust hoch und still.

Arme und Beine und Hände – tot.

Sie arbeiteten wieder. Sie flogen und trafen sich.

Jede Berührung stachelte sie an; wie warm er auch anzufühlen war, würde er doch kalt werden, wie sehr auch alles an ihm bebte, würde er doch so still werden.

Sie dachte nicht mehr an das Warum. Sie dachte nicht mehr an sich. Sie sah nur das Todesbild, sie sah das, was sie sah.

Ihn – kalt und still.

Und gleich einem Geistesgestörten, der seiner geheimen Manie folgt, wurde sie schlau und falsch. Wie ein Morphiumsüchtiger, der seine Lust befriedigen will, wurde sie überaus erfindungsreich.

Sie bekam die Zähigkeit des Monomanen, der stets nur an eines denkt.

Sie suchte Fritz, den sie lange scheu gemieden hatte.

Als die Probe zu Ende war, fing sie an, allein zu arbeiten. Sie übertrug all die Übungen der unteren Schaukel auf die Kuppel. Sie rief zu Fritz hinunter, und sie hielt ihn in der Manege zurück, indem sie ihn ausfragte und ihn um seinen Rat bat – einschmeichelnd, wie ein Lehrling seinen Meister.

Sie wagte alles dort oben in der Kuppel. Sie spielte mit dem Tode. Dreist lockte sie ihn.

Sie beobachtete seine Unsicherheit, als wollte sie sie messen. Sie suchte Hilfe in seiner Kraftlosigkeit, die er verbergen wollte. Sie versuchte das Gewagteste, und sie rief: „Wir werden schon zeigen, was wir können! Wir werden uns nicht überflügeln lassen!"

Sie reizte ihn. Er erteilte ihr Ratschläge. Er kletterte an den schwebenden Seilen zu ihr in die Trapeze hinauf.

Sie floh gleichsam vor ihm zwischen den rasselnden Schaukeln. Sie schwang sich von Trapez zu Trapez über die gähnende Tiefe.

Und wie von unwiderstehlicher Macht getrieben, begann er es ihr nachzumachen, während sie ihn mit ihren Rufen anfeuerte. Sie hatte gleichsam die Kraft des Fiebers in ihrem heftig angespannten Körper, er wandte seine letzte Kraft an, wie im letzten Lebenskampf.

Sie schrie: „Ça va – ça va!"

Er schwang sich vor und griff. „Ça va – ça va!"

Die Artisten, die aus und ein gingen, blieben in der Manege stehen und sahen zu.

Er wurde noch eifriger. Er wagte alles, was sie wagte. Von Schaukel zu Schaukel flog sie vor ihm her – wild, mit fliegendem Haar, als zeige sie ihm den Weg.

Sie trafen sich und griffen sich. Ihr Körper war kalt, als umfingen ein Paar Marmorarme seinen heißen, zitternden Leib.

Dann hörte sie auf, er aber setzte die Übung fort. Sie saß zusammengekrochen in ihrer Schaukel und stachelte ihn durch gedämpfte, gleichsam knurrende Zurufe an – sie saß im Dunkeln und betrachtete ihn.

Fritz stöhnte und ergriff im Niedersausen das schwingende

Seil: Es sah aus, als stürze er hinab – hinaus in das große Dunkel.

Aimee blieb auf ihrer Schaukel sitzen; sie hörte, wie er dumpf ins Netz fiel. Dann ertönte sein Schritt in der weichen Erde der Manege – Tritte, die schnell erstarben.

Es war ganz dunkel. Nur von der Kuppel her kam gedämpftes Licht. Der ganze ungeheure Raum lag im Schweigen da.

Noch immer saß Aimee zusammengekrochen auf dem Trapez zwischen Netz und Seil. Dann erhob sie sich. Die Haspen der Schaukeln und Schnüre rasselten leise.

Sie wurden emporgehoben und geprüft.

Wie ein Schatten machte sich Aimee im Dunkeln zu schaffen – eifrig, wie in einer Werkstatt.

Die Messingknöpfe der Schaukel leuchteten, als wären es Katzenaugen.

Sonst war es ganz dunkel.

Leise schlugen die Seile der Schaukeln aneinander.

Sonst war es ganz still.

Lange machte sich Aimee in der Kuppel zu schaffen.

Dann ertönte eine laute Stimme unten aus dem Dunkel der Manege.

Es war Fritz. Er rief: „Aimee! Aimee!"

„Ja, ich komme!" lautete die Antwort.

Aimee erfaßte das rechte Seil. Langsam glitt sie hinab, als schwebe sie einen Augenblick schweigend über ihm, der unten wartete.

„Ich komme", sagte sie wieder und war bei ihm.

8

„Die vier Teufel" sollten Benefiz haben.

Es war am Abend vorher – nach der Vorstellung. Das Publikum ging vom Zirkus nach Hause.

Adolf klopfte an Aimees und Luises Tür, und sie gingen alle vier den Gang entlang.

Keiner von ihnen sprach ein Wort, und still setzten sie sich an ihren gewöhnlichen Tisch im Restaurant. Die Seidel wurden gebracht, und sie tranken schweigend. Es war, als führe Aimee selbst die kleinste Bewegung – schon wenn sie das Glas anfaßte – mit Überlegung aus und so langsam, als wolle sie alles, selbst das Geringste, abmessen.

In dem Restaurant ging es lärmend zu. Bib und Bob feierten ihren Geburtstag, und ein Kreis von Artisten setzte sich um ihren Tisch.

Einer machte Taschenspielerkunststücke, und der Clown Trip ahmte den Esel Rigolo nach, indem er sein Hintergestell hin und her drehte.

Die „Teufel" blieben allein für sich in ihrem Winkel sitzen.

Still verschwanden die Ballettdamen, die wartend an den Wänden gesessen hatten – sie wurden von eiligen Herren abgeholt. An einem Seitentisch spielten die Agenten Karten.

Die Clowns fuhren fort, Lärm zu machen. Einer von ihnen spielte auf der Okarina, und ein halbes Dutzend Cri-cris antworteten. Der Clown Tom überreichte als Geburtstagsgeschenk dem Kollegen Bob einen Kohlkopf, der mit Schnupftabak gefüllt war, und alle begannen zu schnupfen und zu niesen, wie im Chor zu schnupfen und zu niesen, während die Cri-cris schrien. Oben auf dem Tisch imitierte der Clown Trip noch immer Rigolo mit seinen Drehungen und Windungen.

Die „Teufel" saßen noch immer still.

Der „Plakatmann" kam mit dem Kleistertopf und der Tasche herein und schlug an den beiden Tafeln die Programme für morgen an. Der Name „Les quatre diables" stand dreimal darauf.

Adolf erhob sich, ging hin und betrachtete das Programm. Er bat einen der Agenten, es ihm zu übersetzen, und der Agent stand vom Spieltisch auf und übersetzte langsam aus der fremden Sprache, während Adolf zuhörte:

„Indem wir ein hochgeehrtes Publikum und alle unsere Gönner versichern, daß wir zu dieser unserer Vorstellung alles aufbieten werden, zeichnen wir ehrerbietigst

Les quatre diables."

Adolf nickte, indem er Wort für Wort den fremden Text verfolgte. Dann kehrte er an den Tisch zurück und starrte nach dem Plakat mit seinen merkwürdigen Buchstaben hin, maß es mit zufriedenem Blick und sagte: „Schöne Buchstaben." Und Luise und Fritz standen auch auf und gingen hin und besahen es – einer nach dem andern.

Die Cri-cris kreischten, als sollten alle Trommelfelle gesprengt werden. Der Clown Tom musizierte, indem er kleine Pfeifen in seinen aufgerissenen Nasenlöchern anbrachte.

Auch Aimee hatte sich erhoben. Sie stand still hinter Fritz und Luise, während der Agent immer wieder dieselben Worte übersetzte:

„... zeichnen wir ehrerbietigst
Les quatre diables."

Luise lachte, da sie sich mit der fremden Sprache fast die Zunge zerbrach; und sie begannen sich über die Buchstaben und Laute lustig zu machen, die der Agent ihnen vorsprach, diese merkwürdigen Laute, indem sie beide denselben Satz nachspotteten: „... zeichnen wir ehrerbietigst ..."

Es klang so komisch, daß die andern hinzukamen; und sie begannen alle – die Clowns und die Gymnastiker und die Damen –, zu lachen und zu rufen und nachzuspotten, laut, jeder in seiner Sprache, wobei alles im Lachen ertrank – dieselben Worte in einem großen, lauten, spottlustigen Chor:

„... zeichnen wir ehrerbietigst
Les quatre diables."

Die Cri-cris schrien. Hoch oben auf zwei Tischen wand sich Trip in seinen Rigolo-Drehungen.

Da lachte auch Aimee, laut und lange – als letzte von allen, während ganz allmählich der Lärm nachließ.

Die Teufel kehrten auf ihren Platz zurück. Adolf holte Geld heraus und legte es neben die Seidel. Dann standen die drei auf, Fritz aber blieb sitzen. Er wollte noch nicht nach Hause.

„Gute Nacht", sagten Adolf und Luise.

„Gute Nacht", erwiderte Fritz nur und rührte sich nicht.

Aimee blieb stehen; einen Augenblick betrachtete sie ihn, maß ihn, als litte sie noch einmal bei dem Gedanken an diese letzte Nacht.

„A demain, Aimee", sagte er.

Langsam wandte sie den Blick von ihm ab. „Gute Nacht!"

Sie ging in den großen Gang hinaus. Hier war es dunkel. Die Laterne des Zettelklebers stand am Boden – das gelbe Papier des Plakats leuchtete ihr in dem Lichtschein entgegen. Die beiden andern warteten bereits vor der Tür. Sie folgte ihnen allein.

Zwischen den hohen Häusern war es tot und still.

Aimee betrachtete die großen Steinmassen mit den Fenstern darin, ihren Augen, den fremden Augen. Der Himmel war hoch und klar. Aimee blickte zu den Sternen empor, von denen man sagte, daß sie Welten seien, andere Welten.

Und dann schaute sie wieder auf die Häuser und Türen und Fenster und Laternen und Pflastersteine – als sei jedes Ding ein merkwürdiges Wunder, das sie zum ersten, einzigen Mal sehe.

„Aimee", rief Luise.

„Ja, ich komme."

Wieder starrte sie nach den langen Häuserreihen hin, die dunkel und verschlossen dalagen – Steinhaus an Steinhaus –, zwischen denen ihre Schritte erstarben...

Hinter ihr schrien die schmetternden Cri-cris, und sie hörte die Clowns lachen.

„Aimee", rief Luise wieder.

„Ja."

Aimee holte sie ein. Die beiden standen Arm in Arm unter dem Schein einer Laterne und warteten auf sie.

Luise warf den Nacken zurück und blies den Atem leicht in die Luft hinaus. „Mein Gott", sagte sie, „kommst du denn nicht mit?"

Und wie sie, auf Adolfs Arm gelehnt, im Licht der Laterne dastand, blickte sie die tote und unbekannte Straße hinunter, aus der sie soeben herkamen und deren Halbdunkel sich hinter ihr schloß.

„So eine Gasse finde ich gemütlich!" sagte sie.

Und sie begann wieder lachend die drei hochkomischen Worte nachzusprechen: zeichnen wir ehrerbietigst, und Aimee sagte dann, indem sie noch ein letztes Mal den Blick die tote Gasse entlang schweifen ließ: „Ja, wie die wohl heißen mag?“

„Ach“, meinte Adolf, „man passiert so viele Gäßchen.“

Und sie gingen weiter – in die nächsten Häuserreihen hinein.

Fritz war sitzen geblieben. Die andern, die am Clowntische, luden ihn zu einem Glase ein. Er schüttelte aber nur den Kopf. Und einer der Clowns rief: „Ach, er hat etwas Besseres vor – gute Nacht.“ Und alle lachten.

Die andern erhoben ihre Gläser und fuhren fort zu lachen. Bib und Bob hatten sich eine Angel gemacht und angelten alle Hüte der Artisten von den Kleiderhaken herunter.

Fritz stand auf, ging zur Tür hinüber, die nach der Straße offenstand, und setzte sich an einen Tisch draußen auf dem Vorplatz unter ein paar Lorbeerbäume.

Eine unendliche Langeweile, ein namenloser Ekel hatte ihn überkommen.

Er sah die flüsternden Paare, die auf und ab gingen und sich aneinanderdrückten. Im Dunkeln schnäbelten sie sich und lachten verliebt. Die Frauen drehten sich wollüstig, und die Männer scharwenzelten und spreizten sich voreinander, wie die Tiere des Feldes, die sich paaren wollen...

Plötzlich lachte Fritz kurz und scharf auf.

Er dachte an den Clown Tim, den sie den Herrn mit den Hunden nannten – ja, Tim hatte recht.

Und Fritz sah diesen Tim vor sich mit seinem stillen, unbeweglichen, traurigen Gesicht, das wie eine Bildsäule aussah, mit dem feinen, roten, geschweiften und schwermütigen Munde – dem Munde eines Weibes.

Fritz sah ihn daheim in seinem Logis, in der großen Stube, in der er ein ganzes Haus für seine Hunde aufgebaut hatte – ein zweistöckiges Haus, in dem alle Hunde wohnten, übereinander...

Dort lagen die Tiere, jedes in seinem Raum für sich, still, den Kopf durch die Öffnung hinausgestreckt, und starrten nur immer vor sich hin mit Augen, die ebenso traurig waren wie die Tims.

Und Tim saß mitten unter ihnen.

Was für eine stille Gesellschaft das war!

Alle Hunde waren kastriert.

Eines Tages kam Fritz zu Tim, der ein neues Tier angeschafft hatte. Blutig und verstümmelt lag es auf einer Decke.

„So", sagte Timm und sah mit seinen trüben Augen auf den wunden Hund, „dieses Tier ist nun menschlicher als ein Mensch..."

Ja, Tim hatte recht: Die Menschen sind Tiere. Es gibt keinen Unterschied zwischen den Geschöpfen dieser Erde. Wurden wir nicht alle in einer Blutlache geboren, und sterben wir nicht in einem Pfuhl von Gestank?

Und die Augenblicke des Lebens, in denen wir *leben*, sind tierisch, wie unser Anfang und Ende tierisch ist.

Fritz beobachtete noch immer die girrend vorbeispazierenden Liebespaare, und ihn ergriff eine entfesselte, vernichtende Wut gegen diese Stolzierer, Augenverdreher, Heuchler.

Tiere sind sie – Tiere, die sich befriedigen wollen.

Toren sind sie; Toren sind wir alle.

Wir hegen und pflegen uns, wir arbeiten – mit tausendfältiger Mühe. Wir geben Tage, Jahre, unsre Jugend, unsre Kraft, die Frische unsres Hirns hin – und eines Tages erhebt das Tier sich in uns, das Tier, das wir nun einmal sind.

Fritz lachte. Und er betastete unwillkürlich diesen seinen Körper, den er ein ganzes Leben lang gepflegt und in einem Vierteljahr zugrunde gerichtet hatte.

Ein Artist kam durch die Tür heraus. Er wartete einen Augenblick, dann kam auch seine Frau, und sie watschelten auf dem Trottoir davon.

Fritz sah ihnen nach und lachte weiter.

Und dann die, die sich verheirateten. Verloren die nicht ihre Körper? Die sich für Lebenszeit paarten, die ihr tägliches Brot aßen und der Fortpflanzung dienten?

Wie dicke Drohnen schwollen sie auf und legten sich einen Bauch zu bei ihrem regelmäßigen Leben! Und zogen Kinder auf zur Fortsetzung dieses Lebens.

Toren – Toren!

Fritz blieb sitzen und starrte zu den auf und ab wandernden Paaren hin. Sie wurden immer zärtlicher. Ihre Tändeleien wurden immer anzüglicher. Sie suchten den Schatten auf und feilschten immer unverblümter.

Drinnen lärmten die Clowns. Die Cri-cris schrien. Es klang über alle Köpfe hin, in alle Gesichter hinein, zu all diesen Paaren hinüber – wie ein Triumphgesang der Dummheit.

Fritz stand auf.

Er schleuderte ein Geldstück auf den Tisch.

Dann ging er.

Drinnen in der Restauration wuchs der Lärm. Sie brüllten, schrien und lachten.

Trip begann zu singen. Und alle fielen pfeifend, schreiend und kakelnd ein – mit Clowngrimassen, mit Gebärden aus der Manege, mit verdrehtem Munde sangen sie:

„Amour, amour,
oh, bel oiseau,
chante, chante,
chante toujours."

Draußen auf dem Vorplatz blieb man stehen. Die Paare sahen durch die Fenster hinein, lehnten sich aneinander und lachten.

Dann summten sie immer zu zweien die Melodie der Clowns. Bis weit hinaus in die Dunkelheit hörte man sie summen:

Amour, amour,
oh, bel oiseau,
chante, chante,
chante toujours.

Fritz war auf den Platz hinausgekommen. Drinnen sah er die verrückten Clowns, draußen die Liebespaare die Köpfe leicht im Takt bewegen.

Und plötzlich begann der Akrobat zu lachen; an eine Laterne gelehnt, lachte und lachte er – wild, wahnsinnig, ohne sich beherrschen zu können.

Da kam ein Vertreter der Ordnung auf ihn zu und starrte diesen Herrn im Zylinderhut an, der die öffentliche Ruhe störte.

Aber der Herr lachte nur weiter, daß er sich selbst schüttelte, indem er zu singen versuchte:

„Amour, amour,
oh, bel oiseau,
chante, chante,
chante toujours."

Da fing auch der Wächter der Ordnung zu lachen an – ganz urplötzlich, ohne zu wissen, warum.

Aber drinnen fuhren sie fort:

„Amour, amour,
oh, bel oiseau,
chante, chante,
chante toujours."

Fritz drehte sich um. Er ging – *dorthin*!

9

Noch einmal erdröhnte der Beifall, und Luise erschien wieder.

Dann begannen die Stallmeister, das große Netz zusammenzuziehen. Es klang, wie wenn das Großsegel gehißt wird, während die Musik schwieg.

„Herr Fritz und Mademoiselle Aimee werden den großen Sprung ohne Netz ausführen."

Ein paar Stallknechte harkten mit großem Eifer den Sand der Manege glatt. Dann war alles fertig. Wie eine salutierende Garde warteten die Stallmeister, als der „Liebeswalzer" ertönte.

Amour, amour,
oh, bel oiseau,
chante, chante,
chante toujours.

Fritz und Aimee kamen Hand in Hand herein. Grüßend verneigten sie sich unter den zugeworfenen Blumen. Dann schwangen sie sich hinauf an den langen wartenden Seilen.

Die Augen Tausender folgten ihnen.

Nun waren sie oben. Eine Sekunde ruhten sie, Seite an Seite.

Wie ein Schauder durchfuhr es die Menge, als Fritz losließ und dahinflog – ein Schauder, der wie über einen einzigen Körper hinzitterte.

Aber niemals hatten sie sicherer gearbeitet. In der atemlosen Stille griffen ihre Hände fest um die rasselnden Schaukeln.

Fritz flog hin und zurück.

Aimees Augen hingen an ihm – groß und mattglänzend, wie ein paar Lampen, die bald erlöschen werden.

Der Walzer schwoll an, und das Spiel der Schaukeln wurde heftiger.

Wie aus atembeklemmter Brust kam der angsterfüllte Beifall.

Amour, amour,
oh, bel oiseau,
chante, chante,
chante toujours.

Nun löste Aimee ihr Haar, als wollte sie sich in einen dunklen Mantel einhüllen; aufgerichtet wartete sie in der Schaukel vor Fritz.

Die großen Sprünge begannen.

Sie flogen, sie sausten dahin. Wie der Schrei der Vögel übertönten ihre Kommandoworte die Musik, und es war, als wenn die Gedanken aller sich verwirrten.

„Aimee, du courage!"

Er flog wieder.

„Enfin du courage!"

Er griff wieder zu.

Aimee sah nur ihn – seinen Körper; es war ihr, als leuchtete er. Der Beifall ertönte wieder dröhnend! Der Walzer schwoll an, er jubelte förmlich.

Fritz wartete auf sie.

Aimee wußte nichts weiter, als daß sie plötzlich ihre Hand emporhob und, sich weit von der schwebenden Schaukel hinausschwingend, die Haspe löste, an der sie hing.

Und Fritz flog daher.

Sie sah nichts mehr, und es ertönte kein Schrei.

Nur ein Geräusch, als fiele ein Sandsack auf den Boden der Manege, als sein Körper niederfiel.

Ein Tausendstel eines Augenblicks wartete Aimee auf ihre Schaukel. Sie wußte erst jetzt, daß der Tod eine Wollust ist – dann ließ sie los, schrie auf und stürzte hinab.

Im Zirkus war es totenstill geworden.

Als würden alle Fesseln gesprengt, waren Hunderte vor Entsetzen geflüchtet. Männer setzten über die Barrieren und liefen davon, Frauen strömten in den Eingängen zusammen und flüchteten.

Niemand wartete, alles floh. Der Schrei der Frauen klang, als würden sie mit Messern gestochen.

Drei Ärzte liefen herbei und knieten bei den Leichen nieder.

Dann war es still geworden. Als wenn sie sich verbergen wollten, schlichen die Artisten in ihre Garderoben, ohne sich auszuziehen. Bei jedem Laut fuhr man zusammen.

Ein flüsternder Stallknecht trat zu den wartenden Ärzten, sie hoben die Leichen auf und legten sie in dasselbe Segeltuch.

Stumm trugen sie sie hinaus – durch den Gang und den Stall, wo die Pferde in ihren Ständen unruhig wurden. Die Artisten folgten, ein seltsamer Trauerzug – in den mannigfaltigen Kostümen der Pantomime.

Der große Rüstwagen wartete.

Adolf stieg hinauf und legte sie dort im Dunkeln beide, zuerst Aimee und dann den Bruder, nebeneinander hin. Ihre Hände fielen so dumpf auf den Boden des Rüstwagens nieder.

Dann fiel die Tür zu.

Man vernahm wieder einen Schrei, eine Frau stürzte vor und klammerte sich an den Wagen. Das war Luise; sie trugen sie langsam fort.

Ein Kellner des Restaurants lief den langen, öden Gang entlang – voller Angst, wie in Gespensterfurcht inmitten all der Helligkeit.

Er schrie nach einem Arzt.

Eine Dame läge im Restaurant in Krämpfen.

Einer von den drei Ärzten eilte herbei, und es wurde nach einem Wagen gerufen.

Er fuhr vor – mit prangendem Wappen auf dem Schlag, und eine Dame wurde, von einem Arzt gestützt, hinausgeführt.

Ihre Equipage mußte einen Augenblick halten. Der Rüstwagen versperrte die Gasse.

Dann konnte die Equipage weiterfahren.

Auf den Straßen war viel Licht und Gedränge. Zwei junge Leute waren unter einer Laterne stehengeblieben. Mit frohen, forschenden Blicken schauten sie über den großen Platz hin.

Zwei andere kamen hinzu und erzählten von dem „Ereignis".

Es wurde etwas geflucht, und man erklärte mit vielen Handbewegungen. Dann zogen die beiden Neuigkeitsapostel weiter.

Die beiden anderen Herren blieben stehen.

Der eine von ihnen schlug mit dem Stock auf die Pflastersteine.

„Ja", sagte er, „mon dieu – pauvres diables!"

Und gleich darauf begannen sie wieder, die Augen auf das Menschengewimmel gerichtet, zu summen:

Amour, amour,
oh, bel oiseau,
chante, chante,
chante toujours.

Die Stöcke mit den Silberknöpfen blinkten. Die jungen Männer schlenderten in ihren langen Mänteln weiter.

Amour, amour,
oh, bel oiseau,
chante, chante,
chante toujours.

Es ging gerade an diesem Abend sehr lebhaft auf dem Platz zu.

Gustaf af Geijerstam

Ein Entgleister

In glitzerndem Sonnenschein kam das kleine Dampfboot von Kalmar her über den Sund und legte bei Färjestaden auf Öland an. Viele Leute stiegen aus, Bauern und alte Bauersfrauen, Knechte und Mägde. Ein Handelsreisender mit deutschem Akzent ließ ein paar Kisten mit Warenmustern an Land tragen und bestellte im Gasthof einen Wagen. Gesetzt und lächelnd ging ein alter Pfarrer zu einer bespannten Gig, die unten am Kai wartete, stieg auf und fuhr im gemächlichen Trott den Höhenzug hinan, dessen steile Kalksteinfelsen sich fast an der ganzen westlichen Seite der Insel entlangziehen.

Als sich alle Fahrgäste verlaufen hatten, stand noch ein einsamer Mann auf der Anlegebrücke. Seine Kleider waren zerschlissen, auf einer Seite des Rockes war ein großes Loch gerissen, und das Hemd, das zwischen dem Wolltuch und der Weste hervorsah, war schmutzig und grau. Auf dem Kopf trug er einen runden, spitzen Filzhut. Neben ihm lag ein kleiner Sack, der mit einer Schnur zusammengebunden war und Kleidungsstücke enthalten mochte.

Es schien ein junger Mann zu sein. Er konnte ungefähr vierundzwanzig oder fünfundzwanzig Jahre alt sein; sein Bart war noch nicht voll ausgewachsen, aber sein Gesicht, kräftig von der Sonne verbrannt, war so eigentümlich mager wie nach großen Entbehrungen. Seine ganze Gestalt war hager und sehnig; die langen Hände und Handwurzeln, die aus den kurzen Ärmeln hervorsahen, ließen seine Kraft erkennen, auch wenn sie wie jetzt schlaff herunterhingen.

Er schien über irgend etwas nachzudenken. Unschlüssig stand er auf der Brücke, ging ein paar Schritte vor und zurück, warf wie träumend einen Blick über den dunkelblauen Sund, wo die Wogen, von einer kalten nördlichen Brise getrieben, heranrollten, und er stampfte ein paarmal auf, als ob er fröre. Zuletzt nahm er das Bündel, hob es mit seinem Stock auf den Rücken und wanderte langsam zum Gasthof hin.

Am Gattertor verhielt er von neuem und schien mit sich selbst zu Rate zu gehen. Darauf wandte er sich um und folgte dem Weg, der zur Felsenhöhle hinaufführte.

Langsam und gleichgültig ging er vorwärts. Es war Frühling, der Schnee war geschmolzen, am Wegrand wuchs Huflattich, und die Anemonen trugen blaßgrüne Knospen. Dunst stieg von der weichen Erde auf, aber der Wind war kalt, und es knarrte in den alten Weiden, die am Wege standen.

Der Wanderer ging an den Häusern vorbei, ohne in eines einzutreten. Schließlich verhielt er vor einem rotgestrichenen Bauernhof, und nach einigem Zögern öffnete er das Gatter. Böses Hundegekläff erscholl von der Treppe her; ein roter, kurzhaariger Hund stürzte dem Eintretenden entgegen. Er schützte sich, indem er auswich, den Hund lockte und ein Stück vor der Treppe unsicher stehenblieb. Als der Hund nicht aufhörte zu bellen, ging er langsam die Treppe hinauf, der Hund, der knurrend an seinen Kleidern schnüffelte, hinter ihm.

Durch die geschlossene Tür, die zur Küche führte, war Kindergeschrei zu hören und eine singende Stimme. Der Wanderer klopfte an, bekam aber keine Antwort. Nachdem er ein paar prüfende Blicke auf die verschiedenen Türen geworfen hatte, entschloß er sich, eine zu öffnen und einzutreten. Sein Bündel legte er ab, dann trat er mit dem Hut in der Hand in seltsam gekrümmter Haltung über die Schwelle. Der Hund blieb bei dem Bündel, das auf der Treppe lag.

Da der Landstreicher eintrat, verstummte der Gesang, und eine hochgewachsene Frau kam ihm entgegen.

„Ich wollte fragen, ob ich mich hier eine Weile ausruhen dürfte", sagte er.

Ja, das ginge wohl.

Der Wanderer setzte sich still bei der Tür nieder, und seine Blicke flogen gierig durch den Raum. Die Frau, die vor einer Wiege saß, nahm das Kleine wieder auf die Knie, um es sacht einzulullen. Das Kind hatte zu schreien aufgehört und sah mit seinen kleinen Augen auf den Fremden.

„Ihr könnt mir wohl nicht ein bißchen Essen geben?“ fragte er schließlich. „Ich habe heute noch nichts gegessen.“

Die Bauersfrau seufzte.

„Es kommen so viele hier herein“, sagte sie.

Der Mann antwortete nicht, aber er wiederholte seine Frage mit den Augen. Die Frau legte das Kind in die Wiege und ging zum Herd. Aus einem Topf nahm sie ein paar kalte Kartoffeln, legte sie auf einen Teller, den sie dem Hungrigen vorsetzte, und ging dann nach einem Stück Brot und einem Krug, den sie mit Milch füllte.

Der Landstreicher aß, ohne die Wirtin anzusehen. Es war ganz still im Raum. In der Wiege schlief das Kind.

„Wo kommt Er her?“ fragte die Hausfrau schließlich.

„Von Kalmar“, gab der Mann einsilbig zurück.

„Ist Er da geboren?“

„Nein.“

„Konnte Er denn dort keine Arbeit finden?“

„Nein. Es steht jetzt schlecht mit der Arbeit.“

Als er fertig war mit essen, saß er lange still. Die Bauersfrau begann sich schon zu ängstigen, weil sie mit einem Landstreicher allein in der Stube war.

„Hier wäre wohl nichts zu machen?“ sagte er endlich. Die Stimme klang gleichgültig, als sei er gewohnt, die Frage zu stellen und die Antwort im voraus zu kennen.

„Ich glaube es nicht“, erwiderte die Frau einsilbig.

Der Landstreicher stand auf, ohne zu antworten, und ging zur Tür. Plötzlich wandte er sich um, als ob er etwas vergessen hätte.

„Gesegnete Mahlzeit“, sagte er.

„Danke“, antwortete die Bauersfrau.

Er nahm das Bündel auf den Rücken und ging, während ihm der Hund bis zum Gattertor folgte. Ohne sich umzusehen, zog er den Weg weiter, der mitten über Öland führt, von der westlichen Küste zur östlichen.

Wieder schritt er an mehreren Höfen vorbei; er dachte nicht einmal daran, hineinzugehen. Sein Aussehen war noch trauriger und gleichgültiger als vorher, und er blickte kaum zur Seite, wenn er an den Gebäuden vorbeikam, die vom Weg aus zu sehen waren. Er ging an ihnen vorüber, als ob sie menschenleer wären, und kümmerte sich nicht darum, ob es dort etwas für ihn zu tun gäbe oder nicht.

Mit einem Male stand er an einem Kreuzweg. In der Ferne lag die Ostsee wie ein breiter blauer Gürtel, und nach beiden Seiten erstreckte sich die große Landstraße, die an der Ostküste von Öland entlangführt. Der Wanderer dachte nach, ob er nach Norden oder nach Süden gehen sollte. Nach beiden Seiten war die gleiche einförmige Ebene zu sehen, so weit das Auge reichte. Höfe und Dörfer lagen auf der Ebene verstreut, Windmühlen streckten ihre stumpfen Köpfe und die skelettartigen Flügel in die blanke Luft, hier und da erhob sich eine Turmspitze über ihrem Dorf. Gleichsam aus Trotz entschied er sich für den weniger bevölkerten nördlichen Teil, und die See rechts lassend, schritt er über die große, kahle Kalksteinebene vorwärts.

Er blieb erst stehen, als er sich mitten in einem Kirchdorf befand. Dort ließ er sich auf ein paar Steinen nieder, die von der Kirchhofsmauer gefallen waren. Da saß er gegen den Wind geschützt und lehnte den Rücken an die Steinmauer. Ein paar leere Baumzweige hingen über die Mauerkante; vor sich hatte er eine ganze Dorfstraße, Haus neben Haus; die ziegel- oder strohgedeckten Scheunendächer versperrten den Blick auf die Wohnhäuser. Auch hier schien alles menschenleer zu sein, und unschlüssig starrte er auf die vielen Tore, die er nicht zu öffnen wagte, um nicht erneut abgewiesen zu werden.

Da fiel ihm plötzlich etwas ein.

Der Pfarrhof!

Er erhob sich, nahm das Bündel auf den Rücken und ging quer über die Straße. Dort lag ein großes, rotgestrichenes Gebäude, umgeben von einem kleinen Garten und knospenden Laubbäumen. Dieser Hof war nicht zugebaut, er lag offen und freundlich da, mit frischgegrabenen Rabatten und einem runden Platz in der Mitte. Ein grüngestrichener Zaun umgab das ganze Grundstück, und eine kleine Tür mit weißgemalten Staketenspitzen stand halb offen.

Der Wanderer schob sie vorsichtig auf und ging über den sandbestreuten Platz. Ein paar kleine Jungen mit weißen Wollmützen spielten im Sand, aber als sich der Fremde näherte, erhoben sie sich, standen still und betrachteten den Wanderer. Er nahm vor den Kleinen den Hut ab, als ob ihm das einen Vorteil einbringen könnte, und ging zur Treppe.

Da erhob der größte Junge seine Stimme. Es war ein Knirps von fünf oder sechs Jahren.

„Die Küche ist dort hinten“, sagte er und zeigte mit dem Finger.

Der Wanderer zuckte zusammen. Er warf einen Blick an seinen Kleidern herab und trat unwillkürlich einen Schritt zurück.

„Danke“, murmelte er. „Danke sehr.“

Er zog noch einmal den Hut, nahm das Bündel in die Hand und ging um den Giebel herum und eine kleinere Treppe hinauf.

Eine junge Frau in einem bescheidenen Kleid, das die Herrin andeutete, jedoch mit einem Gesicht wie ein Bauernmädchen, stand in der Küche und buk Weizenbrot. Sie trug ein weißes Tuch um den Kopf, und ihre Arme waren bloß bis weit über die Ellenbogen.

„Lina!“ rief sie, als der Landstreicher eintrat. Der Wanderer blieb in der Diele stehen, zu der die Tür offenstand. Er verbeugte sich schwerfällig und wurde rot, gedachte etwas zu sagen, daß er ihr nichts Böses tun wolle, aber brachte es nicht über sich. Er hatte gesehen, daß die Pfarrersfrau ängstlich wurde, als er kam, und das ärgerte ihn. Er wurde verlegen und stammelte etwas davon, daß er hungrig war.

„Lina!“ rief die Frau wieder, diesmal mit ungeduldiger Stimme, und sah sich ängstlich um.

Die Tür öffnete sich, und eine sommersprossige Dienstmagd kam hereingestürzt. Die beiden Frauen betrachteten den Fremdling neugierig.

„Guten Tag“, sagte die Pfarrersfrau, als sie sich gefaßt hatte. „Hol etwas zu essen und gib es ihm, Lina.“

Es wurde eine gute Abendmahlzeit, denn die junge Pfarrersfrau war gutherzig und freundlich. Sie hatte nur Angst, mit einem Mann allein zu sein, dessen Heimat auf den Landstraßen lag. Lina setzte ihm Fisch vor, der vom Mittagessen übrig war, und die Pfarrersfrau legte zwei frischgebackene Semmeln dazu.

Der Wanderer aß und wurde satt. Er vergaß das Gefühl, das beim Eintritt über ihn gekommen war, und fragte, ob er mit dem Pastor sprechen könne.

„Mit dem Oberpfarrer“, verbesserte die Frau lächelnd.

Lina verschwand, um Bescheid zu holen, und nach einer Weile ging der Wanderer wieder über den Hof, diesmal zur großen Treppe. Die Jungen hielten in ihrem Spiel wieder inne, und als der Landstreicher im Hausflur verschwand, guckten zwei neugierige Gesichter durch den Türspalt, um zu sehen, was der lumpige Kerl von Papa wollte. Aber der Pfarrer nahm ihn mit in sein Zimmer und schloß die Tür.

Er war ein breitschultriger, untersetzter Mann mit einem kleinen grauen Backenbart. Die Gesichtszüge und sein übriges Aussehen erinnerten an einen wohlhabenden Bauern. Nur das glattrasierte Kinn und die Brille deuteten darauf hin, daß er dem gelehrten Stand angehörte.

Der Wanderer blieb auf dem Teppich an der Tür stehen und sah sich scheu um in diesem Raum mit weißen Gardinen, großen Bücherregalen und Leinenmatten auf dem Fußboden. Es war so sauber und gepflegt hier drinnen, daß er keinen Schritt auf den blanken Fußboden zu tun wagte. Nicht einmal der Geruch von Tabakrauch war zu spüren. Der Fremde stand still und hielt den Hut so, daß er das Loch im Rock verdeckte.

„Du wolltest mit mir sprechen“, begann der Oberpfarrer.

„Ja“, sagte der Fremde und verbeugte sich.

„Wie heißt du?“

Es war so lange her, seit ihn jemand nach seinem Namen gefragt hatte, daß diese einfache Frage den Mann an der Tür gleichsam erweichte.

„Erik Boman“, sagte er, und in seinen blaugrauen, tiefliegenden Augen leuchtete es auf.

„Nun, Erik Boman“, wiederholte der Pfarrer aus alter Gewohnheit, als ob er mit einem seiner Gemeindekinder spräche, dem er schuldig war, mit Rat und Tat zu helfen. „Was ist dein Anliegen?"

„Ich suche eine Stellung", sagte der Lange an der Tür. „Ich habe keine Arbeit."

Der Pfarrer sah ihn mißtrauisch an und fragte: „Kannst du nicht in deinem Heimatort Arbeit finden?"

Boman sah nieder. Er verstand sofort, daß es eine schlechte Empfehlung für ihn war, wenn er zu Hause keine Arbeit hatte bekommen können. Und er antwortete mit niedergeschlagenen Augen: „Es gab keine Arbeit."

Der Oberpfarrer räusperte sich und durchquerte das Zimmer.

„Es gab keine?" fragte er.

„Nein", antwortete der Mann.

„Aber früher mußt du doch Arbeit gehabt haben?"

„Nein."

„Wovon hast du denn da gelebt?"

„Das weiß ich nicht. Ich habe oft gehungert."

Er blieb eine Weile still, während der Pfarrer auf und ab ging.

„Wo bist du zu Hause?" fragte er schließlich.

Boman nannte das Kirchspiel. Und da er nun ins Reden gekommen war, fuhr er von selbst fort: „Mein Vater war ein Kätner, aber er ist tot, und Mutter hat selbst nichts, wovon sie leben kann. Oft bekommt sie etwas von guten Menschen. Ich ging im Sommer auf Tagewerk und verdiente dann einen Schilling. Und dann lebten wir im Winter, so gut wir konnten."

Er hielt inne und holte Atem. Es war deutlich, daß die Erinnerung an diese Winter, da er mit seiner Mutter einsam in der Hütte gesessen und gehungert hatte, ihn tief ergriff.

„Der letzte Winter war schwer", sagte er.

Der Pfarrer nickte. Er erinnerte sich wohl, es war eine einsame Zeit draußen an der Ostküste von Öland gewesen, als der Schnee klafterhoch lag und alles wieder zuwehte, wenn der Weg eben freigepflügt worden war.

„Es gab ganze Tage, an denen wir kein Feuer im Herd hatten", fuhr der Mann an der Tür fort. „Manchmal glaubte ich, daß wir in der Hütte sterben würden. Ich war zuweilen so müde, daß ich es nicht fertigbrachte, den Schnee wegzuschaufeln. Ich wollte nur schlafen. Aber dann bekamen wir wieder ein bißchen, nicht wahr. Und das half für den Augenblick. Aber ich wollte das nicht noch einmal mitmachen. Nein, das wollte ich nicht."

Der Pfarrer ging in Gedanken. Im Aussehen des Mannes war nichts, das Mißtrauen erweckte. Seine Erzählung klang recht wahrscheinlich, und sein ganzes Äußeres zeugte im übrigen davon, daß er wirklich viel entbehrt hatte. Die vorgeschobenen Schultern, die hagere Gestalt, die eingesunkenen Wangen – alles deutete darauf, daß er die Wahrheit sprach. Der Pfarrer wurde immer nachdenklicher. Er selbst konnte seinem Knecht nicht den Abschied geben, um sich einen fremden zu nehmen. Er ging in Gedanken alle Haushalte im Dorf durch, die er kannte. Hier und da wußte er wohl eine Möglichkeit. Aber er fühlte zugleich, daß der Bauer keinen Mann in seinen Dienst nimmt, der auf der Landstraße gegangen kommt. Wenn er selbst die Sache in die Hand nehmen würde, könnte es vielleicht eher möglich sein. Aber er hatte das schon früher getan und war betrogen worden, und die Erinnerung ließ ihn vor einem neuen Versuch zurückschrecken. Mit einem Male kam ihm ein Gedanke, und der Fremde, der den veränderten Ausdruck in seinem Gesicht sah, faßte neue Hoffnung.

„Hast du nicht mit dem Pastor deines Kirchspiels gesprochen?" sagte der Oberpfarrer.

Der Mut des Wanderers sank von neuem. Er seufzte tief, und mit einem müden Ausdruck antwortete er: „Doch, ich habe mit ihm gesprochen."

Noch eine Frage hatte der Pfarrer zu stellen.

„Hast du niemals auch nur die Möglichkeit gehabt, eine Stellung zu bekommen?" sagte er.

Der Angesprochene zögerte eine Weile mit der Antwort.

„Ja, doch", sagte er endlich.

„Und wie war es da?"

Der Wanderer wurde offensichtlich verlegen und sah nieder. „Es war so, daß ich von einer Stelle wußte, die frei war. Aber ich wartete ein paar Tage, bevor ich hinging. Und als ich dann kam, war es zu spät."

„Ein anderer hatte sie bekommen?“
„Ja.“
„Warum hast du damals gezögert?“
„Ich weiß nicht. Es ergab sich so. Ich bin wohl immer zu spät gekommen.“

Der Oberpfarrer beschloß, kurzen Prozeß zu machen. Er brauchte keine weiteren Fragen zu stellen, denn er kannte die ganze Geschichte. Er verstand, daß dieser Mann alles versucht hatte, aber er verstand auch, daß das Gespräch ergebnislos bleiben würde. Der Oberpfarrer sagte deshalb frei heraus, wie die Dinge standen, daß er ihn nicht kannte, daß er ihn nicht empfehlen könnte, daß er selbst keine Stellung frei hätte. Zuletzt nahm er eine Krone und gab sie dem Armen.

Boman sah ein, daß das Gespräch zu Ende war. Mechanisch behielt er die Silbermünze in der Hand, verbeugte sich und zog sich durch die Tür zurück.

„Vielleicht wird es besser, wenn du ein bißchen weiter ins Land hineinkommst“, sagte der Pfarrer. „Hier ist es so dicht besiedelt.“

Der Landstreicher nahm sein Bündel auf den Rücken und ging weiter. Es hatte zu dämmern begonnen, und von der Küchentreppe rief eine Stimme nach den Jungen, sie sollten hereinkommen. Mit schlenkernden Bewegungen sprangen sie über den Sand und verschwanden durch die kleine Tür. Einsam stand der Wanderer draußen in der kühlen Luft.

Er zog einen zerrissenen Beutel aus der Tasche und stopfte die Krone hinein zwischen einige Kupfermünzen, die er noch hatte. Dann ging er mit demselben gleichgültigen Gang wie früher auf die Straße hinaus.

Am Ende des Dorfes fand er eine offene Scheune, wo er in der Nacht schlief.

Erik Boman ging von Hof zu Hof. Wie lange er schon gegangen war, wußte er nicht. Er hatte seit langem aufgehört, die Tage zu zählen. Er wanderte die ganze östliche Küste entlang und quer durch den unermeßlichen Kronwald. Mittags schlief er im Flugsand, und wenn es Abend wurde, sah er, wie sich das Leuchtfeuer gegen einen wolkigen Himmel abzeichnete. Spät am Abend stand er an dem schmalen

Sund, der die Klippe vom festen Lande trennt, auf welcher der Leuchtturm steht. Niedrige Krüppelkiefern wuchsen auf dem Hügel hinter ihm, und im Brausen des Meeres lag etwas unsagbar Düsteres. Er setzte sich nieder auf einen Stein und spähte zum andern Ufer hinüber. In den kleinen Gebäuden neben dem Turm brannten Lichter. Wie kleine leuchtende Punkte glimmten sie durch die dunkle Nacht zu ihm herüber, und weit draußen auf dem Meere glitzerte noch das Licht des Leuchtfeuers, das mit klarer und kräftiger Flamme brannte.

Der Landstreicher stand unschlüssig am Strand und sah hinaus. Nur ein schmaler Streifen Wasser verhinderte, daß er ein Dach über den Kopf bekam. Da er mit der Gegend nicht vertraut war, hatte er geglaubt, das Feuer läge auf dem festen Lande, und er hatte damit gerechnet, wenigstens ausruhen zu können an dieser Stelle, an der er umkehren würde, um zu sehen, ob es an der westlichen Küste besser mit Arbeit bestellt sei als an der östlichen. Neiderfüllt und traurig betrachtete er die Gebäude, wo Menschen ein Dach über dem Kopf hatten, sich satt aßen und in ein Bett gingen, wenn sie schlafen wollten. Er dachte an den, der oben im Turm saß. Er sollte bei dem großen Licht wachen, das von seinem Riesenleuchter über das gefährliche Wasser hinausstrahlte. Aber wenn einige Stunden vergangen waren, würde auch er ein Bett haben, um zur Ruhe zu gehen, und ein anderer würde seinen Platz einnehmen. Er hatte eine Stellung, die ihm Wohnraum und Brot gab. Alle hatten ihren Platz im Leben, alle außer ihm, der da am Strand stand und in der Dunkelheit Licht über ein Wasser strahlen sah, das er nicht überqueren konnte.

Zu rufen, bis ein Boot anlegte, wagte er nicht. Wenn auch jemand käme, ihn zu holen, würde er ihn doch niemals mit hinübernehmen. O nein! Die, die da draußen wohnten, hatten es gut. Sie brauchten wenigstens nicht zu fürchten, daß Landstreicher kommen und sie belästigen könnten.

Er fühlte Haß gegen diese Menschen in sich aufsteigen, weil sie es so gut hatten, und da er einen Stein vom Boden aufnahm, schleuderte er ihn mit aller Kraft nach den blinkenden Lichtern, in der Hoffnung, wenigstens bei einigen von denen die Ruhe zu stören, die da in Frieden saßen. Aber der Stein erreichte sein Ziel nicht. Mit einem Plumpsen fiel er ins Wasser, und in ohnmächtiger Verbitterung ballte der Wanderer die Fäuste gegen die blinkenden Lichter. Sie erloschen allmählich, eins nach dem andern. Es wurde dunkel, und nur die unerreichbare Flamme des Leuchtfeuers strahlte hoch und majestätisch über dem unruhigen Wasser.

Der einsame Mann holte tief Atem, als ob es ihm eine Erleichterung gewesen sei, diese Lichter, die ihn an Menschen erinnerten, nicht mehr sehen zu müssen. Er wandte sich um und ging mit hastigen Schritten nach Süden.

Er kam auf einen Steilhang, an dem der Weg oben entlangführte. Neben ihm, fast unter seinen Füßen, plätscherten die Wogen, aber im dichten Dunkel sah er das Meer nicht, hörte nur dessen starkes, einförmiges Brausen. Nach einer Weile war er mitten in einem Dorf. Ein Hund schlug an beim Laut seiner Schritte, aber das ganze Dorf war dunkel und still. Nicht ein einziges Licht leuchtete aus den kleinen viereckigen Fenstern. Er ging durch das Dorf hindurch und sah ein paar Strandbuden, die durch die Dunkelheit schimmerten. Bei einer stand die Tür offen. Er trat ein, legte sich, den Kopf auf seinem Bündel, auf den Fußboden und schlief trotz des Hungers ein, der in ihm nagte.

Im Schlaf hatte er einen wunderlichen Traum. Mitten in einem kleinen Erlengehölz sah er einen tiefen und schmalen Sumpf. Ein Zugochse war darin eingesunken, der Schlamm stieg ihm schon bis zum Rücken. Über dem Widerrist trug er ein Joch, und im Morast hinter ihm lagen noch die Baumstämme, die er geschleppt hatte. Das arme Tier machte furchtbare Anstrengungen, um herauszukommen; sein Rücken krümmte sich krampfartig, und ein ums andere Mal ertönte sein ängstliches Brüllen mit einem dumpfen, von Todesangst erfüllten Klang.

Plötzlich sah es aus, als ob das ganze kleine Erlengehölz von Menschen wimmelte. Sie kamen aus jedem Busch, tauchten hinter jedem Baum auf und bildeten einen dichtgeschlossenen Kreis um die Grube, in der der verunglückte Zugochse um sein Leben kämpfte.

Aber keiner von allen rührte ein Glied, um ihm zu helfen.

Eine Menge neugieriger, gleichgültiger Augen blickte zwischen den klebrigen Erlenblättern hervor. Es waren Bauern und Häusler, alte Männer mit grauem Haar und kräftige Jungen. Alle trugen Arbeitskleider und sprachen lebhaft miteinander. Auch Frauen waren da. Sie kamen barhäuptig und mit aufgekrempelten Ärmeln, mehlig im Gesicht, als ob sie eben Brot gebacken hätten.

„Paßt auf“, riefen sie. „Er kann uns Böses tun.“ Und sie sprangen wieder fort, da sie ihre Neugierde befriedigt hatten. Die Männer blieben stehen, und die ältesten von ihnen schüttelten die Köpfe.

„Es lohnt nicht, ihm zu helfen“, sagten sie. „Er geht doch gleich wieder da hinein.“

Sie verschwanden einer nach dem andern, das Gehölz wurde leer, und der Ochse brüllte in Todesangst hinter den Weggehenden her.

Da schien es dem Träumer, als ob die Kräfte des geplagten Tieres zu ermatten begannen. Der Zugochse arbeitete nicht mehr, um herauszukommen; die Schlammflut schloß sich über seinem nassen Rücken zusammen. Das Brüllen hörte auf, es wurde still im Wald, und das einsame Tier versank in dem steigenden Morast, bis nur noch die Hörner wie zwei gekrümmte Zweige aus dem Sumpf hervorsahen.

Dem Träumenden kam eine qualvolle Empfindung, und das Bild verschwand. Es war nicht länger ein Tier, er war es selbst, der in bodenlose Dunkelheit sank. Er streckte seine Hände aus und wollte nach Hilfe rufen. Aber die Stimme versagte ihm. Immer tiefer sank er, und die Dunkelheit schloß sich über seinem Kopf zusammen wie eine unermeßliche Last, bis er plötzlich fühlte, daß er gegen etwas Hartes stieß, und mit einem eisigen Gefühl der Kälte erwachte.

Es dämmerte. Neben ihm stand ein großer, grober Bauer und trat ihm in die Seite.

„Wer zum Teufel hat dir erlaubt, hier zu schlafen?“ sagte der Bauer.

Erik Boman setzte sich auf. Der Traum sauste noch in seinen Ohren; rot vor Scham nahm er sein Bündel vom Boden auf. „Es hat wohl niemand geschadet, daß ich hier liege“, sagte er.

„'raus mit dir!" brüllte der Bauer.

Der Landstreicher antwortete nicht. Er streckte seine müden Glieder, die auf den harten Brettern steif geworden waren, und schlich mit langsamen Schritten zur Landstraße. In der Scheunentür stand der Bauer und sah ihm nach.

Über dem niedrigen Wald war die Sonne aufgegangen, und ihre schrägen Strahlen leuchteten auf die dunkle Erde, glitzerten im blauen Wasser des Sumpfes und glänzten im hellen Staub der Landstraße, den die Füße des Wandernden aufrührten. Ein leiser Südwind blies ihm ins Gesicht. Über einem Acker trillerte eine einsame unsichtbare Lerche.

Die Zeit, in der er auf den Landstraßen herumgestrichen war, um Arbeit zu suchen, hatte Erik Boman verändert. Selbst seine Haltung war nicht mehr die gleiche. Sie war schlapper, das Gesicht hatte einen fast verwirrten Ausdruck bekommen, als ob das ziellose Suchen von Tür zu Tür ihn aller lebendigen Spannkraft beraubt hätte und allen Mutes, die Mauern zu durchbrechen, die, so fest und sicher aufgerichtet, sich gerade ihm in den Weg stellen wollten. Mehr als jemals ging er allem aus dem Wege. Als der Bauer ihn aus seinem kurzen Traum wachgestoßen hatte, wäre es ihm nicht einmal eingefallen, sich zur Wehr zu setzen. Mit weichem Herzen schritt er auf der Landstraße vorwärts, mit einem Gefühl trauriger Einsamkeit. Keine Tür stand ihm offen. Wer wollte, konnte ihn mit Füßen treten wie ein unvernünftiges Tier.

Was war bei ihm eigentlich falsch? Warum wollte kein Mensch seine Arbeit annehmen, wenn er kam und sie anbot? Hatte er vielleicht einen unbilligen Preis verlangt? Nein. Konnte er nicht ebenso arbeiten wie alle diese faulen Knechte, die hinter dem Pfluge hertrödelten und durch Müßiggang ihre Herren um die halbe Arbeit bestahlen? Bei schwachen Naturen kommt mit dem Unglück das Minderwertigkeitsgefühl. Und Erik Boman fand bei sich selbst, daß er das schlechteste, verstoßenste, das gemeinste aller menschlichen Wesen sei. Keine Arbeit konnte so schmutzig und niedrig sein, daß er sie nicht hätte ausführen wollen. Aber die Menschen sahen das nicht. Sie konnten einfach nicht begreifen, welchen stillen und ordentlichen Arbeiter ein Dienstherr in ihm gefunden hätte. Niemals würde er den Mund öffnen zu einem Widerspruch; niemals würde er murren, wenn er auch schlechtes Essen bekäme und dennoch von morgens bis abends schuften müßte, so daß er vor Müdigkeit zusammenfiel, wenn der Feierabend kam. Ach, er hätte alles angenommen. Das ganze Elend des Lebens hätte er als eine Gnade empfunden und auf seinen Knien Gott gedankt, der sein Vater im Himmel war, wenn er auch nur einen einzigen kleinen Winkel gefunden hätte, in den er hineinkriechen und wo er sich zu Hause fühlen könnte. Aber dahin war er nie gekommen, und er würde auch niemals mehr dorthin gelangen. Statt dessen war er nun um halb Öland gewandert. Bald würde er wieder an der Stelle sein, wo er die Insel zuerst betrat. Von Hof zu Hof war er gegangen; manchmal bekam er Essen, manchmal Geld; öfter wurde er hinausgeworfen, ohne überhaupt etwas zu bekommen. Dauernde Arbeit bekam er nie. Während einiger Tage hatte er beim Holzhauen in der Gegend von Böda helfen können. Aber nun war er wieder frei. Frei, das Leben zu genießen und zu tun, was er wollte und was ihm gefiel. Er war ein freier Arbeiter. Kein Mensch könnte ihn daran hindern, sich hier an den Wegrand zu legen und zu verhungern, wenn er Lust dazu hatte. Auf den Landstraßen herumlungern konnte er auch, solange es ihm behagte. Und er hätte nichts anderes zu fürchten, als daß ihn der Landgendarm greifen und gratis nach Hause schicken würde in das Kirchspiel, wo er gemeldet war. Denn dazu hatte der Landgendarm das Recht. Und wenn es noch nicht geschehen war, so vielleicht deshalb, weil nicht alle Leute Lust hatten, Menschen anzuzeigen, die weiter nichts als Arbeit suchten.

Es begann ihn zu belustigen, wenn er zuweilen sah, daß sein Eintreten in den Häusern Schrecken hervorrief. Manchmal, wenn er etwas zu essen bekam, schien es ihm, als ob man es ihm nur gab, weil es niemand zu verweigern wagte. Und er lachte laut für sich, wenn er daran dachte, welch mächtiger Mann er war, der sich nur zu zeigen brauchte, damit die Menschen ihm gaben, was er forderte.

Jedenfalls war es seltsam, daß man Leute ins Gefängnis setzen konnte, weil sie Arbeit suchten. Das war Herumtreiberei. Ja, natürlich. Aber wenn niemand einem großen, starken Mann Arbeit geben will, so muß er sich ja herumtreiben. Das Gesetz befahl ihm, sich daheim aufzuhalten und zu verhungern. Es kam nur darauf an, ob er Lust dazu hatte. Und der Hungertod war langsam. Immer wieder kam etwas dazwischen, das in letzter Minute das beschwerliche Leben aufrechterhielt.

Je mehr er sich jetzt bewohnten Gegenden näherte, desto lebhafter erwachte in ihm die Furcht, jemand könnte ihn anzeigen, so daß er aufgegriffen und nach Hause geschickt würde. Er sah wohl nicht sehr vertrauenerweckend aus. Seine Kleider waren schmutzig geworden und lumpig; sein Gesicht mager, und die Augen lagen noch tiefer als gewöhnlich. Eines Tages, als er in einer Bauernstube saß, hatte er seine Gesichtszüge in einem Spiegel gesehen, der auf dem Tisch stand, und er bekam fast Angst vor sich selbst. So mager war sein Gesicht, so unordentlich sein Haar, und so scharf blickten die Augen unter der starken Stirn hervor, die feucht vom Schweiß war. Sein Gesicht sah aus wie ein Totenschädel mit Augen, von dem das Fleisch abgefallen war, so daß die Haut direkt auf dem Knochen lag.

Er lief den ganzen Tag bis zur Mittagsstunde, dann suchte er Ruhe. Auf die gleiche Weise verfloß der nächste Tag. Eine sonderbare Angst quälte ihn. Er fürchtete sich vor dem Tageslicht, und als er merkte, daß sein Aussehen die Entgegenkommenden erschreckte, erwachte gleichzeitig in ihm Furcht vor den anderen. Die Gedanken begannen zu einer kleinen Kate am Waldrand zurückzukehren, wo eine alte, zusammengefallene Frau saß und darauf wartete, daß das Leben sie endlich in Ruhe lassen möchte. Und dann dachte er an sich selbst.

Sein Herz krampfte sich zusammen vor Mitleid mit dem armen Erik Boman, der von Hof zu Hof gehen und um ein bißchen Essen betteln mußte. Er hatte begonnen, sich selbst wie eine andere Person anzusehen, und er sprach halblaut von diesem anderen als einem armen Kerl, der niemand mehr in der Welt hatte, bei dem er Zuflucht suchen konnte.

Nun ist er so häßlich, wie er nur werden kann, dachte er. Wenn er oder seine Eltern gesündigt haben, so hat er seinen

Lohn bekommen; und er muß gehen und gehen und die Tischglocken hören und den Essensgeruch schon auf der Landstraße riechen, aber er kann nichts abbekommen.

Weshalb konnte er heute nicht hineingehen und um Essen bitten wie sonst, dachte er. Es ist heute dasselbe wie immer. Es ist nicht gerade angenehm, zu betteln, natürlich. Aber alle müssen wir irgendwie leben. Er ist ein seltsamer Mensch, dieser Erik Boman, der sich in der Welt nicht zurechtfinden kann. Der eine arbeitet, der andere bettelt, der dritte stiehlt. Das ist auch eine Art und Weise. Da braucht man wenigstens nicht den Rücken zu beugen und sich für einen Knochen zum Hund zu machen.

Er war nieder auf die Karstheide gekommen. Sonnig und öde lag sie im Mittagslicht. Das kurze Gras zeigte das erste schwache, blasse Grün, und es glitzerte in den Wasserpfützen, die noch von der Schneeschmelze geblieben waren. In klarem Licht lag die ganze Ebene; die Telegraphendrähte verschwanden in der Ferne, und die Erde schien sich gegen den Horizont hin zu erhöhen, wie wenn man über die See hin sieht. Weit in der Ferne erschienen Höfe und Hütten. Gegen den Horizont zeichneten sich zwei riesige Windmühlen ab, die zum blauen Himmel hinaufzuwachsen schienen. Und über dieser großen Öde leuchtete die Frühlingssonne warm und verräterisch mit einem Licht, so strahlend und heiter, als ob niemals Sonnenuntergang und Abend kommen wollten.

Nicht weit vom Wege, ein kleines Stück in der steinigen, kahlen Ebene, lag eine andere, kleinere Windmühle. Sie war grau und hinfällig und schien längst aufgegeben zu sein. Der Wanderer wich von der großen Landstraße ab und ging auf die Mühle zu.

Vorsichtig untersuchte er sie von unten. Einige halbverfallene Treppenstufen führten hinauf, und die Tür stand offen. Aber Boman wagte doch nicht hineinzugehen aus Furcht, er könnte jemand treffen.

Er blieb still unten stehen und starrte hinauf zu der offenen Tür. Sein Gehirn war verwirrt vor Müdigkeit und Gedanken, die sich immer wieder im gleichen Kreise drehten. Was er eigentlich in dieser alten Mühle suchte, begriff er selbst nicht. Aber er dachte überhaupt nicht daran, umzukehren, er wollte nur hinein; ob er hier schlafen oder lediglich eine sonderbare Neugierde zu befriedigen suchte, das wußte er nicht. Er stand nur eigensinnig still und starrte auf die offene Tür. Es war ihm plötzlich in den Sinn gekommen, daß er einmal durch eine Tür gehen wollte, wo ihm kein menschliches Antlitz begegnete. Und von der gänzlichen Stille drinnen beruhigt, stieg er schließlich die knarrenden Treppenstufen hinauf.

Es war ganz leer darinnen, still und ruhig. Der Wanderer setzte sich gegen die Wand und nahm aus dem Bündel einen kleinen Bissen Hering hervor und ein Stück hartes Brot. Er hatte diesen anspruchslosen Eßvorrat lange aufgespart. Erst wenn es einmal dahin kommen sollte, daß er nicht weiterzugehen vermochte, wollte er ihn hervorsuchen. Gedankenlos griff er nun nach diesen Bissen und hielt sie lange in der Hand, ohne zu essen.

Dann erhob er sich, als ob ihm plötzlich ein Gedanke gekommen sei, und sah sich um. Das Gebäude war alt und verfallen. Das Schloß war entzwei, deshalb stand die Tür offen. Aber die Mühle war noch deutlich in brauchbarem Stande, und die Steine waren mehlig. Boman begann überall zu suchen, und endlich fand er auf dem Boden einer Kiste etwas Mehl. Er feuchtete den Heringsbissen mit der Zunge an, um ihn dann im Mehl zu rollen. Mit vergnügtem Lächeln nahm er ihn auf und verzehrte ihn stehend zusammen mit dem Stück Brot.

Da fiel sein Blick durch die offene Tür. Er sah nur ein Stück der Landstraße, der Karstfläche, die sich auf der anderen Seite davon erstreckte, und wo der Hügel gegen den Sund hin abfiel, sah es aus, als ob er abgeschnitten sei, so deutlich hob er sich vom blassen Wasser ab. Auf dem Kamm dieses Hügels lag eine kleine graue Hütte, und vor dieser ging langsam eine alte gekrümmte Frau, die mühsam etwas Schweres zu schleppen schien und hinter der Hausecke verschwand.

Der Wanderer stand ganz still, und sein Blick schien gleichsam an diesem niedrigen Gebäude festzuwachsen, aus dessen langem Schornstein blauer Rauch emporwirbelte.

Ein Schütteln überfiel den langen, mageren Mann. Er griff sich an die Stirn, als ob er einen Gedanken fortjagen wollte. Aber wie von Verzauberung ergriffen, blieb er stehen, und die Augen wandten sich wieder mit dem gleichen starrenden Ausdruck der kleinen Hütte auf dem Hügelkamm zu. Seine Nasenlöcher weiteten sich, und ein Herzklopfen überfiel ihn so stark, daß er sich niedersetzte aus Angst, ohnmächtig zu werden. Er sprach halblaut.

„Es ist weit mit dir gekommen, Erik Boman. Sehr weit."

Die Einsamkeit überfiel ihn wie etwas grausam Bedrükkendes. Als Kind des Waldes hatte er niemals zuvor eine Ebene gesehen. Und in der ganzen Zeit, die er nun auf Öland war, hatte ihn diese Ebene verfolgt wie etwas Schreckliches, das ihm Furcht einjagte. Es tat seinen Augen weh, ständig so weit in die Ferne zu sehen, und die öde Heide hatte nicht die beruhigende Einsamkeit, die im Walde wohnt. Er vermißte den einschläfernden Laut, der in den Bäumen rauscht. Dieses weitgestreckte Feld, das so eben wie ein versteinertes Meer dalag, brachte Unruhe in sein Blut und veranlaßte ihn, sich unaufhörlich umzuwenden, als ob er von irgendeinem heimlichen Feind verfolgt würde. Das machte ihn ganz beklommen, und er fühlte sich so klein und einsam wie ein Kind, das unversehens seine Mutter verloren hat.

Er verließ die Mühle und wollte aus alter Gewohnheit auf der Landstraße weiterziehen. Aber er konnte ganz einfach nicht. Es war, als hätte eine unsichtbare Macht ihn an diesen Punkt der öden Ebene gefesselt, wo er nur das niedrige Dach einer einsamen Hütte sah, wie es sich gegen den blauen Sund im Westen abzeichnete. Er sank nieder auf den trockenen Rasen, und mit einem Male schien es ihm, als ob alles, woran er sich erinnern konnte, alles, was er bisher erlebt hatte, hinabsank in tiefe Dunkelheit, und er blieb einsam zurück, so leer an Gedanken, wie seine Mutter ihn zur Welt gebracht hatte.

Nur ein Gefühl lebte in ihm: Alle hatten ihn weggestoßen, keiner wollte etwas von ihm wissen.

Er lag auf der Erde und riß an dem kurzen Gras, während die Verzweiflung der Einsamkeit ihn quälte, und die

Empfindungen stiegen in ihm auf wie Blasen in kochendem Wasser.

Da begannen seine Gedanken sich um die alte Frau zu drehen, die er hinter der Ecke der Hütte hatte verschwinden sehen. Es kam ihm so vor, als sei diese alte Frau das einzige lebende Wesen, von dem er jetzt wußte, außer ihm selbst. Und es verwunderte ihn fast, daß es vielleicht einige Schritte weiter weg jemand gab, der ebenso wie er nicht wußte, wie und wovon er leben sollte.

Und ihr blieb doch nur noch so kurze Zeit. Sowenig er auch von ihr gesehen hatte, verstand er doch, daß sie sehr alt sein mußte. Und dennoch saß sie hier draußen im Karst und dachte nichts anderes, als was sie tun müsse, damit das Leben so lange wie möglich reichte. So wie er selbst hatte vielleicht auch sie keine Freude daran. Aber dennoch strengte sie sich an, um dieses Leben zu behalten, das ihr keine Freude brachte, sondern nur Plage, so lange wie möglich auszuhalten.

Es ist seltsam, fuhr er im gleichen Gedankengang fort, daß sie leben kann. Eine alte dürre Frau, die so schwach ist, daß sie nur noch stolpert. Wie kann sie leben? Denk einmal an, welche Menge von Lebensmitteln sie in sich hineingestopft haben muß, wenn man das so in siebzig, vielleicht sogar achtzig Jahren zusammenrechnet. Wer hat ihr gegeben, was sie braucht? Wie hat sie es angefangen, sich stets ein Dach über dem Kopf und Essen zu schaffen, so daß sie immer noch leben kann? Freiwillig hatte es ihr wohl keiner gegeben. Nein, so dumm sind die Menschen nicht. Wie kann sie es ausgehalten haben, sich tagaus, tagein Nahrung zu verschaffen, wenn das so schwer ist und wenn sich so viele darum schlagen?

Er blieb auf der Erde liegen, während die Sonne langsam gegen Westen niederging und ihre heißen Mittagsstrahlen sich in stilles Abendlicht verwandelten. Aber er merkte nicht, wie die Zeit verging, und er rührte sich nicht, ehe die Dämmerung schwer über der Ebene lag. Dann brachte ihn ein kalter Wind zur Wirklichkeit zurück und zwang ihn aufzustehen.

Mechanisch sah er sich in der Dunkelheit um. Jählings

stieg der Gedanke in ihm auf, daß nun alles zu Ende war. Es hatte keinen Sinn mehr, länger dagegen zu kämpfen. Hinuntergehen zur See ... die Taschen mit Steinen füllen ... so weit hinausspringen wie möglich ... in das kalte Wasser sinken ... und wegsterben, ehe die Sonne zurückkam mit der Grübelei und dem Elend eines neuen Tages.

Wie ein Kind weinend, ging der einsame Mann über die Fläche zum Abhang, der zur See hinunterführte.

„Armer Erik Boman", murmelte er bei sich selbst, wiederum als spräche er von einem andern. „Er taugt zu nichts mehr. Und deshalb soll er sterben, ehe er noch etwas Unrechtes in der Welt tun kann."

Da blickte er noch einmal zur Seite, wo die kleine Hütte lag. Ihre Konturen erschienen nur noch dunkel in der tiefen Dämmerung, aber in einem Fenster, fast zu ebener Erde, leuchtete ein matter, flackernder Feuerschein.

Der mochte vom Herd kommen, dachte der einsame Mann. Er sah ruhig aus, aber in seinen Blick kam etwas Raubtierartiges, und seine Glieder zitterten, als hegte er gleichzeitig Furcht und Begehren.

Er hörte auf zu weinen und änderte die Richtung. Am ganzen Körper bebend, ging er zu der kleinen Hütte hin. Er drückte die Hand hart um den Stock und atmete kurz, als ob ein plötzliches Fieber durch seinen ganzen Körper brannte.

Das schwache Licht geleitete ihn, und auf der ebenen Fläche ging er sicher wie auf dem Fußboden eines Zimmers. Als er näher kam, verhielt er. Deutlich unterschied er das kleine Gebäude. Es war niedrig und schmal; es sah aus, als habe es nicht mehr als einen einzigen Raum. Der Steinsockel war flach und brüchig, das graue, ungestrichene Fachwerk berührte fast die Erde. Unter dem Fenster war ein schmaler Blumenkasten mit ein paar verwelkten Stengeln. Es war, als ob er sich nicht losreißen konnte von dieser Hütte. Er ging um sie herum und gewahrte eine niedrige Tür, die nur mit einer Klinke verschlossen war. Ein zweites Fenster gab es nicht, und der Landstreicher schlich sich vorsichtig zur Wand, ob er nicht einen Spalt fände, durch den er in die Stube hineinsehen konnte. Da hörte er den Laut einer Stimme. Er fuhr zusammen und lehnte sich mit dem Ohr gegen die undichte Wand. Sein ganzer Körper bebte wie von Schüttelfrost, und er lauschte von neuem. Es war eine Frauenstimme, die er gehört hatte. Sie redete und faselte drinnen, war also nicht allein. Aber mit wem sprach sie? Er stellte das Bündel beiseite, und den Hut in den Nacken geschoben und den Stock in der Hand, nahm er zum dritten Male seine Horchstellung ein.

Da unterschied er deutlich die Stimme der alten Frau, die eintönig unverständliche Worte vor sich hin stammelte, und bald darauf hörte er ein leises Glucksen.

Sie hat Hühner in der Stube, dachte der Wanderer. Er war so aufgeregt, daß sein Mund offenblieb, als wäre er vom Schlag gerührt. Er wußte nicht, wo er war oder was er tat. Mit einem Ruck riß er die Tür auf und stürzte hinein.

Über einen Topf gebeugt, der auf dem schwach flammenden Feuer kochte, stand eine alte Frau, offensichtlich die gleiche, die er von der Mühle aus gesehen hatte, wie sie zur Hütte ging und etwas Schweres schleppte. Auf einem Bündel Stroh neben ihr saß eine Henne auf einem Ei. Bei seinem Eintritt wandte die Alte den Kopf zur Tür, der Feuerschein fiel auf ein dürres, vergilbtes Gesicht, aus dem ein paar fragende Augen ihm entgegenstarrten.

Mit einem Blick übersah er den ganzen Raum. Und indem er seinen schweren Stock hob, schlug er mit aller Macht ein ums andere Mal auf die Stirn der Alten.

„Sterben sollst du!" schrie er. „Jetzt ist es aus! Wir werden uns beide hier nicht länger quälen, nur um am Leben zu bleiben."

Er schlug zu, bis der runzlige Körper unbeweglich und steif auf den grauen Fußboden fiel, und als die Alte tot vor ihm lag, stieß der Landstreicher einen Schrei aus. Es klang wie das Brüllen eines wilden Tieres. Im gleichen Augenblick sanken seine Arme machtlos herunter, und besinnungslos keuchend betrachtete er den leblosen Körper.

Er stand wie ein Schlafwandler, mit glasigem Blick auf sein Opfer starrend. In seinem Innern wußte er nichts davon, weshalb er so gehandelt, wie er getan hatte. Mitten aus der Verwirrung, die alle seine Unglücksfälle über ihn gebracht hatten, war diese Tat in ihm emporgetaucht, nicht wie ein überlegter Entschluß, sondern wie ein plötzlicher Ausbruch, der so unvorbereitet kam, daß der Verbrecher selbst noch nicht einmal verstand, wie das Geschehene Wirklichkeit sein konnte.

Plötzlich wurde er von einem rasselnden Laut aus seinen Gedanken geweckt. Erschreckt sah er auf. Die Henne war auf die Herdkante geflogen, wo sie nun verstört hockte, glucksend und mit den Flügeln schlagend.

Der Mörder fuhr zurück. Der Anblick des ängstlichen Tieres, das wie ein stummer Zeuge ihn und sein Opfer betrachtete, erfüllte ihn mit Entsetzen, gräßlicher als jenes, welches das Verbrechen selbst hatte hervorrufen können. Mit beiden Händen abwehrend, als ob er ein Gespenst gesehen hätte, ging er rückwärts durch die Tür hinaus.

Er blieb stehen, als er über die Schwelle getreten war, und atmete tief, als sei er nahe am Ertrinken gewesen. Seine Augen schlossen sich ein paarmal, in das Gesicht kehrte der gewöhnliche Ausdruck von Schwermut zurück, und kraftlos sank die hagere Gestalt auf die niedrige Treppe, geschüttelt von einem konvulsivischen Weinen.

Lange saß er da, immerfort schluchzend, wie einer, der ein Verbrechen begangen hat, das nicht gesühnt werden kann. Und als er aufstand, nahm er mechanisch das Bündel auf den Rücken und wollte seine Wanderung fortsetzen. Aber nach ein paar Schritten kam die Furcht wieder über ihn, und er wandte sich um. Er konnte ja nicht einfach seines Weges gehen. Es würde entdeckt werden, man hatte ihn auf der Straße gehen sehen, man würde eine Fahndung nach allen Landstreichern veranstalten, und er würde bestimmt gefaßt werden. Er schleuderte das Bündel von sich und ging wieder in die Hütte.

Drinnen war das Feuer erloschen. Nur einige Kohlen glühten noch mit schwachem Schein im Herd. Im Dunkeln hörte er das Flattern von Flügeln, und er bebte vor Furcht, diese Flügel könnten sein Gesicht berühren.

Mit zitternden Händen tastete er über die Herdkante, bis er ein paar Streichhölzer fand. Er klapperte mit den Zähnen vor Schrecken, und er wagte sie nicht anzusehen, die er erschlagen hatte. All seine Geistesgegenwart zusammennehmend, strich er ein Streichholz an und entzündete das Bettstroh. Eine helle Flamme flackerte auf. Die Flamme stieg die Wand empor, es knisterte im Stroh und in dem dürren Moos, das zwischen den Balken steckte, mit einem Male wurde es hell, und bei dem Lichtschein sah er nur eins. Er sah Blut an seinen Händen, auf dem Fußboden, im Bettstroh, auf dem einsamen Opfer seiner nächtlichen Tat. Und als das Feuer aufflammte, flog das Huhn gegen das Fenster, in ohnmächtigem Schrecken gegen die kleinen Scheiben hackend, die im Schein des Feuers in allen Regenbogenfarben schimmerten.

Ein Schrei brach aus seiner Brust hervor, ein Schrei, so entsetzlich, daß er vor dem Klang seiner eigenen Stimme erschreckte. Ohne sich umzusehen, stürzte er hinaus ins Freie. Dort riß er das Bündel an sich – den Stock hatte er noch in der Hand gehabt, als er hineinging – und rannte mit aller Kraft fort über die steinige Heide.

Wie lange er gelaufen war, wußte er nicht. Aber als er stehenblieb, waren alle Glieder ermattet wie nach einer langen Krankheit, und er verspürte keine Furcht mehr. Er wandte sich um und blickte in die Richtung, aus der er gekommen war.

Am Rande des Hügels sah er gegen den dunklen Nachthimmel ein großes Feuer, dessen rote Flammen, eingehüllt in dichten Rauch, sich knisternd in die Luft hoben. Von dem leichten Frühlingswind flogen große Funken davon und erloschen in der Dunkelheit.

Jede Erinnerung daran, daß er vor nur einer Stunde beschlossen hatte, sich das Leben zu nehmen, war aus seiner Seele verschwunden, wie eine kleine, einsame Flamme in einem großen verzehrenden Brand verschwindet. Er hatte es vergessen wie etwas lange Entschwundenes. Von seinem ganzen Leben sah er nur dieses brennende Haus, wo sein großes Verbrechen in steigenden Flammen aufging, und in das Gefühl des Entsetzens mischte sich ein tiefes Verwundern – wo, wie und wer? Wer war er? Und was hatte er getan? Es war, als ob selbst das Bewußtsein in seinem eigenen abgehetzten Leib verbrannt war.

Der Wanderer stand still, bis die Flamme zusammensank

und in der Erde zu verschwinden schien. Dann nahm er entschlossen den Weg nach Süden und ging mit raschen Schritten die große Landstraße entlang. Solange der Brand dauerte, war kein Mensch vorbeigekommen.

Als aber die Nacht zu Ende gegangen war und der Tag wiederkam mit Sonnenschein und Ruhe, stand der einsame Wanderer in der Amtsstube beim Kronvogt des Landes und bekannte aus freiem Willen das Verbrechen der Nacht.

Er war sich wieder gleich, und weshalb er gemordet hatte, wußte er nicht. Als die Untersuchung abgeschlossen war, büßte Erik Boman seine Missetat mit dem Leben.

Juhani Aho

Geächtet

1

Nur das Messer war mein Bruder,
Nur der Stahl war meine Stütze:
Er zersprang am harten Steine,
An der Mutter argem Leben,
An des bösen Weibes Schande.
Kalevala 33, 91–98

„Seht zu, daß ihr Junnu in Ruhe lassen könnt“, schilt der Meister von der anderen Seite des Feldes quer über den ungemähten Roggen.

„Ja, wenn er nur selbst Frieden halten könnte“, murren die anderen.

Aber bald ist die Neckerei aufs neue im vollen Gange.

Alle Leute des Hofes sind im Bunde gegen einen einzigen. Er ist ein großer, plumper, dunkelhäutiger Knecht, der, ohne den Rücken ein einziges Mal zu strecken, drauflosmäht wie ein Sturmwind, allen anderen ein tüchtiges Stück voraus, indem er offenbar versucht, die Neckereien zu überhören. Aber sie wollen ihn wütend machen. Sie wollen ihn so weit bringen, daß er, um seinen Mut zu kühlen, wie gewöhnlich, wenn er gereizt wird, irgendeinen großen, schweren Gegenstand gegen sie schleudere. Auf diese Art haben sie ihn dazu gebracht, das Tabakmesser zu ergreifen und gegen die Stubenecke zu werfen oder große Steine vom Felde loszureißen. Nach einer solchen Entladung zieht er sich gern weit zurück und spricht nachher tagelang mit niemand. Und wenn er gar nichts in die Finger bekommen und sie auf keine andere Weise von sich fernhalten kann, dann betrachten sie ihn als richtigen Dummkopf und hetzen die kleinen Buben auf ihn, damit sie ihn zum Narren halten können.

Der Hofbesitzer ist sein einziger Beschützer; denn Junnu ist ein tüchtiger Arbeiter, durchaus zuverlässig in allem, wartet die Pferde vorzüglich und füttert hin und wieder das Vieh, um den Mägden zu helfen.

Nun hat das Possenspiel während der Mittagspause an der Feldgrenze wieder begonnen. Junnu ist beim Essen und hat seinen Hut, seine Pfeife und seinen Tabaksbeutel aufs Gras neben sich gelegt – außer beim Essen trennt er sich sonst nie von ihnen.

Wenn er gegessen hat und sich nach seinen Begleitern umsieht, findet er den Hut flott auf einen Baumstumpf hinter sich sitzend und die Pfeife daneben in einen Spalt gesteckt, so, als ob der Stumpf raucht. Dies erregt allgemeinen Jubel, und selbst der Bauer kann sich eines Schmunzelns nicht enthalten.

Ohne ein Wort zu sprechen, nimmt Junnu seinen Hut und seine Pfeife und fragt dann nach seinem Tabaksbeutel, der ihm ebenfalls abhanden gekommen ist.

„Weshalb fragst du uns, frage den Baum!“ antwortet man, und das Gelächter wird noch unbändiger.

Doch die Neckerei geht erst recht an, als Tahvo, der Hofknecht, an dem Beutel zieht, der mit einer Nadel an Junnus eigenem Gürtel so befestigt ist, daß er auf dessen Hinterteil baumelt. Er kann sich nicht länger beherrschen, er schlägt hinten aus mit den Händen aus allen Kräften; da aber Tahvo zurückspringt, schlägt er sich an einem Fichtenstamm die Hände blutig. Ein paarmal keucht es in seiner Brust, und seine Nüstern erweitern sich. Aber dann nimmt er seine Sichel und geht hin, um abseits von den anderen allein zu schneiden.

„Er frißt so gierig, daß man ihm die Perücke vom Kopfe reißen könnte, ohne daß er es merkt!“ ruft einer hinter ihm.

„Ja, die soll ihm auch einmal genommen worden sein“, antwortet Tahvo.

„So, wie denn?“ fragt ein anderer.

„Damals, als er auf Staatskosten verpflegt wurde, im Bezirksgefängnis zu Kuopio!“

„Nun haltet den Mund!“ kommandiert der Hofbesitzer und treibt die Leute wieder an die Arbeit.

Aber hier wird das gleiche Gespräch fortgesetzt.

„War denn das ein gutes Werk, daß man ihm Staatsverpflegung verschaffte?“

„Oh, er stahl einen Milcheimer ... er hatte ihn aus einer Bauernhütte hinaus in die Einöde geschleppt und den anderen Banditen gegeben.“

„Wer hat dir das gesagt?“

„Er hat es selbst erzählt.“

„Halt's Maul, du langbeiniger Köter!“ ruft Junnu plötzlich zum Erstaunen aller.

„Halt selber dein Maul – Wolfsrücken!“

Junnu hat einen langen Rücken und kurze Beine, das bekommt er immer wieder zu hören.

„Ja, auf diesem Rücken fanden wohl so viele Peitschenhiebe Platz, daß der Stockmeister meinte, er werde kaum mit Prügeln fertig. ‚Sollen wir von vorn anfangen?‘ fragte er den Landvogt, und so bekam Junnu zwei Rationen Peitschenhiebe als Zugabe zum Bezirksgefängnis ... aber er gab nichtsdestoweniger keinen Laut von sich ...“

„Gott weiß, ob er sich auch vor einer Kosakenpeitsche nicht ergeben hätte.“

„Nun, das wäre doch möglich, besonders wenn es seinem eigenen Vater eingefallen wäre, ihn damit zu kitzeln.“

Junnu war ein Kind der Liebe, und dies hatte Anlaß zu dem boshaften Gerücht gegeben, Junnus Vater sei ein russischer Kosake, der früher im Dorfe gelebt habe.

„Seht jetzt zu, daß ihr eure Zungen etwas zügelt!“ ruft der Bauer streng.

„Herr Jesus, behüte uns!“ schreien die Weiber in wilder Angst, und den Männern entfährt wie aus einem Munde ein derber Fluch.

Denn Junnu hat einen riesengroßen Stein vom Felde aufgerafft, ihn hoch erhoben, als wär's eine Rolle Birkenrinde, und wirft ihn mit einem furchtbaren Fluch und vor Grimm verzerrtem Gesicht mitten unter die Schnitter.

Den anderen gelingt es, fortzukommen; aber Tahvo sinkt am Fuß getroffen neben dem Stein in die Knie.

„Er schlägt mich tot, er schlägt mich tot", brüllt er.

„Unsinn, sei nur vernünftig, er hat nicht mal den Knochen beschädigt", sagt der Bauer, der mit den anderen Tahvos Fuß untersucht.

„Das Tier. Bindet ihn, haltet ihn fest, ehe er uns entgeht."

Die Männer springen auf und rennen durch den Roggen gerade auf Junnu los, aber mit einer Bewegung schleudert er sie alle von sich.

„Nun sollt ihr Junnu in Frieden lassen und den Roggen nicht niedertrampeln. Weg hier, und jeder an die Arbeit!"

„Verteidigt der Hofbesitzer noch diesen Wilden, der nicht einmal sieht, was er wirft? Das lag wahrhaftig nicht an ihm, daß er nicht meinen Kopf traf."

„Dann hättest du es dir selber zu verdanken gehabt. Habe ich dich etwa nicht gewarnt?"

„Ich will nur mein Geld für Schmerz und Schaden haben, und wenn ich es zum Prozeß kommen lassen muß", brummt Tahvo und humpelt wieder zu seiner Sense hin.

„Ja, ihr könnt ja darüber streiten, wie ihr wollt, aber es gibt eine Grenze für jede Art von Spiel und Neckerei", sagt der Besitzer, indem er geht. Aber er kann kaum ein unheimliches Gefühl bemeistern, als er den Stein näher betrachtet, der beim Fall halb in die Erde gedrungen und so groß ist, daß er selbst ihn kaum bewegen kann. Es war doch ein großes Gottesglück, daß er nicht schlimmer traf.

Junnus Augen ist die ganze Welt als eine Menge roter und gelber Streifen erschienen, Feld und Wald schwankten. Aber die Überanstrengung seiner Kräfte bereitet ihm auf einmal Übelkeit, und er fühlt sich so schwach, daß er kaum aufstehen kann. Er setzt sich ein wenig hin, dumm und stumpf, dann erhebt er sich und schreitet davon, hinein in die weite Einöde; er geht, ohne zu wissen, wohin, und er geht, ohne daß er weiß, weshalb. Erst eine gute Strecke Weges weiter, als er einen Zaun erreicht, wird es ihm klar, während er hinüberklettert, daß er nahe daran gewesen ist, einen Mann zu erschlagen, und daß er im Grunde auch, als er den Stein schleuderte, diese Absicht gehabt hat.

2

Die Schnitter sind vom Felde heimgekehrt, haben gebadet, zu Abend gegessen und sind in die Buden gegangen, um zu schlafen. Nur der Hofbesitzer ist noch wach und damit beschäftigt, seine Stiefel zum Trocknen auf den Balken zu stellen, als Junnu in die Stube tritt und, ohne ein Wort zu sagen, sich auf die lange Bank an der Wand setzt.

„Möchtest du vielleicht noch etwas essen?" sagt der Hofbesitzer, aber Junnu äußert keinen Wunsch danach.

„Ich hätte etwas mit dem Brotherrn zu besprechen" – kommt es endlich heraus, als er sieht, daß der Bauer die Tür schließen will.

„Was mag das für eine wichtige Sache sein, die du auf dem Herzen hast, Junnu?"

„Laßt mich los aus meinem Dienst!"

„Aber was soll das heißen, Junnu? Mitten in der Erntezeit! Und weshalb?"

„Es wird nicht gut kommen mit mir in diesem Hause."

„Was kümmerst du dich denn um das dumme, böse Gerede? Wir haben doch früher derartige Streitigkeiten beilegen können."

„Ja, vielleicht ihrerseits; aber mir gibt's keinen Frieden – und ich könnte ihnen leicht ein Unglück antun."

„Du solltest versuchen, deinen heftigen Sinn ein wenig zu dämpfen; es ist doch grausam, solche Waffen im Kampf zu gebrauchen."

„Ich kann nicht widerstehen, wenn der Zorn und die Bosheit mir zu Kopf steigen und sie mit ihrem Spott fortfahren."

Der Bauer steht eine Zeitlang in Gedanken vertieft, dann setzt er sich auf die Bank vor dem Tisch.

„Wenn du und Tahvo miteinander nicht auskommen könnt, so lasse ich lieber ihn gehen."

„Ich hielte die scheelen Blicke und Spöttereien der anderen doch nicht aus, sie hassen mich ja – wie alle, alle anderen rechtschaffenen Leute."

„Was sollen die Reden? Du bist kein schlechterer Bursch als die anderen."

„Der Bauer hörte ja selbst, was sie sagten."

„Ach, boshafte Erfindung!“
„Es ist doch wahr, was sie sagen.“
„Wegen Diebstahls bist du doch nicht im Gefängnis gewesen?“
„Doch, das bin ich. Ich habe es sonst niemand erzählt als Tahvo letzten Winter auf dem Heuboden, da er vorgab, mein Freund zu sein; aber nun will ich es Euch erzählen, weil Ihr immer so freundlich gewesen seid.“
„Erzähl nur!“
„Ja, ich werde es Euch erzählen“, beginnt Junnu mit stokkender Stimme, schnaufend, als wenn er seine Tränen verschluckt. „Es war so, daß sie mich Bettlerjungen in ihr Netz lockten ... sie stießen mich durch das Fenster, denn sie konnten nicht selbst durchkommen, und zwangen mich, einen Eimer Milch, drei Brote und einen Topf Butter zu stehlen; aber ich kannte sie alle genau, und ich habe sie auch angezeigt. Ja, etwas Schlimmeres habe ich nie getan ... ich habe immer von meinem Eigenen gelebt, aber sie sind mir alle auf dem Nacken, sowohl hier als daheim. – Hunde sind Hunde, sie sind sich gleich in der ganzen Welt.“
„Aber du kannst doch nirgendwo dieser Welt entgehen.“
„Ich könnte ihr aber doch wohl etwas aus dem Wege gehen, wenn Ihr nur helfen wolltet. Ich würde keinen Lohn verlangen, wenn Ihr mir bloß ein kleines Landlos von Eurem Oberfeld überließet.“
„Ein Landlos! Ja, wo sollte denn das sein?“
„Ich habe mir so gedacht in der Richtung nach Kontio-Ödwald zu.“
Da der Bauer kein Wort erwidert, fährt Junnu fort: „Ich habe mir so gedacht in der Richtung, auch bereits einen Ort gewählt – am Ufer des Mustisees –, und Ihr könnt ja die Abgabe bestimmen, die Ihr haben wollt.“
Eigentlich konnte der Bauer nichts dagegen haben, einen ansässigen Arbeiter auf seinem Grunde wohnen zu lassen. Ja, wenn er sich's richtig überlegte, so traf es sich ganz gut, gerade am Kontiowald, bei dem Mustisee, einen Kätner zu bekommen. Er war dessen wohl nicht ganz sicher, aber es war doch eine gewisse Wahrscheinlichkeit dafür vorhanden, daß ... er hatte ja davon in den Zeitungen gelesen. Und

wenn der andere nun absolut dahin wollte, dann – ja, weshalb nicht?

„Na, über den Zins werden wir wohl einig werden", sagt er und fügt hinzu: „Du gibst mir wohl etwas Bedenkzeit?"

„Am liebsten ziehe ich morgen früh hinaus nach dem Walde – und kann es nicht anders gehen, so stelle ich einen Knecht an meine Stelle."

Der Bauer sinnt wieder etwas nach und sagt dann, indem er sich erhebt: „Nun, so wird man sich dir wohl fügen müssen, weil nichts anderes hilft. Die Bedingungen können wir ja später immer mal näher festlegen."

Junnu bleibt drinnen in der halbdunklen Bauerntube sitzen.

Lange hatte er sich mit diesem Gedanken getragen. Je älter er geworden war, desto schwerer konnte er den Hohn und die Herzlosigkeit der Menschen ertragen, und desto schmerzlicher fühlte er, wie sie alle gleichsam gegen ihn verbündet waren. Er hatte angefangen, Mißtrauen gegen alles in der menschlichen Natur zu hegen, gegen die Worte und gegen die Handlungen der Menschen. Er hatte das Gefühl, als ob alle mit Fingern auf ihn zeigten, wo er auch sein mochte, ob daheim oder im Dorfe. Er hatte versucht, die Menschen für sich zu gewinnen durch Freundlichkeit, gute Worte und tatkräftige Hilfe, wo sich nur die Gelegenheit bot. Aber sie hatten ihn alle zum Narren gehalten, so wie eben Tahvo, dem Junnu seine ganze Lebensgeschichte anvertraut hatte. Wenn die Männer den Tabak, den er von der Stadt mitgebracht hatte, geraucht und die Mädchen das Zuckerzeug, das er gekauft, gegessen und den Kaffee, den er gekocht, getrunken hatten, waren sie gleich wieder bereit, ihn wegen seines Äußeren auszulachen und seine Ungelenkigkeit und Dummheit zu verspotten. Und das alles ohne andere Absicht, als ihn in eine grenzenlose Raserei zu bringen, ihn zu einer Tat zu reizen, die ihn von neuem in Ketten und Banden und in den Kerker bringen mußte. Darauf lauerten sie alle, um seine Spargelder in die Finger zu bekommen, die er, wie sie wußten, bei der Holzflößerei sich verdient hatte.

Alle hatten versucht, ihn zu hintergehen, alle waren sie ihm auf dem Nacken, und die Feinen an der Spitze.

„Wenn du bekennst, sollst du gut davonkommen“, hatte der Landvogt ihm damals vor Gericht gesagt. Aber er log, der Mann. Als er bekannt hatte, verurteilten sie ihn auf der Stelle zu Peitschenhieben. Wären seine Hände damals nicht gehörig gebunden gewesen, so hätte er den Mann am Richtertisch erwürgt.

Ja, wahr war es, was die anderen Gefangenen gesagt hatten, daß in dieser Welt der Arme nie sein Recht bekommt, wie es nun auch im Himmel damit sein möge. Sie säßen fett und gut, all die feinen Herren des Staates, und die Kleinbauern seien nur ihre Handlanger und Sklaven, sie wären nur so eine zusammengewürfelte Schar, ohne Ansehen der Person!

Der Pfarrer hatte doch damals seinen harten Sinn geschmolzen. Er sagte und versicherte, daß jeder, dem sein Urteil geworden und der ehrlich seine Strafe ausgestanden habe, ebensogut sei wie alle anderen, die keine Erlaubnis hätten, ihn zu quälen und zu plagen – frei könne er Pate und gerichtlicher Zeuge sein. Aber gelogen hatte er auch, dieser Pfarrer. Erst nachdem er aus dem Gefängnis herausgekommen war, fingen die Leute an, ihm recht im Ernst das Leben fast unerträglich zu machen. So konnte es ja freilich wahr sein, was der Pfarrer gesagt hatte, daß wenn er nicht für Menschen tauge, so tauge er doch für Gott – aber er verstand das alles nicht und konnte es nicht zu Ende denken; sooft er damit begann, rauschte es im Kopfe, und der Sinn verwirrte sich, so daß er nichts begriff.

Soviel war ihm aber jetzt klar, daß er fort mußte, fort von ihnen allen, fort für alle Zeit. Er wollte in die Einöde flüchten, sich wie ein Bär in seiner Höhle verbergen. Dann konnten sie sehen, die Hunde, ob sie kommen dürften, um sich mit ihm herumzubeißen.

Er erhebt sich heftig und geht hinaus – nicht einmal diese Nacht möchte er am gewohnten Orte bleiben.

Er nimmt seine Sachen aus der Schlafbude, steckt ein Brot in die Birkenrindentasche und schleicht aus dem Hofe, ohne daß ihn jemand sieht. Er entfernt sich bald von der Landstraße und begibt sich auf einen wenig betretenen Nebenpfad.

Er folgt dem Zaun der Pferdeweide, und hart daneben weiter drinnen Junnus rotbrauner Namensgenosse. Für ihn hatte er immer gut und zärtlich gesorgt, nun wiehert er ihm zu, als er seine Tritte in der Ferne hört. Er bleibt ein wenig neben ihm stehen, streichelt zärtlich seinen Hals, plaudert mit ihm und läutet eine Weile mit seiner Glocke. Das war sein einziger Freund, der einzige, der ihm nie ein verletzendes Wort zugerufen und in dessen Auge er nie versteckten Spott gelesen hatte.

3

Es ist ein Sonntagvormittag, da Junnu in seine Einöde hinauszieht. Während alle anderen in der Kirche sind, ist er drüben beim Bauern gewesen, ohne daß ihn jemand gesehen hat. Er hat für seine Ersparnisse seinen rotbraunen Freund erstanden, und man ist mündlich übereingekommen, daß Junnu zehn Jahre nacheinander das Feld bebauen soll nur gegen Zahlung des Zehnten von der Saat. Überdies hat sich der Hofbesitzer ausbedungen, daß, wenn es Junnu in den Sinn kommen sollte, unter die Leute zurückzukehren, alle Gebäude auf dem Landlos dem Hofe gehören sollten.

„Jawohl, zu den Leuten zurückkehren, wenn man ihnen erst glücklich entronnen ist!" Junnu lacht vor sich hin, während er sein Pferd am Zügel führt, aufzusitzen bringt er nicht übers Herz, und dringt tiefer und tiefer hinein in den Ödwald.

Recht dumm von ihm, daß er nicht schon vor langer, langer Zeit diesen Traum verwirklicht hat! Aber wie hätte er auch ahnen können, daß es trotzdem einen Menschen in der Welt gab, der ihn nicht beiseite stoßen und betrügen wollte! Und den Grund zehn Jahre ohne Zins, ohne kleinliche Knauserei oder sonstige Forderungen hinzugeben – ja, diesem Manne wollte er dankbar sein, zehnfach dankbar, freiwillig wollte er ihm alles bringen, was er über seinen Bedarf aus dem Lande zog. Und indem er an alle diese Güte denkt, schmilzt sein Sinn, sein Unterkiefer bebt, und er muß sich mit der runzligen Hand eine Träne aus dem Auge wischen.

Er wandert schnell die wilden, grasbewachsenen Viehpfade dahin, die sich ohne Unterbrechung längs des Randes der Sümpfe und des Saumes der Wälder dahinziehen, wo kaum andere Menschen den Fuß hinsetzen. Er klettert auf den Rücken einer hohen Felskuppe, von wo er nichts sieht als einen endlosen, gelb werdenden Herbstwald und schlafende Sümpfe hinter jedem Waldvorsprung. Die Welt der Menschen ist weit fort, wohin man auch die Blicke wenden mag, hinter den Hügeln hört man keinen Laut, steigt kein Rauch als Zeichen menschlicher Wohnungen. Aus weiter, weiter Ferne klingt von Zeit zu Zeit das Anschlagen eines Jagdhundes, und ein Schuß hallt dumpf in vielfältigem Echo durch die Wälder. Aber die Jäger gehen ihre eigenen Wege, sie kommen nicht, um ihn zu stören.

Aus Vorsicht zupft er einen Büschel Moos und stopft es in die Glocke des Wallachs, als er wieder weiterwandert.

Aber nicht einmal daheim in seiner Hütte erhält seine Seele Frieden. Wochen hindurch peinigten ihn die Unruhe und die Furcht, daß die „Welt" ihn vielleicht auch in diesem Versteck finden werde, daß die Spötter ihn aufsuchen, in Scharen kommen werden, um ihn dort zu vertreiben. Vielleicht würde Tahvo seine Drohung verwirklichen und wegen seines Mordversuches zum Richter gehen.

Und den ganzen Herbst hindurch wird er von diesem Gedanken gepeinigt.

Seine Hütte steht in einer Talsenkung am Ufer des Sees mitten zwischen zwei hohen Hügelzügen. Nahe an der Stelle, die er sich gewählt hatte, stand schon von alters her eine halb eingestürzte Waldhütte, die einst gebaut worden war, um den Köhlern ein Obdach für die Nacht zu bieten. Er hat deren Dach ausgebessert und wohnt so lange in ihr, wie er an seiner Hütte baut. Wenn die erst fertig ist, will er die Waldhütte als Stall benutzen.

Schon während er Balken und Schindeln zimmert, dünkt ihm hie und da, als höre er deutlich Schritte drinnen im Dikkicht des Waldes und sehe jemand sich zwischen den Stämmen bewegen. Er hält inne mit dem Hämmern und späht wie ein entlaufener Sträfling nach seinen Verfolgern, regungslos und mit verhaltenem Atem. Besonders während des Sonntags ist ihm bange vor Besuchen, und der Sicherheit halber geht er fort, schon am frühen Morgen, in den Wald hinein, mit seinen Netzen und Jagdschlingen. Wenn er sich dann später, nach Anbruch des Abends, seiner Hütte nähert, schleicht er wie ein Dieb in sein eigenes Haus, spähend, horchend, ehe er es wagt, in die Stube zu treten.

Aber niemand kommt. Und als der Schnee fällt, hat Junnu ein Dach auf seiner Balkenhütte. Am Allerheiligentag heizt er zum erstenmal den neuen Ofen.

Es flammt auf dem Herd, das brennende Holz knistert gleichsam vor Freude, und der Rauch zieht dicht von Wand zu Wand unter dem Dach. Junnu hat sich, so lang er ist, auf die Bank gestreckt, raucht seine Pfeife und starrt in das Feuer.

Nun hat er doch ein eigenes Dach über dem Kopf und eigene Wände zum Schutz. Nun hatte er eine Stätte, eine Freistätte; hier hatte er das Recht, jeden fortzuweisen, der sich etwa eindrängen wollte, um ihn zu stören. Er braucht sich vor niemand mehr zu bücken oder jemand zu Gefallen sein.

Wäre nun bloß noch seine alte Mutter am Leben gewesen, so daß er sie hierher hätte führen können, kommt ihm plötzlich in den Sinn. Jahrzehntelang hatte er sie vergessen, ja, sich ihrer nicht erinnern wollen. Sie war, wie er, in der Welt geächtet gewesen und hatte niemals ein eigenes Dach über dem Kopfe gehabt. Sie war tot, von Verleumdung geschändet, verhöhnt und getreten von den Menschen und in die Erde gesenkt worden in jenem Hungerjahr in einem ungehobelten Sarg unter einem Haufen anderer, und kaum war mit der Kirchenglocke bei ihrer Beerdigung geläutet worden...

Er war so rauh und hart mit ihr gewesen, während sie lebte; aber sie hatten ihn ja ins Gefängnis geführt und Mutter und Sohn mit Gewalt getrennt.

Und als er endlich wieder herausgekommen war, waren beide verhöhnt und verspottet worden: „Sieh, da kommt die Dirne mit ihrem Sohn! Jannas Junnu, der Bankert! Jannas Junnu, der Bankert!" Von dieser Stunde an begann er sich seiner Mutter zu schämen und sie sich seiner. Und beide machten große Umwege, bloß damit sie sich nicht trafen.

Aber als es mit ihr zu Ende ging, schickte sie einen Boten und bat ihren Sohn, zu kommen und mit ihr zu sprechen. Junnu war damals beim Holzfällen und schämte sich, zu ihr zu gehen; denn die Botschaft kam so, daß alle sie hörten. Bald erschien ein anderer Bote, ob er nicht kommen und dafür sorgen wolle, daß seine Mutter ehrlich beerdigt würde. „Mögen sie selbst die beerdigen, die beerdigt werden sollen!“ antwortete er und ging nicht.

Aber das alles hätte anders sein können... Und wenn auch seine Mutter auf andere Weise hätte leben können, so peinigen ihn doch jetzt diese Gedanken. Und um diese Erinnerungen zu vertreiben, geht er schnell hinaus, um Weidenbänder an den Schlitten zu binden, um sich auf den Winterweg vorzubereiten und sich für die Frachtfuhre zu rüsten, wodurch er Geld verdienen wollte, um sich eine Kuh anzuschaffen. Er hätte Arbeit erhalten können mit dem Fahren von Stöcken am anderen Ende seiner Gemeinde. Aber dort würde er ja wieder mit jenen Menschen zusammengetroffen sein, denen er gerade entgangen war.

Er fährt nach der Stadt im Nachbarkreise und vermietet sich dort für Frachtfuhren nach dem Kirchdorfe und der Umgebung.

Den halben Winter tummelt sich Junnu herum, ganz drunten am Meeresstrand mit Kaufmannswaren nach dem Innern des Landes.

Keine Seele kennt ihn dort, und niemand fragt ihn, was es mit ihm sei. Aber gleichwohl weicht er den Höfen aus, als wäre es in seiner eigenen Gegend, fährt um die größten Flecken herum und läßt die anderen Fuhrleute weit hinter sich.

Wenn kein harter Frost oder kein Schneegestöber ist, speist er am Wegrande und sucht nur Obdach für die Nacht seines Pferdes wegen. Von den Fenstern, Hofräumen und Kreuzwegen begafft man ihn, lacht über ihn, und man verhöhnt ihn – und um Rast zu halten, nimmt er stets seine Zuflucht zu langen, häuserlosen Landzungen. Hier ist er ganz allein, ganz für sich mit seinem Pferde, mit welchem er sich stundenlang unterhält, das er liebkost und dem er bei der schwierigsten Arbeit Hilfe leistet dadurch, daß er mit Hilfe eines langen Taues sich vorn am Schlitten einspannt und die Anhöhen hinauf mitzieht.

Aber seit der Weihnachtszeit beginnt die Straße belebter zu werden, und Marktleute fahren von Stadt zu Stadt.

Und einmal, als er sich mit seiner Last über eine steile Anhöhe schleppt, kommt ihm ein Schlitten mit Herren in großen Pelzen mit roten Gürteln gerade entgegen. Wie sie fast neben ihm sind, schreien sie, daß er aus dem Wege gehen solle. Aber bevor er seinen Schlitten zur Seite drehen kann, haut einer der Herren auf dem anderen Schlitten mit einer ellenlangen Peitsche Junnus Wallach mit aller Kraft über den Rücken. Junnu fährt in voller Raserei aus dem Schlitten, vergißt sein Pferd, das erschreckt in vollem Galopp davonjagt, reißt einen Pfahl aus dem Zaun und setzt den Herren nach.

Sie jagen davon, was das Pferd laufen kann, aber auf dem nächsten Hügel holt er sie ein, und mit der Kraft der Erbitterung schmettert er den Pfahl gegen den Schlitten. Die darin sitzen, haben gerade so viel Zeit, ihre Köpfe zu ducken, der Pfahl zerspringt in zwei Stücke am Vorderbrett, und Junnu bleibt schnaufend vor Wut hinter dem Schlitten stehen.

Als er zurückkehrt, findet er seinen Lastschlitten neben dem Wege hinter dem anderen Hügel und das Pferd schaumbedeckt und zitternd mit der Schlittenstange auf dem Rücken. Mit geballten Fäusten und schluchzend vor Wut brüllt er Worte von Rache und Verderben den Fahrenden nach, hinaus über die stille Landstraße, und sein Zorn legt sich nicht, ehe es ihm einfällt, daß es doch ein wahres Glück sei, daß er nicht dazu gekommen, einen Totschlag zu begehen. An dem nächsten Rastort, an dem er einkehrt, für sein ermattetes Pferd zu sorgen, vernimmt er, daß die Herren im Hof gewesen sind und gewiß Eisenbahningenieure gewesen seien. „Sie mögen achtgeben, die Schufte, daß sie mir nicht noch einmal in den Weg kommen!“

Aber er will fort von den Straßenräubern und Beutelschneidern, er fängt an, Bedauern zu empfinden über die Arbeit und Anstrengung seines Pferdes. Und da der Verdienst gut gewesen ist und er kein Verlangen nach mehr trägt, kehrt er nach Hause zurück, stets Kirchdörfer und bebaute Stellen meidend, er reist nach Hause, und auf dem

Boden des großen Schlittens liegt eine junge Kuh, die er aus seinen Ersparnissen bezahlt hat.

Er hat sie sorgfältig in Felle und Matten eingehüllt und sitzt selbst auf dem Vorderbrett des Schlittens. Es ist ihm, als ob es ein Menschenkind wäre, das dort liegt und ihn mit seinen großen, hellen Augen anstarrt, wenn er sich hin und wieder umkehrt, um sie zu streicheln. Er ist in guter Laune, singt leise und lächelt still über seine Gesellschaft und träumt mit glücklichem Herzen, je mehr er sich seiner Heimat nähert. „Nun ist weder Not noch Sorge zu fürchten, Pferd, Kuh und eigene Hütte, nein, es ist keine Not zu befürchten ... keine, gar keine!"

Als er das Haus erreicht, ist es fast ganz in Schneewehen begraben, hier ist für niemand Weg, nicht eine einzige Menschenspur, nur Hasen und Feldhühner sind auf dem Hofplatze umhergetrippelt.

4

Für Junnu beginnt eine frohe Zeit, die langen Tage im Vorfrühling hat er mit eigenen Arbeiten vollauf zu tun. Er hackt Holz, fährt Heu heim und Balken für seine neuen Gebäude, seinen Viehstall und seinen Schuppen.

Seine gute Laune wird aber eines Morgens gestört, als er auf seinem Wege nach dem Walde von Ölfeldern Axtschläge hinüberhallen hört. Es muß wohl ein Holzhauer sein, aber er wollte ihn auf keine Weise in seine Hütte lassen.

Und er kommt auch nicht hinein, es scheint, daß er mit seiner Fuhre nach der Stadt auf dem anderen Seeufer fährt. Und er kehrt auch während vieler Tage nicht zurück. Aber eines Tages, als Junnu, aller Sorgen wieder ledig, in seinem Schlitten sitzt, fährt derselbe Mann an ihm vorüber, in den Wald hinein; aber er spricht kein Wort, da Junnu, ohne seinen Mund aufzutun, mit abgewendetem Gesicht an ihm vorüberfährt. Das Pferd stammt aus dem Hofe des Bauern, Tahvos früheres Fuhrpferd, der Kutscher aber ist ein fremder Mann.

Viele Tage kommt und verschwindet der Mann in derselben Weise. Es hat nicht den Anschein, als wolle er Junnu stören, es mag wohl ein neu angekommener Knecht sein, brav und fleißig, und als sie einander wieder begegnen, hält Junnu sein Pferd an, steckt seine Pfeife in Brand und beginnt mit dem Manne zu plaudern. Tahvo, so vernimmt er, soll zur Frühlingszeit in den Dienst der Krone, beim Eisenbahnwesen, da der Herr ihn nicht behalten mag und weil sie sich über den Lohn nicht einigen können. Junnu findet Gefallen an dem Fremden, er ist fast höflich gegen Junnu, wundert sich über den nicht großen Verdienst, von dem Junnu erzählt, und so wird dieser gesprächig und plaudert fröhlich über vieles andere, von seinen neuen Gebäuden, der Bude und dem Viehstall. Er bittet den Fremden, mal vorzusprechen, wenn sein Weg wieder vorüberführt. Der Knecht kommt, dankt, bewundert und spricht zu Junnu wie zu einem Meister, und wie sehr Junnu sich auch anstrengt, er kann doch nicht einen einzigen spöttischen Schimmer in den Augen des Knechts entdecken.

Eines schönen Sonntags kommt der Hofbesitzer selbst hinüber, Junnu zu begrüßen. Er sagt, er habe heute seine eigenen Sachen ruhen lassen, um herauszukommen; er hätte befürchtet, daß Junnu für Zeit und Ewigkeit da draußen in den Schneewehen begraben säße. Junnu kocht Kaffee und bietet Tabak vom Kirchdorfe, und auch er, der frühere Bauer, lobt die ganze Einrichtung.

„Ja, du wirst es wahrhaftig noch zu einem ganzen Hofe bringen, da du einen solchen guten Grund gelegt hast", sagt er.

Und sie schwatzen zusammen über Junnus jungen Ackerbau und beraten sich, wo sich das Saatfeld und die Wiese am besten anlegen ließen, der Bauer rät, den Acker auf der ganzen Seite des Grundes zwischen dem Hause und dem See aufzubrechen. Junnu ist der Meinung, daß man etwas weiter ab besseres Ackerland fände; aber der Bauer wendet ein, daß der beste Acker immer derjenige sei, der dicht vor den Fenstern liege.

‚Sollte wirklich auch ich einmal zu der Würde und dem Ansehen des Bauern kommen, sollten die anderen wirklich einmal gezwungen werden, mich als richtigen Menschen zu behandeln?' denkt Junnu, als der Bauer weggefahren ist.

Und beim Frühlingsanfang eilt Junno noch eifriger an die Arbeit, hingerissen von seinen stolzen Träumen. Er fällt ein großes Stück Wald auf der Südseite eines Hügelabhanges. Er umzäunt einen kleinen, abgebrannten Laubwald, pflügt Land zum Acker und rodet und richtet unten am See eine Wiese ein. Seine glücklichsten Tage sind die Sonntage. Diese genießt er in Gesellschaft seines Pferdes! Er trabt mit ihm dahin über Felder und Moor, er setzt sich bei ihm hin mit der abgebrannten Pfeife, streichelt es und plaudert mit ihm und bietet ihm kleine Leckerbissen, Brot und Salz, das er in seiner Tasche mitgebracht hat.

Die Sprossen seiner Frühlingssaat schießen in kräftigem Grün empor und schwellen saftig und gesund aus. Und wenn er sie betrachtet und über das neue Leben nachdenkt, das er jetzt führt, so drängen sich ihm die Tränen ins Auge, und sein Kinn bebt. Aber gerade in solchen Augenblicken befällt ihn eine grundlose, unverständliche Angst, eine Angst davor, es könne etwas geschehen und sein Glück zerstören und zerschmettern. Er sucht bangen Ahnungen bestimmte Formen zu geben. Einmal im Schlaf dünkt ihm, daß die unbekannte Gefahr wie eine schwarze, bleischwere Wolkenwand gegen ihn heranziehe, über die Felder donnernd und polternd, das Dach vom Hause reißend und ihn selbst kopfüber zu Boden werfend. Er denkt über den Traum nach, grübelt über dessen Bedeutung und über die Mittel, einem kommenden Unglück vorzubeugen.

Wenn nur der Bauer nicht aus irgendeinem Grunde ihm zürne und er ihn nicht vertreibe; denn ein schriftlicher Vertrag sei ja nicht vorhanden. Er will den Acker dort anlegen, wo der Bauer vorgeschlagen hat, vielleicht wird er dort ebensogut, wenn er auch etwas schwerer anzulegen ist.

Oder vielleicht will der Pastor von ihm den Zehnten haben, da er doch jetzt eine Kuh hält, oder er wird ihm gram sein, weil er niemals in die Betstunde oder zum Abendmahl kommt. Und vielleicht würde der Staat durch den Lehnsmann die Steuer eintreiben lassen?

Und er geht zum Pfarrer, schenkt einen ganzen Kübel Butter und bittet, in die Beichte kommen zu dürfen, und meldet sich zum Abendmahl.

Auf der gleichen Schlittenfahrt ordnet er seine Kronsteuer, er bezahlt seinen Anteil im voraus an den Schreiber des Kronvogtes.

Nun sollte aber kein Lebendiger ihn wieder stören können, weder Himmel noch Erde habe jetzt ein Recht, ihn zu verfolgen, denkt er, als er in der Abenddämmerung den Heimweg antritt.

Gern hätte er selbst mit Tahvo Aussöhnung gesucht, hätte er nur gewußt, wo dieser zu finden wäre. Aber vielleicht hat jetzt dessen Erbitterung etwas nachgelassen, da er noch gar keine Feindseligkeit gezeigt hatte.

Und all seine Furcht ist nahe daran, zu verrauchen, als er wieder an die Mutter denken muß. Wenn nun der Gemeinderat anfangen sollte, über ihren Unterhalt mit ihm zu prozessieren, wenn man erst dahinterkäme, daß er Pferd und Kuh halte.

Oder angenommen, Gott der Herr selbst würde ihn seinen Zorn fühlen lassen, weil er so herzlos gegen sie gewesen war, solange sie lebte, und nicht einmal fürs Glockenläuten gesorgt hatte, als sie starb.

Er kehrt um und fährt zum Gemeindevogt, spricht mit ihm und schenkt mehrere Mark für die Kasse der Armen, da man nicht mehr in anderer Weise eine Rückzahlung annehmen will, und dann geht er zum Tischler im Kirchdorf und bestellt bei ihm ein Kreuz für das Grab seiner Mutter.

Das gibt ihm Ruhe. Jetzt, so meint er, müßten er und die böse Welt ihre Differenzen erledigt haben. Jetzt kann doch niemand mehr Gewalt über ihn erlangen oder irgendwie einen Grund finden, ihn zu überfallen. Ja, vielleicht haben sie nicht einmal die Absicht.

Er merkt es ordentlich, wie sein Sinn milder gegen sie geworden ist, er will nicht mehr an seine bösen Ahnungen glauben, wenn sie sich zuzeiten wieder hervorwagen.

5

Zwei Jahre hat Junnu in seiner Hütte hinter Einöden und Sümpfen gelebt, und niemand hat ihn gestört.

Aber als er im dritten Frühling am Ufer des Sees sitzt und

fischt, hört er einen fremden Laut drinnen aus der tiefen Wildnis. Es ist wie der ferne Klang einer Axt und dann wie das Krachen eines fallenden Baumes. ‚Aber wer wird doch zu dieser Jahreszeit Holz fällen?' fragt er sich ein wenig seltsam berührt. Er lauscht schärfer und ist nun sicher, daß da drüben viele Männer mit dem Fällen von Bäumen beschäftigt sind. Der Wald widerhallt den ganzen Tag, und am folgenden Morgen vernimmt er ganz deutlich, daß der Lärm sich ihm genähert hat. Am Morgen des dritten Tages schleicht er sich hinter der Hütte hinauf auf den Felsrücken und sieht eine große Fichte über dem Wipfel des Waldes wanken und fallen. Und kaum hat er einen Atemzug getan, da fällt schon wieder ein anderer neben der vorigen. Er überlegt lange, ob er hingehen und sich Klarheit darüber holen soll, was dort vorgeht und wer ihm von dieser Seite sich nähert.

Er grübelt darüber, während er über den Hofplatz geht, während seiner Arbeit, während er ißt, und grübelt noch, als er sich zur Ruhe niederlegt. Und weil aus diesem Grunde kein Schlaf über seine Augen kommt, steht er auf und begibt sich auf den Weg dorthin, woher er die Axtschläge und Männerstimmen vernommen hat.

In dem Walde ist keine einzige Seele; aber die Bäume sind gefällt, ein Baum liegt neben dem anderen in schnurgeraden Reihen, und abgeschälte Stöcke sind als Merkmale in den Boden gesteckt.

Aber die Lichtung lief ja gar nicht neben der Losgrenze seines Bauern! Dieser Wald gehört doch wohl seinem Hofbesitzer? Ob er wohl das Waldland verkauft hatte? Würde Junnu vielleicht einen Nachbarn bekommen?

Aber wie er eine kleine Strecke längs des Aushaues dahingeht, sieht er, daß derselbe, den Felsvorsprung umgehend, sich dem Rand des Sumpfes entlang weiter hinauszieht, in einer immer schnurgeraden Linie so weit, als der Blick reicht. Junnu kehrt in seine Hütte zurück, liegt lange wach in bangem Zweifel, bis die Sonne aufgeht, kann aber keine Klarheit erlangen. Die Arbeit geht schlecht, stets will er horchen, und immer hört er den Lärm sich nähern, bis er am Sonnabendmittag aufhört.

Am Sonntag geht er wieder bis an die Linie heran. Sie ist ein großes Stück näher gekommen und scheint sich nach dem Tal zu ziehen, die Mündung gerade seiner Hütte zugekehrt.

Und als er Montag morgen zur Frühstückszeit von dem Einzäunen der Waldwiese zurückkommt, hört er die Axtschläge ganz in der Nähe, hinter dem Feld am Waldvorsprung.

Es wird gesprochen, die Äxte fällen, und plötzlich stürzt eine große Tanne über die Waldgrenze heraus, und im gleichen Augenblick treten zwei Männer über diese hervor.

Als sie die Feldgrenze entlang gegen den Hof zugelaufen kommen, verzieht Junnu, der bisher unbeweglich an einer Ecke der Hütte saß, das Gesicht, verbirgt sich in seiner Stube und schlägt die Tür zu. Aber als er sich nicht enthalten kann, durchs Fenster zu gucken, sieht er die Herren mitten auf dem Felde beschäftigt, ein sonderbares dreibeiniges Ding aufzustellen, mit dem sie zuerst nach dem Walde und dann gerade nach seiner Hütte zielen, gleich als wollten sie ihm quer durch die Scheibe ins Auge schießen.

In diesem Augenblick geht jemand am Fenster vorüber, faßt die Türklinke, und Tahvo tritt ein. Er reicht Junnu freundlich die Hand, setzt sich auf die Bank und sagt: „Ich bringe dir heute seltene Gäste, Junnu!"

„Was für Leute sind denn das?" fragte Junnu.

„Es sind Ingenieure."

„Was haben sie hier zu tun?"

„Wir wollen eine Eisenbahnlinie eröffnen."

In diesem Augenblick traten die Herren in die Stube.

„... Tag ... Tag", sagten sie überlegen. „Na, hier ist wohl ein kleines Bauernwesen, obschon wir keine Ahnung davon gehabt haben. Seid Ihr der Hausherr?"

„Ja, er ist beides, Hausherr und Hausfrau, er baut das Feld und sorgt zugleich auch für das Vieh", erklärt Tahvo, während Junnu steht und sich an dem Ofen zusammenduckt und die Fremden anstarrt, ohne zu wissen, was er davon denken soll oder was das für Leute sind und was sie hier wollen, und dennoch dünkt es ihn, als ob er die Gesichter von früher her kennen müsse.

Die Herren, zwei junge Ingenieure, nehmen die Hütte in Besitz, als gehöre sie ihnen, werfen die Überröcke ab, legen ihre Sachen auf Bänke und Bretter, und Tahvo stellt den Korb mit Mundvorrat auf den Tisch.

„Können wir hier etwas Milch bekommen?“ fragen sie.

„Geh hinaus und schaffe etwas Milch für die Herren“, fordert Tahvo auf.

Junnu gehorcht instinktmäßig. Er gießt mechanisch die Milch aus dem Kübel in die Kanne, und als er damit aus der Bude zurückkehrt, wirft er einen Blick hinüber, nach dem gefallenen Baumriesen und nach dem seltsamen dreibeinigen Ding auf seinem Felde, das noch immer dasteht und nach seinem Haus zielt – und bringt dann die Milch in die Hütte zu den Herren.

Wieder stellt er sich neben die Ofenbank, betrachtet seine Gäste und raucht krampfhaft aus seiner Pfeife.

Als die Herren gegessen haben, erzählt ihm Tahvo, daß eine Eisenbahnlinie hier durch die Gegend gelegt werden solle, daß man daran sei, sie zu öffnen, und daß zum Herbst die Arbeit beginnen solle.

„Sie wird hier durchführen diesen Weg, gerade in dieser Richtung, wie durch die Hütte geschossen.“

„Durch die Hütte?“ preßte Junnu endlich hervor.

„Ja, Ihr werdet ein wenig Platz machen müssen“, sagt einer der Herren.

„Dein Feld und deine Wiese mußt du anderswo anlegen.“

„Anderswo anlegen?“

„Ja, ja, eben, hier hilft kein Maulspitzen, wenn der Staat befiehlt.“

„Der Staat befiehlt?“

„Ja, wenn er befiehlt, so hat man nur zu gehorchen.“

Tahvo sieht aus, als ob er spotten wolle, seine Augen leuchten vor Schadenfreude, und ratlos betrachtet Junnu abwechselnd ihn und die Herren. Ja, sicher waren das die gleichen Herren, die im vergangenen Winter sein Pferd gepeitscht hatten. Wenn sie nur nicht mit anderen Absichten gekommen waren, wenn sie nur nicht mit Tahvo im Bunde steckten.

Ohne daß ihn Junnu fragt, erzählt Tahvo, daß er als Gehilfe dieser Herren gerade aus dem Städtchen gekommen sei. Es seien mehr Leute, etwa zwanzig, die an der Eröffnung dieser Linie weiter entfernt im Walde drüben arbeiten, und die Arbeit wird gut bezahlt, drei Mark täglich bei eigener Kost – und wenn erst richtig die Arbeit beginnt, hat man ihm für die ganze Dauer Beschäftigung versprochen. Es sei doch keine Arbeit so reell wie diejenige des Staates. Ja, und wenn man ein Pferd hätte, so könnte man erst recht Geld verdienen.

„Aber du hast ja ein Pferd? Du kauftest ja den alten Wallach…"

Junnu antwortet nicht.

„Und eine Kuh hast du noch obendrein. Für ihre Milch kannst du tüchtig Geld bekommen, wenn die Arbeit hier drinnen im Ödwald einmal beginnt … und sie dauert wohl lange. Vielleicht gehst du auch in den Dienst des Staates?"

„Nein, dazu habe ich keine Lust."

„Es könnte doch sein, daß du dazu gezwungen würdest, wenn sie dir das beste Land nehmen und dein Gebäude der Eisenbahn wegen niederreißen lassen."

„Aber wenn ich es nun nicht niederreißen lasse?"

„Sie müssen es niederreißen; denn sie dürfen von der einmal festgesetzten Richtung nicht abweichen. Sie haben größere Höfe als den deinigen niedergerissen. Sie weichen niemals aus, außer vor Kirchen."

Junnu will sich auf keinen Streit einlassen. Man weiß ja doch nicht, welcher Art die sind…

Als die Herren gegessen haben, machen sie sich zum Gehen bereit; sie werfen einige Geldstücke für die Milch auf den Tisch und gehen aufs Feld zu ihrem Apparat, den sie jetzt mitten auf dem umzäunten Platz aufstellen. Tahvo steckt einen Pflock an jener Stelle in die Erde, wo die Maschine gestanden hat, einen anderen in den Hof und einen dritten neben den Wald am anderen Ende des Feldes. Die Herren rufen Junnu zu, als sie gehen, daß es unter Strafe verboten sei, diese Pflöcke auszureißen, und verschwinden im Walde.

Als sie fort sind, kommen andere Männer mit Äxten, auch sie gehen quer über das Feld und über den Hofplatz. Sie sehen Junnu nicht, der in seinem Hause wie gelähmt sitzt und ihnen nachstarrt, und bald fangen sie an, im Wald auf der anderen Seite Bäume zu fällen.

Erst als sie alle verschwunden sind, fängt Junnu nach und nach an zu begreifen, was geschehen ist.

Spaßeshalber könnten sie nicht so zahlreich gekommen sein. Vielleicht waren sie doch Eisenbahnarbeiter ... vielleicht war die Drohung wahr, daß man die Bahn hier durch und gerade mitten durch sein Haus führen ... alle seine Gebäude niederreißen und seine Felder verderben würde ... vielleicht kamen Hunderte von Arbeitern hierher, er und alles, was er besaß, würde unter die Füße getreten – er würde wie mitten in einem Dorfe stehen.

Die Wahrheit wird ihm plötzlich wie mit einem Donnerschlage klar, eins nach dem anderen versteht er, es ist ihm, als ob Stein um Stein auf seinen Kopf fiele.

Er soll also fort? Wieder hinaus und bei fremden Leuten die Erde treten? – Aber er räumt den Platz nicht! Er rührt sich nicht von der Stelle! Sie sollen nur wagen zu kommen, sein Birkenknüttel soll krachend auf den Schädel eines jeden niederfallen.

Das Blut steigt ihm zu Kopfe. Ohne ihn um Erlaubnis zu fragen, haben sie seinen Wald gefällt und seinen besäten Acker zerstampft. Und als sie an seinem Tische saßen, wie prahlten sie so tölpelhaft und hochmütig damit, die Hütte über seinem Kopfe niederreißen zu wollen. Warum hatte er ihnen nicht das Schüreisen um die Köpfe gehauen? Warum hatte er ihnen nicht einen Abschiedsgruß gegeben, daß ihnen die Lust am Wiederkommen vergehen sollte? Aber er kann sie noch einholen...

Er ist schon im Begriff, ihnen nachzusetzen, hält aber wieder inne...

„Nein, nicht auf diese Weise ... nicht durch Faustkampf oder Gewalt. Das war ja gar nicht nötig. Er hatte ja das Recht auf seiner Seite. So sollten sie sich nur heranwagen! Sie konnten ja den Kampf beginnen. Er fürchtete sich nicht vor der Regierung oder deren Handlangern.

Er geht hinaus zu den Stäben, die sie eingesteckt haben, reißt sie aus der Erde und wirft sie in den flammenden Ofen.

6

Zur Herbstzeit aber ist die Eisenbahnarbeit rings um Junnus Hütte in vollem Gange. Der Wald dröhnt auf beiden Seiten, Dynamitsprengungen donnern, ohne Aufenthalt klingen die Hammerschläge der Steinhauer, die Rufe der Fuhrleute und das „Ohoi! Ohoi!“ der Pfahlrammer.

Junnus Hütte steht gerade zwischen zwei Städten, und auf ihrem Platz soll eine große Station gebaut werden, wo der Handel und Verkehr dreier Kirchspiele zusammentreffen sollen. Die Umgebung der Hütte muß geräumt, der Wald weggehauen, die Felder geebnet und alle Gebäude niedergerissen werden. Und Junnu hat Befehl erhalten, seine Wohnung zu räumen.

Aber Junnu hat sich nicht vom Fleck gerührt, und er hat auch nicht im Sinne, es zu tun. Er will nichts wissen, was um ihn her geschieht. Er weicht allem aus, umgeht die Arbeitsplätze und will niemand kennen. Obgleich man ihn darum bat, hat er sich geweigert, Milch zu verkaufen, und denjenigen, die ihn selbst um Nachtlager angingen, hat er geantwortet, daß die Hütte für ihn selbst nicht zu groß sei. Ja, selbst zur Benutzung der Badestube oder Bude will er niemand Erlaubnis erteilen.

Die Ingenieure haben ihm wiederholt sagen lassen, er müsse noch vor Allerheiligen seine Gebäude niederreißen, sie würden sonst auf seine Kosten von den Leuten des Staates niedergerissen werden. Junnu antwortete, daß er nicht gesonnen sei, sich zu rühren.

Aber das Wohnhaus muß jedenfalls fort, denn die Schienen sollen mittendurch gelegt werden.

„Dann mögen die Schienen einen Umweg um das Haus herum machen.“

„Das geht nicht an, Umwege zu machen.“

„Man hätte ja eine andere Stelle wählen können, wer hat gesagt, daß die Gleise hier liegen sollen?“

Man betrachtet ihn als närrisch und will nicht weiter in ihn dringen, bis es höchste Zeit ist. Er würde wohl mit der Zeit auf bessere Gedanken kommen. Aber Junnus Erbitterung steigt, je mehr sich die Schienen von beiden Seiten nähern.

Als er mit seiner Sommerarbeit zu Ende ist, fängt er an, große Balken heranzufahren, und als man ihn fragt, was damit sei, antwortet er, daß er die Absicht habe, noch vor Ankunft des Winters eine neue Kammer und eine Badestube zu bauen.

Die Ingenieure senden den Hofbesitzer, um ihm zuzureden.

„Will der Bauer alles bezahlen, was das Umziehen und Umlegen des Ackers kostet?“ fragt Junnu voller Zorn.

„Was sollte mich wohl dazu nötigen?“

„Hält mich denn die Krone schadlos?“

„Ich glaube nicht, daß der Staat deinen Knecht spielen wird.“

„Aber was hattet Ihr denn im Sinn, als Ihr mir erlaubtet, zehn Jahre ohne Bodenzins hier zu wohnen – und nun wollt Ihr mich aus dem Hause werfen?“

„Meinetwegen hättest du hier zwanzig Jahre wohnen können.“

Junnu fängt an, ein leises Mißtrauen gegen den Meister zu empfinden. Seine Augen blinzeln so unsicher, und sein Fuß bewegt sich unruhig hin und her während des Gesprächs. Er könnte wohl sicher die Schmach und den Schaden verhindern, wenn er nur wollte, aber er war wohl mit den anderen verbündet, er war ja immer gut Freund mit den Vornehmen gewesen, so wie jetzt mit diesen Ingenieuren, in deren Gesellschaft er auf dem Arbeitsplatz umherstrich, und seine Pferde hatte er auch zur Eisenbahnarbeit hergegeben.

Aber sie könnten gern alle gegen ihn sein, alle! Er habe das Recht auf seiner Seite, und an dem wolle er festhalten. Er wollte sie verscheuchen, sie zum Weichen zwingen, Rache an allen nehmen.

Weshalb kamen sie hierher und störten ihn, da er sie doch in Ruhe ließ! Sie hätten ja seitwärts vorüberfahren können mit ihrer Eisenbahn, nein, seine Hütte sollten sie nicht niederreißen, solange er aufrecht stehen konnte.

Sie würden wohl auch schwerlich so viel Umstände mit ihm gemacht haben, wenn er das Recht nicht auf seiner Seite gehabt hätte. Auch hätten sie ihm kaum so eifrig Arbeit angeboten, wenn sie seiner hätten spotten können.

Und es war wohl nur eine leere Drohung, daß die Ingenieure ihm befohlen hatten, vor Allerheiligen alles zu räumen, weil sonst der Landvogt ihn mit Gewalt aussetzen würde.

Der Allerheiligentag kommt näher und näher, und das Legen der Schienenlinie und die Erdarbeiten rücken drohend vorwärts. Sie hacken schon die Wurzelpflöcke aus der Erde, sprengen Steinblöcke, daß die Balken des Hauses krachen und Stücke und Splitter gegen die Scheiben prasseln. Junnu kann seine Hütte nicht verlassen und irgendwohin gehen, ohne bei jedem Schritt mit Menschen zusammenzutreffen, die nach seiner Meinung ihn mit spöttischen Blicken betrachten. Sobald sie ihn erblicken, senden sie ihm aus der Ferne Spottworte und höhnende Rufe nach, sie fragen, ob er es versteht, seine Kuh rein zu melken, ob er wohl den ganzen Hof mit Viehbestand und sämtlichen Dienstboten allein regieren könne und ob er vielleicht die ganze Arbeit an dem neuen Stationsgebäude allein übernommen habe...

Er lebt wie im Belagerungszustand und wagt zuletzt gar nicht mehr, sein Haus aus den Augen zu lassen, weil er befürchtet, daß sie, während er fort ist, vielleicht kommen und alles umreißen könnten. In größter Eile und nur an Festtagen macht er sich auf nach dem Dorfe, um Mehl zu holen. Zuletzt verfällt er ganz seiner Erbitterung, er geht nicht aus, außer wenn er seine Tiere füttern muß, liegt und duselt auf der Bank oder lauert auf die Bewegungen des Feindes ringsum.

Am Abend vor Allerheiligen sieht er Tahvo über den Hofplatz kommen, und kurz darauf tritt er herein. Junnu sitzt beim Tabakschneiden in einer Ecke und tut, als wenn er ihn nicht sähe. Tahvo bleibt vor dem Ofen stehen, um die Hände zu wärmen.

„Sie haben mich gebeten, dir zu sagen, daß du deine Sachen wegräumen müssest, denn man will morgen zur Mittagszeit daran, dein Haus niederzureißen ... und du tust am besten daran, zu gehorchen“, fährt er fort, als Junnu nicht antwortet. „Du würdest nur den kürzeren ziehen, wenn du es auf die Gewalt ankommen ließest.“

Junnu hackt nur noch eifriger, ohne zu antworten, und haut einmal so hart, daß das Brett knallt.

„Hättest du nicht vielleicht Lust, die Hütte hier zu verkaufen?" grinst Tahvo und dreht den Kopf ein wenig. „Ich kaufe sie, wenn du verkaufen willst; hundert Mark gebe ich gleich auf der Stelle. Gehst du darauf ein?"

„Nein."

„Ja, einen besseren Preis erhältst du von niemand. Der Landvogt ist schon hier, und er schwor, daß er dich sofort austreiben würde, wenn du dich nicht gutwillig entferntest. Sie sagen, daß sie dich samt der Hütte in die Luft sprengen würden, wenn du halsstarrig seiest... Aber vielleicht gelüstet es dich, nochmals in die Klauen der Kronleute zu kommen?"

„Hinaus mit dir!" zischt Junnu und fährt in die Höhe.

„Ja, ich werde gehen, aber dir wird man auch bald hinaushelfen!"

Aber als er sieht, wie die schwere Schneidebank in Junnus Fingern gleich einer leichten Schachtel in die Höhe fährt, huscht er schnell zur Tür hinaus und kann sie gerade noch zuwerfen, als die Bank krachend gegen die Türpfosten knallt und von da in die Vorstube fliegt, wo sie rasselnd gegen einen alten Eisentopf schlägt.

„Jawohl, solch ein Schweinekerl wollte meine Hütte haben! Er, der an allem Unglück schuld ist. Er, der sie hierhergeführt hat, all dieses Pack! Ohne ihn wären die fremden Herren nie hierhergekommen! Ah so, sie wollen also meine Hütte mit Gewalt abbrechen? Sie wollen mich mit Hilfe des Landvogts aus meiner eigenen Wohnung hinausjagen? Nun, nun, sie mögen es versuchen zu kommen, die..."

Aber er hat noch nicht die Tür schließen können, als auch schon der Landvogt und einer der Ingenieure hereintreten.

Er nimmt die Mütze nicht vom Kopf, geht nicht von der Bank herunter, auf die er gekrochen ist, und beantwortet ihren Gruß gar nicht.

„Nun, jetzt kommt man wohl, um mich hinauszuwerfen?" fragt er mit einem spöttischen Gelächter.

„Ja, man wird wohl genötigt sein, dich hinauszujagen, wenn du nicht gutwillig gehen willst. Aber wozu dich auf die Hinterbeine stellen, Junnu, du wirst doch einsehen, daß es nichts nützt, wenn die Obrigkeit befiehlt", sagt der alte Landvogt freundlich.

„Mit welchem Recht befiehlt sie?"

„Der Staat hat den Grund gekauft, die Bahn soll hier durchgehen, und das läßt sich nun nicht ändern."

„So, er hat es gekauft? Aber die Kaufbriefe sind mir nicht vor die Augen gekommen."

„Das ist aber auch nicht nötig. Du wohnst auf dem Grund und Boden eines anderen."

„Aber das Haus ist mein, und ich habe das Recht, das Land hier zehn Jahre lang zinsfrei zu benutzen."

„Woher hast du dies Recht?" fragte der Ingenieur.

„So wurde es mit meinem Hofbesitzer verabredet."

„Hast du Papiere?"

„Nein, Papiere habe ich nicht; aber so war die Verabredung."

„Ja, mein guter Mann, die Verabredung gilt gar nichts, wenn das Land einmal deinem Hofbesitzer gehört und er seine volle Bezahlung dafür erhalten hat."

„Hat er Bezahlung erhalten? – Aber ich habe für mein Haus keinen Pfennig erhalten, auch hat er mir nichts angeboten."

„Das geht uns nichts an, wenn dein Hofbesitzer, dem der Grund gesetzlich gehört, seine Bezahlung erhalten hat."

„Der Bauer? Aber der kann doch nicht für mein Haus Bezahlung erhalten haben?"

„Ja, die hat er wirklich erhalten, wie ich es dir sage; das ist übrigens eine Angelegenheit für euch beide allein. Mit euren Verabredungen und Streitigkeiten hat der Staat gar nichts zu tun."

Eine Weile sitzt Junnu, ohne ein Wort zu sprechen, dann richtet er sich auf und ruft: „Ist es wahr, daß er ein ebenso großer Schurke ist wie ihr anderen?"

„Weißt du, mit wem du sprichst?" sagt der Landvogt aufgeregt und stellt sich vor Junnu hin.

„Mit Fälschern, mit Räubern der Regierung! Hinaus aus meinem Haus, hinaus!"

„Junnu, ich warne dich zum letztenmal!"

„Ja, warne du nur, du Lügner, du Hund!" Die Worte

bleiben ihm fast im Munde kleben, und seine Stimme röchelt.

„Der Mann ist toll. Es nützt nichts, mit ihm zu zanken und zu streiten." Und sich an die Arbeiter wendend, die sich vor der Tür gesammelt haben, ruft der Ingenieur: „Anfassen und niederreißen! Wir haben keine Zeit mehr, uns zu zanken..."

„Da siehst du nun, daß kein Schwatzen hilft", versucht der Landvogt ein letztes Mal in begütigendem Tone zu sagen.

Aber ohne etwas zu begreifen, ohne etwas zu vernehmen als das eine, daß sie jetzt wirklich im Ernst ihn aus seinem Hause treiben wollen, daß sie ihm sein Recht und sein Eigentum entreißen wollen, fährt er an dem Landvogt vorüber, dem Ingenieur nach in den Hof hinaus, wo ihm die Arbeiter ausweichen, während Neugierige von allen Seiten herbeiströmen.

„Mein Haus reißt ihr nicht nieder!" brüllt er und erhascht einen Zaunpfahl von der Einhegung.

„Tut eure Pflicht!" kommandiert der Ingenieur. Aber die Leute bleiben unentschlossen stehen.

„Was fürchtet ihr euch vor einem einzigen, ihr Kujons! Hinauf aufs Dach, oder ich entlasse euch allesamt aus dem Dienst!" ruft der Ingenieur.

„Und ich zerschmettere jedem den Schädel, der sich zu rühren wagt..."

„Damit schreckst du niemand ab!" sagt Tahvo und springt gerade neben Junnu die Leiter hinan.

Junnu schlägt nach ihm, trifft aber nicht, und da der Pfahl in seinen Händen zerspringt, faßt er krampfhaft die Leiter und schüttelt sie so rasend, daß sie auf die Erde fällt und Tahvo, der schon bis an die Dachrinne gekommen ist, mit sich reißt.

Tahvo stößt einen wilden Schrei aus und fällt in Ohnmacht. Im gleichen Moment wird Junnu von dem Landvogt und den Ingenieuren beim Nacken ergriffen, sie rufen andere zu Hilfe, man drückt Junnu gegen eine Wand, schlägt ihn zu Boden, schnürt ihm mit einem Strick die Arme zusammen und wirft ihn, machtlos, wie er ist, auf den Boden seines eigenen Schlittens.

„Ah so, du willst dich gegen die Obrigkeit auflehnen... Ich werde dich lehren, du Esel!“ brummt der Landvogt ganz außer Atem und zieht an dem Strick. „Bringt das Pferd aus dem Stall, Leute!“

Junnu liegt ausgestreckt auf dem Boden seines Schlittens und sieht, wie sie sein eigenes Pferd aus dem Stall ziehen und vor seinen Schlitten spannen. Er zieht ein paarmal rasend an den Stricken, versucht, sich auf die Beine zu stellen, aber da er merkt, daß es unmöglich ist, legt er sich zurück und bleibt unbeweglich liegen. Während er so daliegt und warten muß, bis der Landvogt zur Abreise bereit ist, sieht er, wie sie die umgeworfene Leiter wieder an seiner Hüttenwand aufstellen, und als der Schlitten unter Holpern und Klappern auf der nackten Erde davonfährt, rasseln die Bretter vom Dach herunter, und die Birkenrinde fliegt in langen Fetzen, vom Herbstwind getragen, über das Feld.

„So, haben wir den Bären aus dem Loch!“ höhnt man hinter ihm her, und spöttische Hurrarufe erreichen sein Ohr.

7

Er ist mit einer Buße, Schadenersatz, Schmerzensgeld und einigen Monaten Gefängnis für gewaltsame Verhinderung der gesetzlichen Funktionen eines Beamten davongekommen. Aber mit Abwarten der Gerichtsverhandlung und des Urteils war die Zeit vom Herbst bis in den Vorsommer hinein verstrichen.

Mit rasiertem Kopf und in Gefangenentracht hat man ihn zu St. Johannis aus dem Lehnsgefängnis hinaus in den Gemeindekerker geführt und dann in Freiheit gesetzt.

Er geht vom Gefängnis geradeswegs in die Einöde hinein, die ihn unwiderstehlich anzieht.

Sein Pferd hat man verkauft, um die Gerichtskosten zu decken, die Kuh aber hat man unter die Obhut einer alten Frau gestellt, die sie den Winter über zu besorgen versprochen hat.

Junnu ist abgemagert, gebeugt und abgezehrt. Die Stirn ist düster und gefurcht. Die Wangen sind hohl und gelblich über die Knochen gespannt, so daß es aussieht, als beiße er stets die Zähne zusammen. Die Augen liegen tief im Kopfe; aber sie strahlen hin und wieder in unheimlichem Glanz.

Weder vor den Schranken noch im Gefängnis, auch nicht, als er von dort in Gesellschaft des wohlbekannten Gefangenenwärters wegfuhr, hat er viele Worte geäußert. Von dem Augenblick an, da man ihn mit Gewalt in seinen eigenen Schlitten warf, hat er trotzig geschwiegen.

Vor dem Gericht wurden seine Leumundszeugnisse vorgelesen, aus denen deutlich hervorging, daß er bereits einmal als Dieb bestraft und zugleich der vaterlose Sohn eines unverheirateten Weibes war. Er hatte sich gar nicht verteidigt, die Zeugen gar nicht zu entkräftigen versucht, weder geleugnet noch gestanden. Und als sein Hofbesitzer dem Richter erklärte, daß man diesen Mann nie als recht klar im Kopf betrachtet habe, weil er ohne Ursache in blinde Wut geraten sei, da ließ Junnu den Schurken reden, und die anderen glaubten es.

Aber damals begannen dunkle Gelüste sich in ihm zu regen, und sie reiften im Arrest und in der einsamen Zelle des Bezirksgerichts.

Sie machten seinen Kopf nicht mehr schwindeln oder alles vor seinen Augen dunkeln, diese Anfälle von Groll, so wie früher. Nein, sie haben sich im innersten Winkel seines Herzens angehäuft, dort sind sie liegengeblieben und angeschwollen und haben gepreßt, sich in sein Blut eingesogen und in seiner Seele festgebissen wie fressender Rost.

Er will den Hof seines Dienstherrn niederbrennen, er will Tahvo und den Landvogt töten, die Ingenieure will er aus einem Hinterhalt im Walde niederschießen und sich an all denen rächen, die sein Geld und Gut ihm geraubt, ihn gepeinigt und verhöhnt und ihn wie ein wildes Tier aus seinem Nest gejagt haben!

Der Bauer hat ihm geschmeichelt, seinen Ackerbau gelobt, nur um das Doppelte der Entschädigung für sein Land vom Staate zu erhalten. Tahvo hat über seine Rache triumphiert. Alle haben sie über sein Unglück ein Hohngelächter angestimmt...

Nein, es ist keine Gerechtigkeit unter den Menschen zu finden, Wölfe sind sie, hungrige Köter, die nur fressen, in

Fetzen reißen wollen, wessen sie habhaft werden, und die den letzten Blutstropfen aus dem Körper saugen.

Aber Rache will er haben, Rache, und wenn er auch darüber zugrunde gehen soll... Und während er so denkt, flammt sein Auge wild auf, und seine Zähne knirschen.

Ohne selbst zu wissen, wie, geht er aufs Geratewohl über die Waldheide der Einöde zu. Aber seine Kräfte sind durch das viele Stillsitzen und die schlechte Kost geschwächt, und er muß einen Augenblick am Wegrande ausruhen. Hungrig ist er, Tabak hat er nicht; Monate hindurch hat er ihn entbehren müssen, aber beständig nach ihm geseufzt.

Seine Erbitterung schwindet für den Augenblick, die Rachegedanken schwinden, und die seelische Spannung läßt nach.

Was hat er doch getan, daß die Menschen so unbarmherzig gegen ihn sein können, daß die Welt ihn so zertritt? Hat er sich nicht stets bestrebt, dienstfertig zu sein und denen zu helfen, gegen die er sich vergangen? War nicht er es, der immer auf der Landstraße beiseite wich und andere vorüberfahren ließ? Weshalb stellen sie ihm denn nach?

Und doch – wenn er nun gleichwohl noch einmal nach einem Orte flüchten könnte, wo keine lebendige Seele ihn hörte und sah, wenn er sich ein Pferd verschaffte und eine neue Hütte baute...

Aber wie kann er wissen, ob sie nicht wiederkämen, ihm alles zu zerstören, daß sie ihn nicht wieder zehn Mann stark überwältigen, ihn binden und in das Gefängnis werfen würden. Und dann nahmen sie ihm vielleicht auch die Kuh... Sie war wohl schon geraubt worden, man hatte sie vielleicht aus dem Wege geschafft – und in Angst davor eilt er dorthin, wo er sie zu finden hofft.

Die Frühlingsluft ist kalt und feucht, und die jung belaubten Bäume scheinen zu zittern. Er kennt jeden Fleck, diesen Weg ist er früher so manches Mal gewandert. Aber gar nichts ist mehr wie in alten Tagen. Je tiefer er in die Einöde eindringt, desto breiter wird der Weg und desto mehr ist der Wald verheert. Der einstige Viehpfad ist aufgerissen, er ist mit Wagen befahren worden, und die Räder haben die Rinden von den Bäumen gerieben. Über die Moräste sind

Brücken geschlagen, und längs des Weges liegen mächtige Fichtenstämme mit ihren abgehauenen Kronen.

Und auf einmal dünkt ihn, als ob all diese Spuren und Zeichen von da fortführten, wie wenn Menschen in wildester Eile mit schweren Lasten und Karren da hindurch geflüchtet wären, in vollem Schrecken, über den Abhang hinaus, alles Überflüssige umwerfend. Sie hatten ihre Arbeit unterbrochen, eine Macht hatte sie mit Zauberkünsten vertrieben, ohne ihnen bei Nacht Ruhe oder bei Tag Frieden zu gönnen... Die wildesten Geister des Waldes hatten Steine von den Felsrücken herab in die Talsenkung geschleudert, zur Nachtzeit alles zerschmetternd, was Menschen bei Tageslicht mühsam gebaut, und alles aufbauend, was diese zerschmettert hatten: seine kleine Hütte und den Schuppen! Dann waren die Menschen fortgetrieben worden, der eine den andren im Gedränge überfahrend, so daß die Schwachen über den Wegrand gedrängt wurden, dort hinunter, wo Trümmer von gestürzten Wagen, Schlittenbäume, losgerissene Räder und Pferdeskelette verstreut lagen.

Und wie das Dunkel dichter und dichter wird, beginnt er, sich noch stärker mit dem gaukelnden Phantasiebild zu beschäftigen; er will Gewißheit haben, daß sie wirklich alle fort sind, und ungeduldig jagt er den Weg dahin, wo es ihn dünkt, als flüstere es ihm geheimnisvoll von beiden Seiten zu. Er entfernt sich vom Flußpfad und eilt quer durch den Wald, gerade auf den Mustisee zu.

Er hat sich das alles so oft in den schlaflosen Nächten im Gefängnis vorgegaukelt. Er hat gesehen, wie der Weg breiter wurde, wie der Wald wich, er hat Menschen und Pferde in langen Reihen Steine und Bäume fortschleppen sehen, hat gesehen, wie sie Baumstümpfe rodeten und Felsen in die Luft sprengten, wie sie auf sein Dach kletterten, die Sparren hinunterwarfen und das Rindendach in alle Winde streuten, und oft hat er in Gedanken den Ofen allein in der Ruine stehen sehen draußen im Brachfeld – wie nach einer Feuersbrunst.

Aber eine solche Umwälzung, eine so vollständig greuliche Verwüstung, wie sie sich nun plötzlich offenbart, als er aus dem dunklen Wald tritt, das hätte er nie ahnen können.

Sie ist schon fertig, diese Eisenbahn, der Erddamm ist gebaut, die Gräben sind gegraben, die Schienen gelegt, und mitten auf dem Schienenweg, gerade vor seiner Nase, grinst ihm eine Reihe Sandwagen entgegen, von dem hohen Damm und vor ihnen dampft keuchend eine abscheuliche, pfeifende Lokomotive.

Ermattet und kaum mächtig, sich aufrecht zu halten, schleicht er längs des Schienenwegs vorwärts nach seiner Hütte.

Draußen im Moor stehen die breitbeinigen Rammböcke, und um sie herum liegen Pflastersteine und gestürzte Schubkarren in einem Haufen wirr durcheinander.

Er starrt nach seinem Haus draußen auf seinem alten Brachfeld – aber er findet nichts. Brachfeld und Acker sind mit Sand bedeckt; Hütte, Stall, selbst die Balken der Badestube und Bude sind fort, spurlos fort, und wo sie gestanden haben, ist man dabei, eine neue Grundmauer zu bauen, wohl das Fundament eines großen Hauses. Das einzige, was er von seinem früheren Eigentum findet, ist das Bruchstück einer Leiter.

Er beginnt sich zu ängstigen. Es ist ihm, als wird er gejagt und verfolgt von bösen, unsichtbaren Geistern, im Wald lauern sie auf ihn, strecken und dehnen sich, um ihn an den Beinen zu erhaschen, zischen und zischeln rings um ihn. Er will davonstürzen, hinaus in die Wildnis, aber dort starren ihm die Türen und Fenster vieler Häuser entgegen, eines hinter dem anderen, dorther kommen die Lokomotiven und Wagen, dort stehen die Rammböcke und alles andere. Er eilt hinunter zum See. Aber kaum ist er auf die andere Seite des Fahrdammes gelangt, wo der lose Sand unter seinen Füßen kreischt, als er entdeckt, daß er vor seiner Waldbadestube steht, und er hält an.

Es sieht aus, als wenn sie bewohnt wäre. Durch einen Spalt in der Tür hört er drinnen schnarchen, und als er den Kopf hineinsteckt, sieht er am Boden vor dem Feuer eine alte Frau, die schläft. Es ist eben die, welcher Junnu seine Kuh anvertraut hat.

„Die Kuh? Wo ist meine Kuh?“

„Sie ist wohl noch bei ihrem Futter“, sagt die Frau zu ihm,

als sie erwacht und sich nach dem Schlaf ein wenig erholt. „Sie haben ja diese Waldhütte hier doch stehenlassen, obschon sie damit drohten, sie niederzureißen. Aber die Reihe kommt wohl auch an sie, wenn sie erst mit den anderen Sachen fertig werden. Man redet davon, daß die Eröffnungsfeier zu St. Johanni stattfinden soll. – Ja, deine Wohnung haben sie niedergerissen, und der Bauer verkaufte die Wände an Tahvo, der sie eine Strecke weiter hinaus in den Wald transportiert hat. Sie sagen, daß er dort einen Branntweinausschank hat und daß er schwer reich geworden sein soll. Bei ihm kannst du auch dein Pferd finden. Der Tagedieb ging hin und erstand es beim Zwangsverkauf für fünfzig Mark. Ja, es gibt schlimme Schurken in dieser Welt", fährt sie in tröstendem Tone fort, als sie Junnu gekrümmt, die Ellbogen auf die Knie gestützt, auf der Badestubenschwelle sitzen sieht. „Alles rauben sie einem Mann, alles, was er sein nennt, sein Eigentum, sein Heim. Sie machen die Hütte, die das Werk eines anderen ist, dem Boden gleich und verkaufen sein einziges Pferd. Und wenn der Bauer angekommen wäre, er hätte ihnen die Erlaubnis gegeben, das Heu zu nehmen, das du selbst in Sumpf und Moor gesammelt hast; aber da erhob ich Einspruch. – Ja, da droben muß deine Kuh sicher sein. Sie geht von hier aus am Abend hinauf auf die Nachtweide. Man wagt ja gar nicht mehr, sie hinauszulassen, ohne sie zu hüten, außer nachts, seitdem diese Dinger, diese Lokomotiven, angefangen haben, hin- und herzufahren. Die Kühe verstehen sich nicht darauf, daß sie gefährlicher sein können als ein Pferd, und so sind diesen Sommer auch schon zwei Stück Vieh überfahren worden. Und Entschädigung zahlen sie nicht, jeder muß, sagen sie, selbst auf sein Vieh achtgeben."

„Aber wer hat gesagt, daß du hier bleiben sollst?"

„Mir erschien es nicht rätlich, von hier fortzugehen, da ich hier einen so guten Preis für die Milch erhalte."

„Ihnen verkaufst du Milch?"

„Ja, sie zwangen mich dazu, sie sagten, daß sie ein Recht darauf hätten – und dein Heu lag ja hier."

„Wohin geht Omena auf die Nachtweide?"

„Nicht weit. Da drüben gerade hinter den Schienen unter

den anderen Kühen. Ich sollte glauben, man könnte ihre Glocke hier hören. Du findest sie wohl gleich. – Aber ich möchte doch gerne ein wenig Morgenkaffee für dich kochen, wenn du mir Zeit lassen willst."

Aber Junnu will nicht warten. Er erhebt sich und geht hastig dem Walde zu, wo er zwischen den Bäumen verschwindet.

8

Der Tag steigt bereits hinter dem Hügelkamm herauf, und ringsum erwachen Lärm und Stimmen.

Horchend wandert Junnu längs dem Schienenweg, entfernt sich ein wenig davon und kehrt wieder zurück und geht dicht an ihn heran; es ist, als ob er sich nicht recht getraute.

Nicht einen einzigen Tag will er an diesem Ort bleiben. Er will sogleich seine Kuh suchen, einen Strick um sie schlingen und mit ihr seiner Wege gehen, ehe ihn jemand gesehen hat. Dann mochte es im übrigen gehen, wohin es auch sei, hinein in die Einöde, fort nach einer anderen Gemeinde! – Bloß daß er hier wegkäme, weit von hier, wo hinter jedem Baum, jedem Stein ein Dämon auf ihn lauerte.

Er ist nicht weit gegangen, als er plötzlich den Klang einer wohlbekannten Glocke hört und stehenbleibt. Als sie zum zweitenmal klingt, geht er weiter nach dem Schall.

Ein kleines Brachfeld öffnet sich vor seinem Blick, er kennt es gut, letzten Sommer hat er dort Kohle gebrannt und Hafer gesät. Und mitten darauf steht sein ehemaliges Pferd. Aber nun ist es mager und abgezehrt, es trägt noch die Winterhaare, aber diese sind da und dort abgerieben, der Rücken ist geschwollen, an Hals und Bug sieht man das nackte Fleisch. Die Mundwinkel sind aufgerissen, der Kopf hängt. Es erkennt seinen alten Herrn, kann aber, weil es angebunden ist, nicht zu ihm, es wiehert nur ganz leise und reibt das Maul an seinem Arm.

„Aber was haben sie doch mit dir gemacht, o die Niederträchtigen, diese Hunde!" jammert Junnu. Und vergessend, daß er nicht mehr der rechtmäßige Besitzer ist, faßt er es am Glockenriemen und zieht es mit sich fort.

„Holla, Mann! Was willst du mit meinem Pferd?“ ruft einer drinnen aus dem Walde.

Es ist Tahvo.

Als er Junnu wiedererkennt, fährt er zusammen und bleibt stehen; aber sobald er entdeckt hat, daß Junnu unbewaffnet ist, während er selbst ein Beil in der Hand hat, bekommt er wieder Mut und läuft hinzu.

„Fort von meinem Pferd!“ brüllt er, indem er die Axt schwingt und ebenfalls den Glockenriemen erfaßt.

Junnu läßt los. Und als er einen Augenblick ratlos und schwach dasteht und keine Lust bezeigt, sich in eine Schlägerei einzulassen, stößt Tahvo ihn mit geballter Faust in die Seite, so daß Junnu in den Knien wankt und umsinkt.

Tahvo springt auf den Rücken seines Pferdes, haut es mit einem Pflock über die Flanke und reitet fort.

Junnu hat keine Kraft, ihm nachzueilen, er wird nicht einmal zornig, er läßt den anderen ihn einen Pferdedieb und Banditen nennen und mit dem Richter und dem Gefängnis drohen – bis er schließlich im Wald verschwindet.

„Nun, beeile dich, Tölpel“, hört er Tahvo sein Pferd anschreien.

„Es gehört ihm ja“, denkt er schwerfällig, „es gehört ihnen ja alles – sie können ja tun, was sie wollen.“

Er erschlafft, fällt ganz widerstandslos zusammen – die Morgensonne dringt grell in seine Augen, als sie sich über den Wald erhebt, sein Kopf schwindelt, und er streckt sich schläfrig auf dem Boden aus, vergißt seine Kuh, seine Flucht und alles...

Aber kaum hat er die Augen geschlossen, als ein durchdringendes, schrilles Pfeifen sein Ohr erreicht und ihn wie ein Peitschenhieb trifft. Er hört ein Gerassel und Klirren von Eisenketten, er weiß nicht recht, ob er noch im Gefängnis ist oder ob er träumt.

Als er nach und nach begreift, daß es die Lokomotive sein muß, die gepfiffen hat, und daß sie es sein muß, die sich nähert, da denkt er an seine Kuh, springt auf und eilt dahin über Stock und Stein den Schienen zu, wie um etwas zu verhindern, eine Gefahr abzuwenden.

Eine kleine Herde Kühe steht jenseits des Sanddammes im

Begriff, nach den Schienen zu wandern. Junnu kennt die vorderste von ihnen, es ist die seinige – und sie will auch sofort zu Junnu hinüber, sie hebt den Kopf, wimmert leise, brüllt und setzt sich in wiegenden Trab, die Glocke um ihren Hals schlägt den Takt dazu.

Aber als sie zu den Schienen kommt und gerade den Damm hinabklettern will, pfeift die Lokomotive an der Kurve und pustet Dampf aus, in vollem Tempo daherbrausend.

Die Kuh bleibt mitten auf dem Bahndamm stehen, starrt wirr die Lokomotive an und kann weder vorwärts noch rückwärts.

Die Dampfpfeife der Lokomotive schrillt, brüllt und lärmt, aber die Maschine kann nicht halten.

Junnu stürzt hervor, winkt und ruft, was er nur kann, erfaßt seine Kuh bei den Hörnern, sie widerstrebt, wenn Junnu zieht, und drängt vorwärts, wenn er sie zurückdrängen will... Er hat sie halbwegs über die Schienen gezogen, als die Lokomotive unter Fluchen und drohendem Fäusteballen der Führer und dem kreischenden Scharren der Bremse seine Kuh vor seinen Augen mitten entzweischneidet.

Den halben Körper schleppt sie weiter mit sich, während das Vorderteil in den Händen Junnus, der an den Hörnern festhält, zurückbleibt.

Sie lebt noch kurze Zeit, ihre Halssehnen zittern, sie bewegt die Beine, als wenn sie fort wollte, aber dann fällt sie mit steifem Hals und offenen Augen, die Junnu anstarren, vor ihm am Rande des Bahndammes nieder.

9

Der im Flaggenschmuck prangende Festzug hält am Johannistage vor Mustisee-Station, deren halbfertige Gebäude mit grünem Birkenlaub geschmückt sind. Es ist der erste Zug auf der neuen Strecke, ein Vergnügungszug, zu dem die Eisenbahngesellschaft alle Arbeiter und Beamte der Bahn und als Ehrengäste alle hervorragenden Männer der Kirchspiele eingeladen hat, welche die Linie durchzieht.

Von Junnu hat niemand etwas gehört oder gesehen seit dem Tage, an dem die Lokomotive seine Kuh überfuhr und er fortging, wie man sagt, nach dem Kirchhof zu.

Dann und wann glaubten aber die Führer der Materialzüge, ihn am Waldsaum in der Nähe der Schienen herumschleichen zu sehen. Dort, wo die Bahn, die schnurgerade eine Strecke Weges an der Station vorüberläuft, plötzlich eine scharfe Kurve macht und zwischen gesprengten Felsblöcken hinauf auf einen gewundenen Sanddamm und über einen Morast führt, liegt ein Mann auf den Knien und versucht, eine Schiene von der Bahnschwelle loszureißen. Schweißtriefend, in fieberhafter Bewegung und hin und wieder nach der Station schielend, versucht er mit derbem Schlag mittels einer Birkenstange die Schiene vom Boden loszuzwängen. Er hat seine letzten Kräfte für diese Arbeit aufgespart, die er nun ins Werk setzt.

Alle seine Feinde, alle seine Verfolger und Plagegeister, die Ingenieure, den Landvogt, seinen Hofbesitzer, Tahvo, die Arbeiter, die Lokomotive und deren Führer und alle anderen, die im Bunde gegen ihn gewesen sind, von denen der eine nicht besser ist als der andere, diese will er nun alle miteinander vernichten, sie von einem gemeinsamen Rachen verschlingen lassen und kopfüber in den dünnen bodenlosen Morast hinabsenden...

So hat er es sich ausgedacht – das ist ihm klargeworden in diesen Tagen, wo er den Wald durchstreift hat unter nagendem Hunger, nur hervorgelockt durch die Lokomotive, die hin und her eilte, unwiderstehlich hinab zur Eisenbahnlinie gezogen, wo er auf alles genau achtgegeben hat. Er hat sich während der Nacht dorthin geschlichen, gesehen, wie die Schienen gelöst und wieder festgenagelt wurden, und er hat gehört, wie die Arbeiter zusammen über den Festzug nach dem Städtchen am St. Johannistag sprachen...

Hätte er nur eine Eisenstange und einen schweren Schmiedehammer gehabt, so daß er mit einem einzigen Schlag und einem Ruck das spröde Eisen hätte sprengen können...

Aber der Nagel will nicht aus seinem Lager. Und doch, er muß sein Werk vollbringen, es soll gelingen, es muß!

Die Lokomotive sprüht Dampf auf der Station, das Volk strömt in schwarzem Gewimmel zusammen, sie springen in die Wagen, nun rufen sie schon Hurra, und nun spielt die Musik, daß der Wald widerhallt.

Er schlägt mit aller Kraft mit dem Axtrücken, und die Niete springt. Er steckt die Stange unter die Schiene, und sie gibt ein wenig nach. Aber der andre Nagel bindet noch, und die Schiene gleitet wieder langsam zurück.

Der Zug pfeift zur Abfahrt von der Station – gedehnt und durchdringend.

Der zweite Nagel ist ebenso fest wie der erste. Er kann ihn nicht zerschmettern, bis sie schon vorbeigefahren und – gerettet sind.

Er könnte es ja auf ein andermal verschieben? Nein, das will er nicht, das kann er nicht – jetzt, jetzt gerade soll es geschehen. Jetzt sollen alle seine Qualen gerächt werden.

Er ergreift wieder die Stange, führt sie unter die Schiene und wirft sich darauf.

Er nimmt die Axt und fängt wieder an, mit der Schneide dreinzuschlagen, um das Eisen zu spalten. Aber die Axt trifft einen Stein, schlägt Funken nach allen Seiten, und die Schneide springt ab. Der Zug ist schon sehr nahe, sein Kolbenschlag nähert sich mit fliegender Schnelle.

Er packt wieder die Stange, führt sie unter die Schiene und wirft sich mit dem ganzen Gewicht seines Körpers darauf ... die Schiene klafft vom Boden auf, die Schwelle kracht, und der Nagel löst sich.

Nun, nun werden sie ihm nicht entwischen! Aber als er sich noch einmal niederwirft, während er schon das Geklapper der Räder von den Felswänden widerhallen hört, bricht die Stange, und er stürzt rücklings auf die Gleise. Rasend springt er auf, umkrallt mit den Händen die Bahnschiene, hakt seine Finger hinein, erfaßt mit den Zähnen den Nagel und zerrt und rückt, ohne mehr zu wissen, was er tut ...

Die Lokomotive keucht hinter seinem Rücken ...

Sie entschlüpfen seinen Händen, sie werden gerettet, sie fahren über seinen Leichnam dahin ...

Niemals!

Er dreht sich zur Seite, sieht die Lokomotive mit den

wehenden Flaggen und strahlenden Glasaugen, sie donnert und rasselt vorwärts – und ein neuer Gedanke kommt ihm blitzschnell.

Er bückt sich, schlägt den Arm um einen mächtigen Felsbrocken, hebt ihn hoch und springt auf das Gleis, er schließt die Augen und schleudert den riesigen Block gegen die heranbrausende Lokomotive; er hört ein fürchterliches Krachen, schwankt und fällt bewußtlos in den Graben neben dem Damm.

Als er wieder zur Besinnung kommt, fühlt er, daß er rücklings auf einem Boden liegt, der in Bewegung ist, rings um ihn stehen rufende und eifrig gestikulierende Menschen, er sieht die Ingenieure, den Landvogt, den Bauer und Tahvo ... sein Kopf schmerzt ihn, und das Blut rinnt über sein Gesicht.

Die Pfeife der Lokomotive entsendet ein langgezogenes, schadenfrohes Zischen, der Rauch wirbelt an seinen Augen vorüber. Er begreift, daß er im Festzug sich befindet, der ihn in die Stadt führt – für immer.

Knut Hamsun

Frauensieg

Ich war Straßenbahnschaffner in Chicago.

Zuerst war ich auf der Halsted-Linie angestellt, einer Pferdebahn noch, zwischen Stadtzentrum und Viehmarkt. Wir vom Nachtdienst waren alles andere eher als geschützt auf dieser Linie wegen aller der fragwürdigen Leute, die den Weg zur Nachtzeit passierten. Wir durften auf niemand schießen und niemand töten, weil die Straßenbahngesellschaft gegebenenfalls ersatzpflichtig war; ich meinesteils hatte auch keinen Revolver und mußte darum meinem Stern vertrauen. Übrigens ganz wehrlos ist man selten: So hatte ich den Schwengel der Bremse, der sich im Nu abnehmen ließ und ein treffliches Hilfsmittel abgab. Das heißt, mehr als einmal habe ich seiner nicht bedurft.

Im Jahre 1886 stand ich alle Weihnachtsnächte hintereinander auf meinem Straßenbahnwagen, ohne daß etwas vorgefallen wäre. Es kam ein großer Trupp Irländer vom Viehmarkt her und befrachtete meinen Wagen ganz und gar, sie waren besoffen und hatten Flaschen bei sich, grölten nach Noten und wollten nicht recht ans Zahlen heran, obwohl wir schon angefangen hatten zu fahren. Sie hätten der Gesellschaft nun wieder ein ganzes Jahr lang, abends und morgens, fünf Cent gezahlt, sagten sie, und nun sei Weihnachten, und da wollten sie einmal nicht zahlen. Sie war gar nicht so unsinnig, diese Auffassung; aber sie frei durchzulassen, wagte ich nicht, aus Furcht vor den „Spionen", die im Dienste der Gesellschaft standen und über die Ehrlichkeit der Schaffner zu wachen hatten. Ein Konstabler stieg auf. Er stand ein paar Minuten da, sagte ein paar Worte über Weihnachten und das Wetter und sprang dann wieder ab, weil wir so schwer beladen waren. Ich wußte recht wohl, daß auf ein Wort an den Konstabler alle Passagiere ihre fünf Cent hätten zahlen müssen; ich sagte aber nichts. „Warum haben Sie uns nicht angezeigt?“ fragte einer. „Ich hielt das für überflüssig“, erwiderte ich, „ich habe es ja mit Gentlemen zu tun.“ Darauf fingen ein paar an, mich herzlich auszulachen; ein paar aber hielten es mit mir und fanden einen Ausweg, indem sie für alle zahlten.

Zur nächsten Weihnacht war ich auf die Cottage-Linie gekommen. Das war ein großartiger Wechsel. Ich hatte jetzt einen Zug von zwei, manchmal drei Wagen, und die wurden durch ein unterirdisches Kabel getrieben; das Publikum in diesem Stadtteil war vornehm, und ich mußte meine Fünfer in Handschuhen einsammeln. Zum Ersatz fehlte hier alle Spannung, und man wurde es bald müde, diese Villenmenschen anzusehen und anzuhören.

Ein Erlebnis war mir dann doch vorbehalten für Weihnachten 1887.

Am Heiligen Abend fuhr ich am Vormittag meinen Wagen zur Stadt hinein; ich hatte damals Tagesdienst. Ein Herr stieg auf und fing ein kleines Gespräch mit mir an; mußte ich in die Wagen hinein, so wartete er, bis ich auf die hinterste Plattform, wo mein Platz war, zurückkam und nahm dann das Gespräch wieder auf. Er war um die Dreißig herum, blaß, trug einen Schnurrbart und war sehr vornehm gekleidet, aber ohne Überrock, obgleich es ziemlich kalt war.

„Ich bin von zu Hause fortgefahren, wie ich ging und stand“, sagte er. „Ich wollte meiner Frau zuvorkommen.“

„Weihnachtsgeschenke“, bemerkte ich.

„Ganz recht!“ antwortete er und lächelte.

Es war aber ein seltsames Lächeln, eine Grimasse mit dem Munde, ein nervöses Feixen.

„Wieviel verdienen Sie?“ fragte er.

Es ist das keine ungewöhnliche Frage im Yankeelande, und ich gab also an, wieviel ich verdiente.

„Wollen Sie zehn Dollar extra verdienen?“ fragte er.

Ich sagte: „Ja.“

Er nahm seine Brieftasche heraus und reichte mir ohne

weiteres die Banknote. Er bemerkte, er habe Vertrauen zu mir.

„Was soll ich tun?" fragte ich.

Er verlangte meinen Zeitplan zu sehen und sagte: „Sie fahren heute acht Stunden?"

„Ja."

„Auf einer Ihrer Touren sollen Sie mir einen Dienst leisten. Hier an der Ecke der Monroestraße kommen wir über einen Schacht, der zu dem unterirdischen Kabel hinunterführt. Es ist ein Deckel über dem Schacht; diesen Deckel hebe ich ab und steige hinunter."

„Sie wollen sich das Leben nehmen?"

„Nicht ganz. Aber so tun will ich."

„Aha!"

„Sie sollen Ihren Wagen anhalten und mich aus dem Loch herausschaffen, auch wenn ich Widerstand leiste."

„Das soll geschehen."

„Ich danke Ihnen. Ich bin übrigens nicht geisteskrank, wie Sie vielleicht annehmen. Ich tue das alles meiner Frau wegen, sie soll sehen, daß ich mir habe das Leben nehmen wollen."

„Ihre Frau wird dann also in meinem Zuge sitzen?"

„Ja. Sie wird in the grip sitzen."

Ich stutzte. The grip war der Wagen, auf dem der Führer stand und lenkte; er war offen und ohne Wände, es war kalt darin im Winter, und niemand setzte sich dann hinein.

„Sie wird in the grip fahren", wiederholte der Mann. „Sie hat es in einem Brief an ihren Liebhaber versprochen, heute darin zu fahren und ihm ein Zeichen zu geben, wenn sie kommt. Ich habe den Brief gelesen."

„Gut. Aber ich muß Sie daran erinnern, daß Sie den Deckel möglichst rasch von dem Schacht abnehmen und ohne Aufenthalt hinuntersteigen. Sonst wird uns ein neuer Zug einholen. Wir fahren in Zwischenräumen von drei Minuten."

„Ich weiß das alles", entgegnete der Mann. „Der Deckel wird gelöst sein, wenn ich komme. Er ist schon jetzt in diesem Augenblick gelöst."

„Noch eins: Wie können Sie wissen, welchen Zug Ihre Frau benutzt?"

„Darüber bekomme ich telephonisch Nachricht. Ich habe Leute, die ihre Schritte lenken. Meine Frau wird ein braunes Pelzkostüm tragen, Sie können sie leicht erkennen – sie ist sehr schön. Wenn sie ohnmächtig werden sollte, so schaffen Sie sie in die Apotheke an der Monroeecke."

Ich fragte: „Haben Sie auch mit meinem Führer gesprochen?"

„Ja", sagte der Mann. „Und ich habe ihm die gleiche Summe gegeben wie Ihnen. Aber ich will nicht, daß ihr zwei miteinander spaßen sollt über die Sache. Ihr sollt gar nicht davon reden."

„Nein."

„Sie postieren sich auf the grip, wenn Sie sich der Monroestraße nähern, und halten gut Ausguck. Sehen Sie meinen Kopf über dem Schacht, so geben Sie das Haltezeichen, und der Zug kommt zum Stehen. Der Führer wird Ihnen helfen, mich zu übermannen und aus dem Schacht hervorzuziehen, wenn ich auch behaupte, sterben zu wollen."

Ich dachte ein wenig über das Ganze nach und sagte: „Mir scheint, Sie hätten Ihr Geld sparen können und keinen in Ihr Vorhaben einzuweihen brauchen. Sie hätten einfach in das Loch hinuntersteigen können."

„Du großer Gott!" rief der Mann. „Und wenn der Führer mich nicht bemerkte! Und Sie bemerkten mich nicht! Niemand!"

„Sie haben recht."

Wir sprachen noch von diesem und jenem, der Mann fuhr bis zur Endstation mit, und als mein Zug umkehrte, fuhr auch er mit zurück.

An der Ecke der Monroestraße sagte er: „Da ist die Apotheke, in die Sie meine Frau bringen sollen, wenn sie ohnmächtig wird."

Dann sprang er ab.

Ich war um zehn Dollar reicher; Gott sei Dank, es gab doch auch glückliche Tage im Leben! Den ganzen Winter lang hatte ich mich über Brust und Rücken mit einer Schicht Zeitungen wattiert gegen den schneidenden Wind; bei jeder Bewegung knarrte ich in der unangenehmsten Weise, und die Kameraden hatten ihren Spaß mit mir. Nun sollte es unter anderm zu einer Pelzweste von wundersamer Dichte reichen! Wenn dann die Kameraden das nächste Mal kämen und sich an mich heranmachten, um zu hören, wie ich knarrte, so würde ich es nicht dulden...

Ich mache zwei, ich mache drei Touren zur Stadt; nichts geschieht. Als ich eben zum vierten Male von der Cottage-Station abfahren wollte, stieg eine junge Dame auf und nahm Platz in the grip. Sie trug ein braunes Pelzkostüm. Als ich zu ihr nach vorn kam und ihre Zahlung in Empfang nahm, sah sie mich voll an. Sie war sehr jung und schön, die Augen tief unschuldig und blau. Ärmste, es steht Ihnen ein großer Schrecken bevor, dachte ich; aber Sie haben gewiß einen kleinen Fehltritt begangen, und nun sollen Sie Ihre Strafe haben. Jedenfalls werde ich Sie mit Wonne behutsam in die Apotheke tragen.

Wir rollten der Stadt zu.

Von meiner Plattform aus bemerkte ich, daß der Führer plötzlich mit der Dame zu sprechen begann. Was konnte er ihr zu sagen haben? Es war ihm außerdem nicht gestattet, sich während des Dienstes mit den Passagieren zu unterhalten. Zu meiner großen Verwunderung sehe ich, daß die Dame sich sogar einen Platz näher an den Führer heransetzt, und da steht er nun an seiner Maschine und hört gespannt zu, was sie sagt.

Weiter rollen wir in die Stadt hinein, halten an und lassen Leute einsteigen, halten an und setzen Leute ab, alles geht seinen Gang. Wir nähern uns der Monroestraße. Ich denke bei mir: Der exzentrische junge Mann hat sich seine Stelle klug ausgesucht, die Monroeecke ist eine stille Ecke, wo man ihn kaum stören wird beim Hinabsteigen in den Schacht. Und ich denke weiter, daß ich dann und wann die Leute der Straßenbahngesellschaft in diesen Schächten habe stehen und ausbessern sehen, was da unten in Unordnung geraten sein mochte. Aber sollte es einmal einem Arbeiter einfallen, in dem Loch stehen zu bleiben, wenn der Zug darüberfuhr, er würde um mehrere Zoll kürzer werden; die Gabel, die von the grip aus zu dem Kabel hinabführte, würde seinen Kopf vom Halse trennen. Da Monroe die nächste Straße war, ging ich nach vorn auf the grip.

Weder der Führer noch die Dame sprachen jetzt. Das letzte, was ich bemerkte, war, daß der Führer nickte, als sei er mit sich über etwas ins reine gekommen, dann starrte er geradeaus und fuhr mit voller Geschwindigkeit draufzu. Und es war doch der große Pat, der Irländer, den ich als Führer hatte. „Slack her a bit", sagte ich im Jargon zu dem Führer. Das heißt: Fahr ein bißchen sachter. Ich sah nämlich einen schwarzen Punkt mitten auf dem Geleise, es konnte ein Menschenkopf sein, der aus dem Boden herausragte.

Ich sah mir auch die Dame an, sie hatte die Augen auf denselben Punkt geheftet und griff hart an ihren Sitz. Schon ist sie besorgt eines möglichen Unglücks wegen, dachte ich; was wird sie tun, wenn sie sieht, daß es ihr eigener Mann ist, der sterben will!

Der große Pat jedoch verlangsamte die Fahrt nicht. Ich rief ihm zu, es seien Menschen in dem Schacht – keine Änderung. Wir sahen jetzt deutlich den Kopf, es war der tolle junge Bursche, der in seinem Loch stand, das Gesicht uns zugekehrt. Da setzte ich die Pfeife an den Mund und ließ ein starkes Haltesignal ertönen; Pat fuhr mit gleicher Geschwindigkeit; in einer Viertelminute mußte ein Unglück geschehen. Ich schlug an die Glocke, sie läutete, und dann sprang ich nach vorn und ergriff die Bremse. Doch es war zu spät, kreischend fuhr der Zug über den Schacht, bevor er zum Stehen kam.

Ich sprang ab; ich war verstört und besann mich nur darauf, daß ich einen Mann angreifen sollte, der Widerstand leisten würde. Aber ich bestieg gleich wieder the grip und hatte überhaupt an keinem Fleck Ruhe. Auch der Führer war wie verstört, er fragte ohne Sinn und Verstand, ob Leute in dem Schacht gewesen seien und wie es habe kommen können, daß er nicht anhielt. Die junge Dame rief: „Fürchterlich! Fürchterlich!" Ihr Gesicht war blutlos, und krampfhaft hielt sie sich am Sitze fest. Aber sie wurde nicht ohnmächtig, und kurz darauf stieg sie ab und ging ihrer Wege.

Es sammelten sich viele Leute an; wir fanden den Kopf des Verunglückten unter dem hintersten Wagen, sein Leib stand noch in dem Schacht; die Gabel der Maschine hatte ihn unter dem Kinn erfaßt und seinen Kopf mitgerissen. Wir schafften den Toten vom Geleise weg, es kam ein Konstabler hinzu, der ihn fortbringen sollte. Der Konstabler schrieb auch viele Namen auf, und *mir* konnten alle Passagiere bezeugen, daß ich geläutet und gepfiffen und zuletzt zur Bremse gegriffen hatte. Übrigens hatten wir Straßenbahnleute selbst unserm Büro Rapport zu erstatten. Der große Pat bat mich um mein Messer. Ich verstand ihn falsch und sagte, das Unglück sei ohnehin groß genug. Da lächelte der große Pat und zeigte mir seinen Revolver zum Zeichen, daß es ihm an einer Waffe nicht fehle und daß er das Messer zu keinen Dummheiten brauchen wolle, sondern zu ganz anderen Dingen. Als er das Messer erhielt, sagte er mir Lebewohl; nun könne er nicht länger im Dienst bleiben; es tue ihm leid, aber ich müsse selber meinen Zug bis zur Endstation führen, da werde man mir einen anderen Fahrer geben. Und er erklärte mir, wie ich's anzufangen hätte. Das Messer müsse ich ihm überlassen, sagte er, er wolle in einen ruhigen Hausflur gehen und da seine Uniformknöpfe abschneiden.

Damit ging er.

Es war nichts zu machen, ich mußte selbst zur Station fahren; es standen jetzt mehrere Züge hinter mir, die nur darauf warteten, daß ich von der Stelle käme. Und da ich von früher ein bißchen Übung mit der Maschine hatte, lief es ohne Unfall ab...

Eines Abends zwischen Weihnachten und Neujahr war ich dienstfrei und schlenderte durch die Stadt. Als ich an einen Bahnhof kam, trat ich einen Augenblick ein, um mir den gewaltigen Verkehr da drinnen anzusehen. Ich ging bis ganz auf einen der Perrons hinaus und schaute mir einen Zug an, der abfahren sollte. Plötzlich ertönte mein Name, ein lächelnder Mann stand auf einem Wagentritt und rief mich an. Es war der große Pat. Es dauerte eine Weile, bis ich ihn erkannte, er steckte in feinen Kleidern und hatte sich den Bart abnehmen lassen.

Mir entfuhr ein kleiner, erstaunter Schrei.

„Pst, nicht so laut! Wie ist die Affäre eigentlich abgelaufen?" fragte Pat.

„Wir sind vernommen worden. Man sucht dich."

Pat sagte: „Ich reise in den Westen. Was hat man hier vom Leben? Sieben, acht Dollar in der Woche, aber davon viere zum Unterhalt. Ich nehme mir Land, ich werde Farmer. Versteht sich, ich habe das Geld dazu. Wenn du mitkommen willst, wollen wir uns drüben bei Frisko Land suchen."

„Ich kann nicht weg."

„Eben denk ich dran: Hier ist dein Messer. Schönen Dank. Nein, siehst du, das Leben bei der Straßenbahn hat keine Zukunft. Ich habe drei Jahre gedient und bis jetzt nie Gelegenheit gehabt, die Sache an den Nagel zu hängen."

Der Zug pfiff.

„Ja, adieu", sagte Pat. „Hör mal, wieviel hast du von dem Mann bekommen, der überfahren wurde?"

„Zehn Dollar."

„Soviel habe ich auch bekommen. Na, er war eigentlich ein ehrlicher Zahler. Aber die Frau war tüchtiger."

„Die Frau?"

„Die junge Frau, ja. Ich habe ein kleines Geschäft mit ihr gemacht. Es kam ihr nicht an auf ein-, zweitausend, denn sie wollte den Mann loswerden. Wenn ich jetzt ein leichteres Leben anfangen kann – geschieht's von ihrem Geld."

Johannes Vilhelm Jensen

Die Jungfrau

Westwärts in Himmerland, irgendwo auf der langen Küstenstrecke Salling gegenüber, lagen einst vier große Bauernhöfe. Vor ein paar Jahrhunderten bildeten sie ein einziges freies Rittergut, das Strandholm hieß. Die Gegend ist öde und dünn bevölkert. Strandholms Gutsherren hatten sich schon seit mehreren Geschlechtern auf den Ochsenhandel verlegt. Der größte Teil des Gutes bestand aus meilenweiten Wiesen am Fjord, während sich die Besitzer um die mehr landeinwärts gelegenen mageren und sandigen Landstrecken wenig kümmerten. Auf Strandholm hatte von jeher ein ungeselliges Volk gehaust, weil es dort so abgeschieden und fern von anderen Menschen lebte. Von Aussehen und ihren Gewohnheiten stachen sie von den anderen Bauern der Gegend nicht sehr ab. Vielleicht waren sie ein wenig barscher, weil sie freie und wohlhabende Bauern waren, sonst aber teilten sie die landesüblichen Gebräuche und hielten sich hübsch auf der Erde wie andere einfache Menschen. Groß gewachsen und besonnen, waren sie meist im Freien anzutreffen, mit schweren Stiefeln an den Füßen und von Hunden umgeben. Der letzte Strandholmer hieß Jörgen Dam – der letzte, der das Gut ganz und ungeteilt besaß. Er las und schrieb viel und machte große Reisen ins Ausland. Als er alt wurde, teilte er das Gut zwischen seinen Söhnen, so daß jeder von ihnen ein gleich großes Teil bekam, Nord-Strandholm und Süd-Strandholm. Die Brüder vertrugen sich recht gut. Sie verlegten sich mehr auf Ackerbau, und da nun der Betrieb jedes Gutes auf die Hälfte herabgesetzt war, so fügte es sich von selbst, daß die Brüder eine noch einfachere Lebensweise führten als ihre Vorfahren. Daß das Geschlecht adlig war, geriet in Vergessenheit. In den kargen Zeiten, die nach den Schwedenkriegen hereinbrachen, ging es mit den beiden Brüdern stark zurück, so daß es keinem von ihnen leichtfiel, sich über Wasser zu halten.

Beide hatten Kinder. Und schon als die Kinder noch klein waren, hatten die Brüder es sich wie etwas Heiliges in den Kopf gesetzt, die Güter durch Verbindung ihrer Kinder wieder zu vereinen. Es sah aus, als sollte ihnen der Plan gelingen. Als die Kinder heranwuchsen, bildete sich ganz von selbst ein Paar. Ihre Geschwister kommen für diese Geschichte insofern nicht in Betracht, als ihre Lebensschicksale sich außerhalb der Bannmeile Strandholms abspielten. Hier handelt es sich nur um Matthias, den Sohn auf Nord-Strandholm, Junker Matthias genannt, und um die kleine Birthe vom anderen Gut, die eines des andern Schicksal werden sollten. Matthias wurde bald der Liebling seines Vaters, ebenso Birthe, und die beiden Geschwisterkinder schienen schon von klein auf einander zu wählen. Als sie sich im zarten Kindesalter zum erstenmal sahen, saßen beide auf einem großen Tisch und suchten sich begehrlich mit den Ärmchen zu erhaschen. Während der ganzen Kindheit ließ man sie zusammen spielen, sie wurden stets begünstigt und vorgezogen. Wie sie heranwuchsen, wurden sie einander immer ähnlicher, wurden hübsch, hielten sich feiner als ihre Geschwister und waren temperamentvoller. Auf den sonnenbeschienenen Heiden und Sandstrichen, auf den Wiesen mit den üppigen Gräben und an dem stillen und einsamen Strand des Fjords verlebten sie ihre lange und sorgenfreie Kindheit wie eine Ewigkeit von Frische und Süße. Wovon keinem anderen bekannt war, das wußten die beiden Kinder. Der unfruchtbare Flugsand wurde in ihren Händen zu einem kostbaren Schatze ganz winziger, in vielen Farben, gleichsam fernen Farben, spielender Juwelen; die Heide und die Wiesen waren ihnen eine wimmelnde Welt von Lebewesen, mit denen sie auf gutem Fuß standen, Käfern, Eidechsen, Kröten, Schwalben und Stichlingen. Jedes Jahr besaßen sie bald hier, bald dort Vogelnester, die sie ihr eigen nannten und in der Dämmerung besuchten; dann nahmen sie die Nester aus und setzten sich, mit den warmen Eiern in der Hand, ein wenig nieder, während der Vogel, mochte es nun eine Lerche oder ein Kiebitz sein, irgendwo in der Nähe hockte und flehentlich zu ihnen hinsah. Sie waren fast immer im Freien, hatten stets den hohen, weitgestreckten Himmel über sich.

Der beständig wiederkehrende Grundton ihrer Kindheit, ein Ton, der sie für ewige Zeiten miteinander vertraut machte, war der Schrei der Seeschwalbe, der immer dort, wo Sand und Heide verschwimmen, über dem Flachland erklang und von immer höher herab und von weiter her zu kommen schien als von da, wo die anderen Vögel aufflogen.

Stets zog die eine oder andere Seeschwalbe allein hoch am Himmel hin und schrie so friedlos und bitter, so vertraut und so rätselhaft: Girah! Der schlanke, schneeweiße Vogel mit den langen und doch nicht sicheren Flügelschlägen, der Vogel, der nichts zu sagen zu haben scheint auf seinem einsamen Flug vom öden Fjord zur einsamen Heide und wieder zurück und dennoch nicht schweigen mag, er durchreiste den Himmel ihrer glücklichen Kindheit.

Die zwei Kinder waren fast erwachsen, als sie sich allein überlassen blieben: die Eltern starben ungefähr gleichzeitig. Sie starben in der ruhigen Zuversicht, daß die Güter nun wieder vereinigt würden und das Geschlecht auf diese Weise wieder in die Höhe käme. Die Kinder konnten binnen kurzem heiraten, denn alles war ja bestens für sie geordnet.

Da aber geschah es, daß Birthe den Matthias nicht haben wollte. Es kam plötzlich, wie einer jener unerklärlichen, von tief verborgenen Kräften herrührenden Naturausbrüche. Alles war so ausgezeichnet zurechtgelegt, alles war gegangen, wie es gehen sollte. Die anderen Geschwister hatten ihr Erbteil ausgezahlt bekommen und waren jedes auf seine Weise versorgt. Matthias und Birthe waren im heiratsfähigen Alter, alles war durch jahrelange Fürsorge für sie bestellt, sogar die kitzlichste Frage war in Ordnung; die beiden jungen Menschen hatten große und erprobte Zuneigung zueinander – und trotzdem hob Birthe die Verlobung auf. Warum? War etwas in ihr, das zusammen mit ihrer eigentlichen Bestimmung gereift war? Hatte ein heimlicher Unwille oder die Lust, sich siegend in der ihrer Bestimmung entgegengesetzten Richtung auszuleben, zur selben Zeit in ihrer Seele Frucht angesetzt, wo nach allen Regeln ihr Glück hätte reifen sollen? Hegte sie vielleicht in ihrem unergründlichen Mädchenherzen das Gefühl, daß sie Matthias nicht heiraten wollte, gerade weil sie ihn liebte? Weigerte sie sich etwa, aus einem den Frauen gemeinsamen Trieb zu trotzen, zu einem Zeitpunkt, der unvernünftig und von schicksalsschweren Folgen war? Wer weiß, worauf ein junges, schönes Mädchen verfallen kann! Birthe wollte nicht heiraten.

Junker Matthias brach darüber anfangs in schallendes Gelächter aus. Dann wurde ihm angst, und er bat und bettelte, bald war er zornig, bald demütig, bald wie aus den Wolken gefallen, bald völlig außer sich. Er drohte, er weinte. Birthe aber hatte ihre verlockende Person wie zum Begräbnis in Schwarz gekleidet, mit großen, teuren Federn und leckrem Samt. Sie verblieb stumm, stumm. Sie wuchs bei all dieser gutgelungenen Unbeugsamkeit, bekam Lust auf mehr Kummer und Sieg, umgab sich mit wollüstiger Kälte und seelischer Mystik, die keine Worte fand; sie spielte, bei sich selbst zu Gast sein, es war aber bitterer Ernst. Junker Matthias konnte trotz ehrlicher Bemühungen nicht klug aus ihr werden, und da er sie und sonst nichts liebte, so endete es stets damit, daß er außer sich geriet und einen Tobsuchtsanfall zum besten gab, vor dem Birthe erschauerte, während sie ihn genoß. Wenn Matthias eine seiner entsetzlichen Szenen aufführte, konnte sie so leichenblaß und liebreizend dastehen, als sei nichts geschehen, während die leidenschaftlichen Gemütsbewegungen des Junkers wie kaum merkliche Spiegelungen über ihre feinen, begehrlichen Züge glitten. In ihre Augen kam etwas Krankhaftes, wenn der lange, vor Elend gleichsam dampfende Bursche sich krachend vor ihr auf die Erde warf. Aber sie bewahrte die größte Ruhe, stand und bewegte die Lippen ganz wenig, als ob sie grausam lächelte oder sich selbst zuflüsterte: Ich liebe ihn, ich liebe ihn. Schließlich entfesselte sie eine furchtbare Halsstarrigkeit bei ihm; rasend ging er eines Tages von ihr, verwundet, nie mehr zu zähmen. In seinem Trotz verschwor er sich dem Teufel, kam nicht wieder, kam nie wieder.

So wurde nichts aus der Heirat.

Und nun begann ein wunderliches Leben auf den beiden Zwillingsgütern. Jungfrau Birthe nahm auf ihrem Besitztum die Zügel in die Hand, und zwar so, daß es jedem klar war, sie würde vorsätzlich alles gleich in Grund und Boden wirtschaften. In ihrem kindlichen Eigensinn, nur um ihren Willen durchzusetzen, machte sie sich in der phantastischsten Weise über die Gutsgeschäfte her, und als ihr ein Mitglied der Familie helfen wollte, wurde es nur noch schlimmer. Schließlich fand sich ein Verwandter, der gebieterisch einsprang (Birthe sprühte, beugte sich aber) und der die Dinge wieder ins rechte Geleis brachte. Hinfort gab sie sich zufrieden und benahm sich wie andere Menschen. Das Gut bewirtschaftete sie nun allein und recht ordentlich. Insoweit war sie geborgen.

Matthias erging es schlimmer, aber nicht sogleich. Anfangs bewirtschaftete er sein Gut vernünftig. In seinem Grimm und Groll aber begann er sich bald auf anderen Gütern, auf Jahrmärkten und in Landstädten herumzutreiben, wo er spielte und trank. In der ersten Zeit raufte er mehr, als er zechte, allmählich kam er jedoch mehr und mehr herunter.

Es vergingen einige Jahre, und auf beiden Seiten hatte man sich die Heirat völlig aus dem Kopf geschlagen. Die beiden Geschwisterkinder sahen sich niemals. Ihre Existenz hatte nur den Zweck, sich täglich an dem Bewußtsein zu mästen, daß keines sich unterwerfen wollte, und jedes nährte im Herzen die Hoffnung, der andere leide bitterlich, während sie in ihrem Entschluß immer fester wurden, niemals, niemals das eigene Unglück, den eigenen Schmerz zu verraten. Von außen gesehen, lagen die Dinge so, daß Birthe ihr Gut, auf dem sie immer zurückgezogener lebte, in die Höhe brachte. Junker Matthias aber war fast nie zu Hause, und sein Gut wurde schändlich vernachlässigt. Die Gebäude verfielen. In dem einen Jahr wurde die Saat gar nicht geerntet, sondern vermoderte auf dem Feld; und hinfort wurde der Boden überhaupt nicht mehr bestellt. Als es kein Futter mehr gab, ging der Viehbestand ein, und als der Junker schließlich kein Geld mehr auftreiben konnte, schämte er sich vor den Leuten und blieb untätig auf dem Gut. Er jagte oder trieb im Boot draußen auf dem Fjord. Nach und nach verließ ihn das Gesinde. Schließlich lag Nord-Strandholm ganz öde, ohne Leute, ohne Viehbestand. Die Gegend war an sich unfruchtbar und spärlich bewohnt; was hier vorging, war aber doch noch nicht dagewesen. Daran erinnerten sich alle, und damit begann man stets, sobald die Geschichte des Junkers aufs Tapet gebracht wurde. Eine solche Behandlung von Grund und Boden war ja die reine Sünde; denn gab es in der Welt nicht genug Arme, die keinen Boden zum Bebauen besaßen? Und hier lagen nun viele Tonnen Landes, ohne daß ein Pflug sie berührte. Es war seltsam, wie schnell ein durchackertes Land wieder verwilderte. Heidekraut kroch über die Äcker, wo sie nicht in wildem Durcheinander von Huflattich, Disteln, auch gesätem Korn und gestrüppartigem Unkraut überwuchert wurden. Die Wege, die nach dem Gut führten, wuchsen zu und verfielen, so daß der Hof bald wie auf einem Kirchhof mitten in einem weglosen Gewirr von Gras und wilden Pflanzen lag. Das Ärgernis war in aller Leute Mund; da die Gegend aber dünn bevölkert war und die wenigen weit voneinander wohnten, so geriet Junker Matthias fast in Vergessenheit. Da saß er nun als das einzig übriggebliebene Wesen auf dem öden Gut. Schließlich bieb er ganz mutterseelenallein, da er auch bald kein Tier mehr um sich hatte. Er lebte von Jagd und Fischerei, falls er überhaupt lebte.

Eines Tages erblickten einige Männer, die mit einer Trift Ochsen die Landstraße entlangkamen, ein wunderliches Geschöpf, das von Nord-Strandholms Distelfeldern her auf sie zukam. Wie ein Wilder sah es aus, in alten, verschlissenen Kleidern, mit einem Wald von Haar und Bart. Es war Junker Matthias. Er wollte mit niemand sprechen, schoß sich ganz ruhig einen Ochsen aus der Herde und blieb neben dem erschossenen Tier stehen, während die anderen Tiere weitergingen. Die Treiber wollten sich das nicht gefallen lassen, dies ging über ihren Verstand; der Junker aber gab ihnen keine Antwort, richtete nur seinen Büchsenlauf auf sie, bis sie sich verzogen. Dann schnitt er sich ein Stück Fleisch aus dem Ochsen und ging damit nach Haus. Zwei Tage darauf kamen Gerichtsbeamte auf den öden Hof, wo sie den Junker Matthias in der einzig bewohnbaren Stube im Bett liegend fanden. Der Fußboden des Raumes war ein einziger Sumpf von der Erde, die der Junker jahrelang an den Füßen mit hereingeschleppt hatte, und außerdem von Moder und verschimmelten Gewächsen. Aus den Rissen der Decke hingen lange Wurzeln herab, von Pflanzen, die dort oben wuchsen. Die Fenster wurden durch Wermutsträucher und andere im Hof wuchernde Kräuter verdunkelt. Als der Junker oder der unkenntliche Haarmensch die Männer sah und ihren Auftrag vernahm, stand er auf und kleidete sich an. Er machte einen Versuch, etwas zu sagen, aber man verstand ihn nicht; er hatte es verlernt, mit jemand zu sprechen. Als sie ihn aber verhaften wollten, griff er zur Büchse und machte sich damit verständlich. Schließlich blieb den Beamten nichts anderes übrig, als wieder ihres Wegs zu gehen. Als sie dann zahlreich und bewaffnet wiederkamen, war Junker Matthias verschwunden. Einige Wochen lang ließen sich seine Spuren noch bis an die Grenze von Viborg verfolgen, wo auf offener Landstraße ein Raub begangen worden war. Kurz darauf erschlug und beraubte er auf der Koldinger Landstraße einen Pferdehändler. Das war das letzte, was man von ihm hörte.

Nord-Strandholm wurde nun in zwei große Bauerngüter aufgeteilt und der verwilderte und vernachlässigte Boden wieder bebaut. Die Verbindung zwischen den ursprünglich zusammengehörigen Höfen war ganz abgebrochen. Die neuen Herren auf den Gütern von Nord-Strandholm sahen nie etwas von Jungfrau Birthe. Sie wohnte ganz allein. Und die Jahre gingen über sie hin. Solange sie jung war, hatte sie ab und zu Freier gehabt, doch sie wies sie alle mit Spott und Ekel ab. Hinfort ließ man sie in Frieden. Sie wurde ein Sonderling. Im Laufe der Jahre wurde sie nur noch die „Jungfrau" genannt. Man erzählte allerhand von ihrer eigentümlichen Lebensweise und ihrem menschenscheuen Wesen. Sie war keineswegs gut, gönnte ihrem Gesinde nicht mehr, als ihm zukam, und gab scharf acht, daß alle Arbeit verrichtet wurde. Auf dem Gut bewohnte sie eine große Stube, und dort sammelte sie im Lauf der Jahre verschiedene Tiere um sich: Möpse, die vor Alter und Verfressenheit so fett waren, daß sie wie leblos auf Kissen lagen. Auf Stangen und in Messingkäfigen saßen kahle Kanarienvögel und Kakadus, und eine Schar fauler Katzen trieb sich umher. Ihr allerbester Freund aber war ein altes Schaf, das in der Stube umherging und alle Vierteljahr bei Witterungswechsel ein paarmal blökte. Einst war es ein Lämmchen gewesen, weiß wie eine Sommerwolke und voller Ausgelassenheit, daß es mit allen vieren vom Rasen in die Luft sprang. Nun aber war es blind und glich einem mit Wolle und alten Knochen vollgestopften Bettelsack. Schließlich wurde es hinfällig und mußte aus einer Flasche genährt werden. Es wurde so alt, daß es auf der Stirn Hörner bekam wie ein Widder, und es konnte sich fast mit menschlicher Stimme melden, wenn es Hunger hatte. Niemand sollte sehen, daß es ein Schaf war. Viele machten sich Gedanken darüber, daß die Jungfrau dieses klägliche Tier um jeden Preis am Leben erhalten wollte. Wer konnte wissen, mit wem sie im Bunde stand? Als schließlich das zahme und getreue Schaf das Zeitliche segnete, wiederholte Jungfrau Birthe die Geschichte und adoptierte im Frühling ein neues Lämmchen, das viele Jahre lang bei ihr blieb, bis es ebenfalls alt wurde und ihr wegstarb.

Auf Strandholms Kirchhof liegt nun Jungfrau Birthe Dams große und prunkvolle Grabstätte. Es ist wunderlich, in dieser unfruchtbaren Gegend auf ein so pompöses Monument zu stoßen. So weit das Auge reicht, sieht man graue und unfruchtbare Strandäcker, mit kreideweißen Feuersteinen bestreut, die kleinen Knochen gleichen. Die Kirche selbst ist weiß wie ein Knochen und liegt so öde da mit ihrem armseligen Turm, der sich dem seichten Fjord zuwendet, der selbst weder Licht noch Farbe hat. Und auf dem trostlosen Kirchhof starrt die Armut, hier gibt es soundso viele namenlose Gräber, längliche Hügel, mit weißlichem Gras bedeckt. Der Wind kommt vorüber wie ein Fremder, der vor sich hin schnauft, über seinen langen Auftrag nachdenkt und weiterreist. Hoch oben am Himmel beschreibt eine Seeschwalbe ihren Weg, der schmächtige weiße Vogel liegt unsicher auf seinen Flügeln, als ob er zu leicht für den Luftraum und allzu einsam sei. Girah! Girah! Hier ist es so verlassen, hier ist es so einsam. Mitten auf dem Kirchhof, dem öden, unfruchtbaren Strand zugekehrt, steht Birthe Dams vornehmes Grabdenkmal, eine hohe, spiegelblanke Granitsäule, die mit Bronzeornamenten in verschwenderischem französischem Stil geschmückt ist. Oben ist sie von vier schönen Bronzehörnern wie mit einer doppelten Leier verziert. Diese kultivierten Linien heben sich vom bleichen Himmel Jütlands ab und erinnern seltsam schonungslos an mildere Verhältnisse irgendwo fern im Süden, wo das Gebrechlichste lebensmöglich bleibt und Metall in gelungenen Formen gegossen wird.

Darunter ruht Birthe Dam, die während eines Menschenalters und mehr jeden Sonntag die Kirche und nie einen anderen Ort besucht hat. Jeden Sonntag sah die Gemeinde ihr blutloses, welkes Gesicht hinter dem Gitter der Empore, wo die Damsche Familie seit alters ihren Kirchenstuhl gehabt hatte. Dort hing, in Holz geschnitzt und azurblau, ziegelrot und schwefelgelb bemalt, das Wappen der Dams. Dort befindet sich noch ein altes Konterfei der „Jungfrau" von Strandholm. Man sieht sie in einem spitz wie eine Tüte zulaufenden Schnürleib dasitzen, das verhärmte Nonnengesicht in eine gekräuselte Halsrüsche eingekapselt. Unter ihrem linken Arm ist mit gelben Faunaugen und einer langen frommen Nase der Kopf eines Schafes gemalt, zur Erinnerung an das einzige Wesen, das Jungfrau Birthe geliebt hat.

Eines Sonntags aber sah die Gemeinde zu ihrem Erstaunen und Schrecken die Jungfrau nicht in ihrem Kirchengestühl sitzen. Die Andacht war gestört, der Pfarrer stammelte geistesabwesend, weil der alte, dürre Kopf Birthes mit der eigensinnigen Miene nicht wie sonst oben zu sehen war.

Jungfrau Birthe aber hatte an diesem Tag eine triftige Entschuldigung, ging sie doch wild schluchzend in ihrer Stube auf und nieder. Als sie vormittags wie gewöhnlich zur Kirche fuhr und über das Flüßchen ins Tal gelangt war, hatte sie einen Reiter landeinwärts in die Richtung auf die Strandäcker zujagen sehen. Sie hatte sich keine weiteren Gedanken darüber gemacht, bis sie eine Minute später bemerkte, wie über die Anhöhe im gestreckten Galopp ein anderer Reiter hinter dem ersten dahergesprengt kam. Da hatte sie den Kutscher halten lassen. Und als sie begriff, daß der erste

Reiter ein Flüchtling war, der aufgehalten werden sollte, da hatte sie, schnell entschlossen und tatkräftig, wie sie war, ihrem Kutscher Befehl gegeben, abzusteigen und die eben von ihnen passierte Brücke abzubrechen. Der Kutscher gehorchte und hatte in wenigen Augenblicken die Planken der elenden Brücke entfernt, so daß sie nicht passierbar war. Jungfrau Birthe hielt ruhig am Weg und sah den Reiter auf das Flüßchen zusprengen. Er sauste an ihrer Karosse vorüber – es war ein Mann mit langem, grauem Haar –, und im nächsten Augenblick sah sie ihn sein Pferd zur Seite reißen, als er bemerkte, daß die Brücke abgebrochen war. Die Kleidung des Mannes entsprach wenig der Jahreszeit, und auf dem grauen Haar trug er einen verschossenen Hut. Als er nicht über die Brücke gelangen konnte, trieb er sein Pferd in den Fluß, aber das Tier blieb im tiefen Schlamm stecken, sank, mit den Beinen ausschlagend, unter und verschwand. Der Reiter hatte sich über das Kreuz des Pferdes nach rückwärts gerettet und kam an Land. Inzwischen hatte der andere Reiter sein Pferd angehalten und war abgestiegen. Es waren keine dreißig Meter zwischen ihm und dem Flüchtling. Und der Reiter, dessen Pferd versunken war und der nun nicht weiterkommen konnte, stand aufrecht da, ungewiß, was er tun, ob er sich in sein Schicksal ergeben sollte. Der Verfolger aber löste kaltblütig sein Gewehr vom Sattel, zielte sorgfältig und schoß. Mit dem Knall flog der Rauch aus dem Lauf, der Schütze hängte die Flinte um den Hals, ergriff sein Pferd am Zügel und ging zum Fluß hinunter, wo der Fremde vornübergefallen war.

Inzwischen hatte Birthe Dam ihre Karosse verlassen und war zu dem Gefallenen hinuntergegangen. Sie hob seinen Kopf und sah, daß es Matthias war. Birthe wunderte sich nicht, daß er es war, und sein Tod vermochte sie nicht niederzubrechen. Er war alt und grau und fast unkenntlich, aber sie erkannte ihn, und dieselben Jahre, die ihn zerstört hatten, hatten ihren Sinn kalt gemacht. Gerade als er heimkehrte, mußte er sterben, sein Schicksal hatte es so gewollt. Tausend Jahre hatte sie seiner geharrt, jetzt war er gekommen und hatte sich das Blei ins Herz geritten, in dem Augenblick, wo sie ihn wiederbekam. Girah!

Der Mann, der den Schuß abgegeben hatte, stand und wartete. Es war ja eine vornehme Dame, die da am Boden lag und den Kopf des Missetäters hielt, er mußte ihr wohl etwas Höflichkeit erweisen. Jungfrau Birthe wandte ihr tränenloses Gesicht dem Fremden zu und sagte still in flehendem Ton: „Ach, laßt ihn ein Weilchen liegen, er hat sich noch nicht verblutet."

Sie fürchtete, sie dürfe Matthias nicht behalten. Während sein Blut verströmte, blieb sie bei ihm und stützte seinen Kopf. Sie legte ihn in ihren Schoß und umfaßte ihn mit beiden Händen, wie sie zu tun pflegte, als sie beide klein waren und Matthias sein Mißgeschick bei ihr ausweinte. Ach, als sie Kinder waren, verkrochen sie sich immer irgendwo draußen unter freiem Himmel, wo niemand sie sehen konnte. Es war ja noch gar nicht so lange her. Nun hatte sie ihn wieder, und was inzwischen alles sich begeben hatte, war ja einerlei. Wie still er lag! Sein Körper zitterte nur ganz wenig, und das Zittern wurde schwächer und schwächer, wie wenn in alten Tagen, als sie klein waren, sein Weinen nachgelassen hatte. Girah!

Der Fremde sprach mit dem Kutscher. Es war ein Polizeisoldat aus Hamburg, er sprach gebrochen Dänisch. Er hatte den Missetäter, der aus dem Gefängnis ausgebrochen war, schon seit vier Tagen verfolgt und hatte Befehl, ihn lebendig zu fangen oder zu erschießen. Und da es sich nun so glücklich getroffen hatte, daß sich Zeugen fanden, so hatte er ihn erschossen. Ob der Kutscher es bezeugen wolle? Ja, der Kutscher war es zufrieden. Der fremde Polizeivertreter nahm vor Jungfrau Birthe, die er Madame titulierte, den Hut ab und erklärte ihr die Sache noch einmal: Der Mann, den er nach Hamburger Stadtrecht ex tempore hingerichtet habe, sei ein Straßenräuber und Mordbrenner. Ob Madame bezeugen könne und wolle, daß er tot sei?

Birthe Dam nickte mit Respekt, geistesabwesend: Ja, sie könne es bezeugen.

Gut, dann habe er seinen Auftrag ausgerichtet. Die Leiche gehe ihn nichts an. Es habe ja den Anschein, als ob Madame sich für sie interessiere, um so besser...

Das kleine Vormittagsabenteuer endete damit, daß Jungfrau Birthe die Leiche in ihrer Karosse mit nach Hause nahm und der Hamburger Soldat mit einem unterzeichneten Todesattest denselben Weg zurückritt, den er gekommen war.

Als Birthe Dam ihren toten Vetter drinnen in der Wohnstube aufgebahrt hatte, löste sich ihr starres Herz, und weinend und wild wie ein junges Weib ging sie zwischen ihren räudigen Katzen und Möpsen auf und nieder. Und sie sahen sie an, alle die überfetten und methusalemalten Schoßtiere, sie rülpsten, miauten und wieherten ihr leise zu, die liegenden Möpse, die Katzen, die sich nicht erheben konnten, das blinde und kindische Schaf.

Einige Jahre später starb die „Jungfrau“ und wurde begraben. Da wurde auch Süd-Strandholm aufgeteilt.

Auf der Heide bei Strandholm steht ein Stein, ein großer, schmaler Feldstein, der von den Altvorderen wohl über einem Häuptlingsgrab errichtet wurde. Er ist einer großen Türangel nicht unähnlich, einem gewaltigen Steinzapfen, an dem ein ungeheuer großes Tor gehangen haben mag. Ringsum ist die Landschaft vollkommen verödet. Und diese vereinzelte, phantastische Riesentürangel scheint auf der Heide in meilenweitem Umkreis der letzte gewaltige Überrest eines kolossalen Gebäudes oder das Bruchstück eines Riesenbaues zu sein, den man zu vollenden vergessen hat. Der Himmel über diesem Land ist so still, es klingt so einsam, wenn ihn eine Seeschwalbe durchstreift und hoch oben ihren Schrei vernehmen läßt. Die Seeschwalbe fliegt immer allein. Man sagt, sie sei die Seele unseliger Jungfrauen.

Martin Andersen Nexö

Die Mauern

Er hätte sich auch in der eigentlichen Stadt niederlassen und eine Werkstatt mit Gesellen und Lehrjungen oder einen kleinen Laden mit Fabrik haben können – es stand dem nichts im Wege. Er war tüchtig genug dazu, und einige Hundert, um die Geschichte in Gang zu setzen, hätten sich wohl auftreiben lassen. Schlimmstenfalls gab der Fabrikant das Geld, wenn man sich ihm dafür mit Haut und Haar verkaufte. Aber Blank hatte keine Lust, sich an wen oder was auch immer zu verkaufen. Er liebte die Freiheit, und deshalb ließ er sich am Rande der Stadt nieder, in einem jener Häuser mit zwei Stockwerken und Mansarde, die den Übergang von den Feldern zur Großstadt angenehmer machen.

Von seinem hoch liegenden Keller aus hatte er bei seiner Arbeit alles vor Augen: erst einige trostlose Lehmschollen, dann Weiden, die im Nebel tropften und zerzausten Vögeln Obdach boten, und weiter draußen Felder, wo richtiges Getreide wuchs. Noch weiter draußen gab es – wie er wußte – herrliche Wälder mit Seen und mit Blumen auf dem Waldgrund. Indes, Blank war kein Schwärmer, und das hier war ja das Eigentliche – das Land.

„Du lieber Gott! Ist das alles?" fragten die Kameraden, wenn er sie mit nach Hause nahm, damit sie sähen, wie großartig er wohne. Dann wurde er mürrisch. Verteidigen konnte er seine Herrlichkeiten nicht, er empfing seine Freude ja nicht durch den Verstand, sondern durch Herz und Atem. Aber das nächste Mal wich er diesen Menschen aus und behielt das Seinige für sich allein; wenn sie nur darauf ausgingen, ihm das Beste zu nehmen, konnte er sie entbehren.

Nach und nach fügte es sich so, daß er mit niemandem mehr verkehrte. Das Mißtrauen war in ihm aufgestiegen, und daran hielt er fest – als Schutz seines Besitzes. Wenn die Leute ihm Arbeit brachten und davon zu sprechen begannen, wie frei er wohne, antwortete er nicht, sondern hielt sich an die Sache – und achtete darauf, daß er sie so rasch wie möglich wieder vor der Tür hatte. Über das rein Fachliche hinaus hatte er mit den Menschen nichts zu besprechen; jedes ungewöhnliche Gespräch würde früher oder später ja doch auf das hinsteuern, was *sein* Geheimnis war. Es zeigte sich als fliehende Unruhe in seinem Blick, wenn er anderen gegenüberstand; und er richtete – ein wenig auffällig – die Werkstatt so ein, daß es den Leuten unmöglich war, ans Fenster zu treten.

Sobald er allein war, senkte sich tiefer Frieden über ihn; einsam fühlte er sich nie. Das Bewußtsein, sich das Eigentliche errungen zu haben, erfüllte ihn ganz; es war alles so, wie es sein sollte. Er grübelte nicht, aber sein Gemüt sog seltsam bunte Eindrücke aus dem Wolkenhimmel, wo der Weltenraum so unendlich abwechslungsreich vorüberzog. Und die Sonne umfaßte das Ganze wie ein übergewaltiges Herz!

Die meiste Zeit des Jahres standen seine Fenster offen; und wenn die Sonne schien, ging sein Pfeifen wie Flimmern über die geborstene Lehmkruste hin. Er konnte pfeifen wie ein Halbverrückter, ein Berauschter – konnte sich hinauftrillern zu ohrenbetäubendem Jubel wie ein Stubenvogel, der in den Sonnenschein hinausgehängt worden war.

Eines Herbstes fingen sie an, gerade vor seinen Fenstern den Boden auszuheben. Blank sah ihnen aus seinem Nest neugierig zu; er hatte seine Wohnung wie ein Vogel gewählt, und es war etwas Vogelähnliches darin, wie er den Hals reckte und der Erdarbeit zusah. Irgendeine Unruhe verspürte er nicht; das war etwas, was in der Landschaft geschah, es waren neue Seiten, die sie zeigte – ihm zur Freude.

Während des Winters hatte er das Vergnügen, zuzusehen, wie sich die Kinder des Viertels in der gefrorenen Ausschachtung herumtummelten, und als es Frühjahr wurde, kamen die Handwerker und begannen zu bauen. Es war für ihn recht lustig anzusehen, denn er selbst saß von Anfang bis zu Ende allein bei seinem Kram; in seine Arbeit sollte niemand anders seine Finger hineinstecken! Und da draußen wimmelten sie wie in einem Ameisenhaufen. Daß sie aus so vieler Hände Arbeit ein Ganzes zusammenbrachten – darüber wunderte er sich am meisten.

Aber die Arbeit dort wuchs von Tag zu Tag und kehrte ihm in ein paar Meter Entfernung eine kahle Brandmauer zu. Das Land wurde ausgesperrt! Eines Tages verschwand der letzte Weidenwipfel, und Blank überlegte staunend, wieviel sie wohl vom Himmel übriglassen würden.

Die Brandmauer gab keinen Klang, und Blank hörte auf zu singen; ab und zu pfiff er noch – um die Luft zu reinigen. Aber im Laufe der Jahre verliehen Feuchtigkeit und Schatten der einförmigen grauen Mauerfläche Farbe, und große Fliegen krochen drüber hin und belebten sie – emsige Kellerasseln und der eine oder andere Tausendfuß. Sobald er morgens aus dem Bett kroch, suchte sein Blick die Mauer; an der Art und Färbung der Flecke konnte er ablesen, wie das Wetter werden würde. Einige Schritt weiter nach links erhob sich eine zweite, ebenso hohe Mauer mit drei verzinkten Müllkästen davor; und wenn er halb zum Fenster hinauskroch und sich auf den Rücken legte, konnte er direkt in den Himmel hinaufsehen.

Das ließ sich nicht sehr häufig bewerkstelligen, es war aber auch nicht nötig. Drüben, weit rechts, ließen die Mauern einen schmalen Spalt offen, der alles in sich barg. Ganz zuoberst den Himmel, dann einige Lindenzweige, die hinter den Mauermassen hervorragten, und eine schnurrige kleine Landschaft, hochkant gestellt. Und schließlich – quer über dem Boden des Spalts – ein kurzes Stück Straße mit ihrem unaufhörlichen Verkehr. Er konnte es von seinem Schemel aus nicht sehen, aber wenn er eine Spiegelscherbe aufs Fensterbrett stellte, hatte er alles darin eingefangen.

Blank richtete es sich mit seinem Stückchen Gottes freier Natur im Spiegel ganz gemütlich ein. Er brauchte nur den Kopf von der Arbeit zu heben, um an allem teilzuhaben, an Sonne und Regen und dem kleinen Ausschnitt aus den Äckern, der in der Spalte hochkant stand und an ein Stück

Schichttorte erinnerte. Und als einige Jahre vergangen waren, hatte er ganz vergessen, daß da vor ihm jemals etwas anderes gewesen war als die fleckige graue Brandmauer.

Als er seinerzeit hier herauszog, hatte ein armseliger Ladenhändler an der Straßenecke gewohnt. Dieser war es, der das Stadtviertel baute und in die Höhe brachte; jetzt war er reich und wohlgenährt und nannte sich Großkaufmann. Schuhmacher Blank machte keinen Versuch, in die Einzelheiten der Entwicklung einzudringen; er begriff nur, daß es der Großkaufmann war, der die Aussicht versperrte, und brachte das mit der Leibesfülle des Mannes in Verbindung.

Er faßte die Dinge auf, wie sie lagen. Der Großkaufmann war ein sehr ordentlicher Mensch, als Hauswirt anständig und den kleinen Leuten gegenüber freundlich; sonntags lag er auf allen vieren auf dem Teppich und spielte mit seinen Kindern. Er hatte bloß den einen Fehler, daß er anschwoll und zuviel Platz beanspruchte, so daß er einem die Aussicht nahm!

Genauso faßte Schuhmacher Blank es auf: als ein handgreifliches Phänomen, das so einfach war wie sonstwas. Wenn er seinen Hauswirt sah, bemerkte er jedesmal dessen Fülle und stellte bei sich beunruhigt fest, daß der Mann immer dicker wurde. Er empfand das als eine dringende Gefahr für seinen Atem; es war, als wollte man ihm die Luft abschnüren.

In einem Frühling schließlich trat das Verhängnisvolle ein. Der Großkaufmann vermochte sich nicht mehr innerhalb seines alten Rahmens zu fassen, und vor dem Ausguck wuchs eine hohe Herrschaftsmauer empor. Der letzte Rest Erde verschwand, in Blanks Spiegelscherbe standen jetzt fünf Küchenfenster in einer Reihe übereinander. Die Rückwand des Baues hatte aber die Eigenschaft, die Vormittagssonne einzufangen und an die Spiegelscherbe weiterzugeben, und Blank konnte auch fünf Mädchenkammerfenster ahnen, wenn eins davon so weit aufging, daß es von der Brandmauer abstand. Dann kam auch ein nackter rundlicher Arm zum Vorschein und holte das Fenster heran, er kam und verschwand im Nu wieder und ließ sich zur Not mit einem Sonnenstrahl verwechseln.

Alles in allem bedeutete ihm das aber nichts. Eines Tages fiel die Spiegelscherbe um, und Blank ließ sie liegen; er hatte keine Verwendung mehr dafür. Er hatte den Zusammenhang mit den versperrenden Mauern durchschaut; jetzt behielt er die Augen bei sich und übte sich in der Kunst, durch alles hindurchzusehen.

Er wußte nun mehr als früher, kam auch auf bequemere Art zu seinem Wissen. Wenn die Mückenschwärme über den drei Müllkästen auf und nieder wogten wie graue Schattentänzer, wußte er, daß stilles Wachstumswetter herrschte. Durch das Schlafen an der feuchten Wand hatte er sich das Reißen zugezogen und spürte deutlich an sich selber, wenn der Nordwind, der gute Freund der Gicht, seinen Walzer tanzte. Und wenn die Müllkästen schlecht zu riechen begannen, war der Sommer nahe; der Geruch wurde ihm geradezu willkommen: des Sonnenscheins wegen, den er in ihm zum Leben erweckte. Er entdeckte immer mehr Kennzeichen, so viele schließlich, daß ständig Sommer in ihm war. Er hatte zur Phantasie seine Zuflucht genommen und konnte die Sonne hervorzaubern, wann immer er wollte.

Blank pfiff niemals mehr – er hatte kein Bedürfnis danach. Die Stille hatte für ihn Bedeutung erlangt, und mit einem leeren, lauschenden Ausdruck im Gesicht saß er stumm bei der Arbeit. Aus der Leere vor seinen Augen wuchsen neue Welten hervor, so daß er nichts entbehrte. Sein Blick erfaßte die äußeren Dinge merkwürdig unbeholfen, die trostlose Mauer hatte seine Sehkraft geschwächt; Menschen, die ihm in die Augen sahen, glaubten, er wäre verrückt, und machten einen Bogen um ihn. Aber er sah vortrefflich nach innen und fand alles in sich selber.

Er hatte nach und nach allerlei aufgegeben, was andere aufrechterhält. Für sich selbst verlangte er nichts und meinte trotzdem, ein gemachter Mann zu sein. Aber alle, die rings um ihn lebten, taten ihm leid. „Sie sind eingemauert", sagte er bei sich und schüttelte traurig den Kopf. „Die Sonne kann sie nie bescheinen!" Es fiel ihm nicht ein, daß er sich in der gleichen Lage befand. Er hatte alles von sich abgestreift, Wünsche wie Bedürfnisse, und nur ein einziges erwärmendes Gefühl als seinen Anteil zurückbehalten: das Mitgefühl mit allen, die unter den Schatten der schweren grauen Mauern litten. Er allein wußte, woher das Übel stammte; deshalb nannten sie ihn ja verrückt, er wußte das sehr wohl. Die anderen glaubten, daß es die Mauern wären, die alles versperrten, und schimpften auf sie. Aber Blank kannte das Geheimnis – er allein! Deshalb lächelte er immer so eigentümlich.

Wenn es ihm stark bewußt war, ließ er die Arbeit ruhen und hantierte mit dem Abziehstahl. Es haftete ein alter Aberglaube daran. Der Stahl hatte so manchem seiner Vorgänger im Beruf geholfen und ihn geschützt; die Spitze des Abziehstahls, richtig gedreht, hielt das Böse fern und das Glück im Hause. Blank selbst glaubte nicht an solches Zeug; er bekam den Abziehstahl sozusagen wie von ungefähr zwischen die Finger und wußte nicht recht, was er damit anfangen sollte; es war eine Handlung ohne Sinn. Dann machte er sich daran, den Stahl spitz zuzufeilen; das wurde allmählich die einzige Beschäftigung, die seinem Gemüt Ruhe verschaffte. Er empfand das zwar selber als Zeitvergeudung und schlug zornig nach dem Stahl, wenn er ihm in die Hände glitt, konnte es aber trotzdem nicht unterlassen.

Eines Tages wurde Blank und den anderen Mietern des alten Hauses am Stadtrand gekündigt. Es war nun ganz von Mietskasernen umgeben und sollte abgerissen werden, um einem modernen Mietshaus Platz zu machen.

Merkwürdigerweise hatte Blank nie an diese Möglichkeit gedacht. Wäre er eines Morgens aufgewacht und hätte entdeckt, daß die sperrenden Mauern wieder in die Erde versunken wären, würde ihn das gar nicht gewundert haben; er hätte es einfach als recht und billig angesehen. Daß aber die baufällige Hütte hier abgerissen werden sollte, um einer Mietskaserne Platz zu machen, wollte ihm nicht in den Kopf. Es war, als wollte man die Welt selber wegsprengen, um Platz für noch mehr Firlefanz zu schaffen; es hieß, alle Begriffe auf den Kopf zu stellen.

Aber Blank wußte ja sehr genau, was dahintersteckte! Jetzt war der Großkaufmann so aufgebläht, daß es ihm nicht mehr genügte, die Leute von der Welt abzusperren; sie mußten aus dem Wege geräumt werden, damit Platz für ihn wäre!

Er zog seinen guten Anzug an, steckte den spitzen Abziehstahl unter die Jacke und ging hinüber und klingelte bei dem Großkaufmann. Er hatte in der letzten Zeit eine sonderbare Unruhe im Blick, die den Leuten Furcht einflößte.

„Es ist der verrückte Schuhmacher“, hörte er das Mädchen drinnen in der Stube sagen.

Dann kam der Großhändler selber herausgestürzt und starrte ihn verwundert an.

„Es handelt sich bloß um die Kündigung“, stotterte Blank und trat in die Wohnung.

„Ja, zum Teufel, was ist denn damit los? Meinen Sie vielleicht, sie wäre nicht rechtmäßig?“

„Doch, aber – du bist zu aufgebläht, du schwillst an, du... Die anderen kriegen keine Luft! – Und jetzt steche ich dich an, damit die viele Luft heraus kann, du ... du ... du!“ Blank sprach stoßweise und stieß ihm den Abziehstahl in den Bauch.

Schuhmacher Blank kam ins Gefängnis, aber seine Gedankenwelt war zu seltsam, als daß man ihn dort mit einigermaßen Aussicht auf Erfolg hätte behalten können. Eine Brandmauer mit einem dicken Großkaufmann zu verwechseln war zu blödsinnig, als daß man ihn auf die Dauer als denkendes Wesen behandeln und an den normalen Gütern der Gesellschaft teilhaben lassen durfte. Er wurde rasch in eine Irrenanstalt gebracht.

Dort sitzt er nun und glaubt, er habe mit seinem Abziehstahl die Mauern gesprengt. Die Tiefe hat sich ihm offenbart; er sieht den großen Zusammenhang und klammert sich nicht an gleichgültige Nebensächlichkeiten. Deshalb behalten sie ihn immer noch in der Anstalt.

Manchmal hat er lichte Augenblicke, in denen er seine Gedanken aus dem großen Gemeinschaftsgefäß schöpft. Dann wird davon gesprochen, inwieweit er der Gesellschaft wieder übergeben werden könnte. Doch zum Glück fragt er dann plötzlich, ob die Sonne jetzt auf die alte Hütte herabscheinen kann oder ob sie meinen, daß er den Großkaufmann nochmals anzapfen müsse.

Pentti Haanpää

Die Geschichte von den Goldbeuteln

Die Hacke klang, der Kies rieselte und prasselte gegen den Spaten und gegen die Wände der Spülgefäße. Auf ihrem Boden sammelte sich reiche Beute, Sand und Körnchen: Gold. Die geschickte Umleitung dieses Wildmarkbächleins in ein anderes Bett erwies sich als ein vorzügliches Unternehmen. Gold, Gold! Körper und Seele fieberten in spannendem Spiel. Der Schweiß brach aus, und das Arbeitsgerät rieb die Hände schwielig, und dennoch schien es Vaskio mitunter, als sei das keine Arbeit. Es wurde nichts hergestellt, die Geräusche der Arbeitsgeräte waren tot. Die Ernte bestand nur aus schweren, dunklen, lächerlich unnützen Metallkrümeln.

Früher hatte er auch gearbeitet. Er hatte zum Beispiel Land bestellt. Das hinterließ eine Spur. Die Landschaft veränderte sich, und das Korn im Kasten, die Milch im Kübel schienen wirklich Ernte und Ertrag zu sein. Einst hatte er beispielsweise fünf Hektar Moorboden urbar gemacht und seine Arbeit dann zufrieden mit den Augen eines Schöpfers betrachtet.

Und doch war es so, daß die Saat auf dem Acker und die aus den Kuheutern klingend rieselnde Milch im Vergleich zu solchen Metallbröckchen bedeutungslos waren. Es gab Besitzrechte, und Vaskios Nabelschnur, die ihn an den Boden band, erwies sich als recht schlaff, sobald die Banken mit gewissen Papieren zu operieren begannen. Das waren Vermögenspapiere. Ein leichter Hammerschlag traf einen Balken seines Hauses. Zu jener Zeit war das eine sehr verbreitete Erscheinung, denn die Landwirtschaft wog wenig auf der Weltwaage. Schwer wog ein gewisses Metall, und ungeheuerlich und verwirrend war das Spiel mit den Besitzverhältnissen.

Zu jener Zeit gärte und bohrte es in Vaskios Herzen. War er ein Landverderber gewesen? Er konnte den bestellten Boden nicht ohne üble Gefühle ansehen, denn die Saaten boten dem Bauern nicht mal das tägliche Brot. Die Landarbeit, die ihm bisher ein Vergnügen gewesen war, schmeckte nicht mehr. Und es gab für ihn keine Chance, seitdem ein gewisser Hammer gegen die Balkenwand seines Hauses geklopft hatte. Warum auch sollten sein Hof und sein Acker gerade so viel wiegen auf der Weltwaage, daß sie für gut befunden wurden...

Er war in den Urwald gekommen als ein Goldsucher, ein Abenteurer. Er hatte Glück gehabt wie ein Spieler, der gewinnt. In seinem und seines Kameraden Beutel häuften sich nun zusehends lächerlich nutzlose und doch so überaus wertvolle Metallkörnchen. Es blitzte, es blitzten in ihm Bilder von einem künftigen Leben auf, in dem man sein gutes, reichliches Auskommen haben würde.

Diese Körnchen aus den Felsspalten am Bachbett, die jetzt auf dem Boden des Lederbeutels ruhten, beeinflußten auch das Gefühlsleben der Männer. Vaskio empfand eine dunkle Unzufriedenheit darüber, daß er einen Kameraden hatte. War nicht die Abteilung des Bachlaufs seine eigene Idee? Hatte er denn nicht mit großer Mühe den andern für diese Riesenarbeit gewonnen? Und jetzt sollte er gleichen Anteil und gleiche Aussichten haben?

Sie gruben mit brennenden, schmerzenden Rücken und sprachen nicht viel. Aber in ihnen wogten und webten gleichsam die unruhigen Schatten bevorstehender Ereignisse.

Ihre Lebensmittelvorräte gingen zur Neige, ehe noch die Goldfunde auf ein Versiegen des Reichtums schließen ließen. Dieses mächtige und merkwürdige Metall aber war in einer Hinsicht wertlos: Man konnte es nicht essen. Es hatte absolut keine Bedeutung, wenn es nicht Menschen gab, die den Boden urbar machten und bebauten, um Getreide zu erzeugen und in Konkurs zu geraten, ihren Besitz zu verlieren und im Elend zu enden.

Weil ihnen Lebensmittel fehlten, erfolgte die Rückreise in jene Anbaugebiete, bei deren Anblick es Vaskio innerlich übel wurde. Schwer schleppten sie an ihren Rucksäcken, bis sie an einen größeren Fluß zu ihrem Boot gelangten.

Es war Herbst. Schon früh trat die Dämmerung ein. Daran lag es, daß das Boot oberhalb einer Stromschnelle auf einen Stein auflief. Vaskio ließ das Steuerruder fahren und sprang in die Mitte des Bootes, um die wertvollen Rucksäcke an Land zu werfen. Es gelang ihm. Das Boot aber drehte sich gegen die Strömung und brach auseinander. Vaskio hörte den Kameraden über sein ungeschicktes Steuern fluchen. Sie waren im Wirbel des strömenden Wassers in Gefahr. Vaskio arbeitete mit aller Kraft und bekam einen Uferstein zu fassen, wobei sein Fuß, der einen Schwimmstoß tat, gegen irgend etwas stieß. War es der Kopf seines Kameraden? Ein eigentümlicher, erstickter Laut war zu hören.

Er kroch aufs Trockene und saß dort wassertriefend, erschöpft, schnaufend. Die Stromschnelle rauschte, als sei sie zufrieden. Sie hatte seinen Kameraden geschluckt. Er zog sich am Ufer hoch, um festzustellen, ob die Rucksäcke in Sicherheit seien, und schob sie noch höher hinauf, weiter fort vom Wasser.

War nicht alles gut gegangen? Besser steht ein Mann mit zwei Goldbeuteln da!

Er suchte Holz zusammen, zündete ein Lagerfeuer an und trocknete seine Kleider. Die Stromschnelle brauste in der Dunkelheit. Es war, als klinge dort das Echo des letzten Fluchs seines Kameraden. – Hatte er vorhin den Stein gesehen, an dem das Boot zerschellte? Wußte er, daß er bei seinem Schwimmstoß den hinter ihm kämpfenden Kameraden gegen die Stirn treffen würde? Hatten die unansehnlichen Metallkörner in den beiden Lederbeuteln dieses Unglück gezeugt und geboren?

Wie dem auch sei, jetzt werden die Goldkörner in *einen* Beutel kommen. Doch die Finsternis dieses Abends, die geheimnisvollen Stimmen der Stromschnelle in der Wildnis werden sich heimlich für immer in seine Seele senken. Das Leben wird niemals seinen alten Geschmack haben.

Er kann jetzt ein gesichertes, großartiges Leben führen. Die Hammerschläge der Zwangsversteigerung werden ihn niemals wieder belästigen. Sein Rücken braucht sich nicht mehr zur Arbeit zu krümmen. Der Bauch kann sich blähen, und eine goldene Uhrkette wird ihn stolz bekreuzigen.

Aber in stillen, schlaflosen Nächten wird er doch an einen gewissen Vorfall denken, ein bestimmter Fluch und das heulende Rauschen einer Stromschnelle werden an sein Ohr dringen. Alles wird gut sein, doch er wird sich trotzdem in seinem Bett wälzen wie in glühender Asche.

Welche Rolle fällt im menschlichen Leben doch einem gewissen Metall und jenem ungeheuerlichen, verwirrenden Spiel mit den Besitzverhältnissen zu!

Er trank seinen Tee und steckte sich seufzend die Pfeife an, starrte in die Dunkelheit und hörte die Stimmen des dahineilenden Wassers.

Siegfried Siewertz

Das letzte Vollschiff

Im plätschernden Wasser am südlichen Mälarkai zwischen schwimmendem Kehricht und allerlei Unrat erblickte ich kürzlich einen Kohlenprahm, der überaus trübselig aussah. Sein Inneres war ein einziges großes, klaffendes Loch, schwarz von Kohlenstaub und Verzweiflung. Doch die noch in ihrer Erniedrigung elegante Form des Rumpfes, der Klippersteven mit der Aussparung für den Klüverbaum und die leeren, aber noch vorhandenen Nagelbänke verrieten, daß der Prahm einstmals ein Segelschiff, ein stolzes Vollschiff gewesen war. Davon zeugte auch der Achtersteven, dessen Verzierungen und Schnörkel sich unter dem dick aufgeschmierten schwarzen Teer noch immer schön ausnahmen. Und als ich auf den Namenbrettern „Anna Christina, Kalmar" las, da entsann ich mich der Geschichte des Schiffes wie auch seines Kapitäns. Ich habe sie von mehreren Seiten gehört, und sie macht unten in den Skeppsbro-Vierteln tatsächlich immer noch die Runde. Das erste Mal aber wurde sie mir in einer stillen Mittelmeernacht von dem Kapitän des Dreitausendtonners „Aspasia" der großen Kohlenfirma Benkert & Sohn erzählt.

Im Dezember 1919 kam die „Anna Christina" zwischen Eisschollen und Treibminen nach Stockholm gesegelt. Sie war voll beladen mit Ölkuchen aus Algier, die sie auf dem Heimweg vom Stillen Ozean übernommen hatte, wo sie während des ganzen Weltkrieges mit amerikanischen Frachten zwischen Südamerika, Hawaii, Tahiti, Neuseeland, Australien und Japan gefahren war. Auch nach Holländisch-Indien hatten sich die Reisen ausgedehnt.

Kapitän Peter Lorentz stieg am Stadsgardskai als ein einsamer Mann an Land. Was von seiner Familie noch gelebt hatte, war während der langen Zeit seiner Abwesenheit dahingestorben. Sein Reeder unten in Kalmar hatte vor kurzem Konkurs gemacht und war ebenfalls gestorben. Und nun trottete der Schiffer mit hochgeschlagenem Kragen durch das Schneegestöber zu Fremden, um Näheres über sein und der „Anna Christina" Schicksal zu erfahren. Er hatte keine Ahnung, was diese Herren Benkert & Sohn für Leute waren. Ein Polizist wies ihn zu einem neuen, feinen Haus an der Skeppsbron, und er trat in ein großes Büro, das genau wie eine Bank mit Trennwänden, langem Abfertigungstisch und Glasblenden ausgestattet war.

„Jaa, ich bin der Kapitän der ‚Anna Christina'. Ich bin jetzt da und möchte mit dem Chef sprechen."

Der Schiffer mußte eine gute halbe Stunde dort sitzen, und niemand schien von ihm Notiz zu nehmen.

Schließlich führte man ihn zu einem älteren Herrn mit kreisrunden Brillengläsern, der zwischen seinen Telefonen saß und dessen Körper ganz und gar von Eile erfüllt zu sein schien.

„Ach so, das ist der Kapitän der ‚Kristin'."

„‚Anna Christina'", berichtigte Schiffer Lorentz, wobei er den Kopf in den Nacken warf.

„Haben Sie in Algier unser Telegramm betreffs Abmusterung bekommen?"

„Nee, ich hab' bloß das wegen der Ladung gekriegt."

„Soso – ja, wir wollten Sie darauf vorbereiten, daß die ‚Anna Christina' aufgelegt werden soll, sobald die Ladung gelöscht ist. Und die ganze Besatzung wird abgemustert."

„Die ‚Anna Christina' aufgelegt? Aber zum Frühjahr wird doch wohl wieder gefahren?"

„Vielleicht, obwohl wir das Schiff so schnell wie möglich verkaufen wollen. Wir sind an Segelschiffen nicht interessiert. Dies haben wir durch einen unglücklichen Zufall auf den Hals bekommen. Und die Zeiten werden allmählich auch für die Frachtschiffahrt schlecht. Sie können es ja da draußen im Hafen sehen – alles voll von aufgelegten Dampfern..."

„Ja, aber Sie haben doch wohl nicht die Absicht, mir die

‚Anna Christina' wegzunehmen? Ich fahre jetzt dreiunddreißig Jahre mit dem Schiff."

„Sollte es mit dem Segeln wieder losgehen, sind Sie natürlich der erste, der in Frage kommt, da Sie das Schiff ja am besten kennen. Ich habe die Kasse angewiesen, die Heuer für die Besatzung und Ihre eigene Löhnung bis zum ersten Januar auszuzahlen. Leben Sie wohl, Kapitän Lorentz! Hoffen wir auf bessere Zeiten!"

Ja, so wurden dann von der „Anna Christina" die zerschlissenen Segel abgeschlagen und das laufende Tauwerk eingeholt, und mit kahlen, zum Abrinnen schräggebraßten Rahen wurde das Schiff nach Ryssviken bugsiert und dort mit den Achtertrossen in Richtung Beckholmen verankert. Bald schloß sich das Eis um die „Anna Christina", und der Schnee legte sich weiß und dick über Decks und Luken, die jahrelang von der Sonne des Äquators geröstet worden waren.

Kapitän Lorentz verfügte über einige Ersparnisse und machte nun aus der Not eine Tugend. Teufel auch, vielleicht ist es ganz schön, den alten Pott für einige Zeit los zu sein! dachte er bei sich. Aber er mietete auf alle Fälle ein nach dem Strömen hin gelegenes Zimmer im Hotel „Reisen", und an jedem klarsichtigen Morgen, den Gott werden ließ, steckte er sein Fernglas in die Tasche, ging nach Slussen hinunter und stellte fest, daß sich die drei vergoldeten zwiebelförmigen Knöpfe auf den Masten der „Anna Christina" immer noch leuchtend gegen das Grau abhoben. Und vor jedem Menschen, den er traf, prahlte er mit seinem Schiff. Es waren Seemannsgeschichten, in denen nicht der Schiffer, sondern das Schiff die Hauptperson war.

Peter Lorentz war unten in Kristianopel geboren und aufgewachsen. Seit seinem fünfzehnten Jahr hatte er auf See gelebt. Er war ein kleiner Kerl mit lebhaften Zügen, tiefen Falten um die Mundwinkel, blinzelnden Augen und einer ziemlich roten Nase. Ein Kranz wirrer grauer Strähnen zog sich um eine kreisrunde Glatze, die an das stille Gebiet im Zentrum eines Taifuns erinnerte.

Kapitän Lorentz saß meistens im hinteren Speisesaal des Hotels „Reisen" in der Gesellschaft von Zollschreibern,

Lagerbuchhaltern, Steuerleuten, Waterclerks und Schiffshändlern. Und überaus pfiffig wußte er das Gespräch stets auf die vielfältigen Vorzüge der „Anna Christina" zu lenken. So pflegte er beispielsweise bei einem der ersten Grogs mit gleichgültiger Miene einen schmutziggelben Tabaksbeutel hervorzuziehen, der recht seltsam aussah und mit Strichen und Schnörkeln versehen war.

„Ihr guckt euch meinen Tabaksbeutel an", sagte er lachend. „Könnt ihr raten, woraus der ist, Jungs? Ja, aus Menschenhaut! Und dieses Krickelkrakel sind Tätowierungen. Ich hab' das Ding für zwei Pfund von einem irischen Schiffszimmermann gekauft, der festgesoffen in Surabaja lag. Er hatte es in Medan auf Sumatra von einem Bataken ergattert. Ein Häuptling hatte es mit Amuletten dran um den Hals getragen. Die Haut hatte an seiner alten Mama gesessen, die er aufgefressen hat. Bei den Bataken fressen sie immer ihre Eltern auf. Das gilt als ein Zeichen kindlicher Ehrfurcht und Zuneigung, versteht ihr... Jaa, die Welt ist groß, und die Bräuche sind verschieden", schloß Schiffer Lorentz und tat nachdenklich den ersten Zug aus seiner frischgestopften Pfeife. „Wir sind ziemlich weit rumgekommen, ich und die ‚Anna Christina'. Damals kamen wir mit einer vollen Ladung australischem Weizen, und wir hatten die Reise von Sydney in weniger als drei Wochen gemacht. Sie ist ein Am-Wind-Segler, die ‚Anna Christina', kann ich euch flüstern! Genau wie eine Lustjacht! Drei Wochen von Sydney nach Surabaja! Ich war so verdammt guter Laune, daß ich zu dem Iren da nicht nein sagen konnte, als er mit seinem Schmuckstück ankam... Wirklich ein prima alter Kasten, die ‚Anna Christina'..."

Kapitän Lorentz besaß noch eine andere Kostbarkeit, die aber holte er nur hervor, wenn er sich in etwas düsterer und grüblerischer Stimmung befand. Es war eine kleine Bambushülse mit etlichen chinesischen Schriftzeichen. Er zog dann den Holzstöpsel heraus und zeigte unter vielen schüttelähnlichen Kopfbewegungen drei kleine weiße Kugeln.

„Dieses Dings hab' ich im Chinesenviertel von Shanghai gekauft. Das war kurz nach Kriegsausbruch, wo man nicht wußte, was einem passieren würde. Ein grinsender gelber

Satan lockte mich in eine Art Drogerie gleich neben einem kleinen Tempel mit grünen Porzellandrachen. ‚Du haben böses Fieber in deine Leib', schnatterte der Chinese in seinem Pidgin-Englisch. ‚Du nehmen ein Pulver, werden gesund, ich schwören bei mein Vaters Seele. Oder du nicht haben Liebe mehr in Leib. Du nehmen dies Pulver, bekommen viele, viele Liebe.' Aber dann, wißt ihr, zog er mich tiefer in den Laden 'rein und zeigte mir die Hülse, die ihr hier seht. ‚Oder du kaufen dies', flüsterte er, ‚sehr feine, teure Pillen. Du geben sie jemand, du nicht leiden mögen, und er werden so hier.' Dazu zog der Gelbe eine scheußliche Grimasse, wobei er die Zunge weit aus dem Mund rausstreckte und die Augen verdrehte. ‚Er tot, mausetot! Oder du selber bekommen Krankheit, tun weh, keine Hoffnung. Du nehmen eine Pille, keine Schmerzen mehr. Sehr feine, gefährliche Pillen kosten drei Pfund.' Ich sagte natürlich zu dem gelben Satan, daß er lüge und daß es bloß Zuckererbsen seien. Aber er protestierte: ‚Ich nicht lügen, kein Lüge in mir, du selber sehen.' Er nahm aus einer Schüssel einen Klacks gekochten Reis, lockte einen mageren kleinen Köter von der Straße 'rein und wollte nun eine der Kugeln im Reis zerstampfen, damit ich die Wirkung sehen könnte. Als ich protestierte, sagte er: ‚Das nicht machen. Geben doch so viele, viele kleine Hunde.' Ja, versteht ihr, Jungs, schließlich mußte ich die Pillen kaufen, bloß um den Köter zu retten..."

Die Hülse ging reihum, und man starrte die weißen Kügelchen an, in denen der Tod verborgen lag.

Der Kapitän aber fuhr fort: „Keine zwei Wochen später stand ich, auf das Schlimmste gefaßt, mit diesem Dings in der Faust da – seht ihr, Jungs? Ihr wißt vielleicht, was ein Taifun im Gelben Meer zu bedeuten hat. Ich war vom Tod nicht weiter ab als jetzt von dieser Buddel hier, versteht ihr? Und lieber die Pillen als lebendig Haifischfutter werden! Es war ein höllisches Unwetter. Aber ich brauchte das Satanszeug des Chinesen nicht zu nehmen, denn wer den Zyklon abritt – das war die ‚Anna Christina'. Und ihre Stengen klarte sie außerdem. Ja, wir haben zusammen 'ne ganze Menge mitgemacht, ich und die alte Wellenschaukel. Und sie hat nie versagt. Ein Schiff ihresgleichen gibt es, hol' mich der Teufel, nicht auf sieben Meeren! Und kräftig gebaut ist sie, obwohl sie so geschmeidig aussieht. Und wie gut sie sich bei Seegang hält! Und nun haben die hirnverbrannten Teufel sie den Winter über aufgelegt, anstatt sie zum Beispiel unten im Mittelmeer segeln zu lassen!"

An solchen Abenden, wenn die Bambushülse zum Vorschein kam, ließ sich Kapitän Lorentz gern vollaufen, und dann schwankte er im Dunkel der Nacht nach Beckholmen, blieb dort im Schnee stehen, brummelte vor sich hin und starrte auf das leere, verlassene Schiff draußen im Eis.

Eines schönen Tages aber war der Frühling wieder da. Der Wind wehte Süd zu West, die Rinnsteine glitzerten in der Sonne, und draußen unter der Pfahlbrücke nach Beckholmen schmolzen bereits die grünen, löchrigen, schwammigen Eisschollen. Schiffer Lorentz stand da, lehnte sich matt gegen das Brückengeländer, blickte sich um, schnupperte, lauschte, sog die Frühlingsanzeichen mit allen Fasern seines Wesens ein.

Auf dem Gelände der Lotsenstation rüstete man schon die roten Feuerschiffe aus; die häßlichen Jungenten der Dampfschaluppen-Gesellschaft, die den Winter über dicht zusammengedrängt mit dem Schnabel unterm Flügel geschlafen hatten, krochen jetzt eine nach der andern ins Wasser hinunter; von den Trockendocks tönte der festliche Stahlklang der Rosthämmer, während der Wind ein köstliches Duftgemisch von offenem Wasser, Teer und Ölfarbe herantrug. Und das ganze unbeschreibliche Durcheinander von Schiffsgerät, Trossen, alten Riemen, zerschlagenen Bootsschrauben und zerfetzten Persennings, das unter den Planken und an den Uferrändern lag, schien in dem strahlenden Sonnenschein zu gären, zu schwellen und sich zu bewegen, wie von einer seltsamen Unruhe ergriffen.

Mit bebendem Herzen und wackligen Knien wanderte Schiffer Lorentz hinaus und setzte sich auf den Poller, um den „Anna Christinas" Achtertrosse lief. Er schaute zu dem noch kahlen Wald der hohen Masten auf, als hätte er erwartet, daß die Blöcke sich zu Knospen wandelten, das laufende Tauwerk wieder seine langen Jahresschosse triebe und Rahen und Bäume schließlich mit großen, schwellenden weißen Segeln ausschlügen. O lieber Gott, jetzt mit den Leesegeln vor endlosen Passatwinden zwischen Papeete und Apia liegen! Den Schiffsjungen die Matratze aufs Kajütdeck legen lassen und die lange, laue, rauschende Sommernacht im Halbschlummer unter Segeln und Sternen verbringen! Kapitän Lorentz' alte Liebe zur „Anna Christina" war während des Winters wahrhaftig nicht gerostet, jetzt aber bekam sie einen Schuß von jugendlichem Feuer. Entflammt von dem Traum, eine neue Zeit der Flitterwochen zu erleben, stürzte er, vor plötzlicher Erregung bebend, zum Büro von Benkert & Sohn, wo er sich aus verletztem Stolz und tiefer Verdrossenheit um der „Anna Christina" willen seit dem ersten, fatalen Besuch nicht wieder gezeigt hatte. Er traf nur den Prokuristen, da der Chef in England weilte.

„Ja, nun wird's wohl Zeit, die ‚Anna Christina' instand zu setzen, wenn aus dem Segeln was werden soll."

„Segeln? Woher zum Kuckuck wollen Sie in diesen Zeiten Ladung nehmen, Kapitän? Wir haben zwei von unseren Dampfern aufgelegt!"

Es war, als ergieße sich ein Eimer kaltes Wasser über die schönen Träume.

„Ja, aber die ‚Anna Christina' muß auf alle Fälle ein bißchen hergerichtet werden. Sonst bekommt es ihr schlecht..."

„Diese Zeiten bekommen vielem schlecht, Kapitän, manchem Namen, manchem Vermögen und dem ruhigen Schlaf der Leute. Da muß Ihr alter Segelkahn vorläufig schon so liegenbleiben, wie er liegt."

Mit diesem Bescheid mußte sich Schiffer Lorentz begnügen.

Er konnte indes feststellen, daß die „Anna Christina" in ihrem Unglück nicht allein war. Es war wirklich die Zeit der aufgelegten Schiffe. Dort lagen haufenweise rostige Dampfer und schmollten vor ihren Ankern. Aber für ein altes Segelschiff war das Warten gewissermaßen noch bitterer.

Kapitän Lorentz beschaffte sich auf eigene Kosten Teer und Werg, ging dann an Bord des draußen liegenden Schiffes und dokterte an den schlimmsten Gebrechen herum. In solchen Stunden verspürte er so etwas wie Seelenfrieden, aber zwischendurch packten ihn Anfälle von wildem Suff, grobem Fluchen auf die ganze Weltordnung und wütenden, überheblichen Telefonanrufen bei Benkert & Sohn.

Bald wollte man unsern Schiffer im Hotel „Reisen", wo er mal teerbeschmiert, mal betrunken herumlief, nicht mehr haben, und er mußte sich woanders ein Zimmerchen mieten. Das fand er in der Stora Hopargränd bei einer Witwe, die an der Ecke Österlanggatan einen Zigarrenladen betrieb. Und hier beruhigte er sich, als es auf den Sommer zuging, schließlich beim Basteln eines kleinen Vollschiffes, einer „Anna Christina" etwa von der Größe einer Literflasche, mit allem Drum und Dran – Ankern wie Wasserfässern an Deck, Kompaßhäuschen und Steuerrad –, dem Original getreu nachgebildet.

Wenn er nun zur „Anna Christina" hinauspilgerte, so geschah es, um diese oder jene Einzelheit, die er trotz allem nicht mehr richtig im Gedächtnis hatte, genau in Augenschein zu nehmen. Schließlich wurde sein Arbeitseifer so groß, daß er sich kaum Zeit zum Essen gönnte. Er magerte ab und wurde von all dem Stillsitzen krumm. Aber es war doch ein Trost – von gleicher Art wie bei einem Künstler, wenn er in seiner Bude hockt und sich ein winziges Bild von dem unerschöpflichen Leben macht, das er auf andere Weise nicht bewältigen kann.

Sommer, Herbst und Winter vergingen, doch als das kleine Vollschiff „Anna Christina" dann fertig war, wirkte es, um bei der Wahrheit zu bleiben, mehr wie ein Werk starrsinniger Geduld als wie eine Frucht feuriger Liebe. Kapitän Lorentz hatte seine Sehnsucht nach den blauen Fernen mit Blöcken von schwarzen Perlen, groß wie Stecknadelköpfe, und fünfquadratzölligen Marssegeln samt richtigen Reffbändseln ausgestattet, deren Länge von seinen Bartstoppeln übertroffen wurde.

Ja, und dann kam wieder der Frühling.

Aber Kapitän Lorentz war jetzt nicht mehr derselbe hartnäckige, polternde Mann wie früher. Seine grauen Strähnen waren weiß geworden, sein Rücken krumm und seine

Augen traurig. Er war gealtert und hatte zu denken und zu grübeln begonnen. Nach lauen Regenfällen schien die Sonne, und das Eis brach schon auf, aber man glaube nun nicht, daß der Alte sofort losgerannt wäre, um die Eigentümer der „Anna Christina“ zu bestürmen. Nein, tagelang strich er draußen vor dem großen Büro herum und brummelte mit inständigem Ausdruck vor sich hin. Er wartete, er beherrschte sich, er überwand sich selbst. Er sammelte gleichsam Verdienste gegen das Schicksal, indem er darauf verzichtete, sofort hineinzustürzen. Und als er an einem richtig sonnigen und verlockenden Apriltag endlich zu Benkert & Sohn hinaufging, da trug er in einer besonders feingeschnitzten Schachtel das kleine Modellschiff bei sich, um die Herzen der Allgewaltigen zu rühren.

„Hier wird nichts gegeben“, sagte ein neues Fräulein hinter dem Glasschalter. Sie hielt ihn für einen Bettler. Aber er unterließ es, die Stimme zu erheben. Er hatte beschlossen, demütig und diplomatisch zu sein – der „Anna Christina“ zuliebe. Das war viel für den Kapitän eines Vollschiffes.

Schließlich ließ man ihn doch zum Chef hinein. Aber nun glaube man nicht, er hätte gleich mit den altgewohnten Klageliedern losgelegt – nein, er holte lediglich das Vollschiff hervor und stellte es auf eine Schreibtischecke.

„Ich bin bloß gekommen, um Ihnen zu zeigen, was für ein feines Schiff Sie haben, Herr Direktor – wenn Sie es ein bißchen aufmöbeln wollten. So hier sieht die ‚Anna Christina‘ unter vollen Segeln aus.“

„Recht hübsch“, sagte der Direktor, „recht hübsch, Kapitän. Aber leider ändert das nichts an der Lage auf dem Frachtmarkt. Ich wünschte nur, ich wäre das alte Schiff los.“

„Aber wenn es nicht instand gehalten wird, läßt es sich ja unmöglich verkaufen“, brummelte Kapitän Lorentz demütig. „Lieber Direktor, bloß etwas Leinöl auf die Rundhölzer und ein bißchen Werg ins Deck! Bloß um die schlimmste Fäulnis fernzuhalten!“

Da aber wurde Direktor Benkert ungeduldig und schlug mit der Faust auf den Tisch. „Ich stecke nicht ein Öre in den elenden Kahn! Ihr alter Kasten hat mich eine halbe Million gekostet, und das dürfte reichen! Leben Sie wohl, Kapitän!“

Mit diesem Bescheid mußte Schiffer Lorentz heimziehen. Er besoff sich nicht und schlug keinen Krach wie im vorigen Frühjahr – nein, er legte sich auf sein Bett und starrte die Decke an. Tagaus, tagein lag er so, starrte die Decke an und konnte sich nicht aufraffen, sich anzuziehen und seine Kammer aufzuräumen.

Die Tabakswitwe schnaubte, als sie kam, um ihm die Miete abzufordern. Sie war eine resolute Frauensperson, die ihren Mann schon nach fünfjähriger Ehe unter die Erde gebracht hatte.

Dann war es wieder Sommer. Bei den Schiffen wie bei den Menschen enthüllte die kräftige Frühsommersonne unbarmherzig den Verfall. Wenn Kapitän Lorentz nicht auf seinem Bett lag und vor sich hin starrte, strich er draußen auf der „Anna Christina" herum und stellte fest, wie an dem alten Kasten alles rostete und faulte. Er ging dort umher, schrapte und stocherte und untersuchte – doch ohne von dem früheren frischen Seemannshaß gegen die Fäulnis beseelt zu sein. Überall bekam er die halbe Messerklinge hinein, aber es war nicht mehr so, als steche er in ein lebendiges Wesen. Das Deck wurde leck, Schrauben lösten sich, Spieker schwärten heraus, Jungfern und Rundhölzer barsten, die Bespannung des Kajütendaches fing an zu reißen und sich aufzurollen, und Reling und Rahen waren weiß von Möwendreck, so als sei die „Anna Christina" ein totes, fortgeworfenes Ding, das die Menschen aufgegeben und die unvernünftigen Tiere in Besitz genommen hatten. Nichts zu machen, nichts zu machen. Kapitän Lorentz sank auf ein Wasserfaß, das so spack war, daß es in sich zusammenzufallen drohte. Er stopfte die letzten staubigen Tabakskrumen in seine Pfeife, saß da und sinnierte stumpf über den Verfall – den der „Anna Christina" und seinen eigenen. Ja, er verfiel, er spürte es selber mit einer fatalen Befriedigung, als läge darin eine Art Treue gegen sein altes Schiff und eine Rache gegen die Vorsehung.

Zu Beginn des naßkalten Herbstwetters wurde Kapitän Lorentz von der Tabakswitwe in der Stora Hopargränd gekündigt. Er hielt sein Zimmer nicht sauber und konnte die Miete nicht bezahlen. In zerschlissener Montur und niedergetretenen Schuhen schlenderte nun eine düstere Gestalt in den Läden der Skeppsbron und der Västerlanggatan herum und bot einen Tabaksbeutel aus Menschenhaut und ein kleines Vollschiff feil. Schließlich glückte es ihm, das letztere für einen Hundertkronenschein an einen Schiffshändler zu verkaufen, bei dem es bis auf den heutigen Tag als Reklamezeichen im Fenster hängt. Und als Kapitän Lorentz dieses Geld versoffen hatte, gab er den Beutel für einen Spottpreis weg – gerade ausreichend für eine letzte Flasche Schmuggelsprit. Die Bambushülse mit den drei Pillen aber steckte noch immer in der Tiefe der bislang heilgebliebenen Innentasche seiner Weste. Nein, von der trennte er sich nicht. Immer schattenhafter tauchte er nun in der Ledigenherberge der Altstadt auf, und man konnte ihn mitten im Schneegestöber an der Ecke der Österlanggatan mit den berüchtigten Strolchen herumlungern sehen.

Vor Weihnachten gab es einen kleinen Aufschwung. Da hockte er in einem Winkel der Själagardsgatan und schnitzte Spielzeugschiffchen für einen Groschenbasar, kleine Holzklötze mit drei Stäbchen als Masten – fünf Zoll große Schiffchen zum Segeln in der Badewanne. Vielleicht schlich sich auch hier dann und wann die „Anna Christina“ mit ein, wenn es bei seinem eitlen Bemühen darum ging, einem Steven den rechten Schwung oder den Masten die richtigen Proportionen zu geben. Doch zu Weihnachten war es mit diesem Job zu Ende, und von den paar Geldstücken, die er bekam, blieb nicht ein Öre übrig, denn er hatte so viele Sorgen zu ertränken, daß alles sogleich zu Branntwein wurde. So kam es, daß er sich am Heiligen Abend ohne ein Öre für Essen und Unterkunft im Schneematsch herumtrieb. In der Dämmerung stapfte er fröstelnd nach Beckholmen hinaus, mit der Absicht, in der Kajüte der „Anna Christina“, zu der er noch immer den Schlüssel in der Tasche hatte, Schutz zu suchen. Aber der alte Wellenpflüger sah in dem Schneetreiben wie ein Spukschiff aus, und er spürte, daß es den Tod bedeutete, wenn er an Bord ginge und sich dort hinlegte.

In seiner jämmerlichen Ratlosigkeit bemerkte er plötzlich, daß der frischgefallene Schnee auf dem Eis voller

Spuren war. Sie führten zu der tiefer in der Hafenbucht Ryssviken eingefrorenen schwarzen Prahmflottille. Er glaubte auch einen schwachen Lichtschein zu sehen, der aus irgendeinem offenen Skylight durch das Schneegestöber drang, und es zog ihn dorthin. Er blieb eine Weile zwischen den Prahmen stehen und horchte auf das Geschwätz und muntere Gejohle heiserer Stimmen. Schließlich rief er die Kumpane dort drinnen an, worauf ein zottiger Kopf aus der Luke auftauchte.

„Wer zum Deibel bist du?"

„Ich bin ein alter Spukschiffer", erwiderte Lorentz, und seine Stimme klang krächzend genug. „Ich kann keine Spielzeugschiffe mehr schnitzen..."

Irgend etwas hielt ihn davon ab, zu verraten, daß die „Anna Christina" dort draußen sein Spukschiff war. Er schien jedoch der ganzen Prahmschifferrotte Flöhe ins Ohr gesetzt zu haben, denn mehrere Zecher reckten jetzt den Kopf aus der rauchigen Luke.

„Was für 'n Deibelsquatsch redet der Kauz da zusammen! Komm näher 'ran, damit wir dich begucken können!"

Kapitän Lorentz kletterte in die Wärme des Prahmroofs zu Branntwein, Kuchenbrot und Butter hinunter. Und bald saß er hier unter alten Prahmschiffern, arbeitslosen Seeleuten und anderen Gratislogierern und erzählte von den Herrlichkeiten der Südsee. Bis er auf dem Fußboden zwischen Schnapsresten, Flaschenscherben und Schnupftabaksspucke einschlief.

Kapitän Lorentz blieb bei dem alten, schnupfenden Prahmschiffer. Hier erfror er wenigstens nicht, denn der Prahm war voller Kohlen, mit denen sie heizen konnten. Hin und wieder verschaffte er sich einen kleinen Verdienst, indem er die eine oder andere Gelegenheitsarbeit verrichtete. Es war ein Dasein voll Hunger, Schmutz und Elend. Am schlimmsten aber war, daß ihn gegen seinen phlegmatischen und stinkenden Kumpan ein glühender Haß packte. Mochte der nun um sein Verhältnis zu „Anna Christina" wissen oder nicht, jedenfalls stieß er unablässig die entsetzlichsten Schmähungen gegen sie aus.

„Was zum Deibel strolchst du da immerzu auf dem alten

Gammelpott 'rum?" stichelte er. „Dieser alte, verrottete Kahn! Der ist ja längst reif zum Aufhauen!"

Das war der schäbige Haß des Prahmschiffers auf ein Fahrzeug mit Masten, auf ein richtiges Schiff. Das war der Paria des Wassers, der alles anspie, was sich stattlich und schön aus der Flachheit erhob. Lorentz fühlte sich oft versucht, diesem Unhold sein Messer in den Leib zu rennen. Jetzt, im äußersten Elend, hatte ihn seine Stumpfheit in gewisser Weise verlassen. Es war, als schöpfe er aus der Erniedrigung eine Art Trost, aus der reinen Verzweiflung eine Art Mut. Das hier ist so abscheulich, daß irgendwas geschehen muß, something must turn up – das war die abergläubische Vorstellung, die in der Tiefe seiner Seele lebte.

Abermals ging der Winter seinem Ende entgegen, und bald war es ein gefährliches Abenteuer, das nasse Eis zu betreten, das sich an den Uferrändern schon zersetzt hatte. Eines Tages, als Kapitän Lorentz bis über die Knie eingesunken war, sich aber trotzdem, so naß er war, in der Stadt herumschleppte, wurde ihm schwarz vor den Augen, und er blieb ganz einfach an einer Straßenecke liegen. Die Polizei lochte ihn ein, aber im Kittchen stellte man fest, daß er nicht betrunken war, und so wurde er nach Sabbatsberg verfrachtet. Wochenlang lag er mit einem Rückfall von alter Malaria und einem vom langen Hungern zerstörten Magen im Krankenhaus. Das war eine selige Zeit. Die menschliche Barmherzigkeit schenkte ihm ein paar selige Wochen, wo er in sauberem Bett liegen durfte und von netten, reinlichen Mädchen gepflegt wurde. Er empfand einen stillen Neid auf jene, die hinter den Wandschirmen rings um ihn her starben, und mit einem Beben erwartete er den Urteilsspruch des Arztes: Genesen! Eines Morgens kam die Reihe doch unerbittlich an ihn. Schrecklich, nach all der Sauberkeit wieder in die alten, schmutzigen Lumpen steigen zu müssen, schrecklich, wieder in das tosende, unbarmherzige Getriebe der Stadt hinaus zu müssen.

Aber es war doch ein schöner Frühlingstag mit warmen Sonnenstrahlen, die durch die segelnden Wolken brachen. Kapitän Lorentz wankte wieder zur „Anna Christina" hinaus. Was sollte er sonst auch anfangen? Er hatte ja kein

Obdach, keinen Menschen. Ryssviken lag offen, und die Prahmflottille war in alle Winde verstreut. Von dem mürrisch wartenden rostigen Haufen von Dampfern, die um die „Anna Christina“ herum gelegen hatten, war auch kaum noch einer da! Und von den Trockendocks wie von den Werften und Helligen rings um das ganze Fahrwasser dröhnte die Arbeit. Die Zeit der aufgelegten Schiffe war vorüber, für die Seefahrt hatte endlich wieder Eisgang eingesetzt. Nur die „Anna Christina“ lag einsam und schäbig dort, an der Wasserlinie vom Eis zerkratzt, mit einem Ausdruck von Verlassenheit, Demütigung und unruhiger, enttäuschter Erwartung. Da schwoll Kapitän Lorentz zum letztenmal das Herz vor Mitleid, Liebe und heiligem Zorn.

„Diese verfluchten Ratten!“ brummte er. „Lassen so ein Schiff einfach liegen!“ Er kehrte in die Stadt zurück und stapfte mit großen Schritten direkt zu Benkert & Sohn hinauf. Dort wollte man dem zerlumpten Alten mit dem seltsamen Aussehen die Tür weisen, aber er drängte sich doch zum Chef hinein, der ihn verblüfft anstarrte.

„Wer zum Kuckuck sind Sie?“

„Wer ich bin ...? Ich bin der Kapitän der ‚Anna Christina‘“, antwortete Schiffer Lorentz in drohendem Ton.

„Hm“, sagte der Direktor, „Sie sind der ehemalige Kapitän? Ich habe Sie wirklich nicht wiedererkannt.“

Lorentz aber trat ganz dicht an den Schreibtisch heran.

„Na, wann beginnt die Arbeit mit der ‚Anna Christina‘?“ fragte er. „Nun wird es doch wohl Zeit, daß wir wieder segeln!“

„Hm“, sagte der Direktor. „Wir werden wohl keinen Bedarf mehr für ihre Dienste haben, mein Freund. Der alte Kasten soll abgetakelt werden und dann als Kohlenprahm fahren ...“

Der Schiffer stand einen Augenblick da und starrte vor sich hin. Dann hob er seine geballten Fäuste und schlug sie auf den Tisch.

„Prahm!“ schrie er. „Prahm! Sind Sie total verrückt? Die ‚Anna Christina‘ und Prahm! Nachdem ich drei Jahre lang hier rumgelaufen bin und bloß darauf gewartet hab’, wieder unter Segel zu kommen!“

Kapitän Lorentz taumelte in seinen Lumpen zur Tür. Benkert folgte ihm mit bekümmerter Miene, die Brieftasche in der Hand.

Der andere aber schüttelte nur den Kopf und verschwand wieder im Frühlingswind...

Spät in der Nacht irrte Schiffer Lorentz draußen auf Beckholmen umher und suchte nach einem nicht angeschlossenen Boot, um damit zur „Anna Christina" hinüberzukommen. Der Wind pfiff, und die Sterne lugten durch die Wolkengitter. Schließlich fand er an der Pfahlbrücke einen Kahn.

Die morsche Jakobsleiter hing nicht mehr an der Bordwand, deshalb mußte er unter den Steven rudern und am Stampfstag über Davits und Kranausleger hinaufklimmen. Er vergaß, den Kahn zu vertäuen, so daß er ihm abtrieb. Ist ja nun einerlei, dachte er. Er ging sofort nach achtern und begann die Vertäuungen des Schiffes zu lösen, die verfilzten Leinen und die steifen, rostigen Bündel von Stahltrossen. Und er genoß es, die Tauenden in das schwarze Wasser plumpsen zu hören.

Nun ging es wie ein Beben durch den alten Schiffsrumpf, der so lange in Fesseln gelegen hatte. Die „Anna Christina" schwoite allmählich um ihre Anker, ohne daß es jemand in der tiefen Nacht bemerkt hätte. Kapitän Lorentz fluchte mit einem Gefühl gelinderter Verzweiflung, als er sah, wie sich die Mastspitzen unter den Sternen bewegten.

Dann aber humpelte er zum Spill. Ganz frei sollte seine „Anna Christina" werden. Nur losgemacht! Die Anker hochzukriegen – daran war nicht zu denken, nein, es galt nur, das Ganze einfach ins Wasser rasseln zu lassen. Bevor er die Schrauben im Spill lockerte, mußte er jedoch die Tampen unten im Kettenkasten losmachen. Er öffnete die Luke und kletterte in das muffige, feuchte Loch hinab. Dort mußte eine Laterne mit einem Kerzenstummel stehen, das wußte er, und er fand sie auch wirklich und machte Licht. Verrostet lagen die Kettenhaufen in dem matten, flackernden Schein. Und rostige Fäuste hatten ihre Abdrücke an den Wänden hinterlassen, Gespensterhände aus der Vergangenheit mit all ihrer Plackerei – Jugenderinnerungen, die gleichsam durchtränkt waren von trotzigen Flüchen. Hier lag der Hammer, mit dem man die Klinken losschlug, wenn die Ketten in den Klüsen steckenbleiben wollen. Den packte Schiffer Lorentz nun und ging auf die Bolzen los, mit denen die Tampen an den Decksbalken befestigt waren. Er schlug, daß der Rost rauchte, aber die Bolzen waren zu dick und gaben nicht nach. Er schwang den Hammer unter schrecklichen Flüchen und legte sich ins Zeug, so daß sein müder alter Körper durch und durch erzitterte. Doch es nützte nichts. Ächzend sank er auf den Kettenhaufen nieder und sah, wie das Licht in der Laterne zusammenschrumpfte. Es sollte ihm nicht gelingen, die „Anna Christina" zu befreien. Er war von dem Gedanken – das Schiff frei draußen in der Fahrrinne dahintreiben zu sehen – so beherrscht gewesen, daß er sich jetzt der wildesten Verzweiflung hingab. Doch inmitten dieser Verzweiflung begann ein neuer Gedanke in seinem Kopf zu keimen, eine neue, große, finstere Idee, die sein altes Vorhaben sogleich in sinnlose Halbheit verwandelte. Mit der Laterne in der Faust klimmte er wieder an Deck. Längs der Fockstagtrosse zog sich eine Kolonne von Tropfen, die wie Tränen im Wind zitterten; es heulte wie verzweiflungsvoll oben in der nassen, morschen Takelage, und es klagte verlassen und hilflos überall in dem unheimlichen Schiffsrumpf, der aus einem langen Schlummer zu bitterer, qualvoller Unrast erweckt zu sein schien. All das bestärkte Kapitän Lorentz in seinem neuen Vorhaben. Herrgott, daß er nicht gleich begriffen hatte, was zu tun sei!

„Nein, Prahm sollst du nicht werden, dafür will ich schon sorgen!" murmelte er.

Und dann tappte er in die Kombüse, wo, wie er wußte, ein altes rostiges Beil lag. Darauf öffnete er eine Luke und kletterte hinunter. Einige Augenblicke geisterte er dort unten herum und leuchtete mit der Laterne. Riesenhaft und grotesk fuhr sein Schatten über die Wände des Laderaumes. Von Zeit zu Zeit blieb er stehen und erkannte die verschiedenen Gerüche wieder, die in dem leeren Schiffsrumpf haftengeblieben waren wie die Erinnerungen in der Seele eines Menschen. Hier war der Kaffee, hier die Sojabohnen, hier der Salpeter, hier die Rinderhäute, hier die Ölkuchen und hier die Kopra, die Kopra. Das bedeutete ebenso viele Häfen: The Golden Gate of Frisco, Antofagasta, The Heads of Sydney, Surabaja. Am meisten aber hatte die Kopra zu raunen: von den Passaten, den fliegenden Fischen, den Ukuleles, den Fregattvögeln und Hibiskusblumen, von der ganzen Südsee! Ach, was hatten sie nicht alles gemeinsam erlebt, er und die „Anna Christina"!

Kapitän Lorentz umklammerte das Beil mit krampfhaft geschlossener Faust. Und schon fand er eine Stelle, wo das Tafelwerk beschädigt und verfault war. Mit seinen letzten Kräften ging er auf die Planken los. Er war ganz von dem Verlangen besessen, das Wasser in dickem Strahl hereinspritzen zu sehen. Die „Anna Christina" sollte auf den Meeresgrund, ehe die anderen Zeit fänden, sie abzutakeln, sie zum Prahm zu machen.

Der Alte fluchte, ächzte und hieb wild drauflos. Durch das Tafelwerk kam er schnell hindurch; schwerer war es, zur eigentlichen Beplankung dort unten zwischen den derben Spanten vorzustoßen. Er mußte zunächst ein ganzes Stück vom Tafelwerk aufhauen, und dann sog sich das Beil in dem nassen Holz nur fest. Schon drohte er vor Erschöpfung umzufallen, und mehrmals sank er keuchend in die Knie, dann aber fuhr er wieder hoch, wild von Sinnen, und schlug auf das modrige, zähe Elend los. Hui, jetzt sauste das Beil tief in eine morsche Stelle, nun konnte es nicht mehr lange dauern. Noch ein paar Schläge, und er sah mit einem seltsam kitzelnden Gefühl das Wasser hineinsickern. Ein paar weitere Schläge, und da spritzte es ihm entgegen. Er sprang instinktiv zurück und bewahrte die Laterne vor dem Verlöschen. Dann kletterte er aus dem Laderaum hinaus, mit einem ähnlichen Kribbeln im Rücken, wie man es verspürt, wenn man in einem Schacht eine Sprengladung angezündet hat und eilends hinausstrebt, ehe der Schuß losgeht.

Wohlbehalten wieder an Deck, stand Kapitän Lorentz da und blickte zu den hohen Masten auf. Es war ein seltsames, feierlich-erhebendes Gefühl, wie in einer Kirche. „Jetzt hat dieses Elend ein Ende", murmelte er. „Jetzt werden wir auf einen neuen Stern segeln, ‚Anna Christina'." Ja, es war gut, daß er kein Boot hatte, mit dem er wieder hätte an Land zurückkehren können. Er glaubte schon zu sehen, wie das Schiff sank, und horchte in den Laderaum hinunter. Kein Rauschen mehr – das eingedrungene Wasser war also bereits bis über das Loch gestiegen.

Nun wankte Kapitän Lorentz zur Kajüte und schloß sie auf. Dort drinnen herrschte noch der Winter mit zähfester, grimmiger Kälte. Vor dem zerfrorenen Spiegel, der über dem Kamin hing, blieb er stehen, und im Laternenschein erblickte er sich selbst als ein graues Nebelgespenst. Auf der Tischplatte, die durch Tropfen vom Skylight zerstört war, lag ein alter Seemannsalmanach, und auf der aufgeschlagenen Seite stand ein Vers:

Mackerel sky and mare's tails
make lofty ships carry low sails ...*

Schäfchen- und Federwolken, ja! Schiffer Lorentz taumelte in seine Kabine, die Kapitänskabine. Über der Koje mit ihrer schimmligen und rostfleckigen Matratze hing noch eine ganze Reihe von Zeitungsbildausschnitten und Photographien, lauter hübsche Mädchen, mehrere von ihnen dunkelhäutig. Mit einer großen zornigen Gebärde fegte er die ganze vergilbte, wasserlädierte, zerfetzte Herrlichkeit von der Wand. Der Kerzenstummel war nun niedergebrannt und begann zu flackern. Da legte sich Kapitän Lorentz in seine Koje, auf die rostfleckige Matratze. Und zwischen seinen Lumpen suchte er aus der Tiefe seiner Westeninnentasche die Bambushülse hervor und schluckte alle drei Pillen hinunter.

Bald war es, als steige die Todeskälte von dem nassen alten Schiffsrumpf langsam und unerbittlich zu seinem Herzen empor.

Leider hatte sich Kapitän Lorentz in den Dimensionen des Loches geirrt, das er in die Beplankung der „Anna Christina" geschlagen hatte. In der Morgendämmerung fand man das Schiff, nur halb gesunken. Die Werftleute

* (engl.) Schäfchen- und Federwolken
lassen stolze Schiffe die Segel streichen ...

wurden alarmiert, und die „Anna Christina“ wurde nun unverzüglich ins Dock geschleppt, abgetakelt und in einen Prahm verwandelt. Das Attentat des unglücklichen Mannes beschleunigte also nur, was er hatte verhindern wollen. Es war ihm nicht vergönnt, mit seinem alten Schiff unterzugehen. Aber das fällt vielleicht weniger ins Gewicht, denn er nahm doch die Seele der „Anna Christina“ mit auf seinen Weg.

Halldór Stefánsson

Run

1

Island ist vom Meer umschlossen. Das Meer hat den Küsten und ihren Bewohnern seinen Stempel aufgedrückt. Nichts ist so mächtig wie das Meer, nichts so geheimnisvoll. Es ist lebendig und arbeitet ohne Unterlaß. Es weiß alles, und es schickt seine Wellen hinauf zu den Steinen am Strand und die Brandung gegen die Felsen, um ihnen von der Ewigkeit zu erzählen. Die Menschen meinen, sie hätten das Meer gezähmt und könnten nun ihre Schiffe auf seinem Rücken hin und her schicken. Doch es hat nur ein stilles, gutmütiges Lächeln für diese Nußschalen, und manchmal umschlingt es sie mit seinen Riesenarmen und zieht sie hinab, um den Menschen vor Augen zu führen, wie dumm sie sind. Das Meer ist allmächtig, und es hat die Bewohner der Küsten gezähmt.

Die kleine Run spielte am Strand mit Muscheln und Schneckenhäusern. Sie war barfuß und wartete darauf, daß ihr Papa vom Meer zurückkäme. Das hatte sie getan, solange sie sich erinnern konnte. Ihr Papa war ihr ein und alles, denn sie hatte ihre Mutter nie gekannt. Zuerst war die alte Sveinlaug tagsüber bei ihr gewesen, während ihr Papa auf dem Meer war. Sveinlaug erzählte ihr Geschichten vom Meer, von den Elfen in den Felsen und den Meerkühen mit der Blase am Maul. Wenn es einem gelang, sich an sie heranzuschleichen und die Blase platzen zu lassen, dann konnten sie nicht wieder zurück ins Meer, und dann durfte man sie behalten. Es waren die besten Milchkühe, die es gab. Die alte Sveinlaug hatte eine Kuh von der Meerkuhrasse gekannt. Irgendwann einmal wollte die kleine Run eine Meerkuh fangen, und deshalb hatte sie, wenn sie unten am Strand war, immer einen Knüppel bei sich, um die Blase am Maul der Kuh aufzuschlagen, falls sie Gelegenheit dazu bekäme. Und dann wollte sie einen Elfenmann heiraten. Sie wollte auch aufs Meer rudern wie ihr Papa und mit einem Boot voller Fische landen, und wenn jemand an Land sie anriefe und fragte, wieviel sie gefangen hätte, dann würde sie sich mit der Antwort viel Zeit lassen, einen Bissen Kautabak nehmen, ausspucken und wichtigtuerisch sagen: „Er hat heute nicht so recht angebissen." Die kleine Run wollte – oh, sie wollte so viel, so unendlich viel. Sie watete ins Meer hinaus, schwang den Knüppel und rief: „Ho!" Sie war elf Jahre alt.

Als sie groß geworden war, daß sie für ihren Papa und sich kochen, das Haus sauberhalten und Fischerhandschuhe stricken konnte, war die alte Sveinlaug fortgezogen, und von da an war sie immer allein, außer wenn ihr Papa an Land war. Sie kannte nur sehr wenig Leute im Dorf, doch sie kannte alle Vögel, die Land- wie die Meeresvögel, auch die Seehunde und Wale. Es machte so viel Spaß, zuzusehen, wie die Wale in den Fjord hineinschwammen, geräuschvoll atmeten und das Wasser hoch in die Luft bliesen. Es sah aus wie ein Wasserfall, der auf dem Kopf steht. Dann verschwanden die Wale und waren nicht mehr zu sehen – als ob sie ertrunken wären. Es war so geheimnisvoll.

Einmal hatte sie einen Seehund totgeschlagen – einen jungen, kleinen Seehund, der auf den Klippen lag und Sonnenschein schleckte. Sie hatte sich an ihn herangeschlichen, ganz langsam, bis er in Reichweite war. Dann schwang sie ihren Knüppel mit beiden Händen und ließ die Schläge auf seinen Kopf niederprasseln, bis er wie tot dalag. Zuerst stand sie eine kleine Weile bei ihm und sah, wie das Blut aus seinem Kopf floß. Es war ihr, als hätte sie ihren Papa geschlagen. Doch es konnte nicht dasselbe sein, denn Seehunde sollte man totschlagen und ihnen das Fell abziehen. Aber dennoch war dieses Blut sonderbar, denn es floß die Augenwinkel des Seehunds hinunter wie Tränen. Sie fing an zu weinen. Aber dann richtete sich der Seehund auf und schnappte nach ihren Kleidern. Da ließ sie von neuem Schläge auf ihn niederprasseln, bis er tot war. Ihr Papa zog den Seehund ab. Das Fell besaß sie noch; es war weiß. Sie wollte Jäger werden, und wenn Bären auf dem Treibeis angesegelt kämen, wollte sie sie mit der Flinte schießen, doch fürchtete sie sich sehr vor dem Knall, wenn der Schuß losging. So viel wollte sie tun, so unendlich viel. Sie schwang den Knüppel und rief „Ho!" – „O" hallte es von den Felsen wider.

Jetzt kam ihr Papa an Land. Sie rief ihn an und fragte, wieviel er gefangen hätte. Er spuckte den Tabaksaft aus und sagte: „Er hat heute nicht recht angebissen." Sie half ihm, die Fische an Land zu werfen und das Boot aufzusetzen; dann gingen sie nach Hause essen. Sie sprachen darüber, wie das Wetter gewesen war, wo Fisch zu fangen und wer auf den Fischgründen gewesen sei. Darauf gingen sie wieder zum Meer hinunter. Der Fang wurde zwischen ihrem Papa und seiner Mannschaft geteilt. Run und ihr Papa machten ihren Teil fertig und salzten ihn ein. Es war alles ein solcher Spaß, ho! Und das Meer schickte kleine Wellen hinauf zu den Steinen, wo die kleine Run stand, und sie flüsterten ihr Grüße vom Meer zu, doch sie verstand nicht, was sie sagten.

2

Die kleine Run kannte keine Kinder. Die Kinder im Dorf hatte sie oft gesehen, doch nie mit ihnen gespielt. Das Haus ihres Vaters lag weitab am Meer. Sie war allein aufgewachsen und war sich selbst genug. Sie kannte niemanden als ihren Vater, seine Mannschaft und ein paar Fischer, die manchmal zu ihnen kamen, über Fisch und Fischpreise redeten und Tabak kauten. Es war schön, wenn sie kamen. Sie waren so groß und wettergebräunt und redeten so lustig. Manchmal sprachen sie mit ihr, nannten sie Hausfrau oder Verwalter, gaben ihr die Hand und dankten für den Kaffee. Sie saßen auf den Betten und schlürften den heißen Kaffee aus den Tassen, langsam, als hätten sie keine Eile und als wollten sie nie etwas anderes tun als aus diesen Kaffeetassen trinken. Sie sprachen nie viel, doch wenn sie etwas sagten, war es, als ob sie durch die Brandung riefen.

„Der Kaufmann ist nicht damit einverstanden, daß die

Preise heraufgesetzt werden", sagte der jüngere Björn eines Abends und legte seine große Pranke auf den Tisch.

Die kleine Run beneidete ihn um diese große, behaarte Hand. Sie legte ihre Hand auf ihr Knie und preßte sie fest darauf, und ihr schien, als ob die Hand dadurch größer würde. Der jüngere Björn war immer wütend auf den Kaufmann und wollte Taten sehen.

„Wir sollten unseren Fisch nach Südfjord bringen, ihn dort der Handelsgenossenschaft verkaufen und dem Kaufmann keinen Schwanz lassen. Es täte ihm gut, wenn man ihm einmal die Zähne zeigte." Der jüngere Björn schlug mit der Faust auf den Tisch und sah Gudmundur an, Runs Vater.

„Sicher wäre es das richtigste, jüngerer Björn. Es ist menschenunwürdig, wenn wir ihm erlauben, uns derart auszupowern und uns seine Bedingung zu diktieren. Doch wie viele Fischer würden denn wirklich Ernst machen, wenn er ihnen droht, daß sie im Winter keine Waren bekommen, falls sie ihm keinen Fisch liefern? Wir sind in einer schwierigen Lage", antwortete Gudmundur düster.

„Pah! Als ob er nicht was davon hätte, wenn er seine Waren verkauft; sie sind weiß Gott nicht billig. Und dann denke ich, wir sollten in Südfjord einkaufen und ihn auf seinen schlechten und teuren Waren sitzenlassen. Mal sehen, ob er dann nicht die Segel streicht."

Runs Augen leuchteten. Sie bewunderte den jüngeren Björn, weil er den Mut hatte, in dieser Art über den Kaufmann zu sprechen, der so fein war und den alle fürchteten.

„Aber die Schulden, Mann", sagte der alte Einar auf Berg.

„Die Schulden, na, was kann er uns deswegen schon tun? Von uns ist nichts zu holen. Keiner von uns besitzt was. Wir werden doch nicht wegen der Schulden hängen. Und je mehr er uns für den Fisch gibt, desto mehr zahlen wir ab. Aber das will er ja gar nicht. Er will, daß wir bei ihm verschuldet bleiben, damit wir ihm den Fisch für so gut wie nichts verkaufen. Er verdient genug an seinen viel zu teuren Waren, auch wenn seine Kunden bei ihm Schulden machen."

„Er kann uns die Boote pfänden lassen, und was machen wir dann?"

„Ja, wie sollen wir dann fischen?“ sagte der alte Einar. „Die Schulden, Mann, das ist das Schlimmste, in das man geraten kann. Ich war auch einmal so jung wie du, Björn, und hatte keine Schulden. Da konnte ich auch so große Töne spucken wie du jetzt, doch heute bleibt mir nur noch die Gemeinde, wenn ich nicht mehr rudern kann. Und dabei bin ich nie verschwenderisch gewesen. Ich brauch' mir nicht vor Reue in den Handrücken zu beißen, außer wegen des Kautabaks.“

„Die Schulden kommen nicht von unserer Verschwendung, sondern von den Preisen des Händlers“, sagte der jüngere Björn und grinste.

Die Männer schwiegen und schlürften ihren Kaffee. Im Schein der kleinen Tischlampe bewegten sich ihre großen, bizarren Schatten an den Wänden. Ein eigentümlicher Menschengeruch erfüllt die Stube und machte die Luft schwer wie die Gedanken dieser armen Fischer. Die kleine Run dachte darüber nach, ob der alte Einar seine Handrücken annagte, wenn er keinen Tabak hatte. An den Tagen darauf biß sie sich immer wieder in die Handrücken, um festzustellen, ob sie nicht irgendwie sonderbar schmeckten.

So vergingen die Tage, einer wie der andere. Und doch sind die Tage am Meer niemals gleich. Immer geschieht etwas, denn das Meer ist so groß. Und es ist so schön am Meer und bei den Menschen, die dort zu Hause sind. Diese Menschen sind ruhig und zuverlässig und nicht immer so behäbig, als hätten sie nichts weiter zu tun, als ihren Kaffee zu trinken. Die kleine Run hatte es gesehen. Sie erinnerte sich noch, wie es war, als der französische Kutter auf der Schäre strandete und ihr Papa, der jüngere Björn und einige andere die Besatzung retteten. Sie konnte damals nicht hinaus, denn es war sehr stürmisch, und der Regen war wie Peitschenhiebe. Doch sie stand in der Tür und beobachtete alles. Ihr Papa zog schnell Ölzeug und Stiefel an. Er glich einem Riesen, als er aus dem Haus stürzte. Der jüngere Björn, der doch so groß war, sah neben ihm wie ein Knabe aus.

„In Gottes Namen denn, Männer“, sagte ihr Vater und strich ihr wie zufällig mit rauher Hand über den Kopf. Sie liefen zum Strand hinunter und wateten mit dem Boot in die Brandung hinaus. Es heulte und brüllte überall. Schneeweißer Gischt sprühte über sie hin, so daß sie nicht mehr zu sehen waren. Der kleinen Run stockte der Atem. Obwohl sie noch so jung war, wußte sie doch, wie gefährlich das war, was sie da taten, denn sie war am Meer aufgewachsen, und das Meer kann manchmal furchtbar zornig werden. Doch dann schoß das Boot aus der Brandung hervor. Ihr Papa saß am Steuer, die anderen umklammerten die Riemen und ruderten mit Macht. Jetzt hatten diese großen Männer nichts Behäbiges mehr, jetzt waren sie Wikinger, die unerschütterlich und kraftvoll mit dem kochend wilden Meer kämpften und hilflose Ausländer zu retten versuchten, die mit ihrem Schiff aufgelaufen waren und deren Boot leck geschlagen war, als sie es an der Schiffsseite zu Wasser ließen. Und jetzt fiel das Schiff selbst auseinander. Zoll um Zoll näherte sich das Boot dem Wrack. Zweimal ging es längsseits, ehe es den Männern gelang, ein Tau zu ergreifen. Dann sprangen einige Matrosen ins Boot, und die Männer ruderten an Land. Kurz unter Land hörten sie auf zu rudern, hielten die Riemen hoch und warteten. Als der richtige Augenblick gekommen war, ruderten sie mit aller Kraft auf den Strand, sprangen ins Wasser und zogen das Boot an Land. Drei Fahrten machten sie zum Wrack, und das Wetter wurde immer schlimmer. Auf der letzten Fahrt kenterte das Boot bei der Landung, doch die Männer konnten sich retten, und das Boot wurde auf den Strand gespült. Einer der Franzosen war am Wrack ertrunken. Seine Leiche trieb am Tag danach an. Die kleine Run sah ihn. Es war ein junger Mann mit tiefschwarzem Haar. Seine Augen standen offen, und sein Mund war voller Algen. Es war merkwürdig, daß er nicht am Leben war wie die anderen. Run weinte und fragte ihren Papa, ob Franzosen auch in den Himmel kommen, wenn sie sterben.

3

Die kleine Run war jetzt dreizehn Meereswinter alt, und sie war so groß wie ein erwachsenes Mädchen. Ihr Haar war wie Sonnenschein und ihr Hals schneeweiß. Ihr Gesichtsausdruck war kindlich, doch die Linien ihres Körpers verwandelten sich allmählich, und Run bot das herrliche Bild einer erwachsenen Frau. Im nächsten Frühjahr sollte sie konfirmiert werden, und sie freute sich sehr darauf, im kommenden Winter zum Konfirmandenunterricht beim Pfarrer zu gehen.

Es war Herbst. Wieder hatte der jüngere Björn die Fischer gedrängt, den Fisch nach Südfjord zu bringen und ihn der Handelsgenossenschaft zu verkaufen. Er hatte sich vergewissert, daß die Preise dort bedeutend günstiger waren, sowohl für den Fisch wie für die Waren. Schließlich fand bei Gudmundur Jonsson, Runs Vater, eine Beratung statt, und fünf Strandbauern beschlossen, ihren Fisch, wenn er verarbeitet wäre, nach Südfjord zu bringen und dort zu verkaufen, Gudmundur wollte jedoch erst mit dem Kaufmann sprechen und ihm das Angebot machen, er könne den Fisch zum selben Preis bekommen, wie sie ihn in Südfjord erzielen würden. Er sagte, es sei ehrlicher, ihrem Kaufmann das Vorkaufsrecht einzuräumen. Der jüngere Björn war dagegen, daß man sich noch weiter mit dem Kaufmann abgab, doch am Ende gingen alle zu ihm.

Was gedachte der Kaufmann ihnen dieses Jahr für den Fisch zu geben?

Der Kaufmann blickte über den Rand seiner Brille und verzog spöttisch den Mund. Ein komischer Trupp, der hier ankam! Mit Forderungen? Das beste war, ihnen gleich zu Anfang eine Abfuhr zu erteilen. „Es wird etwas weniger werden als voriges Jahr. Und diesen Winter setze ich die Warenmenge herunter. – Was für eine Abordnung seid ihr denn eigentlich?“ fügte er hinzu und betrachtete die Schar mit bösen Blicken.

„Wir haben uns gedacht, wir fahren mit dem Fisch nach Südfjord, wenn Sie uns dafür nicht ebensoviel geben wollen, wie wir dort bekommen können“, sagte Gudmundur.

„Nach Südfjord wollt ihr fahren, ihr Lumpenkerle? Wollt ihr mir vielleicht vorher gefälligst eure Schulden bezahlen? Nicht? Dann beschlagnahme ich einfach den Fisch, und dann könnt ihr euch zum Teufel scheren.“

„Wir sind keine Lumpenkerle, auch wenn wir arme Leute sind“, sagte Gudmundur mit fester Stimme. „Und es ist nur natürlich, daß wir unsere Erzeugnisse dort verkaufen, wo wir am meisten dafür bekommen. Wir werden bei Ihnen etwas bezahlen, aber wir brauchen auch etwas zum Leben."

„Soll ich etwa dafür sorgen, daß ihr zu leben habt? Mein Geld für solche Taugenichtse rausschmeißen? Geht zur Armenfürsorge der Gemeinde. Sie soll für euch sorgen."

„Da könnten Sie erst mal zahlen", sagte der jüngere Björn grinsend. „Das gäbe eine hübsche Kommunalsteuer für Sie."

„Halt den Mund!" brüllte der Kaufmann, der einsah, daß er sich vergaloppiert hatte. „Ich hätte nicht geglaubt, lieber Gudmundur, daß Sie sich von so einem Großmaul zu einem solchen Unsinn verleiten lassen. Ich zahle für den Fisch, was mir möglich ist, aber mit diesen wahnsinnigen Genossenschaftspreisen kann ich nicht mithalten. Die zahlen drauf dabei. Die tun es nur, um mich zu ruinieren. Es sind verantwortungslose Esel, die mit anderer Leute Geld wirtschaften und denen es egal ist, wenn sie es zum Fenster rauswerfen."

„Darüber wollen wir uns nicht streiten, Kaufmann. Wir tragen nicht die Verantwortung dafür, ob sie draufzahlen oder nicht. Wir wissen nur, daß wir dort für unsern Fisch viel mehr bekommen – und deshalb fahren wir dorthin. Kommt, Leute!" Er verließ das Kontor und ging durch den Laden hinaus, groß und stark, aufrecht und ernst – wie ein Offizier an der Spitze seiner todgeweihten Truppe.

Der Kaufmann warf die Tür hinter ihnen zu. Ach, die fahren doch nicht, die wagen es nicht, die Lumpenkerle! versuchte er sich Mut zu machen.

„Das kann ernste Folgen haben", sagte der alte Einar auf Berg auf dem Weg nach Hause.

„Dann muß man sie tragen wie ein Mann", sagte Gudmundur kurz. „Morgen mittag kommt ihr alle zu mir zur Bucht, von dort fahren wir ab. Ich gehe jetzt zu meiner Mannschaft und spreche mit ihr."

4

Am nächsten Tag ruderten fünf mit Fisch beladene Boote bei Gudmundur aus der Bucht, mit Kurs auf Südfjord. Drei der Boote hatten weitere Boote im Schlepp, die ebenfalls mit

Fisch beladen waren. Es war der erste Fischtransport; andere würden folgen. Bald erfuhr man davon im Laden des Kaufmanns, der so etwas wie eine Versammlungsstätte und ein Nachrichtenbüro der Dorfbewohner darstellte. Der Kaufmann war wütend. Er hätte die Fischer nicht so heftig anfahren sollen, zumal Gudmundur dabei war. Er hätte wissen müssen, daß Gudmundur nicht zurücksteckte. Jetzt konnte es unter Umständen dahin kommen, daß er, ob er wollte oder nicht, den Fischpreis erhöhen mußte, damit die übrigen ihren Fisch nicht auch noch nach Südfjord brachten. Das konnte ihm nur Schaden und Schande bringen. Am wütendsten war er auf Gudmundur. Er wußte nur zu gut, daß die anderen ihm unbedingt vertrauten. Wollte sich ihm dieser Mann wieder in den Weg stellen? Doch jetzt war der Kaufmann in einer günstigeren Lage als damals: Jetzt war er der reichste Mann des Ortes. Er warf sich in einen Sessel und starrte hinaus aufs Meer. Sein Blick hinter den dicken Brillengläsern, in denen sich das Licht brach, hatte etwas Unheimliches, etwas Haßerfülltes und zugleich Erbärmliches. Vor ihm stiegen zwei Visionen auf. Das eine Bild zeigte ihm, wie er sich sein Leben an der Seite von Disa in Holt gedacht hatte, dem schönsten Mädchen des Dorfes, das er zur Frau haben wollte. Das Bild war hell und voller Schönheit. Das andere Bild zeigte ihm sein Leben an der Seite einer Frau, die um ein Drittel älter war als er, die ihm das Heim zur Hölle machte und ihm immer wieder zu verstehen gab, daß er durch sie und das Geld ihres Vaters ein Mann geworden war, dessen Wort etwas galt. Im Hintergrund dieser beiden Bilder stand ein großer, ernster Fischer wie ein Omen der Vernichtung.

Als er und Disa sich verlobten, war er Kommis bei dem damaligen Kaufmann mit geringem Lohn und noch geringerem Ansehen. Er hatte auch nie die Absicht gehabt, hier heimisch zu werden. Die Verlobten trugen sich mit größeren Plänen. Er erinnerte sich noch genau an das Luftschloß, das sie mit der Kühnheit der Jugend an einem schönen Frühlingsmorgen gebaut hatten, als sie am Strand spazierengingen, dorthin, wo Disa später mit Gudmundur wohnte. Es war vor seiner Abreise nach Reykjavik, wo er im Handel arbeiten und Geschäftsverbindungen anknüpfen wollte, um später im Dorf ein eigenes kleines Geschäft zu eröffnen. Dann würde er ein Häuschen bauen, in dem sich die Wohnung und der Laden befanden. Er würde Disa durch die Trennwand hören können, wenn er im Laden war und sie bei der Hausarbeit sang. Und dann würde sie ihn zum Essen rufen, das sie selbst zubereitet hatte. Und später würden sie einen blonden kleinen Jungen haben, der ihn Papa nannte. Als er diese Zukunftspläne vor Disa entwickelte, hatte sie ihm den Mund mit einem Kuß geschlossen. Er erinnerte sich noch gut an diesen Kuß. Es war der letzte. Im Sommer kam Gudmundur und verdingte sich im Fjord als Fischerknecht. Im Winter erhielt der Kaufmann einen Brief von Disa. Sie bat ihn um Verzeihung. Sie wären so jung und unerfahren gewesen, als sie sich verlobten. Sie hätten so wenig Menschen gekannt und seien sich deswegen nicht darüber klar gewesen, ob sie wirklich so gut zueinander paßten, daß es ihr Glück bedeutete, wenn sie sich für das ganze Leben aneinander banden. Sie bat ihn, er solle es sich nicht zu Herzen nehmen und sie vergessen. Er hätte doch eine bessere Zukunft vor sich als die Heirat mit einer armen, unwissenden Fischerstochter. Vergessen! Der Kaufmann ballte die Faust. Nur die, welche die Treue brechen, können vergessen. Die, denen die Treue gebrochen wird, vergessen nie. Er haßte Gudmundur, diesen großen, ernsten Einfaltspinsel. Er würde sich an ihm rächen, und das ausgiebig. – Im Frühjahr darauf war der Kaufmann in den Ort zurückgekehrt und hatte wieder bei seinem früheren Brotherrn zu arbeiten begonnen. Dieser hatte ihm geschrieben und ihn gebeten, das Geschäft zu leiten, denn seine Gesundheit lasse zu wünschen übrig. Nun war die Zeit der Rache gekommen, nun hatte er diesen armen Fischer in der Hand. Und doch blieb es eigentlich immer nur bei dem Vorsatz. Selbstverständlich hatte er Gudmundur die Preise gedrückt und ihn fühlen lassen, daß er über Macht verfügte, die Macht des Geldes. Doch das hatte er bei allen Bewohnern des Dorfes getan, nicht nur bei Gudmundur. Es war sonderbar, aber irgendwie war es schwierig, sich gegen diesen einfachen Fischer feindselig zu verhalten. Seine Lauheit, was die Rache betraf, rührte jedoch vor allem daher, daß Disa starb.

Nach dem Tode seines Brotherrn heiratete der Kaufmann dessen Tochter und bekam dadurch das Geschäft. Die Ehe war kinderlos und brachte wenig Freude. Jetzt war er reich und konnte herrschen. Doch worüber herrschte er? Über den Besitz einiger armer Leute. Der Herr seines eigenes Lebens und seines Glücks war er nie gewesen. Und jetzt saß er da, vorzeitig gealtert und freudlos.

Der Widerstand der Fischer erbitterte ihn. Diese Fahrt nach Südfjord machte ihn ganz wahnsinnig. Wollte man ihn wieder erniedrigen und seinen Reichtum schmälern? Und Gudmundur führte die Rebellen an – Gudmundur, der böse Geist seines Lebens. Wahrlich, er sollte zu spüren bekommen, was es heißt, seiner Liebsten und seines Besitzes beraubt zu werden. Ein böses Grinsen spielte um die Lippen dieses grauhaarigen, dicken Mannes, der in seinem Sessel thronte wie ein überflüssiger Gegenstand auf einem viel zu guten Platz. Wie würde es Gudmundur aufnehmen, wenn ein gewisses Gerücht über seine Tochter, die noch ein Kind war, die Runde machte? Nur ein Gerücht natürlich, doch die Menschen glauben gern das Schlechte. Der Kaufmann hatte Gudmundurs Tochter stets aufmerksam beobachtet, wie sie heranreifte und Disa, ihrer Mutter, immer ähnlicher wurde. Es war ihm, als hätte Gudmundur ihm dieses Kind gestohlen. Und nächstes Frühjahr würde er ihm das Haus kündigen und es verkaufen. Haß und Rachsucht loderten in ihm auf; es war wie ein Vulkanausbruch. Er schlug mit der Faust auf den Tisch und schreckte dadurch aus seinen Gedanken auf. Ihm war, als sähe er einen Augenblick lang Disas Gesicht vor sich. War es nicht ihre Tochter, die er entehren wollte, fast seine Tochter? Nein, keine feigen Gedanken jetzt. Nur sich an allen für alles rächen. Er ging nach vorn in den Laden und sagte zu dem Handlungsgehilfen: „Ich glaube, heute morgen sind ein paar Fischer mit Fisch nach Südfjord gefahren."

„Ja, die Esel", antwortete der Gehilfe, der zeigen wollte, daß er genau wie sein Herr dachte und ihm unbedingt ergeben war.

„War Gudmundur Jonsson dabei?"

„Ja."

„Ist das auch sicher? Ich kann das von Gudmundur einfach nicht glauben. Sie sollten vielleicht nach Ladenschluß zu ihm hinausgehen und nachsehen. Wenn er gefahren ist, dann treffen Sie immerhin die Tochter zu Hause an. Er hat keine Angst, sie allein in der Hütte zu lassen, wenn die Nächte dunkel werden." Der Kaufmann grinste widerlich und stieß dem Gehilfen den Ellbogen in die Seite; dieser schnalzte vergnügt mit der Zunge.

Der Kaufmann ging. Nun brauchte man nur noch dafür zu sorgen, daß ein Unbeteiligter den Gehilfen allein von da draußen zurückkommen sah, und das war leicht zu bewerkstelligen.

Der Gehilfe Arni, mit dem Spitznamen „Sowiekeiner", hatte den Laden abgeschlossen und gegessen und ging jetzt hinauf in sein Zimmer. Er war ein gutaussehender Mann mit der Miene eines Genießers. Er sprach in einem fort und glaubte alles zu wissen. Sein größtes Vergnügen war es, anderen seine Heldentaten zu erzählen, und deshalb wurde er „Sowiekeiner" genannt. In einem Punkt war er in diesem kleinen, abgelegenen Fischerdorf tatsächlich so wie keiner: in der Schürzenjägerei. In dieser Hinsicht wußte er allerlei von sich zu erzählen, und diese Geschichten hörten die Leute am liebsten. Er war dem Kaufmann sehr ergeben und war der Meinung, daß der Kaufmann Arni zu jedem Schurkenstreich aufzuhetzen vermochte, den man sich nur vorstellen konnte.

Wie soll man sonst die Zeit in diesem Nest verbringen? dachte Arni, während er vor dem Spiegel sein Halstuch zurechtzupfte. Was hatte der Kaufmann gesagt? Allein in der Hütte. Ein Kind! Ein Kind? Ja, dem Alter, nicht der Entwicklung nach. Etwas muß man tun, um nicht vor Langeweile umzukommen. Er schloß seine Kiste auf, nahm eine Flasche heraus, hielt sie gegen das Licht und lächelte zufrieden. Er trank zwei gute Schluck und verstaute die Flasche wieder in der Kiste. Nach kurzer Überlegung nahm er sie nochmals heraus und füllte eine Taschenflasche voll ab. Dann ging er hinaus.

5

Es klopfte.

Wer konnte das sein? Run trat vor das Haus.

„Guten Abend.“ Es war der Handlungsgehilfe. „Ich bin hier am Meer entlanggegangen und sah Licht im Fenster. Da fiel mir ein, daß ich deinen Papa einen Augenblick sprechen muß.“

„Papa ist nicht zu Hause. Er ist heute nach Südfjord gefahren.“

„Nun, dann komme ich später.“ Arni entfernte sich ein paar Schritte, kehrte wieder um und fragte: „Könntest du mir vielleicht ein Glas Wasser geben? Ich habe Durst nach dem Spaziergang.“

„Ja, bitte schön.“

Arni setzte sich an den Tisch, an dem Run gesessen und genäht hatte. Als er das Wasser getrunken hatte, begann er mit ihr über dies und das zu schwatzen. Er war so lustig und freundlich, daß Run schnell ihre Schüchternheit verlor. Sie lachten und plauderten. Er gab ihr Schokolade. Als sie ihm dafür zum Dank die Hand gab, zog er Run an sich und setzte sie auf seinen Schoß. Sie entwand sich ihm und wurde rot bis über die Ohren. Er aber lachte bloß, und sie beruhigte sich bald wieder. Er hatte sie nur necken wollen, er war so ausgelassen. Dann stand er auf und sagte, er wolle einmal hinausgehen.

Draußen vor dem Haus zog Arni die Taschenflasche hervor und leerte sie in einem Zug. Der Alkohol durchströmte ihn wie Elektrizität und gab ihm Wohlgefühl und Entschlußkraft. Das war etwas für ihn! Ein solches Kleinod hatte er noch nie gesehen. Konnte es sein, daß sie sich so verändert hatte, seit er ihr zuletzt begegnet war? Wo hatte er denn nur seine Augen gehabt? War es möglich, daß sie noch nicht ganz vierzehn Jahre alt war?

Er öffnete die Tür. Run saß auf der Bettkante am Tisch und beugte sich über ihre Näherei. Das Lampenlicht warf einen hellen Schein auf ihr Haar und ihr Gesicht und fiel schwächer leuchtend auf ihre Brust und ihre Hände. Welch ein Anblick! Ein Maler wäre vor Entzücken stehengeblieben. Doch Arni war kein Maler. Er schloß nur die Tür, trat lachend an den Tisch und machte die Lampe aus. Ein heftiger Kampf wurde im Finstern ausgetragen. Und in der Finsternis trägt das Böse stets den Sieg davon.

Run lag lange im Dunkeln. Sie schluchzte bitterlich, ihr ganzer Körper bebte. Das Unglück hatte sie überwältigt, tiefer Ekel erfüllte sie. Sie glaubte, sie könnte ihrem Vater, Gott oder dem jüngeren Björn niemals wieder unter die Augen treten. Immer wenn sie sich ein wenig beruhigt hatte, kehrte das Wissen um das Entsetzliche mit doppelter Kraft zurück, und ihr ganzer Körper wurde von noch heftigerem Schluchzen geschüttelt. Schließlich kam der barmherzige Schlaf und umfing sie mitleidig.

Als Arni am nächsten Morgen aufwachte, fluchte er im stillen, als er an das Abenteuer des gestrigen Abends dachte. Noch nie war er sowenig stolz auf einen Sieg gewesen. Zum Teufel ... ein Kind! Und Gudmundur! Es war kein Spaß, wenn er es mit ihm zu tun kriegte. Gudmundur konnte ihn erschlagen. Er mußte sich mit der Flasche stärken. Der Satan soll das Ganze holen. Sie wird nichts sagen. Junge Mädchen haben sich bloß so. Er nahm wieder einen Schluck. Das nächste Mal wird sie gefügiger sein. Er rieb sich den Handrücken. Ihn so zu beißen! – Dann ging er in den Laden. Kurz vor Mittag erschien der Kaufmann und fragte, ob Gudmundur tatsächlich gefahren sei.

„Ja."

„Sie sind ziemlich lange draußen geblieben", sagte der Kaufmann anzüglich und ging wieder.

Arni versuchte zu lächeln, doch das Lächeln wurde zur Grimasse. Verfluchter Kerl, dachte er, an allem ist nur er schuld. Er mußte sich noch einmal mit der Flasche stärken.

Es war bereits später Vormittag, als Run endlich aufstand. Sie wusch und kämmte sich und versuchte, ihre Fassung wiederzufinden. Ihr Papa würde heute zurückkommen, und er durfte nichts erfahren. Sie mußte ihr Unglück allein tragen. Sie wollte aufräumen und Essen kochen, doch ihr ging nichts von der Hand. Ihr war, als wäre sie von Kopf bis Fuß voll Schmutz, und alles, was sie berührte, erinnerte sie an die Nacht und das Dunkel. Sie hielt es nicht mehr im Haus aus und lief hinunter an den Strand. Dort schlüpfte sie aus den Kleidern und watete hinaus ins Meer, legte sich auf den Rücken und ließ sich von den bitterkalten Wellen umfangen. Als sie wieder zu Hause war, fühlte sie sich wohler. Sie fand, daß sie an dem Geschehenen keine Schuld trug, und ihr war, als hätte das Meer sie von allem Schmutz reingewaschen. Als ihr Papa kam, brachte er den Stoff für ihr Einsegnungskleid mit; er war dünn und so schneeweiß wie die Brandung.

6

Der Winter war gekommen. Nach Neujahr wollte der Pfarrer mit dem Konfirmandenunterricht beginnen. Runs Vorfreude war völlig dahin, und an ihre Stelle war schmerzliche Angst getreten. In letzter Zeit erging es ihr so sonderbar. Immer war ihr ein wenig übel, sie fühlte sich matt und schwindlig, und die Kleider wurden ihr zu eng. Es würde ihr gar keinen Spaß machen, mit den Konfirmanden zusammen zu sein, am Meer entlangzugehen und nach Meerkühen Ausschau zu halten oder oben auf den Felsen zu sitzen und auf den Elfenmann zu warten, der auf einem schneeweißen Pferd mit goldenen Trensen und seidenen Zügeln angesprengt kommen, sie vor sich in den Sattel heben und mit ihr in die Felsen reiten sollte. Nie mehr würde es ihr Freude machen, zu Hause bei ihrem Papa zu sein. Sie mied ihn. Er strich ihr leicht und halb verlegen übers Haar und fragte sie, was ihr fehle, doch er bekam keine Antwort. Wenn der jüngere Björn kam, versteckte sie sich. Im Haus am Meer herrschte in der dunklen Winterzeit stumme Verzweiflung.

Aber ob sie wollte oder nicht, sie mußte dennoch zum Pfarrer gehen. Bedrückt und widerstrebend brach sie auf. Verharschter Schnee bedeckte das Land. Die Sonne schien nicht. Es ging sich gut, ihr aber erschien alles so trist. Durch die weiße Schneedecke hindurch sah sie immer die schwarze Septembernacht, vor der ihr schauderte.

Als sie auf dem Pfarrhof anlangte, wurde sie in ein Zimmer gewiesen, wo bereits alle Kinder versammelt waren und darauf warteten, daß der Pfarrer sie abfragte. Es waren elf, die meisten davon aus dem Dorf. Die Jungen waren ausgelassen und taten sich wichtig, balgten sich, und diejenigen, die ihre Gegner untergekriegt hatten, blickten triumphierend zu den Mädchen hin. Die Mädchen waren gesetzter und taten so, als mißfiele ihnen die Balgerei, doch insgeheim bewunderten sie die stärksten und wildesten Jungen. Sie flüsterten miteinander, musterten die Kleider der anderen Mädchen, fragten nach den Einsegnungskleidern und sagten „Nein!" und „Oh!".

Run stand allein in einer Ecke und beteiligte sich nicht an dem ausgelassenen Treiben. Sie fühlte sich gar nicht wohl. Hätte sie entscheiden können, so wäre sie wieder nach Hause gegangen und hätte sich hier nicht mehr blicken lassen, hätte sich ins Bett gelegt und die Decke über den Kopf gezogen, damit sie keiner sah. Da trat einer der Jungen zu ihr, ein rothaariger Knirps mit einem frechen Gesicht und krallenförmigen Nägeln.

„War es denn nicht möglich, dich früher zu konfirmieren, du armes Ding?" sagte er gehässig. „Bist du nicht schon zwanzig?"

„Ich bin vierzehn", antwortete Run.

„Hei, ho, sie ist erst vierzehn. Seht mal!" Und alle Kinder drängten sich um sie und lachten.

„Allerhand, wie groß sie ist – und dick", sagte der Rothaarige und stieß Run mit der Faust vor den Leib. „Sie hat einen Grützbauch."

„Grützbauch! Grützbauch! Dickbauch!" schrien die Jungen, und die Mädchen lachten. Run begann zu weinen.

„Was ist denn hier los?" fragte eine milde, ernste Stimme im Rücken der Kinder. Der Pfarrer hatte unbemerkt die Tür geöffnet und alles mit angehört. Die Kinder wurden still und verteilten sich im Raum. Run hörte nicht auf zu weinen. Der Pfarrer sah sie mit seinen gütigen Greisenaugen an. Er hatte graue Haare und ging gebückt, sein Gesichtsausdruck erinnerte an den von Heiligenbildern.

„Warum weinst du?" Forschend betrachtete er seine große Konfirmandin. Plötzlich nahm sein Gesicht den Ausdruck unsagbaren Entsetzens an.

„Komm mit mir."

Run gehorchte schluchzend.

Sie gingen in das Arbeitszimmer des Pfarrers.

„Fehlt dir etwas, mein Kind?“

Run weinte laut.

„Sag es mir, wenn etwas mit dir ist. Gott hilft dir wie allen seinen Kindern.“

Run weinte.

Der Pfarrer ergriff ihre Hand und versuchte, sie zu trösten. „Sag mir, was es ist. Niemand kann dir besser helfen als Gott. Kein Kummer ist so groß, daß Gott ihn nicht lindern könnte. Hast du etwas getan, was du bereust? Du bist ein so großes Mädchen. – War es ein Junge?“

Vor Schluchzen wollte Run die Brust zerspringen. Jetzt wußte sie, was ihr fehlte – und der Pfarrer wußte es auch.

„Es ist am besten, wenn du jetzt wieder nach Hause gehst und erst wiederkommst, wenn ich dich auffordere.“ Der Pfarrer nahm ein Blatt Papier vom Tisch, schrieb einige Worte darauf, steckte es in einen Umschlag und bat Run, es ihrem Vater zu geben.

Als Run nach Hause kam, war sie völlig erschöpft. Sie gab ihrem Vater den Brief und legte sich gleich ins Bett. Ihr Vater ging zum Pfarrer, der ihn um seinen Besuch gebeten hatte.

Als Gudmundur nach Hause kam, war Run aufgestanden und kochte das Essen. Er betrachtete sie forschend. Der Pfarrer hatte ihm seine Vermutung mitgeteilt und ihm gesagt, er solle versuchen herauszubekommen, wer der Schuldige sei.

Run hatte den Tisch fertiggedeckt und bat ihren Vater, er solle essen kommen. Er setzte sich an den Tisch, legte das Besteck jedoch wieder zur Seite. Er konnte nicht essen. Sein Hals war trocken, und die Zunge klebte ihm am Gaumen. Er, der sonst so ruhig und entschlossen war, saß wie auf Kohlen – er war ratlos. Ab und zu warf er sorgenvolle Blicke auf Run. Daß er das nicht früher bemerkt hatte! Und wie unvorsichtig er gewesen war, sie immer so allein zu lassen. Er hätte dafür sorgen müssen, daß eine erwachsene Frau bei ihr war, oder sie irgendwohin zu Leuten geben. In dieser Einsamkeit mußte es ja so kommen. Sie war so früh entwickelt! Doch ihm schien sie noch genauso zu sein wie mit drei Jahren, als er sie abends auf den Schoß genommen und sie ihn am Bart gezupft hatte. Von seiner Stirn perlte der Schweiß, so hatte ihn der Schmerz gepackt.

„Wer war es?“ stöhnte er schließlich so leise, daß es kaum zu hören war, und er sah Run nicht an dabei.

Da begriff Run, daß jetzt auch ihr Vater alles wußte. Alle wußten von ihrer Schande, und sie war für alle Ewigkeit verloren. Weinend warf sie sich ihrem Vater in die Arme. Er strich ihr mit seiner rauhen Hand übers Haar. Große Tränen rollten über seine wettergebräunten Wangen und verloren sich in seinem Bart.

Es war ganz sonderbar, diesen Kämpen weinen zu sehen. Es war, als ob Tränen nicht zu diesem harten Gesicht paßten – als ob sie nur geliehen wären.

„Erzähl mir, was ist“, sagte er und zog ihren Kopf zu sich hoch. Sie brach erneut in Weinen aus. Dann erzählte sie ihm in wenigen abgerissenen Worten von der schrecklichen Septembernacht.

Verschiedene Kräfte rangen in der Brust des Fischers miteinander. Wenn es nur ein Unwetter gewesen wäre, bei dem ein Mensch in Lebensgefahr war, dann hätte er gewußt, was er zu tun hatte. Doch dieses hier – es war so furchtbar unwiderruflich, eine traurige Tatsache, gegen die nichts zu machen war. Er wußte sich vor Kummer keinen Rat. Schließlich sagte er Run, sie solle schlafen gehen, und er legte sich ebenfalls nieder. Doch der Schlaf wollte nicht kommen. Gudmundur wälzte sich im Bett hin und her und dachte nach. Immer wieder folterte ihn der entsetzliche Gedanke, daß das Leben seiner Tochter, der kleinen Run, von einem gewissenlosen Schurken, dem sie nie etwas getan hatte, zerstört wurde. Er versuchte, zu Gott und seiner verstorbenen Frau zu beten. Doch was nutzte das? Sie konnten den Lauf der Ereignisse nicht aufhalten. Gab es vielleicht gar keinen Gott? Oder nur einen bösen Gott, der es zuließ, daß ein Schuft das Dasein eines unschuldigen Kindes vernichtete? Eines Kindes, das so rein war wie ein Engel im Himmel und einem armen Fischer am Meer mehr bedeutete als sie.

Gegen Morgen schlief Gudmundur ein. Bald jedoch schrak er wieder auf; er meinte Schritte zu hören. Dann wurde es still, und er glaubte, er habe sich verhört. Er stand früh auf und verließ das Haus. Als er wieder zurückkam, war von Run noch nichts zu sehen. Am besten, man ließ sie schlafen. Er machte Feuer. Gegen Mittag war Run noch immer nicht auf. Vielleicht war sie krank. Leise öffnete er die Tür zu ihrer Schlafkammer und schaute hinein. Es war niemand drin. Ein furchtbarer Verdacht erwachte in ihm. Er eilte hinaus und lief instinktiv aufs Meer zu. Nein. Nein, es konnte nicht sein. Doch seine Füße trugen ihn gegen seinen Willen weiter. Sie ist ins Dorf gegangen. Er fühlte sofort, wie unsinnig dieser Gedanke war. Immer weiter trugen ihn seine Füße, immer weiter den Strand entlang. Trieb dort nicht etwas Schwarzes? Es war wohl ein Faß. Nein, es war kein Faß, es war... Er watete ins Meer hinaus und trug Runs Leiche in seinen Armen an Land.

Stumm brachte er sie nach Hause, setzte sich auf sein Bett und legte sie vorsichtig über seinen Schoß. Ihre Augen waren gebrochen, und der Kopf hatte geblutet. Das Haar war an einer Stelle rot. Es war sonderbar, in diesem blonden Haar einen roten Fleck zu sehen. Mit der Leiche im Arm wiegte er sich hin und her und murmelte leise vor sich hin, als fürchtete er, er könnte die kleine Run aufwecken. Er konnte es nicht glauben, daß sie tot war, daß er nie mehr ihr Lachen hören und nie mehr sehen würde, wie sie am Strand stand und darauf wartete, daß er vom Meer zurückkehrte. Wozu sollte er jetzt noch mit vollbeladenem Boot landen und seinen Fisch zu einem guten Preis in Südfjord verkaufen? Er dachte an den Tod seiner Frau. Er war traurig gewesen damals, doch ihr Tod war begreiflicher als dieser. Sein Kind, der einzige Sonnenschein in seiner Einsamkeit! Nein, es konnte nicht sein. Er fuhr sich mit der Hand über die kalte und feuchte Stirn. Es mußte ein Traum sein. Es war, als ob seine Sinnesorgane sich weigerten, diese furchtbare Wirklichkeit aufzunehmen.

So saß er in schrecklicher Selbstvergessenheit bis zum Abend. Dann legte er die Leiche auf das Bett und begann sie auszuziehen, ungeschickt, denn er verstand sich nicht auf diese Bänder und Knöpfe, aber behutsam, denn er wollte nichts zerreißen. Er nahm den feinen Stoff für das Einsegnungskleid, der so weiß wie die Brandung war, und hüllte die Leiche darin ein. Er hatte ihr nicht die Augen zugedrückt, und sie starrten seltsam ins Leere.

Plötzlich schrak er zusammen. Eine Bö rüttelte am Haus. Die Schneekörner prasselten an die Fensterscheiben, als wollten sie ihn rufen. Er stand auf und lauschte. Was rief da? War es das Meer? Oder war es seine Frau? Der Sturm wurde stärker. Gudmundur stand mitten in der Stube, furchtbar wie ein Troll, und starrte hinaus in die nächtliche Finsternis und das Schneetreiben. Was rief es? Rache! Sein Blick wurde hart, die Fäuste ballten sich. Das Wikingerblut seiner Vorfahren brauste in seinen Adern. Wieder rief es im Wind.

7

Im Kaufmannsladen war es trotz des Unwetters hell und warm. Arni saß auf dem Ladentisch und erzählte einigen Dorfbewohnern, die sich hier die Zeit vertreiben wollten, seine Heldentaten. Plötzlich wurde die Tür aufgestoßen, und Gudmundur kam hereingestürzt; er hielt seine Laterne in der Hand. Er war voll Schnee, seine ledernen Fischerhosen waren gefroren; sie knisterten bei jedem Schritt. Einer der Männer im Laden sprach ihn scherzhaft an, doch Gudmundur antwortete nicht. Er ging geradewegs auf Arni zu, packte ihn am Arm, sagte barsch „Komm!" und zog ihn zur Tür.

„Bist du verrückt, Mann? Denkst du, ich gehe so bei diesem Wetter hinaus? Haltet den Kerl fest, Jungens, er ist übergeschnappt."

Gudmundur sah die Anwesenden mit solchen Blicken an, daß niemand Lust verspürte, sich in die Angelegenheit der beiden einzumischen. Er zerrte Arni am Meer entlang. Arni schrie, flehte um Erbarmen und stieß wilde Drohungen aus. Schließlich warf er sich zu Boden, aber Gudmundur kümmerte sich nicht darum und schleifte ihn hinter sich her. Arni stand wieder auf und versuchte, zitternd vor Furcht und Kälte, mit Gudmundur Schritt zu halten. Der Schnee wehte unter seinen Kragen und in die Ärmel. Als sie an die Bucht kamen, lag dort Gudmundurs Boot bereit; es war an einem Stein festgebunden. Arni sah etwas Weißes auf einer der Ruderbänke schimmern. Gudmundur zog ihn zum Boot und hielt die Laterne hoch. Es war die Leiche Runs, die dort lag, eingehüllt in den Stoff des Einsegnungskleides.

„Das ist dein Werk“, sagte Gudmundur mit heiserer Stimme und ließ den Lichtschein auf Runs Gesicht fallen, das frei von Schnee war. Die Augen waren noch geöffnet; das Haar war weiß von Schnee und flatterte im Wind.

Arni stieß Angstschreie aus und brach auf dem Strand zusammen. Gudmundur sah ihn verächtlich an, band das Boot los, warf Arni hinein, sprang selbst nach und hißte die Segel. Er zwang Arni, sich auf die Ruderbank zu setzen und die Laterne so zu halten, daß das Licht auf die Leiche fiel.

Er steuerte aufs offene Meer zu. Mit der Schnelligkeit des Windes schoß das Boot aus dem Fjord. Leute, die ihnen nachgegangen waren, sahen das Licht allmählich in der Dunkelheit verschwinden.

Island ist vom Meer umschlossen. Das Meer hat den Küsten und ihren Bewohnern seinen Stempel aufgedrückt. Es gibt nie wieder heraus, was es sich nimmt. Doch es schickt seine Wellen hinauf zu den Steinen am Strand und die Brandung gegen die Felsen, um ihnen von der Ewigkeit zu erzählen.

Elmer Diktonius

Finnischer Tango

Ein Holzschnitt in Worten

Wie eine kochende Sturzflut drängt das Blut in Jannes Kopf; er sieht rot, die linke Hand fährt spontan zum Puukko-Messer am Leibriemen – die rechte fuchtelt in der Luft, als suche sie etwas zu packen, sich gegen etwas zu stemmen, und ein Gedanke, eine Frage durchschneidet ihn wie eine Pflugschar: Soll ich, soll ich ihm das Messer in den Brustkasten treiben?

Es ist ihm, als ob die ganze Erde im Takt mit seinem ungestüm arbeitenden Puls klopfe, emporgehoben werde und niederfalle; alles, was es gibt – die Schaukel und der Baum und der Himmel und der Weg und die Gestalt da gegenüber, der Verhaßte –, steigt und fällt im gleichen Rhythmus, drohend, unheilverkündend.

Und hinter allem steht eine Spannung, die ihre äußerste Grenze erreicht hat, und die auf des Messers Schneide balancierende Frage, die wichtigste von allen, die ihn treibt und jagt: Soll ich?

„Ääh“, höhnt der Verhaßte, geht dreist ein paar Schritte auf Janne zu, nähert das Gesicht dem seinen, zieht murrend die Oberlippe nach oben – wie ein Hund, denkt Janne, ein Hund, ehe er beißt –, nach oben, daß man die Zähne sieht, die ganze obere Zahnreihe mit ihren morschen Spitzen und schwarzen Löchern, die magnetisch Jannes Blick in sich hineinziehen. „Ääh! Laß mir bloß die Pfoten weg von dem Zahnstocher, ääh! Oder –“ Und während er fauchend dieses „oder“ hervorpreßt, hebt der Verhaßte ein wenig seine Hand in der Rocktasche, nur soviel, um etwas in der Hand zu lassen, das gegen das Taschenfutter drückt. Der Revolver, ahnt Janne sofort.

Immer kreist dieses „Soll ich?“ in Jannes Kopf, es klingt ihm im Ohr, aber seine Augen, die vom Munde des Verhaßten zu seiner Rocktasche wandern, haben gewissermaßen unterdessen ein bißchen mit dem Gehirn beraten und ihn verstehen lassen: Dummheit, es lohnt sich nicht – hier in der Einsamkeit wird es niemand sehen, niemand könnte erzählen, wie es eigentlich geschah.

Er kennt keine Furcht bei dieser Überlegung. Im Gegenteil, plötzlich stößt Janne seine rechte Hand nach vorn, gerade in das Gesicht des Verhaßten, stößt es mit der flachen Hand nach hinten, nach oben, daß es feucht aus der Nase auf seine Hand tropft, daß der Hut herunterfällt.

„Äsch“, sagt Janne, „geh jetzt hübsch brav nach Hause mit deinem Revolver, verdammter Strolch, der du dich nicht ohne Schießeisen auf den Tanz wagst. Als ob nicht eine Breibüchse für so einen wie dich gut genug wäre! Doch das sage ich dir“ – und hier hebt Janne die Stimme, als gelte es, etwas zu schreien, was alles übrige übertönt –, „das sage ich dir, laß du Stadtscheiße unsre Mädel in Ruh’, und Elin besonders, und halte dich an die Sanatoriumsmädel und andere Schwindsüchtige, sonst – äsch!“ Und dabei rückt Janne dem Verhaßten näher auf den Leib, doch dieser weicht aus, schnappt den Hut vom Boden auf, macht sich aus dem Staube, wendet sich um und droht höhnend: „Du, kauf dir Teer, das kannst du brauchen – du Teufelshuhn! Und grüße Elin vielmals von mir!“

Janne steht mit starren Armen und lehnt sich an den Pfosten der großen Schaukel. Sein Kopf ist noch immer wirr, es flimmert und dreht sich alles vor seinen Augen, doch die Landschaft, die bisher ein einziges nebelhaft wogendes rotes Meer war, erhält allmählich wieder ihre natürliche Form und ihre natürlichen Farben – zuerst dehnt sie sich aus, dann wird sie schmaler, und alles steht, wie es sich gehört: die große Schaukel, die Bäume, die Büsche, der Weg. Janne hält sich am Pfosten der Schaukel fest. Es schaudert ihn; eben noch war ihm so heiß – und jetzt so kalt. Sein Hut war herabgefallen, er hebt ihn auf, trocknet die Stirn und das Schweißband, setzt ihn auf den Kopf. Es schaudert ihn, er räuspert sich. Er hat das Gefühl, etwas Ekelhaftes geschluckt zu haben, das heraus muß. Diese verdammte Stadtscheiße! Kommt hierher und spielt den Herrn mit geklecktem Schopf und geputzten Überschuhen; man weiß schon, daß er Elin ins Garn gelockt hat, doch von diesem Braten wird er nicht fett werden, dafür sorgt schon Janne, auch wenn es ihn einige Jahre Gefängnis kosten sollte. Elin – natürlich hat Janne in seinem Leben allerhand Mädel gekannt, da und dort gelegen und nicht nur in Schuppen, doch die Elin, die ist für ihn mehr als die anderen, die ist anders; Janne weiß, wenn er rund um die Welt wandern, an alle Bodenkammertüren klopfen und durch alle Fenster kriechen würde, er könnte keine finden, die ebenso arbeitsam und rein ist. Rein – auch wenn sie liebt, beißt und kratzt und mit der Zunge spielt, ist sie so himmlisch rein, wenn sich Janne auch nicht erklären kann, wie und warum. Und es schaudert ihn.

Aber dort ist sie ja – steht am Wacholderbusch hinter der Schaukel, steht ganz still und schaut ihn mit so seltsamen, fragenden Augen an, hält die linke Hand an die Brust gepreßt, als wolle sie das Herz beruhigen und sein aufgeregtes Klopfen dämpfen.

„Elin“, sagt Janne halblaut, „Elin“ – und es entspinnt sich ein kurzes, monoton klingendes, wortkarges Gespräch zwischen ihnen, scheinbar so besonnen, doch voller Zweifel und Fragen, die dahinter auf der Lauer liegen wie schleimige Kröten um eine abendklare Quelle.

Sie: „Was war das? – Man schrie, wie ich hörte.“

Er: „Nichts weiter – nur ein anderer und ich. Nichts Gefährliches, sei du nur ganz ruhig, ich werde schon mit jedem fertig. Krakeel gibt es immer bei der großen Schaukel, betrunkene Strolche und so was. Aber es ging schon.“

Sie: „Ja, aber ich dachte... Wer war es denn, und um was ging es?“

Janne kann es nicht erklären, und im übrigen hat er auch keine Lust dazu – das ist nicht die Hauptsache. Die versteckt sich vielmehr in der nicht ausgesprochenen Frage, ob der Verhaßte wohl etwas mit Elin gehabt habe – Grund genug für sein dunkles Gerede und prahlerisches Flunkern. Aber Janne kann Elin nicht offen danach fragen, das wäre, als steinige man eine Blume; es schaudert ihn, er fühlt sich unlustig. Und plötzlich durchbraust sein Innerstes ein heißer Befehl, mit Gewalt diese Unlust in Wollust zu verwandeln: Elin zu besitzen, sie hier zu nehmen und gerade jetzt – das würde zeigen, wer hier der Herr ist. Elin zu prüfen, den Verhaßten zu höhnen und verschiedenes dazu, was er in diesem Augenblick nicht weiß, aber was er so unwiderstehlich locken fühlt als das einzig Richtige, das gerade jetzt geschehen muß. Er nähert sich ihr, geht rund um die Schaukel herum und auf sie zu; ihre Hand liegt noch immer auf der Brust, sie atmet schwer, schaut ihn so seltsam an. Und wortlos spielt sich folgendes ab: Er steht dicht vor ihr, faßt sie, wirft sich auf den Boden, zieht sie mit – er empfindet keine Wollust, nur Leid, häßlich, roh, nackt; doch es muß geschehen, er weiß, daß er sie beide jetzt unglücklich macht, daß hernach Schluß ist zwischen Janne und Elin, aber es muß geschehen. Da öffnet sie den Mund, atmet hastig – sie duftet nach Kalb wie immer, denkt Janne, auch hier; nach warmer Milch, frisch gemolken, rein, keine ist so rein wie sie – und stößt schließlich hervor: „Nein, nein! Nicht jetzt! Nicht jetzt!“ Aber da Janne nicht darauf achtet, richtet sie sich hastig auf, stößt ihn von sich und flüstert mit seltsamer, von Schluchzen erstickter Stimme: „Ich bin krank, mußt du wissen, krank ...“ Sie bohrt das Gesicht in ihre Hände und senkt es langsam zur Erde.

Sonderbare Augen, sonderbare Stimme. Krank? – Was zum Teufel! Da hat er, der Verhaßte, sie und er ...? Brüllend stürzt Janne auf, rennt den Abhang hinunter, er blickt nicht einmal zurück, läßt sie dort, krank, weinend, zur Erde niedergebeugt; er weiß nur, daß es jetzt gilt, ihn festzukriegen, Rache zu nehmen, das Messer in seine hinterlistige Brust zu stoßen. Während des Laufens zieht er sein Puukko-Messer aus der Scheide, steckt es in die Tasche, hält es dort fest umklammert; ist nun unterhalb der Anhöhe, biegt rechts ab – zur Landstraße, die Jugend ist an einem Abend wie diesem auf den Beinen, da ist er sicher auch dabei.

An der Wegkreuzung hört man Ziehharmonikagewimmer. Trykis-Nestori, der auf einem großen Stein sitzt, traktiert seinen Spielmann, während die anderen rundherum im Grase liegen und ihren Fünfpfennigpoker spielen. „Den

Verhaßten? – Nein, Junge, nicht einmal ein Stückchen seines Hintern! – Aber hinter was, zum Teufel, bist denn du her, holst du Teer, he?"

Teer – Teer! Janne rennt in gleicher Richtung weiter, läuft über die Landstraße, gerade in den Wald hinein; vielleicht ist er nach dem Dorf gegangen und hat diesen Abkürzungsweg genommen; der Schweiß trieft, dumpfes Echo, wenn die Absätze gegen den Waldboden klappern. Er rast dahin, daß die Tannen auf ihn zustürzen – das Moor stürzt auf ihn, kühlt, wo die Wärme den Pfad überspült, streut hier und da scharfe Gerüche darüber: Gagelstrauch, Linneä, sein eigener brenzliger Geruch. Es ist, als fliege er durch einen schwülen Tunnel, in dem die Seitenventile für den Luftwechsel sorgen, doch Janne weiß das nicht, fühlt es nicht – nur den Verhaßten muß er jetzt in die Hände bekommen, um endlich zuzuschlagen. Er sieht, wie sich die blattumrankten Skelette der Hopfenstangen bei der Waldkate zitternd zueinanderneigen, er stößt seine Frage dem Kätner entgegen, der in Unterhosen auf den Stufen steht, über seinen Bruch nachdenkt und sich den kahlen Scheitel kratzt. „Nee, keine Christenseele!"

Zurück – zurück, er macht kehrt, torkelt denselben Weg zurück, atemlos, ausgepumpt, Schweißdünste wie Wolken um ihn herum, er fühlt, weiß nur eines: der Verhaßte. Fühlt das brennende Bedürfnis, sein Wasser zu lassen – soll bleiben, kann warten, mag sich gedulden. Er ist stumpf, matt, ausgelaugt, die Knie zittern; er fingert am Griff des Messers in der Tasche und rennt, rennt. Die Wegkreuzung, unterhalb der Schaukel bis zum Saume des Sumpfes... Wenn man sich dort nur hinsetzen könnte, um unter den Erlen zu verschnaufen, die Schaftstiefel von den Füßen zu zerren und die Füße ins Wasser zu tauchen! Durst, der Mund wie Papier – doch dort führt der Pfad zum Sanatorium: dorthin! Holpriger Weg: Er springt in den Sumpf über Steine und Wurzeln, taumelt wie ein gefangener Aal; Janne strauchelt, stolpert, berührt einen Augenblick den Boden mit den Händen – doch dorthin, dorthin! Und dort steht er ja, der Verhaßte, steht niedergebeugt mit dem Rücken zu Janne, pflückt unreife Walderdbeeren am Wegrand – pflückst du Beeren, du Aas! Dieser Anblick spannt Janne wie eine Riesenhand den Bogen. Er stürzt auf ihn zu, ein rasendes Ungetüm, mit dem Messer gleich einer Klaue vor sich, er sieht höhnende Augen, Zahnspitzen und Löcher, stößt zu – stößt, stößt; streift das Blut mit Daumen und Zeigefinger vom Blatt, wischt die Finger an den Hosen ab, läßt sein Wasser, ist am Ende, leer, leicht, eine ausgeblasene Schale, seine Knie zittern; er weiß nichts, fühlt nichts, denkt nicht einmal: Elin.

Und der Schlußakkord? – Der klang so:

Man klopft an die Bodenkammertür. Janne kommt heraus, reibt sich die Augen, streicht sich das Haar aus der Stirn, ganz angezogen, er schlief so, das Blut an den Hosen war schwarz geworden. Dort steht der Polizeikommissar mit Polizisten und Zeugen.

„Jaha, Janne – wie wär's, wenn wir gehen würden?"

„Gehen wir nur", sagt Janne sanftmütig; er holt nicht einmal seinen Hut.

Nur zwei Jahre: Der Verhaßte erholte sich wieder.

Jakob Thorarensen

Ablandiger Wind

Aus den Aufzeichnungen eines alten Pastors

In der vergangenen Woche verstarb in der hiesigen Gemeinde Eymundur Kolbeinsson im Alter von zweiundsechzig Jahren. Gott sei seiner Seele gnädig, obwohl er Demut nicht in vollem Maße und Reue wahrlich nur zur Hälfte zeigte. (Welch schrecklicher Jammer – er bereute fast nur das eine: daß er seinen Widersacher nicht mit einem Knüppel erschlagen hatte.) Nichtsdestoweniger erhebe der Herr sein Angesicht über ihn und gebe ihm seinen Frieden. Ja, er schaue in seiner Gnade auf den Verstorbenen wie auf uns sündige Menschen alle, er mildere oder verringere soweit wie möglich seine gerechten Züchtigungen für unser in vieler Hinsicht ungehöriges Betragen. Amen.

Der selige Eymundur Kolbeinsson wurde von allen als einer der rechtschaffensten und ordentlichsten Männer dieser Gegend angesehen. Er war umgänglich und friedfertig, wohlmeinend und vorsichtig mit Worten, außerdem stets hilfsbereit, er hielt sein Wort und gab gute Ratschläge. Er verrichtete jede Arbeit sorgfältig und galt überall als guter Gehilfe, besonders beim Sodenstechen und Mauernschichten, item als sehr tüchtiger Fußwalker.

Eymundur starb an einer unbestimmbaren, langwierigen inneren Krankheit. Er hatte nie schwer zu leiden gehabt, doch war es seit langem klar gewesen, wie es enden würde.

Wenige Tage vor seinem Tode ließ der selige Eymundur mich zu sich bitten. Ich spreche die volle Wahrheit, wenn ich sage, daß mir der gute Eymundur da nicht gefiel. Er legte sogleich einen unglückseligen Zorn an den Tag, den man von ihm zuallerletzt erwartet hätte – einen lange unterdrückten, verdammenswerten Zorn. Und was da aus dem

Alten hervorbrach, ist ein betrübliches Beispiel dafür, wie es geht, wenn das Altertum den heutigen Menschen überkommt – das mißverstandene Altertum, möchte ich sagen, denn eine solche Gefahr besteht immer, nicht zuletzt beim Mann aus dem Volk. Doch wie es sich damit auch verhält, so steht eines unbestreitbar fest, daß das Altertum grausam ist und vor Waffen starrt und daß es an unserem Leben keinen Anteil hat und auch nicht haben darf, wenn es sich auch im romantischen Licht der Sagas glanzvoll und prächtig ausnehmen mag.

Eymundur saß in seinem Bett, gestützt durch ein Rückenkissen, und las trotz seiner schweren Krankheit in einem Buch. Offensichtlich war er mitten in der finsteren Sturlungensaga, denn als ich durch die Luke zu ihm hinaufgestiegen war, hörte ich ihn murmeln: „‚Und doch wäre das nun kein Hindernis' – welch außergewöhnlicher Mann war doch Gudmundur der Prächtige*. ‚Es ist gut, daß sie nicht hier ist', sagt er bei dem Mordbrand von Lönguhlid von seiner Tochter, ‚und doch wäre das weiter kein Hindernis.'"

„Setzen Sie sich auf die alte Kiste da, lieber Herr Pastor, und entschuldigen Sie die Störung", war das erste, was er zu mir sagte. „Ich möchte gern einige Worte mit Ihnen sprechen, obwohl es wenig Zweck hat, vermute ich, so wie die Dinge liegen. – Also, er steckt mir jetzt in den Knochen, der verdammte ablandige Wind."

„Ablandiger was? Ablandiger Wind? Was sagst du da, lieber Eymundur?" sagte ich.

„Was ich da sage, Freund? Sie sollten sich besser setzen. Es ist nicht meine Schuld, wenn ich gezwungen war, den ablandigen Wind zu benutzen; die Schuld liegt allein in dieser Zeit. Es wäre eher nach meinem Sinn gewesen, Waffen zu gebrauchen, nach dem Beispiel unserer edlen Vorfahren, oder richtig mit einem Knüppel zuzuschlagen, als zu so etwas greifen zu müssen; denn so war es natürlich kein besonderes Heldenstück und auch keine Ruhmestat."

* Gudmundur der Prächtige verbrannte seinen Gegner Önundur Thorkelsson in dessen Gehöft und schonte dabei nicht seinen eigenen Schwiegersohn.

„Ich glaube, du phantasierst, guter Eymundur", sagte ich.

„Lieber mit einem schweren Knüppel zuschlagen, sage ich noch einmal, und sich dann öffentlich zu dem Totschlag bekennen, vorausgesetzt allerdings, daß man dann nicht ins Zuchthaus gesperrt worden wäre, sondern daß man die Angelegenheit mit ein klein wenig Mannhaftigkeit aufgenommen hätte, entweder mit reiner und unumwundener Vergeltung oder zumindest so, daß Bußgelder angenommen und die Sache damit fallengelassen worden wäre."

„Du mußt jetzt schlafen und dich beruhigen, lieber Eymundur", sagte ich, denn zu dem Zeitpunkt glaubte ich wahrhaftig, daß seine schlechte Laune von irgendwelchen Fieberträumen herrührte.

„O nein, nein, ich brauche erst am Abend einzuschlafen, wenn mir dann etwas Ruhe beschieden ist. Und jetzt ist es am besten, wenn wir uns anderen Dingen zuwenden", sagte er. Der selige Eymundur war noch so munter, daß er ein kleines Stückchen Kautabak abbiß, doch nach kurzer Zeit nahm er es fast ungekaut wieder aus dem Mund und legte es in die Dose.

„Ich beginne am besten mit den Isländergeschichten", fuhr er nach kurzem Schweigen fort. „Ich will Ihnen sagen, lieber Herr Pastor, daß ich sie immer wieder gelesen habe, sozusagen von Kindesbeinen an – dazu noch die Sturlungensaga und die Geschichten der norwegischen Könige. Ich glaube, daß ich sie zu meiner Erbauung und zu meinem Seelentrost gelesen habe; aber dennoch habe ich sie vielleicht eine Zeit meines Lebens auch zu meinem Schaden und Unglück gelesen. Doch verdanke ich ihnen, daß ich stets als zurückhaltend und vorsichtig mit Worten galt; es bleibt nämlich niemandem, der diese Bücher mit Aufmerksamkeit und Verständnis liest, verborgen, welch gefährlicher Zündstoff in den Worten liegt, wenn man nicht in jeder Hinsicht auf der Hut ist. Zwei Worte, drei oder vier kosten dort immer wieder das Leben dessen, der sie spricht. – Ich glaube, ich bin ein verträglicher Mensch gewesen, und ich habe nach bestem Vermögen meinen täglichen Wandel einrichten und jegliches Großtun vermeiden wollen. Doch kann ich nicht ableugnen, daß ich das gleiche Verhalten mir gegenüber von anderen erwartet habe – ich mußte gegen ein starkes Temperament ankämpfen, und manchmal fiel es mir schwer, Gemeinheiten zu verwinden. – Und deshalb geschah das mit den Zähnen, sehen Sie; es fiel mir nicht leicht, hinzunehmen, daß mir ohne mein Verschulden die Zähne ausgeschlagen wurden."

„Wie – nein, das ist kaum zu glauben. Ist dir das denn einmal passiert, Eymundur?"

„Oh, mehr als das. Sie können den Finger in meinen Mund stecken, wenn Sie wollen; dann werden Sie im linken Oberkiefer eine Lücke finden, wo mir seinerzeit zwei Zähne ausgeschlagen wurden. Das war, lange bevor Sie in diese Gegend kamen. Ach ja, es ist wohl bald vierzig Jahre her, dennoch ist es mir ganz gegenwärtig.

Zu jener Zeit war ich Fischerknecht bei Asbrandur, der hier in Ytri-Vik wohnte. Er war in vieler Hinsicht ein außergewöhnlicher Mann, dieser Asbrandur, ein fleißiger Fischer und machte gute Fänge, daran fehlte es nicht. Doch zugleich war er ein berüchtigter Halunke und ein verfluchter Draufgänger. Dabei bleibe ich, Freund – wollte sagen: Herr Pastor –, er war ein verfluchter Draufgänger. Ich erinnere mich auch noch, daß mein seliger Pflegevater zu mir sagte, als ich zum Fischfang nach Ytri-Vik ging: ‚Nimm dich in acht vor diesem Aas, dem Asbrandur.'

Mich in acht nehmen! – Doch, ich verstand sehr wohl, was er meinte. Es war nämlich allbekannt, daß manch einer von Asbrandur eine eklige Maulschelle bekommen hatte, wenn ein unvorsichtiges Wort fiel oder sonst etwas schiefging. Andererseits hatte der Kerl Glück beim Fischen und schuftete wie ein Besessener; deshalb bestand bei ihm immer Aussicht auf einen guten Anteil, und das zog mich zu ihm ins Boot, denn zu Hause bei meinem Pflegevater herrschte grenzenlose Armut, und es mangelte an allem Lebensnotwendigen, obwohl man sich genug abrackerte. – Ich nahm mir vor, mich bei der Fischerei nicht zu schonen und von jetzt ab meine Worte zu wägen und jede Arbeit möglichst sorgfältig auszuführen, um Asbrandur keine Angriffspunkte zu bieten. Denn um die Wahrheit zu sagen, ich hatte ein wenig Angst, und diese Angst bestand darin, daß ich zutiefst in meinem Inneren für Asbrandur fürchtete, falls er mich ohne mein Verschulden zu brutal anfassen würde. – ‚Und zehn zählte der Kopf, als er vom Rumpf flog' – an solche schicksalhaften Schwertstreiche aus den alten Sagas mußte ich oft denken, und meiner Meinung nach konnte man auf allerlei gefaßt sein, falls es zu großen Verwicklungen kommen sollte. Mir war deshalb klar, daß ich mir nichts zuschulden kommen lassen dürfte, weder im großen noch im kleinen.

Auf einem großen Viermannboot ruderten wir zu zweit auf Fang; das war recht schwierig, und Asbrandur war kaum an unnötiger Austeilung gelegen. Er selbst nahm vier Anteile: Bootsführeranteil und Matrosenanteil, Geräteanteil und Bootsanteil, und ich kam mit einem Fünftel heraus. Lassen wir das auf sich beruhen, es war ja so ausgemacht.

Die Zusammenarbeit verlief lange Zeit erträglich und ohne eigentliche Zwischenfälle. Gewiß ließ Asbrandur oft eine Flut von Schimpfwörtern auf mich los, ohne Grund dazu zu haben, zum Beispiel diente ihm als Anlaß, wenn ich einen Augenblick später mit dem Essen fertig wurde als er. Mit Schimpfwörtern ist es nun aber so, daß sie einen nicht direkt zum Krüppel machen, und wenn man seine ganze Besonnenheit und Selbstbeherrschung aufbietet, kann man sie sich wie Wind um die Ohren sausen lassen. Und obwohl mir wahrhaftig manchmal der Kamm schwoll, konnte der Kerl sich trotz dieser Dinge sicher fühlen. Doch dann kam es zu dem, was ich manchmal im stillen befürchtet hatte, nicht weniger Asbrandurs wegen als meinetwegen. Der Anlaß war geringfügig – genauer gesagt: nur ein Mißverständnis.

Es war an einem Sonntag zur Zeit des Gottesdienstes; wir waren gerade an Land gekommen, denn Asbrandur schuftete an Feiertagen ebenso wie an Werktagen – wenn er nicht gerade auf Schürzenjagd ging. Weit draußen auf der Höhe von Nes gab es reichliche Fänge, und deshalb war Asbrandur voller Eifer. Wir hatten eben den letzten Bissen heruntergeschlungen, und Asbrandur war bereits aufgestanden.

‚Beeil dich, du Faulpelz, und mach Köder an die Angel, denn ich rudere mit der Ebbe wieder hinaus', sagte er.

Wie man sich denken kann, fiel es mir ganz und gar nicht ein, auch nur ein Wort dagegen zu sagen, wann und wie mir Arbeit aufgetragen wurde. Ich antwortete zustimmend, doch das Unglück wollte es, daß ich wohl zu leise gesprochen hatte, so daß Asbrandur wahrscheinlich nur die beiden Worte ‚mein Geschäft' hörte.

Im selben Augenblick wurde es mir schwarz vor Augen; mein Mund war voller Blut, und zwei Backenzähne aus dem Oberkiefer lagen im kochendheißen Kaffee.

Es würde mir schwerfallen, meine Gedanken in jenem Augenblick zu beschreiben, Freund – wollte sagen: Herr Pastor. Doch fühlte ich deutlich, wie sich die Sturzsee der Wut über meine Seele wälzte. Ich sah Asbrandur nur wie durch einen Nebel, dennoch bemerkte ich, daß er totenbleich im Gesicht war. Ich nehme an, daß ich ein klein wenig gelächelt habe – das tun sie manchmal in den Isländergeschichten, wenn das Unglück jedes Maß übersteigt. Ja, ich habe wohl ein wenig gelächelt, denn ich sah die Spritzer von Asbrandurs Gehirn an allen Steinen unten am Strand beim Landeplatz – später, wissen Sie, wenn es zur Abrechnung kommen würde. Hingegen war mein Verstand in diesem Augenblick scharf und hellwach, und er sagte mir, daß es vollkommen sinnlos wäre, meinen Gegner mit leeren, bloßen Händen anzugehen. – Danach ging ich ohne ein Wort die Köder anmachen. Ein Mädchen namens Ingibjörg war bei dem Vorfall zugegen, und sie hatte gehört, was ich auf die Anordnung des Bootsführers erwidert hatte: ‚Ja, es wird nötig sein, sich an das Ködern zu machen, doch muß ich erst mal schnell mein Geschäft erledigen.' Das war die ganze Widerspenstigkeit, denn ich sagte nicht mehr als das.

Ich nehme an, daß das Mädchen gleich darauf Asbrandur zur Vernunft gebracht hat; am nächsten Morgen klang es nämlich fast so, als brächte er eine Art Entschuldigung vor. Meine Wange war jetzt stark geschwollen, und ich habe sicherlich ziemlich elend ausgesehen, wenn ich auch meine Arbeit schlecht und recht verrichtete. Asbrandur sagte folgendes: ‚Ich habe wohl nicht richtig verstanden, was du da gestern gesagt hast. Es tut mir leid, wenn du dich verletzt hast, du Ärmster.'

Es täte ihm leid, wenn *ich mich* verletzt hätte, so drückte er sich aus, der Gute!

‚Ja, das wäre schlimm', sagte ich. ‚Doch mir ist weiter nichts passiert, als daß ich zwei Zähne verloren habe, und so trägt das Ganze wahrscheinlich nur dazu bei, die Liebe zwischen uns zu stärken, Asbrandur.'

Er gab keine Antwort, doch bekam er einen etwas verlegenen Ausdruck, der Halunke. Während der nächsten Tage, wenn ich das Boot hielt und er die Fangleine einholte, bemerkte ich einige Male, daß er kurze Blicke über die Schulter warf. Vielleicht haben da meine Gedanken das Luder etwas unangenehm im Rücken gekitzelt. Doch es war nichts zu befürchten, dafür bürgte die Harmlosigkeit und die Kraftlosigkeit des Zeitcharakters. In der heutigen erbärmlichen Zeit stehen einem keine edlen Waffen zur Verfügung, aber ein ganz hübscher Weidenknüppel lag unten am Landeplatz auf der Geröllbank. Er war an einem Ende dünn, doch wurde er zur Mitte zu dicker, und am anderen Ende hatte er einen gewaltigen Knorren. – Doch wir landeten und stießen ab, landeten und stießen ab, ohne daß ich den Knüppel berührte. Immer, wenn es zur Tat kommen sollte, schien es, als ob zwei gewaltige Kräfte mich zurückhielten, die Glut in mir erstickten und mich mit meiner Schmach aussöhnten. Die eine war ohne Zweifel das Christentum, Herr Pastor, und die andere – ja, die andere war, mit Verlaub zu sagen, das Zuchthaus. So war es – oder vielmehr: Es war der Widerwille dagegen, sich der Weichlichkeit des Zeitcharakters zu fügen, der einen für gerechten Totschlag ins Zuchthaus sperrt, statt mannhaft zu reagieren, wie man es in alten Zeiten tat."

„Denke an Gott, lieber Eymundur, und sprich nicht so", sagte ich. „Und nun wird es für dich bald notwendig, Demut in vollem Maße zu zeigen und die Gnade des Herrn zu suchen. Seiner Führung hast du es zu verdanken, daß du damals doch eine sündhafte Neigung überwandest, trotz allem."

„Doch, doch, ich überwand mich selbst insofern, als ich nie den Weidenknüppel ergriff, das ist wahr, aber – nun ja, das Weitere kommt noch. Bald danach trennten wir uns,

Asbrandur und ich, denn es gab so gut wie keine Fänge mehr, und so ging ich nach Hause.

Asbrandur war sehr daran gelegen, daß ich im nächsten Herbst wieder bei ihm fischte, doch ich war nicht dazu zu bewegen. Auch schien es mir, daß auf diese Weise jeder von uns das bekam, was besser für ihn war – die Zungenspitze verirrte sich nicht selten in die Zahnlücke, und die Maulschelle wollte nicht in Vergessenheit geraten.

Ach ja, mir wäre es in vieler Hinsicht am angenehmsten, wenn ich diesen Bericht hier abschließen könnte, doch ein bißchen ist noch hinzuzufügen. Der zweite Teil der Beziehungen zwischen Asbrandur und mir spielte zwei Jahre später. Es war jammerschade, daß unser Verhältnis wieder auf eine Schäre stieß, denn ich war auf dem Wege der Vergebung ein gutes Stück vorangekommen, und man soll ja, glaube ich, sich heutzutage die Nachsicht zu eigen machen. Aber da war der Umstand, daß meine Schwester Sigga damals Magd auf Svartanes war; das ist das nächte Gehöft zu Ytri-Vik, wie wir beide wissen. Sie kennen die alte Jorunn, die dort wohnt. Sie ist jetzt hochbetagt, die Ärmste, schon über achtzig; doch habe ich sie im Verdacht, daß sie ihre alten Gewohnheiten noch nicht ganz abgelegt hat. In jenen Tagen war Jorunn die Bäuerin auf Svartanes und in der Blüte ihres Lebens, kann man sagen. Sie war in mancher Hinsicht eine gute Frau, doch ein klein wenig komisch; sie war äußerst gefällig gegen Gäste und Wandersleute und ungewöhnlich lebhaft. Es war eine Sache für sich, daß Jorunn, wenn sie der Annäherung von Mann und Frau die Wege ebnen konnte, sozusagen in ihrem Element war – dann konnte sie die Schlafstube vorne im Gehöft zur Verfügung stellen, Unterstützung geben, im Gang aufpassen, kleine Lügen darüber erfinden, wo gesuchte Personen sich aufhielten, und dergleichen mehr. Und es machte ihr auch nichts aus, wenn es ein verbotenes Verhältnis war. Das war Jorunns Natur; es war ihr eine Freude, dem Leben und Weben ihren Dienst zu erweisen, wie es sich auch sonst verhielt. Nun wußte ich allerdings nicht genau, ob es schon so weit gediehen war, daß Jorunn die Schlafstube verriegelte oder sonstwie diese Dinge deckte – und damit meine ich nicht zuletzt einiges andere, was draußen auf der Landzunge vor sich ging. Doch aus zuverlässiger Quelle kam mir zu Ohren, daß Asbrandur jetzt häufiger Gast auf Svartanes war, obwohl er verheiratet war.

Asbrandur pflegte meistens damit zu beginnen, daß er die Mädchen in den Achselhöhlen kitzelte und sie so in Fahrt brachte, daß sie kicherten, kreischten und schrien, und es erwies sich, daß kaum ein Bauernmädchen ihm auf die Dauer widerstand. Gewöhnlich steckte er ihnen eine Schleife, eine Schürze oder sonst eine Kleinigkeit zu, um sie für sich zu gewinnen, doch stürzte er sich ihretwegen sonst nicht gern in große Unkosten. Die Folgen durften sie selber tragen, falls sich welche einstellten, denn Asbrandur verhielt sich nach Meinung aller recht unbillig – er bezahlte weder Schmerzensgeld für Schlägereien noch Alimente.

Ich konnte mich nicht darauf verlassen, daß Sigga sich standhafter als irgendeine andere erweisen würde. Sie war ausgelassen und nachgiebig, das arme Ding, und außerdem in der Schule der Erfahrung noch nicht weit gekommen; ihre Erziehung war in gewisser Hinsicht mangelhaft. Doch war sie in vielen Dingen recht begabt, sah stattlich aus und war eine flinke Arbeiterin, sowohl in wie außer dem Hause. – Asbrandur hatte bei mir etwas ausstehen, der Hundsfott, und mir war, als würde sich die Schuld verdoppeln, wenn es so weiterginge; ich fühlte meine Pflicht als Bruder, und Sigga war mir ein zu guter Bissen für die Hundeschnauze.

Und da geschah es, daß ich Asbrandur anbot, eine Zeit bei ihm zu fischen. Er nahm mein Angebot erfreut an, und – ich ging wieder nach Ytri-Vik.

Wir platschten also zu zweit auf einem Viermannboot wie früher, ruderten manchmal weit und manchmal weniger weit hinaus und fischten mit unterschiedlichem Erfolg.

Wie Sie wissen, verhält es sich mit dem Landeplatz in Ytri-Vik folgendermaßen: Er liegt hinter einer Klippe, fast eine Viertelstunde Wegs vom Gehöft entfernt; man hat dort also günstige Gelegenheit zu einer Schlägerei ohne Zeugen. Doch mir ging es genau wie vorher, lieber Herr Pastor. Der Weidenknüppel lag nach wie vor auf der Geröllbank, ein gut geeignetes Stück Holz, schwer und naß vom ständigen

Regen. Doch es kam auf dasselbe hinaus: Asbrandur trug seinen Kopf heil und unversehrt vom Landeplatz nach Hause, Tag für Tag und Woche für Woche; dabei blieb es durchaus nicht aus, daß er mich durch sein Verhalten gegen sich aufbrachte, denn er war ständig mit einem Fuß draußen auf Svartanes und machte kein Hehl aus seinem Anliegen dort – er brüstete sich sogar mit seinem Glück bei Frauen, wenn er guter Laune war.

Ich muß Ihnen sagen, Freund, daß es während dieser Wochen oft in mir kochte. Und die Sache wurde dadurch nicht besser, daß ich sehen mußte, wie Sigurlaug in Ytri-Vik, die arme Frau, manchmal verweint und außer sich vor Verzweiflung war. Vielleicht glaubte sie, daß ich die Verbindung mit Svartanes unterstützte oder daß ich die vorübergehende Verschwägerung mit ihrem Ehemann als eine Ehre ansah, um so mehr, als nie ein Wort gegen Asbrandur von meinen Lippen kam. Sie konnten ihre Gedanken verbergen, unsere Vorväter, und in der Regel behielten sie ihre Pläne für sich, wenn sie sich im stillen auf große Taten vorbereiteten.

Dann, spät im September, geschah es. Wir waren auf den Nupagrund hinausgerudert, doch hatten wir kaum etwas gefangen. Es wehte ein steifer, ablandiger Wind, und auf dem Wege zum Land mußten wir uns schwer in die Ruder legen; doch als wir in Lee der Küste kamen, herrschte vollkommene Windstille, und danach ruderten wir rasch an den Geröllbänken vorbei zum Anlegeplatz. Es war an einem Sonnabendabend, und als wir in Ytri-Vik anlegten, war es schon ziemlich dunkel.

Kurz bevor wir landeten, sagte Asbrandur zu mir so leichthin: ‚Du kannst diese Stichlinge allein ausnehmen, denn wenn ich mit dir das Boot auf Land gezogen habe, will ich zum Spaß nach Svartanes hinausbummeln. Sag Sigurlaug, daß sie meinetwegen nicht aufzubleiben braucht, denn es ist ungewiß, ob ich heute abend nach Hause komme. – Willst du deine Schwester Sigga nicht grüßen lassen?‘

Darauf legte ich wenig Wert. Doch in diesem Augenblick war es, als ob mir eine höhere Stimme zuflüsterte, es sei am richtigsten, wenn ich kein Haar auf dem Haupt dieses

Mannes krümmte, sondern ihm gestattete, heil und unversehrt über die Grenze zu gehen.

Im selben Augenblick lief das Boot auf; ich sprang auf den Strand hinauf und nahm das Bootstau mit. Das Boot war ein klein wenig leck, und als wir die wenigen Fische auf die Klippe geworfen hatten, begann Asbrandur zu schöpfen; währenddessen trug ich die Ruder den Strand hinauf, wie es unsere Gewohnheit war, um das Boot für das Aufsetzen leichter zu machen. Doch dürfte ich versäumt haben, Freund, vorne am Boot festzumachen, denn als Asbrandur das meiste Leckwasser ausgeschöpft hatte und aufblickte, trieb der Pott schon davon, und der ablandige Wind umschmuste ihn bereits auf dem stillen Wasser, wenn es auch einstweilen noch langsam ging. Es geht dort steil ab, na ja, und zu jener Zeit war die Schwimmkunst kaum bekannt. Später habe ich oft darüber nachgedacht, wie schrecklich hilflos der Mensch ist, wenn nur mal eine Kleinigkeit nicht stimmt.

‚Bring den Kahn aus, Mundi, bring den Kahn aus, Junge – bring den Kahn aus!' rief Asbrandur in einem fort und war ziemlich aufgeregt. Dort am Landeplatz war nämlich ein kleiner Kahn, und er wollte, daß ich ihn zu Wasser ließe.

‚Lauf und bring den Kahn aus', schrie er wieder.

Nun war es natürlich verkehrt von mir, den elenden Kerl zu ärgern, doch der Hafer stach mich. ‚Das sind meine Backenzähne', rief ich ihm zu.

‚Sind was, sagst du?' rief er zurück.

‚Meine Backenzähne, Bak-ken-zäh-ne, hörst du! Und, As-bran-dur, ob ich grüßen lasse, fragst du. – O doch, es freut mich, wenn du einen Gruß von mir bestellst.'

Asbrandur bot jetzt ein schlimmes und zugleich komisches Bild. Er raste fluchend von einem Ende des Bootes zum anderen und fuchtelte mit den Armen, als wollte er die ganze Welt verprügeln. Für kaum ausgewachsene Leute wäre es nicht ratsam gewesen, ihm in die Klauen zu kommen, denn er war ein Riese an Kraft und außerdem ein ganz verfluchter Raufbold. – ‚Doch das gereicht uns jetzt zum Vorteil, daß wir mehr Mannschaft haben', sagten die Alten, ruhig und bestimmt.

Ich machte mich daran, den Fisch auszunehmen, wie mir aufgetragen war, und hängte ihn dann im Trockenschuppen auf. Die Dunkelheit brach herein, und das Boot war nur undeutlich zu erkennen, denn es trieb ziemlich schnell im zunehmenden Wellengang fort. Doch eine gute Weile hörte ich noch Asbrandurs Gebrüll und Verwünschungen.

Ich trug die Ruder hinunter ans Wasser und übergab sie dem ablandigen Wind, ganz wie das andere, das voraufgegangen war. Nach verrichteter Sache ging ich heim nach Ytri-Vik und bestellte, was zu bestellen ich gebeten worden war: daß man wegen Asbrandur nicht aufzubleiben brauchte, denn es wäre ungewiß, ob er heute abend nach Hause käme – er hätte sich entschlossen, zum Spaß nach Svartanes hinauszupaddeln. Ich änderte nur ein einziges Wort in diesem Entschluß: *Er* hatte gesagt, daß er hinausbummeln wollte, und ich sagte ‚paddeln', um das Verschwinden des Bootes zu erklären. Und ich glaube, daß dies die einzige bewußte Unwahrheit in meinem Leben ist.

Doch ist es eine andere Sache, lieber Herr Pastor, daß – daß steifer, ablandiger Wind für ein ruderloses Boot ein sehr mißliches Ding ist, und das alles ist mir manchmal abscheulich genug vorgekommen, wenn ich so recht darüber nachgedacht habe. Doch wie ich schon sagte: Daran ist allein der Zeitcharakter schuld. Es wäre viel mehr nach meinem Sinn gewesen, mit dem Schwert zu hauen oder zu stechen.

Ich habe nach Ihnen geschickt, doch das ist nicht so zu verstehen, daß ich mich nach Oblaten oder Meßwein sehne. Nein, es geht mir vielmehr um die geweihte Erde – mir wäre es ziemlich unangenehm –, oder richtiger gesagt: Ich wollte mich unter keinen Umständen unrechtmäßig auf den Kirchhof stehlen, Freund."

Hier endet die Handschrift des Pastors unten auf der Seite, nur daß mit Bleistift eine kurze Betrachtung über die Grausamkeit des Altertums hinzugefügt ist. Doch da diese Bemerkungen zum Teil anfechtbar scheinen, es sich wahrscheinlich nur um einen Entwurf handelt, und auch weil sie – in diesem Zusammenhang – den Ausgang der Sache nicht zu ändern vermögen, ist es den Umständen nach gerechtfertigt, sie fortzulassen.

Ivar Lo-Johansson

Der Pantoffelpage

Jäh und unruhig wie ein Schadenfeuer flackerte in Schonen der Erntestreik auf. In Windstößen von Blockadezetteln, bedruckt in der altertümlichen Typographie der Provinzdruckereien, verbreitete sich das Gerücht, und immer mehr Höfe schwirrten davon. Betagte treue Diener, viele mit vaterländischen Medaillen an der Brust, standen an den Eingängen der Insthäuser. Sie verfolgten, wie schwedische Länsleute, bedient von ins Land gerufenen galizischen Landproletariern, ihren Hausrat auf die Straße warfen. Von dem idyllisch umrauschten Lund hatten sich arbeitswillige Studenten angesagt, von Malmö Tippmädchen. Doch die Tippmädchen näherten sich, als sie melken sollten, in engelhafter Unschuld den mausgrauen Bullen statt den Kühen, und die bartlosen Studenten mußten im Umgang mit den neuen Arbeitskameraden konstatieren, daß ihre Kenntnisse in den slawischen Sprachen ganz abhanden gekommen waren. Tag für Tag sah man Streikende, die sich selbst vor den Wagen gespannt hatten, mit ihrem Hausrat davonziehen. Und mitunter saß ein Greis mit der Treuemedaille auf dem Rockaufschlag zuoberst auf der Fuhre, während die Jüngeren zogen. Auf der Allee trippelten Kinder dahin, die ein widerborstiges Schwein am Ohr mit sich fortzogen. Und wohin man auch kam, überall sprangen einem die bereits verblichenen Zettel in die Augen: „Arbeiter, werde nicht zum Verräter! Arbeiter, laß deine Klasse nicht im Stich!"

Doch Arbeitswillige meldeten sich nach wie vor. Einer von ihnen war der Sohn eines Pantoffelmachers, der allgemein der Pantoffelpage hieß.

Unerbittlich rollte der Donner des Streiks nun nach

Süden. Daheim in seiner Stube auf Fältskövle saß mit heißem Kopf Gladh, der Agitator der Landarbeiter, und schrieb. Über den Tisch hatte er ein Stück grauer Pappe gebreitet. Briefe, Berichtslisten und Blockadenotizen lagen darauf verstreut. An einem Stempelständer hing wie ein Kind an einer Schaukel der Stempel der 32. Landarbeitergruppe.

„Die Hunde kriegen Verstärkung", sagte er, zur Hausfrau gewandt. „Heut abend muß ich 'raus und den Neulingen auf den Zahn fühlen."

„Geh nicht, bitte!" bettelte die Frau am Herd. „Du riskierst ja jetzt dein Leben."

„Nur ganz kurz, nur 'n bißchen vorfühlen. Wenn jemand kommt, dann bin ich in Gewerkschaftsangelegenheiten unterwegs. Nur keine Dummheiten jetzt!" sagte der Mann und drückte den Stempel erneut aufs Papier.

Als es zu dunkeln begann, schlich er sich davon. Er war allein. Vorsichtig näherte er sich dem von abgestandener Kulturhistorie angefüllten Schloßpark. Von der Beschriftung an den Buchenstämmen war nur noch ein unleserlicher Schimmer zu sehen. Unter den Bäumen standen verwaiste Ruhebänke. Zwischen den von Buschwindröschen bestandenen Beeten hatte der Besitzer Reitwege angelegt. Mitten im Park lag der verödete Schwanenteich.

Rechts erhob sich ein einsames Insthaus. In einem leeren Wasserfaß dicht am Weg war einer der Arbeitswilligen nach des Tages Last und Müh eingeschlafen. Obwohl er, um sich unsichtbar zu machen, zusammengekrümmt im Faß lag, erkannte ihn Gladh sehr wohl wieder. Es war der Pantoffelpage. „Nur 'nen kleinen Rundgang", murmelte der Agitator und schlich sich näher. „Nur 'nen kleinen Abendspaziergang, wenn einen alles so anlacht. So, ja..."

Am Ziel angelangt, stemmte er sich mit den Füßen gegen die Mauer und stieß die Tonne mit unerhörtem Kraftaufwand um. Die leck gewordene Tonne bewegte sich zuerst nur widerwillig, kam dann aber rasch in Fahrt. Unter ohrenbetäubendem Gepolter und Gedröhn rollte sie den Steilhang hinunter, schien sich angesichts des wehrhaften Burgturms für einen Augenblick aufzubäumen, wurde aber gleich darauf wie aus der Kanone geschossen in den Wallgraben geschleudert.

Das Gift des Streiks tat schließlich auch in den Reihen der Arbeitswilligen seine Wirkung. Rundum auf den Gütern wurden nervenaufreibende Kämpfe ausgefochten. Die Arbeitswilligen ihrerseits betrachteten sich als der Gutsbesitzer liebstes Kind, und die freiherrlichen Gutsbesitzer sahen sich gezwungen, die Streikbrecher davonzujagen. Als der Staat die Schutzwehr nicht mehr bezahlen wollte, hatten die Arbeitswilligen Angst, sich abends auf der Straße blicken zu lassen. Ehemals bewacht wie die Muttersöhnchen, mußten sie nun erfahren, wie sie fallengelassen, allenthalben beschimpft und von allen Parteien verfolgt wurden. Die Gesellschaft, die sich erst kürzlich einen Spalt breit für sie aufgetan hatte, hatte sie in diesem Spalt eingeklemmt. Nun zeigte es sich, daß die Gutsbesitzer ihre Freizeit keineswegs in ihrer Gesellschaft verbringen wollten.

Das trieb viele von ihnen zur Verzweiflung, und drei Jahre danach loderten wie Purpur die ersten Racheakte auf.

In unheimlichem Haß auf seinen Arbeitgeber steckte der Pantoffelpage noch am selben Tag, da er wegen Aufsässigkeit auf die Straße gesetzt wurde, sein Insthaus an. Das war sein erster Brand.

Von diesem Tage an schlich sich der Pantoffelpage von einem der riesigen Güter zum anderen. Er legte bei seiner Rache eine erstaunliche Gewandtheit an den Tag, auf sieben Höfen zündete er die Viehställe an, zahllose Tiere verbrannten. Zwei Monate lang, von Dezember bis Februar, stiegen die gellenden Schreie ganzer Scharen von Tieren, das Gewieher der Pferde und das Gegacker der Hühner, zum ohnmächtig blinkenden nächtlichen Sternenhimmel auf.

Der Agitator des Landarbeiterverbandes, nunmehr Vorsitzender des gesamten südlichen Bezirkes, war einmal spät in der Nacht noch wach. Vor sich hatte er seinen von grauem Papier bedeckten Tisch. Plötzlich wurde das Zimmer von einem Feuerschein erhellt. Er rannte hinaus – überall schwarze Nacht, außer an einer Stelle. Es war, als brenne auf der Ebene bei Fältskövle ein ungeheurer Scheiterhaufen.

„Jetzt sind wir an der Reihe“, sagte er zu seiner Frau, zog die Lederjacke an und rannte über Felder und Wiesen auf den Hof zu. Als er näher kam, konnte er sehen, wie die Flammen über den Viehställen zusammenschlugen. Es war ein trostloser Anblick. Vor dem phantastisch weißglühenden Hintergrund sah es sich an, als sprängen die Menschen ziellos hin und her. Bei einer zur Hälfte von verrottetem Grünfutter angefüllten Grube zerrte eine Anzahl von Männern an einem Halfter. Unten standen, nahe am Umsinken, ein paar Färsen, die, als man sie losgemacht hatte, in die Grube gesprungen waren. Im Feuerschein hatten ihre Augen vor Entsetzen einen feuchten Glanz. Und sie arbeiteten sich nur immer tiefer in die Grube hinein. Am Halfter zog inmitten all der anderen auch der Pantoffelpage.

„Was, du hier?“ sagte der eben angelangte Agitator.

„Ich bin zufällig hier vorbeigekommen, und da sah ich, es brennt“, sagte der Pantoffelpage und zog voller Eifer.

„Sind alle Tiere draußen?“ fragte der Agitator.

„Die anderen sind alle noch drin“, sagte der Pantoffelpage, doch einen Augenblick später besann er sich. „Ich weiß ja übrigens nicht...“ Die Schadenfreude wetterleuchtete in seinen Augen. Wie ein Irrer stand er da...

Der Agitator ließ den Strick los und stürmte zum Stall. Man holte gerade die Pferde heraus. Das erregte Gewieher der Pferde war in weitem Umkreis zu hören. Er traf ein Pferd mit einem Feuerwisch in der Mähne, die Mähne brannte wie eine blaue Fackel. Dann kam, einen Wasserschlauch hinter sich herzerrend, der Gutsverwalter angerannt. Durch den Feuerschein waren die Abstände zwischen allen Dingen trügerisch geworden. Auf halbem Wege zum Kuhstall sah er, daß sich die Leute von dem Gebäude zurückzogen. In trostloser Verlassenheit brannte das Haus im Dunkel der Nacht. Der hundert Meter lange Dachfirst sank mit vor Hitze hohlem Rücken in sich zusammen und barst gleich an mehreren Stellen. Jetzt bekam das auf den Heuböden schwelende Feuer erst den richtigen Zug. Wie Fontänen schossen die Flammengarben aus allen Öffnungen. Das Brüllen der Tiere im Innern des Gebäudes hörte sich immer dumpfer an.

„Holt denn keiner wenigstens den Bullen 'raus?" fragte jemand im Vorüberhasten. Er erkannte in ihm den Verwalter. Der Wasserschlauch schleifte hinter ihm her.

Der erregte Agitator stürzte in das Gebäude. Auf dem Stallgang traf er auf ein paar Kühe, die hinaus wollten, als sie den Rauch da draußen zu Gesicht bekamen.

In einiger Entfernung davon, unter einem im Dach gähnenden Loch, stand eine Kuh mit einem brennenden Heubund auf dem Rücken. Die Kuh wand und krümmte sich und warf sich dann gewaltsam zu Boden. Das Heubund lag noch immer auf ihrem Rücken und brannte munter weiter. Als eine braune Feuerlohe erhellte es ringsum die Nacht.

Gladh rannte in den Rauch hinein und knüpfte alle Halfter auf. Waren sie auch losgebunden, so blieben die Tiere doch an ihren Plätzen. Die Kuh mit dem Heubund sprang plötzlich hoch und warf das Feuer ab. Wo der Feuerwisch noch eben gelegen hatte, war gleich einem schwarzen Läufer ein versengter Fleck zu sehen. Nun schnappte die Kuh nach dem brennenden Heubündel und fraß davon. Durch eine Rauchwolke näherte sich der Agitator dem Bullen.

Den Kopf gegen den Boden gestemmt, stand das edle, aus erlesenem Niederungsblut stammende Tier da. Von mausgrauer Farbe, unterschied es sich nur geringfügig von dem Rauch ringsum. In kurzen Zwischenräumen stieß es ein nervöses, einer Sirene ähnliches Geblök aus. Und angesichts des Fremden erwachte im Nu sein noch durch nichts gebrochener Verteidigungswille.

Der Agitator warf sich über das Genick des Bullen und knüpfte das Halfter auf. Im selben Augenblick stürzte ein Balken in den angrenzenden Stand hinunter. Der Stand und alles um ihn her waren erfüllt von dem in dichten Schwaden hervorquellenden Rauch. Ein wütender weißglühender Feuerschweif wurde dem kläglich wimmernden Bullen an den Bauch gespien.

Da überkam ein ungeheuer befreiendes Gefühl – das Gefühl zu handeln, statt zu reden – das Herz des alten Agitators wie eine Verheißung. In einem Winkel entdeckte er einen Besenstiel. Mit aller Gewalt ging er zur Attacke gegen die Fenster über dem Standort des Bullen vor. Die Glasscheiben klirrten, eine nach der anderen, die Luft wurde für einen Augenblick aufgefrischt, hell erleuchtet lag der langgestreckte Kuhstall da, gleich einem Operationssaal. Und alle Tiere wälzten sich von neuem in hellen Haufen auf die von den Spitzen der Hörner durchstochene Tür zu.

Plötzlich bestieg der Bulle die zunächst stehenden Kühe. Die Masse der Rücken drängte zum Ausgang. Durch den Druck wurden die Doppeltüren aufgebrochen, und der Bulle suchte sich mit einem einzigen Satz über das gesamte Hindernis hinwegzuwerfen.

Erst als alle Tiere in Sicherheit waren, rannte auch der Agitator hinaus. Winzige Flammen hatten sich an ihn geheftet und hüpften ihm neugierig über Anzug und Haar. Hinter ihm stürzten mit einem unnatürlichen Seufzer Tausende Tonnen von Heu in die leeren Stände.

„Alle sind draußen, Wasser her!“ schrie er und reckte mitten im Laufen seine Hände der vom Wind gekühlten Nacht entgegen.

„Wasser zum Agitator! Seid ihr denn taub?“

Ein vom Wind zerfetzter, unartikulierter Schrei der Bewunderung empfing den Sieger.

Die losgebundenen Tiere irrten allenthalben unter den vereinzelt blinkenden Sternen umher.

Im Schnee kniete die Kuh mit dem verbrannten Rückenfleck. Der Verwalter war gerade im Begriff, das Tier mit einem Schlachtmesser abzustechen.

„Brannten etwa die Glühbirnen? War da drinnen etwa Licht?“ fragte der Verwalter im Vorübergehen – er wußte, daß auch der Bulle gerettet war, und war jetzt schon etwas beruhigter. „Wenn ja, dann ist’s Brandstiftung. Dann müssen wir den Schuldigen festnehmen.“

Mit einem Ruck zog er der Kuh das Schlachtmesser aus dem Hals. Sie stöhnte kaum merklich, dann sank sie wie ein schwerer Sack zusammen. Und war tot.

„Der Pantoffelpage ist’s, nehmt den Pantoffelpagen fest, ich möchte darauf schwören, daß er’s ist“, sagte Gladh nun, nachdem er alle Feuerfunken im Haar mit einem Gemenge aus Schnee und Wasser gelöscht hatte, schon weit gleichmütiger.

Eine Schar von Männern war noch immer damit beschäftigt, die Kühe fortzutreiben, die sich eigensinnig wieder in den brennenden Stall zu drängen suchten. Da war nicht weit entfernt ein Schrei zu hören, man solle doch den Bullen aufhalten, damit er nicht noch jemanden zugrunde richte. Doch der Bulle war bereits im Begriff, sich draußen auf den Feldern zu amüsieren. In der Grube lagen immer noch die Färsen, doch jetzt mit zum Himmel gekehrten Hufen.

„Er ist's, da bin ich ganz sicher", sagte Gladh und starrte gedankenverloren in die Grube hinunter. „Ich hab's ihm ja angesehen, als er vor kurzem hier stand. Seinen Augen hab ich's angesehen."

Der Pantoffelpage war spurlos verschwunden, wie man auch suchte, man fand ihn nicht. Doch ein paar Tage darauf wurde er in einem Wirtschaftsgebäude ertappt, als er gerade mit einigen Streichhölzern und einer Reibfläche dasaß. Durch eine Türritze beobachtete er eine Reihe von Viehställen.

„Kennen Sie einen gewissen Sekretär, einen Agitator der Landarbeiter, ehemals Vorsitzender im zweiunddreißigsten Bezirk?" fragte zu Beginn der Voruntersuchung der Länsmann, der nach der modernen, psychologischen Methode verfahren wollte.

„Einen Dreck kenn' ich", sagte der Angeklagte verbittert, kehrte die Handteller nach außen und wollte wieder seiner Wege gehen. Sobald er den Agitator aber zu Gesicht bekam, vergaß er all sein Leugnen.

Kochend stieg der Haß in ihm auf.

„Der Schuft hat mich mal ersäufen wollen!" schrie er, schäumend vor Wut. „In einem Wallgraben hat er mich umbringen wollen, und so einem deckt ihr den Rücken! Der soll mir nur noch mal in die Quere kommen, ich..."

„Dann kennen Sie ihn also doch. Dann haben Sie also auch gesehn, wie er mit Ihnen zusammen am Halfter gezogen hat. Dann läßt sich also bereits sagen, daß er sich auf Doppelzüngigkeiten eingelassen hat", sagte der Leiter des Verhörs und schnaufte vor Zufriedenheit über seinen Scharfsinn.

„Nehmen Sie das bitte zu Protokoll!"

Aus dem Verhör ging hervor, daß der Angeklagte die Absicht hatte, noch weitere vier Höfe niederzubrennen. Ihre Besitzer hatten seinen Unmut erregt. Sie hatten ihn verärgert während der Zeit, da er Arbeitswilliger gewesen war – während des Streiks.

„Was für verdrehte Zeiten!“ sagte einer von den Sprechern der Arbeitgeber, als man vorschlug, daß Gladh für seinen Einsatz beim Brand mit einer Medaille ausgezeichnet werden solle. „Einer von unseren Feinden, den Feinden der Feudalherren, rettet das Vieh, rettet Hunderttausende von Kronen für uns, während einer von unseren ‚Freunden‘ nichts weiter zu tun hat, als herumzulaufen und alles anzustecken.“

„Das Vieh war's, ich hab's nicht mit anhören können, wie's da so gebrüllt hat“, sagte der Sekretär, der Agitator des südlichen Landarbeiterbezirkes, einen Tag vor der Verleihung der Medaille. Er hatte einen Zelluloidkragen um, Hände und Kopf waren voller Brandwunden. Und dann fügte er hinzu: „Die Arbeiter können mehr für euch tun, als ihr euch vorstellt, wenn ihr's nur zu würdigen wüßtet. Die Tiere wissen's zu würdigen.“

Voll Wehmut besah er sich die Medaille auf dem Rockaufschlag, und der medaillengeschmückte Greis auf dem Karren fiel ihm wieder ein.

Artur Lundkvist

Bauerndrama

Auch dies sind Menschen, die ich gesehen habe, Dinge, die sich in meiner Umgebung zugetragen haben.

Alexander ist der erste in dieser Dorftragödie, ein schwerer, langsamer Mann, der sicher auf seinem Hof saß. Er hielt fest, was er hatte, ohne sich abzuhetzen oder bei der Arbeit zu schinden. Trotzdem war er stets in Bewegung, und die Mutter und die Schwester waren ihm dicht auf den Fersen: zähe Arbeit, die keine Eile hatte, weil sie in diesem Leben nie ein Ende nahm. Aber die Jahreszeiten waren Antreiber, die Zeit verging immer zu schnell; die Mutter und die Schwester mahnten ständig, es sei nun nicht nur höchste Zeit, es könne für das eine oder andere sogar schon zu spät sein. Sie mahnten, als seien sie selbst Frühjahr und Herbst, Trockenheit und Regen. Alexander dachte zwar zuweilen ans Heiraten, doch auch das eilte nicht, er hatte ja Frauen im Hause. Er saß mit jedem Jahr sicherer und geborgener da, nicht nur auf schuldenfreiem Grund und Boden, sondern auch mit Geld als Rückhalt. Das Schwere, Langsame war für ihn männliche Stärke und Würde. Er hatte nie danach gestrebt, jung zu wirken, und war schon früh an Vaters Stelle getreten: als Hausherr, als Hofbesitzer.

Die Mutter und die Schwester hatten mit ihrer unwilligen Bewunderung und ihrer nörglerischen Unterwürfigkeit dazu beigetragen, daß er diesen Platz einnehmen konnte. Beide waren mürrisch und grau, ausgeblasen, ohne ein Fünkchen Sonnenschein. Das Höchste, wozu sie sich aufschwingen konnten, war eine Art freundlicher Verdrossenheit. Die Mutter wurde mit den Jahren immer dürrer, leichter und beweglicher. Es raschelte um sie wie Stroh, ihre Beine waren dünne Stäbe in den wurstartigen Strümpfen, die Holzschuhe paßten ihr am besten, wenn sie halb voll Erde waren. Sie schlief nur mitten in der Nacht ein paar Stunden, wie im geheimen, hielt sich und alles andere ständig in Bewegung, war der Geist der Wachsamkeit, das Gewissen der Arbeit, das Auge der Jahreszeit.

Die Schwester glich mehr dem Bruder; auch sie war schwer, hatte pfahlartige Beine, keuchte und litt unter saurem Aufstoßen aus dem Magen. Wenn sie mit jemandem sprach, kam es vor, daß sie plötzlich rülpsen mußte und dann heftig errötete; das machte sie bitter und einsam im Leben. Sie klagte ständig, daß so viel zu tun sei, aber auch, daß man nie genug schaffe. Ihr nörgelndes Klagen brachte zugleich die Langsamkeit des Bruders und den Eifer der Mutter zum Ausdruck. Und wie ohnmächtig, in dem Gefühl, zu nichts nütze zu sein, hatten sich ihre weiblichen Formen allmählich wie in einem Hefeteig verloren.

Eines Tages wurde der Mutter schwindlig; von da an konnte sie sich nicht mehr auf den Beinen halten. Sie war allzu leicht geworden und zu sehr ausgeblasen, hatte keinen Halt mehr und kein Gleichgewicht. Sie lag im Bett wie ein dürrer, krummer Ast, und in ihrem Kopf ging alles durcheinander, Frühling und Herbst, Sonne und Regen, Ernte und Schweinezucht – ihr ganzes Leben. Die durchscheinenden Hände bewegten sich auf der Bettdecke, als ob sie Strümpfe strickten, Essen kochten oder in der leeren Luft Garben bänden, Tag und Nacht. Ihre Augen brannten und flackerten hilflos, wütend. Wütend auch dann noch, wenn sie den Grund ihrer Wut schon wieder vergessen hatte. Niemand hörte auf sie, alles flog und wirbelte hinweg wie Spreu im Wind. Sie aß nichts, ließ nichts von sich. Sie wurde wie ein grauer Faden auseinandergezogen und riß. Man hatte fast nichts in den Sarg zu legen: ein paar Knöchelchen, umhüllt von trockenen Hautgebilden, ein wenig verfilztes Haar, das aussah wie graue Flechte.

Der Mutter beraubt, versank die Schwester in sich selbst wie in einem Sumpf. Sie wurde immer mürrischer, es gärte und brodelte in ihr. Mit der Arbeit war bei ihr nicht mehr viel los, sie zankte und keifte nur noch. Sie hatte nichts, brachte nichts zuwege, taugte zu nichts, wußte nicht, was aus ihr werden sollte. Die treibende Kraft, der wachsame Geist war nicht mehr; alles verschlechterte sich auf dem Hof, die Jahreszeiten türmten sich drohend vor der liegengebliebenen Arbeit auf. Die Schwester durfte in ein Häuschen umziehen, wo ihr Sauerteig in Frieden ausgären konnte, während sie alterte. Alexander wagte einen abenteuerlichen Schritt. Er nahm sich eine Haushälterin.

Sie hieß Botilda. Für ihn war sie ein hübsches Mädchen, noch keine dreißig, füllig und weiß unter schwarzen Haaren. Sie besaß überhaupt nichts, aber daran dachte er nach kurzer Zeit kaum noch. Statt dessen wurde ihm bewußt, daß er sich den Fünfzigern näherte; ihn überkam das ungewohnte Gefühl, es habe Eile, die Jahreszeit sei vorgeschritten und drohe ihm zu entgleiten. Botilda ließ ihn einen Teil von sich sehen, ließ sich auch im Vorbeigehen berühren, aber mehr gab es nicht als Vorschuß. Das machte einen guten Eindruck auf ihn, deuchte ihm eine ehrbare, zuverlässige Sache. Der Entschluß kam fast von selbst. Sie heirateten. Er hatte ein unsicheres Gefühl, als sei er auf die Spitze eines Baugerüsts gestiegen, als gehe er aufrecht auf einem Dachfirst. Zugleich aber fühlte er sich jünger denn je, sorglos, kühn, lebendig – ein Mann in der Blüte des Lebens, im vollen Sonnenschein.

Vieles wurde nun anders. Das Bauernhaus wurde gestrichen und sah sich gar nicht mehr ähnlich. Und Botilda war von Anfang an eine reife Frau: Er glitt in sie wie in eine überwachsene Quelle, ohne je den Grund zu erreichen, heimlich erschauernd in all seiner Junggesellenunschuld. Für ihn wurde sie auf andere Weise zu den Jahreszeiten, als es die Mutter gewesen war: nicht indem sie an aller Arbeit auf dem Feld, mit der Ernte und dem Vieh teilhatte und sich darum sorgte, sondern indem sie von innen heraus wirkte, mit der stetigen, saugenden Kraft einer Pumpe. Sie forderte von ihm die Ausführung und Erledigung aller Aufgaben wie etwas Selbstverständliches, Unbestreitbares, ein für allemal Abgesprochenes. Er mußte sich vor ihr behaupten, mußte lebhafter werden und kam ihren Forderungen nach, indem er sich selbst und alles andere, Vieh und auch Pflanzen, unermüdlich antrieb, indem er aus allem mehr machte und selbst mehr wurde, mehr schaffte, mehr wog, als Person und als Hofbesitzer.

Auch Botilda wog von Jahr zu Jahr mehr, schließlich von Monat zu Monat: Sie wog ihn ein für allemal auf. Sie wurde schwanger und gewaltig dick, füllte bald die Türöffnung aus, nahm am Tisch, auf dem Sofa, im Bett allen Platz ein, unter der Haarkrone nun mehlig weiß wie eine Bäckerin. Anfangs war Alexander stolz auf ihre zunehmende Mächtigkeit, zufrieden mit seinem eigenen, verdienstvollen Werk, seinem Triumph, ja geradezu seiner Rache. Sie brachte einen Sohn zur Welt und nach gut einem Jahr noch einen; zwei krabbelnde Wesen, die an ihrem wogenden Euter von Brust einem anderen Geschlecht anzugehören schienen als sie selbst. Angesichts dieser gewaltigen Mütterlichkeit wurde nun auch Alexander kleiner: sie wog ihn auf, und er kam sich vor, als zapple er in der Luft, im leeren Raum. Der Triumph gehörte ihr: ein Regiment der siegreichen Fruchtbarkeit.

Alexanders Kräfte begannen zu schwinden. Er fühlte sich innerlich leer und in den Gliedern steif; das Alter klaffte zu seinen Füßen wie eine dunkle Grube – und dabei hatte er sich noch vor kurzem so jung gefühlt. Er trank warme Milch im Kuhstall; er trank heimlich rohe Eier, zerdrückte die Eierschalen in der Hand und verbarg sie in den Taschen, bis er sich ihrer an einem sicheren Ort entledigen konnte. Aber nichts schlug an. Botilda war wie eine bodenlose Tiefe zwischen hohen und furchtbar weichen Hügeln. Und sie war zwanzig Jahre jünger! Verbittert erkannte er, daß er sein halbes Leben weggeworfen, daß er es nicht, wie angenommen, aufgespart und nun wie ein Kapital mit Zins und Zinseszinsen zur Hand hatte. Ihm kam es vor, als umschließe sie ihn von allen Seiten wie zäher Lehm, durch den er hindurchwaten mußte, bis die Beine widerstandslos einknickten.

Eines Morgens sah er ein paar ihrer Hemden auf der Wäscheleine, vom Wind aufgeblasen, erschreckend riesig, wild flatternd. Zuerst fuhr er zusammen, dann stürzte er hin und zerrte sie wie rasend von der Leine, wobei er einige zerfetzte.

Er besaß einen Junghengst, einen Einjährigen, den man noch nicht zum Wallach gemacht hatte. Plötzlich konnte er ihn nicht mehr ausstehen. Er schnappte nach Luft, wenn er ihn nur sah, diesen jungen Hengst, der sich in seinem Stand aufbäumte und brünstig wieherte, so daß es über den ganzen Hof schallte. Alexander geriet außer sich und begann ihn im Stall mit der Peitsche zu schlagen. Er wollte ihm beizeiten Mores lehren, ihm zeigen, wer der Herr war! Der Junghengst kroch in sich zusammen, am ganzen Körper zitternd, die Augen rot vor Haß.

Einmal sah er seine Stunde gekommen, er keilte aus und traf den Mann. Mit zerschmettertem Schädel blieb Alexander im Stallgang liegen.

Botilda, nun eine junge Witwe mit zwei unbändigen Bälgern von Jungen, bewirtschaftete den Hof mit Hilfe von Gesinde. Sie arbeitete nun auch draußen mit, naß und schweißglänzend; sie hatte ihr Gewicht in Kraft verwandelt, war eine Bauersfrau von prächtigem Ausmaß geworden. Alle konnten sehen, daß, mit ihr verglichen, die Magd gar nichts war, weder als Arbeitskraft noch als Frau. Der Schweiß badete sie milchweiß unter dem schwarzen Haar, die Arbeit erfrischte sie. Ihr Mund war naß, ihr Blick von Feuchte gemildert, ihr Geruch der des Weibes. Sie verlangte nach einem Mann, die jugendliche Witwe; aber mit starkem Willen beherrschte sie ihren Körper, unterdrückte ihn und wartete nach dem Tode des Gatten die Zeit ab, die schicklich war.

Dann kam ein neuer Mann auf den Hof, einer, der irgendwohin unterwegs war und hier aufgehalten wurde. Als Botilda ihn sah, wußte sie sofort, was sie wollte, und nichts vermochte sie daran zu hindern. Worauf sollte sie denn noch warten? Das vorige Mal hatte sie des Hofes wegen geheiratet, nun verlangte die Natur ihr Recht. Diesmal würde sie aus Leidenschaft heiraten.

Er hieß Falck und war, wie er sagte, zur See gefahren. Er kam wie gerufen, stark und überwältigend, erhielt einen Bauernhof und eine Frau, Essen auf den Tisch und Arbeit und Rechte: alles prächtig, reichlich und kraftvoll für einen

Mann, der den richtigen Sinn dafür hatte. Aber er hatte ihn vielleicht doch nicht so richtig, er bekam wohl mehr, als er sich je gedacht und gewünscht hatte. Er war ein gutaussehender Bursche, feingliedrig, weich und gewandt, und machte den Eindruck, als sei er viel gelaufen oder auf Schiffsmasten geklettert. Falck war das ganze Gegenteil des schweren, langsamen Alexander.

Er wollte sich vielleicht nur eine Zeitlang aufhalten, nur solange alles noch neu und angenehm war. Doch er blieb dort stecken, als sei er bis zu den Achselhöhlen in eine Lehmgrube gesunken, und er wehrte sich immer weniger dagegen. Der Gedanke, sich aufzuraffen und davonzulaufen, wurde immer kraftloser, traumhafter, war schließlich nur noch ein trügerischer Trost, eine Ausflucht. Botilda durchsäuerte alles mit ihrem Willen, der von ihrem mächtigen Körper ausging, war allgegenwärtig wie ein Geruch, umschloß und trug alles, das Haus und das Land, lebendige und tote Dinge. Falck hatte eine natürliche Schwäche, sich in die Atmosphäre dieses Frauenwillens sinken zu lassen, in die Unerschütterlichkeit dieses Frauenwillens, der ihn umgab und festhielt, so daß er nicht wieder in die Leere seiner früheren Freiheit hinausfiel, in eine Welt ohne Zusammenhang, in unvorherzusehende, verwirrende Ereignisse. Botilda ließ sich von ihm schwängern und heiratete ihn; alles kam so unvermeidlich auf ihn zu wie ein Schicksal. Er war plötzlich ein Mann mit einer Frau und einem Bauernhof, er saß fest, war eingeschlossen. Er konnte unmöglich die Macht über alles ausüben; es band ihn nur, drückte ihn nieder und blieb gleichzeitig halb unwirklich für ihn. Hätte er klar zu sehen vermocht, dann hätte er begriffen, daß er kaum etwas anderes war als ein Knecht. Ein Knecht ohne Lohn oder mit Lohn in Naturalien.

Ja, Botilda zog ihn, den besitzlosen Landstreicher der See, durch die Heirat empor zu sich und dem Bauernhof, doch sie räumte ihm keine großen Freiheiten und Rechte ein; er sollte nicht mit irgend etwas davonlaufen können, sondern unter ihren Fittichen bleiben und für das Seine sorgen: das Ihre. Das wußte sie, darauf baute sie felsenfest, ohne auch nur darüber nachzudenken. Sie war sich dessen sicher, selbst wenn sie am heftigsten entbrannte, umnebelt und wie von Sinnen, wenn sie überrumpelt und beinahe unzurechnungsfähig war, weil ihr Körper – der Körper auf eigene Faust, völlig ihrer Macht entzogen – ihren Willen niederwarf wie einen gefällten Baum (oder eine ganze Gruppe von Bäumen, die gleichzeitig von einem Orkan gefällt wurden) und die Gefühle hervorbrachen wie eine seit langem aufgestaute Flut. Diese Zeit der Flut, diese gewaltige Überschwemmung war indes eine Gefahr; sie drohte, alles Feste loszureißen, davonzuwirbeln und die Wirklichkeit mit dunklem, furchtbarem Schlamm einzuebnen. Doch sie hielt nicht lange an. Botilda wurde ihrer Herr, sie erhob sich wie ein felsiges Ufer über ein immer normaler dahinfließendes Gewässer.

Sie war schwanger, und ihr Leib schwoll entsetzlich an. Sie schien mit einer ganzen Familie schwanger zu gehen statt mit einem einzelnen Kind, mit einem ganzen Wurf, wie ein weibliches Tier. Ihre Beine vermochten sie kaum noch zu tragen, sie gaben nach wie Pfeiler einer unsinnig überlasteten Brücke. Ihr Wille tobte machtlos, halb erstickt unter dieser Schwere und Masse. Aber die Natur war unnachgiebig, sie schritt weiter wie die Jahreszeiten, wie ein stärkerer Wille, der den ihren verschlang. Die Entbindung war lebensgefährlich; immer wieder rissen qualvolle Wehen Botilda aus der Ohnmacht, die Schreie schienen den ganzen Bauernhof zu erschüttern. Als das Kind endlich geboren war, blutüberströmt und halb erstickt, versank sie in lang anhaltende Bewußtlosigkeit. Das Leben verbarg sich wie ein halberloschener Funke in dem gequälten, erschöpften Leib.

Langsam erholte sie sich; der geschlagene, erbitterte Wille nahm Stück für Stück von ihr wieder in Besitz. Die Natur hatte sie in ihrer Gewalt gehabt, hatte sie mitgerissen und dann rücksichtslos besiegt. Nun war sie von ihrer Lust geheilt, war kalt, leer, unversöhnlich. Ihr Wille richtete sich halb nach innen, gegen sie selbst, gegen ihren verräterischen Leib. Sie machte ihre Schwere und Unbeweglichkeit zu einer Festung, zum Mittel und Ausdruck ihrer Unversöhnlichkeit. Sie stand nicht mehr auf, sie strafte den Körper mit Untätigkeit, verneinte sein Leben. Sie tat nichts gegen Verfettung und Schwere, sondern steigerte sie noch, mästete sich, ruhte wie aufgehender Hefeteig unter dem Federbett. Ohne die Wärme der Begierde, ohne den lösenden Schweiß, die mildernde Feuchte um Augen und Mund war sie nun nur noch kalter und herrschender Wille, eine heisere Stimme, ein Gesicht aus erstarrtem Fett, und ihr Haar glich schwarzem Qualm unter Wolken.

Botilda stieß das Kind von sich, als gelte die Erbitterung ihres Willens auch ihm, und erkannte es nicht voll als das ihre an. Die kleine Lena wurde wie eine Pflegetochter gehalten, der Gleichgültigkeit des Gesindes und der Tyrannei der Stiefbrüder preisgegeben. Sie war kränklich und weinte viel, aber nicht laut; der Mund verzog sich zu einem Viereck, und das Weinen zerrann in nassem Schluchzen. Der Vater fühlte mit ihr. Unbeholfen versuchte er, sie zu trösten, bitter glücklich, die Verstoßene für sich zu haben in der Gemeinschaft des Verstoßenseins. Sie begann hinter ihm herzukriechen wie ein kleines Tier, sie kratzte an der Kuhstalltür und wurde in die freundliche Tierwärme hineingelassen, sie spielte in einer Krippe, in einem leeren Legenest, einem halbvollen Häckselkorb. Sie war den Sommer über mit dem Vater draußen, schlief auf den Bodenbrettern eines Wagens, saß neben ihm auf den Geräten, krabbelte auf der Erde und im Gras herum.

Johan und Alex, die Stiefbrüder, wuchsen wie junge Wölfe, machten, was sie wollten, und setzten sich kratzend zur Wehr, in allem unterstützt von ihrer Mutter, umschlossen von ihrem verdrehten Willen, Werkzeuge ihrer Unversöhnlichkeit. Falck hatte keine Macht über die beiden; sie rannten ihm wie kleine Trolle vor den Füßen herum, und wenn er handgreiflich wurde, machte er sich nur unglücklich. Sie wußten die Macht der Mutter hinter sich und waren unbezwingbar. Der ausgesprochene Wille der Mutter wurde durch sie wirksam; sie waren die Söhne, die Erben, und er war ein Hergelaufener, Unbeachteter – nichts.

Falck kam es vor, als würde er von Jahr zu Jahr kleiner und unbedeutender. Er beugte beim Gehen die Knie, als steige er ständig eine unsichtbare Strickleiter hinauf, als trage er in jeder Hand einen vollen Eimer. Die Bartspitzen hingen wie verwelkt nach unten, die Ohren wurden schlaff und schuppig; ein resignierender Bauernknecht und Kuhstallbursche, ein machtloser, erniedrigter Vater. Er wagte nicht mehr, zu sagen, daß er sich ja davonmachen könne, wagte nicht, damit zu drohen; er wagte nicht einmal, daran zu denken, es könne eine Möglichkeit, eine Lösung sein. Er hatte sich so festgefahren, war so unterdrückt, daß er fürchtete, er könnte zu diesem Schluß kommen. Er fürchtete die Freiheit, die er einst gehabt hatte, und seufzte geduldig unter dem Joch. Selbstverständlich redete er sich ein, er bliebe nur Lenas wegen.

Er war inzwischen noch mehr in die Gewalt seiner Frau geraten; seit der Geburt des Mädchens hatte sie ihm jeden Zutritt zu ihrem Bett verweigert. Er bedeutete also gar nichts mehr, war nirgendwo unentbehrlich; er konnte durch jeden anderen Knecht ersetzt werden. Sie verschloß sich vor ihm, wurde völlig unnahbar, war nicht zu erweichen, empfand keine Schwäche mehr. Sie wurde zu einer höheren Macht, spürbar und furchteinflößend auch aus der Entfernung. Sie war wie eine brütende Gewitterwolke, deren Druck ihn in tiefster Stille zum Schwitzen brachte. Er aß mit dem Gesinde in der Küche, bedeutungslos und machtlos auch bei Tisch. Wenn Botilda an die Wand pochte, mußte er kommen und in dem heiligsten Raum, der von ihrem Geruch und ihrer Macht erfüllt war, Rechenschaft ablegen. Sie sah durch ihn hindurch mit ihrem kalten Blick, durchforschte ihn von Kopf bis Fuß und schien sogar eine Fichtennadel im tiefsten Winkel seiner Taschen zu bemerken. Sie billigte verächtlich oder tadelte, begutachtete, entschied und verurteilte mit Worten voller unbestimmter Drohungen. Ihm war dann zumute, als blase ein eisiger Wind durch seinen Leib, als stehe er auf einem Platz, nur mit einem allzu kurzen Hemd bekleidet.

Nachts schlief er mit Lena in einer Kammer, unter einer Decke, die so steif war und unnachgiebig wie Blech, als wollte sogar die Bettwäsche die beiden daran erinnern, daß sie nicht auf Botildas Hof gehörten. Lena war warm, atmete tief und schnaufend, war sein kleiner Kachelofen und schlief auf seinem Arm, an seiner Brust, taute das Gefrorene in ihm auf, bis er heiß wurde und glühte, glücklich inmitten all seiner Heimatlosigkeit. Aber Botilda – in der er nicht mehr die Ehefrau sah, sondern nur noch die brütende, unzugängliche Macht – schien auch nachts über den Hof zu wachen, bereit, am frühen Morgen an die Wand zu pochen und mit heiserer Stimme zu rufen: „Aufstehen! 'raus mit dir!" Und wie von der erwachenden Morgenunrast der Kreatur und der Erde selbst angesteckt, wandte sie sich heftig um, so daß ihr Bett unter dem Gewicht knackte. Er wäre schon von dem Knacken des Bettes erwacht, ohne daß sie ihn hätte zu rufen brauchen.

Wie eine gewaltige Urmutter, wie eine ewig schwangere Göttin thronte sie unter dem Federbett, halb in den Kissen aufgerichtet, und die nackten Arme ruhten wie prallfette Ferkel neben ihr. Botildas Haut hatte die weiße Farbe von Fett, das in schwellenden Falten erstarrt war. Alles Leben sammelte sich in ihren Augen, in denen ihr Wille kreiste wie ein glühender Bohrer. Wenn sie zuweilen das Bett verließ, stützte sie sich auf eine Krücke, die massiv war wie ein Brandhaken; stützte sich auf die Möbel und an den Wänden, hielt ihr halbes Gewicht mit den Armen. Gern stand sie eine Zeitlang am Fenster und starrte hinaus auf ihre Ländereien und Felder; sie kontrollierte ihren Besitz wie ein Herrscher und Feldherr, in sich das Bild all dessen erneuernd, über dem ihr Wille unermüdlich schwebte: ihrem Fundament aus Erde und Ernten.

Johan und Alex waren noch gar nicht alt, als sie begannen, Falck Befehle zu erteilen. „Mutter hat es gesagt!" johlten sie nur und standen breitbeinig, triumphierend da, während er davontrottete. Sie hielten zusammen, waren eines Blutes, eines Willens – die kleinen, stechenden, guten Werkzeuge der Mutter. Lena war nicht von ihrer Art, gehörte nicht zu ihnen. Beide trieben ihre Späße mit ihr, zogen sie an den Zöpfen, zerrten ihr die Haarschleife herunter und trampelten darauf herum, kniffen sie in die Ohren, bespritzten sie mit Wasser. „Kröte" nannten sie die Kleine. Sie brauchten Lena nur anzusehen, und schon begann es, im Gesicht des Mädchens zu zucken; ihr Mund verzog sich, und sie fing an zu weinen, tränenüberströmt, schluchzend. Sie war nicht schön und wurde noch häßlicher, wenn sie weinte. „Sieh dir die Kröte an!“ Mitunter kam der Vater und rettete sie; die Jungen flüchteten vor ihm und riefen von weitem: „Kröte! Kröte!“

Als sie eben halbwüchsig waren, rissen sie schon nicht mehr vor ihm aus. Einmal stürzten sie sich gleichzeitig auf ihn, warfen ihn im Pferdestall zu Boden und rieben ihm das Gesicht mit Pferdemist ein. Dann rannten sie davon. Wankend und halb blind, erhob er sich. Er hatte einiges in den Mund bekommen und mußte sich übergeben. Lena vergaß die eigenen Tränen und führte ihn an die Wassertonne, wusch ihn und trocknete ihm das Gesicht mit ihrem Taschentuch. Das war für ihn ein süßer und bitterer Trost zugleich: besiegt, erniedrigt vor ihr, die er nicht mehr verteidigen konnte, die nun aber ihm half. Sie hatten einander trotz allem, hatten einander im Elend! Er schluchzte und streichelte sie unbeholfen, mit zitternden Händen, die so groß waren wie Schaufelblätter und so hart, daß er sie weder richtig krümmen noch strecken konnte. Sein ganzer Körper war steif, es war lange her, daß er auf Masten geklettert war. Aber wenn sie groß war, würden sie auf und davon gehen, gemeinsam, und sie würden immer zusammenhalten, sich durch nichts trennen lassen und frei und glücklich sein! Viel Trost lag in einem solchen Zukunftsplan.

Johan und Alex wuchsen rasch zu jungen Herren heran, gefördert und getragen von dem potenten Matriarchat. Sie wurden sehr sicher und selbstherrlich, begannen zeitig, sich zu rasieren, traten jedoch noch früher in Gamaschen auf, eine Zigarre im Mund: die jungen Herren des Hofes. Sie waren bemüht, breitbeinig zu gehen, als wollten sie soviel wie möglich von dem Boden betreten, der einst ihnen gehören würde und eigentlich ihnen schon gehörte. Sie machten Geschäfte und taten sich wichtig, verkauften Wald, handelten mit Pferden und Kühen: Große Summen gingen durch ihre noch kindlichen Hände. Sie schafften neue Maschinen an, vertraten neue Ansichten über die Landwirtschaft, stürzten sich auf alles, ermüdeten jedoch bald und begannen etwas anderes. Sie bauten an, modernisierten; es entstand eine Hausfront mit Glasveranda, Fahnenstange und Lauben. In der Veranda oder in der guten Stube spielten sie Karten mit ihren Freunden, die immer beträchtlich älter waren als sie. Auch Alkohol stand bereit.

Oft saßen sie bei der Mutter, erfreuten sich ihres Wohlwollens, fütterten sie mit der eigenen Tüchtigkeit, nahmen milde Zurechtweisungen hin, die wie Liebkosungen wirkten und die leichte Besorgnis einschläferten, die sich gelegentlich in ihnen regte. Sie beratschlagten gemeinsam; die Mutter lag da und dachte alles für sie aus: Das sollten sie tun, das sollten sie sagen. Sie waren eine Familie, ein Blut, ein Wille. Die Jungen waren vom gleichen Stamm, genährt vom gleichen Saft, sie gehorchten und handelten in voller Übereinstimmung. Sie hatten instinktiv die gleichen Ziele, die im Bestimmen, Beherrschen und Geschäftemachen bestanden und im Ausführen von Aktionen, mit denen sie ihr Besitzrecht und ihre Bedeutung in dieser Welt allen zu demonstrieren suchten. Sie verschwendeten nichts für irgendeine Sache um der Sache willen, wohl aber vieles zur Verherrlichung der eigenen Person, nur um zu zeigen, daß sie es konnten, daß sie über die Mittel und Möglichkeiten verfügten.

Nachdem sie der Mutter eine Zeitlang zugesetzt hatten, schafften sie sich ein Auto an, um herumzufahren und gesehen zu werden. Um besser gesehen zu werden. Von mehr Leuten gesehen zu werden. „Da kommen die Alexandersöhne!" sollte es im weiten Umkreis heißen. Schließlich überredeten sie die Mutter, mit ihnen im Auto zu fahren. Sie schwankte eine ganze Weile zwischen Widerstand und Schwäche, zwischen der willensstarken Botilda und der glücklichen, nachgiebigen Mutter. Dann bewegte sie sich, gestützt auf Krücken, Möbel und Söhne, keuchend hinaus. Als sie einstieg, gaben die Federn erheblich nach; das Auto wirkte plötzlich beladen. Sie nahm allein den ganzen Rücksitz ein, thronend wie nie zuvor, wobei ihr Körper und ihre Kleider in schweren Wogen hervorquollen. Sie saß reglos da, das Abbild einer Göttin, nicht um zu sehen, sondern nur um gesehen zu werden. Sie wandte kaum einmal den Kopf, beachtete vielleicht gar nicht, was da draußen vorüberzog, sah nur sich selbst, stolz und mächtig. Mutter von Herrensöhnen, Gutsbesitzern, Zukunftsmenschen. Nun wetteiferten die Söhne mehr denn je, ihr Dinge zu beschaffen, die ungewöhnlich sein und ins Auge fallen mußten; einen wallenden Federhut, eine schwellende Pelzboa, die Botildas bleiche Haut, so schmutzig weiß wie alter Schnee, besonders hervortreten ließ.

Falck und Lena wurden völlig in die Küche und die Kammer verdrängt; tagsüber hielten sie sich im Kuhstall oder in den Wirtschaftsgebäuden auf. Die feine Frontseite des Hofes mit der Glasveranda, der Fahnenstange und der Treppe, wo die Autos vorfuhren, war ihnen fremd; sie wußten kaum, wie es da aussah. Lena wusch sich scheu in der Küche, rieb sich das Gesicht blank und rot und kämmte sich heftig, wie zur Strafe dafür, daß sie nicht schön war. Sie schmückte sich nie, pflückte nie Blumen; denn sie kam sich häßlich vor, und alles Schöne erinnerte sie an ihre Häßlichkeit. Selbst schönen Tieren begegnete sie mit einer gewissen Abneigung, mochte es nun ein niedliches Lamm, ein liebenswertes Kälbchen oder ein Ferkelchen sein; um die unansehnlichen und zurückgesetzten jedoch kümmerte sie sich ganz besonders. Sie war auf diese Art mütterlich, nicht stolz und triumphierend, sondern demütig und mitleidig.

Im Kuhstall und auf dem Felde sprachen sie und ihr Vater wie Kinder miteinander, altklug und naiv; sie konnten, die wachende, brütende Macht vergessend, unvermittelt laut auflachen, doch gleich darauf sahen sie sich dann unruhig um. Kam einer der jungen Herren – pfeifend, mit einer Gerte die Luft peitschend oder übermütig rauchend, den Zigarettenstummel auf dem Pflaster zertretend –, so schlichen sie rasch zur Seite, jeder für sich, und machten sich klein. Sie waren nur Untergebene, Arbeitsvolk, Leute, die sich bei dem Vieh aufzuhalten hatten, nützliche, aber unbedeutende Kuhstallarbeiter. Die Herren fanden es nunmehr unter ihrer Würde, handgreiflich zu werden. Seine Hunde schlug man ja auch nicht. Man knallte mit der Peitsche, man pfiff, man befahl. Nun hatte alles seine richtige Ordnung.

Abenddämmerung, regnerischer April; Johan hatte getrunken und stelzte auf steifen Beinen in den Kuhstall. Dort saß Lena, die sich zusammenkauerte, bedeutungslos machte. Er stellte sich hin und sah sie an, trat die Zigarette aus und schlug frech sein Wasser vor ihren Füßen ab; sie glotzte wie eine Kuh, dumm. Er wußte wohl selbst nicht, was er wollte, doch er sah grinsend auf sie herab; er war betrunken an diesem regnerischen Aprilabend. Er trat näher, faßte sie an; sie fuhr zurück, versuchte sich seinem Griff zu entwinden. Was? Sie leistete Widerstand? Die Begierde war bereits erwacht, angestachelt vom Herrscherinstinkt; sein Gesicht schwoll an, straffte sich. Er stieß sie in die Futterkammer, warf sie zu Boden. Als sie zu schreien versuchte, hielt er ihr Heu vor den Mund, altes, rauhes, halbverschimmeltes Kleeheu. Sie war für ihn nicht die Schwester, sie war eine Untergebene. Eine, die dem Hof und somit ihm gehörte, sobald er die Hand ausstreckte. Er strich das Heu von den Kleidern und ging davon.

Sie blieb reglos liegen. Sie lag lange dort, ohne sich zu bewegen, als könnte sie so das Geschehene daran hindern, Wirklichkeit zu werden. Sie versuchte, es zu einem Traum zu machen. Dann aber wurde sie nur allzu wach und begann sich zu schütteln vor Kälte und Weinen. Als es dunkel geworden war, schlich sie durch die Küche ins Haus und kroch still ins Bett, lag dort wie ein verwundetes Tier, innerlich lautlos schluchzend, allein mit dem Furchtbaren, mit dem sie nicht fertig werden, das sie nicht einmal dem Vater erzählen konnte; dieses Furchtbare, das nun über ihr hing und alles verdunkelte. Sie hatte nicht gewußt, daß es so war, das Erwachsensein – daß dies die ganze Zeit auf sie gewartet hatte.

Johan fand, da es nun einmal geschehen war, sei es sinnlos, damit aufzuhören, obwohl er sich ebenfalls darüber ärgerte und dachte, daß es eigentlich unnötig sei, vielleicht sogar dumm, denn das dicke Ende könnte noch kommen. Aber zum Teufel, auf dem eigenen Hof machte er, was er wollte! Sie lief ja nun mal dort herum und fürchtete sich, ohne daß sie zu etwas gebraucht wurde! Er begann ihr nachzustellen; die Erinnerung war noch wach in ihm – dieser Geruch von schimmligem Kleeheu – und forderte die Wiederholung. Er zwang Lena und drohte ihr: So und so! Und keinem etwas sagen! Sonst würde sie hinausgeworfen und müsse in Schande leben!

Lena nahm es hin wie eine Bürde, der sie unmöglich entfliehen konnte, und wehrte sich nicht länger. Sie gewöhnte sich allmählich daran, es glich einer Arbeit, einer Verrichtung. Es war zu ertragen, war nicht schlimmer als vieles andere; und bald empfand sie es nicht einmal mehr als unangenehm. Johan kam nur und gab ihr ein Zeichen, und dann folgte sie ihm. Er war nicht unfreundlich gegen sie mit seinem Körper; doch er sagte nichts, er ging rasch wieder davon. Sie blieben sich so fremd wie zuvor, kannten sich wie seit jeher nur dem Äußeren nach. Nein, sie kamen sich nicht näher. Doch Lena verstand, daß es so sein mußte, daß die Menschen so etwas taten, obwohl sie es geheimhielten und der Vater nie mit ihr darüber gesprochen hatte. Wenn er nur nichts erfuhr; er würde es sicherlich nicht verstehen können! Sie war plötzlich so erfahren, so viel älter – und dachte an ihren Vater nur wie an ein unschuldiges Kind.

Johan entdeckte, daß sie schwanger war; sie selbst ahnte nichts davon. Er gebot ihr zu sagen, sie habe sich mit Knechten und losen Burschen eingelassen; im übrigen würde er die Sache schon regeln, wenn es soweit sei. Der Vater aber glaubte ihr nicht, er hatte schon Verdacht geschöpft und setzte ihr hart zu. Da mußte sie die Wahrheit sagen, sie konnte ihn nicht belügen. Ihr Mund wurde kindlich viereckig, sie weinte herzzerreißend, gebärdete sich fast wie ein Tier. Falck stand vor ihr, zum drittenmal geschlagen. Zuerst von der Frau, dann von den Söhnen, nun von der Tochter. Die Kräfte schwanden ihm, es schüttelte ihn am ganzen Körper. Diesmal packte es ihn tief drinnen, hatte es das Herz getroffen. Nun war alles aus. Der Traum von der Freiheit, von einem anderen Leben mit ihr lag zerschlagen vor ihm wie ein wertloses Gefäß. Auch Lena hatten sie ihm genommen, zerstört, niedergetreten.

Wie oft an warmen und schönen Sonntagen war Botilda mit ihren Söhnen im Auto unterwegs. Falck ging ins Haus und riß alle Türen auf, auch die zur guten Stube und zur

Glasveranda. Diese Herrschaften! Er stapfte auf und ab, trat gegen die Möbel. Da war der Schrank mit dem Alkohol und den Zigarren, nicht einmal abgeschlossen. Er nahm eine Flasche und die Zigarrenkiste heraus, stellte sie auf den Tisch, trank dann in großen Schlucken gleich aus der Flasche; er brannte sich eine Zigarre an, sog und paffte, warf sie halb aufgeraucht weg und nahm eine neue. In ihm stieg etwas empor und schwoll an, füllte ihn aus, wuchs unaufhaltsam, durchbrach alle Dämme: diese Jahre, dieses Leben, diese Teufelei! Er taumelte hinaus, er ging wie auf See, schwankenden Boden unter den Füßen. Er riß die Kuhstalltür auf und wanderte durch den Stall: Der war leer, nur die Fliegen erhoben sich summend aus der Dungrinne, wenn er vorüberkam. Er wanderte weiter auf die Weiden hinaus, sang ein bißchen, redete sich ermutigend zu: Nun war Schluß... Nun würde er... Wie in jungen Tagen...

Die Sonne stand schon niedrig, und sein Schatten wankte vor ihm her. Auf dem Kleeschlag war Lena gerade beim Melken. Er näherte sich ihr mit unsicheren Schritten und beunruhigte die Kühe. Lena erhob sich, den Melkschemel in der einen, den Eimer in der anderen Hand; mit flammendem Gesicht stand sie da und sah ihn verwundert an, hin und her gerissen zwischen eigener Scham, Vorwürfen gegen ihn und allgemeiner Verzweiflung. Fremd und mit Augen, in denen das Weiße hervortrat, kam er heran und wollte ihr helfen. Er nahm ihr Schemel und Eimer fort, denn nun wollte er melken, sie aber könnte sich hinsetzen und zusehen. Doch die Kuh mochte ihn nicht, sie erkannte ihn nicht wieder, schnaubte und schüttelte den Kopf. Als er anfangen wollte zu melken, wich sie zurück, so daß er das Gleichgewicht verlor und die Milch auf den Boden schüttete. Lena wollte ihm den Eimer wieder abnehmen, doch er war eigensinnig, begann von neuem, melkte neben den Eimer, auf die eigenen Knie. Er versuchte es bei einer anderen Kuh, brachte jedoch nur die Hälfte der Milch in den Eimer. So mußte Lena die Arbeit doch wieder übernehmen, und er setzte sich in den Klee und wischte sich den Schweiß aus den Augen.

Er schob die Milchkarre nach Hause, sie schwankte besorgniserregend, und Lena rannte schluchzend nebenher und hielt die Kanne fest, damit sie nicht herunterfiel. Vor dem Kuhstall warteten Johan und Alex – düster, mächtig, erwartungsvoll triumphierend –, schon ganz in ihrer Rolle als Richter und Bestrafer. Falck war außer Atem, verschwitzt und halb ernüchtert; die Knie wurden ihm weich, und er versank in seine gewöhnliche Erbärmlichkeit. Die Brüder packten ihn an den Armen wie zwei Polizisten, schleppten ihn in den Kuhstall und verprügelten ihn. Er schrie jämmerlich. Danach blieb er wie ein Toter im Gang liegen. Lena hatte erschrocken zugesehen, während ihr die Tränen in den offenen, viereckigen Mund liefen. Nun ging sie zu ihm hin und half. Sie wusch ihn, ließ seinen Kopf in ihrem Schoß ruhen, so voller Mütterlichkeit wie nur je. Doch er nahm ihren Trost nicht an, er blieb starr und gefühllos und tat, als sei sie für ihn nicht mehr da.

Spät am Abend, als im Hause alles dunkel war, schlich er sich hinein, packte ein paar Habseligkeiten zusammen und machte sich auf den Weg. Er war tödlich entschlossen, hart gegen sich selbst zu sein, er feuerte sich an mit dem Haß auf Botilda und ihre Söhne. Doch je länger er lief, desto schwächer wurde seine Überzeugung; er lief weiter aus reiner verzweifelter Selbstaufgabe, fragte nicht danach, was kommen würde, wußte nicht, was aus so manchem werden sollte. Sobald der Morgen graute, verließ er die Straße, als fürchtete er, jemandem zu begegnen, und ging durch den Wald. Den ganzen Tag lang nahm er nichts als ein paar Hände voll Beeren zu sich und einige Schluck Wasser aus einem Bach.

Als er sich am Abend wieder auf die Straße wagte, stellte er fest, daß er im Kreise gegangen war. Da begriff er plötzlich, daß darin ein Sinn lag, daß er wirklich hatte zurückkehren wollen. Es hielt ihn wie eine Weidefessel, er konnte sie nicht abstreifen, sie zog ihn zurück. Er überlegte nicht, was nun werden sollte, er setzte seinen Rückweg fort, geradezu mit Eile und Eifer, als fürchtete er, es könnte etwas geschehen oder dazwischenkommen, ehe er an Ort und Stelle war.

Aber als er sich dem Hof näherte, dessen Geruch und die altgewohnte Umgebung verspürte, da stürmte alles auf ihn ein; diese Jahre, dieses Leben, dieses Unmögliche, dem man nicht entfliehen, das man aber auch nicht ertragen konnte. All das Wohlbekannte – die Macht und die Schwere, die Erniedrigung, die Angst und der Haß – überfiel ihn mit erneuter Heftigkeit nach diesen vierundzwanzig Stunden auf der Landstraße und im Walde. Als er am Holzschuppen vorbeikam, blieb er stehen. Er sah plötzlich eine Axt vor sich, ihm war, als riefe sie ihn. Er ging hinein und nahm sie, die Hand fand sie im Dunkeln wie von selbst. Er ging weiter zum Wohnhaus und stieg durch das Küchenfenster, das wie meistens nur angelehnt war. Er dachte daran, in der Küche etwas zu essen, verspürte einen Augenblick lang Hunger, vergaß ihn jedoch sofort und schlich in die Kammer.

Dort schlief Lena, er konnte sie unter der Decke erkennen. Als er sich über sie beugte, hörte er sie atmen. Wohl stand er mit einer Axt in der Faust an ihrem Bett, doch der hier zu bestimmen hatte, war nicht er. Falck hörte sie so ruhig und tief atmen, als sei ihr nie ein Unrecht widerfahren, als habe sich ihre Natur nicht nur mit der Gewalt versöhnt, die ihr begegnet war, sondern diese zu ihrer eigenen Sache gemacht und sich auf ihre Seite gestellt. Da wollte die Axt nicht. Der Arm mit der Axt hing an seiner Seite herab, er wurde nicht erhoben. Lena schlief. Nicht ihr galt es. Sein Kommen galt etwas anderem. Der über die Axt bestimmte, wußte das.

Er stand mitten in der Kammer und lauschte der Stille im Hause. Diese Stille erinnerte ihn an all die Morgen, da er wachgelegen und darauf gewartet hatte, daß die Stille unterbrochen wurde: von dem Pochen an die Wand, der heiseren Stimme, dem Knacken des Bettes; und nun glaubte er, es wieder zu hören. Ihm war, als habe ihn die da drinnen gerufen, diesmal jedoch nicht, damit er im Kuhstall mit der Arbeit beginnen sollte; ihm war, als ziehe ihn die Macht da drinnen, dort hinter der Wand, unwiderstehlich an. Er schlich aus der Kammer, betrat leise die große Stube und sah sie unter dem Federbett liegen, massig, das bleiche Gesicht auf den gestapelten Kissen, das herabhängende Kinn in einer Falte verborgen. Eine Kraft, die nicht von ihm ausging, hob den Arm mit der Axt, ohne daß noch Zeit verrann. Vielleicht war sie wach, vermochte aber nicht, sich zu rühren oder auch nur zu schreien; er glaubte, ihr in die schwarzen, bohrenden Augen zu sehen. Das Bett knackte, aber nur unter den Zuckungen ihres Körpers nach dem dumpfen Axthieb.

Da war auch für ihn alles zu Ende. Doch seine äußere Erscheinung schritt ruhig und mit schlafwandlerischer Sicherheit hinaus und davon. Im Hause schien keiner erwacht zu sein. Er ging mit der Axt in der Hand die Straße entlang, als habe er sich die nur eben mal geborgt. Er hatte keine Eile, er flüchtete nicht. Eine Betäubung, eine Gefühllosigkeit, die dem Frieden und tiefer Ruhe ähnlich war, hatte sich über ihn gesenkt. Er hatte keine Sorgen mehr, verspürte keine Angst, nichts. Alles war klar, abgeschlossen. Er war frei von allem.

Falck wurde mit der Axt in der Hand ergriffen, ohne daß er den Versuch machte, sie zu gebrauchen. Er ließ sie erst los, als man ihm die Finger aufbog.

Arthur Omre

Besessenheit

Ja, ich werde jetzt alles so erzählen, wie es gewesen ist; früher konnte ich das einfach nicht. Um nichts von Bedeutung zu vergessen, habe ich mir Notizen gemacht. Es begann kurz nach meiner Entlassung aus dem Militärdienst. Ich war in einer großen Firma auf Probe eingestellt worden; mit der Arbeit ging es ganz gut, aber ich war einsam unter den fremden Menschen in der großen Stadt.

An einem herrlichen Sonntagvormittag im Mai ging ich im Frognerpark spazieren. Auf einem der Parkwege kam mir ein Ehepaar entgegen; die Frau war auffallend hübsch, ich mußte sie ansehen, und als ich an ihnen vorbeiging, lächelte sie mir zu. Ein Stück weiter drehte ich mich um. Sie tat das gleiche und nickte, und ich sah, daß der Mann es sehr wohl bemerkte. Ich schämte mich und beschleunigte meine Schritte. Die Frau war viel älter als ich, und auch zwischen ihr und dem Mann schien ein großer Altersunterschied zu sein. Sie machte einen wohlhabenden Eindruck.

Mein Instinkt sagte mir, daß sie am nächsten Tag wieder in dem Park sein würde, und tatsächlich: am Montagnachmittag kam sie mir auf dem Parkweg entgegen. Ich stand da und konnte kein Wort hervorbringen. Sie sah blendend aus in ihrem neuen Frühjahrskostüm und fragte mich, ob ich sie erwartet hätte.

„Ich dachte mir schon, daß Sie kommen würden“, erwiderte ich und stellte mich vor.

„Telepathie“, meinte sie und lächelte vor sich hin. Wir spazierten zum Schwanenteich und setzten uns auf eine Bank, und sie erkundigte sich auf nette Art nach meiner Beschäftigung, meinen Familienverhältnissen und dergleichen mehr. Sie hatte nicht viel Zeit, bat mich aber um eine Begegnung an einem der nächsten Tage, und auf meine unbeholfene Frage sagte sie, ihr Mann sei großzügig, doch sonst müßten wir vorsichtig sein, um nicht bei den Leuten Anstoß zu erregen, denn sie achte auf ihren Ruf. Das betonte sie gleich bei unserem ersten Gespräch und auch später mehrmals. An diesem Nachmittag sagte sie halb im Scherz, die Freundschaft zwischen einem jungen Mann und einer alten Frau könne für beide sehr wertvoll sein. Ich war zweiundzwanzig und sie vierzig, doch sie war schlank und frisch und hatte eine gute Figur.

So ergab es sich denn, daß wir an Spätnachmittagen und auch sonntags nach Maridalen und Sörkedalen hinauswanderten; in Östmarka fühlte sie sich am wohlsten. Übrigens kannte sie nur wenige Leute in der Stadt; sie war erst einige Jahre zuvor mit ihrem Mann aus Nordland hierhergezogen. Im Östmarkcafé pflegten wir eine Weile zu rasten. In ihrem schlichten Sportkostüm und ihrer zurückhaltenden und dezenten Art fiel sie niemandem auf. Einmal sagte sie: „Die jungen Damen dort drüben wollen mit dir flirten, du bist ja ein hübscher Bursche, und sie glauben, ich sei deine Mutter."

Sie hatte ebenso wie ich nur Oberschulbildung, aber ich konnte viel von ihr lernen. Sie hatte Humor, und ich wurde unter ihrem Einfluß freier und ungezwungener; das Gefühl, einsam zu sein, war verflogen. Ich bewunderte sie und war stolz auf meine Freundschaft mit einer reifen Frau, und das gab mir ein viel größeres Selbstvertrauen.

Eines Nachmittags rief sie mich im Geschäft an und lud mich ein, sie zu Hause zu besuchen. Ich glaubte sie allein anzutreffen, aber ihr Gatte öffnete mir und begrüßte mich freundlich. Ein jovialer Geschäftsmann hoch in den Fünfzigern, der die Hälfte des Jahres im Ausland verbrachte.

Beim Kaffee bat er mich, sie beide recht oft zu besuchen. Er duzte mich; ich war ja ein junger Bursche und er ein Mann im soliden Alter. „Irene wird sich freuen, wenn du sie auch während meiner Abwesenheit besuchst, du bist immer willkommen." Er sagte es freundlich und gar nicht hinterhältig. Von unseren kleinen Ausflügen schien er zu wissen.

Er bot mir einen feinen Kognak und Zigaretten an und war erstaunt zu hören, daß ich weder trank noch rauchte. „Gut so“, sagte er, „wenn es erst Gewohnheit wird, ist es schlimm.“ Ich fühlte, daß er dabei an die eigenen Schwächen dachte. Wie ältere Herren das so an sich haben, plauderte er über die heitere Unbesonnenheit der Jugend und mixte sich dabei einen starken Cocktail. Sie lächelte spöttisch, setzte sich an den Flügel, ein altes Instrument, und spielte geläufig und gefühlvoll Chopin. Soweit ich es beurteilen konnte, spielte sie virtuos. Ich hatte als Junge Klavier gespielt und Konzerte besucht und galt als musikalisch.

Ihr Gatte flüsterte mir zu, sie sei früher einmal in Konzerten aufgetreten und habe die Absicht, sich weiter ausbilden zu lassen. Ich hatte nicht gewußt, daß sie Klavier spielte, und hatte auch nicht geglaubt, daß sie besonders gefühlvoll sei.

Nein, ich schweife nicht ab, das gehört zur Sache. Daß sie eine künstlerische Ader hatte, verband mich um so stärker mit ihr, wie wohl jeder verstehen wird.

Ihre Wohnung war geräumig und modern eingerichtet, alles darin zeugte von Wohlstand. Sie holte ein Album und zeigte mir Bilder ihrer nördlichen Heimat und ein Foto ihres vor Jahren verstorbenen Töchterchens. Später sagte sie mir ganz offen, ihr Mann sei nicht der Vater des Kindes gewesen, habe sie aber trotzdem geheiratet und sie vor der Schande bewahrt, deshalb und aus anderen Gründen habe sie ihn gern und hänge an ihm in ihrer Einsamkeit. Mich wunderte, daß sie von Einsamkeit sprach, denn sie machte durchaus nicht den Eindruck eines einsamen Menschen; aber manche verstehen es wohl, eine heitere Miene zur Schau zu tragen.

Ihr Gatte bat mich, recht bald wiederzukommen, es sei so nett gewesen, einen jungen Menschen um sich zu haben, und sie brachte mich hinaus. An der Haustür sagte ich fest: „Das geht doch nicht, wir dürfen nicht.“ Da trat sie dicht an mich heran, lächelte zu mir herauf – ich war größer als sie – und erwiderte: „Doch, du, es geht.“ Sie hob ihr Gesicht, ich fühlte die Wärme ihrer weichen Brust, und ehe ich es mich versah, küßten wir uns heiß und lange. Ich hatte nie zuvor eine Frau geküßt. Daheim hatte ich junge Mädchen gekannt, aber das Küssen lag mir nicht, auch nicht, wenn ich verliebt war.

Danach trafen wir uns einige Male, bis sie in ihre Heimat fuhr und ich auf Urlaub zu meiner Mutter und meiner verheirateten Schwester. Dort strich ich unser Haus an und arbeitete im Garten, und jeden Tag in aller Frühe lauerte ich dem Briefträger auf. Sie schrieb mir zärtliche Briefe, und ich antwortete mit kurzen Grüßen. Doch eines Morgens verschlief ich den Postboten, meine Mutter brachte mir den Brief mit dem Frühstück ans Bett und fragte, ob er von einer Dame sei. „Die Handschrift ist die einer Dame", sagte sie bestimmt. Ich erklärte ihr, daß die Dame mit einem Geschäftsmann verheiratet sei, den ich kannte, und so weiter und so fort. Die ganze Wahrheit vermochte ich nicht zu gestehen. Meine Mutter wollte den Brief lesen, aber ich lachte nur und steckte ihn unter die Bettdecke.

Sonst hatte ich die Briefe immer verbrannt, diesen aber legte ich in eine Mappe, um ihn später nochmals zu lesen. Sie schrieb sehr innig und mit viel Wärme, und an Stelle der Unterschrift standen die Worte: „Ich sehne mich so, sehne mich so nach dir!" Auf der Rückseite des Umschlags war eine Postfachnummer vermerkt, aber kein Absender.

Als meine Mutter mich am selben Tag zur Bahn brachte, beichtete sie mir, den Brief gelesen zu haben. „Es ist ein Liebesbrief", sagte sie ernst und ermahnte mich eindringlich. Ich antwortete wahrheitsgemäß, daß ich fest entschlossen sei, mich von der Dame zu trennen. Im Abteil suchte ich in meiner Mappe nach dem Brief, aber meine Mutter hatte ihn behalten.

Gleich nach ihrer Rückkehr aus Nordland rief mich Irene im Geschäft an und sagte, ihr Mann sei in Amerika. Ich brauchte nur ihre Stimme zu hören, und alle meine guten Vorsätze waren vergessen.

Und nun komme ich zu dem Tag, der seither als mein Schicksalstag vor mir steht – dem ersten Sonntag im September. Das Wetter war herrlich, warm wie im Hochsommer. Wir gingen einen Weg oberhalb Maridalen entlang. Mir war gleich aufgefallen, daß sie diesmal anders war als sonst, zärtlich voller Hingabe. Wir setzten uns ins Gras am Waldrand auf einer Anhöhe, die zum Fluß abfiel.

„Hier sind wir ungestört", sagte sie glücklich, und wir umarmten uns. Sie schluchzte vor Freude, sank mir in die Arme und flüsterte leidenschaftlich: „Küß mich, o küß mich, ich kann dir nichts verweigern." Ich habe ihre Worte noch genau in Erinnerung, ich sehe alles deutlich vor mir, wie es war. Früher einmal hatte sie mir erzählt, daß nur eine platonische Freundschaft sie mit ihrem Mann verband.

Zitternd, mit geschlossenen Augen, lehnte sie sich zurück; auch ich zitterte. Ich hatte noch nie eine Frau besessen. Ich küßte sie und fingerte unbeholfen an ihren Kleidern. „Ich helfe dir", sagte sie atemlos. Sie richtete sich halb auf und spähte nach beiden Seiten; ihr Gesicht verzerrte sich, vor Leidenschaft, dachte ich, aber es konnte auch Angst sein. Dann stieß sie mich von sich, sprang auf und rief um Hilfe.

Anfangs begriff ich gar nichts, doch dann erblickte ich eine Frau und zwei sportlich gekleidete Männer, die ein Stück von uns entfernt stehengeblieben waren und zu uns herüberstarrten. Sie stieß mich, gebärdete sich wütend und befahl mir leise: „Lauf weg, lauf, so schnell du kannst." Fassungslos rannte ich in den Wald und gelangte auf einen Fußpfad.

Wie ich bald darauf erfuhr, kannte sie die drei Personen und hatte ihnen erzählt, sie sei von einem jungen Mann überfallen und zu Boden geworfen worden. Das kann ja passieren, und sie hatte gehofft, daß ich schnell genug fortlaufen würde, um mich vor der Festnahme und sie vor dem Skandal zu bewahren. Ich hatte nichts verbrochen, aber natürlich wollte ich nicht einen so schrecklichen Verdacht auf mich lenken und auch nicht unser Verhältnis preisgeben. Meine Stellung und meine Zukunft und ihr Ruf standen auf dem Spiel, und sie hatte es doch gut mit mir gemeint. Das letzte hatte Gewicht, damals und auch später.

Ich lief, so schnell ich konnte, der Schweiß rann an mir herab. Statt auf einen Seitenweg abzubiegen, rannte ich die Maridalstraße entlang; in meinem Schreck hatte ich vergessen, daß es ein Telefon gab. Vor mir stoppte ein Auto, das einem Taxi glich, und zwei Polizisten sprangen heraus und packten mich.

Beim Verhör sagte ich immer nur, ich hätte nichts Böses getan. Fortwährend hatte ich das Gefühl, daß der Kriminalbeamte im Zweifel war; er riet mir, den Vorfall ausführlich zu schildern, und fragte mich mehrmals: „Haben Sie die Dame wirklich zu Boden geworfen?" Er sagte auch: „Der Name der Dame kommt nicht in die Zeitungen." Aber ich wollte abwarten, ich hoffte, sie würde ihre Behauptung widerrufen.

Wir wurden konfrontiert. Zusammen mit anderen jungen Männern mußte ich mich in einer Reihe aufstellen, und sie stand hilflos vor uns, sah mich flehend an und ließ den Blick die Reihe entlanggleiten. Schließlich sagte sie leise: „Nein, ich glaube nicht, daß es einer von diesen war." Aber die Frau und die beiden Männer wiesen unabhängig voneinander sofort auf mich.

Möge es begreifen, wer kann – ich war nicht fähig, sie zu verraten. Rücksichtsvoll bis zur Selbstvernichtung ließ ich mich, allerdings in einer nichtöffentlichen Verhandlung, zu einer längeren Freiheitsstrafe verurteilen.

Langsam kroch die Zeit dahin in dem großen Gefängnisbau; mit meinen Gedanken war ich nur wenig bei meinen Zukunftsaussichten, nur an Irene dachte ich und zählte voller Sehnsucht die Tage. Aber an einem trüben Januarnachmittag kam mein Verteidiger, ein trockener Mensch, zu mir in die Zelle.

„Hätte ich damals gewußt, was ich jetzt weiß, dann wären Sie glatt freigesprochen worden, aber Sie waren ja stur wie ein Esel", brummte er ärgerlich.

Meine Mutter hatte die spärlichen Polizeiberichte in den Zeitungen gelesen, und später war ihr eingefallen, daß der Liebesbrief eine Rolle spielen könnte; auf der Rückseite des Umschlags war ja eine Postfachnummer vermerkt gewesen. Fürs erste beantragte mein Verteidiger eine Begnadigung, später wollte er die Wiederaufnahme des Verfahrens durchdrücken. „Der Ehemann hat mir nach seiner Rückkehr aus Amerika alle nötigen Auskünfte gegeben", erklärte er. „Auch die Frau macht schon Rückzieher. Sie werden freigesprochen, und die Dame erhält einen Denkzettel. Das geschieht ihr ganz recht."

„Ich will aber keine Wiederaufnahme", beharrte ich. Er lachte und meinte ironisch: „Jede Ritterlichkeit hat doch ihre Grenzen; ich denke, sie wird mit einer Verwarnung davonkommen."

Bald nach diesem Gespräch teilte mir der Gefängnisdirektor mit, daß ich begnadigt sei, und in der Frühe des nächsten Tages trat ich aus dem Tor.

Sie stand unter einer Straßenlaterne, halb verdeckt von einem Baum. Sie weinte, und wir umarmten uns ... und fuhren zu ihr nach Hause. Ihr Mann war wieder verreist, eine Hilfe kam am späten Vormittag für ein paar Stunden. Für mich hatte sie ein nettes Zimmer im selben Aufgang gefunden, und ich erlebte zum erstenmal eine Frau. Nach ein paar Wochen glücklichen Zusammenseins mietete ich mir anderwärts ein einfaches Zimmer mit eigenem Eingang im ersten Stock, denn bald sollte ihr Mann zurückkehren; hier besuchte sie mich jeden zweiten Tag.

Eines Abends läutete ihr Mann an meiner Tür. Die Adresse habe er unschwer erfahren, sagte er, aber seine Frau solle lieber nichts von seinem Besuch wissen. Er war freundlich wie immer, und während er den Rauch seiner Zigarre in die Luft paffte, äußerte er sich knapp und leichthin über die Sache mit seiner Frau. Dann bot er mir generös einen Scheck über eine große Summe an. „Als Schmerzensgeld gewissermaßen, du hast es verdient." Ich lehnte dankend ab. Da sagte er, er könne mir einen einfachen Posten im Hafen beschaffen und mein früherer Chef sei bereit, mich später in der Stockholmer Filiale anzustellen. Ich war überglücklich; ein paar tausend Kronen hatte ich ja auf der Bank, aber vor der Zukunft graute mir dennoch.

Er überlegte kurz und sagte: „Verlaß dich darauf, was ich dir jetzt sage, das ist nur zu deinem Besten. Manche Frauen suchen sich junge Männer. Ich gönne meiner Frau einen jungen Liebhaber, aber ich gebe dir einen guten Rat." Ich solle mich bemühen, das Verhältnis allmählich zu lösen, aber vorsichtig. Hinter ihrem liebevollen Wesen verberge sich krampfhafte, ja fast abnorme Selbstsucht. Dann versetzte er mir einen Stich mit den Worten: „Es ist denkbar, ja sogar wahrscheinlich, daß die Flamme in ihr sehr bald erlöschen wird, und dann bist du frei. Kinder kann sie wohl nicht kriegen.“ Und er fügte hinzu: „Ich kenne sie.“

Es tat mir gut, wieder zu arbeiten. Ich schrieb oft nach Hause und litt keine Not, und sie kam regelmäßig zu mir und war lieb und nett. Doch als ich ihr mitteilte, daß ich bald nach Stockholm übersiedeln müsse, zeigte sie sich von einer ganz neuen Seite. Sie widersprach mit beherrschter Stimme, aber zornbebend. Ich schlug ihr vor, mit mir zu gehen und meine Frau zu werden. Das half nur wenig. Von da an erschien sie jeden Tag und verlangte, daß ich dabliebe als ihr Geliebter. Sie lockte mich mit Geld, schließlich drohte sie mir mit Tod und Verderben. Eines Tages schrie sie außer sich, sie kenne einen, der mir das Genick brechen würde. Ich hielt das für Geschwätz, für Hysterie. Im Grunde war ich mir im klaren, daß sie nicht ganz normal war; trotzdem liebte ich sie.

Einige Tage bevor ich abreisen sollte, hatte ich Überstunden gemacht und begab mich spät auf den Heimweg. Hinter einem Lagerschuppen trat ein baumlanger Kerl aus der Dunkelheit hervor und bat um eine Zigarre. Ich bedeutete ihm kurz, ich sei Nichtraucher. Da schlug er mich zu Boden und bearbeitete mich mit seinen Stiefeln. Einen ganzen Monat lag ich im Krankenhaus, ehe ich wieder richtig lebendig wurde; dann kündigte mir die Krankenschwester den Besuch einer feinen Dame an.

Ja ... sie war blaß und sehr schön und legte einen großen Strauß Rosen auf meine Bettdecke und setzte sich zu mir, saß zusammengesunken da und weinte leise. „Verzeih mir“, flüsterte sie. Warf ich sie etwa hinaus? O nein, ich freute mich unbändig, ich hob meinen verbundenen Arm und strich ihr übers Haar, und wir sagten einander zärtliche Worte. Ihr Mann werde in die Scheidung willigen, wenn sie es wünsche, und sie wünsche es, und wir könnten heiraten und nach Stockholm ziehen; die Stellung dort sei mir noch offen; außerdem habe sie genug Geld. Ihr Mann halte sich geschäftlich in England auf, von dem Überfall wisse er nichts.

Ich wohnte wieder in meinem hübschen Zimmer am Hegdehaugsweg, und sie besuchte mich; ich war blind und irr vor Liebe. Ihr Mann habe geschrieben, sagte sie, und sie könne die Scheidung haben, wenn sie es wünsche, er komme ja seinen ehelichen Pflichten nicht nach. Zerstreut, irgendwie abwesend, gab sie mir den Inhalt des Briefes wieder, aber sie zeigte ihn mir nicht. „Ha, er glaubt, ich bin sein Eigentum", rief sie aus.

In den letzten Wochen war sie merklich reserviert, besuchte mich seltener, klagte über Müdigkeit und Kopfschmerzen.

Ich war rücksichtsvoll zu ihr.

Als sie mich zum Zug nach Stockholm brachte, war sie sanft und sah sehr gut aus. Ihren Worten entnahm ich, daß sie nachkommen wolle, sobald sie geschieden sei, und sie bat mich aufgeräumt, ihr ja recht oft zu schreiben. Erfreut versprach ich, jede Woche postlagernd einen Brief zu schicken. Aber es ärgerte mich, daß sie Abstand hielt und gönnerhaft mit mir scherzte und plauderte wie eine reife Frau mit einem grünen Jüngling. So etwa hatte sie sich bei unserer Begegnung im Frognerpark benommen, ehe wir uns näher kennengelernt hatten. Doch im Gang vor dem Abteil küßte sie mich heiß, und meine Besorgnis verschwand.

Sie beantwortete meine zahlreichen Briefe nicht, und ich glaubte schon, sie sei krank geworden. Angstvoll und völlig durcheinander nahm ich vor Pfingsten den Zug nach Oslo.

Sie öffnete mir lächelnd, stand gesund und munter vor mir. „Wie jung du doch bist", sagte sie. Setzte aber ungeduldig hinzu: „Ich habe sehr wenig Zeit."

Ich wollte sie umarmen, aber sie stieß mich zurück und sagte höhnisch: „Rühr mich nicht an, verschwinde!"

Da verlor ich die Besinnung, umklammerte mit beiden Händen ihren Hals, und sie schrie: „Du Untier, fort mit dir!"

Da habe ich sie getötet, Herr Richter...

Hans Scherfig

Der Banknotenfälscher von Minnesota

Mit einem wohlzufriedenen Lächeln überreichte Mr. Smith, Kassierer des Philanthropischen Vereins von Creekstone, Minnesota, dem Bankangestellten das Paket mit den 14 557 Dollar und 61 Cents, die das alljährliche dreitägige Fest des Vereins eingebracht hatte. Doch das Lächeln erstarrte ihm auf den Lippen, als der Angestellte, nachdem er einen der Geldscheine gegen das Licht gehalten hatte, erklärte: „Der Schein ist falsch. Sie sind alle falsch. Nur die einundsechzig Cents sind echt." Und Mr. Smith erbleichte, als er sich mit eisenhartem Griff festgehalten fühlte, während der Angestellte schrie: „Ruft die Polizei!"

Wenige Minuten später saß Mr. Smith wohlverwahrt in dem alles andere als angenehmen Gefängnis von Creekstone. Und gegen Abend, als die Angelegenheit bekannt geworden war, versammelte sich vor dem kleinen Gefängnisgebäude eine beachtliche Menschenmenge und verlangte lautstark die Auslieferung des zitternden Mr. Smith. In seiner Zelle konnte er die schauerlichen Rufe hören: „Lyncht ihn! Hängt ihn an den Laternenpfahl!" Und der Gefängnisdirektor von Creekstone, der der örtlichen Polizeigewalt nicht allzusehr vertraute, sah sich genötigt, in den Nachbarstädten anzurufen und Verstärkung anzufordern.

Zur gleichen Zeit war der Vorstand des Philanthropischen Vereins von Creekstone zu einer bewegten Sitzung in Johnsons Hotel zusammengetreten. Der Vorfall war ganz einfach ein Skandal. Er würde sich nicht nur hinderlich auf die künftige Vereinstätigkeit auswirken, sondern auch die einzelnen Vorstandsmitglieder kompromittieren. Die „Creekstone Evening Post" hatte bereits in einem Leitartikel die

Verwunderung über einen so beispiellosen Mangel an Kontrolle zum Ausdruck gebracht. Wo habe denn die Leitung ihre Augen gehabt? Glaube sie etwa, ihre ganze Tätigkeit bestehe lediglich darin, in Johnsons Hotel zu frühstücken? Wie habe es geschehen können, daß niemand ein derart plumpes Vergehen entdeckte? Man müsse diese Frage schon stellen! Oberst Kenderly habe das Wort!

Zu allem Unglück war Oberst Kenderly – der Vorsitzende des Vereins – gerade mit seiner Tochter verreist. Diese Reise nach New York war schon lange geplant gewesen, und der brave Oberst hatte sie nur aufgeschoben, weil er versprochen hatte, bei dem großen Vereinsfest den Vorsitz zu führen. Was wäre wohl ein Fest ohne den unvergleichlichen Oberst? Ohne diesen ranken, sonnenverbrannten Gentleman mit dem martialischen weißen Schnurrbart? Er war einfach unentbehrlich. Doch nun, in dieser für den Ruf des Vereins so schicksalsschweren Situation, vermißte man den Oberst mehr denn je. Wie Mrs. Marbourg mit Tränen in den Augen sagte: „Nur Oberst Kenderly – nur der liebe Oberst kann uns aus dieser Not retten." Mrs. Marbourg war die tatkräftige Sekretärin des Vereins. Sie hatte eine Riesenarbeit mit den Vorbereitungen für das Fest gehabt, an zahllosen Sitzungen und Nachmittagsteestunden teilgenommen und war errötet wie ein junges Mädchen, als ihr der Oberst gegen Ende des Festes unter dem Beifall des Publikums seinen besonderen Dank für ihre große und selbstlose Arbeit aussprach.

Vorläufig richtete sich der allgemeine Zorn gegen Mr. Burke, der zum Revisor bestellt worden war und diesen Auftrag angenommen hatte. „Man muß schon fragen, wo Sie Ihre Augen hatten!" schrie ihm Mrs. Marbourg ins Gesicht.

Mr. Burke verteidigte sich, so gut er konnte. Er habe die Rechnungen persönlich geprüft, danach das Geld gezählt und keinerlei Unregelmäßigkeit festgestellt. Wieso diese Geldscheine, die doch aus so vielen verschiedenen Quellen stammten, falsch sein konnten, sei ihm völlig unverständlich. Zunächst müsse man die Vernehmung des inhaftierten Kassierers abwarten. Vielleicht aber solle man sofort eine beruhigende Mitteilung durch die Presse verbreiten lassen. Diese Mitteilung wurde abgefaßt, gebilligt und sowohl an die „Creekstone Evening Post“ als auch an die „Creekstone Morning Post“ abgesandt. Und damit hatte der Vereinsvorstand getan, was in seinen Kräften stand.

Das Verfahren gegen den inhaftierten Kassierer nahm seinen Lauf, und man konnte nicht sagen, daß seine Aussichten rosig waren. Zwar war er der Lynchjustiz der empörten Creekstoner entgangen, doch das Belastungsmaterial gegen ihn häufte sich, er war nervös, und seine Aussagen bei den weiteren Vernehmungen waren voller Widersprüche. Im ersten Verhör – es dauerte achtundvierzig Stunden, wobei die Polizeibeamten sich ablösten – gelang es freilich nicht, ihm ein Geständnis abzuzwingen, doch das Protokoll wies ein solches Durcheinander in seinen Aussagen nach, daß man sich über die Aussichtslosigkeit seines Falles im klaren war. Tatsächlich ging es nur noch darum, festzustellen, ob Smith das Falschgeld selbst hergestellt hatte oder nur das Werkzeug einer Bande war. Auf die diesbezüglichen, ständig wiederholten Fragen antwortete er beharrlich: „Ich weiß von nichts. Ich verstehe kein Wort. Ich bin unschuldig.“ In einem Interview der örtlichen Presse bezeichnete ihn Polizeiinspektor Rough als einen ungewöhnlich hartnäckigen Lügner, zugleich erklärte er der Öffentlichkeit, ein Verhör „dritten Grades“ werde den inhaftierten Kassierer schon zum Reden bringen.

Von Oberst Kenderly erhielt der Verein einen Brief. Er sei zutiefst erschüttert und werde zurückkehren, sobald sein Gesundheitszustand es erlaube. Sein Platz sei nun in Creekstone, und lediglich eine bösartige Halsentzündung hindere ihn daran, sofort die Rückreise anzutreten.

Doch der Oberst kam nie mehr nach Hause. Eine Woche später teilte seine Tochter in einem Telegramm mit, daß der alte Mann verstorben sei. Sein Herz habe den fürchterlichen Schlag nicht verkraften können. Er habe sich in seiner Ehre verletzt und mitverantwortlich gefühlt. Zum erstenmal in seinem ehrbaren Leben habe man ihm mangelnde Wachsamkeit vorgeworfen. Das sei zuviel für ihn gewesen. Er habe zu fiebern begonnen, und da habe das Herz versagt, der alte Oberst habe seine Seele in einer fremden Stadt ausgehaucht. Sein letzter Wunsch sei gewesen, man solle seine sterblichen Überreste in Creekstone beisetzen.

Begreiflicherweise wurde die Wut gegen den betrügerischen Smith nach dieser erschütternden Mitteilung nicht geringer und Oberst Kenderlys Tod allgemein betrauert. Wie angesehen er in Creekstone gewesen war, ersah man am besten daraus, daß die Sammlung für sein Grabmonument – von der „Creekstone Evening Post“ veranstaltet – nicht weniger als 2759 Dollar einbrachte.

Als Miß Kenderly in Trauerkleidern mit dem Sarg ihres Vaters eintraf, war die ganze Stadt zu ihrem Empfang versammelt, und bei den Tumulten, die bei der Überführung des Sarges nach der Kapelle entstanden, erlitten etliche Personen Verletzungen. Gleichzeitig wurden sämtliche Fenster des Hauses eingeschlagen, in dem die Frau des inhaftierten Smith mit ihren vier Kindern wohnte; und die unglücklichen Menschen, die ja an dem Verbrechen des Mannes schuldlos waren, mußten mitten in der Nacht Zuflucht bei mitfühlenden Verwandten suchen.

Die amerikanische Unterwelt ist weit verzweigt. Selbst eine so kleine Stadt wie Creekstone bekommt die Tätigkeit der Gangster zu spüren, und deren Besteuerung der Stadtbewohner verteuert das Leben ungemein. Brotautos und Milchautos müssen Abgaben entrichten, um nicht demoliert zu werden. Die Kaufleute müssen Zahlungen für den „Schutz“ durch die Gangster leisten. Und hold ups und Morde sind auch in diesem entlegenen kleinen Flecken wohlbekannt.

Daher kann es so leicht zur Lynchstimmung kommen, wenn ein Verbrecher endlich geschnappt wird.

Doch der Gefängnisdirektor paßte gut auf. Die Wache vor dem Gefängnis war vervierfacht worden, und außerdem lagen Nationalgardisten in Bereitschaft, falls die Menge versuchen sollte, den inhaftierten Smith vor der Verkündung des Urteils zu lynchen.

Und während das Verfahren schwebte, waren andere Verbrecher am Werk. In der Nacht vor der Beisetzung des Obersten Kenderly erwachte der alte Küster, der allgemein unter dem Namen Old Bill bekannt war und Kirchturm und Kapelle in Obhut hatte. Ihm war, als höre er ein eigenartiges Geräusch, und als er hinausschaute, glaubte er einen flakkernden Lichtschein wahrzunehmen, der über die Fenster der Kapelle huschte. Ein anderer als Old Bill hätte vielleicht geglaubt, es handele sich um Gespenster, aber einerseits sind Gespenster in Amerika selten und kostbar, und andererseits war der alte Küster, eigenen Aussagen zufolge, derart im Umgang mit Leichen vertraut, daß er in dieser Hinsicht keine Furcht kannte. Dagegen wußte er, daß von Lebenden so gut wie alles zu erwarten war.

Bill war ein gewissenhafter Mann, er stand sofort auf und fuhr in die Hose. Er richtete den Strahl seiner Taschenlampe auf den Eingang der Kapelle und bemerkte, daß die Tür nur angelehnt war. Unerschrocken ging der alte Mann hinein und rief mit lauter Stimme: „Wer da?"

Niemand antwortete. Doch plötzlich fühlte Bill sich von hinten gepackt. Ein Handtuch wurde ihm um den Mund gewickelt, so daß er nicht schreien konnte, und mit einem Strick schnürte man ihm die Arme an den Leib.

In dem schwachen Lichtschein sah Bill zu seinem Entsetzen, daß zwei Männer dabei waren, den Sarg aufzubrechen. Sie trugen Masken vor dem Gesicht, er konnte sie nicht erkennen; doch als er sie reden hörte, stöhnte er auf vor Grauen.

„Wir spielen ein hohes Spiel, Bob. Es wird eine verteufelte Geschichte, wenn wir danebengetippt haben!"

Es bestand kein Zweifel. Der Mann, der da redete, war Tom Hobburn, einer der angesehensten Bürger von Creekstone und Journalist bei der „Creekstone Morning Post". Sieh einer an – Mr. Hobburn war also ein ganz gewöhnlicher Gangster! Ein Mann mit einem Doppelleben. Tagsüber schrieb er moralische Artikel in der „Morning Post", und nachts war er ein gemeiner Grabräuber.

Doch das Entsetzen des alten Bill wurde, wenn überhaupt möglich, noch größer, als er die andere Stimme vernahm.

„Wir haben nicht danebengetippt, Tom. Die Sache ist doch

sonnenklar! Es gibt kein Risiko. Morgen wird die ganze Stadt von unserer Aktion reden."

Bill erkannte auch diese Stimme. Sie gehörte einem bekannten Advokaten. Einem Mann des Gesetzes, der bis vor kurzem noch das Ansehen aller genossen hatte. Robert Jeffins war in der Tat sehr populär gewesen – bis zu dem Tag, an dem er freiwillig die Verteidigung des inhaftierten Kassierers, des berüchtigten Smith, übernommen hatte.

Und da sah man es nun! Auch dieser Mann gehörte zur Unterwelt! Kein Zufall, daß ausgerechnet er versuchen wollte, den Banknotenfälscher zu retten!

Ruhig und professionell gingen die beiden Männer zu Werke. Sie hatten Werkzeug zur Hand und arbeiteten zügig und fast geräuschlos. Bill sah, daß sie den Deckel des Sarges abhoben, und dann hörte er beide lauthals lachen. Es war ein rohes Gelächter, das an der Stätte des Todes hohl und entsetzlich klang.

Beide traten nun zu Bill und lösten seine Fesseln.

Was hatten sie mit ihm vor? Das Blut erstarrte ihm in den Adern. Wollten sie ihn etwa lebendig begraben?

„Beruhigen Sie sich, Old Bill! Jetzt ist es vorbei. Wir werden Sie nicht weiter belästigen. Wir waren leider gezwungen, Sie ein wenig hart anzupacken. Wir durften uns nicht stören lassen, bevor wir mit unserer Arbeit fertig waren. Doch nun haben wir erreicht, was wir wollten. Hier sind zehn Dollar. Schmerzensgeld, wie man wohl dazu sagt. Und nun laufen Sie, und holen Sie die Polizei. Wir werden hier warten."

Für Bill gab es keinen Zweifel mehr: Die beiden Männer waren wahnsinnig geworden. Er rannte, so schnell ihn seine Beine trugen, und wenige Minuten später hörte man die Sirene des Polizeiautos durch die Nacht.

Am nächsten Tag wartete die „Creekstone Morning Post" mit einer gewaltigen Sensation auf, die allen, die sich auf die prächtige Beisetzung des Obersten Kenderly gefreut hatten, eine schwere Enttäuschung brachte. Creekstones Blumenhändler, die in den letzten Tagen Kränze gebunden und Seidenschleifen mit Stars und Stripes darangeknüpft hatten, waren verzweifelt. Denn die Morgenzeitung meldete: Der Sarg des Obersten ist leer! Statt einer Leiche enthält er nur Steine und alte Zeitungen!

Selbstverständlich hatte man die Tochter des Obersten – die übrigens nicht seine Tochter, sondern seine Geliebte war – sogleich festgenommen. Und tags darauf las man von einer weiteren Festnahme. Es handelte sich um einen Prediger in der Nachbarstadt Oaksville, einen zugereisten Missionar. Er hatte während seines Aufenthaltes falsche Banknoten ausgegeben. Seine Fotografie zeigte einen großen, glattrasierten, glücklich lächelnden Mann. In der kurzen Zeit, die er in Oaksville wirkte, war er äußerst populär geworden, und als sich auch hier eine Menschenmenge vor dem Gefängnis ansammelte, geschah dies nicht, um ihn zu lynchen, sondern um seine Freilassung zu fordern.

Anders war es jedoch, als man ihn nach Creekstone überstellt und als den „verstorbenen“ Oberst Kenderly wiedererkannt hatte, der ebensowenig ein Oberst wie ein Prediger war, sondern ein lang gesuchter Gangster und Falschmünzer. Man steckte ihn in die Zelle, die vor ihm der unschuldig verdächtigte Mr. Smith bewohnt hatte.

Alle fanden es richtig, daß die „Creekstone Evening and Morning Post“ die 2759 Dollar für das Monument des verstorbenen Obersten Mr. Smith überreichte.

Doch in noch höherem Maß als Mr. Smith wurden in der nächsten Zeit der Journalist Tom Hobburn und der Advokat Robert Jeffins Helden der Stadt. Ihre Popularität wuchs so gewaltig, daß sie sich mit Detektiven umgeben mußten, um nicht gekidnappt zu werden oder beträchtliche Summen an die Gangster zahlen zu müssen, vor allem aber auch, damit ihre Frauen und Kinder in Frieden leben konnten. Und das ist das Höchste, was ein Mensch in Amerika erreichen kann.

Nachwort

Mit diesen einundzwanzig Erzählungen von ebenso vielen nordischen Autoren schließt sich den bekannten Auswahlen deutscher, französischer, englischer und russischer Kriminalgeschichten nunmehr eine Sammlung nordeuropäischer Geschichten aus hundertfünfzig Jahren an. Bewährten Erfahrungen folgend, setzen wir damit die Reihe internationaler Kriminalerzählungen fort, die es sich zum Ziel gesetzt hat, den Anteil aufzuspüren und vorzustellen, den namhafte humanistische, vorwiegend realistische Erzähler der Weltliteratur zum Thema menschlicher – und das heißt zugleich psychologisch und sozial begründeter oder zumindest begründbarer – Verbrechen geleistet haben. Wie bei den vorausgegangenen Bänden wurde also weder nach Abseitigem, Abstrusem gefahndet, noch reihten wir „Krimis" nach dem allerorten in zunehmendem Maße kolportierten Muster der angelsächsischen Detektivstorys aneinander, die gerade in den letzten Jahren auch in Nordeuropa eine große Verbreitung erreicht haben. Uns ging es um den originären Beitrag, den die fünf nordeuropäischen Literaturen – bei aller Verschiedenheit historischer, sprachlicher und literarischer Entwicklung – zur Kriminalerzählung im weiten Sinn geleistet haben.

Wie bei den bereits erschienenen Anthologien von Kriminalerzählungen wird also das intellektuelle und emotionelle Vergnügen des Lesers kaum aus der äußeren Spannung der gebotenen Geschichten erwachsen, sondern – mit Brecht zu reden – aus dem „Aufspüren des Kausalnexus" menschlicher Verhaltensweisen und Handlungen, die zu Verbrechen führen. Übrigens scheint die Einsicht, daß die bloße, noch so geschickt gemachte Jagd nach dem Verbrecher die Kriminalgeschichte in eine Sackgasse führt, auch international immer mehr an Boden zu gewinnen. André Malraux jedenfalls schrieb in seinem Vorwort zu William Faulkners Kriminalroman „Die Freistatt": „Es ist völlig falsch, in der Intrige, in der Suche nach dem Verbrecher das Wesen des Kriminalromans zu sehen. Die auf sich beschränkte Intrige ähnelt einem Schachspiel – und ist künstlerisch gleich Null." Ihre literarische Legitimation bestehe darin, fährt er fort, daß sie den „ethischen oder poetischen Fakt" intensiviere.

Um diese Verstärkung des „ethischen Fakts", um die dichterische Artikulation menschlicher Notsituationen, aus denen sich das Verbrechen entwickelt, geht es auch den hier versammelten namhaften Erzählern aus Dänemark, Norwegen, Schweden, Finnland und Island. In recht unterschiedlichen Erzählformen und -weisen – der knappen Skizze, der einfachen, geradlinigen Geschichte, der Erinnerung, der kunstvollen Rahmenerzählung, der Satire – plädieren sie, wenn nicht für den Freispruch ihrer „Klienten", so doch für menschliches Verständnis. Direkt oder indirekt ist ihr Plädoyer für den Menschen und die Menschlichkeit implizite eine Anklage der gesellschaftlichen Verhältnisse, in denen sie leben. Diese Anklage wird zuweilen offen und leidenschaftlich erhoben (wie etwa bei Minna Canth und Juhani Aho), oft spricht sie mittelbar aus der tiefen psychologischen Analyse (wie bei Hermann Bang, Siegfried Siewertz oder Arthur Omre); bei dem frühen Andersen Nexö verschmilzt das fast pathologisch Anmutende mit dem Gleichnishaften, und bei Hans Scherfig kommt die Gesellschaftskritik als bissige Satire zum Ausdruck.

Fragt man nach der Besonderheit der nordischen Verbrechergeschichte, danach, was sie unterscheide von der englischen, französischen, auch von der russischen (der sie wohl am nächsten steht), so bietet sich als Antwort an: Weit stärker als in vergleichbaren westeuropäischen Geschichten ist das menschliche Verhalten und Handeln verbunden mit den natürlichen Gegebenheiten. In mehreren Geschichten spielt der sogenannte geographische Faktor – das eisige Nordmeer, die Öde der Fjorde und Schären, die Einsamkeit der Wälder und Heiden, die Rauheit nordischer Landschaft allgemein – sogar eine dominierende Rolle: nicht nur indem sie den Menschen an sich formt und zu bestimmten Handlungen führt, sondern indem die Natur sozusagen selbst zum Mitspieler oder auch zum treibenden Faktor wird.

Mit dieser selbstverständlich auch historisch bedingten Besonderheit – die zusammenhängt mit der in den nördlichen Ländern verspäteten Entwicklung des Kapitalismus, der lange noch vorhandenen Vorherrschaft der Kleinproduktion bzw. der einfachen Warenwirtschaft – verbunden ist die Eigenart einiger Erzähler unserer Anthologie, insofern an die Basis menschlicher Existenz zu rühren, als sie in jene Tiefen vorstoßen, wo Kreatürliches erst in menschliche und gesellschaftliche Bewußtheit überzugehen beginnt. Menschen wie Geijerstams „entgleister" Arbeitsloser oder Strindbergs „Verbrecher" haben selbstverständlich tiefreichende Probleme – aber sie werden sich ihrer kaum bewußt. Da sie der Realität nicht rational verbunden sind, handeln sie weitgehend unbewußt, triebhaft-emotional. Die Widerspiegelung solcher unbewußten Vorgänge birgt die Gefahr in sich, diese Triebhaftigkeit als eine in der menschlichen Natur allgemein begründete Irrationalität darzustellen.

So gesehen, ist die hier vorgelegte Auswahl, die wiederum nur vollständige, künstlerisch abgerundete Erzählungen in chronologischer Folge enthält und auf Auszüge aus umfassenderer Prosa (und damit notwendig auch auf manch klangvollen Namen) verzichtet, nicht ganz ohne Problematik. Eine Problematik freilich, die den nordischen Literaturen vom Anfang des 19. Jahrhunderts an innewohnt und die dazu beitrug, vor allem der europäischen Erzählkunst neue Bereiche zu eröffnen. Auch die Verbrechergeschichte hat davon profitiert und legt Zeugnis dafür ab.

Herbert Greiner-Mai

Quellenverzeichnis

Steen Steensen Blicher, Der Pastor von Veilby
Übersetzung: E. Adelberg
aus: Skandinavische Erzähler, Sammlung Dieterich Nr. 225, Leipzig 1960

Jens Peter Jacobsen, Ein Schuß im Nebel
Übersetzung: A. O. Schwede
aus: Jens Peter Jacobsen, Das erzählerische Werk, Hinstorff Verlag, Rostock 1971

Minna Canth, Nach dem Gesetz
Übersetzung: Heinz Goldberg
aus: Finnen erzählen, Hinstorff Verlag, Rostock 1964

Alexander Lange Kielland, Zwei Freunde
Übersetzung: Friedrich Leskien und Marie Leskien-Lie (leicht überarbeitet von Herbert Greiner-Mai)
aus: Alexander Lange Kielland, Gesammelte Werke, 2. Band, Verlag von Georg Merseburger, Leipzig 1906

Björnstjerne Björnson, Ein schauriges Erlebnis
Übersetzung: Julius Elias
aus: Björnstjerne Björnson, Gesammelte Werke, 2. Band, S. Fischer Verlag, Berlin 1911

August Strindberg, Ein Verbrecher
Übersetzung: Irma Entner
aus: Samlade Romaner och Berättelser af August Strindberg, Stockholm 1900, Band III (Abschnitt „Skärkarlslif“)

Hermann Bang, Die vier Teufel
Übersetzung: Ernst Brausewetter
aus: Hermann Bang, Exzentrische und stille Existenzen, Sammlung Dieterich Nr. 281, Leipzig 1964

Gustaf af Geijerstam, Ein Entgleister
Übersetzung: A. Oberreuter
aus: Skandinavische Erzähler, Sammlung Dieterich Nr. 225, Leipzig 1960

Juhani Aho, Geächtet
Übersetzung: Milli Vinkentiwna Konowalow (leicht überarbeitet von Herbert Greiner-Mai)
aus: Juhani Aho, Junggesellenliebe u. a. Novellen, Verlag v. Otto Handel, Halle a. d. Saale 1906

Knut Hamsun, Frauensieg
Übersetzung: Hermann Kiy und J. Sandmeier
aus: Knut Hamsun, Sämtliche Romane und Erzählungen, Paul List Verlag, München

Johannes Vilhelm Jensen, Die Jungfrau
aus: Johannes Vilhelm Jensen, Mr. Wombwell, Erzählungen, S. Fischer Verlag, Berlin 1936

Martin Andersen Nexö, Die Mauern
Übersetzung: Ellen Schou und Karl Schodder
aus: Martin Andersen Nexö, Erzählungen, Aufbau-Verlag, Berlin und Weimar 1974

Pentti Haanspää, Die Geschichte von den Goldbeuteln
Übersetzung: Heinz Goldberg
aus: Finnen erzählen, Hinstorff Verlag, Rostock 1964

Siegfried Siewertz, Das letzte Vollschiff
Übersetzung: Klaus Möllmann
aus: Skandinavische Erzähler, Sammlung Dieterich Nr. 340, Leipzig 1970

Halldór Stefánsson, Run
Übersetzung: Bruno Kress
aus: Halldór Stefánsson, An Islands Küsten, Erzählungen, Aufbau-Verlag, Berlin und Weimar 1975

Elmer Diktonius, Finnischer Tango
Übersetzung: Friedrich Ege
aus: Skandinavische Erzähler, Sammlung Dieterich, Nr. 340, Leipzig 1970

Jakob Thorarensen, Ablandiger Wind
Übersetzung: Bruno Kress
aus: Isländische Erzähler, Aufbau-Verlag, Berlin und Weimar 1963

Ivar Lo-Johansson, Der Pantoffelpage
Übersetzung: Margot Tag
aus: Ivar Lo-Johansson, Der Tod des Redakteurs, Hinstorff Verlag, Rostock 1970

Artur Lundkvist, Bauerndrama
Übersetzung: A. O. Schwede
aus: Erkundungen, 22 Schwedische Erzähler, Verlag Volk und Welt, Berlin 1967

Arthur Omre, Besessenheit
Übersetzung: Alexander Grossmann
aus: Arthur Omre, Aal in Curry, bb Nr. 181, Aufbau-Verlag, Berlin und Weimar 1967

Hans Scherfig, Der Banknotenfälscher von Minnesota
Übersetzung: A. O. Schwede
aus: Hans Scherfig, Der verlorene Affe, Erzählungen, Verlag Volk und Welt, Berlin 1975

Inhaltsverzeichnis